쇄미록

교감 · 표점본 1

쇄미록

7

오희문 吳希文

일러두기

1. 교감·표점본의 원문 표기는 저본을 따르되, 약자(略字)에 한해 정자(正字)로 변환했다(단 인명에 사용된 '獜' 자의 경우에는 '麟' 자로 변환했다).

2. 교감·표점본의 원문에 오자(誤字)가 분명한 경우에 교감기(校勘記)를 작성했고, 탈자(脫字)는 분명한 증거가 있는 경우에 보충하고 교감기를 작성했다.

3. 교감·표점본에 교감기를 작성한 경우에 번역본에는 별도로 표기하지 않았다.

4. 이 책의 번역에 사용된 부호는 다음과 같다.

   " " 각종 인용　　　( ) 한자 병기, 간주

   ' ' 재인용, 강조　　[ ] 원문 병기 시 음이 다른 경우

   〈 〉 편명, 작품명　《 》 서명, 출전

5. 이 책의 교감·표점에 사용된 부호는 다음과 같다.

   。 서술문, 명령문, 청유문 등의 끝에 쓴다.

   , 한 문장 안에서 구나 절의 구분이 필요한 곳에 쓴다.

   ? 의문문의 끝에 쓴다.

   ! 감탄문, 강한 어조의 명령문 및 청유문 등의 끝에 쓴다.

   、 대등한 명사의 병렬이나 밀접한 관계에 있는 구의 병렬 사이에 쓴다.

   · 명사의 병렬이 중층적일 때, 하층의 병렬 사이에 쓰거나 서명 부호 안에서 서명과 편명을 구분할 때 쓴다.

   ; 두 구 이상으로 구성된 병렬문의 사이에 쓴다.

   : 제기하는 말의 뒤 또는 총괄하는 말의 앞에 쓴다.

   " " ' '「 」대화, 인용, 강조 등을 나타낸다. 1차 인용에는 " ", 2차 인용에는 ' ', 3차 인용에는「 」를 쓴다.

   【 】 원문의 주를 나타내는 데 쓴다.

   《 》 서명, 편명, 악곡명, 그림명 등에 쓴다.

   ＿ 인명, 지명, 국명, 민족명 등의 고유명사에 쓴다.

   ■ 훼손되거나 빠진 글자의 자리에 쓴다.

壬辰南行日錄

余去辛卯至月二十七日, 自京曉發, 投宿龍仁李敬興書堂, 翌日來陽山農村, 以備行粮。翌日, 早發到稷山亡友邊仲珍農墅。仲珍眼前奴蓥同者, 見我來, 卽歡迎, 使宿溫房, 如待其主, 可謂良僕, 而悲感之心, 自發於中。翌朝, 早發入望日寺。朝飯後, 向木川, 中路逢雨, 艱到苨所, 適金太淑、趙子玉來此。太守趙瑩然聞吾來, 卽出衙軒, 相與太淑、子玉敍阻, 因留三日, 作樂醉飮, 出宿余寓, 待以厚意。瑩然, 我之姻從, 而自少同處, 情意最厚故也。子玉乃瑩然之母弟, 而亦余之少年友也, 優送行資。

翌日, 早發, 因昨日大雪, 行道艱難, 垂暮, 投入燕岐任少說縣, 少說亦余之姻從也。聞免夫到此, 適太守不在, 故行忙未得相見, 是可恨也。翌日■…■錦江邊朝飯■■■投宿。■…■, 夜, 雨雪交下, 晚發, 行道泥濘, 艱到恩津前院, 日已夕矣。初欲入宿, 人家甚鮮, 畏其盜賊，冒馳到礪山郡前院，夜已更矣。行人滿家，無處寄寓，適一家空在，而家主迎客。設酌臨罷，迷奴突入，與醉主人相詰，幾爲大鬧。嚴禁我奴，善誘醉主，艱得解鬪，欲移他家，夜深，故不得已因宿焉。翌日，入宋仁叟家，相敍阻意，朝飯後，投宿完山府南門外長水主人家。翌日，來宿鎭安地正兵金允輔家，長水人也，飮以白酒。

臘月旬日，到中臺寺，朝飯後，始至長川縣【長川卽長水縣，主倅卽樗軒宗五世孫李贇，字子美，公之妻男也。】，擧衙歡迎，連日達夜，以攄鬱陶。旬八日，奴馬得卒歲資上送，此年元月念後，奴馬還來。因休馬足，二月旬後，先往黃澗，澗乃余外鄕也。發自長川，來宿長溪任內，宗胤與其寢伴，共到而別。

翌日，到茂朱。初欲入縣，而聞此道亞使以點軍留縣云，故退宿居奴仁守家。翌日，過茂朱，到永同三寸叔母家，三寸得浮症，症勢極危。諸從兄弟皆會，相見甚喜，因三寸之病，未得共歡。留一日，向黃溪南百源家。百源乃余從兄，而童稚之時，同育於外母，情如骨肉，相離十五餘年，今得相見，悲喜交幷。今來故園，覽物興懷，存亡異世，感涕自零。留數日，奠拜外祖墓下，追感昔日劬勞之恩，不覺淚下。余生於此鄕，而養於外母，恩同罔極故也。以餘杯，因奠兩叔墓前，兩叔亦余幼稚之時，多蒙護養之恩，而歛使叔尤篤。祭物自長川爲此備來耳。南子順兄，時在金陵，聞吾來，送馬邀我。因往留一日，與之同寢，達曙敍舊。子順兄，亦余外從，而少時共遊，志同意合，相愛過於諸從，今此之見，喜倒倍甚。主嫂出見，諸女羅拜於前，精粧端淑，擧止溫雅，眞所謂窈窕淑女也。長女及笄，而擇■■■■云。與子順兄，共還黃溪。

二十四日, 寒食也, 因留行■…■。余到此翌日, 送奴星山, 收貢以來。久留■…■以來, 卽發。還到永同三寸家, ■…■一日, 因分外家遺漏奴婢。三寸病勢益重, 年八十四歲, 得此危證, 其可得保乎? 翌日, 還到茂朱, 登寒風樓, 樓前長川帶流。因宿三淸閣, 閣極淸酒, 神魂飛爽, 如陟仙區。三淸淸趣, 聞說已久, 今來一見, 適協宿願, 但欠少同伴共賞也。主倅饋以朝夕飯, 因子美之書也。

翌早, 還到奴仁守家, 因說分衿之由, 仁守與其五寸姪女, 爲吾家衿也。其處奴婢, 皆遺漏, 而侵於永同四寸者, 久矣, 今聞分執之奇, 甚喜。朝飯後, 來宿長溪孫引儀德男家。翌朝, 孫公作泡以饋, 乃二十九日, 而外祖母忌日也。其日, 還到長川縣。

三月初二日, 南察訪君實自扶安聞其母氏病重, 馳到于此, 未食頃, 訃音繼至。因此奔喪, 不勝哀慟。是月十七日, 擧衙登望雲亭, 觀習陣。因設小酌, 大醉而還。亭乃蘇公遂氏作宰因思親而名焉云, 可笑名實之異也。十八日, 朝, 始啓南行, 到龍城府。宿東門內私家, 通判饋以上下朝夕飯。夜未半, 主人家門火, 延燒行廊, 火光所燭窓戶如晝, 驚倒衣裳, 僅越隣墻而避之。奴馬行裝, 幾爲煨燼, 而適因無風, 人皆力救, 僅得免焉。聞主人宰相家奴, 恃勢行惡, 疾之者多, 故及焉云。

翌朝, 出城南, 過烏鵲橋, 欲入見廣寒淸趣, 而聞府倅來寓云, 故未果。行到谷城地, 宿士人申大椿亭。亭前, 大江流, 洛水餘波也。南臨大野, 北據巖麓, 俯壓波心, 故名之以凌波。申公, 乃文人申大壽之弟, 而早事科業, 未成, 居鄕。自言本居順天, 而乙卯之變, 移入內地, 因舊莊而卜築云。待以厚意, 饋以夕飯。

翌日, 因雨行不得遠, 渡洛水, 入曹溪山松廣寺。寺乃順天地, 而南中名刹也, 聞之已熟, 欲登覽者久矣。因宿枕溪樓下臨鏡堂, 中堂乃新創, 丹艧輝映, 俯臨朱闌, 淸流映帶, 游魚可數, 綠▣可掬。禪房瀟洒, 心魂淸爽, 眞所謂骨冷魂淸無寐也。翌朝, 食飯後, 來到寶城郡。郡乃昔日▣…▣地, 而吾與子順兄共遊之處。今過三十餘年, ▣…▣非, 欲入見舊跡, 而太守無知分, 又堅閉▣▣, 未果, 宿北門外私家。訪之貢生林希齡, 則上京云。林乃昔日同栖山寺者也。

翌日, 早發, 行到長興府, 少憩城東川邊亭子, 投▣然後入城, 寓南門內私家, 主倅優饋上下之食。翌朝, 邀我對飯, 海南倅邊公應井適自巡察所被杖十五度而來, 因軍務之故也。邊公少時攻文, 屢捷初擧, 而晩學射藝, 以登虎榜。初任禁衛, 陞授南城, 今遭杖辱, 頗有投筆之悔也。邊也乃余姻親, 而雖未一面, 聞名已熟, 年 聞吾來此, 先使致問, 極示慇懃之意, 還城之後, 寄送箭竹、票古等物於鳩*林景欽家, 亦允謙少友也。中房宋江, 亦允謙所厚之吏, 逐日來見。

府居奴婢, 發差捉致。懲以身貢, 窮不能備, 問以諱婢, 杖其母, 亦終不直招。若一切嚴刑, 則恐致殞命, 卽還放之, 可笑我之迂也。隱奴德守者, 自現。深怪問之, 則今屬兵營假羅將, 其役甚苦, 欲因我除名故也。朴孝恭得方伯私通, 自順天先一日來此, 欲推頑奴, 因與之共話數日, 頗慰客懷, 而先我向康津, 朴乃余七寸姪也。此府, 南中巨邑。巡察當臨巡到, 修城鑿池, 鍊兵利器, 聚饍畜旨, 飾

....

* 鳩: 底本에는 "鷗".《瑣尾錄》뒤편 일기에 근거하여 수정.

屋鮮皿，欲免彼怒。凡百之具，一時竝舉，民甚苦之。主倅本居一洞，泛然相面，曾無厚分，今來待以款意，贐以行資。

留四日，晚發向兵營。投宿長水主人家，主人以酒肉來饋，極示厚意。聞城中擊鼓之聲，問之則元帥射帿云。退築城池，列邑僧兵相聚曳石，呼耶之聲，振動山谷。小不如意，捶朴隨至，人皆怨苦。翌日，朝飯後，到靈巖郡。郡亦三寸曾守之邑，吾與子順兄陪來留此半年，與之遊歡者甚多。今來二十餘年，招酒湯春花，問以故事，答之詳悉。三寸卽世已久，感古興懷，多有悲愴之意。還時，太守贐以路資。

畫飯後，因進鷗林村林妹家。妹氏聞吾臨門，中門外跣足出見。喜極之餘，還感以悲，相對痛泣。因留九日，遊竹島，以觀捕魚，或遊道岬，作泡以娛。間與■生朴敬仁兄弟、朴成己昆季，會于家前茅亭，搏碁爲歡。別之前夕，妹也殺牛具饌，侑以酒樂，或歌或舞，極歡而罷。與席者，洞人五六，而直長尊丈首據，光山居朴上舍天挺亦與焉，其字應須，應須以其宗挺應善移居此洞，其妻病苦，故來見耳。應善則以妻病不與焉。應善乃南中巨擘，而屢屈天庭，家窮數奇，甚可惜哉！應須聞吾還北，而其家在光山路邊，邀我歷訪，丁寧有言，而適誤入他迻，不由其路，深負其約。彼必不信，慚悔奈何？九日之中，無日不醉，水陸珍饌，無時不備。非但吾腹極飽，而飫至於奴僕，亦厭其餘。吾妹雖欲待我極意，而若非景欽之心，何能獨成哉！吾同產，皆在洛城，獨此妹流落南涯，遠父母兄弟，千里相見，復何可必？相別之日，妹哭我泣，相對無言。人生到此，寧不惻惻？妹手造裙襪以贐。

四月初九日，忍別而來，宿南平地村舍。徑由短路而入，卜馬足蹶水田，寢具盡濕。翌日，過陵城，至和順縣，前院樓上，暫憩秣馬，到光山景陽驛宿焉。察訪金公汝峯有洞分，而適陪使行而不在。翌日，朝前到昌平。昌平倅沈士和氏乃吾再從兄，而適病告不出。艱得投名，邀我衙軒，臥而見之。任直甫、子張叔姪，亦以士和之病下來，皆士和兄弟姻親，而於吾少年洞友，千里相見，曾是不意，不勝欣喜。同宿軒房，終夜敍抱，主兄優給路資。翌日，早發，過玉果，踰大嶺，犯夜還到龍城府，宿主人家。曉頭發行，行未半息，炊飯川邊，放馬豐草。白石淸流，深可愛玩。因以濯足洗腕，以去塵垢，胸襟淸爽，快哉快哉！行到水分院乃長水界也，秣馬晝飯。馳到長川，日未夕矣。乃是月十三日也。余本京人，爲客於此，今至四五朔，上下若舊。一自南行，還望此縣，如吾故鄉，今來入界，吾心亦喜。人情如此，眞所謂却望幷州是故鄉也。■■時尹昨昨還京云。余之馳來，欲及於其行，而深恨未及見也。

十六日，■■■傳道倭船數百隻現形於釜山，夕聞釜山、東萊■見陷，不勝驚愕。意爲城主之不堅守也。十七日，縣吏全天祐上京，因付家書及祭需最切之物若干，恐吾奴未及於二十九日忌，貽老母之憂也。

十九日，兩奴持馬上送。自此後，嶺南之報變，日夕三至。猛將獝卒聞風而先潰，大府堅城不日而失守。分兵三路，直向京城，踰山越江，如入無人。申、李兩將，朝廷之所恃而爲固，授鉞來禦，中道見敗，鳥嶺失險，賊入中原，大駕西巡，都城不守。哀我生靈，盡爲凶鋒之膏血，老母妻子，流離飄落，未知生死，日夜痛哭而已。自兩奴上京後, 大路軍馬, 掠奪行人之馬云。時尹率去官人, 還下之時, 路逢於恩津馬野, 而自此後, 未聞去路之如何, 尤極悶慮。若兩奴到京, 則老母妻子可以率避於賊鋒未渡江之前也。

且聞自二十七日後, 堅閉都門, 使不得出人。晦日曉頭, 主上棄宗廟出巡, 五月初三日, 賊入都城, 而其間二三日, 擧都士女爭出城門, 或自相蹂躪而死者, 或先後相失而仆者云。道聞雖未的知, 而理或然矣, 痛哭無地。若主上堅守都城, 命將備禦, 沿江上下, 多設木柵, 先使沉船, 以絶其路, 則賊雖强銳, 豈能飛渡乎? 計不出此, 先自退遁, 深可痛惜。

但吾老母妻子, 生平不識門前路, 一朝奔竄, 勢不步行, 不知何處道中相聚而哭。言念及此, 寧欲一死而無知也。所恃而稍慰者, 吾兩子必使預爲走避之所也。且念老母妻子不知我之安在, 而必以我爲死也, 允誠亦在海西妻家, 未知父母之死生, 亦必號泣, 尤可悲痛。曾見前史, 亂離中入, 東西奔竄, 各自逃生, 父母妻子兄弟親戚, 不得相保, 掩卷酸痛, 豈知今日身親見之? 且此縣時無警急之事, 朝夕之供如古, 每對案, 深念老母妻子, 如此雨中, 何地何山, 糊口飢餓, 相與爲哭? 哽咽痛泣, 淚自橫流 何忍何心, 擧匙下咽? 天乎! 地乎! 罔極罔極。

聞之於嶺南之人, 島夷構禍, 雖曰■…■心渙散, 莫能禦之者。其道方伯自去年初, 多驅南畝之民, 築不守之城, 至於今春, 尚未畢役, 耕芸失時, 怨苦盈路。至作歌謠曰: "曲城高築, 誰能守敵? 城非城也, 百姓爲城。"左道兵使欲立軍威, 大杖烹水, 到處嚴刑, 斃於捶下者甚多, 人懷憤冤, 皆思敵至, 而一朝禍起, 無一人奮義討賊,以雪君父之恥，逃竄林藪，欲保晷刻之命。非但嶺南一路如此，此道人心亦然。徵兵未至，先懷潰散之心，訛言煽動，人無固志。預使家藏或埋或徙，以待賊至而走避。名在兵籍者，或在家而先走，或半塗而還逃。

且聞完山通判李聖任駐兵牛朱倉，而一朝潰散，前僉使白光彥統軍金溝縣，而亦皆逃去。嗟呼！人心如此，雖使孔明復起，安能收拾？良可痛哉。日者，巡察奉旨勤王，駐節公山，聞聖駕移蹕，散兵還來，若於此時，直到畿甸，或深溝高壘，勿與為戰，或扼其要害，使不得進退，與內外為掎角之勢，京城恃以為固，不如此之暴陷，而四方之兵，亦以繼至，則懸軍深入之賊，雖曰熾張，彼此失勢，不出旬月，可見自斃。莫此為念，反托粮餉之不足，先自還陣。主辱如此，臣死固宜，而上行下效，何誅軍卒之逃散？以春秋之意論之，則難免董狐之鈇鉞矣。言之無及，雖痛奈何？所恃而粗安者，今此義兵之舉，而但聞列邑之軍，皆懷顧望，為半逃散云，大事何能得濟？食祿平時，各自矜飾，皆效願忠之心，臨危今日，罔念君父之羞，先懷延命之所。數百年宗社，未知稅駕之地，無用腐生，抱膝浩嘆，徒增憤泣而已。

自亂離來，寢食俱忘。中夜無寐，白月照窗，起立庭除，脫冠露禱曰：「願得更見老母，雖死無悔。皇天后土，實所鑑臨，必不相負。」但兩奴未去之前，若知如此，輕騎獨上，則可及於未離之前，而與老母妻子，或負或戴或顛或沛，共嘗艱難，或飢或食或死或生，與同辛酸，則雖苦楚萬狀，何患何悔？身在安居之地，寢食如故，而使老母妻子弟妹，獨逢此患。雖欲與老母妻子弟妹，共宿草野，共食草根，其可得乎? 言之至此, 長慟欲絶。

　且聞倭賊入都之後, 放兵四掠云。若搜山剔林, 則延命山谷者,
必不得免, 尤可痛哭痛哭。老母性塞, 平時少有不安之事, 輒却食
而不進者終日, 今遭大亂, 想必憔懷, 追念罔極之恩, 寧不痛哭? 荊
布本患脚痛, 雖不遠之地, 尙不得步, 被亂奔波, 跋涉山川, 亦必艱
苦, 自想結髮之情, 豈不嗚悒? 伯仲兩女, 婦道無所不爲, 平日家貧,
饘粥莫繼, 食不求飽, 衣不求暖, 承順親意, 一事不逆, 余常愛憐。
末女淑端, 顔色嬋明, 性甚端雅, 余所鍾愛, 而姸姸心目, 寤寐見之,
《詩》所謂"有憐季女"者, 實獲我心。書此兩句, 哀淚自沾, 其可禁
乎? 麟兒性懶不勤, 去年春初, 撻之過嚴, 追思今日, 雖悔曷及? 舍
弟希哲獨當大變, 陪母奉竄, 何以得脱? 其妻殘弱, 本患腦痛, 又有
乳下之兒, 亂離蒼黃之際, 何以得全? 南妹必走赤城仲溫之家, 可
得保安, 金妹別無可避之地, 然子定在焉, 何患無脱身之所? 但熟
慮吾一家避身之處, 走西走東, 一無可安之所。若沈說陪老母, 脱
走江陵, 則庶可得保, 而其可必乎?

　吾妻子則允謙兄弟在京, 必與之同死生。但允謙曾守光廟影幀
於陵所, 不可以一家私事棄來, 其妻家又無男子, 妻屬亦不可恝視。
允諧亦有養母與妻子, 蒼黃遽急之時, 彼此周旋, 勢不相及, 況多乳
下不步之息乎? 每念於此, 痛悶罔極。吾先君神主, 舍弟何以處之?
埋于淨潔處, 則是可得計, 而若陪隨處, 則恐不得全也。宗家先祖
神主, 則無可恃之人。若棄置而避, 則必爲煨燼, 亦可悶慮。吾門內
外無慮百口, 而亂離奔波之時, 各自偸命, 其存其沒, 實未可知, 吾
老母妻子弟妹外, 猶可及慮, 而遑恤之念, 亦在于中。

且此縣京邸奴，去四月念六日，自京離發，晦日始到，母妻之簡亦來，皆二十日書也。其時亂未如此之急，而書中悶苦之狀，披覽未竟，淚自先零。老母簡中，不知自罹荼毒，而先念吾身與林妹流離之事，尤可痛哭痛哭。藏諸書匣，有時披覽，則愁腸欲裂，悲淚盈襟。自此後，非但吾一家音問永絶，京城之奇，亦不得聞，杜子所謂"家書抵萬金"者也。

皇天悔禍，夷運將終。列聖默佑，諸將戮力，迅掃腥膻，肅清宮禁，龍馭旋都，再安宗社，萬姓歸家，各安其業。更與老母妻子弟妹親戚，酌酒歡迎，各說流離之苦，不圖今日更得相見，則其樂如何，而何幸得見耶？天地神祇，日夜默禱，高卑雖隔，誠感神。一女之怨，尚致三年之旱。況我朝鮮環域之內，無辜生靈爛死於鋒鏑而暴骨沙場者，逃竄林藪而露宿風湌者，不知其幾萬，而孤人寡婦之怨，啼飢塡壑之冤，亦不知幾何哉，天心感動而悔禍矣。

自亂離來，觸物感悲 至於昆蟲草木蠢蠢之物，摠入感懷。庭前鵲雛子母相隨喃喃鼓翼，响响逐哺，而相樂如斯，《詩》所謂"樂子之無知"也。墙下丹葵，開花爛熳，向日傾心，人之無良，反不如此。覽物興懷，淚自沾襟。杜子所謂"感時花濺淚"者也。

唐皇西奔之日，宋室南渡之時，雖曰慘矣，皆由兩君信任奸細，荒淫酒色，築怨生民，嫁禍孽胡，播越西州，俘虜青城，使宗社傾覆，萬姓塗炭，實是自取，無足怪哉。惟我聖上莅祚二紀，外無遊佃之樂，內絕音色之荒，宵肝圖理，孜孜不倦，事大至誠，交隣有信，而何意今者島夷肆毒，屠城殺將，直陷京城，長安百萬家，已入犬羊之窟，衣冠文物之鄉，盡染腥膻之醜？

主上之責已勤王, 懇惻顗切, 而朝廷無奮忠效死之臣, 方伯之募兵檄文, 告諭丁寧, 而列郡絶首募赴亂之人。舉義興師, 再復兩京, 郭汾陽之武烈者何人, 唾手渡河, 直掃燕雲, 岳武穆之忠勇者誰是? 偷生苟免者, 滔滔全軀保。

又聞嶺南右水使元均, 前月中, 焚破賊船十餘隻, 此道左水使李舜臣, 此月初, 督率諸船, 與其道水使, 亦焚毁賊船四十二隻, 生還被虜二人, 斬賊三級, 爭投水中, 游泳登陸, 竄伏林藪云云。所可惜者, 乘其此銳, 直擣釜山, 則守船之賊, 想必不多, 我國被虜男女, 亦必多在其中, 賊若聞諸船之來, 則必登陸散走, 可以盡燒空船, 而被虜之人, 亦可生還矣。托稱聖駕之出巡, 痛哭還鎭云, 跡雖似是, 而實則怯矣。當此之時, 主上之暫出何計? 而直以國事之成敗爲圖, 則亦可少刷餘恥, 而垂成之功, 一簣而虧, 尤可痛惜。又聞嶺南防禦使趙儆, 金山之戰, 爲賊所擊, 直抱賊腰, 相詰之際, 其軍官走進斬頭, 只傷手脇云云。

今月十六日, 主兄領義兵, 行到鎭安, 七八人逃還。囚其父母妻拏隣族, 則還現者多。非但此邑, 列郡之兵, 逃散者極多。南原之兵, 結陣於參禮, 而一時散去。淳昌之卒中道而叛, 結爲一陣, 他邑上去之軍, 驅入其陣, 掠奪軍器軍粮, 至於長城守白守宗亦爲所迫, 僅以避免云。乘其人心之厭去, 欲舉不義之事, 而兇魁之叔侄, 淳昌倅誘引出陣, 潛伏射士, 中路射殺, 餘衆盡散云。雖未詳知, 而人言如此, 痛哉! 其後散卒稍集防禦, 由大路而直上, 巡察自龍安渡江, 由忠淸內路而上, 皆此月二十日, 自本道離發云。

且聞倭賊入境之後, 嶺南之人, 投入向導者甚多。或結爲朋黨,作爲倭聲, 亂入閭里, 人皆逃散, 掠奪財産者亦多云云。但義兵發去之後, 霖雨不止。川澗漲溢, 大軍暴露, 必多怨苦, 而箭羽弓力, 亦必解脫。我國所長者弓矢, 而弓矢如此, 則他何足恃? 彼蒼者天, 亦不助順。雖曰難諶, 此何心哉? 仰面長吁, 扼腕痛恨而已。

且永同之義士, 結侶同志, 奮起復讐, 作文告諭, 欲與諸邑烈士擧事, 去十七日, 合議于其地射廳云。古阜之烈夫, 亦作文通諭列郡, 亦與一道義士, 擧義討賊, 今二十七日, 聚于完山、參禮前云。成與不成, 雖不逆睹, 而聞此義氣, 衰老腐生, 流離寄寓, 無力可扶, 只增欽嘆而已。此縣, 僻在峽中, 人民鮮少, 十室之邑, 尙有忠信, 兩邑檄文致此, 無一人興起者, 良可嘆也。

且今日乃二十五日, 而老母初度也。在平時, 與吾同腹, 各備酒餠, 陪話終夕, 流離何處, 相聚爲泣? 追想前事, 淚落如雨。去十九日夜, 夢見荊妻, 宛如平昔。自余南來, 一不入夢, 而今日之夢, 是何故也? 生耶死耶? 悲乎悲哉! 二十二日, 妻父之忌。吾與宗胤兄弟行祭, 而主兄領軍, 到礪山, 未還耳。

且月初, 元仲成自嶺南右水營, 避亂到此, 卽欲還鄉, 而道梗未果。連日連夜, 與之共話, 頗慰容, 而久在官家爲未安, 往寓縣地居其三寸家, 有時來敍而去。良才驛吏林彦福, 春初, 以事 往嶺南地, 亦以避亂, 去月念後來此, 不得上歸, 留寓于此。彦福家在驛館東邊, 而凡往來之行, 必傲宿焉, 乃主兄在振威時舊主人也。待之甚厚, 優給官粮, 然林也以久食爲未安, 今則授還上而食耳。流離遠地, 家屬播遷, 與吾略同, 而但無老母耳。前日雖未相知, 而土塘山所不遠之地, 故一見如舊。日日來軒, 相與爲言, 客中多幸多幸。

且星州牧李德說繼室乃金太淑季女也。去四月念後，避亂入山，自城陷後，賊兵四散追捕，僅得逃來，或步或騎，踰山越谷，始到于此，欲歸龍城舊莊也。太淑仲子陪來，而詳言賊勢之熾張，其弟落後未來云。而食頃繼至，因言爲賊所擊，僅免逃來。項有劍跡，見來不覺聳身。竊聞愛妓難離率避山中，不與其妹同來，故及焉云云。太淑，與吾姻親而同鄉，故其子雖年少，亦相知之耳。

自聞此後，人心洶洶，衙屬亦有遠避計。先埋不關之物於衙中，後埋衣服於縣司板下。今至一月，昨昨衙中埋物，還堀見之，則爲半盡濕，或腐毀難用，又見縣司之物，則土乾如舊，衙中卑下水濕故也。吾衣服若干，亦在縣司之中耳。

妻庶母月初率英眞，先歸釋天寺乃衙屬欲避之所也。善胤兄弟，亦與同上寺。距縣半息，而有大嶺，踰嶺之時，勢不騎越，僅可步陟，嶺甚高峻故也。避亂之地，此境內無如此寺，而但上嶺則俯見無礙，是一欠也。然寺後有深洞，賊若犯境，則有更避深入之計，故先使李應一、宗胤 審視可隱之處，因樹爲屋。臨時盖覆之計，盖因星山內室入山時，賊徒圍山，搜剔僅免故也。聞陷城州郡甚多，而至於避山之人，搜盡殺掠，星山尤慘云。衙婢有息者，亦預送於山岾，而嫂主則聞賊犯近而欲避，若衙內先避，則必一縣恐動，徐觀處之之計耳。

且聞倭賊嶺南士女，擇其妍好者，滿載五船，先送其國，使之梳髮粉黛，若不然則輒怒，故皆畏死强從云，實皆先淫之女耳。其餘不滿其意，則衆賊巡回淫之云，尤可痛慘。此言縣伏兵將金成業親聞於被擄出還之人云，必不虛也。

前日金山之戰，有一女，亦爲賊所擄，入倉中，戰罷之後，出來乞命。問之所居之地，則初隱不言，後乃實招云。本居星州士人之婦，而兜賊不意入里，與其舅母走避之時，爲賊被執，率來于此，衆賊巡回作淫，不勝其苦，欲死不得，舅母之生死不知云。只腰結破裳而無裙，軍士舉裳見之，則陰門盡浮，不能行步云，尤慘尤慘。縣人從軍者，親見來言耳。

國運不幸，十年來，累被南北之患，而至於今年而極矣。癸未冬，北虜予侮，慶源失守，丁亥春，南夷梗化，損竹敗衄，己丑秋末，賊臣鄭汝立本以帷幄之臣，潛懷吠主之心，與海西愚氓，將圖不軌，事敗伏誅，辭連搢紳，斬首就戮者甚多，痛哉痛哉！

主兄領義兵，到錦江交付後，今二十六日始還。因此聞之，入城之賊，足腫氣疲，夜則散處困睡，募賞敢死士五十人，乘暗亂斫次，去初八日入送云。■…■兵不下十餘萬，若智勇之將數三，擇其勁弓強弩，扼其險要，使不得輕越，間以遊兵攔截其後，則彼亦人也，畏死之心，亦必有之，何慮衝突如是其急也？將相之無人，於此益可知矣，嗚呼痛哉！又聞嶺南儒生郭再祐者，獨奮其勇，自率猛士四人，逐其賊船三隻，其後，又率十三人，擊走十一隻云。

又聞黃澗入據之賊三十餘騎，來犯永同，先焚閭閻，呼聲亂入，品官兩員、官人數人追逐亂射，則盡皆散去。其後五六十賊，亦來犯境，縣守獨率射夫六七人亂射，則逢箭致斃者數人，退北散走。更分兩隊，前後亂入，以六七之卒，勢不能禦，退走上山，則賊殺稷直一人，盡焚官倉客舍而還去云云。若數三十勇士齊奮禦之，則必無輕突之患矣。

又聞星山據城之賊，亦不過百餘，而以其徒爲牧，又以我國僧人爲判官, 分給官穀, 以收人心, 民皆爭受, 俯伏乞命, 或稱"新上典生我"云. 道言, 雖未可實, 而聞來肝膽奮起, 不覺失匕而忘湌也. 且陜川、草溪、固城、晋州等地, 陸賊熾發, 至於官倉, 白晝偸取, 此不過散亡軍卒不堪飢餓, 群聚爲盜也. 還上分給, 多般開諭, 期於革心反面, 使之安集, 而其中仍叛不服之卒, 定將討滅云云.

且今月二十五日雲峰傳通內, 招諭使金誠一在晋州, 秘密傳告列邑曰"倭賊在昌原者, 號稱'全羅監司'及'御使'、'都事'、'察訪', 二十二三日間發程, 歷丹城、咸安、宜寧、咸陽、雲峰、南原、任實、全州指路"云. 極甚駭愕, 但疑其不實也. 若倭賊出先文, 過嶺南諸邑, 至於湖南, 則應爲先爲之禦者, 必無是理矣. 其後今至四五日, 尙無聲息, 尤可知矣.

且聞巡邊使李鎰至尙州五里內北川, 與賊接戰, 鐵丸如雨, 聲振天地, 不得已退却, 從事官尹暹不知去處云, 恐其死矣. 又申砬亦奉巡邊之命, 來到忠州, 輕賊不備, 爲賊所乘, 一敗塗地, 諸軍盡死, 砬也投水自死, 金汝岉亦在軍中, 并死水中云, 不勝痛泣. 砬也本以梟將, 立功北庭, 多爲主上所倚重. 出師之時, 京城武士武庫利器, 盡掃而來, 一朝敗衂, 身死江中, 主上之出幸, 亦由此矣. 其爲宗社之辱多矣, 尤可痛哉.

且去月二十九日乃先君諱日, 而吾在此邑, 故主兄盛備祭需, 使吾設奠行之. 今想京家之事, 倭賊迫近, 擧都遑遑之日, 何暇行祭乎? 多幸多幸. 今月二十日及二十九日, 亦收養三寸忌也. 京家妻子生死未知, 而此邑亦多事, 故勢不行一杯之奠, 心懷尤極悲痛. 且去夜夢中, 如在京中, 多見親戚故舊, 而荊布亦見之. 必以我爲死而念之耶? 彼已死而精魂入我夢耶? 旬日之內, 何如是再入夢中耶? 生平家窮, 備嘗艱苦, 無一日解顏之時, 而一朝逢此亂離, 若不得更見而死, 則平生寃恨, 其可勝哉? 悲哉悲哉! 乃是月二十八日也。

翌日, 前萬戶李沖曾赴慶尙右水營幕, 水使元均又焚毀賊船二十四隻, 斬馘七級, 陪持書狀, 路經於此邑, 偶得相見, 愁懷頗豁。因裁家書, 傳付於允謙事, 丁寧有約, 但流離他處, 未知所在, 恐不得傳也。李公曰"直到行在所啓達後, 因尋見老親於楊州"云。若傳給其弟李淸, 送于奉先殿, 則可知在處矣, 光陵距楊州不遠故也。李公與吾同住一洞, 有厚分, 其弟淸, 與允謙少年友也。六月初二日, ■…■

壬辰四月二十五日, 敎中外大小臣僚、閑良、耆老、軍民等

王若曰: 予以寡昧, 叨守丕基, 憂勤綜理, 二紀于玆。躬親庶務, 微細靡忽, 至日中而食, 夜久而寢, 不敢作狗馬弋獵之娛、聲色宴遊之好, 此則左右臣隣, 亦或有憐予者矣。顧惟察理不明, 而政失其要, 仁非實有, 而澤不下究。天災時變, 比年示警, 世道人心, 日就渙散, 尙不能惕然覺悟, 改紀圖理, 政令施設, 率多病民, 姑撮其彰著於民怨者言之。

土木連仍, 重困民力, 宮闈不嚴, 罔民細利, 至於外方山澤, 亦被威勢所占, 失業之民, 專供徭役。群怨喁喁, 予惛不知, 深居九重, 直言雍閼, 尙昧腹心之疾, 惟念邊圉之虞。築城鑿池, 鍊兵繕械, 期衛生靈, 免於賊鋒, 豈意民怨因此益積, 人心因此益離? 敵兵

近境, 望風先潰, 反以保民之具, 終爲藉寇之資, 興言及▣[此*], 無地自容.

今聞倭寇之衆, 日甚一日, 豈賊下陸之後, 産得種多哉? 必吾民惵怵者, 反爲賊用, 利賊之啗, 而爲之倒戈矣. 在予子惠之▣[乖*]方, 則其致此固矣, 我祖宗二百年休養之恩, 一朝掃地, 予誠痛焉. 予惟嶺南, 實我人材府庫, 父老敎忠孝, 子弟習詩書. 金庾信之慷慨平亂, 金春秋之挺身赴敵, 皆係本地之人, 其風氣所鍾, 古亦專美. 列郡六十餘區, 豈無忠義之士, 扼腕慷慨, 赴國家之急者也哉? 元沖甲, 一匹夫而能摧勍敵, 柳車達, 一富民而善佐軍興. 苟有唾手興起, 無負我祖宗之遺澤, 則府藏官級, 予無所愛, 生有美稱, 澤流子孫, 不其休歟?

今聞賊兵捨舟遠浦, 貪利深入, 要害形勢, 盡在其後, 左右掩截, 前後犄角, 殲滅窮寇, 此其時也, 顧乃不見賊鋒, 先自奔避, 致成長驅之勢. 念彼士卒, 世世土着, 老幼在其家, 墳墓在其地, 不思協力抗禦, 任賊蹂躪焚爇, 思之惻然, 庸獨安於心乎? 側聞都下之人, 亦相驚惑, 咸懷駭散之心, 未有急難之義. 廟社在此, 神靈監臨, 奮忠忘身, 勤王敵愾, 則聲勢自振, 賊何足平哉? 勞心斂怨, 使時勢至此, 孽實由己, 擧顔慚恧, 惟爾士庶, 自乃祖、乃父, 涵濡國家厚恩, 久矣, 一朝臨亂, 乃欲棄予. 予不汝咎, 汝寧忍予?

今玆遍諭, 誕敷心腸, 敎到, 尙迪果毅, 糾合義旅, 應予元戎節

....
* 　此: 底本에는 磨滅됨.《亂中雜錄·壬辰上》에 근거하여 보충.
* 　乖: 底本에는 磨滅됨. 上同.

度, 以期殄滅, 雪祖宗之耻, 洗山河之辱。泊各道兵民, 咸恕予辜, 體諒至意, 奮發勦賊, 按堵如故。於戲! 內憂外侮, 予雖有致寇之責, 主辱臣死, 爾豈無敵愾之忠? 故茲敎示, 想宜知悉。

萬曆二十年五月十一日, 舍人沈岱奉敎到本道都巡察使所在全州府, 傳書遍諭列邑, 而自鎭安到此。主兄戎服祗迎, 前後四拜, 縣吏李彦弘讀敎旨, 聞來, 人皆不覺涕下。一聞責己之詔, 人心如此, 感動之機, 其不在於人主乎? 嗚呼休哉!

永同人通文【壬辰五月十三日】

國事至此, 痛哭痛哭, 彼賊已向京都, 凡爲臣民者, 何以爲心? 痛哭痛哭。父子君臣, 一樣無間, 小有人心, 則寢食自安乎? 痛哭痛哭。況經亂之地, 父母俱死, 妻子被據, 擧家焚蕩, 世業一空, 天地間怨讐, 無大於是。痛哭痛哭。若不預防, 後悔無及, 欲與同志者, 戮力報復。不審諸賢其亦念否? 勿論貴賤, 有膽氣能射才勇者, 今月十七日, 會于永同射廳近處, 議定大事, 千萬幸甚。不解文百姓, 恐不知見, 謹以常談大概通文, 斯速知委, 使之感激, 則必有忠臣義士, 唾掌而起矣。痛哭至此。

同月十六日到此。

全州儒生通告左道列邑文

國運不幸, 島夷憑凌, 數百年宗廟社稷, 一朝灰燼, 十二世休養生靈, 半爲魚肉, 翠盖出關, 消息漠然。言念至此, 不覺痛哭。惟我一路, 封壃粗保, 兵食尚裕, 此實國家倚賴恢復之地也。

第以訛言喧逐, 人心渙散, 敵兵未至, 先思奔潰, 賊若犯境, 將何以禦之? 凡我一道之人爲父兄者, 以效忠殉國, 勸戒子弟, 爲士卒者, 以親上死長, 勉勵志氣, 唾手當鋒, 洗雪山川之恥, 仗義殲賊, 光復祖宗之業, 則爲君父急難報復之義, 庶可盡矣。嗚呼! 十室尚有忠信, 況此湖南, 豈無勇智奮義者哉? 或薦拔推獎, 以至大用, 或納粟獻馬, 繼補軍資, 公私合力, 終始一心, 此正今日急先務也。

當國家危急之時, 爲臣子匡濟之謀, 想必應同, 而生等鄙抱, 不可不先爲布告, 故敢此懇惻。伏惟照管此意, 遍諭閭巷, 使之鎭定群情, 激勵義策, 幸甚幸甚。

壬辰五月十四日, 右全州生員李鎰等二十餘人。

古阜儒生檄文

盖聞天地之大德曰生, 人民之正氣曰義, 好殺伐者, 天降罰, 建大事者, 人必歸。肆攄寸心之哀, 用激四方之聽。我國家澤潤萬物, 德高三韓。列聖重熙, 方享豫大之運, 斯民不幸, 適丁否極之時。蠢玆黑齒之微, 敢犯青丘之大。逞封豕之噬突, 吞食嶺南, 致玄蜂之螫辛, 巢窠赤縣, 戕賊黎庶, 塗肝腦於泥沙, 焚蕩里閭, 漲烟火於山野。劫掠士女, 攘奪貨財, 纂據其邦, 背絕上國。棄禮義損廉恥, 惟懷犬羊之貪, 稱干戈上首功, 專務盜賊之事。行禽獸心蛇蝎, 素不齒於人倫, 家舟楫窟波濤, 常作群於異類, 人臣之所同疾, 神祇之所不容.

惡積禍盈, 是兇徒促亡之日, 主辱臣死, 當臣子效忠之辰. 以至不仁, 行大無道, 凡居此土, 義不戴天. 此正溫太眞洒泣登舟之秋, 祖士雅擊楫渡江之會也. 奉勤王之悲詔, 豈無垂涕之文山? 奮募士之戎行, 必有奪蘁之武穆. 完府·錦城若諸郡之奇士、龍城·光山與列邑之雋才, 抱經綸之良圖, 薀韜鈴之秘訏, 望義旗而雲合, 聞戰鼓而風從. 爲鳥爲龍爲風爲雲, 布八陣於漢北, 如貔如貅如熊如虎, 齊七步於華南, 電擊雷馳, 廓妖氛於九闕, 乾旋坤轉, 光廟祐於一朝, 梟義智於蒿街, 垂大名於汗竹. 勿忘聖主, 更期丕基於重興, 共覽義章, 無貽後至之深悔.

凡有忠君愛國之心者, 不拘文武前銜、尊卑、耆耇、儒生、閑良、僧俗、衙前、驛吏、奴隷、九流、雜類, 今月二十七日, 咸會于參禮驛前者.

古阜居儒生金睍、金昕、金暹等.

慶尙道儒生郭再祐書

再祐拜手稽首, 謹上書于金招喩使前. 倭賊一來, 望風奔潰, 雖由於民心之離散, 實非臣子之所忍. 僕雖駑鈍, 敢出萬死之計, 今月初四日, 率勇壯四人, 逐倭船三隻於洛江下流, 初六日, 倭船十一隻又到於初四日所戰處, 率勇壯十三人逐之矣. 倭之所持者, 只長劒與鐵丸而已, 火藥必盡, 故常常放炮, 而鐵丸不來, 賊之情實, 已可知也. 長劍則必相接數步之內, 然後方可用也, 則强弓勁弩, 何必待數步之內而射之也? 以此料之, 則以我軍之一, 當彼之百也, 以我軍之百, 當彼之千也。

惟先生忠節, 已動於通信之日, 義氣亦發於分閫之時。僕前欲自薦, 旋聞以濫車赴京, 不勝長痛淚涕於革伏之間, 豈料今以書招之乎? 卽欲馳報, 諸率未會, 當收合壯軍而赴之。且宜寧縣, 要衝之地也。背堵掘臨鼎湖, 倭雖百萬, 難以卒入, 伏願先生商量來臨。守城之策, 爲先生籌之。書不盡意, 萬不一一。

全羅道前東萊府使高敬命檄

萬曆二十年六月初一日, 行副護軍高敬命馳告于道內列邑士民等。玆者, 本道勤王之師, 一潰於錦江返旆之日, 再潰於列郡招諭之時。蓋緣控禦乖方, 紀律蕩然, 訛言屢騰, 衆心驚疑。今雖收拾散亡之餘, 而士氣摧沮, 精銳消輭, 其何以應緩急之用, 而責桑榆之效乎? 每念乘輿播越, 官守之奔問久曠, 宗社灰燼, 王師之肅淸尚稽, 興言及此, 痛徹心膂。

惟我本道, 素稱士馬精強。聖祖荒山之捷, 有再造三韓之功, 先朝朗州之捷, 有片帆不返之謠, 至今赫赫, 照人耳目。于時, 買勇先登斬將塞旗者, 豈非此道之人乎? 況近歲以來, 儒道大興, 人皆勵志爲學, 事君大義, 其孰不講? 獨至今日, 義聲消薄, 恇擾自潰, 曾無一人出氣力思與賊交鋒, 而競爲全軀保妻子之計, 奉頭鼠竄, 唯恐或後。斯則本道之人, 不惟深負國家之恩, 而抑亦忝厥祖父矣。今則賊勢大挫, 王靈日張, 此大丈夫立功名之會, 而報君父之秋也。

敬命章句迂儒, 學昧韜鈐, 屬玆登壇, 妄推爲將, 恐不能治軍整衆, 爲二三同志之羞。但人臣之義, 當死於國難, 兼以師直爲壯, 不在多寡, 唯思張膽北向, 以爲士卒先。今月十一日, 是惟師期。凡我道內之人, 父詔其子, 兄勖其弟, 糾合義旅, 與之偕作, 願勇決以從善, 毋委靡而自誤。故茲忠告, 檄到如章。

使此檄發於巡察返旆之初、人心思奮之時, 則扼腕興起者必多, 而巡察亦必有感愧之心, 徵師之期, 不如是之迂緩也, 入京之賊, 亦不至累月據城, 暴掠畿邑, 使生靈塗炭, 若是其甚也, 惜乎! 其晚也哉晚也哉。然觀其文, 義理嚴正, 辭鋒壯勵, 其必有奮發而赴義者矣。

且今見雲峯傳通, 賊倭來犯晉州, 接戰南江, 大敗還走, 至於旗旌盡棄而走云云。又郭再祐駐兵宜寧鼎津, 賊不能渡, 還歸金海云云。又金沔等義兵二千餘人欲攻星州入據之賊, 初四日發向云云。乃是月初七日, 始聞此奇。

封世子詔
王若曰: 席基緒而忘危, 旣致干戈之逼。簡元良而貳極, 聿係臣民之望。位雖匪安, 亂豈忘慶? 茲當播越之日, 誕布告諭之章。

眇予不明, 遭家多難。廿五年祗畏, 雖欲自盡乎吾心, 百萬生此離, 奈此方來之民怨? 幸茲麟趾之播詠, 實賴燕翼之有貽。撫民縱乖乎其方, 建儲尙念其當早。冊禮宜謹, 漢臣之章奏徒勤, 日月久稽, 范鎭之鬚髮已換。徂茲蠻獠之外侮, 適乘邦家之內訌, 侵鎬及方, 列城之保障齊潰, 剝床以辨, 七廟之衣冠將遷。天步蒼黃, 予何執讓之徒固？人心危懼，足宜定本之當遷。

第二子光海君琿，天資英明，學問精敏。仁孝夙著，久屬億兆之情，謳歌有歸，可繼先王之祚。茲進封王世子，仍令撫軍監國。事雖擧於蒼卒，計實定於前時，臣工莫謂予偶然，根本固不容遽爾。

今來箕邑，始頒中外之書，昔在漢都，已受臣民之賀。關中需少海之澤，道路望前星之輝。皇天尙佑于祖宗，社稷豈安於偏壤？游魂已褫，漢水之風濤向淸，官軍思奮，赤縣之辟疊垂廓，龍樓正問寢之禮，鶴禁復舊都之儀。

嗟！我臣民，諒予至意，願爲太子死，毋眙一人羞。敷告用亶，爾宜咸造。於戲！若涉大水，茫未知其津涯，弘濟艱難，用敬保於元子。故茲敎示，尙宜知悉。

逆賊緣坐疏放赦

王若曰：罪通天而難貸，已擧討惡之章，恩特地而竝生，肆頒赦辜之令。予推大惠，爾宜自新。頃在逆賊之構兇，幷與蘖芽而罹罪，縱攸司之卽爾，在我心而惻然。逆賊法當緣坐外，盡爲疏放，肆推曠蕩之仁，咸囿生成之澤。故茲敎示，尙宜知悉。萬曆二十年五月初九日。

此兩詔自箕城一月始至，乃六月初九日也。龍潭縣令徐應期陪奉，主兄祇迎于五里程，行前後十二拜于庭下。此夕始聞大兵潰散之奇。縣吏李浩然領軍糧，自■■下來，詳言首末曰：今月初四日，諸軍圍水原府，則倭賊知，已逃，初五日，龍仁行院後賊據險結屋，前列鹿角，又設防牌，入屋不出。我軍地險不能進，防禦使傳令促進，諸將不得已皆下馬步進，賊三四人拔劍突出，亂擊如麻，死者相枕。前鋒將白光彥、古阜郡守李元仁、咸悅縣監鄭淵、助防將李之詩，一時被刃而死，諸軍皆散。李、白兩將，才勇出衆，人皆恃此爲固，而爲防禦使所迫，至於敗死，衆皆奮氣。

初六日，又進戰，賊自京路建旗下來者甚衆，圍防禦使陣。四賊先着鐵廣大，奇形異服，揮金扇，騎馬馳來，又數十餘賊，或步或騎，拔劍隨後而進，人皆驚亂，諸將一時潰散。賊追逐亂斫，我兵棄軍裝，或脫衣而走，自相踐踏，死者無數。巡察亦棄大旗，僅以身免，一應軍粮、軍器、旗鼓、戰馬，盡棄而走，皆藉寇之資，不勝驚痛。人之所恃者此擧，而至於此極，他無更望之地，人莫不喪心。賊之所畏者此道，而此道示弱，賊必輕侮來犯，何以爲禦？以十萬之衆，爲數三十賊所驅，無一人返而發矢者，尤極痛憤痛憤。

前日金山之戰，驅迫我兵，促進臨門，使我軍多死，今又如此，人皆咎防禦之無謀而愎。結屋入據之賊，不過三四十，而恃險爲固，不可輕近，而迫令步進，先鋒四將，一時致斃，只井邑縣監權晋卿，僅以獨免云云。防禦之意，必輕視小賊，易與之制，而返爲致敗，諸軍喪膽，翌日之潰，莫非由此，而防禦先走，諸軍繼散云云。巡察行裝盡棄，牙兵、軍官皆散。艱得馬，獨騎而走，適一營吏執鞚而禦馬，故得脫云云。巡察不食朝飯，脫走至遠，覓食不得。唯一驛子以破筒裹飯和水而進，與其子分食少許，自忠淸內路，渡龍安江而至本道。尤可痛恨者，火藥、鐵九、菱鐵等物，盡爲賊用，他日返害我軍，必由於此也。當其潰散蒼黃之際，印信、兵符，亦皆棄之，而印信則南原吏【或云子弟】僅得取拾而走，兵符則皆失云。任實縣監印信，亦矢云矣。

今若廓淸妖氛，則與李應一爲約曰"旬望間，必聞克捷之音，雖徒步，卽日上去，尋見老母妻子"，丁寧有計，而事勢至此。老母妻子弟妹，累月竄伏，無路得食，必爲餓死。而生前更不得相見，莫如寧我先死，不知之爲愈也。每日心念曰："老母妻子弟妹，今夜宿何地，而今日食何物？"雖欲分食我食，其可得乎？北望痛哭，寸腸自裂。老天茫茫，使無辜蒼生，橫罹鋒鏑，肝腦塗地，此何心哉？雖曰不怨天，吾不得不怨也。

將者，三軍之司命，而將不知兵，以其民與敵。今也以三軍之命，付諸不知兵之拙將，安得不敗事也？賊據都城，今至三朔，肆行摽掠，駄載絡繹於嶺南之路。一人常驅四五馬，而無一人要奪者云，可勝痛哉！

昨，聞今月初八日，倭賊百餘人，自金山歷黃澗北村，將向靑山之路，永同縣監韓明胤率射夫，要於隘路，密擊射斬十三級。其中一魁，騎駿馬着甲胄，前立紅旗，指揮諸軍，亦射殺，盡奪卜物十餘駄，而衆寡不敵，不能盡捕云。孰謂書生無膽氣？可謂壯哉！此道巡察領數萬之衆，一朝敗衄，非徒無益，反助賊勢，痛哉痛哉！身膺重寄，今至三年，一無寸效，而反不如一腐儒之功，寧不愧哉！寧不愧哉！

都巡察檄文【四月晦間到此，列邑無一人應募者。巡察徒文，而亦不得踐言，可惜可惜。】

嗚呼! 蕞爾倭賊, 毒種蜂蠆, 性毓蛇虺。陰懷猾夏之心, 敢肆跳梁之計, 陷城池數十餘處, 居士卒幾千萬人, 怯怯守臣聞聲而鼠竄, 懸駭群姓望風而波奔。嶺南山河, 盡入豺虎之窟穴, 湖西草木, 半染犬羊之腥膻。石勒之寇, 直向神州, 宗社之羞罔極, 沒喝之師, 將次河上, 廟堂之憂無窮。言念及玆, 欲寐無覺。宵肝下哀痛之詔, 岳瀆展祈禱之誠, 惟我率土之濱, 凡在含血之類, 所當腐心扼腕, 孰不奮拳揮戈?

脣亡齒寒。雖失輔車之勢, 主辱臣死, 宜盡勤王之忠。惟我忍戴不共之天? 冀雪無前之恥。雲飛之猛將如虎, 鶻擊之勇士若林。祖士雅誓淸中原, 肝膽如斗, 張淑夜入援京洛, 涕淚懸河。虎旆龍旌, 當掃燕巢於幕上, 蛇矛月戟, 期煎魚戲於鼎中。

惟爾湖南, 素稱禮義之鄉, 實是人材之府, 咸售疾風之勁草, 共作板蕩之忠臣。念我二百年休養之恩, 一乃億萬人慷慨之志。親上死長, 仗大義而先登, 斬將搴旗, 使隻輪之不返, 豈特沖甲功高一代? 抑亦車達澤流耳孫。勉以身許國家期抗節而效死, 無以賊遺君父庶竭力而捐生。檄到, 各勉以忠義, 倡率壯夫, 晝夜馳來者。

六月十三日, 前水使李繼鄭起服, 定爲助防將, 來鎮此縣東六十峴。峴乃安陰地界, 而恐賊蹂此而來犯也。前者, 伏兵將前僉使南應吉來禦, 而恐其不支, 以秩高武臣來助。軍官十六員, 此縣軍及任實、鎮安軍竝一千餘名, 分守三處, 以遏橫衝。

且十六日, 朝, 巡察調兵關來到, 更抄精兵, 自群山倉前乘船, 直到行在所云。人皆憚行, 恐不得如意聚會也。兵使崔遠聞巡察兵

敗, 已調數萬兵, 分定諸將, 今十二日, 自完山發行, 已到礪山。待
其軍聚, 直向京城云。

前府使高敬命、崔慶會、金千鎰等奮忠舉義, 檄告列邑, 則或前
朝官、或儒生等各率壯奴應募者多。已於今月十一二日間, 會於參
禮驛前, 將向上路云。必與兵使爲犄角之勢也。巡察之僨師, 皆由
於兵多將拙, 不能御衆, 使人心不服, 衆情不一, 故一人退步, 諸軍
幷散。今此高而順之兵, 初非威勒, 皆自赴義, 衆心齊一, 各自奮勵,
必成大功。跂足以待。

且湖城監以王室末裔, 亦自奮忠。承元帥指揮, 月初, 下來完山,
已令自募, 忠義衛應募者亦多。此縣忠義應赴者, 亦六七人矣。且聞
白光彥性懍慷慨。常憤倭賊之衝斥, 人皆退遁而無禦者。初五日之
戰, 李之詩謂光彥曰: "賊居高險, 日又將暮, 待明更戰何如?" 光彥
曰: "令公亦出此言乎?" 擁楯直進, 賊不意突出, 諸軍一時擠仆, 因
被斫死云云。光彥常謂所領軍卒曰"使汝等先進, 而我在後, 則汝等
以我畏死矣。今則我當汝等之先, 汝等救我"云云。雖曰輕進而致
死, 其志則可謂獨立於頹波矣, 可惜可惜。光彥所率之兵, 聞其死,
莫不揮涕云云。

且縣吏自完山回來, 因聞賊已渡臨津, 乘輿自箕城巡越咸鏡道
咸興云, 不勝痛哭痛哭。松京、海西之民, 亦必糜爛於兇刃之下, 而
允誠亦爲逃竄於山中, 未知生耶死耶? 尤極痛哭。吾老母妻子若走
西, 則恐不得免也。但允謙平日常言"避亂之地, 莫如關東", 而又聞
今春與其友生, 往見可居之地於洪川云, 若然則必走東而非西矣。

且賊聞京中士女多避於西山, 不意圍襲, 多掠士女云, 不勝痛

憤痛憤。且是日昏，與主兄對坐衙軒，各說亂離之事。上痛主上播越，宗社將傾，未知厥終，稅駕之所，下悶無辜蒼生，陷於塗炭，一家老母妻子弟妹，未知生死，相與痛泣，無以爲懷。因酌秋露一杯，又各飮一杯，至於四五盃，因致半醉。出來山亭，萬籟俱寂，皎月如畫，陪童等皆熟寐。追念老母妻子弟妹，如此月夜，宿於何處，而亦見此月乎？不勝悲愴，淚落如雨。因跪庭攢手拜禱曰：“願天保存老母妻子弟妹，更得相見，則雖死無悔也。”禱畢，携與應一、宗胤，徘徊東軒下，因歷凝碧亭，至於鄉射堂，吾足跌仆地，因傷母指而還寓，夜過半矣。此非玩月遊戲，而胸懷罔極，聊瀉我憂而已。

　　且十七日雲峰傳通內，慶尙義兵將前佐郎金沔率居昌兵六百餘人，邀擊自京下來之賊於星州武溪津，捕獲二船。一船則幾盡射殺，一船之內，皆載宮中寶物，至於御諱所書之物多得云，尤極痛憤痛憤。今聞嶺南之人，皆懷奮勵，竄伏林藪者，盡出赴義，處處伏兵，要斬往來之賊云，天將窮兇極惡之賊，必勦滅而無餘乎？

　　是月十七日，夕，靈巖林妹使人來問老母消息。見其妹書，不覺淚下。若兩日之程，則可以往見，以展罔極之懷，其可得乎？翌日，裁書還送來奴。老母妻子以隔死生，而適與此妹同在一道，雖路遠不得相見，而若有顚越之患，則可以投寄於其家矣。十九日，主兄領兵赴巡察之徵，到縣界德安院，聞賊去十七日陷知*禮縣，來犯本道茂朱境釜項伏兵處，伏兵軍、全州人等潰散來者甚多，不得已還縣。

………
*　　知: 底本에는 “智”. 일반적인 지명용례에 근거하여 수정. 이하 모든 “智禮”는 “知禮”로 고치며 교감기를 달지 않음.

送人探問, 則答通內, 賊十六日縣境茂豊倉、釜項近處三處伏兵所來犯, 且戰且退, 結陣於倉前, 賊還歸知禮後, 時無聲息云云。

竊聞賊釜項洞上來時, 茂朱縣監望見先走, 諸軍一時潰散, 張義賢在他處伏兵所, 領軍馳進, 則賊已退無及云。釜項, 至險之地, 而若埋伏林藪要險處射之, 則賊必退走, 救死之不暇, 而縣監先退示弱, 賊必輕侮。不久, 有長驅之患, 可勝痛哉!

安陰居忠義衛鄭惟榮、校書正字朴明榑等通文【六月十九日到】

夫以兵家勝算, 在善料敵, 而彼常料我, 我不能料彼, 終始墮其術中, 而尙不知悟, 可勝痛哉! 賊自東萊, 分爲三道, 沿洛東以左鳥·竹嶺、秋風三路, 以達京師, 留黨設伏, 自往自來, 又分一運, 竊發於泗川等地, 以爲衝東擊西之謀。而弊道之不沒者, 惟居昌、安陰、咸陽、山陰、丹城五官也。招集散亡, 烏合其群, 而一備宜寧之鼎巖, 一伏晉陽之要路, 或斥高靈、草溪, 或塞知禮、星州, 勢甚單弱, 朝夕待陷, 而無人來援, 計將奈何? 方賊之乘勝長驅也, 貴道防禦使來遏金山, 雖不久留, 其功亦大矣。

今聞入城之賊自月初二, 晝伏夜下, 至今不絕云。懸軍深入, 兵已老而銳氣衰, 其勢當退也。苟不能直截去路, 使兇酋全師還海, 則雖今日得以安眠, 起視四境, 倭兵又至矣。縱未使隻輪不返, 庶可塞其要害, 埋伏邀擊, 以勦餘類, 則其制勝之策甚大, 而弊道力綿, 不閱我躬, 成此膚功, 其不在貴道乎?

等白面一書生也。瞻望西方, 一人何所? 隻手孤援, 請纓無路。雖乏弓馬之才, 尙切敵愾之心, 願從諸將軍後, 以自效萬一也。伏惟諸將軍奮劍鳴鞭, 往赴秋風, 以遏徂旅, 毋失機會也。頃者, 稱號湖南監司者, 或踰雲峰指全州, 或由黃澗向茂朱云云, 此不過恐怯貴道, 俾不得他援也, 而貴道信之, 只遣將領軍, 嚴備八娘峙、六十峴, 幾日月矣。雖隣國受敵, 尙且往救, 況嶺南, 貴道之藩籬, 而亦一國地也。脣亡齒寒, 其勢岌岌, 而玩兵不赴, 觀望成敗, 若楚人視秦人之肥瘠歟? 嗚呼! 此在一國之大勢如何, 有何加損益於已敗之弊道耶?

唯彼沿江諸賊, 只是護其黨往來之路, 無意遠入於太山、長谷之間, 牛旨之險, 必不能過, 又何間關渡涉於弊邑西川, 以踰六十峴乎? 萬萬無此理, 僉豈區區守山谷一隅, 寄名伏兵, 而無裨於急難耶? 若以爲三道官軍, 猶且敗走, 安能以孑孑孤軍, 乃當其鋒云, 則是大不然。官軍則積畏之餘, 望風自奔, 可付之一笑。惟此伏兵, 臨機應變, 以絶其路, 只在諸將之出奇何如。矧昔劉錡[*]、岳飛以三千騎, 敗金人百萬之衆, 是不可以多寡論兵也。

時乎時乎, 不再來, 更須一以將此書, 星馳火發, 上報巡察, 下告列邑。一以率六十、八娘伏兵, 卽日奔救, 毋貽後悔。徵兵討賊, 雖曰當道任事者之責, 而非小縣一儒之所敢冒也。然哭庭乞師者, 未必曾爲大臣, 奔陣死敵者, 亦是不識君面, 則其矯制而勤王者, 單騎而赴難者, 僉豈辭焉? 旄葛誕節, 叔伯多日, 是以傷之, 痛哭。

萬曆二十年六月十八日, 慶尙道安陰人等通文此縣六十峴。今觀

* 錡: 底本에는 "琦". 《宋史·劉錡列傳》에 근거하여 수정.

此文, 理勢然矣。然各有界守, 非主將之令, 豈可擅越他道乎? 況賊已犯茂朱界, 遑恤我後乎? 將此文, 已報巡察, 未知何以處之。

此月十六日, 義兵將金千鎰領精兵三百, 自礪山已向京城, 兵使十七日亦領萬五千餘軍, 直向上路, 千鎰則已到天安, 兵使已到公州云云。高敬命則軍器、軍粮未備, 隨後登程云, 而昨日, 其軍官進士崔尚謙以列邑求助事, 持亞使關來此, 相見喜倒, 悲感又至。各說亂離之事, 相與對泣, 同宿我寓。翌日, 朝向龍潭, 而歷錦山、珍山, 與高而順約會於礪山, 其兵亦千餘云云。但義兵將, 皆儒者, 不閑軍旅, 機械亦齟齬, 成功未可必也。然前日大軍之敗, 軍情不一, 各心其心, 故一見賊而先潰, 今此義兵, 皆自赴募, 不待人强, 衆心齊一, 雖小可敵矣。此縣軍粮二馱、長·片箭各五部·鐵丸百介, 送至軍所。崔公乃余同里閈, 而今居任實妻家。其父母同産, 具在京城, 未知死生, 募赴義兵, 欲尋見父母, 其懷抱, 與余同也。

廿二日, 茂朱栗峴, 賊五六潛蹤探見虛實, 而翠日自沃川地赴錦山, 與錦山守相戰。衆寡不敵, 錦山太守三戰三敗, 至於落馬, 未知生死, 而賊已入郡, 分掠四境云。此乃賊先試茂朱, 以爲衝東擊西之計, 而我軍不知, 每墮其術中, 不禦錦山之界, 只防茂朱, 可勝歎哉! 此必長驅入完山之計, 誰能禦之? 湖南亦爲塗炭之中, 尤可痛哉。

廿六日, 曉頭, 衙屬來釋天菴。遠近民生, 男負女戴, 逃入山中, 閭里一空, 山林反爲非寂。賊若來搜, 則恐被池魚之患也。助防將李由義、南原判官盧從齡領兵馳援事, 自龍城, 今當到縣云云。是夕, 東風大吹, 終夜不止, 廿七曉始雨, 數日之內, 必不霽也。初欲今日分置穀物於深谷人所不到處, 以爲他日入山時緩急之用, 因雨未果, 更竢雨晴爲之.

朝來偶披書匣, 披見老[*]母去四月卄日裁簡, 不覺淚下. 其存其沒, 尙不得聞, 敢望更見書字乎? 老母之簡, 已送靈巖林妹處, 見後使之珍藏耳. 且見主兄書, 賊結陣於錦山五里外, 錦山守則戰敗後, 馳來其郡, 卽嘔血而死, 其妻子僅得草藏, 步向鎭安之路云, 不勝哀痛哀痛. 光牧乃其四寸, 必向投寄矣.

告同道州府郡縣檄

維萬曆二十年六月二十六日, 通訓大夫行光州牧使權慄敢以一檄馳告于同道列邑守宰諸公足下.

嗚呼! 上天不仁, 降割我國. 自有賊變以來, 首尾纔三閱月, 嶺南一道及湖西、畿甸, 蕩然爲賊藪, 使二百年衣冠文物之鄕, 一朝盡汚於腥膻屠戮之慘, 猶草薙而禽獮. 一國之人披靡惴擾, 莫敢枝梧, 以至乘輿播越, 而社稷丘墟, 喪亂弘多, 前古所罕, 痛哉痛哉!

近來朝家所賴, 賊徒所畏, 唯我本道, 庶以爲中興根本, 而龍仁之戰, 以數萬全師奔北於五六十之零賊, 士氣大沮, 兵力銷頓, 收復之勳, 不可以日月期, 吾儕之罪, 於是始重矣.

往在高麗之季, 東韓是讎者, 只三島之賊耳. 前後敗衄於官軍, 不知其幾, 然猶往來相繼, 出沒不絶, 虔劉我士民, 蹂躪我壃土, 兵連禍結, 至四十餘年之久. 況彼平秀吉者, 兇强陸梁, 合諸道而一

....

之, 其懷姦稔惡, 盖非一日積矣。使來犯釜山之後, 有猛將精兵, 揚威殄敵, 令片帆不還, 則夷且慴伏巢穴, 不敢生心, 而國運不幸, 恬憘已久, 蕞爾小醜, 得以千里長驅如升虛邑之境, 所謂"無人呵禁誠樂上"之語, 今復見之矣。由是言之, 後日之患, 庸有極乎?

竊觀今日事勢, 駕一葉泛大瀛海之中, 爲狂風猛浪所驅, 蕩楫摧檣, 傾危在呼吸之頃。舟中之人, 須共出死力以救之, 庶可獲濟, 否則將盡淪胥而無及矣。凡我三韓士庶, 囿於聖朝治化之中者, 皆當家自爲戰, 人自爲怒, 瞋目張膽, 如報私讎, 然後得上救君父, 而下保妻子。況受國厚恩, 分憂百里, 總軍民之政, 而承保障之任者, 其職分爲如何哉? 本道幸不被鋒鏑, 完盛猶依舊日, 爲吾儕者, 不可以一敗自退縮, 而唯息偃在床, 又不可循習故常, 旅進旅退, 苟應主將一時號令指揮而已。須激厲奮發, 以思徇國家之急, 而立非常之功。

伏願諸公幸更收合士衆, 整治器機, 恔心戮力, 俱爲一體。慄雖無狀, 當策勵駑鈍, 爲諸軍先, 據一道要衝, 使狂賊不得侵軼, 而又乘機進兵, 次第剪除, 以爲大軍、義兵聲援, 俟江漢旣淸。而鸞輿言旋, 乃復乘勝蹂嶺, 水陸齊進, 使鼎魚穴蟻糜爛而無所逃, 則三軍之氣大振, 而五廟之耻少雪矣。將以橫截海洋, 直擣對馬, 又何難之有?

嗚呼! 人生天地間, 所以能自立而與禽獸異者, 以其有彝倫也。君臣之義, 炳如日星, 舍生取義, 君子所欲。今之臨敵惬怯, 棄旗鼓先遁者, 不過忘君自私僥倖偸生而已, 不知醜虜得志, 王事日棘, 雖欲鼠竄草間, 以圖苟活, 其可得乎? 又能投拜犬豕, 有靦而目, 甘爲之臣妾乎? 而況天網不漏, 國法尚嚴。敗軍僨師, 自有定律, 其身伏斧鑕, 爲世大戮, 妻孥沒官, 鬼神無主, 孰與一死報國, 身名俱榮者乎?

慄承先人庭訓, 稍知事君之義, 而自從軍失律之後, 益不能自聊。每當餐而咽, 當寐而惕, 出門懅從騎, 俯仰愧神明。生不能爲國家絲毫補, 死無以見先人於地下, 所以至今不死, 而猶擧頭向人者, 以欲與二三同志, 勉爲收之桑楡之計耳。更願諸公諒我自責之心, 恕我狂妄之辭, 執殳偕作, 有進無退。檄到如章, 言不盡意。七月初一日, 領兵直向茂朱等地計料, 有意之士, 各自領軍, 同處馳到。【二十九日到此】

今見此檄, 可謂不負所受, 而列邑之中, 必有奮起者矣。然賊入錦山, 今至五六日, 尙未聞勦擊之音, 將合力而未及耶?

是月卄八日, 夕, 埋神主于寺西山腰木麥田畔土燥處, 落種木麥, 使人不知其處也。籍以衣服, 納于籠中, 先裹油苞, 次以草席。穿土及深, 縱橫其木, 補以麻骨, 四面亦以麻骨橫立, 又藉乾草 後, 入安神籠。其上亦如此後加土, 使濕氣不入也。亂離孔棘至於此, 先祖木主, 不得保存, 先埋土中, 將欲更入深谷之深, 其爲哀痛, 可勝言哉!

馬鞍、衣裯, 藏于寺東巖孔, 糧米又分藏于谷中石穴, 爲他日入山取用之計耳。又米十三石, 藏諸寺厠間空處, 主嫂衣裯三負, 又藏于東谷深處巖間, 奴石只、開孫及官人同伊知之耳。自入山中, 懷抱尤惡。望見縣東嶺, 人若越來, 則未知將何奇而來耶, 將恐將疑, 無以爲心, 而若得無事之報, 則稍安矣。然兵使領兵上去之後, 勝敗消息, 尙未得聞, 而賊據錦山, 爲日已久, 而未知其終何以爲禦, 徒爲痛泣而已。

　　應一患疵，至於累度，尚未離却，英眞之庶祖母，今日亦患此病，悶慮悶慮。今日乃立秋，而自亂生初夏，至於三閱月，而尚未寧止，兇賊之衝斥猶未已，不知何時復見太平日月，而老母妻子飄落何處？其生其死，杳莫聞知。念及於此，哀淚自傾，其可忍乎？

七月

七月初一日

是日乃仁宗諱日，而去念八，亦明宗忌辰也。主上播越，當此兩日，何以爲心？瞻望北天，不覺淚下。主兄以六十峴防守事，昨日還到縣境。邀我共敍，故朝食後，當馳進計。李國弼亦亂初率妻子棄官逃竄，卽伏其辜云，而今又聞之，隱伏深山，尙保餘喘，飢餓將迫，人有周急者云云。然皆是塗聽，未詳其實。是日，聞主兄縣地天蚕里韓應期亭舍來宿，卽馳往要見，而中道聞龍潭松峴伏兵望見賊旗，先自潰退云，馳進其亭，僅得一面，而還到山中，夜已深矣。賊先文于龍潭，其文不可解矣。大槪稱觀察使、按撫使撫育居民爲名，而實誑誘愚民耳。賊已陷龍潭、茂朱云。今明當到此縣，凡事預爲措備。官中之物，亦爲埋土耳。

七月初二日

朝食後, 徇屬更入寺後深谷, 因樹爲屋, 止宿。但來時, 谷路險側, 艱得上來。而主嫂善步, 別無倩扶之患, 只英眞祖母行到半道, 得瘧證苦痛, 使㐥孫、開孫兩奴, 寸寸負扶, 僅到結幕處, 悶慮悶慮。應一離却, 是可喜也。

縣戶長李玉成率陪牌五人, 來衛徇屬事, 尋到山中, 卽令還送伏兵越嶺處。凡賊候奇望聞, 則馳報, 俾無蒼黃之患也。若賊入縣, 則更踰一嶺, 深藏林藪計耳。此幕去寺十許里, 而樹木參天, 不見日光, 雖三庚苦暑, 皆着袷衣, 不知其熱矣。但日夕, 蚊蚋叢集, 是不可支。千里他鄉, 躬逢亂離, 不得與老母妻子共嘗艱難, 而身且不得安居, 逃入深山窮谷人跡不到處, 艱楚萬狀。倚樹深念吾老母、吾妻子、吾弟妹何地何山何谷中何水濱, 食何食飮何粥耶? 得無飢餒相與捧腹而泣耶? 哀淚沾襟, 不覺聲發於外也。

且自綿山, 歷茂朱、龍潭, 至鎭安、長水, 其間山路陝側, 要害回曲處甚多。而若埋伏數百射手於險阻處, 多設疑兵於山嶺林藪, 則彼雖衆, 必不輕進, 而諸將無一人建一策禦敵之計, 而聞其聲而先自退遁, 不勝痛憤痛憤。錦山射夫二人自兵敗退散時, 伏於路下草間, 最後騎馬兩賊射殺, 奪其騎馬, 馳獻于巡察, 巡察卽優給賞賚云。彼二人一心射賊於衆賊之中, 奪馬而還, 若數三猛將各厲其心, 各率二三十射夫, 伏於要害, 齊聲共射, 則賊必奔還其穴, 而何暇侵犯他境乎? 到處先潰, 如入無人, 其輕侮長軀, 固其所矣。痛哉痛哉!

七月初三日

在山中。是日乃祖母忌日，而京城失守後，各自逃竄，必無獻奠之人，悲痛可言？曉來夢見荊布在館洞家，宛如平日，末女端兒，塗粉淨粧，吾卽抱坐膝上。俯撫其腮曰：“汝念我否？”因以泣涕漣漣。方與荊布各說流離之苦，言未及竟，遽然覺來。身臥樹下，東方已曙。深思夢中之事，昭昭如見，不覺淚下。自亂離後，三入夢中，其生耶？其死耶？何如是頻入我夢也？老母一不得夢，是何故也？夢中之事，雖是虛事，思欲一拜於癙寐之間，而亦不可得，我之誠孝，未至而然耶？悲痛尤極尤極。

朝食前，戶長李玉成馳報曰：昨日賊直到縣境狐川面，人家焚蕩，錦山安城倉，亦爲衝火。今日丁寧入縣，而主兄及助防將、南平縣監退兵結陣於縣前院云云，故食後，又與衙屬裝束，更入深谷。山愈高峻，而險側無路。十步九顚，寸寸休憩，欃陟嶺上。杻木成林，左右分披而行，直至最高，四望無際。嶺之東則慶尙道咸陽界，而距郡一息半程，東北間安陰境，而二息程，其南南原地，而其程則三息餘里，雲峰又在其間，距此一息半程云云。

自嶺南崖而來，如自壁上而下。僅僅相扶，而未及山腰，有巖斗起，高可七八丈。其下冷泉竇出。古有佛菴，其基尙存。前有築階，其高一丈，階級宛然。廢之已久，人無知者。前日應一與宗胤率僧輩，探歷諸處，無愈於此，斫木立標，故來尋此處。構木巖下，蓋以油芚及紙衫篗衣等物，入處其中，欲爲經久之計。

自縣至釋天菴，十五餘里，而其間有一大嶺，路極險峻。自其菴至昨日止宿結幕處，又十餘里，而尤極險側，自其處至此，亦十餘

里, 而人迹所不到, 經路亦絶。若無指視之人, 則賊雖入縣, 披剔
林藪, 必不知之, 然使人日日候望於嶺上計耳。但主兄方在敵境, 是
可慮也。

此地南原任內也, 而楸里其面, 洞名則西南, 而古有西南寺, 今
廢云云。從余等而來者, 婢四、奴五、官人丁春、春鶴、同伊、僧能
引、能贊也。午後, 菴僧性雲、玄覺自其竄伏谷中, 披蓁越嶺, 來尋
寓處, 情可矜憐。官人同伊者, 若遭危急, 帶余而行, 主兄已教, 故
凡余之事, 皆與之共處耳。

七月初四日

在山中, 宿巖下。早朝, 定四人, 送于縣東嶺烽燧處, 探聞賊奇及候
望賊之入縣與否而來耳。午間, 官人持主兄簡來報, 賊時未入縣,
而直陷鎮安後, 助防將及南平縣監聞其奇, 以救完山事, 馳向任實云
云。主兄時在縣南面人家, 是可悶慮悶慮。

昨昨, 官中所儲軍米及官廳雜米, 盡爲分給軍民等, 民家有穀
處, 亦爲焚之, 恐賊見粮久留也。東面巫女家, 儲穀甚優, 故亦令衝
火, 庫家火二晝夜不滅云云。自賊入京城後, 道路阻塞, 消息永絶。
非但一家音問, 莫得以聞, 朝廷擧措, 亦不得聞。雖有一二人言, 皆
是道聽, 不可取實。初聞鑾輿自箕都越嶺, 幸咸興府云, 而今更聞
之, 時在箕城, 別無北巡之事云。此一事, 可知其他矣。

且去夜宿巖下, 山高洞邃, 至於夜半, 冷氣砭肌, 不可忍焉。襦
衣盡藏巖穴而來, 恨不出持也。巖前階上, 結屋一間, 蓋以草木, 藉
以草木, 以爲休息之所。若雨則必漏, 何以堪過? 預慮實多。然賊

若不來, 則雖一身之艱苦萬端, 不須計也。頃之, 山雨驟至, 上漏下濕, 艱得而度。若大雨終日, 則不可說也。夕, 探候人來報, 賊時未入縣, 而四境別無消息, 必向完山云云。

七月初五日

在山中,宿巖下。朝, 送人探候賊奇於縣中, 又送兩奴取來衣服於所藏巖穴, 以爲禦寒之計耳。巖隙石蕈徧生, 採而作菜, 亦取山蔬, 熟烹裹飯。雖是過時不軟, 亦爲山中一助之味。夕, 探候人春鶴等來報, 賊時未入縣, 茂朱之賊, 亦來聚於龍潭, 撤毀官舍, 列造假家於川邊上, 出窓穴, 通望四方云云。必分犯鎭安、長水矣。此乃主兄簡中言, 而吏房李彥弘書送賊奇辭也。

七月初六日

在山中, 宿巖下。午, 縣吏白彥鵠來見而去。夕, 陪牌朴明連、漢連等持主兄簡來。助防將及南平縣監領兵直向賊中云云, 主兄亦還官中云云。初聞賊已入鎭安, 又來犯縣境狐川, 而今更聞之, 皆虛報云。此處之事, 尙如此, 他可知矣。夜半, 聞杜宇聲, 不勝悽感, 自然淚下。夢見敬輿夫妻, 是何故耶?

七月初七日

在谷中, 宿澗邊。是日乃七夕佳節。金風颯起, 眉月在嶺。深思老母妻子今在何處, 而尙憶今日乎? 感懷尤極, 悲淚難禁。且聞賊亦向關北, 而敗沒於鐵嶺云。然則關東亦入賊藪, 老母妻子若避竄於東,

則必不得保安。將恐將疑, 悶慮罔極。人情莫不惡死而欲生, 當此
之時, 賊勢日迫, 竄伏巖穴, 度日如年, 寧忍一死而不知也。然艱難
走避, 欲保餘生者, 皇天必有悔禍之時, 兇賊亦無久住之運, 少須臾
無死, 更見中興日月, 而欲與老母妻子弟妹復得相見也。

　早朝, 粮米負來事, 盡送男人於釋天寺。朝食纔畢, 聞嶺上有抱
聲, 上下驚惶, 罔知所措。應一先陪嫂主, 盡棄所在之物, 卽下西南
洞。吾意昨夕賊未入縣, 而今朝上山放炮, 必無是理。然衆皆走下,
吾不得獨在, 亦與之同下。谷中深遠, 險側倍前。或顚或沛, 艱苦無
狀, 幾至谷口而止。計程則十五餘里。送人探聞則虛事也。此必有
石墜巖, 作聲如炮也。

　卽還上來, 數里餘, 有漏麻處。澗邊結爲假家, 蓋以麻骨, 止宿。
夜半, 大雨驟至, 卽以油芚一浮覆之。然雨下加注, 傍漏不止, 衣服
盡濕。着以笠帽, 坐以達曙, 此夜之苦, 口難形言。曲肱假睡, 夢見
允謙。余在館洞別室, 允謙自外入來, 拜楹前。余謂曰"汝馬送于汝
主家, 騎來何如"云, 是何故也? 艱苦之中, 天性感通, 彼必苦念, 而
至於此夢耶? 書此一句, 悲淚沾襟, 不可忍也。

七月初八日

在谷中, 宿澗邊。是日乃先君初度也。追感前事, 不勝悲愴。老母妻
子弟妹今日在何處, 而亦念今日乎? 悲哉悲哉! 淚難堪收。夕, 探侯
人等持戶長告目而來。昨昨賊已入鎭安, 焚蕩近縣山林, 官人村民
多數捉去, 昨日賊騎馬四人、步行十名來覘縣界, 此邑侯望人呼說
賊來, 則賊放炮三聲, 而後還向鎭安云云。助防將及寶城、南平兩

邑太守率軍來宿此縣, 早朝與主兄結陣於縣境十餘里地云, 其後之奇未聞。但此縣諸軍盡逃, 主兄無軍獨進云, 是可悶慮悶慮。

七月初九日

在谷中, 宿澗邊。早朝, 奴注叱同、僧能引以探問賊奇事, 定送於烽燧處。夕, 還報賊時無犯來, 而但昨日縣界德安院院主家來焚, 而還向鎮安云云。是日驟雨累至, 終日着笠帽簑衣, 蹲坐石上而終夕。苦難形言。且前日聞石墜落聲, 驚恐顛倒者, 曾聞賊例登高峰放砲, 則竄伏林藪者嬰兒、犬馬, 必驚動, 兒啼犬吠馬鳴, 則尋聲就捕云故也。

七月初十日

在谷中, 宿澗邊。早朝, 送官人同伊、奴開孫等, 探聞賊奇。終日蹲坐溪邊石上, 腰下極冷如鐵。夕, 同伊等持主兄書及傳通來報。主兄簡中言賊初八日, 已踰熊峴向完山, 而越嶺時, 斬將帥一、常倭一, 又生擒五名云云。完山則下道諸軍來禦云, 必不易犯也。此處天蠶結陣, 寶城、南平及助防將所領軍千餘名, 而求禮守亦率兵設伏於縣北杻峴, 恐賊自長溪繞出陣後也, 主兄則領兵設伏於中臺嶺上, 恐賊自鎮安、完山等處潛踰來犯也。

　且嶺南之賊, 雲峰傳通內, 名稱政丞安國使行次二千餘名, 入玄風縣止宿, 初四日指向伽倻山及金山郡云云。縣戶長, 牛前後脚及蜂家, 付送以助飯中之味矣。

七月十一日

在山中, 宿巖下。昨夕聞賊向完山, 早食後, 還來前日所栖巖下, 因
爲久留之計。夕, 探賊奇來報者, 如昨日, 別無他也。

七月十二日

在山中, 宿巖下。早朝, 送人探候於官。當午, 縣吏白彥鵠來謁。主
兄簡中, 初七日賊越熊嶺時, 羅州判官、金堤郡守及義兵將黃璞等相
戰射殺百餘名, 賊結三陣於全州安斗院云云。

夕, 探候人持主兄簡及傳通來報。雲峰傳關內, 嶺南賊安國使
稱號僧倭, 諸處留屯之賊聚集, 時方結陣於茂朱、知禮等地, 窺覘
進退, 欲犯湖南云云, 極可慮矣。大槩賊勢熾張, 前日鎮安之賊, 已
踰熊峴, 結陣於全州地, 嶺南之賊, 已到茂朱界, 必合勢欲吞全州
城矣。

且聞賊搜山之時, 例以二三人登上高峰, 擧旗發聲, 或十人或
十五六人, 持杖亂擊林藪, 如獵人驅雉, 若無人聲則放過, 如有聲
則窮探云。元仲成避隱龍水菴, 而賊來探其山, 竄伏於藤蔓之密處,
賊擊林而過去, 僅得免焉云云, 危哉危哉!

且巡察使關內, 今到有旨, 遼東大發精兵五萬, 留駐江邊, 以爲
聲援, 廣寧楊摠兵親率向義猹子五千, 前來邀擊, 其餘祖總兵、郭·
王游擊三將各率數千兵馬, 已渡鴨綠江, 史游擊亦將精銳一千五百,
爲之先鋒。又義州牧使謄書送寬奠堡票帖內, 中朝令山東道舟師十
萬, 經由水路, 直擣倭奴巢穴云云。中朝援兵已渡鴨江, 兵勢大振,
勦滅兇賊, 恢復神州, 刻日可期, 是可慰喜。然入道之賊方熾, 而勤

滅之期尚遠。

竄伏山中，今將半月，節序已換，將近授衣，涼風夕起，白露添寒。山高谷深，樹木陰翳，久處巖下，籍草以臥，至於夜深，上冷下濕，寢不能寐，殆不堪忍，氣亦不平，極悶極悶。

七月十三日

在山中，宿巖下。嶺南之賊自知禮連三日越入茂朱，將向全州云云。雲峰傳通內，義兵將馳報，賊倭先運五百餘名建小旗九，復立龍大旗一，其中一人以牛皮爲轎，駕馬過去。知禮山尺四十三名藏伏要路，牌頭徐仁孫先射駕馬，則乘轎者落地，賊徒驚惑之際，諸人一時齊射，多數中傷，皆爲驚散。私奴介伊、金同伊、明夫等同力斬頭，幷倭物輸送云云。

七月十四日

在山中，宿巖下。曉頭，夢見荊布，正如平日，爲說長女婚姻事，是何故也？顏色憔悴，必死矣夫！生前更不得相見矣，悲淚難堪。自亂離來，四入夢中，想相念之篤耶？晝夢見沈說，夢兆不佳，是何故耶？老母，說也陪往江陵耶？然則可保無虞，其幸可言？

夕，主兄簡來。賊已據完山城隍堂上，俯見城中，其危甚急，故此處助防將以繼援事傳令徵去云云。完山若失守，賊據堅城，則餘城必望風而潰，數月之內，亂必不息。而逃竄林藪者，非但飢餒，節近霜降，久處巖穴，必多冷傷，其得保存乎？極悶極悶。

七月十五日

在山中, 宿巖下。夕, 聞羅州牧使領軍來此云云。近因天旱, 巖泉將
竭, 朝夕負米炊飯於數里外, 可憫可憫。

七月十六日

在山中, 宿巖下。夕, 聞賊來犯縣德安院及狐川民家焚蕩, 寶城、南
平領兵進去云云, 中臺寺分運來犯云云。午後, 雷雨大作。假幕雨
漏, 着笠帽簑衣而過, 以麻骨作編盖之, 更無漏處。

七月十七日

在山中, 宿巖下。送奴輩於釋天菴, 令其僧輸粮米於此, 埋置巖隙。
若賊入縣, 則將欲移入白雲山之計, 取粮便近故也。午後, 大雨, 人
皆負巖而立。夕, 主兄簡來, 賊已入中臺, 留屯不去, 德安院亦焚蕩
云云。今明必入縣矣。然寶城、南平領軍駐於縣天蠶里, 彼衆我寡,
恐不能禦也。羅牧則還歸泰仁巡察處云, 必徵去佐幕矣。

七月十八日

在山中, 宿巖下。夢見天安嫂主及李汝寅、汝實兄弟, 宛如遭亂欲避
之計, 是何兆也? 夕, 見主兄書, 賊自中臺寺越入任實地, 焚蕩民家,
完山堅守, 賊不易犯, 分掠近處人家, 已燼牛朱倉, 方進沃野倉云云。
然則因此平原, 直犯右道諸邑, 誰能禦之? 痛憤奈何?

七月十九日

在山中, 宿巖下。此山名靈鷲山, 與咸陽白雪山相對, 遠望智異, 橫亘南紀, 危峰縹渺, 聳出雲外。若陟天王萬仞之上, 則雖兇徒千群, 吾何畏哉? 嗟乎! 其不可得也。林彦福來見而去。

夕, 因主兄簡, 聞完山之賊盡還鎭安, 因向龍潭云。未知其詳, 若然則必有其由。賊無端棄完山而還鎭安者, 意爲完府城高堅守, 下道諸軍列陣於外, 不可輕易攻陷, 近處淸野, 野無所掠, 粮餉垂絶, 故還留鎭安, 觀勢合衆, 欲由此縣, 而直犯龍城乎? 不然則自中必有所難, 而且聞中朝援兵大至, 山東舟師直擣其窟, 姑以此退還耶? 賊謀叵測, 固難知矣。然數三日內, 可知其由矣。

七月二十日

在山中, 宿巖下。終日雨, 陰霧籠山, 咫尺不辨。夕, 探候人來報, 完山、鎭安、龍潭之賊 盡向茂朱云, 不勝欣忭欣忭。賊無端退還, 莫知其由。意爲其國有變乎? 平秀吉招還乎? 必有以也。

七月廿一日

在山中, 宿巖下。去夜大雨達曙, 至於今日, 終夕不霽。陰霧如昨。俯伏假幕, 上漏旁風, 衣服盡濕。冷氣襲骨, 殆不堪忍。此中之苦, 不可勝言。夜, 夢見南高城與妹氏, 但不知天只所在, 使人尋問, 是何兆也? 覺來不勝悲感, 因以涕無從。

夕, 見主兄書, 賊盡歸錦山、龍潭, 更聚其類, 再犯完山云云。鎭安倅令都訓導辛齡、鄕吏白鶴天等潛入賊中, 間諜聞見, 則前日投入賊中親近使喚者龍潭記官高忠國、書員安厚根、廉武弼等相逢言內, 熊峙之戰, 倭賊中矢斃死者, 七十餘名, 其他逢箭致傷擔曳者, 亦多云。

又曰"熊峙接戰時, 乘白馬倭將馳越木柵次, 中箭卽斃, 自此而後, 賊中相顧失色"云。熊峙越入事, 則當初我軍射矢如雨時, 不得進突, 而至於矢稀之後, 各持環刀, 鱗次接刃於背後, 使不得退步, 冒死突入, 仍得踰嶺。若有數駄之矢, 用以亂射, 則幾不得越云。

自全州退還鎭安事, 則賊等聞珍、錦兩郡之人密約捕捉設計之奇, 仍此發憤, 擧軍還到, 盡殺兩邑山林隱避之人後, 還犯全州云。又曰"全州軍勢甚盛, 機械且密, 勢不能易犯"云云。此皆龍潭縣投降人高忠國等言, 而鎭安報巡察。巡察傳令於列邑, 賊若退歸, 則或截歸路, 或隨後尾擊, 毋使空返事行移矣。

且昨日茂朱人被擄於賊者, 潛來縣長溪南面, 行止荒唐。爲里人所捉, 推問則曰"十九日, 倭賊使我潛入長水地, 伏兵及結陣處, 探知來報後, 卽時擧兵直向"云。故寶城、南平、求禮三邑太守領軍設伏於長溪北面松古介事, 卽發向, 而主兄亦率本縣軍, 卽馳進天蠶面熊淵遷伏兵云云。且鎭安之賊, 去十七日盡歸錦山, 而我軍則不知, 恐其留在, 不得進探去留。昨日始聞其空, 寶城、南平及鎭安太守馳入, 則果無一人。川邊結幕千餘間, 而客舍窓戶, 盡爲浮取, 不忍見之云。

七月十二日

是日終夕達朝, 雨不暫輟, 陰霧如昨。在山中, 宿巖下。賊奇別無他也。夜, 夢見趙木川瑩然及其弟子玉瑩中, 宛如平昔, 而有一僧在坐, 吾問曰: "僧尚玄, 今在勝天寺否?" 答以不知云, 是何兆耶? 尚玄俗名羌福, 而本居稷山地修貢奴子也, 退計五六年間, 禿髮爲僧, 而曾聞居于木川勝天寺云故也。其父名莫同, 而其弟則允謙家奴也。

七月廿三日

在山中, 宿巖下。朝雨不霽, 陰霧亘籠。不見天日, 今至四日。上漏下濕, 久處其間, 血肉之身, 其得不病者幸矣。午後始霽, 初昏又作, 至於終宵不止。夕, 見主兄簡, 賊時留錦山、茂朱, 卜物盡輸於嶺南云。

且因鎭安倅書, 聞箕城失守, 車駕轉入龍川云, 不勝痛哭痛哭。兇賊窮追不止, 至於此極, 必爲過冬之計。老母妻子, 雖避竄窮山, 得保餘生, 今至四閱月, 想已餓死丁寧, 雖不死於餓, 亦必死於凍寒矣。當初奔避之時, 豈暇持冬衣乎? 每念於此, 痛泣無極。但天朝援兵大至云, 想今已到關西。所恃在此, 未知成敗如何也, 悶慮悶慮。近因連雨, 寶泉泛溢, 用之有餘, 自今後, 免負米尋水之苦矣。

七月廿四日

在山中, 宿巖下。朝霧雖捲, 頑雲蔽日。有時漏明, 旋卽還隱, 欲曬濕物 不可得也。夕, 記官白彦鵠及李得培等持主兄書來到。久處巖穴, 冷濕之地, 必生大病, 更移寓此山谷口帖家, 率軍十五名護守云, 以不可之意還報矣。

且賊已陷珍山, 欲由高山、礪山, 更犯全州云, 而龍潭則時無留屯云云。且嶺南之賊, 雲峰傳通內, 全州退兵之賊四百餘名, 還過知禮, 義兵將金沔今日時方接戰, 勝負未知云云。左道之賊, 充滿列邑, 而左兵使則時在青松云。

且知禮長谷舘伏兵將徐禮元馳報內, 賊之卜馱, 卄餘里連綿不絕, 其間或建旗幟, 其後百餘名爲半着甲護去, 軍容甚肅。我軍突入齊射, 發矢如雨, 賊等一時雲集團聚放炮, 我軍齊奮, 益前不退, 賊不勝, 走入知禮。乘勝追擊十餘里, 逢箭死者, 不知其數, 而死則卽時載去, 不得斬頭。衆所共知, 射中者五十九名云云。軍官張應麟身先士卒, 追逐連射, 矢盡力竭, 爲賊被殺云, 可惜可惜。然恐其徐公之瞞報也。

七月卄五日

今則余之初度, 而乃老母劬勞之日也。老母妻子, 今在何處, 而想念今日相與爲泣? 流離千里, 未得與老母妻子共嘗艱難, 而身且不得安居, 竄伏巖穴, 今將一月, 人情到此, 寧不悲痛? 感涕無從。

曉, 夢依俙見荊布, 遽然覺來。階下橡樹, 蜀魄來叫, 聲徹谷中。聞之益激心骨, 悲淚難禁。自亂離來, 五入夢中, 是何故耶? 每念彼此流離, 艱苦萬狀, 日月雖久, 若得各保餘生, 則必有相見之日。而但慮老母妻子弟妹, 如或一人先亡, 生前未得相見也, 日夜心禱, 天地神祇亦必感通矣。昨夕, 見主兄書, 邀我相見。朝食後, 還越後嶺, 寸寸休息, 始至釋天菴, 騎馬到縣, 日已夕矣, 因宿焉。

七月廿六日

早食後, 聞主兄宿長溪孫引儀家, 馳進, 則主兄與淳昌倅引軍臨出洞口, 聞吾來下馬坐路傍。寒暄畢, 因與還入孫家, 敍話良久。晝飯後, 主兄則進羅峴陣所, 吾則還到本縣宿焉。相別纔廿餘日, 而鬚髮半白。此必用慮之故, 不勝感嘆感嘆。

且聞錦山之賊, 自昨昨之昨, 始出茂朱云, 必還蹈嶺南矣。然賊謀難測, 恐因此來犯此縣, 防設之事, 不可少緩也。且見安陰通書內, 本道大丘、軍威、永川、安東等官雄據之賊, 自今月初七日後, 相携痛哭, 乘夜下去, 倭帥喪柩三櫬, 各建銘旌, 亦已下去東萊。左兵使招集軍人二千餘名, 義城留屯之賊, 接戰勦滅, 餘賊亦爲相携痛哭, 已向東萊云。

金山都訓導言內, 忠淸道各官, 時無留賊, 只有淸州數百餘名。昌原府使馳報內, 本府恒留倭賊, 幾盡捕捉, 餘賊三十餘名, 城內閑雜人, 督出其卜物負持金海、海洋江船隻處, 出歸, 又金海府人言內, 金海、海洋江等處, 賊船彌滿, 左右山麓, 連排假家, 與密陽、金海交通之民, 椎牛釀酒, 互相飮唱, 有同隣里之人。退計十餘日間, 倭賊六名自京下來, 附耳傳言後, 衆賊一時痛哭, 金海、密陽交通之民, 不分男女, 盡數斬殺二百餘名後, 各處假家, 盡數衝火, 滿江之船, 一夜盡下, 只留數三隻。佛巖留泊之船, 連續入歸對馬島, 本府之民, 皆思太守云, 府使徐禮元急速入來事。又左道之賊勢, 今則義兵處處雲起, 左兵使時在靑松府, 時方勦捕云云。

右水使今月初八日與全羅左右舟師齊進, 賊船八十餘隻捕獲, 大概前後所斬七百餘級, 初十日又逢賊船, 捕獲八十餘隻, 全羅水使

所斬二百餘級, 本道水使所斬二百十七級, 其溺死、燒死、列邑軍民
等所射逢箭致死者, 不知其幾千云云。生擒倭五名內, 年富詰詐者,
卽斬, 年纔十五六者, 河東縣囚禁緣由, 馳啓云云。

　且聞中朝援兵五萬, 與平安道兵一萬進圍箕城, 七月初七日云。
其成敗, 遠未得聞, 悶慮悶慮。又聞大駕時駐龍川, 而已令領右相
及諸宰, 奉世子入歸江界留駐, 與咸鏡道相爲聲援云云。

七月卄七日

自縣還到釋天菴, 因宿焉。終夜雨作。夕, 聞茂朱之賊, 其縣村家,
處處焚蕩, 殺掠人財, 而馬山谷亦遭此患云。馬山谷距羅峴陣處,
纔一息里, 而親家奴仁守所居之地也。且巖下假家, 更造厚盖, 以爲
經久之計。

七月卄八日

自釋天菴, 還越後嶺, 艱到山中, 宿巖下。夕, 聞錦山之賊移屯沃川
地陽山縣, 而茂朱之賊去留, 時未的知云云。寶城倅領軍還防此縣,
而但其軍中路盡逃云。且寶城營吏告目, 忠淸巡察使通書內, 唐兵
十一萬、李鎰兵一萬, 已到黃海道, 軍粮措置上送事, 法聖浦還來田
稅一千餘石, 令群山萬戶押送云云。

　且湖城監軍官全州居柳弘根陪到洪州還來言內, 道路聞見, 則
松都、京城留屯之賊, 聞中朝援兵已到, 三晝夜盡涉露梁云云。然
則天兵幾至畿甸, 而相戰勝敗, 時未聞之, 可悶可悶。

七月卄九日

在山中, 宿巖下。自去夜雨作, 至於今日。或晴或雨, 陰霧終夕籠山。當午, 縣吏白彦鵠來山言曰"金山人倭賊一名生擒推招內, 倭兵元數, 分五運, 已盡出來, 軍器盡失, 勢窮欲還, 而法嚴未果"云云。且夕, 見主兄簡, 則箕城之戰, 賊兵大敗退還云, 不勝喜幸喜幸。然未知其詳。

七月晦日

在山中, 宿巖下。午後雨作, 陰霧四塞。自入山後, 恒雨少日, 可憫可憫。且夕, 見主兄簡, 寶城人自巡察所來言"唐兵六萬圍箕城, 盡殺入據之賊, 只生七人放還其徒, 使告此奇, 連歸其穴"云云。* 若然則再造三韓, 實賴皇恩, 臣民之感戴爲如何哉? 前日金海之賊聞自京下來倭言, 相與痛哭, 一時發船入歸云, 想聞此奇耶? 快哉快哉!

　且此縣伏兵所捕捉少兒推問, 則乃茂朱人, 而窺覘此處虛實者也, 卽斬梟示云。且少兒言內, 錦山、茂朱留屯之賊欲示衆多之勢, 夜往晝還, 循環不輟, 而其實則錦山只三同, 茂朱一同半留在。而去二十七, 賊卄七名自龍潭大路, 來到此縣地境, 聞伏兵候望人等呼唱之聲, 畏縮退歸, 留宿山間, 使之入探結陣虛實云。故主兄昨日還到天蠶前陣處, 以遏橫衝之勢耳。錦山、茂朱兩邑留屯之賊, 不過三百餘, 而一道諸將畏怯退縮, 環守四境, 莫敢先入, 使賊橫行兩邑之間, 無所忌憚, 焚蕩人家, 殺掠民財, 久駐不去, 恣意行兇, 愀

....

* 　寶城……云云: 底本에 "虛報"라고 덧쓴 흔적이 있음.

歎奈何?

　且聞此賊無船, 未得還歸云, 盖兩道水使盡破其船故也。李萬戶冲五月十七日間, 過此而入歸行在所, 今聞歷求禮而還下去云。不由於此者, 必賊入近境, 故自右道而過去也。拜都摠都事而去云, 乃求禮倅來言耳。李公去時, 家書裁付, 而未知得傳否也。

　且聞茂朱衙屬避入七裳山, 而賊探入其山, 諸人墜落巖下, 或死或傷, 而室內亦墜下之時, 適掛木枝, 得免其死云, 可謂幸矣。永同室內竄伏山林, 亦爲賊所探被殺云, 不祥不祥。宗胤以往覩事, 朝食後下山。

八月

八月初一日

在山中, 宿巖下。自余入山, 今將月餘, 節入仲秋, 寒氣襲人, 倍常凄冷。深思老母妻子, 今在何處, 而尙得保存乎? 念及於此, 寧不悲痛? 且關西入去之賊, 盡爲唐兵所殺, 而京城留屯之賊, 亦盡下來云。若然則老母妻子, 可得保安休息之所, 吾亦可以徒步尋見。而此道之賊, 尙據郡縣, 暴掠無已, 窺伺此縣, 探候虛實, 爲日已久。四境之壘, 尙不得掇, 竄伏山中, 將恐將疑, 又何暇及於上京之謀乎? 徒爲痛泣而已。且今日始見下血, 未知某日始出也。此必由於久處冷濕之地也。午後, 或雨或晴, 陰霧如前四塞。初昏始雨, 終夜不止。奴輩倚巖蹲坐而經夜, 可憐可憐。

八月初二日

在山中, 宿巖下。朝來始晴, 西風捲霧。見靑天睹白日, 正如挾飛仙而登紫霞, 快哉快哉! 夕, 宗胤還山, 賊奇如前, 別無他也。

八月初三日

在山中, 宿巖下。朝食後, 應一往見主兄事下山, 而中道聞賊昨日焚蕩安城倉人家, 卽還來。主兄令縣司埋置之物還掘, 負去所歸之地, 故僱奴卽下送掘取, 送于咸陽地白彥鵠妹家耳。賊若不還其穴, 則數日內, 必來犯此縣矣。然羅峴堅守, 則必不易入也。但恐守壘之兵望見而先潰也。安城距縣二息程, 而羅峴伏兵處, 則尤近矣。

八月初四日

在山中, 宿巖下。昨日聞倭賊來焚安城倉民家云, 故卜物輸送咸陽地設計, 而今聞只焚蕩倉越邊沙田里後, 還歸茂朱云, 故姑停留置, 待賊犯近後, 卽輸送計料。昨日食早紅柿, 見時物, 思老母, 寧不悲哉? 入此山中, 路傍人參, 往來時手自採取。栗古又生枯木, 僧輩摘來, 作羹而食, 又使負來其木, 置之幕下, 看其發生所栖。階下當歸滿生, 可知此山之高峻, 而洞壑深邃也。

八月初五日

在山中, 宿巖下。應一往見主兄事, 早朝下山。且下血自昨日始止。夕, 見主兄書, 淳昌射手十餘人體探茂朱事進去, 賊焚掠村家還去時, 中路相逢。先射一人, 卽斃斬頭, 餘賊相聚圍立, 時我軍一人登山, 口吹角聲, 高聲呼唱曰"諸邑之軍入攻"云, 則賊聞言北走。射手九人乘勝追射, 逢箭者, 幾至數十, 而又一賊卽死, 將斬之際, 衆賊來救負去, 故未得云。若非口吹角聲之人, 諸人幾不免矣。■…■

見營吏告目, 水原府使以軍官李得春, 入送京城, 探見賊勢, 則京城之賊, 內外時留者, 大槩七千六百餘人, 而三闕及大平館、議政府、司僕寺、軍器寺、濟用監等諸寺無遺焚蕩, 南大門、東大門只令開閉, 其餘門則以石堅塞。京中之人入城者居半。武士宋惟一與賊相交, 修補軍器, 他餘武士二百餘名, 亦投入賊中, 東萊軍官稱號者爲將, 時在宗廟作家之處云云, 不勝痛憤痛憤。且聞震宮近臨伊川云, 此乃收兵靈武恢復兩京之兆也, 欣忭欣忭。

八月初六日

在山中, 宿巖下。夢中依俙見莉布。自亂離來, 入夢者六, 是何故耶? 又見任益吉兄弟, 如作新宰, 分贈來物。又見許永男, 問其吾家屬去處, 則答以不知, 而但曰"出其城北門"云。又見家婢玉春。終夜夢見京家之事, 是何兆耶?

竊聞關東則賊不入犯云。吾老母妻子若避入關東深山中, 則可保免禍, 而其可必乎? 然今至四閱月, 雖免賊患, 上下數十餘口, 其得免餓死乎? 沈說若陪老母, 避隱江陵, 則庶可兩全, 而其幸可言? 且聞光牧率諸軍, 將討錦山入據之賊, 而師期在明日, 故傳令招寶城倅, 入防龍潭地松峴云云。且聞鎭安地中臺寺, 賊入掠之時, 法堂主佛, 擧長木擠墜卓下, 肩背碎破, 掇去坐褥及腹中所藏之物云, 佛之不靈可知。自身尙不得救, 況且濟拔衆生之命乎? 寺僧誑惑愚氓曰"自經亂之後, 連日瑞氣放光"云, 尤可笑也。

八月初七日

在山中, 宿巖下。應一還山, 衙物改裹之時, 我之衣袴及行器、溺器持來。且今見政事, 李山甫吏判, 李恒福兵判, 李誠中戶判, 李德馨拜都憲, 其餘略不記。自初夏後, 不見政草者, 今至四閱月, 而不圖今日復覩朝家除目, 不覺悲淚之自沾也。

八月初八日

在山中, 宿巖下。去夜東風大吹, 自曉頭大雨終夕。所宿之幕, 漏處甚多, 擇其不漏處而蹲坐, 其苦可知。且昨見政目, 鄭宗溟以文科一等一人拜典籍, 李太浩以武科一等一人拜繕工主簿。此必主上西入箕都, 別設庭試, 命取文武也。今日因雨無來人, 故賊奇未聞。

八月初九日

在山中, 宿巖下。曉雨雖晴, 朝霧未捲。且去夜夢中, 宛拜天只。子曰: "歸在何處?" 天只答曰: "無可去之地, 初欲因在, 而朝廷嚴令盡出城中之人, 故不得已出避。" 又曰: "吾妻子, 今在何處?" 天只答曰: "汝妻子, 昨昨乘舟, 入歸濟州。" 子曰: "自湖南上來時, 意爲來則可見, 而今歸濟州, 勢不可速見吾女子等, 可憐可憐。" 因以泣下, 是何兆也?

又見廣州墓所居許坦妻, 乃四寸孽妹也。吾曰: "妹也避去何處?" 舍弟希哲在傍, 答曰: "妹也因無去地, 在家不避。" 吾又曰: "墓上無事乎?" 弟答曰"龍宮叔主石物暫破, 其餘則無事"云。墓奴億龍妻首戴汲盆, 過前而坐現, 亦何故耶?

昨日, 與應一言曰"聞賊堀人丘壟云。吾先塋在越江廣州地大路傍, 儼立石物, 深恐兇賊來犯也"云。古語曰: "晝之所爲, 夜必見夢。" 此必因言而現於夢中也。且自亂離來, 常願雖夢中一欲拜見天只而不可得, 去夜得拜慈顏, 又見舍弟, 相與言答, 宛如平日, 遽然覺來。是一夢中, 擁衾起坐, 深念慈顏, 昭昭如拜, 悲感塞胸, 不覺淚下漣漣。

因呼應一, 盡說夢中之事, 應一亦感嘆不已。應一乃李慶百字也。彼有老父妻子, 我有老母妻子, 不知生死, 今至五朔, 而每與說話, 相對泣涕者屢矣。思老親念妻子之心, 彼此相同, 悲慕之意, 豈*淺淺哉? 若使此夢爲眞也, 則他日必有更見之理矣。嗚呼! 悲哉悲哉!

又夢京城之賊, 已盡出去云, 而唯一倭來入人家, 覓食曰"今當永去"云, 家主出飯攤水而饋。吾問倭曰: "汝類幾何?" 答曰"甚多甚多。幾至數三萬"云, 是何故也? 想必京城之賊, 盡爲天兵所驅逐也。夢中之事, 皆是虛也。然今夜夢見老母, 如是詳記也。

且錦賊入討事, 初七日約束。自龍潭松峴入者, 扶安、南平、茂長、興德等官諸軍, 自珍山入者, 中道助防將, 而光牧則居中指揮。諸將疑爲茂賊來救, 故令寶城郡守, 茂路要害處, 領兵防守, 而諸將方欲進兵之除, 防禦使傳令, 以其諸軍未盡來集, 故姑停矣。且聞文

---

* 　豈: 底本에는 "幾". 문맥을 살펴 수정.

義、淸州之賊討滅僧兵四十餘, 自其道入來, 與高山等處僧人爲約, 各相勸督急擊, 故光牧更與諸將今日入討約束云云。而時未聞成敗如何, 可慮可慮。防禦時在完山節制云云。聞忠淸僧兵不畏其死, 直入不退, 故到處多捷云, 若以此僧爲先鋒, 則庶可成功矣。

八月初十日

在山中, 宿巖下。大雨之餘, 凄風連吹, 山高洞邃, 夜氣甚冷。雖重襲襦衣, 尙不知暖, 若更留一旬, 則殆不堪處, 而上下必多冷傷矣。當此之日, 深念老母妻子, 寧不爲之悲痛?

朝食後, 欲瀉我憂, 與應一、宗胤輩, 試登幕後巖上, 陰雲掃盡, 四顧無碍。南望頭流, 如在眼前, 千峰萬壑, 歷歷可數。其中高出重霄者, 天王、般若兩峰, 而其餘衆峰, 旁列仰止, 若萬國諸侯會朝天子, 儼立敬拱也。雲峰縣前廣野橫場, 禾黍半黃, 荒山西峙, 捷碑可仰。遠想聖祖與賊對壘, 意氣安閑, 楛矢一發, 兇魁殞墜, 諸軍齊奮, 天地掀蕩。賊徒駭散, 流血成川, 逋誅餘孽, 竄入智異, 咸就餓死, 片帆不返。再造三韓, 民庶賴安, 豊功偉績, 昭載碑文, 而時事如此, 跂望之地, 不得一往摩挲石刻, 敷枉跪讀也。今此穢夷, 更肆餘毒, 乘時竊發, 屠城殺將, 不踰旬月, 直陷都城, 而無一人敢禦者, 深思我聖祖智勇功烈, 安得不爲之欽嘆, 而痛惋於今日乎?

東邊白雲山, 雄盤兩南之界, 而雖非天王之高峻, 亦可亞於靈鷲, 洞壑深邃, 林木叢密, 此吾等更欲避入之處也。名以"白雲", 實激我衷, 思古人望太行之白雲。狄公之懷抱如何? 在平時, 尙如此, 況余逢時不淑, 子母流離, 不知生死者乎? 安得一陟白雲最高頂上,北望雲天, 徹天慟哭, 一嚼思親罔極之胸襟也? 嗚呼! 悲哉悲哉!

咸陽郡傳文內, 郡吏朴士信陪持啓本, 六月初一日, 往行在所, 則大駕巡到義州, 當時無恙, 啓本進呈, 八月初四日還來。

義兵從事官宋濟*民通文【八月初七日到】

■■■■■[萬曆二十年*]七月二十一日, 全羅道義兵從事官宋濟民痛哭再拜, 通文于本道列邑守令、留鄉所及鄉校訓導、堂長、有司等。伏以濟民去月二十三日, 從金義將, 到水原府, 留屯山城, 留五日。以京城之賊尙熾, 而淸州、鎭川留賊亦肆, 孤軍深入, 粮道可慮, 故一軍共推鄙生, 送募義兵, 以淸梗路之賊, 以通來援之兵。故來與忠淸士友, 號召義徒, 兩旬之間, 得二千餘名。從衆望, 共推前都事趙憲, 爲左義大將, 以禦黃、永以下之賊; 前察訪朴春茂, 爲右義大將, 以防錦江以上之寇, 措事未半, 遽聞錦山之敗, 時耶? 命耶? 抑亦人事之未盡耶? 旋馬南還, 迨及義徒之未散, 而更爲召集之計, 行到恩津, 始知大軍已散, 無可爲矣。

嗚呼! 人孰無死? 得其死者爲難。當島夷孔棘之日, 驍帥悍將, 亦皆觀望奔北, 偸生苟活, 而高霽峰以儒雅文臣, 素不知軍旅之事, 一朝爲衆所推, 奄登將壇, 殉國亡身, 以死報君, 而子從父死。忠孝竝生於一家, 死有餘榮, 烈烈有光。人各有一死, 在霽峰, 爲盡其道得其死矣, 何必屑於揮泣? 所深痛者, 君父西巡, 宗社爲灰, 朝鮮七

....

* 　濟: 저본에는 "齊". 《海狂集》에 근거하여 수정.

* 　萬曆二十年: 底本에는 磨滅됨.《海狂集·召募湖南義兵文》에 근거하여 보충.

道, 盡爲兇賊蹂躪之場, 而只有湖南一道, 尚幸完全, 將來復興之基, 實在於此, 而惰將驕卒, 動必潰散。一自倡義之後, 人心始定, 皆思敵愾, 而及其一戰敗衂, 義氣摧沮, 無可收拾, 反爲惰將驕卒之所笑罵。

嗚呼! 惟彼頑夫狼卒喜功貪利之徒, 覷利而趨, 見害而避, 自是謀身之常態, 何責何誅? 曾以湖南禮義之鄉, 而沐祖宗休養之恩數百餘年, 在平時以士自名, 而矜仁誇義者, 旣皆巧名謀避, 而數千勁卒, 一時皆散, 無一人救其將之死, 此豈徒庸人俗夫所共嗤哉? 實有愧於兇夷者矣。嗚呼! 歃血拜將秋城之府庭如彼, 誓心天日白日之照臨如此, 不知將此面目, 何以自容於天地間耶?

嗚呼! 仁義之根心, 旣稟於天賦之初, 人我之所同, 固無彼此之殊, 然茅塞梏亡, 失其本心者, 容*或有之, 則形人而心獸者, 亦有之矣, 惟忠與孝, 豈可責之於人人乎? 然此討賊之事, 抑亦不忠不孝者之所共懟也, 豈但忠義者之私讎哉?

以他道已然之事言之, 取人妻女姊妹, 十夫爭淫, ▣[脤*]斃相繼, 殺戮父兄, 炙祭孩童, 焚蕩廬室, 奪掠貨財, 驅人牛馬, 沒人奴僕, 摽奪良田, 發人丘壟, 窮兇極惡, 貫盈天地。無辜士民, 避地逃竄, 僵仆道路, 塡委溝壑者, 不知其幾千萬也。今七道蕩然, 又陷湖南五郡。惟彼五郡, 實是湖南之函谷, 險阻四塞, 因山爲固, 此有仰攻之難, 而彼有扼吭拊背之便。論其形勢, 旣有難易。而我軍新挫,

....

* 容: 底本에는 "庸". 上同.

* 脤: 底本에는 磨滅됨. 上同.

士氣日沮，敵既乘勝自張，幸賴熊峙血戰，賊銳少挫，全州有備，量力自退，而勢有驅逐之漸矣。

然湖西義兵，環恩、連、鎮、沃守備有制，而大將趙憲、參將李天駿以應時人傑，測天觀時，量敵制勝，動合古人。勢不能西走北奔，必由茂朱，東走嶺南，則金、郭兩將用兵如神，威懾賊膽，必不肯越嶺。而天兵五萬，與我勤王之師，掀天動地，自北而東，則松、漢遺賊、忠清餘孽捲地而來，無所於歸，則必與錦賊合勢，南衝西突，窮寇輕生，則以喜退之將，驅善潰之卒，安得必保其支吾乎？此實湖南父母士庶莫大之憂也。

嗚呼！古之人以天下之民，爲吾同胞，況我一道士子，自祖先來，生於斯長於斯，先人魂魄之所綏妥也，父母兄弟之所安養也，妻子兒孫之所生息也，隣里朋友之所交遊也。一朝棄之，甘爲穢夷之臣妾僕役，辱亦甚矣，一死榮矣。況又繼之以凶慘，骨肉親戚同爲賊手之屠戮乎？等死也，則不猶愈於赴戰而死乎？今若避一戰，而必欲苟生，則其生終不可得，而有如是之慘，若或決一戰，而不畏其死，則亦無可死之理，而終免慘酷之禍，永受無窮之福矣。此皆自己切迫不得已之舉，夫豈必愛君憂國之發於誠而然哉？

嗚呼！同舟而濟，吳、越一心。凡我同生於一道之內者，實有同舟之勢，胥沈臭載之患，迫在朝夕，雖吳、越之人，不得不一心力，以濟艱難，況山川稟氣之相近，遊學連業之同術，實有兄弟之義，則非但古人所謂泛然同胞之云也。凡我同道列邑父老，父勗其子，兄勉其弟，礪志砥節，更舉義旅，以遏兇鋒，上以復君父之讎、雪神人之憤，下以孝父母、保妻子，永安其家業，千萬幸甚幸甚。

其或羸病老弱不能赴戰者，各出小器錢粮，以資供億。其或冥頑不動，躬不赴義，又不助餉，則是不仁不義無父無君禽獸之心，而助亂之徒也。如此之人，各官籍記名字，事定後，迸之四裔，無令汙染事。舉事條件，詳在後錄。八月初六日，舉會之時，一一具由通示事。

一賞一人，而千萬人勸。今此義兵之敗，幼學安瑛見其將所騎馬驚，勢不得兩全，自以其馬與大將代乘，而徒步匍匐，甘心被殺，學諭柳彭老當賊倭亂斫之際，奴僕皆請馳出，以避賊鋒，怒拒不從曰："我若馳去，置大將於何地？"見其將奴僕盡散，馬不能進，命奴護其將以行，自以身爲殿捍賊，奄爲擊殺。嗚呼！當此人心板蕩之餘，背君忘國，偷生苟活，處處皆然，親上死長，寂然無聞，而二子者，無謀利計功之心，而乃能捨生取義，奮不顧身。若不汲汲彰義，以聳一時耳目，其何以植已挫之士氣，扶已頹之綱紀乎？事若不急，而所關至重。

伏望列邑鄉所、鄉校各收賻物，隨多少專人吊賻于其家，舉義滅賊之後，爲收骸骨，會哭祭尊，而具由上聞，旌表其門，鼓動義氣事。其餘條，略不錄。高因厚死云。

觀此通文，始知高而順父子皆死於錦山之賊。父死於忠，子死於孝，一家忠孝，實如晋將軍卞壺之事，可謂光前而後美矣。又況安、柳二子，護全其將，至死不避，同時先潰偷活之輩，寧不恧愧而顏厚乎？嗚呼！休哉休哉！但崔景善仲子進士尙謙，亦與義徒，而今聞高義將兵敗被殺, 無勇儒士, 必多兇鋒之膏血, 尙謙恐不得免也。
憂慮不已, 竄伏深山, 無暇探問於其家, 徒爲恨歎而已。其後聞之,
則尙謙以病不往, 得免云。

八月十一日

在山中, 宿巖下。昨昨, 此邊諸將自龍潭松峴進兵, 寶城郡守督兵先
進, 中路伏兵倭相逢。諸將皆潰退, 而寶城、南平獨馳進追逐。諸
賊擁驅而出, 寶城還馳而來, 南平落馬, 爲賊所殺, 不勝驚嘆驚嘆。
不與彼邊諸將約束, 而先自輕進, 爲賊所敗, 反助賊勢, 人皆咎寶城
之輕率, 而惜南平之被死也。我軍亦多死傷, 而其間曲折, 時未詳知
矣。南平倅姓名韓楯, 而主兄之馬, 借騎而往, 其時之戰, 獨騎此馬
而馳, 被死之後, 其馬走還我陣。此縣都訓導以探候事, 適進去, 牽
來云云, 可憐可憐。

　且李浩然等前日潛入茂朱, 探觀賊勢, 伺隙要射, 而適逢賊徒
數十以刈草事, 持牛馬出來。刈草還時, 先於過路, 多舖菱鐵, 潛伏
路傍草間, 又使一人先登高處, 見賊之還, 約以口作鳥聲爲號, 而聞
其聲, 一時竝起, 先射騎馬者, 中兩矢而墜落, 縣正兵白應希先入斬
頭, 其餘人進退相射, 賊多踐菱鐵, 亦多中箭顚仆, 走還其穴。不中
箭者, 僅數三人, 而其中箭者, 雖生還, 一人或中數三矢, 必多死矣。
牛二、馬二奪來云云, 庶可少快矣。淳昌人, 亦以此昨日潛入云云。

　曉諭軍民書
　王世子若曰: 上天降禍, 島夷作耗, 列郡潰裂, 江淮失保障之險,

舊京淪沒, 朝人興黍離之嘆。九廟蒙塵, 鑾輿遠狩, 二百年禮樂文物, 一朝蕩然, 兵火之慘, 終古罕有。嗟我軍民, 或橫罹鋒鏑, 身膏草野, 父母繫縲, 失其怙恃, 妻子污辱, 莫保家室, 念此讐怨, 何忍共戴一天?

目今天心悔禍, 恢復有期。上國遣援, 神兵雲屯於浿水, 兩南倡義, 猛士霧集於漢原。兵鋒所指, 賊魄已褫, 捷音不絕, 獻馘相繼。加以賊魁平秀吉, 自來就死殞首於海上, 殘兵餘孽, 若崩厥角, 或呼泣於街路, 或奔迸於嶺東。以爾將士之力, 滅此垂亡之虜, 此所謂鼓洪鑪而燎鴻毛, 礪蕭斧而伐朝菌者也。

余受命東來, 猥署國事, 臥薪嘗膽, 枕戈待朝, 誓不與此賊共生。爾軍民等, 孰非我列聖休養中人乎? 上念宗社之恥, 下思私家之辱, 唾手殲賊, 此其時也。爵賞在余, 余不吝汝。於戲! 有死心無生氣, 共奏敵愾之心, 奉聖主還舊都, 早慰來蘇之望。

備邊司爲通議事

前者屢度通關, 未知得達與否, 悶慮。行次今駐僻邑, 而此地後有谷山之賊, 前有金化、金城之賊, 麻田近處亦有賊, 聲勢甚危迫, 峽中殘邑, 兵粮亦難聚會。百計思之, 他無可適之地, 不得已冒危, 擁兵馳出, 與貴軍相合。

貴軍前在安山、仁川, 則自伊川由安峽、朔寧、漣川、積城、坡州、交河, 渡江入金浦、通津, 與貴軍相合, 貴軍若在廣州、水原, 則自漣川由楊州, 達于廣州、果川、水原, 與貴軍相合。然則兩孰爲便當, 賊勢孰爲緊歇, 詳細斟酌回報。

若自坡州、交河渡江，則貴軍須令金浦、通津船隻整齊迎駕于金浦、通津水邊，可也，若在楊州達于廣州，則貴軍須令楊州、廣州整齊船隻迎駕于廣州上流豆彌以下等處，可也。此計亦橫過賊路，極知危甚。當此之地，不涉危急，則無以得安，出於不得已之計。貴軍既已爲國倡義起兵，此是恢復之策第一等事。須百分相度，毋致疎虞，盡心經畫處置。許多節目，詳在進官員口傳。

伏觀諭文，不勝感淚之自零。又見備邊之關，則震宮必欲過江南來，未知兵使、義將之處置如何也。當此之時，爲臣子者，寧不爲之盡瘁心力，以報國恩，而繼之以死也？兵使之意，自伊川由兔山、牛峯，達于金郊前小路，江陰地南農浦艤船，迎駕乘舟，過甘露寺、光正、西江，到江華府，則其間水路，未滿一湖水之間，事勢便易。故令軍官申尙節等，道路險易、賊勢緊歇親審次起送云云。

八月十二日

在山中，宿巖下。聞主兄以巡察關，精抄能射五十、壯健二十，十八日內，領去巡察所住處云云。今月初八日，宜諭使齎來御筆諭書內：今國事至此，此固予之罪，然勤王赴難，亦臣子之義。卿等幸毋忘祖宗之德，勿以一潰爲沮，相與更率忠義之士，糾合討賊，使宗社再延，以樹不世之勳。此■■所以日夜懸望者也，更加戮力，又一時齎來。

七月初三日成貼巡察書狀回答內：今觀卿狀啓，三道之士，一時潰散。今之所望，只在於南軍，猝聞此報，心膽具墜。大敵未至，先自散歸，豈平日號令不明，部伍未整，以至此也？不敎之兵，屯聚而來，無他奇道，則猝然有警，鳥散而歸。此兵家所忌，或者慮不及此耶？聞南中義士，望風投袂，糾合義旅，在在蜂起者，或多有之，豈其人心未離，祖宗餘澤，猶有所未斬而然耶？傳檄遠近，召收散亡，刻期大舉，再圖奇功。簡其精銳，分爲數道，或經趨間道，直衛行在，或勦擊零賊，挫其銳氣，或左右幷進，不一其道。至於興陽力士、全州才人，勇銳果敢，一以當千，勉以忠義，無遺抄發，以副日夜之望。今天兵數萬，近駐夾江，欲圖前進。而主客異勢，方議夾攻，本道再敗之餘，兵力已竭，必待南軍腹背相應，然後大功可立。急急更爲調發，星夜馳赴事。

今奉讀御手親札，不勝嗚咽，情不自裁，悲淚自零。聖諭至此，任方面之責者，寧不爲之痛哭而急赴君父之急難乎？此所以巡察再起軍馬，以圖桑楡之晚也。然錦、茂之賊，尚肆充斥，必先除此賊，以固根本，然後可以進兵矣。

八月十三日

在山中，宿巖下。去夜，夢見莉布及長女，宛如平日。吾生捉眞鳥二介，手裂膾食，口滿腥血，卽還噴唾，是何兆耶？覺來，不勝悲感。又見崔景善、申沖擧，亦何故也？

且聞錦山之敗，自南濟院至松峴，僵屍相枕，大槪二百餘名，而林間有仰死者，審見則乃南平倅屍也。傍近叢林中，脫皮足巾，裹印埋置，堀見則乃南平印也。此必南平生時堀埋，不使賊持去也，聞來，不勝慘惻。不斬一賊，而我軍之死，至於此極。雖曰寶城之妄進，若諸軍竝進而亂射，則兇賊必不如是之衝突，而南平可救，我兵之死, 亦不至多, 而望見先潰, 痛恨奈何?

且縣吏自巡察住處還來傳言"巡察見罷, 白衣從軍, 新除巡察, 則光州牧使權慄。而大槪長城居鄭雲龍等以其再聚軍馬潰退辭緣, 上疏故也"云云。然不見其疏, 未可知也。且今見朝廷曉諭節目, 自賊變後, 國家軫念生民失業, 經年逋欠, 全數蠲減, 不緊貢物及進上、文昭、延恩殿祭供之物, 竝皆權減, 使列邑民生咸知朝廷德意事。

且朝廷設法, 斬賊將者, 則陞嘉善封君, 斬一級者, 士族、良人則除職, 鄕吏則免役, 私賤則從良, 斬二級以上者, 各論以重賞, 凡村民須知此意, 私相勸勉, 銳氣討賊事。且唐兵十萬, 已到鴨綠江邊, 先鋒五千騎則副摠兵官祖承訓、左參政郭夢徵、右參政戴朝弁、遊擊將軍史儒等二十餘人, 分率諸軍, 已抵義州, 本月初旬前, 直向平壤, 欲斬平行長、平義智、玄蘇等, 故關西一路, 士氣百倍, 驍勇土兵, 雲集於安州、肅川等官, 列邑之民, 亦各奮起, 或持弓矢, 或持長劍、稜杖, 願從討賊, 來現元帥府者, 日以百計。

且八月初五日諭書內: 龍仁師潰之後, 聞卿等再行收兵云, 未知收得幾許, 而行到某處否。頃者, 遼東摠兵官祖承訓令遊擊將軍史儒、王守官等軍馬一萬, 已於本月十一日渡江, 與本國都元帥金命元、都巡察使李元翼、節度使李蘋等所率兵五萬, 作爲一行, 進討平壤, 狂寇假氣, 已作鼎中之魚。而今見平壤庶尹南復興馳報, 則賊已氣勢頓挫, 不敢出城樵蘇, 或渡江搬運卜物, 顯有遁走之狀云。唐將欲至京城, 勦除蕩掃。如有餘賊脫身遁過者, 卿宜號令道內, 定將抄兵, 遮截要害, 中開一路, 埋伏左右, 或邀擊, 或尾擊, 無使一騎渡海, 以樹懋功。其師行遲速日期, 則令今去宣傳官, 探問于唐將接待使豐原府院君柳成龍及都元帥金命元處以去, 卿其審聽施行事。

觀此節目及有旨, 則唐兵及勤王之師, 捲地而來, 義兵在在蜂起, 假氣餘孽, 豈可久稽天誅乎? 克捷之音, 不久當至矣。然錦、茂之賊, 尚據兩邑, 以一道之兵力, 久不能討滅, 若自京遁還之賊, 投入合勢, 則以善潰偸生之卒, 當窮寇衝突之際, 安保其不敗乎? 恐湖南一路, 亦入塗炭之中也。

且聞前潭陽府使崔慶會亦以義將, 率兵來駐龍城, 不久來會, 諸將入討云, 若然則庶可望矣。

八月十四日

在山中, 宿巖下。夜夢, 余如有末子, 年纔四五歲, 得病幾死, 吾抱置膝上, 奄然就盡。卽還授荊布, 發聲痛哭, 而遽然覺來, 是何兆也? 吾無四五歲兒子, 而夢兆如此, 想吾妻子流離中, 必塡死於溝壑也。又況昨日因縣吏白於龍嶺軍糧, 隨兵使, 到江華府而還言曰"兇賊非但畿甸近處, 海西、關東無邑不被共陷, 焚蕩民家, 剽掠民財, 深山窮谷, 莫不探歷。人皆登山望見, 若賊來則逃竄他處, 朝徙夕遷, 莫或寧止。若不然則必多被虜"云。

如吾老母妻子無奴僕, 不可預爲候望, 而又不如常人之善走, 其得免塡委之患乎? 細想吾老母妻子弟妹, 聞賊之來, 必驚神志, 東奔西竄, 跋涉山川, 或扶或曳, 或蹶或顚, 號泣流移之狀, 天地罔極, 不覺失聲而痛哭也。平日使老母困於飢寒, 無一日解顔之時, 今逢亂離, 又不得負扶於顚沛艱危之中, 不孝之罪, 覆載難容。徒爲痛泣而已。

又曉夢, 余之弓子折腰, 是何兆也? 以他人見之, 則必以爲不祥, 而以吾之意則祥也, 非不祥也. 何以言之? 連夜夢見一家之人, 又有折弓之兆, 必兇徒盡滅, 更無干戈之患, 棄弓不用, 如周王之放馬華山之陽. 宗室再安, 民庶奠居, 得見老母妻子於流離之餘, 有何不祥之兆乎?

郭再祐上疏

慶尙道宜寧居幼學臣郭再祐誠惶誠恐頓首頓首, 謹再拜上言于主上殿下. 伏聞京師陷沒, 車駕播遷, 北望摧心, 不勝痛哭. 倭賊之來, 武夫健將, 莫不望風奔潰, 非城池不高深也, 非兵革不堅利也, 只由於民心離散而有土崩之患也.

夫使民心離散者, 乃金睟也. 金睟再爲此道監司, 苛政甚於猛虎, 聖澤壅而不下, 土崩之形, 已現於無事之前. 及其寇來, 身先避竄, 使一道之守將, 一未嘗交兵相戰, 開城門納大賊, 猶恐或後, 若喜夫倭之滅我國者然. 金睟之罪, 擢髮而誅之, 猶不足以厭人心.

臣移檄金睟, 其辭曰: "痛矣哉! 使我一道潰散, 使我京師陷沒, 使我聖上播遷, 使我一國生靈肝腦塗地者, 皆汝之爲也. 汝之罪惡貫盈, 而汝不自知, 則是愚人也, 汝果愚人乎? 非愚人也, 而釀成禍* 亂, 至於此極, 禿天下之兎, 不足以盡記汝罪, 罄天下之竹, 不足以盡書汝惡.

人皆以'刻期築城虐民荼毒'爲汝之罪, '節制乖方使賊攔人'爲汝

....

之罪, 是則不知言者也. 內地築城, 雖失民心, 而意在於禦敵, 則非
汝之罪也, 節制顚倒, 雖敗軍機, 而才短於應變, 則非汝之罪也. 以
此罪汝, 則何以服汝之心乎?

汝罪有一曰'迎倭', 何謂迎倭? 汝抄一道精兵勇士五六百名, 以
爲帶率, 東萊之陷, 先走密陽, 密陽之敗, 又遁伽倻, 賊過尙州, 竄
身居昌, 一未嘗勸起將士, 使之擊賊, 遂倭賊如入無人之境, 卒陷京
師於一旬之內. 自知其身無所容, 托以勤王, 逃蹤雲峯. 人可欺也,
天可誣乎?

汝罪有二曰*'喜敗', 何謂喜敗? 老怯曺大坤, 固不足責. 然以一
道元帥, 旣不救金海之陷, 未及見倭, 先棄主鎭, 退陣鼎津, 鼎津距
倭所在, 百有餘里, 而虛驚潰散, 竄入晦山書院, 遂使列鎭各邑, 望
風奔潰, 則大坤之罪, 不可不誅, 而汝不梟首, 以警軍心, 汝果不知
棄城敗軍之律乎?

汝罪有三曰*'忘恩', 何謂忘恩? 聞汝之祖先, 十世朱紱, 七代銀
章. 祿旣厚矣, 寵亦隆矣, 義當與國同休戚、共死生. 苟能奮忠節之
義, 發慷慨之志, 身先士卒有死之心, 則凡我嶺南二百餘年培養之
士, 孰不忘身效死, 以雪國恥乎? 汝乃喜君父之敗, 甘京師之陷, 汝
果不知急君父之難乎?

汝罪有四曰'不孝', 何謂不孝? 聞汝之父, 雖不幸早世, 眞慷慨
忠義之士也. 如使汝父, 逢今之變, 必獎率義兵, 以復國讐. 入地英

* 曰: 底本에는 없음. 문맥을 살펴 보충.
* 曰: 底本에는 없음. 문맥을 살펴 보충.

靈, 想必冥冥之中, 痛汝所爲, 憤汝不軌曰: '豈意無君忘親, 出於吾兒乎?'

汝罪有五曰'欺世', 何謂欺世? 汝之方仕朝廷, 朝廷目之以剛果勁直, 按節嶺南, 嶺南稱之以聰明才藝. 以剛果勁直聰明才藝之人, 誠有折衝禦侮之心, 據險守固, 以遏長驅, 易如轉圓, 而袖手傍觀, 曾莫能畫一策、設一謀, 都任倭之屠戮, 則前日之剛果才藝, 餌好爵也, 今日之若愚若怯, 欲何爲也?

汝罪有六曰'無耻', 何謂無耻? 棄嶺南之倭賊, 踰雲峯入全羅, 托跡於勤王之師, 師到龍仁, 見倭六名, 棄軍器、投軍粮, 失金貫子而走云. 是預去金貫子, 而渾於軍中, 使賊莫知也, 偸生之計, 平日所定, 苟活之謀, 無所不至矣.

汝罪有七曰'忌成', 何謂忌成? 汝在道內, 無討賊之心, 民心沮喪, 莫先赴敵, 幸賴招諭使激發忠誠, 鼓動義氣, 使義兵四起, 醜類授首, 人心稍合, 形勢自張, 掃淸區域, 奉還鑾車, 指日可待. 而汝乃忘讐之耻, 擧顔再來, 出號令、發節制, 使義兵有渙散之心, 使招諭使敗垂成之功, 則前惡旣往, 今罪罔赦.

嗚呼! 北天遼邈, 道路阻絶, 王法不行, 汝首猶全, 假氣遊魂, 雖視息於天壤, 汝實無頭之尸也. 汝若小知臣子■■[之分*], 則使汝軍官, 斬汝之首, 以謝天地後世. 如其不然, ■■[我將*]斬汝頭, 以洩神人之憤, 汝其知哉!"

<hr>

* 之分: 底本에는 磨滅됨.《忘憂集·倡義時自明疏》에 근거하여 보충.

* 我將: 底本에는 磨滅됨. 上同.

人或以言道主之過爲咎。當平居無事之日, 則固不當非其道主,
如此急難危迫之際, 若皆含默, 則是徒知有道主, 而不知有殿下也。
如使慶尙一道之人, 莫非殿下之臣, 則安忍容金睟之罪, 負殿下於
垂亡之時乎? 宋之高宗, 不聽胡銓之疏, 故爲天下後世之恨。如蒙
殿下採用芻蕘之言, 則中興之功, 可成也, 宗社幸甚, 臣民幸甚。

臣誠魯鈍, 屛迹江湖, 今遇賊變, 宗室危亡, 自念祖先三世朝
仕。神謀秘計, 雖不及於子房, 而復讎之心, 臣誠有之。故出萬死之
計, 四月二十二日, 募起義兵, 以防倭寇, 幸賴殿下威靈, 以至于今
日。誓士戮力, 死而後已, 區區寸忱, 萬萬無他。伏願殿下恕其狂
僭, 而察其愚衷焉。

通文

宜寧義兵將郭再祐播告一道義兵諸君子。金睟乃亡國之一大賊
也。以春秋之義論之, 則人人皆得以誅之。論者或以爲"道主之過,
猶不可言, 況欲斬首云乎哉", 是徒知有道主, 而不知有君父也。

迎賊入京, 使君父播遷者, 謂之道主可乎? 袖手傍觀, 喜國之滅
者, 謂之臣子可乎? 使一道人, 皆爲金睟之臣, 則不可言金睟之罪,
斬金睟之頭, 一道之人, 無非主上殿下之臣, 亡國之賊, 人皆可誅;
喜敗之奸, 人皆可斬。

而說者或以斬金睟爲不宜於事體。復君讎、討國賊, 斯所謂事
體也。金睟滅事體久矣, 事體之宜不宜, 固不暇論, 而先斬奸人, 使
無班師之詔, 然後奉還鑾輿, 建中興之功, 則大有宜於事體也。

伏願義兵諸君子詳覽檄文, 領率軍人, 會于金睟所在處, 斬其首

獻于行在所, 則功倍於納秀吉之首, 惟義士亮之。若或有守令不念宗國之將亡, 忘君臣之大義, 付會賊睟, 使其邑人不能參義者, 與睟同誅之。【招諭使和解云云】

今觀郭公上章及檄文, 可知其意之所在也。金睟不能無罪, 而擧兵罪▣▣爲上章, 待朝廷處置如何, 豈可移檄擧兵, 先斬道主乎? 大賊未滅, 惹起自中之亂。再祐之擧措, 雖有宗社之大功, 今此擧措, 未知其穩當也。況金睟不待朝廷命令, 而豈爲一儒士之所斬乎? 嶺南義士稍知事體者, 豈可與再祐付會, 而擧不當之擧乎? 且今見主兄書, 此道巡察罷職, 白衣從軍, 而光牧權慄代爲巡察云云。時未知見罷之由。

八月十五日

在山中, 宿巖下。自夜半大雨, 終夕不止。假幕雨漏, 縮坐達朝, 其苦可知。今日乃仲秋佳節, 而城南墓上, 無人掃奠, 深思霜露之感, 哀痛罔極。況吾老母妻子, 今在何處而得保生存乎? 想念今日, 尤爲痛哭痛哭。

且見主兄書, 柳永謹三兄弟避亂于檜巖近處, 三人夫妻, 一時被殺於賊云, 不勝驚慟驚慟。柳熙緒與其母夫人同死於賊, 金順命兄弟亦見殺, 城中之人, 過半被殺云*。彼人力有餘者, 尙不得免, 況吾老母妻子, 獨豈免乎? 痛哭無地。此言淳昌居進士趙惟寬聞之於

....

* 　　且見主兄書……過半被殺云: 底本에 "虛傳"이라고 덧쓴 흔적이 있음.

自京下來左水使軍官, 而傅說於主兄也。趙乃謹之之友, 而知主兄
與謹之同婿, 故詳說也。

主兄送及唱致書曰"日氣甚冷, 久寓巖下, 必生大病。今日下山,
還移縣地骨害洞山岾。賊若來犯近境, 然後避走于咸陽地不妨"云。
自骨害至咸陽之路, 不甚險峻, 而可以騎馬而往故云云。然今日雨
勢如此, 山路泥滑, 勢不得越嶺。姑停待其雨晴路乾, 移栖釋天菴,
觀賊勢, 更移骨害岾家爲計。

且縣人以其今日佳節, 故盛備上下餠及酒肉實果等物來供。適
聞謹之夫妻訃, 嫂主與應一痛哭之餘, 豈暇念飲食乎? 只饋來人而
送。且始見新栗、新棗。見時物, 思老母, 不勝感愴之心。

八月十六日

在山中, 宿巖下。秋雨始晴, 陰霧四捲, 朝日杲出, 凄風不絕。夜, 夢
見荊布■…■, 又見時尹, 是何故耶? 連三夜見荊布, 想必已死。平
日相念之情, 精魂屢入我夢耶? 滿眼兒息, 何以處置而死耶? 兒輩
若不與之同死, 則何處山中, 相與呼慟而飢餓乎? 言念至此, 長慟
欲絕。

且聞安城居庶人洪季男自將收率自募五百餘人, 邀截賊鋒, 故
其地數三閭里, 不得來犯, 而皆得完全云云。且本道義兵將金千鎰,
率義兵一千五百餘人, 時駐安山。兵使所率一萬八千餘名, 而稍稍
亡去, 時在僅四五千, 而亦無固在之心, 必懷逃去之計云。誰與恢
復? 不勝痛憤痛憤。然所恃而爲望者, 只在唐兵, 而聞其來已久, 尙
無克捷之音, 未知其故也。此皆去月望間之事, 而縣吏白於龍自兵使

所駐江華而來言耳。

且義兵將去月十九日, 與兵使同駐江華, 而露梁屯聚之賊來陷仁川、富平、金浦, 本月二十四日到通津。通津倅聞賊來, 先爲馳出, 乘船北走, 所率之軍, 一時潰散, 兵使、義將所送援兵, 亦皆潰來云。

去月二十一日, 王世子在伊川下書曰: "余叨承權攝之命, 俾贊恢復之責。自有凉薄, 恐未承當, 遠離大駕, 今已千里, 只西望涕泣而已。今日國事, 十去八九, 日夜惟望勤王之兵, 而久無聲息, 方■■[惟悶*]迫之際, 今聞諸公倡義興兵, 已迫京城云, 此實天地祖宗默佑而然也。宗社存亡, 惟在諸公戮力之如何。活國救民, 懋樹大勳事。"此亦於龍之所傳言者也。

且聞海西吏民與賊通謀, 雖其邑宰, 亦不自由云, 不勝痛憤痛憤。允誠時在海州妻家, 若乘舟避入海島, 則庶可免矣, 若避隱山中, 則兇賊搜山極甚, 竄伏林藪者, 不得脫漏云, 恐必不免也。雖入島中, 海賊亦多云, 悶慮尤極。不見面目, 于今一年, 而更不相面而死, 則彼此寃痛, 天地罔極。書此之時, 不覺悲淚自下。吾四子中, 唯末息年幼, 學未成就, 其餘三子, 文藝粗成, 稍知是非, 一家雖貧, 自以爲生子不後於人, 而人亦以此許之。故愚魯之心, 每以自多, 而惟望立揚之有期, 那知今日逢此大變, 父子流離, 各在南北, 不知生死乎? 但自念平生別無不義之事, 豈使吾子咸就於無名之死乎? 白日昭臨, 實監吾衷, 人雖可欺, 天可欺乎? 日夜默禱而已。且聞慶尙

....

<hr>

* 　焦悶: 底本에는 磨滅됨.《亂中雜錄·壬辰下》에 근거하여 보충.

巡察使金睟兩子·二女及婿、招諭使金誠一二子, 皆被賊殺云, 不勝慘■…■。自餘, 不聞者, 何限?

八月十七日

在山中, 宿巖下。自旬後, 秋日凄冷。楓林染丹, 吹帽佳節, 不遠以邇。巖前山菊, 自知其時, 開花爛漫, 香藥燦明。臨風一嗅, 感淚自潛, 古人所懷, 先獲我心。寧不感痛? 悲乎悲哉!

八月十八日

柳謹之夫妻聞訃第四日。嫂主與應一暫設酒餅, 爲一哭奠, 余之哀感, 因此尤極。早食後, 與衙屬還越後嶺, 到釋天菴, 如入渠渠之室, 稍豁憂鬱之懷。夜, 夢見鄭司果宅及任參奉宅, 形容憔瘁, 不似其舊。

八月十九日

在寺。夜, 夢余自館洞西泮水下來, 淸川滿溢, 可網之魚, 游泳其中, 殊非昔日之陋乾。向者之夢, 東泮水淸溢如此。必國家再安, 東西協和, 右文興斅, 吾道大興之兆也。又見李敬輿, 宛如平昔。

且雲峰縣監賊勢探問事, 送人慶尙巡察使所駐處, 營吏通書內: 諸處敗遁之賊, 皆萃本道, 道內列邑雄據之數, 比當初極盛。左道則仁同、大丘、玄風、昌靈、靈山、密陽、淸道、慶州、蔚山、東萊及安東任內豐山縣, 右道則聞慶、尙州、善山、開寧、金山、星州、固城、鎭海、金海等處, 今方留屯, 自東向西, 自北向南, 去而復來, 往來無常, 的知爲難。永川、知禮之賊, 已曾諸軍合力, 盡殲無餘, 昌原留賊, 與內應人密約夜攻, 斬獲三十餘級, 其餘追擊盡斬, 右三邑則已爲收復。星州入據之賊, 亦因內應人相通, 賊三百餘名出向開寧時, 星州之軍, 中路接戰, 追至三十餘里, 斬獲三十餘級。他餘列邑來往之賊, 或邀擊、或尾擊, 獻馘無日不至, 而錦山、茂朱之賊盡滅後, 擧衆合勢, 自金山次次剪除計料。嶺東遁出之賊, 寧海、安東等地, 已爲來犯云, 而道路阻絕, 未知所向云云。

觀此通文, 自京下來者甚多, 列邑雖比前倍盛, 賊勢頓挫, 入城者亦皆堀土爲穴, 入處不出, 而往來之賊, 又爲伏兵所射, 獻馘日至云。況天兵及王師振北掃蕩, 向來義兵處處奮起, 咸欲滅賊, 不久殲盡▣…▣之音矣。但二百年休養生靈, 靳首就死於兇鋒, 何啻萬萬? 時耶命耶? 自三國以後, 代有兵戈之患, 而島夷之禍, 未有甚於此酷也。紅巾之蹂躪松都, 恭愍之播越南州, 當此時, 漢水以南, 皆得完全, 而今則八路皆入賊窟, 自我東立國以來, 未有之大變也。

八月卄日

午後, 自寺來見主兄於長溪孫引儀家, 因與同宿, 鬱陶之懷, 庶可慰矣。來時, 路歷朴座首彦詳家。入見朴公, 朴公飮以白酒, 朴別監大福適來, 亦與相話。

八月卄一日

因留孫家。昨日, 淳昌聞吾來, 先使來問, 故早朝就見淳昌, 因與敍話。前日雖不相識, 言動溫雅, 非如武夫之類, 亦可人矣。食後, 主兄與淳昌往羅峴陣處, 余獨留于此, 與朴大福終日對話。夕, 主兄還來同宿。

　且前聞大駕巡到義州時, 注書任就正·朴鼎賢、翰林趙存世·金善餘至安州逃歸, 故以其遺君父、棄官守, 削去仕版云。如此急難之時, 近侍之臣, 死於君父之辱, 而中道棄歸, 記事無人。平日讀書, 自以爲正人、君子, 而臨危今日, 各自逃命, 遺棄君親, 如棄弊履, 狗彘之輩, 何足誅哉! 深歎時事之至此也。

八月十二日

平明, 主兄與淳昌倅往茂朱境於角峙伏兵處, 殺牛饋士, 更與義兵諸軍約束, 精抄射夫, 設伏要路事, 進去。食頃, 於角候望軍馳告內, 倭賊無數出來, 各建紅白旗云云。卽令諸處候望軍, 一時吹角, 賊等卽時退立團聚, 所着白衣解脫, 或着靑, 或着紅, 或着廣大, 方欲衝突之計。我軍峰峰促角, 鼓噪竝進。賊等退歸之際, 前日入送淳昌、長水兩邑精兵, 賊之歸路, 先鋪菱鐵, 散處埋伏, 俟其賊還, 一時發射, 亦放火炮, 進退相戰, 中箭斃者甚多, 棄其乘馬、環刀, 驚惶北走, 亂踏菱鐵, 流血滿路。淳昌人斬二級, 奪其馬三匹、環刀三柄而來, 賊頭一級, 則此縣人方斬之際, 爲淳昌人所奪云云。可謂少快矣。是日, 若非兩倅率兵進去, 則於角伏兵, 必不堅守, 退走則安城倉, 必來焚蕩矣, 多幸多幸。李浩然計其出來賊數, 則騎步竝五十七名云云。

　且聞今月十七日, 賊倭四百餘名, 日出時, 潛來直衝珍山梨峴同福縣監黃進所陣處, 我軍■…■, 射矢如雨, 賊乃不敢突入, 退遁錦山，還入珍山。■■大概賊死者，十餘名，中傷者，不知其數。黃進親射卽斃者，六七人，中箭者亦多。黃進額上亦逢鐵丸，不至重傷。

又十八日，忠淸義僧二千餘名及趙憲義軍一千八百餘名，不告本道官軍，輕進賊窟，賊分出四門，圍立義軍。義軍力戰，賊死者五十餘名，傷者亦無數，而義軍死者，不知其幾。其餘則退散，義將趙憲及僧將靈圭出來云云，而時未知去處。若不歸其道，則必死於賊手矣。

昨日之戰，若非黃進堅陣拒射，則諸軍亦必潰散矣。此賊之數不多，而據一郡，築土城作穴，爲日已久。我軍三戰三敗，勦滅無期，不勝痛憤。然因被虜逃還人聞之，則賊死者亦多，被傷呻吟者無數，賊氣大挫云云。

八月廿三日

留在孫家，與主兄同宿。主兄獨在無聊，使之挽留耳。且右道義兵大將崔慶會、副將高得賚及從事官、軍官上下竝二百五十人入縣。軍則不在屯數。且李浩然率射軍五十名，更入茂朱要路設伏，竢其賊出，射斬計料。

且聞昨日茂朱賊相戰罷來後，南原人落傷，因伏山上窺見，則賊之不傷者數人，走入其穴，請兵數百餘名，來見戰處，路中賊屍十一駄載去，被傷扶去者亦多云。

八月廿四日

因留孫家。主兄朝食後，往綃峴陣處，午後還來。且忠淸巡使傳關

內, 永同入據之賊, 今月初六日, 前郡守金宗麗、前察訪南景誠抄率
精兵四十餘人, 或持長劍, 或持斧子, 或佩弓矢, 各持二時炊飯, 登
山。俯見賊陣, 審知賊之出入伏兵, 然後夜半潛入賊幕, 先鋪菱鐵
於籬內, 四隅衝火。及其火發後, 賊等驚起, 忙惶奔走之時, 或射或
劍, 殺五十餘人, 他處留屯之賊亦驚惶, 盡殺被虜人及牛馬, 遁入錦
山云。且倭賊若熟寐, 則我人雖再三出入, 不知覺, 故擊此賊, 莫如
夜擊云云。且聞金宗麗當初賊陷茂朱時被虜, 哀乞偷生, 留在賊中。
賊敎宗麗曰：“汝■■邑守, 而來耶?” 答曰：“吾知邑將所在■⋯■而
來。但老鈍不能步行。” 賊卽給善走馬, 宗麗騎馬馳出永同之地云。
宗麗受國厚恩, 官至頂玉, 一朝偷生乞降, 常以爲痛恨。今聞夜擊
立功, 若因此屢建大功, 然後庶贖其罪, 而可免其死而止耳。南景誠
乃余四寸弟也, 亦立偉績云, 可喜可喜。

八月十五日

因留孫家。朝食後, 主兄與淳昌往陣處。淳昌姓名金禮國, 而居京,
寶城姓名金得光, 而居延安。性強戾, 少不如意, 大杖管下, 人不愛
之, 淳昌則愛惜其下, 人亦愛之, 咸盡其力, 可見仁之爲大也。寶城
則今在龍潭松峴伏兵處矣。

淳昌射手五十餘人, 亦入茂朱, 設伏要射, 而其郡僧四名, 亦隨
去。觀其賊巢形勢後, 夜半潛入衝火設計。且義兵從事官訓鍊奉事
郭天成領軍百六十餘名來此, 因進安城倉駐兵云云。大將則時在本
縣, 而上下二百六十餘人供饋, 殘縣將不能支, 自今日後, 盡減其供,
只饋上廳二十四員, 而馬五十餘匹爾。

且聞兵使領軍渡江，入擊<u>豊德</u>之賊，爲賊所敗，軍人多死，而軍官<u>李馮</u>亦在其中云，不勝驚悼驚悼。然遠未詳知矣。且夜，夢見<u>吳潤男</u>，宛如平昔。余謂曰：“汝自何來耶？”曰：“<u>廣州</u>拜墓後，今當還家，故入謁。”余令荊布招入見之，是何故也？必死矣夫。哀哉哀哉！

八月廿六日

因留<u>孫</u>家。以朝雨，故主兄不往陣處。且見助防將陪吏私通，前日<u>高義將</u>，時有一僧，願入義徒，汲水炊飯爲任，而及其赴戰之日，交通<u>倭</u>賊，指示大將殺害，因致大敗。<u>龍</u>、<u>錦</u>兩邑竄伏之人言內，此僧與賊相通，導引賊徒，諸山搜覓，殺害人民，虜掠財畜，<u>寶城</u>倅九日之戰，其郡貢生所佩印信，脅欲殺害奪取之計，其兇惡甚於<u>倭</u>賊。人皆痛憤，欲食其肉，而<u>寶城</u>守偶然得捕推招，則首末盡露。卽械送防禦使道云云。此僧言內，<u>錦</u>賊大槪乏食，生稻刈食連命云云。此僧名<u>性澤</u>，而人言殺<u>倭</u>三十，不如殺此一僧云，可快可快。

且去十九日，<u>嶺南</u>諸軍圍攻<u>星州</u>入據之賊，堅守城池，多放鐵丸，不得已退兵。翌日，又進環攻之際，<u>星州</u>■…■<u>眞山</u>父子與賊交通，潛引<u>開寧</u>之賊，在後圍■…■我軍大敗而退，死者甚衆云，不勝痛憤痛憤。

■…■銀瓶盛酒，投書乞降。欲歸本島，無船不得■…■。<u>晋州</u>判官佯許之，或開陸路，要於中道射捕，或給船隻乘船，然後水戰計料云云。然此賊極詐，無端乞降，必有其意。諸將恐爲彼謀所陷也。

且見都事傳關，<u>平壤</u>、<u>開城</u>之賊遁潰，大駕不多日內，還巡<u>定州</u>，漸移內地，凡常貢之物，預先知委，改行移後上納云云，不勝欣忭欣怵。然未詳其實矣。且聞兵使自江華渡江，入擊豊德之賊，爲賊所敗。諸軍退還上船，則船小人多，沈沒死者亦多。兵使、義將先在舟中，故得免，上軍官前監察李馮，亦死其中云。馮也乃余一洞相厚之人，▣訃，不勝驚痛。

八月十七日

因留孫家。朝聞永同居四寸▣竄伏山中，爲賊所探，盡爲被殺，而南察訪君實獨免云，不勝痛哭痛哭。然未知其孰死孰生也。去春，一得相面，還來未久，叔母捐館。方以爲慟，身在草土中，又遭合門之戮，哀痛尤極。

　且聞鄭相公澈今奉兩湖體察之命，乘船自湖西海濱，當到完山云。此道前使已罷，新▣…▣。且濟州校生金弘鼎聞變渡海，來赴義徒。觀其爲人，身着畫龍掩心，頭戴插羽網笠，長身健臂，腰佩長劍，軒軒入堂，其勇可知，而其志亦可想矣。當此國事板蕩之時，身在顯位，世受國恩者，背君偸生，滔滔皆是，而萬里孤島之中，不顧父母妻子，奮義赴難，人之賢不肖爲如何哉？▣…▣，今日與義兵之徒，俱進陣于安城倉云云。

八月十八日

因留孫家。主兄朝食後，往陣處。卽午，見靈光妹書，見之未竟，哀淚滂沱。再三披閱，愁▣…▣。聞直長捐世，尤極哀悼。卽裁答書，送于▣…▣，使之傳付爾。

　且聞龍宮縣監禹伏龍當兇賊▣▣之時，大府堅城，不日而陷，十

室殘縣, 獨全境內, ▣賊來犯, 玆陞堂上云, 可謂不負所守, 而賞不留
時矣。然其間曲折, 遠未詳知。且聞錦山之賊, 昨日諸將入攻, 先鋒
爲賊所敗, 諸軍潰散云, 不勝痛憤。然此乃潰卒之言, 未知其實。

八月卄九日

因留孫家。主兄聞張義賢令公來在安城, 與淳昌早朝往安城倉, 與
之約束合攻茂賊云。夕, 還來曰"張令公云, 忠淸左道淸州以下列邑,
時無賊屯, 知禮亦無留賊。自京下來之賊, 直路踰鳥嶺而來, 金
山、開寧等官無數屯聚"云云。

且聞十七日錦山之戰, 海南倅邊應井陣處, 賊先入, 諸軍一時發
射, 而賊不顧齊進, 亂斫如麻。諸陣不救盡潰, 邊應井、魚得浚及
前奉事黃璞、義將蘇行進與前奉事崔湖等五將, 一時被殺, 不勝驚
痛驚痛。邊公乃余姻親, 而去春相見於長興府, 其在靈巖林妹家時,
又一致書贐物, 今聞其死, 尤極哀悼哀悼。

且前日茂朱入送縣吏李浩然、淳昌人金景碩等, 去夜令淳昌僧
土默等九名, 乘夜潛入, 衝火賊勦計料, 而兇賊所居官舍, 排設木柵
木板, 四隅高造望臺, 終夜巡警, 故勢不得踰入, 而柵板之外, 縣司
及私家三處, 賊徒亦多屯聚, 不意衝火, 賊徒驚惶, 高聲呼唱, 走
入柵內, 終不出頭, 故不得射斬。翌日平明, 李浩然、金景碩及義兵
金弘鼎、金壽富等, 率軍馳到, 先令騎馬七人, 分左右馳突, 示勇誘
引, 則賊徒先鋒百餘揮劍追逐, 又數百餘, 川邊越來, 建旗結陣。諸
軍或上山放石, 或放炮亂射, 進退交戰, 中斃者甚多, 逢箭者不知其
幾。賊等不勝退去之際, 義軍金洪鼎、鄭終男二人馳馬突入, 彎弓

亂射, 爲賊所圍。鄭終男馬前, 三倭隱伏, 一時放丸, 右臂逢丸, 卽
顧射放丸之倭, 則正中胸膛, ■■倒斃, 群賊扶曳退遁。飜身賈勇,
馳馬還陣, 人皆嘆服。當其接戰時, 被虜女人百餘闕其賊徒盡出, 遁
散鄕校後山■■永同之路, 而賊則蒼黃顚倒之間, 全不得■…■程
云。必免更擄之患, 可謂快矣。然接戰時, ■■潛避登山, 入戰者不
多, 賊若更爲衝突, 越入杻峴, 則勢不可支云云。

　且見忠淸巡使致書義兵將曰"天兵初挫於箕城, 還渡鴨江。更發
精銳, 月初, ■到義州, 想今已壓箕都, 艱待"云云。前聞箕城之賊,
已盡勦滅, 兵至黃州云, 而今見湖西方伯之書如此, 則前日之聞, 皆
虛矣。此賊雄據京城、海西、畿甸, 衝斥不已云。若此則今年之內,
勢不得平定, 竄伏山中者, 初雖不死於兇鋒, 想今必死於凍餓 深念
老母妻子弟妹, 亦必不免, 唯日痛哭而已。

九月

九月初一日

因留孫家。別無賊之聲息。且右義將入縣已久，尚無進陣于賊界，日與軍官射帿，多伐鹿角木，設柵官家前後，唯恐賊之來犯，欲爲久駐之計，可笑。錦、茂兩邑，距縣二日程，而其間要害 官軍設伏，幾至四五處，而退縮遠地，唯費粮廩，不欲進擊，尤可笑也。名爲義兵，而官軍潰走作罪者，咸來聚會，欲免其罰。至於左道水軍，厭其水戰，托身義兵，來赴者亦多。退坐安地，日食官廩，其爲自身之計，則可謂得矣。非但此也，貢辦之物，皆徵於官家，如此殘縣，其何能支？又明日，左道義將自龍城當到云。以此大、副將外，其以下皆減供饋爾。竊聞嶺南義將金沔、郭再祐多聚勇士，與賊對壘，日擊獻馘云，可謂不負義名矣。

九月初二日

因留孫家。午後雨作, 至於夜深不止。與主兄終日對話。午後, 縣儒朴以恒來見, 因持嶺南招諭使文。

招諭使爲通諭道內守令、邊將、文武出身、父老、子弟、閑良、軍民人等事【金誠一】

國運中否, 島夷竊發, 橫跳疆場, 衝突東西。雄城大鎭, 曾無藩籬之限, 浹辰之間, 已蹂關嶺, 直擣京師, 鑾輿播越, 擧國奔竄。自有東方夷禍之慘, 莫今日若也。列閫爲國家干城, 而或望風奔潰, 或恇怯退縮。守令爲一邑君長, 而率皆搬移■■[妻子*], 焚棄兵庫。無一人抗義奮忠, 先登擊賊者, 哀我■[軍*]民, 尙安所恃賴而不逃且散哉! 狂瀾橫潰, 莫可■[堤*]防。城無荷戈之卒, 邑無效死之臣。賊之所到, 如入無人之境, 遂使嶺南一道, 陷爲賊藪。土崩瓦解, 莫保朝夕, 此何等時變耶?

然此豈徒邊將、守令之過*? 爲士民者, 亦不得辭其責也。古之當大亂能守國者, 以其上有效死之志, 下有死長之心故也。今則賊未到, 而士民率皆逃竄, 藏伏山林, 爲苟活偸生之計, 使守令無民, 將帥無軍, 將誰與禦敵乎? 或者謂鄒、魯之鬪也, 有司死者三十餘人, 而民莫之死者, 以有司不恤民隱也。今玆奔潰之變, 豈《孟子》所

....

* 妻子: 底本에는 磨滅됨.《鶴峯集·招諭一道士民文》에 근거하여 보충.

* 軍: 底本에는 磨滅됨. 上同.

* 堤: 底本에는 磨滅됨. 上同.

* 過: 底本에는 "禍".《鶴峯集·招諭一道士民文》에 근거하여 수정.

謂出爾返爾者乎? 嗚呼! 此何言耶?

近年, 賦果煩矣, 役果重矣, 民果不堪命矣. 然城池防備之具, 皆係陰雨之備, 以今觀之, 聖主保民之慮遠矣, 夫豈厲民以自利者乎? 況鄒、魯之鬪, 雖有勝負, 同是中國也, 於民無甚*利害. 惟此染齒之徒一入我地, 便有雄據之志. 係虜婦女, 作爲妻妾, 屠戮丁壯, 靡有孑遺, 撲地閭閻, 盡付烈炎, 公私盖藏, 擧爲其有. 毒遍四域, 血流千里, 生民之禍, 可忍言哉?

此實志士枕戈之日, 忠臣殉國之秋, 而六十七州之中, 迄無倡義奮臂之人, 猶恐逃命之或後, 入山之不深, 曷勝嘆哉! 設使入山而避賊, 終能全躬而保家, 烈士猶以爲恥, 況萬無全保之理乎? 當職請究言之, 以開士民之惑可乎.

此賊急於犯京, 兵不留行, 故禍未遍及於列邑. 逮賊得志之後, 兇徒充滿域內, 則山林 果爲逃死之地乎? 比如洪流滔天, 烈炎燎原, 嗟我億萬生靈, 更欲何地容身? 不出則日久粮絶, 盡爲窮幽之殍. 父母妻子, 被其俘辱, 衣冠士族, 爲其魚肉, 則永爲梟獍之族, 不降則擧作瘡瘢之鬼, 此豈待智者而知之乎? 然此則只以利害生死言之耳.

嗚呼! 君臣大義, 天之經、地之義, 所謂民彝也. 凡我含血食毛於此土者, 坐見君父之蒙塵、宗社之將顚、萬姓之魚爛, 而恝然不爲之■[動*]念, 則其於天經地義何? 況父母罹鋒刃, 骨肉不相保, 私

---

* 甚: 底本에는 "其". 上同.

* 動: 底本에는 磨滅됨. 《鶴峯集·招諭一道士民文》에 근거하여 보충.

門之■■[禍亦]急, 而爲子弟者, 捧頭鼠竄, 不思出萬死而求全, 則
其於人子之道, 何如哉?

顧惟嶺南素稱人材之府庫。一千年之新羅、五百載之高麗及我
朝二百年之間, 忠臣孝子英聲義烈, 輝暎靑史, 節義之義、習俗之
厚, 甲于東方。此固士民之所共知也。且以近事言之, 退溪、南溟
兩先生幷生一世, 倡明道學, 以淑人心、扶人紀爲己任, 士子薰陶漸
染, 興起私淑者多矣。平日讀許多聖賢書, 其自許何如?

而一朝遭變, 惟貪生避死之是急, 自陷於遺君後親之惡, 則偸
生世間, 將何以頭戴一天, 而死入地下, 亦何以見我先正? 衣冠禮樂
之身, 其可棄乎? 斷髮文身之俗, 其可從乎? 二百年宗社, 其忍輸之
賊手乎? 數千里山河, 其忍委之賊窟乎? 中夏變爲夷狄, 人類化爲
禽獸, 是可忍乎? 是可爲乎? 上首功之秦, 初非純乎夷狄, 而魯連猶
甘蹈海之死。蠢玆卉服, 此何等醜種? 而任其盜據我土地、戮辱我
民庶, 不思所以驅逐之、斬殄之乎?

說者以爲彼勇我怯, 彼銳我鈍。雖或起兵, 無能爲也。噫! 此何
不思之甚乎? 古之忠臣烈士, 不以成敗易志, 强弱■[挫]氣。義所
當爲, 則雖百戰百敗, 猶能張空拳、冒白刃, 萬死而不悔。況此賊雖
强, 孤軍深入, 正犯軍忌, 尙安能善其歸乎? 我卒雖怯, 勇怯, 亦何
常之有? 忠義所激, 弱可使强, 寡可使衆, 只在一轉移之間。

見今逃兵潰卒, 布滿山谷。初雖脫身求生, 終知一死之難免。咸

思自奮，爲國效力，特未有倡之者耳。當此時，如有一人義士，奮起一呼，則遠近雲合響應，坐可策也。聖上已下哀痛之敎，又不以小臣爲無狀，付以招諭之責。唐之武夫悍卒，尙泣興元之詔，矧我鄒、魯之士，寧不爲之扼腕慷慨，以赴君父之急乎？誠願檄到之日，守令則曉諭一邑，邊將則激勵士卒。文武朝官、父老、儒生各人等轉相告詔，率同志，結以忠義，或保塢而自守，或提軍而助戰。富民則運車達之粟以贍軍，勇士則奮沖甲之兵以勦賊。家家人人，各自爲戰，一時竝起，則軍聲大振，義氣百倍，鉏耰棘矜，可化爲精甲利兵，賊雖有長槍大劍，尙何可畏之有？成則雪國恥於萬全，不成則猶不失爲義鬼。諸君勉之。

當職，一腐儒也，雖未學軍旅之事，君臣大義則亦粗聞之矣。受任於一道傾覆之餘，志切存楚，未效包胥之忠，哭廟起兵，徒奮張巡之烈。尙賴義士之力，冀辦取日之功。朝廷賞格在後，竝宜知悉。

宜寧郭義士足下

招諭使爲通諭事。海寇跳梁，攻陷我城池，屠戮我生靈，東西衝突，如蹈無人之境，而六十七邑之中，曾無一人倡義起兵，以雪國恥，坐使一道輸於賊手。宗社危於綴旒，正氣掃地，山河抱羞，凡有血氣，孰不痛憤？

當職奉命到界，雪涕扼腕，誓不與此賊共戴一天爲乎矣。列邑奔潰之餘，兵力已屈，張空拳冒白刃，獨立慷慨爲如乎。側聞足下奮起閭閻，招集義兵，殲賊艘於江中，馳義聲於一隅，聞之者莫不爲之增氣，先大夫可謂有後矣。勉卒此志，益張義旅，殲封豕於域內，拯生民於塗炭, 上以報君父之讐, 下以光忠孝之心, 不亦快哉?

當職, 雖駑劣, 忠義根於天性, 一死報國, 敢後於人。糾合同志, 激以義烈, 願與足下輩左提右挈, 共成柱天浴日之功, 足下以爲如何? 生爲忠義之士, 死作忠義之鬼, 惟足下勉之。

觀此兩文, 辭意激切, 勸勵忠義, 嶺南之士, 咸奮而起, 何莫非由此而發也? 足以見不負所受之命矣。

嶺南儒生擧義通文【李汝唯製】

右通文爲招募義兵事。急君父之病, 而攘夷狄之禍者, 義之先也, 圖國家之危, 而忘死亡之患者, 貞之大也。靈萬物而爲人, 秀齊氓而爲士。何謂靈? 爲其知君臣父子之倫也。何謂秀? 爲其識義利向背之分也。旣含毛之皆臣, 寧肥祿之獨死? 匪茹至太原, 古或有之, 直斥犯京師, 今其亟矣。乘輿播遷, 漠風露之何處? 宗廟震驚, 哀陟降之誰依? 鼠竄鳥伏, 率多林翼之投戈, 殺妾食馬, 未聞張巡之死■, 此豈臣子之可忍? 斯實人理之難堪。

二百年之培養安在? 六十州之忠義掃盡。哭大荒而無歸, 擧白刃而可■。父母有疾, 寧委命而不藥? 大勢旣去, ■■天而■■。死雖可惡, 網天地而無逃, 生縱欲偸, 在犬豕而忍活? 等其死也, 寧死於義, 敢望生乎? 捨生於仁, 背國事讐, 其可安歟? 髠頂染齒, 其可耐歟? 官軍逋散, 咸怖刑而不出, 義旅鼓動, 庶奮忠而爭赴。況主上西幸之日, 下哀矜惻怛之敎, 別揀致命之臣, 特遣招諭之使。綸音纔降, 聞者莫不墜淚, 星諭所及, 見之應思隕首。

良願諸君子, 讀書平日, 皆懷報國之志, 臨危此時, 敢立死君之節。其各敦勸父兄, 激勵子弟, 徵起隣里, 獎率奴僕, 或帶弓矢, 或佩刀劍, 團結作隊, 踊躍鼓勇, 以應招諭, 以洒國恥。茲豈邦家之幸? 亦祛門庭之寇。且逃軍避匿者, 若能自現影屯, 則非惟前罪盡貰, 亦復後賞可期。

更冀十分開諭, 俾知逆順, 千萬幸甚。誠如是也, 生爲元夫, 死後英魂, 葬刻鮑信之形, 陵圖龐德之狀。與其洟■■, 曷若慷慨而死? 倘緣義徒之勤王, 得見天路之再淸, 未必皆歸於淪沒, 胥將共享乎中興, 豈不休歟? 宜各勉之。嗚呼! 天理民彝, 有不容泯。人綱人紀, 寧肯永墜? 觀此一張通書, 必有千絶痛哭。【右前縣令趙宗道、前直長李魯、進士盧士尙等。】

九月初三日

因留孫家。義兵副將高得賚領軍四十餘, 來駐于此, 主兄與淳昌往見其寅。且兩湖敎諭軍民等書, 高山訓導陪來, 昨午入縣, 王世子諭文竝至。

敎全羅道士民等書【李好閔製】

王若曰: 惟予不辟, 不能保民而圖存。一失之人和, 一失之禦戎, 失國西遷, 退次義州, 已閱月矣。廟社丘墟, 生靈魚肉, 悠悠蒼天, 此何人哉! 罪專在予, 良深慚恧。西南夐邈, 消息無憑。自聞李洸之師, 潰於龍仁, 無復有南望待救之念矣。茲者, 郭賢等水陸得達, 報高敬命、金千鎰等糾義旅數千, 而與節度使崔遠兵馬二萬, 進屯水原云。予之不德, 何能致人死力至此哉? 我祖宗二百年深恩厚澤, 咸得人心者, 吁其至矣。予甚嘉悅, 卽遣梁山璹等, 還報軍民, 惟爾多士, 諒予苦意。

予自卽祚以來, 卅五年于玆矣。雖仁不及民, 而澤不下究, 智不察物, 而政多失措, 乃素心則未嘗不以愛民恤物爲意。第見近年邊徼多釁, 而軍政廢弛, 顧乃謂城池之高濬, 甲兵之犀利, 可禦寇盜, 申敕中外, 嚴加提防。實不料城益高, 而國勢日痺, 池益濬, 而民怨日深, 桑落瓦解, 一至於此。加以宮闈不密, 而罔民細利, 刑獄失中, 而冤氣傷和, 王子占山澤之利, 小民失業啾啾。民宜仇予, 予有何辭? 玆令有司, 悉加罷還。凡此之類, 亦豈予所盡知者哉? 予所不知, 亦予之咎。思之至此, 雖悔曷追? 寧欲自爲犧牲, 謝天地祖宗百神之靈矣。予之咋指, 旣已如此, 惟爾士民, 庶幾許予改過, 圖理惟新。

予之失德, 略已開陳, 而今玆之災, 實爲無妄。蠢爾蠻賊, 乃稔射天之計, 或要予黨逆, 或要予假道。予據義斥絶, 梟獍之腸, 忘我大德, 思決小怨。予以爲宗社可亡, 臣民可棄, 君臣分義, 天地監臨, 庶欲昭大義於宇宙, 暴胸臆於日星, 以無愧於上下神祇耳, 一任窮蹙, 而赴愬天朝。天皇聖明, 察予至意, 許遣遼東總兵官祖承訓, 率遊擊將軍兵馬一萬, 進攻平壤, 期欲至京城蕩掃, 天聲所暨, 士宜思奮。念予行殿, 雖忷迫一方, 而天朝又撥湖、浙嘗倭兵六千, 朝暮渡江, 而本道士馬, 亦集數萬, 庶無厎蹟株橛之憂矣。

爾敬命等旣次畿甸, 切宜相勢合力, 收復京都。據有金城、平壤之賊, 氣勢已挫, 殄殲可期。除此兩處賊, 則自餘枝衆, 不戰自定矣。今茲諸路,悉被寇鈔,而惟湖南一道得全,爾若不勖,其又何恃?糧餉告匱,京湖倉廠,任爾取給,軍器告盡,京湖機械,任爾足用,其各勉之。

今拜敬命工曹叅議加招討使,進千鎰掌隸院判決事加倡義使,朴光玉等以下,各除官進爵有差。念爾忠義,不待爵賞,予所推恩,此外無他,至可領之,更加戮力。又遣寅城府院君鄭澈,兼忠清、全羅等道都體察使,使之宣諭德意,總督軍務,爾等其聽節度,各迪果毅。

龍灣一隅,天步艱難,地維已盡,予將何歸?人情已窮,理宜思復。秋凉乍動,邊地早寒。瞻彼長江,亦流于東,思歸一念,如水滔滔。教到,惟爾臣民,其必有憐予之志,而怛然者矣。於戲! 天生李晟,復城闕之有期,日望張所,報陵園之無殃。亟副雲霓之望,免予霜露之苦。故茲教示,想宜知悉。【萬曆二十年七月二十二日】

伏讀聖諭,辭旨顯切,責己改過,更圖惟新,此聖人不吝之道。臣民寧不為之感勵? 至於龍灣一隅以下數段之辭,三復奉閱,人皆嗚咽,不覺沾襟,咸思奮義,欲死於敵。人君一言之善,人心之感動如此,中興日月之明,其不在此乎? 此所以驕將悍卒革心於興元之一詔也,嗚呼休哉!

諭全羅道士民書

王世子若曰: 嗚呼! 皇天降割,島夷乘釁。邊城一敗,列郡齊解,遂成長驅之勢,舉為無人之境。京城失險,國步斯潰,乘輿播越於關塞，廟社漂轉於州縣。二百年禮樂文物，蕩然而無餘，三百州巨家世族，盡陷而靡遺。兵火之慘，古豈有是？是雖將臣不能爲國而效死，致玆賊兵之饢突，亦由爾民心不肯親上而死長，咸懷却走而偸生。或謂反爾而疾視，亦竟俱陷於慘殺，言之至此，予實痛焉。

惟爾忠淸、全羅兩道，人才之府庫、財賦之根本。民富兵强，百濟、新羅之所資以爲霸，慷慨好義，階伯、保皐之所稱以爲忠，自古而然，匪今斯今。況我國家休養生成之澤，夐前代而獨超，人物財力之盛，當不讓於古昔，而一朝不警，四郊多壘，若不克乘機而殄滅，斯豈非爾等之羞恥？

余以不類叨承權攝國事之命，間關嶺嶠，備嘗艱險，自熙徂伊，自伊至成，豈敢定居於一隅？唯欲形勢之相接。幸今醜賊，天乃悔禍，調信之腦，已潰於夜斫之時，行長之首，又殞於普通之戰。兩豎繼蹶，兇徒日散，閉城自守，不敢西窺。

而巡察使李元翼、節度使李薲精兵二萬，陣於順安，巡邊使李鎰以東道兵掎角於江東，而天兵五萬，又到安州。京畿、黃海、江原之境，義兵競起，大者數千，小者三數百，勦除零賊，剪其羽翼，兇徒遞魄，大勢已挫，恢復之勢，十七八已成。方將蕩覆箕城，長驅海西，期成破竹之勢，以收十全之效，爾等倡率同志，糾合義旅，淬勵北向之刃，合勢南下之兵，協建匡復之大功，遠播義聲於遐邇，此其時也。

噫！高敬命、金千鎰是固爾南之民望，旣首倡義之擧，以徇國家之急，斯實爾等之所知。十室之邑，必有忠信，以爾數道之大，忠義之士，豈但此數人而止哉？是誠爾等爲義益力之秋，爾等勉之哉！

若夫釐革弊政，與民更始之意，令甲已下，今不復贅。於戲！亂世識忠臣，夫豈問有位無位？盤根別利器，不敢吝以功以庸。【萬曆二十年八月初八日】

奉讀東宮之旨，丁寧反覆，開諭懇惻，小有人臣之義，寧不感動於斯？況兇魁繼殂，枝葉已挫，迅掃妖氛，再■…■，鑾輿言旋，其不在於■…■。

九月初四日

主兄早朝與義兵副將等往於角伏兵處，淳昌則以其痢病不偕焉。余亦還寺，中路適逢西面品官吳瑀等四五人，謁主兄事，持酒而往。卽解佩一壺一笥，相與班荊而坐於道傍老柳下。因倒三觥，醺醺醉返，日未夕矣。違離半月，各相念之，而今日來寺，人皆歡迎，余亦欣逢。却念京家。吾老母吾妻子吾弟妹，置之何處，而流離嶺嶠，托身姻親，反以此為舊而不忘。人情至此，胡寧不悲？因以淚下不止。

九月初五日

在寺。善胤、末胤兄弟往觀于長溪，■…■。又永同太守內室，前聞為賊所殺，而今更聞之，則竄伏山中，為賊探搜，執衽驅去之時，拔佩刀自刎而死云，可謂烈矣。立節之婦，今始聞之，不勝欽嘆。然巨家大室，必有不汚者多，而平定大亂之後，亦必有聞矣。

九月初六日

在寺。夜,夢見允諧,宛如平昔。余謂曰:"汝弟允誠,時在海西,而倭賊衝斥云,必死矣。"諧答曰"其漢有何死乎? 聞好在"云,是何故耶? 自流離後,一不入夢,而今始見之,覺來,不覺淚下。荊布與允謙,亦依俙見之,而未詳其面目,悲哉悲哉!

且左義將任季英領兵,亦昨日入縣,右義將方在客館,多設鹿角,勢不容衆,故昨日入宿鄉校,今則移陣于東面民家。人吏鮮少,左右奔饋,不堪其苦,而隨之以捶扑,官人皆欲走避。而戶長李玉成諄諄開諭,故姑留應使云云。且右義將崔也,不計殘縣支供之難能,而發怒減帖,不食官供,小不如意,屢加嚴杖,下吏悶苦,殆不堪支云云。且聞朴判尹崇元令公,去七月廿五日卒逝云,不勝哀悼哀悼。且作神主奉安假幕於寺後階上。善胤兄弟還寺。

九月初七日

在寺。朝食後,還堀神主,盛籠如舊,只濕外裹草席而已。安綏假幕,設奠酒果。晚午,愁懷難瀉,與應一、宗胤輩步出寺東邊溪上,坐觀水春,因徇溪而愬上,清川白石紅林丹葉,輝暎成絞,誠可愛玩。溪流不息,晝夜滔滔,思親一念,與水俱長,因以泣下。

九月初八日

在寺。今日乃妻母忌也。主兄在陣,故余與宗胤兄弟行祭。吾妻子若生存,則想必記憶而悲泣矣。且昨昨夜,義兵一人,潛入賊巢,探見賊之動止,而一賊上望臺,與女同宿,夜半放屎,仰射墜落。賊呼女求劒, 欲斫射人之際, 又射中胸卽斃, 斬頭而來。義將崔公大喜, 卽送鼓吹, 迎于十里外, 夜半起坐凝碧亭, 左右列火, 梟頭旗上, 至于亭前, 盛陳軍容, 巡回三匝云。兇賊雄據兩邑, 尙未進討, 畏怯退縮於數日程外, 設柵自圍, 猶恐賊來, 而麾下一人, 幸斬一賊, 誇喜如此。竊聞嶺南義將郭再祐屢擊劇賊, 斬馘甚多, 不計其數, 不以爲功, 親犯矢石, 亦不畏死。人之志氣大小, 於此亦可知矣。觀其崔公之擧措, 不過要名, 而因人成事者也, 深可笑也。且聞昨日諸邑自募兵, 輕入賊窟, 逢丸致死者三, 而賊則不斬一馘云, 可恨可恨。

九月初九日

在寺。自夜半大雨, 至於晚朝而霽。今日乃蘦黄令節也。霜風日吹, 江山已變, 處處丹林, 錦繡成綵。秋來多感, 古人所悲, 況今國步艱難, 干戈滿地, 流離湖外, 栖身梵宇。老母妻子以隔死生, 漂轉何處, 糊口相泣? 逢此佳辰, 追念尤劇。人情到此, 寧不悲感? 爲折黄花, 哀淚盈把。皇天感佑, 生我老母, 明年此日, 爲設壽席, 各說相念之苦, 不圖今日之歡, 則其幸爲如何哉? 長祝不已。

　且見李彦弘告目, 則今月初六日 錦賊百餘名, 建紅白旗, 來入茂朱縣, 兩邑精兵及義兵、南原、鎭安自募軍等, 柱峴及召灘埋伏待變時。賊未時還向錦山, 過涉召灘, 義兵三十餘人, 先爲追逐, 移時接戰, 彼我放炮。我軍射矢如雨, 中箭致傷者數多。諸邑精兵, 亦爲繼進, 追至錦山柯亭子院。賊徒中斃者扶曳奔走, 故未得斬頭, 我軍則別無所傷。

　又初七日巳時, 義兵軍官金洪鼎、姜熙悅等, 與張義賢約束, 誘引茂賊, 良久接戰。兩邑精兵及諸邑自募軍, 一時撤伏馳入, 則賊徒已退。而其官舍近▣▣散伏兵女人數十餘名, 變着倭服, 上于屋角, 望見我軍衝突。在伏之倭及在陣之倭, 一時竝起, 亂放鐵丸, 我軍或射或退。義兵軍官宋渭龍射中先來一倭, 馳馬上山, 淳昌人金景碩、金大福等獨當衆賊, 逃避無暇, 垂死力射。其中一倭着紅金鮮天益及金冠, 只帶環刀、乘駿馬, 從倭三十餘名, 擁後而來 不爲疾逐。弄扇微笑, 相距五六步外。細看其面目, 則鬐長且多, 面色豊白, 小無倭人之像, 必是我國之人。景碩初射不中, 再射中貫鞍子, 諸倭一時奔救, 且立防牌, 擁護還入。金大福則射中着金廣大先鋒賊胸, 故諸賊氣挫, 退入其窟。但兩日接戰, 我軍二人逢丸致死云。前者四度交戰, 多討賊徒, 我兵無一人致傷, 而今則違令輕進, 至於二人之死, 人皆惜之。主兄昨日還陣云云。中丸致死者, 淳昌陪牌趙汝寬、光州義兵金永斗, 而皆斬頭而去, 只遺其屍云, 可慘可慘。

九月初十日

在寺。夜, 夢依俙見允謙、允誠兄弟。自亂離後, 誠也, 一不入夢, 而今夜一見, 是何故耶? 誠也若生存, 則父在湖外, 母與骨肉咸在賊藪, 彼此生死, 杳莫聞知, 想必日夜呼泣。余亦以此相念不已, 千里相感, 致入我夢耶? 覺來, 想見面目, 言笑宛如平日, 悲淚難禁。

且縣田稅吏全天佑, 去四月十七發程, 廿四日至京, 廿五日持吾送物, 進于館洞家, 則時尹出見, 又有總角都令領納其物云, 必是吾末子麟兒也。聞其形容, 不勝悲痛之至。但無奴婢應問云, 必莉布不在故也。意爲往在親家, 相與議其走避之地也。天佑曰"大駕晦日出城，而三宮及諸王子家、諸倉庫，一時衝火"云。主上臨出，令其衝火耶？不然則必我國人先爲盜取庫物，因以衝火，以滅其迹也。天佑，五月初一日，往館洞家，則只有老婢一人在家曰"生員主已向楊州路，而吾則老無去處，因在守家"云云，此必老婢武心也。歸館洞時見之，則大闕時方焚燒，烟熇漲天云。天佑又曰"初二日，聞賊已到漢江，避走三角山，賊亂搜山林，竄伏此山者婦人等，或爲賊被擄，或墜落巖下，不知其數。自此而逃入鐵原，因走安邊地，七月十三日還出，與稷山居人作伴，晝伏夜行，八月念後，始得還家。其間艱苦之狀，口難形言"云云。

且元仲成妻子避于溫陽地，上下時無死亡之患。聞仲成自嶺南來留于此，送奴陪來，而仲成率妾，還歸嶺南，今已月餘，不得已來奴還去溫陽耳。雖曰流離他處，飢寒苦楚，而尙保性命，他日更得相見，仲成之幸，如何可言？吾一家生死，尙未得聞，深羨仲成之幸也。但仲成家在振威，而今聞振威，則賊不來犯，而村家尙無焚蕩之患云。若當初輕騎上去，尋其妻孥，則可以得見，而拘於率來官物，留連累月，又遭賊患，僅得免死，還率其人，托歸龍城，借騎雨馬，返去嶺南云，是何意也？仲成可識事理人情，而如此急難之時，惑於不關之物，忘其緒▣之情，膝下遺兒，其可恝然乎？

且夕聞黃、永之賊三白餘人，來入錦山云。前聞忠淸左道列邑，時無賊屯，而今聞自黃、永來賊，至於三百餘云，其間傳言之虛實，不可信也。但錦、茂之賊，其數不多，而尙留不退，必有所以。吾意則以爲敢據兩邑，至死不去者，欲待自京下來之賊，更犯完城也。諸將畏怯退縮，玩愒時月，不急討滅，恐貽後悔也。

九月十一日

在寺。李應一昨朝往見主兄於長溪陣處, 時未還來。且聞嶺南沿路列邑, 倭賊皆滿云, 必是自京下來之賊也。釜山海濱, 賊船滿泊, 左右水使領舟師入攻, 下陸之賊數萬, 竝力放丸如雨, 我軍致死者三十餘名, 而鹿道萬戶逢丸亦死, 故不得已退師云云。此必下來之賊, 留泊浦口也。

且前日李僉使彥實謫在防踏鎮中, 賊船一艘全獲, 而其後以其逗留之罪, 只免其罰, 而不報其功云, 可恨。然未知其實。且因慶尚右道水使軍官陪持啓本, 去七月二十五日到義州行在所, 月初還來, 傳言內"箕城雄據之賊, 盡爲退還, 而京畿竹山以下多屯, 以上則甚爲稀少"云。余亦更待一旬, 欲於忠淸內路上去, 直至牙山地李時說家, 更聞京城聲息後, 尋見老母妻子定計。然只一童奴而無馬, 吾雖步行, 行資不可負去, 是可悶也。且兩邑自募李浩然、金景碩及義兵、南原·鎭安自募軍三百七十餘人, 昨昨更入茂朱地, 探偵要射云。

九月十二日

在寺。前日令命卜及守護人, 摘五味子, 昨日又令摘來, 五六斗許。取乾則必二斗許, 而若餘命保存, 則欲用於藥材矣。今年五味子多實, 而寺之前後洞多在, 故命取耳。

且聞蘇沔川遂氏, 家在京城仁王洞, 而年老喪明, 廢居已久。及賊入城, 勢未能避走, 因在其家, 其妻氏亦捐世成殯。而賊入家, 盡掠財物, 又剖棺脫取殮襲之衣, 至於再殮, 又脫如是, 沔川只覆破衣一件。唯一童婢炊飯, 猶不能繼食云, 不祥不祥。沔川以宰相之子,家亦贍富, 早年登仕, 歷典六邑, 其在平日, 小無窮困之事, 而至於老年, 逢此大難, 飢寒至此, 人間之事, 蓋棺然後可知福殃矣。

九月十三日

在寺。且縣吏李浩然告目曰"昨日, 巳時錦賊午時至, 建紅白旗, 騎馬牛隻卜物載持, 大概千餘名, 移入茂朱。前者屢度來茂, 卽時返去, 而今則留宿不出。賊謀難測, 各別申勅待變"云云。此必合力來犯安城倉耶? 不然則遁向嶺南之路矣。

且見嶺南傳文, 則去八月念後, 自鳥嶺流來之賊, 不知其數, 而沿路列邑, 無處不滿, 星山則幾至三千餘名。又被擄逃還人言內"賊近日將合勢, 大舉入攻昌寧、陜川等諸邑"云云, 可慮可慮。然自京下來之賊甚多, 必爲唐兵所驅而遁還也。然則京城不日收復, 而鑾輿亦必漸移內地矣, 預賀。

且前者, 義兵軍一人夜入茂朱賊巢, 陣外望臺直宿倭, 射斬來獻云, 而今更聞之, 則實非倭也, 茂民摘取木花時, 爲賊所殺, 棄置不收之屍, 剃去其髮, 斬頭而來。義將則不知其然, 以爲眞倭, 而獻馘於巡使云, 誠可笑也。天下之事, 虛僞者多, 而況今爭功要賞之時, 如此等事, 亦必多也, 而誰能推究其眞僞耶? 被斬者之父, 居在此縣, 而深恐脅其從賊, 未敢發言也云云。夕, 應一還寺。

九月十四日

在寺。昨日, 錦賊入來茂朱, 盡率留屯之賊, 還歸錦山云。大概茂朱之女, 前日被擄於賊, 留在其中, 而今者賊徒出去時, 放還其家。

伏兵等執捉推問, 則其女招內: 初七日接戰時, 賊將中箭, 三日內致死。昨昨日燒屍後, 賊徒約束曰:"合聚錦山, 進攻全州, 若不勝則還歸本國.'云云。茂朱客舍、倉庫、樓閣, 一時焚蕩, 而未及燒處, 則我軍入見, 幷皆衝火, 燒盡無遺, 恐賊更來留在故也。官家近處不付火人家, 亦皆衝火云云。

前日接戰時, 淳昌牌將金景碩射中賊將, 貫其鞍子, 因穿左脚, 倒落馬下, 賊徒擁楯扶曳, 顚倒還穴云, 必因此以斃也。但錦賊來茂, 則可因以直還嶺南, 而今者盡擧茂賊, 還巢錦穴, 必有所以也。欲自錦山踰良山縣, 歷黃、永而歸金山之計耶? 不然則更待其徒, 欲犯完城也。然下道諸軍、左右義旅, 環守要害, 必不得輕易衝斥也。但將卒皆懷畏怯, 望見賊鋒, 先自退潰, 是可慮也。夕, 義僧引俊率其徒二百餘, 到縣, 乃潭陽玉川寺居, 而自爲帥也。

九月十五日

茂賊移屯錦山, 綃峴之戍, 必撤移他。未移前, 要見主兄, 與宗胤朝食後, 馳到長溪, 共宿孫家。且嶺南傳文內, 自上流來之賊, 或千餘、或百餘, 日日下去, 而馱去女人高聲呼曰"某邑某村某人, 今爲被擄, 永去他國", 哭泣不絕云云, 不勝哀憐哀憐。夕, 往見淳昌寓所而還。

九月十六日

在宿孫家。

九月十七日

在宿孫家。茂賊移入錦溪, 故主兄移戍縣地龍潭界猫古介, 淳昌則錦山界炭古介移陣事, 巡使關已到。明日當各領軍分戍耳。縣老吏金世健、李萬亨等盛備酒餅, 來進主兄, 余亦參焉。

　　中朝兵部題准擒斬倭功賞格

　　擒斬關白平秀吉者, 賞銀一萬兩, 封伯世襲。

　　擒斬有名大賊首一名, 顆者陞實授三級, 不願陞者, 賞銀一百五十兩。

　　擒斬眞倭從賊一名, 顆者陞實授一級, 不願陞者, 賞銀五十兩。

　　擒斬漢人脅從一名, 顆者陞署職一級, 不願陞者, 賞銀二十五兩。若二名, 顆者當一級。萬曆二十年七月十八日

九月十八日

主兄與淳昌各歸新戍處, 余亦還來。適日暮入宿縣館。右義將及僧義兵等歸陣于鎭安。來見客舍前後階下, 人馬不潔之物遍滿, 而墻外嚴設鹿角, 墻內列立防牌, 猶且恐懼不已, 官門四隅, 亦設伏兵。距賊窟, 二日程外, 而畏怯尙如此, 況敢望兇賊之面乎? 眞可笑也。

　　非但此也。自處如奉命之臣, 日日早朝受三班人吏之禮, 夕則奉直宿人吏省記。凡百之具, 責辦於此縣, 而少不如意, 輒加捶楚, 上下皆困, 不勝其苦, 尤可笑也。竊聞嶺南義將郭再祐不入官府, 到處自食其粮, 聞賊所在, 輒自進討, 身先士卒云, 是謂義矣, 不負其名。

九月十九日

朝食後, 還寺。來時入見左*義將, 從容話舊而返。義將任公季英家在山陽, 而余與子順兄隨三寸苉守山陽郡時, 與之交厚, 余亦受學於其大人任生員希重, 故今之相見, 頗有感舊之意。

九月卄日

在寺。去夜子半, 自主兄戌處, 送人來報曰"錦山留賊, 已遁無遺, 故松峴諸將領兵入探"云云。然未知其實。今明間, 必知其詳矣。皮匠麻同, 小分吐一、男鞋二、女鞋三造次授去。且邇者, 霜風倍冽, 黃桑已殞。處處飛葉, 已滿山路。深念老母妻子弟妹, 如此風霜, 何以堪忍? 不勝淚下。

九月卄一日

聞主兄更移他處, 朝食後, 往熊淵陣所。且寺僧能引作泡以供上下。前日僧能贊, 亦供泡如此, 皆入山時率去炊飯僧也。主嫂各給米斗, 以償其意。且自昨日泉氷始凝。寒氣砭肌, 雖襲重衣, 尙覺其冷。念及京家, 悲淚盈襟。

　且更聞之, 則錦賊昨昨遁去, 還踰沃川良山縣之路, 歷永同、黃澗向金山云。此道則可無虞矣, 其喜可言。但兇賊自六月今至四朔, 久穴錦、茂兩邑, 使不得隻影不返, 而終乃好還, 痛憤痛憤。然茂賊則淳昌、長水兩邑精兵, 非但防守甚固, 各抄自募精銳百餘人, 入

....

* 左: 底本에는 "右". 文脈을 살펴 修正.

送賊境，日日探候動止，或潛入夜驚，或設伏要害，五度交戰，雖未多斬，而中箭自斃者無數，一不見敗，賊亦畏怯，不敢出向安城之路，生還錦山者，僅五分之一云。錦賊則防禦使及左右諸將領諸邑大軍，至於四度接戰，皆見敗潰，多殺將士，竟無一效，痛惋奈何奈何？

且下山時，中路聞元仲成自嶺南右水營陪持捷書，歷入此縣。致書于余曰"今見李都事冲自行在所出來言內，前日入去時，路經海州，得見余之第三子允誠，所持吾簡，即傳付，因言吾好在，則甚喜無已，誠曰：'曾聞親家與兄等向歸楊州之路，而其後未知去留之奇。'"云云。此皆六月賊未犯海西之前事，而其後賊之衝斥，甚於他道，其生其死，時未得聞，況楊州之地，賊之亂入，亦倍於他，多殺士人之竄伏者。柳謹之四父子，亦死於楊州之境，吾家屬若因在其處，更不移入深谷，則必不得免，尤極悶慮。

仲成昨夜來見。主兄曉頭發向鎮安，而得賊首二級，以爲自斬，而持去云，必得除官職矣。但恨余在山中，未及相見而送也。且夕，岾人網得氷魚、錦鯉，滿盤而呈，銀鱗動躍，生氣潑潑。或膾、或烹、或灸，飽飫而食，客中憂鬱，庶可慰矣，而然念老母，對案生愁。谷城倅鄭大民，亦在此處而爲陣矣。

九月卄二日

在宿熊淵陣處。衙屬今日下山還衙。自六月卄六日上寺，七月初二日入山，八月十八日還寺，今日始還衙舍。計其日數，則八十六矣。其間艱楚之狀，備書於右矣。

九月十三日

在宿陣所。且巡使聞錦賊遁去，自完山領大軍四五萬，踰峙熊，歷鎭安、龍潭、錦山、珍山，巡審陷沒諸邑後，因此直上京城云云。但賊據郡累月，尚未討滅，賊遁之後，盛陳軍容，耀武而過，甚可笑也。然巡察方欲大擧親討，而諸軍未集，賊先遁去，是可恨也。

　且主兄與谷城進熊淵設伏處，點閱卒伍有無，而因坐川邊，使漁人網得氷魚、錦鯉，膾炙而食，余亦參焉。谷城先設小酌，主兄因下血不飮。余獨與谷城連飮秋露五杯而罷。盤中有西果、紫蟹、炙鷄而已。主兄與谷城先還，而余在後，又使漁人捕魚，欲觀其妙，而漁人擧網，圍回水中盤石，以長木搖之，則氷魚長可半尺，驚奔觸網，連得四鱗。貫鰓以柳，送于衙內嫂主前。

九月十四日

朝食後，還縣。且聞賊遁去時，焚沃川郡，而向歸金山云云。又聞錦山郡前，列植長木，斬我國人頭，無數列懸，腐墜髗骨，而只掛頭髮，或有網巾者云，不勝痛憤。且防禦使關，夕至。使主兄移防安陰界六十峴，故卽馳來入縣，夜已更矣。與衙屬不相見，至於四朔，而今始得逢，上下歡欣。各說流離之苦，返致悲感之意也。

九月十五日

早朝，主兄往六十峴設陣處，應一亦偕焉。明日邀我共至靈覺寺，作泡同宿，故余亦往見定計。寺在設防處不遠耳。且得米五斗，欲貿木花，送命福于茂朱。因林彦福人馬之歸，而與偕焉。

九月十六日

早食後, 來長溪, 而所騎刷馬極疲, 不能行進, 到五里程外, 坐路傍
還送, 換他馬而來。行至半道, 又逢淳昌罷陣而還, 相與坐道邊紋
話。而到溪倉, 則主兄與應一先行。余與李絅光隨後至靈覺寺。寺
在安陰地德裕山下, 南中舊利, 而居僧年少有力者, 皆赴義兵, 只有
老幼耳。昏, 與主兄、應一及品官韓大胤、李絅光相話, 而適任實李
正郎廷臣致書于余曰, 來時見吾家屬於楊根地, 時皆免禍安頓云。
自亂離後, 未聞消息, 將至半年, 今始得聞, 其喜如何? 但未知其後
之存沒也。

九月十七日

朝, 作泡共啗。主兄先發, 看審要害設伏處等。從後行至半息, 川石
可玩。路左有松偃, 盖可庇數十人, 憩息其下, 以待主兄之還。晝飯
後, 來到嶺上設柵處, 少憩, 卽還溪倉。相與夜話, 就寢未久, 聞家
奴宋伊來到。卽驚起明燈, 見妻子書。流離嶺東, 或飢或殃, 艱楚
萬狀, 不覺淚下沾襟。豈料更見妻子手書乎? 悲喜尤極。但天只西
出高陽沈說之農舍, 不與吾妻子偕歸關東, 存亡時未得聞, 痛哭罔
涯。況高陽, 賊之往來初程, 西濱大海, 賊若來犯, 避走無地, 尤爲
悶痛。深恨舍弟、沈姪之無謀也。雖不與吾妻子偕出, 而若歸嶺東,
則深山窮谷, 何往不避? 又有走南走北之路, 賊雖阻梗, 必有經路多
岐, 可以如意投向矣。徒聞遠音, 時在安保云, 因人傳說, 何可信也?
吾妻子不與奉適之罪, 其可免乎? 妻子則今到禮山地金子定農舍,
尙保餘生, 吾不欲見之也。來奴足腫, 待其少差, 往禮山, 更觀京中

賊勢留散, 親往尋見定計。

且昨昨靈巖林妹致書見之, 不覺淚下。因任實官人之來, 足襪、甘吐, 竝付傳, 余亦修答送之。李正郎前, 亦裁謝狀耳。且允諧書中, 見高城妹於楊根, 任參奉於加平, 金正字一家來在禮山農村云。但任免夫長女病死於加平, 蓮池洞宅尙留豊壤, 被賊焚掠, 又擄鄭宗慶之妹, 李晫與弟李暐及其二子幷死於賊, 金德章、禹一燮、申鴻海、李濂妻子、申得中等皆被其禍云。而道言不足取信云, 哀慟可言。

又逢許永男於路次, 曰: 七月初, 入京而還, 金堤叔母及海州宅, 皆尙留在, 而金堤叔母患痢苦極, 不省人事云, 必不免矣。悲痛奈何? 其中李晫一家之事, 若信然, 則尤極慘酷, 哀淚難禁。但敬輿不知存沒, 若與李晫同在一處, 則其獨免乎? 痛慮不已。唯李時尹與其外祖俱*向關北之路, 高城親見於金城地, 則曰“入歸安邊”云, 必免賊患, 是則可慰可慰。骨肉親戚, 奔散東西, 得免賊害幸矣。而吾妻孕幸而免矣, 不幸之中是一幸也, 然前頭之事, 不可預料, 悶慮悶慮。但天只與弟姪俱在西路, 不知去向處, 唯日痛哭。皇天感佑, 生我母弟, 更得相見, 日夜默禱而已。且允誠在海西, 不知生死, 常以爲痛, 而今聞與妻子避入海島, 時尙無事云, 尤可幸矣。其友亦避亂島中親見, 而浮海南來, 言之於允謙云, 必不虛也。

九月卄八日

朝食後, 率奴宋伊, 先自還縣, 以治歸裝。吾無馬, 故主兄使我聞見

....

* 俱: 底本에는 "其". 문맥을 살펴 수정.

買之, 而馬價極高, 可悶可悶。前日買一馬, 今又買給, 其厚意難酬。而前頭多有一家仰賴之地, 而官儲掃蕩, 猶尙如此, 一則未安未安。

九月卄九日

在衙。縣吏李彥弘自巡察道來曰"竊聞箕都兇賊, 尙多留屯, 海西、開京及都城, 皆充滿, 而江華亦來侵犯, 體察與兵使及金義將時方戰守"云, 尤不勝悶慮悶慮。且聞此道巡察, 今到益山, 所領之軍, 幾至五萬。當留二三日, 更抄精銳, 自龍安渡江, 由歷忠淸內地, 至牙山, 乘舟直赴勤王云。但聞自高山發行時, 與體察從事黃鵬餞飮, 連日醉臥不起, 大軍暴野, 至於日昃始發, 到益山, 夜已深云。當此君父播遷、宗社丘墟, 爲臣子者, 所當洒泣登舟, 急急赴難, 而豈暇安逸醉酒晚起之時乎? 念昔岳王直至黃龍痛飮之言, 寧不慨嘆慨嘆?

九月晦日

始見飛雪飄空, 嚴風連吹。吾妻孥得聞保生, 流寓於禮山地, 但老母弟姪, 不知存沒。如此風雪, 飢寒必迫, 何以堪忍? 深念罔極之恩、手足之情, 直欲籲天而痛哭也。不孝之子, 在平日, 無絲毫報恩之地, 而今此亂離, 又不與扶負於艱難之中, 莫大之罪, 吾知不免矣。

十月

十月初一日

朝, 起視之, 峯巒半白, 寒氣襲人。更念老母弟姪, 尤極痛哭。馬
則正米五石半給買。初六日定欲發程, 而但宋奴兩足生繭, 不能行
步, 以此悶慮悶慮。且聞京畿安城居庶孽洪季男當初擧義兵, 衝擊
兇賊, 射斬頗多, 到處有功, 賊號爲"洪將軍", 而不敢犯。湖西內地,
得保安存, 皆是季男之功云, 可嘉。義兵處處蜂起, 而不負其名者,
唯嶺南郭再祐·金沔、京畿洪季男、湖西趙憲、湖南金千鎰·高敬命而
已, 其餘則未聞聲績之著也。況高敬命、趙憲俱*死於國事, 死得其
死, 可謂不負其名矣。

....

* 　俱: 底本에는 "其". 문맥을 살펴 수정.

十月初二日

聞金吾郎拿致前巡察李洸事，向龍城之路，未知某事也。意爲勤王之命屢下，而因本道之賊，未卽上去，必以此也。且聞新巡使昨日領軍自龍安渡江，而興陽兵四十名、潭陽兵十三人逃去，卽令所在官斬梟，家産盡爲沒官，以肅軍令云云。

十月初三日

自曉頭雨作。間以飛霰，大風終夕。風雪如此，想念老母弟姪，悲痛轉劇。且皮匠等，兒輩鞋子造來，而兩女鞋則窄小，故還給，隨後造送事敎之。又天只鞋及兩孫女童靴次授去。

十月初四日

主兄往六十峙伏兵處。終風且陰。造三子耳掩，兩奴亦得耳掩，過冬無憂矣。宋奴之來，卽給布衣、足襪、繩鞋，以酬勤苦之勞。

十月初五日

主兄因助防將巡歷伏兵處擲奸云，故不得來見我行。故午後，吾親進見溪倉，與之同宿，明日早還，以治行具爲意。且嫂主爲貼四件襦衣，以爲妻子禦寒之具，可免凍死矣。又造厚綿中赤莫，贈余之行，爲感厚意。逢時大難，官儲掃蕩，而顧念余家，尚有不盡之意，主兄、主嫂鄭重之情，可勝言哉？

十月初六日

夜雨雪。朝，與主兄相別，而來縣一年，相隨於患難之中，今日之別，不勝黯然。座首孫德男持酒來別。來路又逢淳昌倅往戍於茂朱地，馬上暫敍寒暄而到衙。主嫂饋以軟饅豆，以致慇懃之意。

　且主兄聞舊巡使李洸拿去，送人修慰於路畔，贐以木端，則答以感荷之意，因曰“兇賊犯完山時，以其竄身逃走，兩司論啓，茲致拿命之下”云。當初領兵至公山時，可以急赴勤王之命，而還來後，不卽上去，信有罪矣。至於賊犯完城時，雖身在泰仁，嚴備固守，賊不近城，皆洸之功，而若以此受罪，則豈不冤哉？

　夕，別監朴大福持酒果來別，贐以山鷄一首，前座首朴彦祥亦贈乾雉。昏，酒陽、鸞鳳、能介、義秋、洞庭春各備酒果會餞。累月留處，上下頗熟，今日之別，亦多惻惻之念。人情豈不然哉？

十月初七日

早朝，方治行具，而漆笠未乾，造鞋亦未及焉，不得已退定明日。一日為急，而遷延至此，悶慮悶慮。且見金山通文，開寧留屯之賊，不知其數，日日來侵郡地，諸山焚蕩，山上結幕入接人等，無遺殺害，士族男女及凡民等，流散四方，一境空虛。善山、星州、仁同、尙州等處，亦多留屯，而道路阻梗，未得詳知云。

　又初二日，開寧之賊數千，郡南面黃澗地境諸山圍抱，終日焚蕩，殺掠人民，昌原、熊川、金海等官之賊，亦不知其數，入城雄據，本道巡使下去晉州之際，賊路阻絕，故還到山陰云。又去月十四日，晉牧進擊金山之賊，射斬八級，而開寧之賊千餘，不意來援，故不得盡滅，退軍留陣，而聞本州有變，卽馳還云云。今觀賊勢，倍前熾張，無意還島，必有過冬之計，悶慮。

午，主兄來縣，更得相見，多幸多幸。余之先還，林彥福多有悲愴之心，有時涕泣，可憐可憐。曾與彥福相約亂定後同行，而今余獨先歸故也。

十月初八日

早朝，辭主兄、主嫂，主嫂悲涕不已，余亦悲感矣。竄入山中，與之同苦，而今此之來，上下多有足惜之心，是亦人之常情也。前座首尹墀、朴彥祥盛設酒肴，會餞于山亭，以致慇懃之意，醉飽而別。應一與宗胤三兄弟及酒陽、能介、鸞鳳等携酒，相與步行。至於五里外溪橋畔，各酌數杯，亦有惻惻不忍之意。應一悲泣不止，至於發聲，余亦感涕。彼有老父妻子不知存沒，而我妻子雖得保生，老母弟姪，亦不知去向，彼我情意相似，而平日亦有同行之約，今余獨先北歸，故尤極悲感。

日晚，相與泣別，踰中臺嶺，到處容亭。秣馬點心後，應一奴馬還送。余借騎應一馬，踰嶺故也。騎負擔馬，至鎭安地左田里正兵金允輔家，日已夕矣，因宿焉。年前下來時，亦宿此家，房舍甚精好。而役屬長水，待以厚意。其女婿黃德麟乃任實人也，曾與其太守防戍錦山界，故錦山戰敗之事，言之頗詳。左田里獨免焚蕩之患，問之所以，則德麟率勇士禦之，故不得來犯云。

十月初九日

早發，至全州地新院下川邊。朝飯後，到州南亭子前家，欲宿而日早，故秣馬過城東，見之則人家盡燒慘矣。到安斗院，左右民家，焚蕩無餘，人皆假幕入接，勢不可入宿。又行五里許，適有西邊山下數家獨全，因投宿焉。家前細路，馬跌載傾，墜落水溝，足襪、衣袖，盡被污濕，可笑可笑。

十月初十日

曉發，至宋仁叟家，坐未頃，雷震雨雹，移時不止。仁叟饋以上下之飯，從容敍話。余之妻子，自關東流移湖西內地，無所依賴，欲於此處安頓過冬。而聞仁叟山所幕空在，爲言欲託之意，仁叟樂從之，可喜可喜。然歸與妻子更議處之爲計。初欲留宿，而午後，雨晴卽發。來至礪山郡前仁叟庶母奴家止宿。仁叟送奴，使之接宿，多給馬草。仁叟庶母饋我夕飯。且聞礪山新倅鄭渫下車未久，大發兵民，修築山城，欲捧今年還上於其處，民甚若之云。

十月十一日

自曉頭，雨雪交作，日晚不止，不得已因在宿處。朝飯後，雨晴發行。過恩津縣前，到石城地馬梁水軍金永春家，止宿。雨雪之後，西風大吹，上下苦寒。以早處永春之子莫松，而父子同居一籬內。

十月十二日

啓明而發，歷扶餘，渡王津，而江畔人家朝飯後，過定山，日暮到靑陽縣前瓦家入接。下馬未頃, 有哭聲甚哀。問之則家主縣吏也, 從金千鎰義兵, 至江華, 月初渡江, 伏兵於豊德地, 爲賊所圍, 三百餘人盡沒於兇鋒之下, 其吏亦與其中, 故其妻子聞訃哭之云, 不勝慘怛。卽還出, 入他家, 家主不在, 其妻閉門不納。久坐門外, 不勝痛憤。昏, 家主入來, 然後開門入納, 又得溫房接宿, 可喜。主名豆應吐里, 官奴, 而今爲工曹匠人云云。且聞任少說自燕岐移拜公州牧使云。必固守封疆, 賊不入境故也。

十月十三日

啓明而發。長水來人馬還送, 余則步行, 朝前, 到洪州地蛇谷李僉使彦實奴乞屎家。余之妻子, 曾已到此, 十餘日矣, 兒輩聞吾來, 出門來迎, 相見不勝悲感。不圖今日更得相見。相與圍坐, 各說流離之苦, 不覺涕淚之沾袖。然老母弟姪, 未知存沒, 今見妻子, 尤極痛哭。

李僉使母氏及妻子, 先我一日, 亦到于此, 上下衆多, 勢不能容於一家。借士人李光輻翼廊房姑寓, 而非久居之計也。李公大人乃前座首遇, 而彦實之丈三寸也。其長子光輪與趙憲擧義錦山, 戰敗之時, 與憲同死云云。光輻, 其弟也。一家殷富, 甲于南州, 連姻貴族, 家勢赫赫。

且聞金司圃叔主, 與其姪前正金纘先兄, 亦來寓近隣, 則使人問候, 而公緒兄亦卽來見。姜判書暹與弟晟來, 借李座首斜廊入留。姜安城乃座首之査頓, 而光輪之妻父也。

十月十四日

朝食後, 主人李公出見, 座首亦使人來問。余亦往拜司圃叔主, 公緒兄及生員朴孝悌, 亦來會, 與之終日敍話。朴公, 余之七寸親, 而司圃叔主四寸孫也, 亦流移于此地者也。朴松禾東燾率其妻母三嘉宅與家屬, 自海西浮海而來, 亦至于此地, 乃三嘉宅農莊也。朴松禾當初乘舟留泊於海州海中島邊, 適允誠一家, 亦乘舟泊於其處, 累日不相知之, 一日松禾子壻, 適相遇之, 相與來謁於三嘉宅, 曾是不意, 悲喜交至, 允誠則因思父母, 泣涕不已云。聞來, 余亦感涕。三嘉宅, 誠之母外四寸, 而在京時相厚者也。誠亦使其妻來謁云。且長水率來官人車金伊, 修簡還送。

十月十五日

朝食後, 進金司圃叔主寓所, 公緒兄亦來, 相與敍話。食頃, 定山倅金長生自體察使所在處來見。公緒兄因饋叔主酒肉少許, 定山亦給參奉酒肉。且聞敬輿生還龍仁, 而李暐兄弟、金德章, 皆生存云, 其喜可言。前聞, 皆虛矣。但奇龍被殺, 俊龍被擄云, 不勝哀悼哀悼。姜判書暹生還此地, 具參判思孟一家, 各保生存云, 被擄之言虛矣。但具冕見殺云。柳熙緒兄弟皆生, 而只其妻被擄云。臨海君、順和君及宰相黃廷彧父子、金貴榮, 亦皆被擄, 而臨海、順和則賊輩來, 今到安邊云。鄭司果宅, 今則入城, 還居本家, 鄭宗慶妹被擄, 倭通使交嫁, 以此其一家保存, 賊不得侵犯云, 不祥不祥。且李判決事廷虎父子, 皆被殺云, 不勝慟哭慟哭。判決與吾自少情意最厚, 而今聞慘惻之變, 尤爲哀慟哀慟。然凡此之奇, 皆是傳聞, 未可信也。

十月十六日

今欲往見禮山金妹, 而因移寓處埋土屋事, 送奴等伐木, 故未果。
終夕在李家翼廊。

十月十七日

朝食後, 允謙兄弟往書堂, 使奴子等埋土屋及造馬家, 午後, 余亦往
見。賊若不犯湖西內地, 則欲爲過冬之計, 而其可必乎? 朝, 進金司
圉叔主寓所, 與公緒兄敍懷而罷。

十月十八日

早食後, 余則要見金妹事, 往禮山地, 允謙亦往定山, 欲見體察故
也。體察聞嶺南晋州諸賊圍城日急云, 恐因此橫越雲峰八良峙, 故
進陣公山, 策應湖南之計云云。今日移寓書堂, 距李家, 三四里許,
而極其清灑, 非流離之子所可堪處。但近水濱, 又旁大路, 人家亦
遠, 非徒寒氣倍常, 深恐鼠竊之覬覦也。

　且當午, 行到大興縣前川邊槐樹亭下, 點心後, 未至禮山柳堤村,
路逢金子定。以義將沈相公從事, 當往公山體察所。馬上暫說流離
之苦而別去, 不勝依然。但見軍官一雙前導, 騎駿馬, 佩長劍而行
矣。夕, 至金妹寓所。聞吾來止, 兩姪兒顛倒而迎。與妹相見, 因念
老母, 不覺悲淚之沾袖。

十月十九日

今欲還來, 而妹也强使留止。食後, 子述兄弟及參奉閔䚲、生員閔

護、李壽崗等來見。兩閔與李公, 皆是在京所知, 而流離至此, 偶得相見, 悲喜交至。午, 進金命男子順家, 其兄業男子述及其四寸益男子謙、前座首李夢禎皆會, 主家飲以白酒。夕, 李殷臣邀我共宿, 亦飲白酒數杯。殷臣乃允謙妻孼屬, 而素厚者也, 亦流離到此, 見我來止, 欣喜倍常。

十月十日

早發行, 過大興縣川邊, 點心。夕, 到溪堂, 允謙先我而來。

十月十一日

在溪堂。送兩奴馬于靑陽, 穀草載來。靑陽倅任純, 允謙所知也。午前, 松禾朴東熹來見而去。不用馬多, 蒭秣至難。一馬送于朴松禾, 一馬又送于禮山李殷臣處。彼皆無馬, 切欲求養而騎卜耳。昨昨, 允諧聘家奴春已, 前月中尋覓上典於春川近處, 未得而還。諧妻聞其未見而來, 不勝哀哭, 可憐可憐。

　且聞晉州圍城之賊, 爲我軍所敗, 幾盡射殺, 斬馘二千六百餘級, 逃命者無幾云。兇賊入我國後, 敗衄之極, 無愈於此戰云。然戰勝之由, 路遠莫知其詳矣。且前夜半, 體察使軍官來到, 體察傳令, 以允謙爲幕中參謀招來, 先送其軍官。明明間, 追進爲計。

十月十二日

在溪堂。姜煒來見而去。姜乃朴松禾女壻, 而允誠之友也。李生員翼賓, 荒租一石, 負送。李公乃允謙妻族也。夕, 隣居尹內禁凰送各色沉采。且聞我軍入攻竹山之賊，而返爲賊所敗云。時未詳見敗之由、被殺之數矣。

十月廿三日

在溪堂。早朝，參奉赴公山體察幕。且聞去十七日，京畿忠義義兵將洪彦修及義僧等，入擊竹山之賊，爲賊所敗，諸軍不救，我軍多死，彦修亦被屠殺云，可惜可惜。彦修乃洪季男之父也。

十月廿四日

自夜半雨作，終夕不止。在溪堂。與妻孥各說亂離中事，而老母弟姪，百計思之，別無尋見之路，痛悶罔極。近來風濤險惡，水路難通，賊勢充斥，旱路尤難云。

十月廿五日

在溪堂。終夕陰而風。夜，夢宛見崔景善，如平日。前聞來在楊根地，今必下歸龍城農村矣。

十月廿六日

在溪堂。寒風終夕。夕，允謙書自公山體察所在處來。體察強使留幕，勢不可堅拒云云。且聞朴松禾東燾除扶餘，申佐郎應榘除泰仁云。乃體察得專封拜，故兩邑有闕，卽使申、朴假守，隨後狀啓，因以爲眞云云。且早朝，送莫丁于德山，招致奴莫孫，欲送江華，尋見老母弟姪爲意。

十月廿七日

在溪堂。午, 進金司圃叔主寓所, 金正兄以體察從事, 自公山昨夕來此, 因與敍話。還時, 入見家主, 主人飲我好酒。少頃, 崔上舍起南亦流離來寓保寧農舍, 以主人姻親, 歷訪于此。相見會是不意, 不勝悲喜之至。崔公外祖南仲繪氏, 亦余之姻親, 而平日相厚, 今聞流離嶺南, 病死於路次, 權殯路傍云, 不勝哀痛。南仲溫氏亦被殺於賊云, 尤極慘痛。右兩南公, 皆南高城母弟也。與崔公各說亂離之苦, 相與痛泣。昏, 還到溪堂。

十月廿八日

在溪堂。早朝, 金正兄伻邀司圃寓所, 饋以朝飯, 李上舍翼賓亦會。今日乃叔主大忌, 而行祭于此, 故因此招饋。且聞朴扶餘來此空還, 夕, 往其寓所, 適出他, 未見而還。三嘉宅聞吾來, 邀入見之。

十月廿九日

早朝, 與允諧往扶餘寓處, 相話而返。朴生員孝悌、李司果肇敏亦會, 飲以官酒數杯而罷。扶餘今日當啓行耳。昨夕, 奴莫丁招莫孫而來。夕, 金妹奴甘希自禮山來傳, 老母舍弟, 去九月, 尙在高陽地, 而弟妻爲賊被殺云。傳傳之言, 虛實雖未取信, 而聞來不勝痛哭。想其被殺之時, 母主與弟, 必驚惶失魂, 而行裝盡爲所掠。如此風雪, 飢寒已急, 何以堪忍? 尤極痛哭。

十月晦日

早朝，奴莫孫還送德山，租十五斗￭￭給送，以備其妻子之食。慰說其意，使之樂赴。租五斗則給莫丁妻分伊，米七斗，￭…￭。奴莫丁以江華入去時公文出來事，送公州糹奉處。終夕在溪堂。

十一月

十一月初一日

在溪堂。夜牛下雪，至於晚朝而不霽，雪深三四寸許。奴杰孫自連山還來。洪世纘送租一石於允諧處。且僉奉在公山致書云，體察昨日向湖南，副使因在公山，僉奉則以蠲除民瘼爲任，與副使同議處之云云。且聞京畿方伯沈公岱在麻田，爲賊所陷，牙兵百三十餘人，竝被屠戮云，不勝慘惻。沈公於余六寸親，而相厚者也，尤極哀痛。

十一月初二日

朝食後，進司圃叔主寓所，聞公緒兄在李光輻翼廊，送奴馬邀之，則主家出酒飲之，會客因卽招我，我亦進焉。客則前安城姜晟及州居正字朴夢說、生員朴孝悌、金正兄與吾。五六會話，臨夕罷還。允謙自公山來覲事，先到溪堂矣。聞副使令允謙巡歷義將沈相陣及都巡察使陣, 而還來公山云云。

十一月初三日

在溪堂。本州送支應於衾奉處, 以體察從事故也。來時乘駟, 步從迎逢諸人皆來, 一如奉命之使。早飯及三時供饋。衾奉終夕在■, 夕飯後, 還歸其寓。

十一月初四日

昨昏, 公緒兄來見而去。在溪堂。朝食後, 衾奉來此。金井察訪金可幾來見衾奉, 余亦出見。允謙今晚發行, 當宿大興, 明日歷見禮山金妹寓處, 因此巡陣而歸定計。察訪金公所居驛龍谷, 距此堂相望之地也。夕, 察訪送民魚一尾、錢魚二尾、落地六介。

十一月初五日

在溪堂。午, 進司圃叔主寓所, 公緒兄亦會。聞生員李光軸昨昨來此, 送奴馬邀之, 終日相話。李公曰:"當初入靑溪山, 九月晦時出山, 流離諸處, 僅得免禍, 來寓李座首家。"與座首同姓五寸親也。

　且永末昨昨來見, 今早還歸。與其母流移諸處, 來寓結城地永男妻家, 聞吾等來此, 來見而去。因永末聞金堤叔母別世, 不勝哀慟哀慟。然傳聞未可信也。且送彥孫于韓山郡, 前日韓山倅見衾奉謂曰"送奴馬, 則當覓給救資"云故也。

十一月初六日

終日在溪堂。

十一月初七日

食後, 洪牧來謁姜知事, 因邀余會于金正兄寓。官備酒肴, 大醉而還。衆席者, 李生員光軸、朴生員孝悌、朴正字夢說、李司果肇敏、尹進士民獻及金克也。洪牧贐以正米一石、眞魚二十尾、民魚三尾、蟹醢三十, 極致厚意。牧伯夫人, 余之七寸親也。且聞畿伯沈公望脫身走免云, 然未可信也。莫丁今日先送德山, 招莫孫, 明日來待禮山金妹家事, 敎之。

十一月初八日

雨雪。早食後, 啓行。冒雪而行, 至大興縣前院, 秣馬, 到禮山柳堤村, 金妹兩兒方行紅疫。子定時在義兵所, 未還。■…■, 痛甚痛甚。

十一月初九日

早朝, 發行。到新昌縣前, 秣馬點心, 行至牙山李時說家, 敬輿與其妻氏已到于此。相見於十生九死之餘, 不勝悲喜之至。且詳聞屢逢賊患, 僅得免禍。又聞奇龍之死, 俊兒之擄, 禹一燮、李暐之被殺, 極其慘酷, 尤極哀慟哀慟。

十一月初十日

朝食後，往平澤金自欽家，止宿。金公喪父居哀，金妻見我來，十分欣慰。

十一月十一日

早朝，率兩奴，至水原界渡涉之灘，兩奴丁寧教誘而送。北望雲天，不勝悲淚之橫流。還自平澤縣前路，來牙山時說家。宋奴要見其母強請，不得已送之，明日還來事，教之。夕，鄭宗慶自京城來此。因聞鄭司果宅入京家，時留在，無意出來云云。

十一月十二日

朝食前，振威居黃天祥持酒來飲，吳輪亦持壺果而來，相與飲話。敬與過飲醉吐，余亦醉臥終日。黃公避亂來寓吳習讀家，而於余八寸親也，吳輪則習讀之子，而亦余之八寸也。昏，宋奴還來。金自欽妻送米二斗，鄭宗慶妻亦贈粘米一斗。

十一月十三日

早發行，至新昌縣前，秣馬點心。到禮山柳堤村，日已夕矣。夜雪之餘，朔風吹緊，寒氣徹骨。行路之艱，不可言不可言，況老母與弟，如此風雪，何忍堪處？每念至此，痛哭痛哭。子定昨日自義兵所來家，適進見禮山縣守，夜深而還，大醉不省，不得與話，退宿有溫房奴家。

十一月十四日

未明, 就子定宿房, 暫與之話, 日未出, 發行。行過大興縣川邊, 秣馬點心。至洪州溪堂, 日尚早矣。妻孥歡迎。來聞金井察訪送米二斗、沉蟹十介云, 深謝厚意。保寧趙翰林存性送租一石云

十一月十五日

午後, 南庭芝陪老親與家屬過去時, 因入來。今更相見, 悲喜可言? 聞其流離之苦, 不勝悲淚之沾袖。安生員世珪亦來見, 前月雖未相識, 彼亦來寓近處, 京家則在於義洞梨古介, 而聞吾在此, 相訪。買酒炊飯, 饋飲南公而送耳。

十一月十六日

早朝, 金正兄使人邀之。因進司圃叔主寓所, 相與會話, 尹民獻、金克、李進士翼賓亦來。且昨夕, 叅奉書來, 向湖南而到皇華亭, 修送也。書中, 唐兵掃蕩關西賊, 而已到開城云, 未知從何處而聞之耶。若然則此處必有先聞, 而邈然不聞。其虛實, 未可詳也。終日風雪。

十一月十七日

朝食前, 金正兄來訪溪堂。伴邀察訪, 察訪少頃而至。相與坐于前軒, 撤去軒前圍席, 共玩雪景。然寒氣襲骨, 不可久坐。察訪先歸其寓, 送兩馬邀之, 余與金兄共轡而進。朴生員孝悌繼至。察訪出白酒飲之, 又炊夕飯以饋, 醉飽而返。夕, 察訪送茵席一葉, 知吾無寢處之具故也。

昏, 宋奴還來, 兵使所贈之物, 載來于兵營。前日僉奉巡到稷山, 兵使李沃聞其父母流寓洪州, 白粒十斗、眞荏二斗、乾民魚一尾、沉刀魚卅介、石首魚三束、甘醬三斗、艮醬三升、白魚醢三升帖給, 南伯馨持來。粮饌方乏, 而適得此物, 如錫百朋, 可免近日阻飢之患矣。

且奴忝孫、明福等持馬送長水, 覓來救資故也。晦時必還矣。且兩奴入送江都, 今將十餘日, 未知無事入去尋見老母耶。近日風雪倍寒, 老母舍弟, 何忍堪處? 罔極之慟, 與日俱增。

十一月十八日

今日, 冬至也。豆粥之節, 而小豆未得, 兒輩不得食, 可嘆可嘆。

十一月十九日

朝食後, 將進司圃叔寓所, 歷問金正兄, 則已在李光輻翼廊云。余隨而往之, 姜安城晟及李生員光軸亦會。主家出酒, 相與飲話, 至醉而罷。因進謁司圃叔主, 金正與李光軸繼至。暫與之話, 余先歸溪堂, 因醉臥宿。且聞體察自完山不意還來, 今日當到恩津, 故此道察訪迎候事, 曉頭發去云, 未知其故也。竊聞唐兵已迫云, 因此而速還耶?

十一月廿日

以馬草覓來事, 送奴馬于保寧趙翰林寓所。終日在溪堂, 無聊莫甚。昏, 載草一馱而來。

十一月廿一日

在溪堂。李殷臣子自禮山來見而去。李座首，荒租十五斗，負送。前者，妻子初來，正租一石、荒租二石，贈之，而今又如此。非我親族，而其厚意如是，感荷感荷。

十一月廿二日

允諧往牙山，要見其叔故也。金正兄致書邀余，因進司圃叔主寓所，今日叔主生辰也。暫設酒肴，大醉而還。與席者，金正及尹進士民獻與金克，而朴生員孝悌隨至。且婢春非死。令宋奴裹屍，翌曉與龍福幷力而埋之。

十一月廿三日

終日在溪堂。別無所聞見。但昨日因金正兄聞箕城之賊，出掠中和，而為巡邊使李鎰所敗，斬殺四百七十餘級，而只十三賊遁免云。此乃中原夜不收傳奏皇朝，而我國朝報中傳來，金正親見云云。

十一月廿四日

終日在溪堂。日暖如春，午後，大風而陰。扶餘衙內，送雞二首、石首魚一束、餅一封，兼致書慇懃。欲往謁司圃叔主，而一奴刈柴無閑，未果。

十一月廿五日

食後，進謁司圃叔主，金正兄及朴孝悌、尹民獻亦會。因言所聞，倭賊進陣於烏山、靑回等處, 焚蕩振威縣前人家, 爲洪季男所驅逐, 還入其穴云云。體察使自完山, 昨昨還公山云。

十一月廿六日

早朝, 世萬自公山入來。粂奉致書于其弟允諧處, 披見則曰"賊焚蕩振威縣前, 全羅巡察軍突入賊中, 射殺賊魁, 卽墜馬下, 因奪賊馬, 擊斬七級, 賊勢少挫, 近不敢出"云云, 可喜。但珍山之陣, 猶未罷歸, 可慮可慮。以此此處之人, 搬移財物, 預爲避亂之計。如此凍天, 如我家屬上下衣薄, 前無可歸之地, 行橐垂竭, 雖不死於賊手, 定必死於凍餓, 悶慮悶慮。況老母消息, 尙未得聞, 尤極痛哭。

且粂奉初意欲往謁長水, 而適幕中無一人, 故不得已陪行還來。但聞長水傷寒, 病勢非輕, 送人求藥, 粂奉卽劑送小柴胡湯三服云, 可慮可慮。且聞李判決事陪老親, 行到公州, 其夕, 老親棄世, 僅得殮棺云, 不勝哀悼哀悼。然若在關東賊藪, 逢此大變, 則必不得棺而殮矣, 是則不幸中一幸也。

又聞崔景善擧家無事南來云, 是亦可喜可喜。且金正兄明日定往體察幕中, 故食後投進, 則早朝往李光輻家, 與前陵城安默智過飮致醉, 日已夕矣, 尙未擧頭, 故未得相見而還。只謁司圃叔主, 與尹民獻做話。

十一月廿七日

陰而風, 寒氣倍冽, 夕, 雨雪。金正兄今早赴公山體察幕中。終日在溪堂。夕, 允諧自牙山冒風雪而還。因聞烏山賊罷陣, 還其穴云云。

十一月廿八日

終日在溪堂。雪寒尤極, 縮坐房中。雖欲得酒, 無可奈何, 而適<u>李光</u><u>輛</u>, 好釀一壺, 專人委送, 卽令溫湯, 滿酌一椀, 胸懷泰和, 如在春風中, 可謂一杯千金。夕, <u>許永男</u>來訪, 爲持粘餠, 妻孥卽共破。流離千里, 更得相見於十生九死之餘, 其幸如何?

十一月廿九日

朝食後, 進謁司圃叔主。<u>尹民獻</u>、<u>金克</u>及洞內諸少年咸會, 手擲從政圖, 居末者以墨畫兩眼, 以爲戲笑之資。午後, 來至<u>姜安城</u>寓所, 少頃, 奴<u>安孫</u>走報長水之訃, 不勝驚慟。卽還溪堂, 問之則衾奉在<u>公山</u>, 昨朝聞訃, 卽令郵卒傳報, 乃二十三日捐世云。痛哭痛哭。前日衾奉在<u>完山</u>時, 聞傷寒病勢危重云, 以爲尋常, 而服藥發汗, 則可易差復, 而豈知遽至此極乎? 自余入其門三十七年, 在京則同家, 出接則同榻, 未嘗須臾離也。及其晚年, 筮仕朝班, 作宰兩邑, 憐余貧窮多子女, 顧扶特優於諸同腹。今遭亂離, 余適在縣, 托余徇屬, 與之同處, 備嘗艱苦。聞吾妻子生還湖西, 謂余曰:"率來南州, 居近隣邑, 則朝夕之資, 可與分食。"丁寧告語。妻子南來, 專恃此也, 而今至於此極。非獨傷嘆渠身, 吾一家更無依賴之地, 天必使我妻孥餓死於道路。念之於此, 尤極哀慟。況其長男<u>時尹</u>, 流離<u>關北</u>, 不知生死, 而膝下帶居之子, 率皆年少不經事者也, 殮殯諸事, 何以克濟? 天寒路遠, 不得躬赴撫殮, 慚負天地。但<u>李應一</u>在焉, 想必盡力矣。

　　且食頃, 聞<u>莫丁</u>入來, 走門迎問, 則天只去月二十二日, 自<u>高陽</u>渡江, 入居<u>江都</u>, 而兩奴尋見, 氣體尚康寧, 舍弟、<u>沈</u>姪與其妻子, 亦皆無事同來, 舍弟水翁金轍亦至。適有南來漕船, 捧兩都巡察行下, 今月二十一日乘船南還, 到瑞山地大山串, 兩奴則下陸, 今日始至于此, 天只與金公家屬, 直向湖南, 金公則到古阜地農幕, 下船, 天只則到靈光法聖倉, 下船, 欲歸靈巖林妹家。沈姪則時留江都, 更得船隻, 隨後率妻子, 浮海南來, 到牙山倉前, 因以歷禮山及余所寓處, 行向南州云云, 不勝欣忭欣忭。奴婢等, 皆無死亡率來, 而只童奴漢金、童婢許弄介, 當初被據云。吾母子兄弟流離南北, 不知生死者, 今至八餘月, 而雖艱楚萬狀, 各得保存, 更有相見之路, 其爲喜幸, 爲如何哉? 然自瑞山地至法聖倉, 其間海路尙遠, 如此凍天, 北風甚惡, 何以得達? 以此悶慮悶慮。余卽欲馳進, 而奴馬下歸長水, 時尙未還, 故待其來, 旬間定歸省覲爲計。午聞長水之訃, 渾家方以爲痛, 而夕報天只無事南還之奇, 合室欣喜, 所謂哀情逢吉語, 悁恘難爲雙者也。

且見通津倅致書于衾奉處, 粮饌覓送于天只前云。又聞鶴駕近日自關西, 當到江都, 故通津倅李壽*俊領船隻, 迎候於海渡云。南州人民, 必恃此爲固, 軍勢亦因以倍增, 不勝欣慰欣慰。然此賊近因天寒, 團聚城中, 不出焚掠。諸處結陣者, 堀土爲屋, 以爲過冬之計, 我軍畏怯不討, 遲延時月。明春必有南牧之患, 兩湖生靈, 亦必入塗炭之中矣。生此末世, 遭時不淑, 流落他鄉, 寄寓寒堂。更無可歸, 吾無藏地矣, 雖嘆奈何? 付之國連而已。

且聞新寧、金堤兩叔母, 因病棄世云, 不勝哀慟哀慟。新寧叔母,

* 壽: 底本에는 "秀"。《象村稿·李永興墓誌銘》에 근거하여 수정.

則至於豐德地而別世，因以草葬其地云云。且聞先君神主，則舍弟去月入京抱來，而竹前叔主兩位神主，一則破裂，一則完全，招付婢玉春，使之埋置云云。玉春則與其子德年渡江華，因此欲歸海州允誠家云云。

十一月晦日

終夕在溪堂。允諧修書，付郵卒，使傳祭奉處。自聞長水之喪，每念自少同處相厚之情，痛泣無已。況其妻子何以連命，其喪柩何以處之？尤極悲痛。嗚呼哀哉哀哉！

十二月

十二月初一日

終夕在溪堂。今日乃泥峴嫂氏初度也。允諧妻蒸粘餠而進，一家共破。淡奉妻子亦來，夕還。且送奴馬于扶餘，覓救資故也。且欲賣生員馬，令奴春已牽送大興場，則價微未市而還。馬多草無，可悶。

十二月初二日

雪風甚冽，寒氣倍嚴。閑戶終日，縮坐不出。■此極寒，無酒奈何？可嘆可嘆。

十二月初三日

淡奉書來。公牧贈米二石、太一石，而僉使奴德龍，米九斗、太十斗，先載來。粮橐垂絶方悶之際，得此望外之物，一家渾喜可言？當午，

龍谷察訪金公妾專人送好酒一壺、乾棗一笥。寒堂終日, 無聊莫甚,
適及於此時, 不勝喜謝。

十二月初四日

早朝, 德龍歸衾奉所在溫陽郡, 使允諧修書而送。聞體察自公山, 昨
日向于溫陽云云。且奴杰孫、命卜等入來。聞長水去月二十三日亥
時捐世, 而奴子等成服後發來云。鄉所等收合米斗載送, 孫德男四
斗、尹㙨三斗、韓大胤四斗、朴彦祥三斗、朴大福六斗、河淳二斗, 竝
二十二斗。若非鄉所收送, 則奴子空還矣。足盤及褥亦載來。長水
假將, 韓德脩云云。衙屬移寓東面, 而喪柩則葬于其面山麓, 待其平
定, 然後移葬先壟矣。且因衾奉聞時尹與李慶千, 自咸鏡道越入關
西价川地, 朴順男親見而說與衾奉云云。然則保存性命矣, 但數千
里外, 不知其父之已沒, 哀痛尤極尤極。

十二月初五日

衾奉受由, 自公山來見。李金伊亦偕來, 餅一笥、牛前脚一、酒二壺
備來。定山所贈酒二壺、甘醬二斗、鷄一首、艮醬二升、眞油一升, 粮
饌垂絶, 而適及於此時, 渾家欣喜欣喜。宋奴昨夕自扶餘入來, 米九
斗、太三斗、豆二斗、好酒一壺、生雉一首、木米一斗、甘醬二斗載來。

十二月初六日

終日在溪堂。衾奉亦來。本州送支應。衾奉夕食後, 還家。

十二月初七日

在浧堂。朝食後, 衆奉往洪州。以其應納貢物半減作米事, 巡歷列邑故也。吳世良來見。時在大興山寺, 聞吾來寓此處, 步來。形容瘦枯, 衣服甚薄, 不忍見之。因令留宿於此, 翌日歸時, 米一斗五升、甘醬一鉢、造衣次厚紙四丈、繩鞋昌具一部贈送。雖欲脫衣衣之, 而吾一家蓋體外, 亦無餘留, 遑及於他乎? 不勝哀憐哀憐。世良來此後, 始聞其母之喪矣。

十二月初八日

在溪堂。允諧往結城, 要見韓孝仲, 而歸時歷入洪州, 與其兄同宿而歸耳。奴杰孫、春已往振威, 允諧妻家農幕載粮事也。

十二月初九日

在溪堂。去夜, 大雪以風, 天氣極寒, 不可出入, 閉戶終日。且命卜昨日隨歸吳太善寓寺, 持貫子與破魚網而來。中路所着耳掩, 爲軍所奪, 可惜可惜。前日, 聞軍人盡奪行人之耳掩, 戒其獨還時勿着, 而不信吾言, 終乃見奪, 是誰之咎? 一則可憎可憎。然如此極寒, 南歸之時, 何以禦寒? 亦可慮也。

十二月初十日

食後, 進謁司圃叔主, 而李生員光軸及李生員翼賓、張主簿, 與會做話而罷來。夕, 允諧自結城見韓孝仲而還。韓公贈送石首魚一束、民魚一尾、馬草一駄, 亦載來。允諧歸時, 歷入洪州, 與其兄同宿而去, 因聞體察今明當到洪州, 以其夫人自江都浮海而來此, 要得相見故也。且韓公前日致書, 欲與其長子結婚於吾家, 而以其連家戚分絶之。

十二月十一日

在溪堂。自數日來, 寒氣倍嚴, 而今日朝前, 尤劇凛冽。堂突不溫, 冷不可忍不可說也。下血今至十餘日而不絶, 此必久處冷房故也。兒輩無衾衣薄, 籍席亦不厚, 臥起不忍其冷, 尤可歎也。然雖久寓於此, 若無賊患, 則其幸爲如何哉?

十二月十二日

在溪堂。焱奉妻子來見。且本道都事, 白米五斗、石首魚三束、甘醬二斗贈送, 而體察副使及別將稱念米太各一石幷四石, 令官人載送。粮饌垂絶, 悶慮之際, ■■意外之物, 合室無任欣喜。此月則可無憂矣。都事所贈米醬, 則焱奉家送之, 太二斗亦送。副使金瓚*, 都事李瑗。別將則時不知何人也。體察去十日巡到洪州云云。察訪金公亦送甘醬耳。此皆因焱奉而得之。

十二月十三日

食後, 就李光輻家, 李光軸亦來, 相與做話。未食頃, 童奴走報舍弟彦明來到云。卽馳還溪堂, 相對而泣, 不圖今日更得相見也? 因聞母

....
*　瓚: 底本에는 "燦".《宣祖實錄》에 근거하여 수정.

主今在泰安地。當初莫丁等瑞山地下船後，母主所乘舟，爲逆風所驅迫，還至仁川地海島，舟掛巖上，幾爲覆沒，僅得下島，而舟破。雖曰幸矣，絶島無粮，勢必凍餓，適庇仁倅具齊賢所乘官船，亦爲風波所逆，來泊島邊，同載其船，又到泰安地所斤浦，母主無馬，故因在其處，彦明求馬事先來，喜幸可言？彦明妻子及其聘父家屬，先到結城地云云。

十二月十四日

曉頭，與彦明率奴馬，來到洪州城外，秣馬。官備茶啖及點心，奴子亦饋食。通判黃鷗，白米十斗、太十斗、石首魚四束、沈蟹三十介、鰕鹽一升贈送。昨夕舍弟之來，米四斗、太三斗、石首魚二束、甘醬一斗、艮醬一升、眞油一升，亦給送耳。

午後，馳至結城地前參奉田應震所居里。田公乃彦明妻娚金聘命聘翁也。彦明妻子及其妻父家屬，自泰安地下陸後，先來止寓矣。田公仲子浹，武人也，新除長水假將云。故夕，與舍弟進田公家，見所謂長水新倅，稱念前太守家屬及曾所厚知品官官人等，新倅曰“當力施”云云。田參奉飲余白酒，其長子生員洽及女婿金聘命亦會，食頃，彦明妻父金公轍隨來。相與打話，夜深而罷。來宿處，明燈修長水之書，付送新倅之行耳。田生員洽，則允諧同年友也，田浹則前爲蔚珍太守云云。

且察訪金公，中馬一匹給送，使之陪騎老母，深謝厚意。參奉處，列邑私通，亦成來。今見鵬兒、淑善，皆瘦黑不似其舊，可憐可憐。鵬兒則疥瘡滿身，新經紅疫，又痛腹病，尤極憔悴。將不可支，悶慮悶慮。

十二月十五日

未明, 炊飯而食, 與彥明就徐澍家, 李馨世亦出見。李公乃徐公妻
娣, 而京家一洞居也。流離到此, 意外相見, 悲喜交至。相與話舊,
徐公出酒飲之。少頃, 田生員洽, 亦持酒看來會, 金公轍亦請來, 各
酌三四杯後相別。

　而來到海美縣, 秣馬晝飯。日傾, 馳到瑞山郡西門外, 私家接
寓, 乃主倅因參奉私通, 遇之甚款, 上下供饋。且聞柳別坐永謹流寓
于此, 卽使人問候, 則昏來見余寓。各說流離之苦, 及子美之逝, 相
對以泣。夜過半, 罷去。柳公則在金城山中, 爲賊所圍, 其大人中鐵
丸而死, 其兄妻自頸而死, 其弟妻自溺而死。其妻抱乳子, 亦沈水中,
僅得免焉云, 不勝哀慘哀慘。其後其兄永謙, 亦爲賊被害云云。

　且此郡乃三寸曾所莅邑, 而去庚戌夏到任, 乙卯春罷去, 余年
十一, 陪外祖母來此, 余育於外母故也。少年遊戲之地, 四十年後,
更得見之, 城郭山川, 依然如舊, 難堪物是人非之嘆也。

十二月十六日

啓明而食, 到泰安郡。主倅則領兵時在水原陣云。留衛將郡人趙光
琳來見, 與之打話, 亦可人也。秣馬晝飯後, 馳到母主所在郡北面海
濱所斤浦水軍崔仁世家。母主見我之來, 發聲哀哭曰: "不圖今日更
得生見也。" 余亦不勝悲泣, 兩袖盡濕。當初亂離之中, 吾母子各在
南北, 不知存沒者, 至於八九朔, 而今日復覯慈顏, 寧不爲之悲通?

吾一家老母妻子兄弟姊妹, 各相保存, 無一人死亡, 而今得相見, 其爲喜幸, 爲如何哉? 但南妹時在楊根地云, 楊根乃賊藪, 是可慮也。或云出來鎭川農舍云, 時未可詳也。

且家主崔仁世妻乃趙光琳婢子也。仁世天性仁厚, 事我老母甚謹, 或蒸粘餅而進, 或釀甘酒而進, 有時炊飯以進, 絶粮之時, 卽貸米一斗云, 不勝喜感。而無以爲報, 余解佩刀而贈之, 少答其意。他日如可報之路, 吾父子兄弟當盡其力矣。母主初六日下船, 來接于此, 留十一日。明當發歸耳。

十二月十七日

未明, 泰安留衛將趙光琳送人問候, 又致生雉一首, 卽供母主, 深謝厚意。且初欲早發, 到泰安郡朝飯, 而自夜半南風大起, 至朝不止, 故不可陪老親而行。因在宿處, 朝飯後, 待其風勢暫息而發。來到泰安, 秣馬晝飯。因見趙公, 致謝惠雉之厚。

午後, 馳到豊田驛驛吏曹鳳文家。此驛屬金井, 而在瑞山郡五里程外也。察訪牌字, 使供上下之食耳。家主曹鳳文, 招來與語, 亦好人也。且到泰安時, 聞金稷來寓城外, 使人邀之, 則來見敍話。金公乃金太淑之妹夫, 而趙瑩然之同壻也。且崔仁世, 紫蝦醢一鉢, 進呈母氏前, 其味甚佳。

十二月十八日

未明, 主人供饅豆於母氏及余等, 其厚意難報。朝飯後, 到瑞山郡, 太守朴仁*龍出見對飯, 待之以厚。官奴於屯、古孫等聞吾來, 卽來

謁, 各說少年時遊戲之事。兩人持酒來, 飮奴輩, 又給太租, 以秣騎
卜。晝飯後, 到海美夢能驛驛吏金延浩家止宿。上下供饋, 乃因察
訪牌字也。

十二月十九日

主家早朝, 石花粥進呈母主前, 喜謝無已。朝食後, 發程。踰大峙,
到德山縣, 適江原前監司成泳入縣, 因擾止寓西門外私家。太守文
夢轅茶啖上下供饋。文公年前以司饔直長, 白土堀取監負, 在海州,
余適以允誠入丈事到州, 因請圍繞, 相知有日矣。午後, 雨雪。昏,
主倅邀我于大廳, 相與敍舊, 飮之以酒, 夜久而罷還。

十二月廿日

家主進泡炙及白酒, 少頃, 官供早飯。太守米二斗、木米二斗、鷄二
首、沉蟹十介贈送。朝食後發, 來到禮山柳堤村金正字家。金妹見
母氏, 悲喜交至, 相對以哭。夕, 允謙自洪州寓處, 來謁母主, 因與
宿于李座首夢禎家。金子定今朝往牙山陣云爾。

十二月廿一日

自朝, 洞人無慮十餘會集, 終日做話。允謙則當午往德山, 而因巡歷
列邑, 問民疾苦, 蠲除太甚, 承體察之命也。且靈巖林妹送奴二, 尋
訪老母, 而昨日適到于此。今朝修簡, 還送靈巖。

....

*　　仁: 底本에는 "寅".《宣祖實錄》26年 9月 13日 기사에 근거하여 수정.

十二月廿二日

洞人十餘，亦會敍話。且聞李博士之綱適來隣家，卽與閔參奉韺就見。因聞其大人避亂，到驪州村家，因病卽世云。相知有厚，不勝哀痛哀痛。且允謙在德山，致書問安，德山所贈半乾秀魚三尾，亦付來，一尾卽納妹家。修答書，還送來人。子定不來，必歸外陣也。

十二月廿三日

朝食後，洞人十餘亦來見。金子玉奴難守酒肴來呈，相與共飮。當午，陪老母發行。母氏與金妹相別，悲痛難離，見者莫不垂泣。到大興，雖供上下之食，陋惡不可食。吳太善聞母氏來此，自其寓寺來謁，與之共宿。且聞申別座天應自行朝到此，使允諧往見，問朝廷擧措及唐兵出來與否，曰"賊則時在箕城及沿路官，而唐兵則申也到龍崗聞之，已渡鴨江云，然事闊不可詳也"云云。

十二月廿四日

早朝，文應仁、薛應期來見。食後，太善與文、薛還歸其寓，陪母氏發程。行至半道，麟兒來迎。到溪堂，日尙早。且聞允謙妻解産，又生女兒云，不勝缺然。且靑陽縣內居豆應土里，乃余前日所宿主人也，酒肴及兩色餅、艮醬、沉菜等物備呈。適母主來此，因進菜餠，深喜可言？饋酒食，還送。

　　且趙正郎應祿歷訪。萬死之餘，更得相見，喜慰十分。飮之以酒，因饋夕飯而送。金尙寬來見允諧。金公乃南伯馨姝夫，而來寓保寧云云。且昨日所見申公，來宿婢鳳花家，乃鳳花夫上典也。家在泰仁。而以義粮收合, 船載入獻, 故拜別座, 而去月十八日, 自義州發來, 還向湖南云。且今見允誠書, 不覺下淚。然與其妻子時尙保存, 還入其家云云, 是則一幸也。書自行朝來此, 聞其妻父以假都事時在行朝云, 必因此付傳南來人也。

十二月卄五日

朝食後, 進司圃叔主寓所, 金正兄及尹民獻、朴孝悌暨李翼賓來會, 相與做話。來時, 入李光輻家, 李正字覽亦來, 暫話而還溪堂, 日已暮矣。且余自禮山未還前, 以體察稱念, 白米五斗、田米五斗、太十斗、鷄兒三首, 官人載來。成歡察訪金德謙送白粒五斗, 乃允謙年友也, 李座首亦送租十斗, 洪牧前日贈生員米五斗、太五斗, 亦來云云。允諧妻蒸粘餅, 進母主前。昨日曉頭, 鷄鳴二架, 允謙妻産女兒。一家日望男子, 而今聞生女, 渾舍缺然。曾産兩男, 而皆不育, 連生四女而猶存。他日養長之事, 不可說也, 然無事解胎, 是一幸也。

十二月卄六日

在溪堂。送莫丁于定山, 送恙孫于扶餘, 皆是卒歲之資覓來事也。送春希于結城, 還時洪州接置米太載來事也。送德卿于大興大蓮寺, 泡太二斗造泡事也。太善所寓寺, 而造泡送事, 曾與爲約故也。夕, 與麟兒、端女往宿于隣人洪於邑同家。母氏與弟到此, 房窄不容, 故借宿耳。韓孝仲長男來去。

十二月廿七日

進司圃叔主寓所，李光軸及李翼賓來會，金正兄隨後來止，相與做話。權生員級自楊根，月初到境內。與金正兄連親，來訪于此。因權公聞高城妹，去月晦，自楊根地還向洪川、砥平地，欲因此歸海西云云。吾母子骨肉，皆得安存，咸會于此，而獨南妹不知存沒，每以此爲慮，而今聞無事，向歸安地云，深喜深喜。然關東、海西兩地甚遠，其間道路險阻，山川綿邈，跋涉來往，又梗賊藪，何以保無他患乎？以此爲慮尤極。德卿造泡負來。以其陳太不得造，爲半不實，可嘆可嘆。

且前日在禮山時，聞唐將沈游擊以先鋒已渡鴨江，棄短轎，去兵器，五六弱卒入賊屯城中，以帝命賜物，和解退兵，而因留數三日，賊終不聽從云。唐將非欲强和，而托之以和，入賊中，欲觀虛實云云，載粮車輛，自遼左連亘道路云云。然如此等說，在前聞之，而終歸虛地，今日之說，亦未詳的矣。夕，春希自洪州還來，徐澍妻氏送米二斗、太二斗于母主前。同在一洞，自前相厚故也。

十二月廿八日

在溪堂。朝，奴莫丁自定山還來，太守送租十斗、白米二斗、太二斗、木米五升、粘米五升、眞油一升、鷄兒二首。且聞洪宗祿子，不識一字，在亂前，夢見白頭老翁來教絶句一首曰："細雨天衢柳色靑，東風吹送馬蹄輕。太平名宦還朝日，奏凱歡聲滿洛城。"人皆曰："恢復之期，必在二三月，而天誘其衷，先使諭知也。"但聞在行朝諸卿不以宗社顚覆爲憂，協心圖復，而猶以東西攻擊爲事。柳永慶、李弘老等上章歷詆, 使在列之人, 不安其位, 非但此也, 語多侵浹東朝云。此必終使兩宮不和, 離間構隙之漸, 已成其兆, 可勝嘆哉! 自古其然, 何足怪哉? 他日恢復之後, 彼此之中, 必爲魚肉, 炳幾君子, 胡不於此預爲退遁, 深藏不售也?

十二月廿九日

進司圃叔主寓所, 張主簿應明、尹進士民獻及韓璞、金克等咸會陪話。金正兄在李生員翼賓家, 使人邀之, 則反招余來。余卽進, 金兄與李生員光軸等方飲秋露, 醉言呶呶。以余後至, 連飲兩杯, 少頃, 又强勸二杯, 因致醉還。昏, 參奉自保寧明炬而至。一家咸會房中, 相與做話, 夜已過半, 參奉先歸其家, 余亦來寓。且杰孫自扶餘還來, 扶餘倅送米八斗、太三斗、豆二斗、眞末四斗、木米一斗二升、甘醬一斗。又結城假將柳澤送米三斗、獐脚㓓飛及石首魚一束、鷄一首、黃角二斗、良醬三升、甘醬二斗, 柳也, 與允謙年友也。

　　且聞去廿六日, 諸軍入擊竹山終排結陣之賊, 賊閉壘不出。我軍終日圍立, 多般挑戰, 終不出應, 不得已各還其陣云云, ■…■。體察傳令拿致巡察及兵使、助防將等決罰云云。且長水官奴亐同持簡而來。乃其太守問安于結城親家時, 歷過溪堂, 故嫂主及應一修書付送耳。翌日, 修答書, 還付來人。

十二月晦日

過飲秋露, 終夜輾轉, 至於曉頭嘔吐。日晚不得飲食, 午後始食饅豆。

都體察使鄭澈、副使金瓚等請半減貢物作米，以供國用啓本草
【壬辰十一月 日】

今日兩湖之勢，危如一髮。諸賊合勢齊下一也，人心潰散二也，搖役繁重，民甚怒咨三也，徵募陸續，閭里繹搔四也，軍粮軍器，蕩然一空五也。失今不救，則兩湖亦非吾有，豈不殆哉？救之之道，不過蠲弊撫民，阜財蓄力，以應濟艱而已。方欲遵依前下聖旨，蠲放不緊貢物，使吾民蒙一分之惠，而非但減與不減，惠不遍及，應減之物，其數甚夥。若一切減之，則國用可虞，一切不減，則民生可哀，以臣等愚見言之，則變通之舉，恐不得不爾也。

臣等竊觀列邑凡貢物，例以田結出米貿易，而絕無以本邑上納者，故貢物之價，皆有定式。所捧之數，觴濫倍蓰，其間又有所謂牛從、人情、作紙諸色浮費，亦皆以田結責出，所出之米，實倍於元貢之價。臣等妄意兩邑今年貢物及從前未上納者，皆以價米捧之，而量減其數，凡牛從、人情雜費，幷一切勿捧，至與田稅條、除役之物，亦皆以本色米太捧之，則民力太紓，實惠均被，而撫民之策，莫過於此。

以目今事勢言之，則朝家於種種貢物，雖欲依前責納，其勢無由。盖舊時諸物，非土產，則必資於京市者，十常八九，今皆路絕，懋遷無術。雖復渴生靈之膏血，何處得來？此不若因民之所有所欲，而代以價米也。況軍興累月，繼餉無計。飢餧所極，踣斃相繼，處處告急，開口仰哺者。在冬前，尚且如此，倘及來春，無以接濟，公藏私蓄，一時俱罄。若非別樣措置，以爲給饋之路，不待寇至，勢必潰散，此是今日莫大之憂。

誠使貢物作米，如臣等之言，收合儲峙，以補軍資，則緩急之用，庶無匱竭之患矣。國家雖有不時需用，本官猶可以所儲之米，隨便貿進，無所不可。此非獨民隱可袪，亦將國儲有裕，而於民於國，實爲兩便。

臣等非不知此等更張，須得朝廷商確指揮，然後方可捧以周旋，第惟往復之際，動經數月，而目前之急，日甚一日，若持延等待，以至民間儲穀既盡之後，則升斗之米，亦難責辦，故不得不便宜從事，姑先施行。雖出於不得已之計，而其規外猥濫之罪，無所逃矣。

且兩道中忠州、淸州、延豊、槐山、鎭川、永同、文義、沃川、陰城、丹陽、永春、淸風、堤川、黃澗、靑山、報恩、懷仁、鎭安、錦山、茂朱、龍潭，則累經賊變，尤甚殘破，溫陽、平澤、稷山則自去夏，大軍長留，民生之困，無異經變，牙山、唐津則西赴將士、大小使命及狀啓齎持之人，皆由水路，兩官之民，獨受其弊。臣願今年貢物，甚多全減，次則或減三分之一，以示朝廷仁恤之意，恐或無妨。

皇朝討倭檄

萬曆二十年十一月十五日，欽差經略薊遼保定山東等處防海禦倭軍務兵部右侍郎宋檄朝鮮國王。王肇域東海，奉天朝正朔，朝貢二百年來，輸忠效恭若一日矣。且誦法詩書，彬彬有學士儒者之風，非它國可儷。今皇帝聖神，撫寧四海，安集蠻夷，獨於德意甚厚，卽今北至韃靼，南及安南、暹羅諸國，西曁哈密諸蕃，皆喁喁嚮化，稽首獻琛恐後，彼日本么麼蝤魚，涎處島嶼，不復問矣。

夫何與王國隣，欺王美類，俗不習武，輒恣掩襲，加兵摧爇？已奪王京, 據守平壤。擄王二子, 發王先墳, 磔忠臣、殺節婦。惡極慘毒, 神人共憤。王流離瑣尾, 棲於義州。勢匱力弱, 乞救天朝, 陛下深爲憫惻, 赫然震怒, 命本部以少司馬秉節鉞軍興, 謀臣猛士集若風雨, 彎弧挺戟, 躍馬驅車, 絳旗蔽天日, 雷鼓震海波。咸欲誅强扶弱, 拯困全忠, 伸大義於天下, 掃鴻名於萬世。

倭奴雖蠢, 亦爾含識, 聞師東征, 卽授首崩角, 喘喙宵遁, 返彼本國。尙欲掃平, 此其時, 猶度*勢較力, 轉禍爲福之一機智也。若愚昧不悛, 負固如昔, 卽駕火輪, 鞭神策, 雷馳霆, 驟圍陷平壤, 以膏先鋒。況已令閩、廣將帥, 連暹羅、琉球諸國之兵, 鼓艨艦揚帆檣, 直擣日本巢穴, 復調秦之銳卒、蜀之焚矛、燕之鐵騎、齊之技擊、朔方之健兒, 陣鳳凰城, 渡鴨綠江, 抵對馬島, 誓絶倭奴之族, 血泛海潮, 髓塗山雪, 鬼蜮全銷, 蛟螭剗斷, 俾王還王京, 安輯舊服, 以報陛下仰舒華氣。

王今當臥薪嘗膽, 與爾子大夫, 收殘兵、奮勇敢, 以圖恢復。彼平壤諸道, 豈無忠義豪擧, 以勤內應? 潛謀嘿噲, 妙在沉機, 蓄稸茭圖督亢。相厥情形, 堅守要害, 候天兵至日, 合兵一處, 授王陰符, 分布將士, 與進兵次第, 淨滌腥氣, 共希奇績, 彰陛下之神靈, 保箕子之舊地。如火而建海外之烈者, 成湯之師也, 一旅而興有夏之業者, 小康之賢也。王其勉哉, 振於世世。檄到詳思, 宣如律令。

....

*　　度: 底本에는 없음.《亂中雜錄·壬辰下》에 근거하여 보충.

諸道討倭檄【義兵將高敬命】

萬曆二十年六月 日, 行副護軍高敬命馳告于諸道守令、士民、軍人等。頃緣國運中否, 島夷外狺, 始效逆亮之渝盟, 終逞勾吳之荐食。乘我不戒, 擣虛長驅, 謂▣▣▣[天可欺[*]]肆意直上, 秉將鉞者, 徘徊岐路, 纍郡印者, 投竄林幽。以賊虜▣▣[遺君[*]]親, 是可忍也? 使至尊憂社稷, 於汝安乎? 何圖百年休養之生民, 曾無一介義氣之男子?

孤軍深入, 女眞本不知兵, 中行未答, 大漢自是無策。長江遽失其天塹, 凶鋒已薄於神京。南朝無人之譏, 誠可痛矣, 北軍飛渡之語, 不幸近之。肆我聖上以太王去邠之行, 爲明皇幸蜀之擧。盖亦出於宗社之至計, 兹不憚於方嶽之暫勞, 鞏洛驚塵, 玉色累形於深軫, 岷峨危機, 翠華遠涉於脩程。天生李晟, 肅清止賴於元老, 詔草陸贄, 哀痛又下於聖朝。凡有血氣而含生, 孰不憤惋而欲死?

奈何人謀不善, 國步斯頻? 奉天之駕未回, 相州之師已潰。蠢兹蜂蠆之醜, 尚稽鯨鯢之誅, 假息城闉回▣[翔[*]], 何異於幕燕? 窃據畿輔跳擲, 有同於檻猿。雖天兵掃蕩之有期, 亦凶徒迸逸之難保。

敬命, 丹心晚節, 白首腐儒, 聞半夜之鷄, 未堪多難, 擊中流之楫, 自許孤忠。徒懷犬馬戀主之誠, 不諒蚊虻負山之力。兹乃叫合義旅, 直指京都。奮袂登壇, 批拉豹之士, 雷厲風飛, 灑泣誓衆, 超乘蹻關之徒, 雲合雨集。盖非迫而後應, 强之使趨。惟臣子忠義之

....

* 天可欺: 底本에는 磨滅됨.《亂中雜錄·壬辰上》에 근거하여 보충.

* 遺君: 底本에는 磨滅됨. 上同.

* 翔: 底本에는 磨滅됨. 上同.

心, 同出至誠, 在危急存亡之日, 敢愛微軀?

兵以義名, 初不係於職守, 師以直壯, 非所論於脆坐。小大不謀而同辭, 遠近聞風而齊奮。咨我列郡守宰, 忠豈忘君? 諸路士民, 義當死國。或籍以器仗, 或濟以糗粮, 或躍馬先驅於戎行, 或釋耒奮起於壟畝。量力可及, 惟義之歸, 有能捍王于艱, 窃願與子偕作。

緬惟行宮, 逖矣西土。風俗之美, 遠自仁賢俎豆之餘, 士馬之强, 曾挫隋、唐百萬之衆。廟謨行且有定, 王業夫豈偏安? 善敗不亡, 福德方臨於吳分, 殷憂以啓, 謳吟益思於漢家。豪暌匡時, 不作新亭之對泣, 父老徯后, 佇見舊都之回鑾。尚宜出氣力而先登, 是庸敷心腹而忠告。以今月二十六日, 領兵發礪山郡, 登途北上, 次次相傳, 無滯一刻。

贈李都督如松詩【儒學任銶】

奉呈皇朝元帥李公閤下。今承聖天子命, 匡濟弊服, 受賜無量, 蹈之舞之際, 敢裁荒律卄韻, 只抒下情, 詩云乎哉?

兩世承分閫, 箕裘舊業隆。

符傳黃石老, 劍學白猿翁。

百戰威聲著, 三軍節制道。

補天資壯略, 障海振奇功。

西陝收名大, 東藩制勝雄。

鰈人思霈澤, 卉類愊遺風。

駐鉞龍灣上, 連營浿水中。

雷霆嚴號令, 霜雪積兵戎。

脫手*星搖*箭, 控弦月滿弓。

巨魁曾破膽, 餘孽敢逃躬?

擲地知魚困, 投人見鳥窮。

鯨鯢如剪草, 氣褫若旋蓬。

風動遼之北, 威行海以東。

朝*鮮扶絶緒, 日本蕩群兇。

關外胡星落, 天中漢日隆。

恬嬉嗟我輩, 恢廓荷諸公。

臣庶瞻新化, 君王返故宮。

玆知賢帥算, 實出聖皇衷。

仁者元無敵, 王師古來同。

偏邦蹈舞意, 願達紫宸聰。

適老爺送布二疋、白布衣中秀才【華人答辭】, 又贈一首。

玆貢卑悰形詩什, 閣下不鄙而斥之, 駐馬良久, 賜眼殆盡, 因傳于左翼都督, 而卽問: "汝是何官?" 溫諭丁寧, 弭節南樓, 復有召命, 海隅鰓生, 榮耀實多。今以卉虜勞我元帥, 顧非偶爾, 有數存者。自丁亥來, 詢於童謠有曰: "此敗走, 彼敗走, 皆敗走。" 又曰"莫泣莫泣。十八子蕩多寇"云, 時人莫能識也。往歲與倭賊相持, 動輒敗衂, 平壤*之捷, 至待李爺, 然後始驗。其十八子乃李字, 而蕩多寇之讖,

* 　手: 底本에는 "殼". 《鳴皐集·呈皇朝元帥李公如松閣下》에 근거하여 수정.
* 　搖: 底本에는 "抽". 上同.
* 　朝: 底本에는 "乾". 上同.

有足徵者。玆用輟詩二十韻，更瀆高牙，以紹靑靑草、埋懷村之遺意，幸恕僭。

鯨鯢掀滄海，餘波激上陽。

明皇憐小服，猛士患東方。

節制三軍士，雄豪一代良。

棣華常竝蕚，鴻鴈不分行。

螺角吹霜急，龍旗耀日忙。

都人爭距舞，鬼類自顚碍。

箕邑初輸算，松京更擅場。

軍聲衝海起，兵氣對雲長。

河洛何須定？風威孰敢當？

華山浮黛色，漢水漾清光。

文獻重回運，皇王復振綱。

雷霆嚴肅殺，蟣虱自消亡。

漢月方騰彩，妖星已食芒。

南溟殲卉虜，西土返吾王。

神助屯還泰，天扶業更昌。

聖君常切祝，賢帥亦難忘。

虎視同諸葛，鷹揚似呂望。

宗社綿福祚，謳語協禎祥。

立極能成效，埋懷莫■量。

....

* 孃: 底本에는 "陽". 일반적인 지명 용례에 근거하여 수정.

書生才不淺, 頌德可無章。

佳作已進老爺矣。觀童謠之驗, 不勝喜笑。冗中敬奉復。元帥參謀宋汝樑。【華人答辭】

行人薛潘奏文

行人司行人職薛潘, 爲倭情狡猾, 可虞。調兵征討當急, 竝陳防禦一二事宜, 以備聖明採擇事。先該[*]兵部, 爲虜[*]叛交訌, 倭情叵測, 懇乞聖明亟遣文武大臣, 經略征討, 以伐狂謀, 以弭急患事。奉聖旨, 朝鮮被倭奴陷沒, 國王請兵甚急。既經多官會議, 儞部裏又探聽得失, 便酌量應行事宜, 速去救援。他無待援不及事致貽我他日邊疆之害。設官遣將, 俱擬宣諭, 已知道了。

隨該兵部咨行禮部以職潘, 題請差職, 齎勅宣諭朝鮮國王。欽此欽遵, 卽馳至朝鮮, 開勅宣諭, 該國君臣莫不感泣, 咸謂: "皇恩矜育小國, 眞若覆載之仁, 而引領王師, 又若大旱之望雲霓矣。"據其君臣衆籲切迫之辭, 及目睹其困苦流離之狀, 誠有存亡係於呼吸間者。顧事勢之所憫者, 不在朝鮮, 而在吾國之疆場, 職愚之所深思者, 不在疆場, 而恐內地之震驚也。其調兵征討, 不容頃刻緩乎? 職請料其必至之勢及預當添兵防守地方事宜, 爲我皇上陳之。

夫遼鎮, 京師之左臂, 而朝鮮者, 卽遼鎮之藩籬也。永平, 三輔之重地, 而天津, 京師之門庭也。二百年來, 福、浙嘗遭倭患, 而

....
* 該: 底本에는 "設".《藥圃集·雜著》에 근거하여 수정.
* 虜: 底本에는 없음.《藥圃集·雜著》에 근거하여 보충.

遼陽、天津不聞有倭寇者，以朝鮮爲屏蔽耳。鴨綠一江，雖爲三道，然近西二道，水淺江狹，馬可飛渡，其一道，東西相去，不滿一箭之路，豈能據爲防守？若倭奴據有朝鮮，則遼陽之民，不得一夕安枕而臥矣，風迅一便，揚帆而西，永平、天津首受其禍，京師豈無震驚否乎？

職不勝其私憂過計，足迹所至，卽詳詢搏訪。又差人直至平壤地方哨探，據其還報，皆云："倭寇各占人家婦女，配爲室家，繕治房舍，多積粮草，爲久住之計，添造兵器，搜括民家弓矢，爲戰征之用。"此其志不在小也。

臣到之日，聞其聲言西向觀兵鴨緣，朝鮮臣民彷徨無措。幸得遊擊沈惟敬奮不顧身，單騎通言，約以五十日，緩其侵犯，以待我兵之至，然我以此術愚彼，亦安知彼非以此術而愚我乎？其人狙詐狡猾，方陷平壤之日則云"欲假道而復仇"，今則云"假道而朝貢矣"。方以不能與中國抗衡，爲千古遺恨，忽又以得沈惟敬可通朝貢爲幸矣。欻然而爲慢罵之誅，欻然而爲恭順之語，此其奸詐難憑，自可槩見。且十年一貢，自爲常期，入貢由寧波府，自有常地。今挾朝鮮，以要我盟，竊恐重譯來去而如是也。尙可置之不問乎？

臣料其謀，如許狡詐，顧招安以緩我兵計耳。或俟河凍，而犯遼陽，或俟春期，而犯天津，且未可知。若非及是時，速以大兵臨之，彼以侵犯所至，莫敢誰何，其肯帖然而返棹歟？吾不信也。今朝鮮垂亡，危在朝夕，然綸一布，鼓其忠義之心，作其敵愾之氣，彼國之人，莫不以恢復爲念，誓不與倭賊俱生。乘此人心，加以精兵，與彼挾攻，則倭奴必可計期勦滅。苟俟歲時，則彼招集貧窮，安撫流散，朝鮮厭起甲兵, 樂有新主, 雖有百萬, 其能濟乎?

或謂"興兵往征, 徒速其來"。職謂征之固來, 不征亦來, 征之則牽制於平壤之東, 其來遲而禍小, 不征則肆入於平壤之外, 其來速而禍大。速征則我籍朝鮮之力, 以擒倭, 遲征則倭率朝鮮之人, 以敵我。故臣誠調兵征討, 不容頃刻緩者。縱大兵未能一時舉集, 亦宜陸續調來, 以爲朝鮮聲勢之助, 庶幾萬一可奪犬羊之魄也。

顧興兵之費, 莫甚於粮餉。職詢至今所積, 僅可足七八千人一月之粮。有不足者, 資我繼之, 其國君臣, 亦願多發人馬, 在於鴨綠江邊搬運。克定平壤之後, 其國臣民, 亦幸我兵爲其父母兄弟報仇, 樂輸粟餉, 自可隨地資粮矣。況有倭賊之所積乎? 至如寬奠、大奠、雲陽等處地方, 西北則隣犟虜, 東南則枕鴨綠。緣江延袤五百餘里, 元額官兵數已極小, 今除各營去選鋒、哨馬及節年、逃故軍士外, 寬奠實在營軍, 止三百三十餘名。既欲防倭, 又欲防虜, 守堡不可無兵, 堵截不可無人。設倭果來, 何以禦之?

職謂寬奠等處官兵, 不可不速爲之添設也。北人善於禦虜, 南人善於禦倭*。若與倭戰, 非得南兵二萬, 其何以挫其鋒而折其▣? 然則南兵不可不速調也。我之長技, 在騎射, 倭之長技, 在鳥銃。弓箭之所及者, 盔甲可避, 鳥銃之所及者, 士馬難當。況有藤牌, 既可蔽身, 亦可蔽馬, 則藤牌、鳥銃, 亦皆速爲措置。

臣之所言, 諒諸臣皆先言之, 何待臣之陳瀆? 顧念早一日, 則朝鮮免一日覆亡之患, 遲一日, 則貽我彊場一日之憂。懇乞聖明睿斷,勅下該府, 查議轉行, 當事諸臣, 催促兵馬前來, 則疆場幸甚, 宗社幸甚。職不勝杞人之憂爾, 偶冒風寒, 患病中道, 未能趨疾奔走。顧一念耿耿之忠, 誠恐緩不及事, 爲此具本, 先差家人薛志, 齎持謹俱奏聞。

都體察使鄭澈諭義軍文【從事申欽述】

嗚呼! 鑾輿播越, 宗社丘墟, 國步之艱, 一至於斯。幸而我祖宗深恩厚澤, 浹人骨髓, 民皆恩漢, 天未絶宋。草野諸君, 咸以義奮, 含忠握節, 誓心唾手, 或起自搢紳, 或起自章甫, 或起自鄉曲之間, 或起自*叢林之中, 雲合嚮應, 霧滋飇至者, 盖不可數計。義聲所曁, 王靈有赫, 國勢之得保一髮, 亦豈非諸君之力之功*乎? 伊*昔儋圭析組, 衣■■■[被光寵*], 享顯榮而蒙厚利者, 何限*? 一朝顚危扤揑, 無一人可籍以爲重。其所依倚仰望, 乃返出於不識人主面目之人, 歲寒之操, 板蕩之誠, 於諸君見之。恭行天罰, 掃彼妖氛, 祓腥穢於京闕, 洗毒螫於寰區者, 非諸君其誰也? 諸君之責其重。勉勵擴充, 豈非諸君今日之第一義? 而鄙人所進於諸君子者, 亦不敢外此而他求, 吾將先之以義兵之說, 而次之以勉勵擴充之實可乎。

嗚呼! 世道旣夷, 人心晦蝕, 知義之實者鮮矣。居位者私其位, 莅官者私其官, 下之私其身私其妻子, 而義之說, 不復聞於世。以不

---

* 或起自: 底本에는 없음.《象村集·諭義兵文》에 근거하여 보충.
* 功: 底本에는 "攻".《象村集·諭義兵文》에 근거하여 수정.
* 伊: 底本에는 "原". 上同.
* 被光寵: 底本에는 磨滅됨.《象村集·諭義兵文》에 근거하여 보충.
* 限: 底本에는 "恨".《象村集·諭義兵文》에 근거하여 수정.

得其正之心, 濟以私欲, 而一朝聞義兵之說, 則固亦無怪於越中之吠雪矣。自吾之入此界, 吏于土者相率而陳曰"某將攘官兵, 某陳奪官軍", 如是者, 不勝其多且繁。始而笑, 中而怪, 終而驚曰: "均之爲國共爲國事而已, 奚不*相悅如此乎?" 或却之而不採, 或受之▇▇▇[而別白*]。旣而又有義兵中人接武而來曰: "某郡侵吾郡, 某陣虜吾軍。" 有請罪者焉, 有呈訴者焉, 而其所以條▇▇▇▇[條布羅列*], ▇▇[視守*]令加甚焉。余於是不覺蹶然而起, 棄匕箸立曰: "▇▇▇▇[何爲而至*]此耶?"

父母有疾, 命在朝夕, 許多諸子之中, 不幸有一二人論議不同, 情志不孚。爲孝子者, 當諄諄開諭, 垂涕而道之, 或相好而無相格, 惟汲汲於醫藥之事、保護之方而已父母之疾乎? 抑且睢盱偵伺, 抉摘瑕垢, 呶呶於父母之側, 不復以醫藥保護爲意, 仍使父母, 終亦必死而已乎?

夫義者, 宜也。先儒釋之曰"心之制、事之宜也", 由是言之, 心有不制, 則非義也, 事或乖宜, 則非義也。今以討賊一事論之, 爲國禦敵者, 皆義也, 爲國聚兵者, 皆義也, 何嘗有官義之可岐乎? 奈何始之以言語之爭, 終之以文簿之詰, 猶且不足, 而罵詈相繼來告, 而不得其情, 則怒見於色, 長揖而不拜者有焉, 平立而睨視者有焉? 吁!何等事理哉? 是果謂心有所制乎? 是果謂事得其宜乎? 吾固迎其方

....
* 奚不: 底本에는 "其". 上同.
* 而別白: 底本에는 磨滅됨.《象村集·論義兵文》에 근거하여 보충.
* 條布羅列: 底本에는 磨滅됨. 上同.
* 視守: 底本에는 磨滅됨. 上同.
* 何爲而至: 底本에는 磨滅됨. 上同.

銳而扶植之, 詎敢有些少芥滯於其間哉?

第念國家之所爲國家, 以有維持統屬之力耳。上自公卿, 下及胥吏, 大自方嶽, 小至監簿, 之綱之紀, 血脉貫通, 故號令賞罰, 無▣▣[或有*]扞格阻碍之患焉。今之義兵, 固不下三四十, 各自爲將, 罔有統領, 羣羣相聚, 聲勢莫接, 人情好勝, 鮮能相下, 莫思融會, 互自厮厓。一縣若此, 一郡若此, 終至於一道若此, 則大功何自而立? 大志何自以就? 而其所謂義者, 亦恐徒名而蔑實也。

愚嘗爲是懼, 竊自忖度。而今聞洪陽沈相國起爲元帥, 爲義兵首謀, 誠喜而不寐, 私語於口曰: "是誠國家之福、生民之幸, 抑吾義兵官軍調和輯睦, 可否相制, 倚賴成事之機也。"恭惟相國, 一心忠赤, 兩朝元老, 氷玉操履, 練達典故, 文武全才, 夙有聲稱。爲諸君計, 莫若各率其旅, 無大小遠近, 咸萃相公麾下, 鼓進金退, 惟相國之令, 則不徒義氣益振, 其所以相持相屬, 井然不紊, 斡旋運用, 欛柄一定, 而矛盾掣肘之患, 自可以祛矣。

噫! 千鈞之弩、萬鈞之石, 將擧而轉之于它也, 千萬人齊聲則擧, 合力則轉, 不然, 一二人不用心用力, 則雖以千萬人之衆, 不得不*被沮, 氣不專、力不合, 終不能擧而轉也。▣▣▣▣[擧物尙然*], 況扶旣顚、持旣危, 續國家將絶之脉, 此▣▣▣▣▣▣[何等事而乃復*]携貳於其間乎? 其不債事促亡者希矣。

....

* 　　或有: 底本에는 磨滅됨. 上同.

* 　　不得不: 底本에는 磨滅됨. 上同.

* 　　擧物尙然: 底本에는 磨滅됨. 上同.

* 　　何等事而乃復: 底本에는 磨滅됨. 上同.

■■■■[師老境上*], ■■[飮至*]無期, 民生已蹙, 國勢已急, 四顧蕩然, 無一■[可*]恃者, 在諸君之仗義耳. 精神貫金石, 至誠■■■[感鬼神*], 幸願諸君勿以一時小功自期, 勿以一時小爭爲嫌, 袞袞提掇, 尋常竪起者, 惟討賊復讐是事, 則人如襁屬而來, 願立於諸君之幕府, 雖百守令, 敢與諸君抗哉? 不然而徒以聚軍爲號, 未嘗擊一賊陣 斬一賊魁, 荏苒歲月, 坐待成敗曰: "我能義也", 烏在其爲義也?

顧今嶺南之賊, 充斥方劇, 竹山之寇, 出沒無常. 雲峯、錦山之路一開, 則羅界, 非吾有也, 稷山、平澤之衝不守, 則湖右, 非吾有也. 百敗之餘, 僅得收拾, 倘又見衄, 更合無日. 言念到此, 心膽俱割. 惟望諸君須待羽毛旣成, 行伍旣分, 爰整其旅, 于彼郊矣. 相其要害, 視其緩急, 連營列屯, 百里相望, 首尾掎角, 保障一道, 則彼跳梁殘孽, 必將望風知懼, 不敢萌窺覦之心矣.

昔許遠以睢陽讓於張巡, 汾陽以公義臣於牙門. 此皆爲國忘私, 相濟相成, 故其豊功偉烈, 焜耀今古, 至今在人耳目. 諸君■■■[苟能監*]此自勵, 則將見丹霄再廓, 黃道重明, 瞻羽林■■■, 正袞晃於北辰, 而諸君之義聲, 亦當匹休於無窮矣. 人雖無似, 敢不策駑磨鈍, 從諸君之後, 以成諸君之名? 幸惟諸君終始圖之.

....

* 師老境上: 底本에는 磨滅됨. 上同.

* 飮至: 底本에는 磨滅됨. 上同.

* 可: 底本에는 磨滅됨. 上同.

* 感鬼神: 底本에는 磨滅됨. 上同.

* 苟能監: 底本에는 磨滅됨. 上同.

皇朝使臣諭義師文

大明欽差經略防海禦倭軍務兵部武庫淸吏司員外郎劉、職方淸吏司主事袁爲勸諭義師, 共圖興復事。照得爾國素敦文物, 世篤忠貞。邇者, 倭夷不遵, 長驅荐食, 致君臣越在草莽, 瑣尾流離, 何其困也? 我大明皇帝念爾二百年來, 恪守臣節, 不惜萬金之費, 命將徂征。爾國中, 豈無宗戚受重寄忠憤薰心, 豈無縣官守地方而慷慨委命, 豈無忠臣懷主憂臣辱之念, 豈無義士萌捐軀報國之思? 宜承皇威震疊, 速招集義兵, 各提一旅之師, 共■■■■■[伸九伐之志*]。

今倭夷逞强, 其勢必滅。試相與籌之。先論天■[道*], ■■■[朝鮮分野*]屬析木之次。上年木星躔寅, 而日本■■[來侵*], ■■■■[是我得勢*], ■■[而彼*]侵之。逆天而行, 雖强亦弱, 一也。倭■■[畏寒*], ■■■■[今歲厥陰*], ■■■■[風木司天*], 陽明燥金, 爲初之氣, 立春後, 尙■■■■■■■[有二三十日寒*]氣未消, 天時可乘, 二也。爾國君臣俱■■■[在此城*], ■■■[晨起望*] 氣,

....

* 伸九伐之志: 底本에는 磨滅됨.《亂中雜錄‧壬辰下》에 근거하여 보충

* 道: 底本에는 磨滅됨. 上同.

* 朝鮮分野: 底本에는 磨滅됨. 上同.

* 來侵: 底本에는 磨滅됨. 上同.

* 是我得勢: 底本에는 磨滅됨. 上同.

* 而彼: 底本에는 磨滅됨. 上同.

* 畏寒: 底本에는 磨滅됨. 上同.

* 今歲厥陰: 底本에는 磨滅됨. 上同.

* 風木司天: 底本에는 磨滅됨. 上同.

* 有二三十日寒: 底本에는 磨滅됨. 上同.

* 在此城: 底本에는 磨滅됨. 上同.

* 晨起望: 底本에는 磨滅됨. 上同.

鬱鬱蔥蔥, 如練如盖。旺氣在我, 勢必恢復, 三也。

■■■■[次論人事], 大國雄兵, 如虎如熊, 無敵大炮, 一發千步, 彼不量力, 當成虀粉, 一也。經歷宋深機蓄謀, 神鬼難測, 李提督一腔忠義, 百戰餘勇, 爲古名將風。二職素仗忠貞, 同心協贊, 誓滅此賊, 以報天子, 合兩國之師, 驅此窮寇, 易如振落耳, 二也。關白強暴, 上怯制其主, 下虐使其衆, 天欲亡之, 使假手于我, 三也。昨見國王, 舉動安詳, 丰姿俊偉, 勢必中興, 而爾國前所遣諸使, 請兵天朝, 誠意懇惻, 淚下如注, 庶幾申包胥泣楚之意。君臣如此, 豈終淪困? 以順討逆, 何功不成? 四也。

倭奴所恃, 惟鳥銃。然三發之後, 卽難繼矣, 其兵雖衆, 強者無幾。但殺其前行一二百人, 餘皆望風遁走, 此皆可勝之機、正志士立功之秋也。我朝出令, 不論爾國我國, 但有人能擒斬平秀吉次及僧玄蘇者, 每名賞銀一萬兩, 封伯世襲, 擒斬平秀鎭、平行長、平義智、平鎭信等有名諸酋, 每名賞銀一千兩, 世襲指揮使, 以下擒獲, 有賞格。

爾國民庶, 但能乘時糾衆, 共立大功, 旣可以復本國之社稷, 又可徼天朝之厚賞, 以衰國之遺黎, 爲起家之始祖, 豈不暢哉? 爲此咨請, 須速傳示各道臣民義兵, 已起者須爲前進, 未起者速爲起集, 或協力以挫其威, 或迭出而分其勢, 或邀其惰歸, 或斷其餉路, 諸所機宜, 皆聽自便。爲此具咨, 須至咨者。

右咨朝鮮國王。萬曆二十一年正月初七日。

....

*　次論人事: 底本에는 磨滅됨. 上同.

盖此《瑣尾錄》，十世祖議政公，當壬辰春，島夷猖蹶，天步之艱難，民生之奔竄，自有國以來初見之事也，公適發南中之行，未及反面，猝值兵火，一家老少，東西離散，信息莫憑，入山避禍之日，集其所經所聞，以爲實錄者，綿及八載，名以"瑣尾錄"。七冊傳于宗孫，而家于京畿，則外鄉析居之後裔，俱未觀其書爲恨。

今年初夏，宗孫和泳所，懇請借來，七卷各列於諸宗家，謄書爲期，余亦留其初卷。涉閱一遍後，抄錄者十取一二，以成一冊。非不知欠其疎略，然草木殘年，已當七十八歲，眼霧神瞀，誤漏常多，不可於人歷覽矣，況公之在世，殆近三百年之間，則其時親寫手跡，種種有磨滅處，不能省識，間間補綴其槩。日夕奉閱，則手澤尙存，典刑如承，欽切感歎，有珍藏之誠。

自初卷末張，上至十張，分析于此，永爲覽慕之地。而十張書則乃天朝咨文與諸使臣喩書，又我朝義將檄文也。以霧眼鈍毫，僅又模寫以完十張之數，依前樣，編之於末，倘無不稱之誚也。不心尙傲傲。

朝鮮開國五百十八年，己酉七月旣望，海鄉桑林三間洞居十世孫馹善，抆涕恭寫于卷抄。

癸巳日錄

正月大

正月初一日

今日乃正朝也。流離萬死之餘，更添一齒，而兇賊猶未殄滅，將相無人，雖痛奈何？然陪母主，率舍弟與妻孥，咸會一堂而過歲，是一幸也。參奉還歸保寧。

正月初二日

食後，進謁司圃叔主，因入見金正兄宿處李翼賓家，李生員光軸隨至，相與話而罷來，歷入李光輻家，暫話而來。道聞金正字子定之來，馳到溪堂，相見喜慰，相與敘話，夜深而罷，共宿於余寓。

　因聞唐將沈惟敬率數十騎，馳至平壤十里外，賊將亦以數十卒來迎，馬上敘揖。因到城外，賊之他將，又以五十餘卒步迎。唐將亦下馬相揖，入城留宿二夜，贈白金八十兩、緋段二同而返。賊將亦以白米十五石、牛八脚、猪肩十五隻來獻, 其間相與言說之事, 甚◪不知云云。我國都元帥金命元隨唐將, 至十里◪…◪見而還云。且聞天兵十萬已渡鴨江, ◪…◪若然則想已至箕城矣, 然未可詳也。初聞唐將◪…◪入賊中云, 而今更聞之如此, 前言虛矣。

正月初三日

早朝, 子定還歸禮山。奴莫丁、杰孫持馬, 送大興允誠妻家農所, 載正租三十斗而來, 因誠之妻父牌字也。春已則送崔熙善妻家, 載馬草而來。吳世良及文應仁、崔應龍等, 昨日來謁母主前, 余適出他, 不得相見, 可恨。且因子定, 聞朝廷有旨來, 體察所武科取人一萬二千, 而湖南則五千, 湖西則三千, 嶺南則二千, 畿甸則二千云云。

　且湖南儒生鄭彥訥等上疏, 論體察差定列邑假將時, 循私用情云。清州、木川儒生等, 亦上章論體察過失, 至於左携妓手, 右執酒杯云, 荒于酒色云, 言人之過不可如是之過也。若飲酒過度, 乃體察平日好飲酒, 不得辭其責矣, 至於携妓手, 則如此敗亡之餘, 身任重*寄, 豈暇携妓縱樂之時乎? 在他人尙不可爲, 又況松江忍自爲之乎? 人必不信矣, 然處事多有乖當云。雖未可詳, 而所與來者, 多不端之人云。此必人言之來矣, 可惜可惜。其後聞木川儒生之章不果上, 而武科因多事, 亦不果取云云。

　且聞湖南巡察與體察不和, 事多掣肘, 不從其令, 又有朝廷下旨湖南巡察處, 其不聽節制云, 其必有潛間之言矣。內外之言, 沓萃于

....

*　重: 底本에는 磨滅됨. 문맥을 살펴 보충.

此, 雖以<u>岳武穆</u>之忠勇, 尙不可成功於外, 况以<u>松江</u>素不容於朝廷, 其不可成效必矣。遞免之旨, 不久當至矣。且更聞之, 則<u>木川儒生</u>等爲人所止, 不果上云云。

正月初四日

食後, 進謁司圃叔主寓所。<u>金正兄</u>及<u>張主簿應明</u>、<u>尹進士民獻</u>、<u>金克</u>、<u>韓璞</u>、<u>李龜齡</u>咸會。<u>李生員翼賓</u>隨至, 相與做話而罷。<u>永末</u>昨昨來見, 今朝還去。

　且聞<u>丹城</u>令<u>淸</u>上書, 請罪五兇於東宮。東宮答曰: "余以幼少不肖, 忝承重負, 日月已久, 而忠義之士不來, 討賊之功未就, 在躬愆過, 不爲不多。而玆者<u>丹城</u>令<u>淸</u>以宗室之人, 與國同休戚, 而無一言箴規余過, 乃以事係大朝, 非余之所當聞者, 妄言不忌[*], 所當置諸重典。然是實余之無良, 而有以致之。若[*]此不已, 勢難累赦, 政院知悉。"<u>丹城</u>令是何人也, 而豈可以不當言之事, 言之於東朝乎。此所以激成釁端之一事也。怪兒輩壞事, 乃謂此等人也。可嘆可嘆! 然東宮下敎之辭至當, 臣民之福, 其不在此乎? 恢復之期, 佇待而至矣。

正月初五日

舍弟與其妻子, 在<u>江都</u>時, 疥瘡滿身, 來此之後益深, 不能運手。而又鵬兒與其母, 胸痛尤急, 亦不能飲食。南行之期在迫, 而病勢如此, 悶慮悶慮。婢冬乙非在道時得浮證, 來此後滿身盡浮, 不得運動, 亦不得食飲, 其必死矣。先世老婢, 到此而死, 則其爲不祥, 可言可言。昨日參奉書來, 自保寧送雉一首, 乃其軍官所射得之云, 卽供母主前, 可喜可喜。今日乃荊布初度也。允諧妻蒸餅而進。允謙妻子則因其家入紅疫, 故不得來矣。

午後, 進司圃宅, 則李生員翼賓作泡, 邀余及洞人共破。參之者乃金正兄與張引儀應明、尹進士民獻、金克、韓璞、李龜齡等, 而各飽飫而還。夕, 彥明妻娚金聃命來去, 持酒與肴, 要見其妹故也。

正月初六日

余自昨感傷, 夜臥溫堗發汗則似歇, 而但咳嗽不絶, 可慮可慮。母主亦感寒, 微痛深頭, 不進飲食, 悶慮悶慮。夜來雖發汗少差, 明日之行, 不可以風, 待其永差, 而發定計。且以鵬兒腹痛, 久不得差, 故母主邀巫祈禱, 冀其復常耳。

且金進士德章來見, 曾是不意相見, 欣慰十分。因飲不好白酒, 三杯而送。聞其來寓扶餘農村云云。夕, 許司僕坦妻要拜母主, 自結城, 率子永末, 騎牛而來, 可憐可憐。且調度御史昨日入洪州, 聞吾來寓州境, 送簡來問, 因邀余相見, 而以其南行日近, 辭焉。

正月初七日

母主尙未差復, 近日勢不可發行, 可悶可悶。晚朝, 往洪陽, 要見調度御史李公鐵剛仲, 而中道逢洒雪, 以風寒不堪忍, 艱到城門外。

立馬, 先使奴子通名, 則卽送官人邀余, 入門相見, 悲喜交幷, 各說
流離艱苦之狀. 不圖今日之見, 因言子美之逝, 不勝哀痛之至.

昏, 通判黃鷗辦酒肴來飲, 御史、大興倅申栝及余▣席, 夜深而
罷. 申公則以天兵粮餉差使員, 當歸▣…▣聽令於御史, 故適來耳.
相與連席而臥, 終宵敘話. ▣…▣中憂愁之懷, 聊得而少暢, 多幸
多幸.

正月初八日

與剛仲, 早飯對食. 朴參奉元虎亦來, 與之相話. 小頃牧伯李公璁
入謁御史, 余亦參見, 而乃鑄字洞人也. 少年相知而不相見者, 三十
餘年. 吾雖知名, 而彼則不知, 細說其由, 然後知之. 朝食對飯後
出去. 判官黃公乃余七寸親, 而在京時, 相住各遠, 不知面目, 而今
適相見, 不以親戚待之. 觀其爲人, 驕蹇簡慢視之, 彼哉非遐福之
人也. 聞其三寸之訃, 更不出衙云云.

晚後, 與剛仲相別而來, 剛仲贈余白楮一束. 到溪堂, 聞安掌苑
昶來此, 適余不在, 不得相見, 可恨可恨. 母主感傷之證, 夜來發
汗, 還蘇, 可喜可喜. 永末之母, 留一日還去, 余相逢於中道.

正月初九日

自今日, 母主進食有加, 但無可口之味, 悶極悶極. 龍仁居忠義李▣
▣, 亦避亂來住近隣, 聞吾來此, 來見而去. 一里人趙恒福與▣▣,
同來見去. 李進士得天避亂, 亦來住連山地, 要見其▣…▣於州地
北面而歷去, 因入見, 曾是不意, 喜慰喜慰. 得天之嚴親, 乃余少年

友, 而同庚同里人也。今在延安, 而時無恙云云, 可喜。因饋夕飯, 而此處無容宿處, 不得已送于李生員翼賓家, 與李有相知之分云故耳。彥明妻父, 自泰仁送奴馬, 故彥明率其妻子, 明日先歸而還來後, 母主之行定矣。

正月初十日

彥明率其妻子, 發向湖南, 鵬兒腹痛, 猶未止, 不可發送, 而後日之行, 人馬不足, 故不得已先送, 不忍不忍。夜來微痛深頭, 四肢如解, 必昨昨往洪陽時, 重觸風寒故也。夕, 來宿溪堂。生員與麟兒, 往宿其家。

正月十一日

身恙如前而加重, 全廢食飲, 恐其重傷也, 可悶可悶。母主氣候, 雖向差, 進食差減, 咳嗽不絶, 悶慮悶慮。

正月十二日

自去夜, 氣甚加重, 終夜轉輾不寐。曉來不能擧頭, 腰痛亦甚, 非但吾一身可慮可慮, 重貽慈氏之憂, 尤可悶極悶極。午後, 氣似稍歇, 而然不能食飲。

正月十三日

自去夜, 氣加平復, 寢臥似常, 而但深頭有時微痛。快飲菉豆冷粥, 因此復得頭痛。自此後, 至於三月, 因病不記日錄。

今正月初十日得病，二月二十四日小蘇，二十七日始食白粥。三月初始食乾飯，初十日後，日漸向差，日加餐飯。望後，扶杖學步房中。當初得病，至於十餘日之後，病勢極重，日加危苦，不省人事。而生員之養母，亦染其病，臥痛十七餘日。生員又得其疾，尤加極痛，廿餘日小差。端女亦得痛，至廿餘日。蒙任、忠立皆得苦痛。

母主避寓龍谷驛寺奴其每家，余病勢危極，故二月十七舍弟陪往靈巖。麟兒亦偕歸，歸時痛泣而歸，余亦不勝悲痛。余病如此，生員又臥。參奉則救一家之病，不可陪行，故使麟兒不得已陪歸，又恐染得其疾故也。

十七日，母主南行，其夕余亦移寓母主所寓之家，率長女及參奉夫妻，而參奉妻則供余之飲食故也。荊布則因端兒病未差，故不得與一時來，而待端小歇，同月廿五日，與仲女偕來余寓。是日朝食後，允誠入來，曾是不意，悲喜交極。誠也在海西時，因體察使西歸，入本州，往見鄭佐郎宗溟。因誤說余之病死，翌日奔來，渡大海入江都，因此陸行，到大興其妻家農幕，始聞其虛矣。體察在本道時，有人誤傳余死，至於弔狀參奉處，可笑可笑。

往在十五餘年前，余在陽智農村，招竹山居盲人金自順，推卜編年。子順曰"年五十四壬辰，大有橫厄，過此則年過七十餘"云，以爲尋常，不以爲信。今春之病，雖幸免死，觀其病勢，則十分危至九分，而唯望一分之幸矣。今雖不死，身遭大難，母弟妻子，流離之苦。余亦雖在長水，亦未免奔竄山谷之患，每念老母妻子骨肉之死生，無一日不泣之時，憂愁鬱抑之懷，無一日小弛之時。猶幸老母妻子弟妹，各得保存，各得相見，而自以爲不幸中多幸。而今春之病，一家相染連臥者五六, 而紅疫又入, 端女、忠兒與蒙任及奴命卜、安孫、婢春月、申德, 一時行之, 其間辛痛之苦、憂悶之心, 猶當一死而耳。子順之言, 偶得記憶, 信不虛矣。余則痛四十五日而小蘇, 比諸人之痛, 猶加三倍矣。

且余與允譜方極痛苦, 而余則來寓龍谷之時, 奴㐨孫送兵營, 兵使帖給白米一石、眞荏三斗、甘醬三斗、石首魚三束, 載來事入歸, 而過期不來, 深以爲怪。而安孫、命卜二月廿日曉頭, 一時逃去。前日與兩奴爲約, 持馬載糧而走, 不勝痛憤。安孫則在溪堂銅爐一、斫刀一、鎌子三偸去。一家避寓兩處, 粮饌垂竭, 猶恃兵營之米, 待以爲食, 而不意盜去, 尤不勝痛憎。非但此也, 其上典唯一馬疋, 避亂時, 恃此爲騎, 而竝偸以走, 其爲痛骨, 可勝言哉! 他日若捕得, 則其塡擠上典於死地, 罪不容誅, 其敢赦諸?

且其每家房小廊窄, 吾一家不能容居。三月初十日, 又更移寓比隣空家, 家主乃因騎船一族侵暴之苦, 逃避而空也。參奉妻子則自他家, 更移余寓之家。允誠因無可宿之處, 亦入參奉所寓之家, 而唯夜宿朝出而已。余來此後, 端兒率來。而生員亦始來見, 忠兒、蒙女繼此而來往。

且允譜妻家婢㐨卜, 在楊州地, 還入京家, 而今正月廿四日, 倭賊焚殺京城之人時, 避走而來振威其上典農舍。三月望間, 春已適歸振地, 因率來其母及兩子女, 皆死於亂離中云。

而婢江春則余之妻子自關東避來湖西時, 連三日夜行, 宿龍仁世浩家, 率其地奴子五六人, 半夜衝賊兩間而出。其時諸人恐懼, 不得相語, 咸自走來。而江婢與申佐郎兩婢, 未及其行, 半道落後,而趑趄之間，日已明矣，因誤入龍仁賊陣中，爲賊所擄。而任使、申婢則不久逃來，而江春則因其兒子不得逃出，及其兒死後出來，居于振威地，與盲人交嫁居生，爲本妻所鬪而出，適路逢崔生員起南庶祖母之行，聞吾一家來寓于此，隨其行而來現，三月十八日也。其母適留在，相見而悲喜。吾一家亦以此婢爲死，而今者意外入來，亦可喜矣。唯一香婢，獨任衆役，不勝其苦，而江春入來，香婢尤喜，可笑。

且奴莫丁、宋伊等，陪母主往靈巖，三月十四日還來。而一路各官各驛，支供無闕，而又無中路風雨之患，無事下歸。但入長城縣，因雨留一日云。雌馬放賣，捧價八疋而來。但長興奴婢等收貢，則托稱皆因一族之役，逃避不現。而只婢武崇在家，其兩子則或歸義兵，或歸水使之軍。又其家出火，燒盡無遺，備貢無路，不捧一疋，而唯捧燼餘荏子五升而來。中路絶粮，賣馬木一疋買食云。其間事不可詳知，可憎可憎。

此餘病中三朔之間，雖有可記之事，病不能詳悉，追記所聞一二耳。

四月小

四月初一日

前月念八日, 參奉赴副使之招。

四月初二日

雨。自二月之後, 至於此, 而一月之內, 連三日雨者, 六七度。雖付種無憂, 而恐有五六月之旱也。流離丐乞者, 士族、常人携侚扶杖, 日日立門者, 小不下十五六。雖有矜惻不忍之心, 吾亦流落乞食之人, 勢不能及周, 唯自慨嘆而已。

四月初三日

朝食後, 察訪金公邀余父子。其內助避亂, 亦來于驛, 而亦請荊布及參奉妻, 荊布則有故不赴, 只參奉妻赴邀而夕返。余與允誠往見,

盛饋晝飯, 終日做話而來。察訪待余甚厚, 病中連送可口之味, 雖與
參奉曾所相知, 其厚意難謝。察訪子金德民妻, 則申湜之女, 而余之
八寸孫也。

四月初四日

晚朝後, 金正兄來驛邀余, 余卽往見。自余患病後, 不相見者累月,
今始相逢, 欣慰十分。因食夕飯而還。

四月初五日

彦實奴允石, 流寓保寧地, 買生秀魚二尾來納。無可贈之物, 只飲白
酒二器而送, 可嘆。奴莫丁前日參奉率去公山, 因送懷德。懷德倅
南君實, 適自陣中還縣, 覓送屯租一石、白常米各三斗、牟米四斗、末
醬五斗而來。參奉處亦贈如右, 而只欠末醬耳。如此殘縣, 極力贈
扶, 雖切親之間, 若非情厚, 其如是乎? 且本州還上, 送兩奴於火城
倉, 糙米一石、田米一石、赤豆十斗受來。糙米則送參奉妻母家, 田
米*、赤豆則半分送參奉家。前日因粮資垂竭, 參奉親往洪陽, 請于
牧伯處, 受帖而來, 故今日始受矣。

且初三日, 生員往舒川其聘家農舍, 欲見其奴子家可寓與否, 兼
推田畓所收, 今在幾何, 而只有一石云。前聞卄七石, 而盡用於徭役
稱云。其家舍則亦四籬盡撤, 四壁亦毀, 非但寢房極窄, 又無板廊,
非夏炎之日可居云, 可嘆可嘆。待其參奉之來, 議處爲計。且生員

....

* 米: 底本에는 缺落. 문맥을 살펴 보충.

妻家婢孞卜, 來此未久, 又得病患, 今至八九日, 而尙未差復。紅疫
之神, 因此亦未送之, 一家之事, 多有防礙, 可悶可悶。生道末魚一
尾, 生員覓來。翌日, 招生員, 與之烹食。

　且見南君實書, 始知南僉使文仲兄及一家妻妾, 與姪南應溫三父
子、母弟南景德、僉正兄女壻李礪及其妹夫李應箕等, 當初竝爲兇
賊所屠殺。一門之禍, 至於此極, 不勝痛慘。文仲兄雖在遠鄕, 以
其仕宦, 長在京中, 故情意最厚。應溫兩子, 年皆十二三, 而兄弟皆
在總角, 作詩可觀。余年前春, 往在其處, 使之作詩, 多有奇句, 形
容亦且端雅, 余愛之重之, 人亦皆以謂神童稱之, 而今聞咸遭酷禍,
尤極哀痛。且聞文仲兄率一家之人, 入深山石窟中, 賊來探窟之時,
多數射殺, 故賊請衆來圍, 盡屠老少云云。

　且李察訪汝寅陪老母, 及率一家兄弟老少, 年前冬, 來寓懷德其
外家農村, 乃余妻四寸親, 而居在比隣, 朝夕相見, 相厚最密, 聞其
一家皆免賊禍, 生來鄕土, 渾家深喜。莫丁之歸, 荆布致簡問候, 彼
亦見其吾奴, 咸來歡迎。天安嫂主則不勝悲泣, 又修答書而付傳耳。
天安養庶母, 還入京城, 或云餓死, 或云被殺, 可憐可憐。

四月初六日

朝食後, 要謁司圃叔主, 騎馬始出, 歷訪金察訪, 因進拜叔主。金正
兄今曉往湖南古阜奴家, 觀其可居, 欲率一家移歸之計耳。邀尹進
士民獻, 與金克之新妹夫金漸見話。來時入訪李生員翼賓及李光
輻, 又請李生員光軸、張主簿應明, 則已到其翼廊, 與少年爭擲政
圖, 相與做話而還, 日已移午。

且夕保寧倅前日所贈參奉之物載來, 中米一石、太十斗、蛤醢一缸、沈秀魚三尾。而來人自持九升容斗量納, 猶縮三四升, 而更量此處斗, 則一石之米, 十三斗三升, 十斗之太, 八斗八升。藥果則無淸末及造來云云。米一斗、太一斗, 必偸食矣, 然答簡依數書送耳。

四月初七日

奴今孫自結城來, 還上受出, 接置於韓生員孝仲家, 只持乾魚三尾而納。前日參奉聞結城地韓孝仲先世立案之處, 爲土亭李之菡所占, 其後土亭聞其有主, 卽還其主, 而韓家亦以彼有入力之處, 不可奪之, 彼此相推, 爲空閑之地。韓家使參奉耕食, 故參奉不知結城倅, 因金察訪請受種子還上, 則結城倅卽帖, 送租三石、甘醬二斗、乾魚三尾, 故送今孫受出耳。

且午後, 允誠自保寧入來。昨昨, 誠也以要見其妻三寸, 故往保寧, 今日始還。誠見李運, 因聞趙生員瓘, 前月初八日, 入歸江都, 中道爲賊所殺云, 不勝驚痛驚痛。瓘也於余妻四寸, 而自少相厚最密, 今聞枉死, 尤爲哀慟。李運則瓘之妹夫, 而避亂來寓保寧地耳。瓘之入歸江都, 聞其妻子出來, 往見而還矣。

四月初八日

朝食後, 就訪察訪, 察訪往靑陽云。靑陽倅任純, 受杖於副使, 故往慰云云。因與誠兒, 進溪亭下水邊, 則生員亦來。取魚網絶水而張, 只得小魚十餘介。少頃察訪胤子金德民出來, 使少童釣魚, 亦得兩尾, 可笑。且夕, 金察訪來。

去正月中，余得病苦極之中，聞唐將李提督如松來擊箕城入據之賊，屠殺殆盡，餘賊走還京城，提督率兵追擊，開城之賊，自潰而走云。病中聞之，不勝抃喜。以爲不日月，當復京城，而自兩都恢復之後，至於今而未聞入擊都城之賊。賊咸聚四方之賊，咸會于京城，固守不去，兩王子及金貴榮、黃廷彧，率來京城，以爲質而自請講和云，其詐謀叵測。

若唐之舟師，實攻馬島，則賊必還救不暇，而猶據都城，晏然不歸，其間虛實，亦未可知。但我則諸將環守四境，只恃唐兵，而一不入擊賊陣，玩愒時日，已過農月。自嶺南至畿甸，民不聊生，各自奔竄，丐乞於兩湖者，不知其數，餓殍相望於道路者，亦不知其幾。三農失時，不待明春，而兩道之民，必無孑遺矣，而無一人發奮救之者，若無唐兵，則猶視國家之滅亡而不救耶？

唯是兩湖不陷於賊藪，恢復根本，猶在於此，而民生又苦於徭役，或荷戈守壘於賊境，或負載粮餉於諸陣，道路相續。猶且調度御史督納兩年之貢物，督運御史促輸天兵之粮餉，巡行列邑，督促急於星火，捶扑隨至，殞命者亦多。列邑之官儲罄竭，又不給年例之糶穀，生民安得不困且流離乎？

又有諸處召募之官，自稱御史，巡行諸邑，諸邑不勝支供，少不如意，辱及守宰，捶楚繼之，官吏安得不苦而逃散乎？以此兩湖之民，亦不得支，一里之內，十室九空處頗多，若數千之賊，乘勢衝突於兩道，則誰能禦之？而兩道亦必陷於腥羶之域矣。嗚呼！急急乎殆哉。若失兩湖，則吾爲被髮左袵矣。

四月初九日

奴莫丁往大興地, 米十斗、太十斗載來。前日義兵將金琢從事韓奉
事嶠, 參奉友也, 來見參奉於余寓。適參奉有黑角新弓, 欲賣而韓也
見之曰"軍中無弓, 吾欲買之", 因持去。昨昨, 送人招余奴馬, 使其
軍官崔崟稱名人, 來在大興富人家願納之穀付送耳, 多幸多幸。

午後, 扞城令歷訪余寓。扞城本居京城大井洞, 而與舘洞比隣,
今雖住於南大門外妻家, 源源來見其兄。而其兩兄功城守、義城都
正, 亦余之厚交者也, 以此相見有舊, 而今日來訪, 欣慰十分。買酒
飲三器而送。允誠妻三寸姜愼胤, 自保寧妻家, 往大興農舍, 而歷見
誠也, 因點心而歸。扞城令亦避亂來寓保寧地姻親家耳。

四月初十日

終日雨。夕, 參奉自公山入來, 公牧贈白米二斗、中米五斗、粘米一
斗、眞荏二斗、水荏二斗、眞麥三斗、赤豆二斗、眞末二斗等物付送。
而通判李侃所贈白米五斗、中米五斗、粘米五斗、眞荏五斗, 則接置
於定山奴加伊知父家, 淸蜜三升、石首魚二束、牛脯二貼、燒酒二
壺、乾秀魚二尾, 則持來耳。又副使傳關洪州、德山兩邑, 白米各一
石、眞麥各一石、鹽各十斗、甘醬三斗、乾魚五束式題給云云。如此
則可免飢於出牟之前矣。公牧姓名羅級, 而余在少年時, 讀書道性
寺, 羅公亦來接, 相知有舊, 而又與參奉相厚耳。且扶餘所贈租二
石、白米三斗、豆二斗、白魚醢三升, 亦輸置於加伊知家。

四月十一日

察訪邀余父子，朝食後，與參奉及生員步進。察訪招射雉人，使之射雉，而適有山腰大獐臥宿草中，一發貫胸而殪，卽屠割膾肝而炙肉，因作晝飯而饋。且允誠與其妻三寸，昨昨往宿大興，因訪梁進士應洛避寓處，而至今不還。梁公乃誠之近洞少年，極相厚友也。聞其來寓此地而喪耦，故切欲相見而吊慰耳。

四月十二日

晚朝，參奉進察訪家射帿，生員亦往觀德。允誠自大興還來，租五斗、牟五斗載來，乃其妻三寸所周也。余亦晝飯後，就察訪家，參奉與其妻孽甥李泊射帿。參奉同婿成民憲亦來。察訪因饋水飯，而余則以已食辭焉。午後，吾家亦炙黜堂花煎而進，與之共破。

四月十三日

朝食後，參奉往保寧地，要見鄭金浦曄及李進士希參耳。生員與允誠往溪邊，余亦隨後而往，令宋奴張魚網，得可膾之魚數十餘尾，使生員妻作膾而進，坐溪邊，與兩兒共破，因飲秋露一杯而還。還時入見察訪，聞察訪明日赴本道巡察陣耳。昏，結城倅送廣魚一尾、雙魚二尾、烏賊魚三介於參奉處。結城倅姓名金應健云云。

四月十四日

終日雨，而午後又風。生員妻自昨日臥痛，而滿身有紅粟云，可慮可慮。夕，參奉自保寧冒雨而還，奴僕無雨備，衣服盡濕。

四月十五日

生員妻病, 自今日苦極。昏, 生員養母及蒙任避來, 借此家前老翁小幕, 姑寓數三日後, 來此為計。但病勢連綿至此, 未知厥終如何也。生員以救其妻病不出, 尤極悶慮悶慮。且調度御史李剛仲巡到青陽, 送人問侯, 因贈白米三斗、赤豆兩斗、甘醬二斗, 深謝深謝。又青陽倅白米三斗、田米五斗、赤豆五斗、柳器一部、沙鉢一竹、貼是二竹、艮醬二升, 亦送於參奉處, 尤謝尤謝。且參奉馬頭金莑同, 前日推副使題給之物於洪州、德山, 而今日入來, 德山則白米一石、眞麥一石、甘醬三斗載送, 鹽與乾魚, 托其無儲, 不送, 洪州則時不來矣。竊聞御史時入, 故待其出去後, 送之云云。

四月十六日

洪州載送白米一石、眞麥一石、鹽十斗、甘醬三斗, 而乾魚則不送, 乃副使題給之物也。但米麥各縮斗半, 必偸食也。

四月十七日

金正字子定以沈相從事, 來在洪陽, 而今午來訪, 因留宿於此。官供晝飯之次納之而歸。子定與允謙射的。且夕, 參奉中房應淵來謁, 因納鹽石首魚三束。應淵乃奉先殿奴, 而流離於此地者也。生員妻自昨向差, 今則飲食稍加, 別無痛處云, 想必感寒, 可喜。

四月十八日

早朝, 子定還向禮山。參奉亦歸結城韓生員孝仲寓處, 欲見今孫作畓處矣。

四月十九日

夕, 察訪胤子金德民來訪, 袖持一紙書來見, 乃察訪時在稷山巡察陣中, 朝奇書送也。其書曰:

左相尹斗壽書狀

臣本月初九日到義州, 緣日暮未得通名。初十日, 早牌呈咨通名, 經略諾令行禮于月臺階路, 卽令進于廳內東偏。臣跪, 令洪秀彦等, 告國王專差問安。經略擧袖, 曰: "多謝多謝。國王今在何處?" 答曰: "今在肅寧, 等候老爺之來。" 經略曰 "請國王還歸, 料理軍務, 事完回來之日, 當相會於平壤矣, 今不要相見" 云, 令臣飮茶禮。

臣仍呈禀帖, 則經略覽訖, 呼洪秀彦、表憲、南好正進前跪, 分付曰: "要不忙。我自有主意耳。上年秋間, 行援兵之計, 虛費千餘兩之銀。是時我不到, 李大將亦不到, 兵馬不曾齊, 戰具不曾備。若非以計援之, 則倭賊兩月之間, 連陷三京, 深入咸鏡之地, 平壤之賊, 豈不能入義州乎?

我於九月二十一日, 自北京起身, 十月來住遼東, 而猶未定, 待李提督之兵馬器械, 旣已措備云。爲發兵, 十二月二十六日過江, 正月初八日攻平壤, 一鼓而平。兵在神速, 乘勢而進, 旬日之間, 連渡黃海、開城、京畿等處, 豈非美事? 以爲器械戰具旣盡, 將士之心必驕, 卽送書于李提督, 宜暫駐開城、臨津等處, 休息兵馬, 更備戰具, 相機進戰。而提督不用我言, 輕易進戰碧蹄, 壞了大事。

卽時罷還之後, 每以爲'粮草不敷, 道泥難戰, 人馬疲損。兩京既復矣, 救援屬國, 亦已足矣', 屢請撤兵。我以爲'我被聖天子之命, 專爲平復朝鮮矣, 不可輕還', 固拒不許。仍以此意題請蒭粮兵馬, 則聖天子下旨意曰'着兵部、着戶部, 速辦錢粮, 幷力征剿, 早平大寇'云云。此文書謄送, 國王覽之。

自是以後, 將不能出撤回之言, 猶以師老兵潰, 人無戰志爲言, 我不得已除出疲兵, 分養安、定等地, 以便粮草矣。劉綖之兵, 不久當到, 後軍亦相繼以出, 其兵皆精銳一萬。大津、山東、登·萊、海·蓋等處, 粮草三十餘萬, 今方搬運, 遼東所造炮箭諸具, 今已早完, 兵馬粮草器械具備, 則關白雖來, 我無憂矣。

但爾國不知此意, 徒欲速進, 萬一蹉跌, 王師不利, 則非獨汝國, 於中國何? 身在井上, 乃可以救井中之人, 幷損中國之威, 更無可爲者。汝國君臣, 勿以爲中國而非援兵也。只爲中國, 則防守鴨綠, 何必動天下之兵, 費百萬之銀, 遠征於數千里之外乎? 實是聖天子嘉爾國二百年忠順之誠, 救援至此, 畢竟完了爾國之事而後已。

天有四時, 人有四德, 春生秋殺, 恩威幷行, 乃天討也。待是而動, 是爲萬全, 爾國若是其急, 則自四月至十二月, 八九月之間, 何不復尺寸之地? 何不却咸鏡之賊? 取天威一振, 數月之內, 兩京既復, 北賊已遁, 此非大驗耶?

我天朝九邊, 皆蠻夷, 今日入寇則討之, 明日款貢則許之, 此無他, 好生惡殺之心, 體天地之道也。今此倭奴罔不懲, 誰不欲殲盡無餘, 關白尚存, 彼有六十六州之衆, 其能盡殺耶? 彼雖遁去, 豈不再來乎? 天兵一撤, 豈不再救? 爾國折破, 何以抵當?

服人之力，不如服人之心。彼既震慴求款，我姑許之，以寧波舊路，使服恩而退，量留天兵或一萬、或四五千，防守要衝，儞國君臣，一二十年間臥薪嘗膽，選將鍊兵，炒銀富國，措備而強兵，力能自守，然後止本撤回，則戰守皆萬全，保無後患矣。

依彼許貢，而賊若不退，則唯有戰耳。此時斷無不剿。■…■儞國君臣勿須多念。且聽我所爲，終敎■…■好不敎，儞國不好，一擧擊退，旋卽班師，我豈不能？我則不拘遲速，爲儞國長遠之計矣。糧草則當初責備四萬兵兩月之支，何用每責於儞國？中朝糧草，自可以連續接濟，勿虛費爲慮。

且我已令駱將得善手爐工十人試驗，當送國王，炒造銀鉛銅鐵，以爲富國之資，匠人到日，國王十分優待，可賴其力，世世代代，多蒙其利，衣食自足，民力自裕，始復舊譬，亦未晚也。吳、越十年之報，趙充國屯田之計，皆待時乘勢而爲之，不要急忙。我非虛言詐話的人，必不肯糊塗而廢回。當盡復舊疆，萬全善後而去，勿念勿念。”且回答：“已見議政，明白說盡，今不爲也。”

臣令洪秀彥告以‘蒙老爺明白分付，那君臣不勝感荷感荷’。請行謝拜，經略曰：“不須謝之我之行止。夕當有宴，今日姑留飲宴，明日回去可也。”辭出之後，張一旗鼓，招通事等，出示報內有點二款經略命也。通事等以爲‘前此雖有相接聽分付，未有發說如此之明白也’。夕，臣到上衙飲宴，中軍參將王承恩待宴。通報二款及臣稟帖，幷謄書上送辭緣復命，啓達。

今見此書, 必欲講和也。 <u>沈遊擊惟敬</u>*, 去初九日入賊陣, 時未出來云, 未知其故也。今望日, <u>謝尙公</u>、<u>徐宰相</u>及<u>周游擊</u>等, 亦入賊陣, 凡事極閟, 使我國人不知云, 尤可怪也。此賊屠殺八道生靈, 堀破先王陵墓, 焚燬宗廟社稷, 夷滅都城百萬家, 作宿周年, 小無還歸之意。而天將強欲和親, 非但大損天威, 我國不共之讎, 何時得報。慨嘆奈何奈何! 然未知厥終之如何。

四月十日

<u>林彦福</u>自其妻子流寓處來見, 因歸<u>長水</u>, 饋朝夕飯而送。夕, 參奉自<u>結城</u>還來, 曰"審見作畓處, 則甚好云, 然<u>李山謙</u>同生等各分"云。今雖棄之, 終必還推, 切欲買之, 而未知厥主之意如何也。但地廣人稀, 棄之已久, 其主必欲賣之, 其價則必徵也。

四月十一日

<u>林彦福</u>朝食後, 還向<u>長川</u>。<u>彦福</u>年前, 余在邑衙時, 適遭倭變, 未知老母妻子生死, 日夜憂愁痛泣之時, 與余長對山亭, 稍慰罔極之懷, 自初夏至秋末, 未嘗離也。而余則去冬先還, 彼則因在不來, 今正月自<u>長川</u>上來, 歷見於溪堂所寓處, 余適病苦, 未得相見。今日亦入見而歸, 其厚情可知矣。彼雖在其下吏之輩, 其心頗有可取, 而余亦待之極厚。

且奴<u>莫丁</u>載米十斗, 送<u>大興</u>場市貿木, 而多違所授之敎, 買之亦

* 敬: 底本에는 "慶". 일반적인 인명 용례에 근거하여 수정.

多不實，雖不自偸，想必見欺也，可憎可憎。當午甚爲無聊，往溪邊，使奴張綱而漁得少許，送生員妻子處。生員養母還溪堂，乃廿四日欲送神故也。

四月廿二日

朝食後，與三子步往驛前岸槐樹下，因招金德民，相與坐話。少頃朴生員孝悌，與李光輻來訪，亦與之做話。午後各還。夕，李生員翼賓亦來訪余寓。招笠匠，漆余笠及參奉笠。

四月廿三日

早食後，參奉與允誠，往扶餘，要謁鄭司果宅。參奉則因此往韓山地其聘家奴子居，觀其奴家可居與否，而一家近欲移寓故也。且昨昨，奴莫丁、春已等，持兩馬刈柴于靑陽地，馬逸踏損麥田，田主奪兩奴鎌子。昨朝，送馬頭金莶同推來。

四月廿四日

招巫送神於溪堂。夕，參奉自扶餘還來，以天兵支供事，列邑守宰，皆赴陣處，故不往韓山而還。允誠則與朴垣，遊覽故國遺迹，故落後。且李僉正彥實孼息，昨夕自順天來到，彥實致簡，兼贈兩柄扇。

天將下帖書

該國與日本深仇厚怨，本府豈不知之？但天朝旣與二國解忿息爭，自當遵守經略宋老爺約法，乃爾私相報復，肆行無忌若此，是倭夷效順, 而朝鮮反叛亂矣。去歲倭奴入寇之時, 該國君臣胡不閉城效死, 乃望風奔潰, 致令宗社丘墟, 主君遷播? 向非天朝施恤小之仁, 整救焚之旅, 則朝鮮土地委爲倭奴所有矣。曾不知感德戴恩拱手聽令, 而尙欲架復仇之說, 以戕殺零倭, 覆敗之餘, 吁, 亦可恥也。況萬一惹釁, 其禍不小乎? 仰該道速查殺倭者, 的係何人國, 何遵約法, 具招連人, 解府以憑, 處以軍法。如再含糊掩歸, 該道一體連坐檄。

此乃天將下帖事是在果。節天將將講和天使至, 亦護衛倭賊而去云, 痛憤痛足言, 而得罪上國, 不可不計事是昆, 細細致察。軍兵乙良勿爲散去, 各守其境爲有憤, 欲死欲死。唯只天使護去之時, 無知軍人, 若追逐零賊是在如中, 惹起釁端, 臣子死有不如可, 倭賊來寇, 則如前討滅爲乎矣, 天使護送時, 一切勿犯事。此京畿巡察使關, 而察訪傳送矣。

倭賊去十九日出去, 而或云兩天使護送, 或曰被擄而去云, 未知其詳。或云天將李提督如松, 入在京城, 而其弟如梅領軍, 卄一日渡江, 隨後追擊云, 道說亦未取信。但我國通天之籲不得報, 而好返其島, 臣民之痛, 其可勝道? 然天威亦自此而太損矣, 倭賊其無輕侮之心乎?

四月十五日
朝食後, 率三奴, 往溪堂, 掃除穢物, 斫松作籬於破墻處。夕, 司圃叔主及李光輵來訪余寓。叔主朝往廣石崔部將寅亭榭遊觀, 還來時歷入耳。

四月卄六日

未明, 生員養母及妻子來見。昨夕, 李光輻來言曰"姜安城病勢危重, 命在朝夕, 若不諱, 則當移殯於溪堂, 預知此意"云, 故借驛吏張天義家移寓。姜安城乃亭主李光輪妻父, 而光輪死於義將趙憲之敗, 其子大河, 時居喪次, 而祭祀之家不成殯, 故欲移於亭耳。使莫丁、春已搬移溪堂之物於新寓處, 因修治, 夕當就宿作計。夕, 允誠自扶餘還來。

四月卄七日

朝食後, 與三兒往溪堂, 賞倭躑躅, 因進李光輻翼郎, 金司圃叔主已至, 李光軸亦來, 相與做話。允謙亦與光輻射帿, 李家因供水飯, 而日傾乃返, 歷見生員新寓家。

四月卄八日

參奉與生員, 發向京城, 聞倭賊遁還, 故省墳於廣州土塘里, 因入京, 觀其內外家舍如何, 又掘出神主之埋, 還時奠拜於墓下, 乃節近端午故也。參奉則因就見奉先殿, 亦欲西歸, 而但遠路行資未得載歸, 中道必有阻飢之患, 未可必歸也。且夕, 長水邑人李伯、凡年等來, 乃新太守問安於結城親家也, 路經此處, 而前倅妻子憑寄書札, 故來傳, 因宿而去。聞新太守待之不厚, 故一家頗有窘焉云, 可嘆。時尹亦不來云, 尤可哀痛。且隣有殺牛賣肉者, 白粒一斗三升給, 買後脚一隻、內腸少許。

四月晦日
送宋奴於兵營, 節使帖給之物受來事也。

五月大

五月初一日

終日在家, 無聊莫甚。端兒得草瘡, 初則午後得痛, 而自昨昨夜二更得之戰身, 移時因痛深頭, 至於翌朝未愈, 午後始歇。今夜亦大痛, 乃四直也。專不食飮, 可悶可悶。參奉妻亦得, 今至十餘直, 而尙未離却矣。今孫自結城入來, 納生葛魚二尾。夕, 金德民來見而去。長水人受答書而去。忠兒始學步數武。

五月初二日

午後, 參奉還來, 乃所騎馬, 瘦不能行, 僅到牙山地李時說家, 不得已還下來。只生員率三奴, 各負粮物, 獨騎而上歸。且夕, 宋奴自兵營還, 載中米三斗、末醬三斗、鹽五斗、粘米一斗, 乃兵使所贈物也。

五月初三日

終日在家。午後，參奉所寓家主其每者，獵川魚一小盤來呈，卽買酒而饋，擇其稍大者五十餘尾，洒鹽而乾，其餘則夕飯與妻子共烹而食，其味極佳。夕食後，察訪胤子金德民來，邀家後斗岸，與兩兒共就，暫話而返。察訪則時在中原云。

　且今日則年前賊入都城之日也。留據我國一周年，屠殺百萬無辜蒼生，焚掠子女，玉帛盡輸其國，而終乃天將與之講和，好還其國，擧國之痛憤，可言。自還踰鳥嶺後，未聞歸路之如何，天兵則或云數三百隨後而護送，我國諸將亦追後而去，爲天將之令所阻，未得觀勢入擊云。雖嘆奈何？但聞賊歸路率我國樂工，前後作樂而歸云，尤不勝痛憤痛憤。

五月初四日

午後，與兩兒共就驛舘大門前槐樹下，招金德民，相與坐於綠陰中，做話良久，因觀里童半仙之戲而返。

五月初五日

早朝，老除驛吏億龍妻，新麥少許及園蔬一笥來呈。饋甘酒一器，贈麴一員而送。今日乃端陽佳節。而憶昔京城全盛時，處處結鞦韆，街街爲角抵戲，粉黛紅粧，相携爲隊，相與遊觀。而自兇賊殘破之後，有麥秀殷墟之嘆，何得復覩太平盛事乎？嗚呼悲哉！且朝食後，與兩兒共就李仲進翼廊，謁司圃叔主，因與做話，日傾乃還。在坐者李生員仲循、尹進士民獻及金克、金亨胤與主人。而仲進則光輻字，仲循則光軸字也。金正兄適往廣石而不在焉。

五月初六

自早朝雨，至於晚朝大作，兼之以大風，當午始霽。前月十四日雨後，至今不雨，而大霧逐日橫塞，兩麥萎黃，爲半不實，其雨之望方切。而今得一犁之雨，可得還蘇。但已黃之麥，無復可望矣。然今日之雨未洽，高燥之畓，僅濕根而無水云。若更得一夜之雨，則可洽民望矣。

　且端兒今日亦痛瘧，自昨日午前得痛，早夕食前稍歇，轉爲婦瘧矣。然觀前日之痛，三分減二，必自此而離却矣。且姜安城晟昨日別世云，今日始得聞訃。安城去年夏兇賊來犯時，自苊所避來，接寓于女婿李光軸家，其一家妻妾則在京，故避入關西云。去三月得上氣證，因此滿身浮腫，到今而逝，哀哉哀哉。

五月初七日

終日在家。允誠妻三寸姜愼胤，自大興歷見誠，因點心而過去。且粮饌垂盡，顧無乞救之處，收麥前，必有阻飢之患，可悶可悶。

五月初八日

李正字成祿自靈巖還來時，入宿于此。因傳母氏及舍弟書，皆平安，而麟兒則上寺讀書云。今見母主手札，滿紙盡是戀戀不忘之意，每對佳味，忍不下咽云。奉讀未竟，不覺淚下沾襟。

　且夕，生員自京還來，端午日設飯羹玄酒，奠拜于土塘先墓下，因省焉, 則諸墓皆依舊, 而但火出自宣陵, 延燒于我山, 而只未及於墳上, 滿山松木, 盡燒萎黃, 然皆生新葉, 必不枯矣。上下里人家, 盡皆焚蕩, 而時無還居舊址者。祭日, 適龍宮叔母宅奴卜龍到此, 因來謁云。但生員養父墓前望柱石, 一則挤下前墾, 一則腰折棄置云。倭墳前適逢唐將領兵出來, 乃追蹴賊後故也。兵近千餘, 而大將則騎良馬, 着藍緋段道袍, 前後胸背[*], 又着皮冠, 氣宇雄健, 前後擁衛奔馳, 鼓吹作樂而去。有一駱橐, 載大鐵炮筒牽行, 其餘隨後下去之人兵不知其數云。

入城見之, 則自中路北邊人家咸臻焚燒, 或有餘燼, 行廊、斜廊, 歸然獨立, 所見極爲慘酷。但峽中深谷, 則時或有未遭其禍處。自中路南邊人家, 則兇賊爲牛入陣, 故保存處居多, 而其餘未陣處, 則或燒或撤, 無復餘存。賊之陣家, 則非但全家宛然依舊, 而鑢器雜物及毀家材木, 充滿積置, 若賊出後, 家主卽入者, 大得云。

竹前洞親家則當初賊雖入陣, 而賊出後, 市人在近者, 先入盡偸而去。至於北東西樓間身梗付斜廊板子及窓戶門扉, 盡撤而偸去, 其餘東樓兩間板猶在。內外四壁, 亦盡撤去, 是皆我國人先入者之事云。

泥峴生員養家則全家盡撤, 破瓦毁土, 皆滿遺址, 只餘成造木三條、棟樑二介棄在云。舘洞長水家則盡燒無餘, 而只斜廊二間、行廊獨存。香木、楊枝盡伐, 而身幹保存, 西墻下茂艸中芍藥二朶, 獨發花爛熳, 見之不勝凄然云。此乃余之妻邊宗家, 而三十餘年

---

*   背: 底本에는 "排". 일반적인 용례에 근거하여 수정.

與長水同居, 而諸子女皆生長於其處, 故戀戀不忍之心最切也。引導、火箸適棄在於門外, 生員令奴拾來, 乃昔日女兒等手持之物, 見之皆欣喜, 而反生悲感云矣。

李敬輿家則亦皆燒盡, 而只付斜行廊餘存云。其餘一洞之內, 自立碑上左右人家, 至於館下典之家, 竝皆燒盡, 時或有行廊餘存處。而木川、天安兩家則咸燒無餘, 獨於頓孫家保存云。

入見館中則大成殿、明倫堂、尊經閣、食堂、正錄廳, 亦皆燒盡, 而只餘聖殿俠門及典祠廳餘在, 左右齋房半燒, 殿前聖碑三折, 而趺龜亦拔出而倒擲云。

進見鑄字洞宗家, 則盡燒而祠堂獨存, 聞神主埋于後園, 初欲入見掘出展拜, 而婢千卜之夫遂伊曰"家中死屍積在, 不可入"。而祠堂前階, 千卜之母及千卜與其子良之妻被殺, 棄屍其上, 其餘遂之兩婿及洞人之見殺者, 竝十二屍, 棄在其中, 今未收葬, 惡臭滿洞, 故未得入見云。

千卜之母, 乃親家奴妻, 而與母氏年甲也, 性本諄厚, 自其夫早死之後, 守節獨居, 事吾母主, 如事自己上典。凡婚喪祭祀之時, 皆來典饌需之任, 少無忤旨。出入五十餘年, 亦無少怠, 母氏甚爲愛憐, 內外諸門, 咸稱善遇, 而今聞其死於非命, 不勝悲嘆。

且生員聘家則賊出未久, 其聘翁卽先入見, 故宛然如舊, 而又有破器毀木多在云, 必賊之入陣處也。但親家四撤, 而無入居直守者, 令奴光伊來居事教之, 則隣有唐兵, 必有來侵, 勢不可居, 雖在他處, 日日來見, 使之更不偸撤而去也云云。然乘夜潛來, 撤去未盡撤之餘材, 則誰能禁止? 甚可慮也。西隣柳師德之家, 前則賊陣, 而今爲唐兵之來接故也。

且處處街衢, 家家門庭, 死屍積在, 慘不忍見云。是皆正月廿四日焚蕩時, 被殺者也。此人等當初不出, 甘於賊誘利, 其人家埋置之物, 盡掘而偸去, 積置其家, 飽飫酒食, 自以爲得計, 不念後日之患, 而畢竟咸被屠殺, 是皆自取。誰咎誰怨? 且見高城家則盡燒, 只餘蓮亭獨存, 金正字家則雖身梗保存, 而四撤無餘, 獨參奉聘家, 如舊云云。

且生員養父及養祖父母神主, 與竹前洞三寸兩位神主, 爲賊所掘, 棄置於庭, 婢玉春奉去埋于館洞長水家東山云。故生員親往, 尋掘其養父及養祖父母神主, 而竹前三寸神主, 則不知埋處, 窮尋未得云, 必玉春來後可知矣。但生員養祖母神主跌方失之, 而奉其神主來路, 水原地奴內隱同家安綏而後返矣。

且三大闕及宗廟、文昭、延恩兩殿, 亦皆盡燒, 無餘存處, 而宮苑庭階, 荒草茂沒云, 不勝痛哭痛哭。二百年先王文物, 咸盡於毒手, 此賊誓不與共生於天地間也。非但此也, 宣、靖兩陵, 亦盡拔掘, 斲破梓宮, 出棄玉體, 中廟則僅得於後壑, 成廟則時未得焉, 而或曰燒火, 或曰漂江云, 其爲擧國臣民之痛憤, 可勝言哉! 成廟, 我東方聖君, 而坐享太平之治, 未及百年, 一坯之土, 亦不得保焉, 雖曰天運之使然, 必有人事之未盡, 此乃君臣臥薪嘗膽, 圖報不共之讎。而無一人忘身奮義, 以雪萬世之恥, 徒恃天兵之勦討, 終爲天將之講和, 竟使兇賊好返其國, 尤極痛憤。昔懷王入秦而不返, 楚人扼腕, 有三戶亡秦之謠, 而驪山之墳土未乾, 竟爲項籍之拔掘, 雖未報於當時, 後世之報復, 亦出於楚人之手, 可謂快哉。我國之人奮腕, 亦有如楚人之期報於後世者哉? 嗚呼痛哉!

康、泰兩陵及顯陵亦掘之, 而未及於玄宮云。他餘陵寢之事, 時未聞知如何矣。但奉先殿光廟睟容, 當初賊勢迫近之時, 允謙不得已奉影幀, 埋于後山, 祭器則掘坎寺前階下藏置, 賊一番入寺還去之後, 允謙亦入見, 影幀埋處, 因霾雨土濕, 恐其腐毀, 卽還掘出去, 其寶飾雜置於佛像中, 賊見之以爲佛像, 棄之不顧, 祭器則賊盡掘取去。其後允謙累次入見, 賊來則退去, 賊歸則還入, 如是者三, 賊勢益熾, 無日不來, 尤不獲已乃退, 見京畿監司權徵, 具由呈報, 因此監司狀啓, 未知已達否也。

自南來湖右後, 賊路阻梗, 杳莫聞知, 每以爲悶慮, 今聞賊出, 與其弟偕往京城, 因欲進見奉先殿, 而至於牙山地, 馬臥不進, 故不得已還下來。使奴訵知 歸見殿所, 問於居僧, 則奉先寺盡燒, 僧輩皆散去, 只有五六僧, 假宇而居。問之則答曰"影幀保無他患", 皆三僧護守之功。

去三月初三日, 光陵李參奉爾瞻與其僧奉陪, 進于行朝, 則上親問守護僧, 僧具達本末, 上命除六品職, 僧辭焉。故更命永爲本寺住持, 出帖給送云。初三日, 御容陪去之後, 七日, 賊擧兵圍山, 盡焚其寺與陵山, 若差遲則御容亦不得保云, 可謂幸矣。

且聞親家婢卜只, 當初竝與母出城, 其夫山石者, 見其子應一被擄而去, 意欲尋還, 隨其後而去, 後久不還來, 必見殺也。卜只則與其三子及其母, 得食甚難, 不得已入城還居舊家, 其後焚蕩時逃出, 至于中興寺, 竝與其子等凍餓而死云。其母雖不死於賊手, 亦必飢死矣。不祥不祥。

去年十月, 舍弟入京, 奉神主出來時, 卜只母女亦欲出來, 而以其無粮棄之而來云。若其時率來, 則必不至四母子竝死矣, 尤可憐哉。婢玉春來後, 問其竹前洞叔父神主去處, 則當初置館家樓上, 而焚蕩時, 亦被煨爐云。

五月初九日

早朝, 李成祿來見而去。朝食後, 進李仲進翼廊, 謁司圃叔主。金正兄及李生員光軸、申正熟先到。申公則乃金兄年友, 而亦避來于州地, 故今來要見金兄也。少頃尹進士民獻與金享胤來會, 相與從容做話。申公先去, 余亦日傾乃還。

且見宋經略移牌諸將追擊兇賊之文, 天將之講和, 本非其意也, 賊據京城之險, 固守堅壁, 實不易攻, 誘賊出城之計也。今聞追截歸路云, 始知其意之所在也。況賊一踰鳥嶺後, 逗留嶺南, 焚蕩列邑, 其詐謀叵測, 故李提督領大軍下去, 駐於忠州云云。

經略曰:“沈惟敬與賊通同, 罪孽難恕。王子陪臣及二使臣, 若不救出, 則當以國事爲重, 無如之何矣。”然則可知經略之本心矣。但沈惟敬以堂堂大朝之臣, 與兇夷通謀, 甘爲臣妾, 其爲無恥, 亦可知矣。【此乃虛事也】

五月初十日

早朝, 生員率妻子, 歸向振威其妻父母所寓農舍, 宋奴亦持馬陪去。且生員之妻子, 與之同避亂, 來于此地, 今將半年, 備嘗艱難, 又患染病, 幾死者累矣。今遽別歸, 渾家不勝黯然。兒孫輩眼前弄戲, 以爲消日之觀美, 尤以此戀戀矣。且夕, 文應仁來見, 饋夕飯而送。

五月十一日

咸悅太守申公送人問候, 致簡於參奉處曰"兄家之事每一思之, 生一憂慮。飢飽欲與共之, 卽可來寓近地"云云, 可謂厚矣。且當午安公世珪, 自廣石步來而訪。前日亦一來見, 因病久未酬答。今又來訪, 於吾心甚可愧矣。且夕, 參奉自結城還來, 鹽葛魚十三尾、生廣魚一尾、烏賊魚四介、生石首魚一尾持來。葛魚則前日今孫之往, 米鹽預送于韓生員孝仲家買置耳。

　　宋經略通諭三道牌文【此文隨後得書】

　　欽差經略薊遼保定山東等處防海禦倭軍務兵部右侍郎宋, 爲倭情事照得, 倭奴因平壤、開城等處屢敗, 倂集王京, 畏懼天威剿戮, 假貢乞哀, 以圖歸國, 非出眞心請降也。本部明知其詐, 相機就討, 誘離王京, 無險可恃便于進剿。況今又悖還, 留王子陪臣, 倭將信約, 狡詐益見。是以于二十一、二等日牌行。

　　平倭提督統兵追赶慶尙、全羅二道, 前途邀截, 合兵追襲去後。但恐各兵將不解此意, 見今倭離地方, 怠緩誤事, 合再嚴催爲此牌。仰本官卽便統領本國官兵, 隨帶軍火器械餱粮, 星夜追赶, 前至賊屯處所, 會同大兵, 倂力剿殺。

　　若沈惟敬與賊通同, 罪孽難恕, 不必姑息。若王子陪臣及所差二使, 救之不出, 亦當以國事爲重, 無如之何矣。況本部臨遣二使之時, 當面諭, 令彼臨期相機進止, 自作主張, 毋得專聽。沈惟敬執通

貢護送之小信, 而誤我天朝及朝鮮國之大體也, 此皆諭倭。如守備
胡澤、經歷沈思賢等官及本部標下各將領, 所共聞者, 言已在先, 非
本部今日創爲此論也。合當體信應用粮料, 該國人畜, 協同軍士, 搬
運先具, 起程日期呈報, 須至牌者。右牌仰忠清道領兵陪臣, 准此。

五月十二日

終日在家, 無聊莫甚。朝, 令奴莫丁持馬送定山地䃫知家, 載粮而
來。前日參奉得米, 接置于其家, 而此處粮饌具乏, 故送奴馬取來
矣。當午前金浦鄭公曄, 自保寧上京而歷入, 邀見參奉而去, 乃參奉
友也, 今居代憂, 而避亂來寓保寧農舍, 乃李判相山甫女婿也。且有
總角兩人, 把篴而來乞者, 問之居何地。曰:"家在京城新城洞。"又
問誰家奴也。答曰:"朴判尹崇元之奴, 而避亂湖右, 今欲還鄉, 無
粮而乞。"令吹一曲, 則淸聲遼亮, 極其悽怨。余亦飄落他鄉, 聞之
尤極悲感。況朴相乃余一洞, 相知有舊, 去年卒逝於關西。見其奴
而想念, 寧不爲之傷痛也? 因給鹽粮而送。

五月十三日

終日在家, 別無所聞見, 而無聊之中, 與兒輩策杖, 散步於近隣, 或
坐臥於綠陰下, 以消長憂。

五月十四日

晚朝, 宋奴自振威還到。但自歸時頭痛, 今至不瘳, 今日夕則極痛,
未知厥終如何。悶慮可言! 結幕於門外而居之, 更觀明日, 若痛勢不

歇，則當更移於川邊爲計。且與參奉，進拜司圃叔主於翼廊，仲循、仲進亦會，相與做話。金正兄則來在溪堂，使奴獵漁而邀余。余亦與參奉，還至溪堂，從容叙話，適吾家有酒半壺，卽命取來，各飲三杯，而日夕罷還，更約後會於此堂。

五月十五日

朝食後，聞金德民昨夕自報恩本家還來，就驛館前槐陰下，與金公及兩兒會話。而參奉因與金公射鐵箭十餘巡而罷。且問嶺南賊奇如何？曰"賊已離尙州，唐兵入陣"云。且宋奴病勢不歇，不得已結幕於川邊，當昏移止。但一家婢僕，往來問之，兼致飲食，逐日再三，是可慮也。且昏，安掌苑昶自庇仁農村上京，歷宿于此，就見於舘前槐樹下，從容叙話，夜深而返，兩兒亦從焉。

五月十六日

早朝，使人問宋奴之病，如前極痛，而專不飲食，可慮可慮。得病今至七日也。夕，今孫來傳結城逃役人田畓立案，乃本官座首與留衛將同議出送，而畓三石落只、田五日耕云。座首處余之新笠帽一事贈送。若得此田畓，因以加買，則參奉永爲菟裘之地矣，可喜可喜。

五月十七日

朝食後，龜城守來見，因與步進舘前槐陰下，招金德民及與兩兒會話，而適金尙寬亦來。少頃司圃叔主與金正兄來溪堂，邀余。余與參奉及金尙寬馳進，而來會者李光軸、李光輻、金亨胤、張應明、尹民獻暨司圃兩孫、光輻兩子。而先使獵漁於下川，各持點心米饌，仲進家典炊飯之具。金尙寬則先歸保寧所寓處。獵魚者，日晚尙未來呈，人皆空腹，先食畫飯。日夕，捉魚來呈，作膾共啗。終日相話而罷還。

五月十八日

午前，余與參奉及金德民竝轡，往廣石安司果，至道槐亭。余則歷入丹川正母氏寓家後追進，安司果及安別坐、崔部將寅、安參奉▣▣、安世珪與司果兄安▣▣來會。觀其亭則大槐十餘，列立前後，綠陰婆娑，雖流金夏日，重襲俠纊，而不知暖也。前臨大野，川流縈帶於亭下，眞絕勝之地也。少頃主人引余等入其別舍，舍極淸洒，丹艧輝暎，西望烏棲山，翠色排闥而入戶，前後梅樹以爲庭實，南墻外，亦有蓮池，但因天旱水涸，是可恨也。主家呈吐醬，與之共喫。

午後，金正兄及尹進士民獻隨至，主家又供畫飯，饌有蓴羹，其味極佳，必久阻也。旣而聞趙內翰存性自行朝奉命，歷入驛舘，邀見參奉，參奉先還，余與金正兄、尹進士隨後而來。見翰林於驛前槐陰下，相與做話。因開沈仁禔拜禮山，李貴拜長城云。臨夕，趙公向歸保寧，要觀老母，而因向完山，乃開見史局，宣、靖兩陵玉冊，傳書來事云。兩陵見掘，而時方改修故也。

五月十九日

早朝，參奉欲往咸悅，臨發，因馬病還停。且聞金正兄明日西歸行朝，晚朝，與參奉進李仲進翼廊，謁司圃叔主，而金正兄及李仲順、張晦夫、尹民獻、金克、金亨胤咸會，從容做話，日傾罷還。晦夫，張主簿應明字也。晦夫亦今日陪親，往寧海，故先別而歸。夕，允誠自大興還來。

五月卄日

早朝，參奉發向咸悅，而騎莫丁馬，卜允誠馬，率莫丁、世晚而歸。且聞昨夕察訪還來，與允誠步進，叙阻而返。因聞賊夜遁而下歸，唐將已蹂鳥嶺，入陣尙州，而李提督雖隨後而去，實不欲尾擊，恐爲差跌也。唐軍僅三萬，而染癘臥痛者數多云。午後，生員自振威還至，捉安孫而來，命福則亦與之率來，中路托足疾，而落後不來云。若今明日不來，則亦因此而還逃也，可憎可憎。且生員往陽智觀之，吾家里中蕩無人家，蓬蒿滿目，又無一人入居者。但竹山地於里峴兩班文應臣、常人金金伊同等三四人，入來舊址，僅結草幕數間而居之，田畓則無一處起土云。但木岳里則爲半入居，或有起耕處云。且聞宋藝因染疾，又乏粮物，飢餒而死云，不勝哀悼哀悼。宋也於余孽族，而平日最厚，儲穀甚優，多買田畓，又造新家，晚得兒息，自以爲永爲世業而富居，今遭大變，至於餓死而不救，人之死生禍福，亦不可預計而推知也。

五月卄一日

朝陰而風，小頃洒雨，俄而大作，終夕不止。自四月望後不雨，至於今而旱氣太甚，非決渠之地，則水畓亦皆龜拆，根耕又不得起土，其雨之望方極，而今得大雨，庶其蘇矣，民望洽然。

五月十二日

自昨日始雨, 終夕終夜不掇, 至於今朝而不霽。宋奴結幕處, 川水浸淫, 幾爲沈沒, 今朝卽令春已移結於高丘。且宋奴之病, 自數三日後稍歇, 漸食粥飮, 而今朝則思食矣。晚朝後雨晴, 而然終日陰曀。且聞察訪急赴巡察之招, 朝食後步進, 則已領人馬發向忠州云。乃唐將不意領大軍, 還越鳥嶺, 已入忠州, 列邑支供人馬, 勢必不及, 生事丁寧云。然未知廻還如是忽遽也。因邀金德民共就川邊斗岸槐樹下, 觀漲, 允誠隨後而來, 食頃各還。

五月十三日

自朝陰曀, 或雨或晴, 以此終夕。使春已持馬, 送大興允誠妻家農幕, 取牟事也。近來粮饌具乏, 顧無救急之處, 可悶可悶。夕時, 婦人輩以其粮米不足, 只食末糆少許而已。春已自大興還, 只持牟五斗而來。乃戶奴愛雲者, 托以徭役而不給云, 可憎可憎。昏, 命福來現。

五月十四日

終日陰。午後, 步進驛前槐陰下, 邀金德民, 蹲坐而話。少頃鄭金浦曄自京下來, 歷訪參奉, 而參奉不在故過去。貸牟於新代兩李家, 而以其時未收打不給, 不得已更就驛卒家, 貸三斗而來。自月初乞粮之人稍稀, 必流離者還鄉, 而麥亦已熟, 故就食有路也。

五月十五日

送春已, 持木洪州場市, 換牟、換苧, 而價乖空還。且生員要見其年友崔汝諧於州地一息程處, 適崔子不在, 故空往還。夕, 振威人來, 因聞蒙兒自廿二日痛頭, 可慮可慮。今日乃母氏初度也。初欲歸及於是日前, 而非但人馬不足, 事故多端, 無暇及行, 又大病之餘, 兩脚柔脆, 步履艱澁, 玆未得遂。近日更欲移寓南州之計, 然後可得往觀, 而炎蒸天地, 暑雨如此, 亦未可必也。

五月廿六日

自曉頭作雨, 終日不止。送春已於定山龤知家, 載粮而來也。近日粮饌具絶悶慮之際, 昨日李生員翼賓正租四斗付送, 如得百朋, 可免數日之飢, 可喜可喜。

五月廿七日

自昨終夕終夜, 雨不少止, 前川漲溢, 人不得渡。宋奴之食, 江婢持去, 至川邊空還, 更令振威來人, 使之越川而授飯。朝食粮絶, 不得已乞貸於察訪家, 得米三升而補用。夕則待春奴之來, 然後可以得食。而若水多不來, 則上下必飢矣。夕, 春奴載來白米五斗、牟米二斗、租一石, 改斗則十三斗。待此然後, 炊夕飯而喫, 日已暮矣。根太、根豆各二斗亦載來, 卽送參奉家, 欲種於結城新立案處耳。

五月廿八日

前者買木於場市, 欲於此時貿牟而食, 今聞市價極減, 正木之直, 牟不過十二三斗云, 前日之計, 返歸虛矣。過夏極難, 渾悶可言。

五月十九日

曉頭, 行竹前三寸忌祭。自昨昏大雨更作, 終夜不止, 至於今而猶不少霽, 川澤漲滿, 人不得越。宋奴朝食, 使春已授之, 則亦不得渡, 至川邊擲之, 則宋奴出而取去矣。春已、安孫等, 今日當出送, 而雨勢如此, 猶不得出頭, 粮饌俱盡, 阻飢之患, 不遠以邇, 上下之悶, 不可言不可言！參奉去後, 今至十餘日, 未聞消息, 想因霖雨, 大川巨澤, 必不易渡, 兹致久不得還也, 可慮可慮。夕時少晴, 登後岸望遠, 則前後兩川, 合注大野, 極目瀰漫, 川邊之穀, 想多埋土, 可嘆可嘆。參奉家木花田, 亦沒於瀰漫之中, 尤可惜也。

五月晦日

自去夜南風大吹, 至於今朝而不息, 黑雲走北, 想必大雨之徵。雖有得食之路, 爲巨川所阻, 人馬不得通行, 飢餒之患, 迫在朝夕, 極悶奈何奈何。朝則上下俱造太粥而食, 余則本不好粥, 故獨炊飯而喫。當午參奉之簡, 自咸悅來。傳白米一斗、石首魚一束竝付送, 乃咸悅倅贈物也。參奉今明必還而不來者, 想因阻水也。又因來人, 聞其倅以天兵支供事臨出, 適與參奉相遇, 暫話而去, 使之留待還來云, 若然則參奉必不速返也。無聊之中, 步進館前, 邀金德民叙話, 因聞察訪陪檢察使, 今到公山, 檢察乃李判相山甫, 而檢察三道之事云, 然實未知其詳也。唐將時在忠州云, 必因雨水而久滯也。今日雖有雨徵, 而終不雨。

六月小

六月初一日

朝食後，進謁司圃叔主於李仲進翼廊。主人及李仲順、尹進士民獻、李龜齡、金克與李生員翼賓咸會叙話，少年輩相與付韻，爭賭勝負，以爲戲笑。午後，余則先罷還寓。來時見大川邊李僉使家屯畓，則曾已三除草，而昨昨大雨，衝破前丘，盡沒於沙礫中，因成巨川。秋來之望已缺，可嘆可嘆。送春已於靑陽場市，木一疋換牟十斗而來，改斗則九斗爾。正木一疋，亦換苧布三十五尺，而加給皮牟一斗云。牟之貴，至於此極，他無繼食之路，所寓家主，今又督出，人之窮困，一至於此，生涯可嘆可嘆！

六月初二日

送安孫於振威，問蒙兒之安否。朝食後，生員要見其妻娚崔熙善，往州地赤洞里。午後，參奉還來，因雨留三日於咸悅，來至林川趙翰林希輔家，亦爲大雨所阻，留二日云。前者定山地所得之家，初欲移寓，而參奉親見，則非但陋破，隣有染病者方痛，故不可往矣。又得於林川趙翰林隣家，但新造未久，尚未修裝，又無板廊云。然更無可去之處，勢不得不歸，欲於旬前啓行定計耳。咸悅所贈米七斗、租九斗、甘醬二斗、石首魚三束、葛魚四尾、葦魚醢二冬乙音、蝦醢一缸、男鞋一部、女鞋一部，參奉持來。男鞋則余自着之，而女鞋則付任母。糧饌方絶，渾悶之際，今得此物，可延五六日之命矣。

六月初三日

自昨日午後，東南風大吹，至於夜而不息，風止雨作。又至今朝雨脚如注，而晚食後稍歇，午後始霽。生員還至。

六月初四日

自夜雨作，至於今而不霽。欲於十日間移寓林川，而霖雨如此，非但川渠漲溢，人不得通，而道路極險云，勢不可行，囊橐垂竭，不可說也。

六月初五日

自曉雨。奴子等有可送之處，而因雨咸聚一家，繼食極難，悶不可言。林川之行，亦因此而久滯，尤可悶也。昨午，崔振雲荒租十斗，專人送周，改斗則七斗八升，必負來人偷食也。振雲乃生員妻娚崔熙善，而今改其名。

六月初六日

終夜雨而大風, 至於今日, 而少無晴徵, 其苦不可言不可言。午後稍
歇, 而有時微洒。

六月初七日

自昨昏亦雨, 而終夜不止, 至朝猶不開霽。早食後, 宋奴歸稷山其
父家。病差後, 久在川邊, 如此霖雨, 不堪其苦, 欲歸其家調理更來
云, 故送之。今廿日前還來事教送耳。且近來粮絶, 故不得已摘取
荏葉, 和羹作粥, 上下共食而度日。唯余本不好粥, 故獨炊飯, 與端
兒分食。但兩子亦飲粥, 可嘆可嘆!

六月初八日

終夜風而雨。近日淫霖, 連月不開, 上下團聚一家, 不得出入, 阻
飢已甚, 悶不可言, 悶不可言。送春奴於大興, 欲減前日受來牟還
上, 而因闇禁之嚴, 不得呈書狀, 臨昏空還。且趙內翰存性, 到驛止
宿, 使人問余。余卽進, 叙話而返。趙公曰"國史移置井邑內藏山梵
宇, 因就其寺玉冊傳書而來, 但阻水趄未得還"云云。倭賊時在嶺南
昌原以下諸邑, 瀰滿原野而結陣, 李提督亦率軍還下嶺南云。其間
曲折, 亦未詳知, 必賊久留, 橫掠列邑, 其謀叵測, 故欲因而追擊耶。
但去月念後, 東南風連吹, 至於今而不息, 賊亦因此必不得渡海也。
且聞完山御容, 亦移安于史冊所藏寺, 而當初賊犯完城時, 蒼卒撤
去, 垂旒與軸, 捲而作貼, 裹以油芚草席, 竝與史冊, 一時移藏云,
不祥不祥。令謹愼儒生兩員, 侍直云。

六月初九日

自昨日東南風連吹，至於夜，而今朝大振不止，雨亦有時微洒。且趙翰林早朝上京，春奴亦與翰林之行而竝送大興，使翰林通于太守前，則減除其牟，又給豆三斗，故愛雲處所在牟十七斗竝載來。前日欲納牟還上，允誠妻家田所出牟預備，而今見其減，故載來。粮絶方悶，而今得意外之物，可免近日之飢，可喜。

且夕聞察訪還驛，與三兒偕進，叙話而返。察訪意吾等已移他處，而今更得見，欣慰十分。自午後風息雨霽，始見青天覩白日。因察訪聞唐將李如松上京後，李汝栢還下，留駐忠州，而今又還上去云，未知往來之意也。或云倭賊時在昌原以下諸邑，或云東萊、釜山、熊川等處小在，而其餘盡類渡海，我國諸將進陣梁山云，未知其詳。但諸將不爲探候賊之去留，馳報列邑，故雖大朝亦未知云。可嘆可嘆。昨日端兒患痁，而今日又痛，必婦瘧也。可悶可悶。

六月初十日

朝食後，與三兒進訪察訪，終日叙話。因造晝飯而饋之，饌有蒸鷄苽炙，此非貴物，而流離客中，牟食尙難繼之，況敢望助食之物乎。久阻之餘，今始得見，如對八珍。生涯可嘆可嘆！分半送于病兒端女。在席者主人及胤子金德民曁余三兒、鄭繼武。鄭繼武乃鄭相公芝衍孼息也。參奉因與德民射帿，而臨夕罷還。且聞中朝亦有三處生變，故李如松急命督還云，時未知實否。若然則倭賊時留嶺南，尙未渡海，焚殺列邑餘民，而天兵遽還，則彼賊若聞，而還有北向長驅之患也。悶慮可言。

六月十一日

聞察訪還歸公山, 早朝與三兒進別。而察訪因此陪檢察使巡歷列邑, 久不還來。余等欲於望後有移去林川之計, 從此更得相見甚難, 臨別彼此頗有惻惻之心。余自三月久寓于此, 察訪在驛, 則逐日相訪, 有無必資, 而多有款厚之意。察訪乃成大谷養子, 仁厚長者, 而有乃家風, 令胤德民, 亦非凡人, 能繼家業, 可謂有子有孫矣。察訪臨行, 贈余雨具。且食後與三兒及金德民, 偕進溪堂, 令人獵魚。余獨往謁司圃叔主而返。

六月十二日

察訪內氏, 邀余家人及參奉妻, 食後偕進, 晝飯而返, 從容談話, 而頗致懃懃之厚, 亦造餅而饋云。夕, 又送三色醢物。余亦獨就溪堂, 令命奴網魚, 放馬豐草, 終日偃息而乃還。因天極暑, 不勝蒸鬱之苦, 蓋姑就高堂而願涼。昏, 奴莫丁自林川還來。

六月十三日

參奉率命奴及馬, 歸結城, 而未至五里, 馬逸覆載, 載物盡濕, 不得已還來, 只送世萬耳。

食後, 與三兒就溪堂避暑, 而前彥陽倅朴濟先入秣馬, 與之揖而對坐, 從容談話。朴公所賫晝飯, 亦與分喫。有頃尹進士民獻、金克及金生員挺生隨至。朴公又持燒酒與肴, 欲飲金正兄, 而金正適上京, 故亦與坐中共破。朴也, 與金正少年友也, 爲此歷訪而未逢。金挺生則參奉年友, 而居于州地。

六月十四日

朝食後，借騎金德民馬，進謁司圃叔主而還。午後，德民送家獐於余，雖不好，久阻之餘，甘食可喜。日昏，德民來見而去，乃明日陪其母氏還家，故來別耳。且聞唐將率炮手六千，將向湖南，今明當到公州，而大軍則隨至云，未知其故也。想必倭賊將向湖南而然耶？不然則從此路歷完山、龍城，踰雲峯八郎峙，向嶺南晋州，而入擊賊耶。賊之去留，實未知其詳也。早朝，生員與允誠，先送扶餘，後日之行，人馬不足，而使留待於扶餘。扶餘倅乃切親，故便於得食也。莫丁亦載雜物一馱，與之偕歸。

六月十五日

昨昏，家人與泥峴嫂氏，往謁司圃叔母，今曉乃還。明明，將移林川，故叔母主使人強邀，而又送奴馬故也。且早朝，察訪內助還鄉。且世萬自結成還來，正木一疋、牟十五斗換來。夕，莫丁、春已還至，曰：「調度御史適到扶餘，生員與允誠進謁，則迎見甚歡，贈以米各七斗、甘醬各一斗式。」行囊已竭，饘粥莫繼，渾家方悶之際，得此意外之物，喜諭無已。但明日之行，馬二匹不足，勢不得一家偕行，可悶可悶。米四斗持來，十斗則接置扶餘云云。

六月十六日

食後，進謁司圃叔主，因辭別而來，頗有惻惻之色。李仲順、李仲進、尹民獻來會。李座首聞余來，因邀入見之，饋以水飯。李翼賓則再進其家，適不在，故空還，未得面別，可恨。還家，聞廣石居安司果至, 送朴生員孝悌及安世珪來訪, 而適余不在, 未逢而空返云, 可恨可恨。夕, 李翼賓來見而去。治行裝, 而二馬不得, 方悶之際, 借得司圃宅牛及李翼賓牛, 可與妻子偕行, 可喜可喜。

六月十七日

鷄鳴時發行, 到靑陽地大峙下路左松陰下。朝飯後, 參奉則先歸定山。余等隨後, 僅得越嶺, 而忽逢驟雨大至, 至於三度。上下衣服盡濕, 女兒新裳, 亦盡汚染, 仲女則泣之不已, 一則可笑可笑。入定山縣。主倅金公長生乃參奉長友也, 待之極厚, 上下卄餘人, 皆一升式帖食, 所濕衣服, 覓炭火熨乾。昏, 主倅燒酒飮余, 余中暑腹痛, 而連飮三杯, 腹疾少差, 可喜。今日乃初伏也, 暑炎倍常。

六月十八日

陰而洒雨, 可悶可悶。主倅贈以白米二斗、牟米二斗、小豆一斗、石首魚一束、甘醬一斗, 行粮可無憂矣, 深荷深荷。晚朝雨晴, 發程, 到王津北邊豝知父有齡家點心。但家人得霍亂證, 嘔吐下洩, 待其少歇, 渡王津, 歷入見鄭司果宅所寓。而家人與少女因留宿, 其餘馳來扶餘縣, 日已夕矣。適主倅自公山, 今午還官, 故上下之供優得焉。

六月十九日

早朝, 令奴世萬牽兩牛還送洪州, 但牛背生瘡, 可恨可恨。因一行上下, 爲霾熱所困, 中暑腹痛者多, 不得已因留焉。曉頭, 生員以陪來其母事, 往鄭司果宅所寓家。少頃與司果宅偕到, 直至三嘉宅避寓所鄕舍。余則朝食後, 進見主倅于衙軒, 借得船隻, 使妻子明日乘舟順流而南下。

又乞得粮米二斗、石首魚二束、甘醬五升、艮醬一升、醯一升, 獨先發行, 要見調度御史李剛仲故也。馳到林川, 則聞運粮御史姜籤亦入郡云。退處虛門外人家, 先使奴子通名, 則剛仲卽送人問安。坐食頃, 又送人邀入, 剛仲與姜公, 登樂山樓射帿, 余入見, 叙揖列坐。在席者錦城正、坡溪守及韓山太守辛公景行、剛仲四寸兄梁思遠也。錦城正乃余妻四寸, 亦避亂于韓山地, 相見不勝欣慰。坡溪守亦錦城正長兄楊城正末子也。終日做話, 姜公則先歸其館。余等下樓, 又坐樂水軒。尹進士是男亦到, 相與談話, 夜深而罷。余則與梁、尹兩公, 共宿剛仲所處上房。

且樂水軒乃在上東軒北邊, 而結構池上, 引流注池, 種蓮其中。時當季夏, 荷花盛開, 風來有香滿堂。東北墻下, 疎篁如束, 翠葉倒地, 竹裏又有梅花兩條、倭躑躅五朵, 眞佳境也。

六月廿日

早朝剛仲與余等, 又坐于樂水軒, 相與對食, 官供軟泡。剛仲帖給余及錦城、坡溪、梁、尹兩公, 作米各二斗。余則家屬甚多, 故亡弟妻氏及四子亦付名, 加給各二斗, 乃六人之名, 幷十二斗也。可喜! 又扶餘縣牟二十斗、鹽五斗題給事, 成關而付, 隨後推來作計。

且韓山倅前日在京時, 屢得接見於趙景綏家, 而今日相逢, 彼亦不相識, 而退舘後, 問諸錦城正始知, 卽送人問候。余亦使剛仲求得空石, 韓山卽帖送空石二百葉、正租十斗、石首魚二束、長魚十尾、青魚五尾, 深荷深荷, 亦參奉厚知故也。

朝食後, 姜御史隨到, 請剛仲上樓射帿, 余等亦隨登觀德。官供家獐。臨夕, 行朝人持備邊關來到, 開見則剛仲以調度差誤事啓遞, 以姜公代任。剛仲則如釋重負, 而但余等多賴其力, 不意見遞, 不勝缺然。卽罷下, 又坐樂水軒做話, 夜深而罷。

六月廿一日

早朝, 聞妻子昨日不來。食後, 與剛仲相別, 而馳到郡東十餘里許, 乃余移寓處蘇隲空家也。家稍軒豁, 而但窄狹, 無婢僕所居處, 又無雜物藏置之地。四隣皆遠, 而只有蘇家, 是可恨也。小地名小知洞, 而大地名則水多洞云云。

奴莫丁、命卜牽兩馬, 與此處供得牛馬四匹, 往水邊, 待候妻子之來。昏, 一家入來, 主人供夕飯, 未安未安。扶餘倅贈米八斗及饌物, 深感深感。奴馬不足, 卜駄不能盡輸而來, 故生員因宿船上護守耳。且聞嶺南留賊, 直向全羅道, 今到咸陽地, 全羅之人騷動云, 然未知實然。且蘇隲率奴獵魚, 得一鉢, 作膾而食, 因飲秋露一器。

六月廿二日

生員入來, 扶餘所贈白魚醢, 見失於舟中, 可嘆。終日偃息於蘇家, 稍豁蒸鬱之懷, 庶慰客中無聊。

六月廿三日

未明, 送奴莫丁於韓山, 受來前日帖給之物, 主人奴馬竝借而送。且朝, 奴命卜使之刈草, 非但不卽從命, 多發不順之言, 故打足掌。蘇隲率奴輩獵魚, 夕時與隲炊飯, 共烹而食。莫丁自韓山乃還, 帖物受來, 而空石無儲, 故不得而來。且趙內翰希輔, 送米一斗五升竝饌物, 感荷感荷。隣居柳公先覺來見而去。參奉射帿, 矢支絃脫, 撲傷右目, 殆哉殆哉。

六月廿四日

珤知還家。趙翰林送女僕問候, 兼致魚炙、魚羹, 乃參奉所厚交, 故如是鄭重。且欲造松簷, 而未得長木, 蘇隲率奴馬三馱, 伐松木於柳公先覺護山。

六月廿五日

朝, 趙翰林送餅及魚炙、肉湯, 乃大祥祭餘也。送奴春已於扶餘, 乃李剛仲所贈之物受來事也。夕, 春已牟二十斗、鹽二斗載來。咸悅送人問候, 兼致白米二斗、鹽、葦魚二冬乙音、眞魚四尾、白蝦醢三升, 深荷深荷。韓進士謙來去。

六月廿六日

未明, 隲率奴等, 造松簷。晚朝, 生員往咸悅, 咸悅昨日簡邀故也。參奉則氣不平, 不得與偕, 而隲隨焉。朝, 趙翰林送魚炙、肉湯、鷄湯, 連致佳味, 感荷無已。且李參軍賚適到郡地奴家, 聞吾等來此, 爲來訪焉。相見, 曾是不意, 欣慰十分。饋夕飯而歸。午後雨終夕, 至於夜而不止。假屋雨漏, 奴輩無接宿處, 遑遑焉不能安止, 可嘆可嘆。婢冬乙非自到此日，得痢證，至於今而不見少差，臥而洩下，勢極危重，必不能起，可慮可慮。且趙進士廷虎來見而去。趙也乃誠之少年厚交友也。饋畫飯而還歸，來在高山云。

六月廿七日

陰而風，有時洒雨。參奉自傷目後，氣甚不平，眼睛赤而刺痛云，悶慮悶慮。夕，世萬自洪州入來，參奉妻子，自龍谷移寓奴龍卜家云云。春已歸舒川。今日乃中伏也。

六月廿八日

終夜風而雨，至於朝大作，至午始霽。咸悅專人，送蘆魚一尾、鰷魚一尾、葦魚十介。聞家人自來時，患霍亂證，至今不差，不肯飲食故也。卽作膾而食，又作湯而共破。照水而來，故佳味不變，如新捉也。夕，生員自咸悅入來。太守所贈米十斗、牟一石、眞末二斗、眞荏一斗、眞魚三尾、雜醢一斗、甘醬二斗、艮醬三升、甘藿二同、鹽一斗、寢席一葉、馬鐵二部、粘米五升。當此之時，非極厚之意，何如是用大手乎？深荷深荷！

六月廿九日

參奉歸洪州其妻子所寓處。且奴莫丁、安孫牽兩馬，往咸悅，以盖屋空石載來事也。且聞我國諸將率大軍入據咸安郡，但地利不好，不能容衆，諸將欲退保宜寧，據鼎津而爲守。全羅巡察以爲"猶有進而不可退一步"，堅意不許。巨濟縣令金俊民大言曰："我國事恒爲儒者所誤。膠柱不能進退，則見敗必矣。"高彥伯亦大言折之，議論不一，未能決定。賊不意驟至，諸軍潰散，賊乘勢追之，我軍多死，而賊則渡鼎津，入據宜寧。宜寧去湖南不遠，故湖南亦騷動，巡察則走還南原，而咸安所在軍器、軍粮，反爲籍寇之資云。可嘆可嘆。

且賊向晋州，連日焚蕩，而州城五里外，無數結陣，先使炮手七十餘人，迫城衝突，城上衆弩一時齊發，十五名中箭卽死，斬首十級，餘皆奔還云云。晋州則慶尙右兵使、忠淸兵使、倡義使、建義將及諸義兵入城固守，而又且形勢險阻，萬無失守之理云云。

且聞南平縣監在大丘府馳報內：沈遊擊率倭人三十五名、我國陪臣一員、黃廷彧家口幷五員，自釜山向安州，一路人馬整齊事，先文來到云云，未知出來之意如何也。且兩王子，時在釜山云，亦未知實否。且參奉因馬瘦不行，故行至五里餘，不得已還來。春巳還到。

七月小

七月初一日

參奉始歸洪州, 奴春已往振威。聞忠兒患大疫, 伻問安否耳。使安孫持五味子, 又送咸悅。咸悅倅近患暑證, 求得五味子, 而昨日忘却, 故今日專人送之, 而出門之時, 咸悅之使來取而去。

　且午後, 趙翰林專人, 送兩色餅、實果及魚肉炙、臟保只與粘酒一鉢, 卽與妻孥共破。流落他鄉, 四顧無親舊, 而趙也獨厚至此, 感荷無已。必朔祭餘物也。且趙正郎應祿胤子來見而去, 亦避亂來寓此境。正郎則前月中歸行在云。昏, 金從事尙容往覲瑞山地父親避亂所, 還歸湖南, 歷宿此郡, 聞參奉來寓郡境, 送簡問候, 明日歷去時當入訪云云。

　且奴莫丁往林川場市, 以米二斗五升, 貿九升苧布四十尺, 又米一斗, 生苧二斤二兩而來。穀貴, 故正木一疋價, 牟四五斗, 人皆曰

"前此未聞如此時也", 以故苧價亦如此之賤也。苧布則欲造麟兒夏服。

七月初二日

家人自昨日患水痢, 一日八九度, 全廢食飲, 氣甚憊困。欲得白烏鷄治痢, 送安孫於咸悅求得耳。午後, 允誠親進柳公先覺家, 求之烏鷄, 則無之, 黃鷄得來。趙邦直亦送一首, 邦直乃趙景綏胤子也。夕, 命福自定山還來, 渡江時有人忘棄布衫而去, 福也得來, 可着經夏而無虞矣。

七月初三日

今日乃祖母忌也。而自變後, 一門奔散各處, 不能聊賴, 何暇念先祖而奠杯乎。不勝悲嘆悲嘆! 夕, 敬輿自益山來見。安孫亦自咸悅還。咸悅送鷄一首、牛脯五條。且聞兇賊圍晋州七日, 而城中諸將固守, 日登矗石樓作樂, 以示閑逸, 巡邊使、都元帥在外結陣, 以爲聲援, 城中又有軍粮多積, 可支一年。天將宋指揮大斌、駱參將尙志, 亦率炮手千餘, 自南原今明當踰八良峙而進。李提督又率大軍下來云, 晋山必不易陷矣。晋山堅守, 則胡南亦不捨彼而來犯矣。

七月初四日

與敬輿在蘇舍, 終日圍碁, 以消長夏。令奴子持網獵魚, 夕飯共湯而食。且數月來, 親庭消息, 久不得聞, 日夜悶慮。初意來此後, 卽欲往觀, 而事故多端, 未果。當於旬後, 與誠息, 偕歸而覲定計。

七月初五日

朝, 奴莫丁持參奉簡, 送石城。石城倅不捧, 故空還耳。終日在蘇堂, 與敬輿圍碁。且聞晋州之城, 因霾雨頹落, 圍城之賊, 突入如麻, 緣城欲上之際, 天字銃筒七八柄, 一時俱發, 或投石、或射矢, 賊死傷者, 不知其數。賊又於南江, 以竹作桴渡江, 而我軍發射如雨, 賊驚遑亂流, 溺水而死者, 亦不知其幾何。浮屍滿江而下, 以是賊勢大挫, 解圍退陣云, 此乃崔義將慶會陪吏通報。而李曄在盆山, 傳書而送, 然未知其的也。

七月初六日

午後, 李曄自盆山不意步來, 因見全羅巡察使傳通, 左義將任季英馳報內: 晋州城中, 倡義使金千鎰、忠清兵使黃進及以下諸將, 自六月二十二日, 晝夜殊死血戰, 同月卄九日, 全城陷沒, 極爲驚愕。本道犯境, 迫在朝夕, 疊入守城之事, 在所急急云。湖南所恃而爲固者晋州, 而今聞失守, 不勝驚痛驚痛。以此湖南之人騷動, 皆有遷移湖右之計, 吾家屬移來此地, 未及卄日, 又逢此患, 當更徙欲歸畿甸之內, 上下數十餘口, 得食極難, 雖不死於賊手, 定必死於飢餒, 悶慮悶慮。更聞賊犯八良峙後, 率妻子還北計。且夕, 蘇隲自咸悅還到。隲也愛咸悅酒湯, 久不來, 故今來爲其妻所妬, 高聲相詰, 至於網巾衣服裂破, 可笑可笑。

七月初七日

早朝, 生員往盆山, 問金尙容在盆山, 欲圖出還上, 以爲行粮之計。

李暉還歸扶餘。

七月初八日

生員還來。益山倅米二斗、牟五斗、鹽一斗、甘醬一斗、石首魚二束贈送，兼致簡於余，深謝厚意。且聞晉州諸將中，黃進、金千鎰、巨濟倅金俊民，親犯矢石，殊死血戰，中丸而死，一城盡被屠殺，不勝驚痛驚痛。今則賊鋒將迫於山陰云，不久必犯湖南，悶慮悶慮。

　　且問嶺南賊四百餘，密陽城外結陣，督捕使朴晋、星州牧使郭再祐及諸將，欲入擊約束已定，辭於唐將，則劉摠兵綖，招入朴晋等，終日結縛於庭，使不得擊賊云。非但自身不與同力攻賊，亦至於我國諸將，不得任意擊賊，結縛致辱，畧將助賊，未知其意之所在。且聞唐兵下去湖南者，緣路民家，掠奪財物，無有紀極，如經賊變。至於全州地宋持平英耈家，不意亂入，奪牛屠食，盡奪寶器，宋公妻氏，僅得逃免云。此皆李提督麾下，而不戰軍卒，故至於此極，皆是遼薊兵云。宋、駱二將之兵，不犯秋毫，號令嚴肅，所過安堵，此乃浙江之士云，可嘉可嘉。

七月初九日

春已、宋伊還來。聞忠兒、蒙女皆好行大疫云，可喜可喜。且食後，往見趙翰林，其兩兄希轍、希軾咸在，而隣居趙希尹及鄭生員應昌亦來，相與終日做話，主家饋點心。趙希尹則少名希武，而改今名，乃余少年同門友也。不見者三十餘年，而今日之逢，出於意外，不識面目，各說姓名，然後乃知。鄭生員則參奉年友也，避亂來寓于此地矣。莫丁來自咸悅，因聞賊分二運，一則已入山陰，一則向智異山，將迫湖南，而唐將則時在南原，結陣於城外獨山云。

七月初十日

洪正字遵自嶺南歷去時，聞吾等來此，入見而歸。洪公亦義兵將也，在嶺南時，不入晉城，來在山陰，晉城陷沒後奔還耳。

　　湖西則兵使及守令死者九員，而結城、保寧、藍浦、瑞山、泰安、唐津，而其餘不記云。晉城失守之由，人言不同，不可的知。然晝夜血戰，至於八日，而外無螻蟻之援，兇鋒極熾，合勢來攻，天又不助，霖雨連旬，城堞頹圮。黃進、金俊民中丸致殞，諸軍喪膽，賊多方設奇，期於必陷，終乃束草填城，高於城上，放丸如雨，揮劍直入，忠清軍先潰，以此失守。前日避亂士人，皆入城中，咸被屠戮云，尤爲哀慘。

　　且聞崔景善在南原，巡察欲爲守城計，驅入士族人，而景善遲留不入，爲巡察拿致，終日徇軍，多般被辱云，不勝驚嘆驚嘆。且夕，箕城君來訪，曾是不意，不勝欣慰。適到扶餘，聞吾等流寓於此，爲來訪焉。若非情到，如此極熱，何欲遠來乎。其兩子皆被死於賊手，流離嶺北，辛楚萬狀，聞來不勝哀慘。安孫還來，參奉則明日欲來云。

七月十一日

箕城令公食後還歸扶餘。主人蘇也，其父忌也，其兄蘇隱亦來，行祭于此，因供朝飯，極辦而進。昨昏月下，相與坐於前臺上，主家飲之好酒, 從容做話, 夜深而罷。今又如是 一則未安未安。且參奉自洪州入來, 因聞季兒患痢夭折, 不勝哀憐。一年之內, 二女連逝, 慟悼尤極。又聞結城田畓, 給價買得云, 明年可以移居力耕, 則庶免飢餓, 是可慰矣。但無粮力薄, 口養之外, 其可及於農作乎?

七月十二日

趙文化希轍來訪。申丹陽橃氏, 自大興歷入, 因與會坐蘇堂, 從容做話而散。丹陽則因歸益山, 明日湖南之行定計, 因治行裝。年前各在南北, 不得與妻子共嘗艱難, 而今者又因事勢, 棄之南來。若兇賊迫近, 則妻子北歸, 我則與老母浮海入島, 死生存沒, 杳莫得聞, 妻子不勝悲愴。雖嘆奈何奈何?

七月十三日

朝食後, 與參奉發行, 渡無愁浦, 歷龍安, 入咸悅。咸悅倅申公應榘, 卽邀入東軒, 因設茶禮, 飲以燒酒三杯而罷。少頃又供水飯, 與之對食。余與參奉, 先還郎廳房, 偃息。夕, 時主倅下來, 共對夕飯。主倅贈行資白米一斗、中米一斗五升、太一斗、石首魚一束、牛肉一塊、牛脯五條、蝦醢一升、秋露一鑵及甘㑋醬。米一斗、牛脯、石首魚、蝦醢, 則付送林川寓家。路逢熟手永環, 流離飢餒, 將至死域, 不勝哀憐, 贈米二升 以保一日之命。

七月十四日

未明而食, 臨發, 大雨震電。終朝而少霽, 卽啓程, 歷臨陂*, 到全州地新倉津邊登院樓, 秣馬晝飯。因渡津馳來, 至金堤地。同津有長橋, 而去夏大水所毀, 有船渡人, 因越宿扶安地正兵朴元俊家。其地居人數十餘家而皆空, 蓬蒿滿場, 只有數家在人。問之元俊, 答曰"自年前生變後, 徭役十倍於前時, 民不堪其苦, 盡皆逃散, 非但此地, 處處皆然。吾屬今雖住在, 秋收後, 亦將散去, 欲免須臾之苦"云, 聞來不勝慘惻。且來時, 路逢柳宣傳官珩, 謂余曰"今自靈巖來"云。問老母安否, 則時皆平安, 而若賊來, 則當乘船浮海云云。柳公乃林景欽四寸弟, 而總角時見之, 故不知面目, 彼也先識我面, 道其姓名後乃知。

且昨日來時, 無愁浦邊, 適逢全羅巡察狀啓陪持人。問之賊奇, 則答曰"求禮焚蕩之賊非倭也, 乃我國人變着倭服, 作爲倭聲, 守柵之兵盡散, 居民因此驚動, 亦皆竄走, 賊掠其財物, 焚其室家。適谷城倅捕得五六賊, 推問則我國人也。晉州陷沒後, 倭賊還出, 故唐兵入據"云。

此狀啓則乃犯湖南者, 非倭之辭緣云云。緣路聞之, 則人言亦同。若實倭, 則此處之人, 必不如是其不動也。山陰來迫之賊, 亦我國人云, 然時未知實然也。大抵我國諸將怵於倭威, 虛聲驚竄, 到處皆然。雖送體探人, 體探人亦皆畏怵, 不見賊陣, 半路還來, 虛報流言, 故雖官家文報, 皆是虛事, 良可嘆也。

....

七月十五日

啓明而發, 歷古阜郡前, 行至十許里溪橋下, 秣馬朝飯。但畏日方曝, 不勝炎苦, 伐木作亭而坐。且自臨陂至古阜郡前, 緣路左右見之, 則田野過半不闢。雖有起土落種, 率多不芸, 雖有入鋤處, 而苗長不滿數寸, 千里沃野, 荒草滿目, 飢饉之民, 何以堪支? 不待明年, 必爲塡壑之鬼, 尤極哀慘。

且昨日來路見七八歲兒童, 高聲痛哭, 有女坐路傍, 亦掩面悲泣。怪而問之, 則答曰: "今刻我夫棄我母子而去。" 余曰: "何以棄去?" 又曰"三人流離乞食, 而今則乞之不得, 將爲餓死, 故我夫棄我母子而獨去。我亦將此餓死丁寧, 以此哭之"云云, 聞來不勝哀惻。父子, 天性之至親; 夫婦, 人倫之所愛。而雖禽獸, 亦皆愛憐, 至於棄路而不顧, 非不得已, 豈至此極乎。哀我蒼生, 其將就盡而靡子遺矣, 可勝嘆哉? 且未及古阜十里餘, 路逢李生員奎實, 率妻子上歸。問之則曰"在靈光地, 聞倭賊犯湖南, 不意上去, 姑寓於韓山奴家, 賊若不來則還下"云云。非但此也, 土族及流民上去者, 或步或騎, 扶老携幼, 道路絡續不絕。蓬頭垢面, 慘不忍見, 哀嘆奈何奈何?

且朝飯後, 行至蘆嶺下軍營。點心後, 步踰嶺上, 馳到長城, 日已昏矣。適主倅李玉汝不在, 其兄李資汝訓在衙, 卽通名, 則邀入衙軒, 與之共宿。此縣乃先君曾所莅守之地, 舊人所知者, 只三四, 而其餘則皆新人年少者, 余亦不知面目。問其祖與父名, 然後始知某人之子孫矣。先君癸亥冬來守, 甲子秋罷去, 其間不滿一年, 故所知者亦少。

七月十六日

連日倍道馳來, 人困馬憊, 天又作雨。余亦暑風所傷, 上吐下洩, 不得已因留焉。終日大雨, 雖明日, 勢不得發行, 可悶。行粮白米一斗五升、太五升與饌物, 汝訓說與禮吏覓給。且夕, 檢察使從事金公尙容, 以巡檢羅州等官事適到, 聞吾來此, 先使邀見。余卽進郞廳房曲樓上, 相與做話。少頃官供茶啖, 與之對食。金公因覓贈白粒六斗、太四斗、鹽一斗、甘醬一斗、鷄兒二首、乾魚二束、燒酒一壺。意外得此物, 奴馬還時載去, 則妻子可延近日之命, 可喜可喜。金公乃余之妻族, 而參奉之年友也, 與兒輩相交最厚。前日雖不得見, 邂逅客中, 如舊相識。

七月十七日

雨雖快晴, 前道大川水漲, 跋踄甚難。若強行, 則必有顚擠之患云, 故不得已又留。然無主之邑, 留滯數日, 心甚未安。但汝訓在衙, 可與暢懷, 是可慰矣。且早朝, 就見金從事, 因與步進友淨亭, 賞蓮。金公先別, 而向錦城, 余亦還衙。友淨亭前此無之, 而前前太守李公啓氏, 始構焉云。白米一斗、貿苧二斤, 欲納慈氏前耳。

七月十八日

鷄鳴而起飯。與汝訓別, 行至半息程, 東方始明, 到羅州地故梁牧使應鼎家前川邊, 點心。但來路巨川逶迤, 其源出自蘆嶺下, 注入羅州靈山浦。來時一水渡涉, 至於十八度, 其終涉之處, 水深臍下, 不得騎渡。余亦脫衣裙, 扶奴子而艱難得濟, 此因前日之雨漲溢耳。來至羅府，日已夕矣。欲自北門入，而守門者閉拒不納，使奴子入自西門，白于金從事，則送使令納門。因聞林景欽來此，進其主家問之，則今朝已還其家云。所栖褥席，時未撤去，深恨未及相見也。余亦接寓其家，此州通判，乃參奉妻族也。參奉之書，欲呈而未得，使金從事送之通判，卽使人問候，因供上下之食，又送酒果飲之。

且邀余于其所在錦城舘，余以出入非便辭焉，昏又送酒肴飲之，再三使問，以致慇懃之意。又贈行粮白米二斗、太二斗、油淸各一升、乾秀魚五尾、蝦醢一斗、牟末三升，深謝深謝。通判姓名李成男，而居于於義洞矣。

七月十九日

初欲早發，而昨日所贈之物，今始推受，故因致日晚。通判來見于余寓處，別贈牛肉十塊，又裹上下點心。出自西門，馳到靈巖地夫蘇院，秣馬炊食。且來路見其農事，古阜以北已矣，以南則歷長城、光州、羅州至靈巖，禾穀最吉。早稻黍粟，爲半刈食，西成有望，此處之民，庶免餓殍之患矣。且點心後，馳到鳩林，日已夕矣。卽謁慈氏，顏色如舊。哲弟、林、麟兒、鵬姪，亦皆無恙，深可慰喜。且昨日接宿家主，乃官婢心伊，曾爲京婢，在京十三年，今則尹左相斗壽勳婢，出定歲貢正木二十疋云云。家在西門內，欲爲往來時止宿之所耳。

七月卄日

柳體察成龍從事金判官琢，以募粟事，巡歷列邑，來到此郡，於進士友也。歷訪于此，與主人坐對川邊茅亭，主家供菜餠及佳肴秋露，各巡杯而罷。金公不飮故也。少頃，又饋水飯，饌品極佳。在席者，主人與余及舍弟希哲、林生員懽、林進士晛。晛則景欽姪子，懽則景欽妹夫也。日傾，金從事往宿道岬寺，景欽使舍弟彥明，偕往而伴宿。景欽則與其姪，明朝欲往，作泡而饋爲計。

且婢福只初聞與其母子俱死於飢餓，常以爲不祥，今日南來，福婢與其末子流離，尋至母主所在處，其母與仲子不知生死云。必死矣夫，哀哉哀哉。其末女則死於中道云云。且三寸家婢良伊，去春流落于此，不知其母與祖母之死，余來始得聞焉，可嘆可嘆。

七月卄一日

早朝，景欽與其姪，往道岬寺。且妹氏得生秀魚，作膾而饋，得食一大貼，極是飽飫。午後，景欽、彥明自寺下來，相與坐話于邀月堂。頃之洞人朴濬、朴景仁、朴㵦、林進士懽及避亂人金永暉等，少長咸集，臨夕而罷。金永暉則乃余七寸親，而順天居故泰仁趙叔灌外孫。趙泰仁乃先君四寸也。永輝母氏，亦來于此，此乃其妻家也。

七月卄二日

終夕在邀月堂。洞中少長咸集，或圍棋，或擲從政圖，或着奕、雙陸，以爲戲玩，消遣長日。

七月卄三日

終夕在邀月堂，觀少年等局戲。自午後深頭微痛，氣甚不平，而臨夕

鬓有汗濕而稍歇，似是瘧徵，可悶可悶。更觀後日可知矣。鼺木三
疋，使奴莫丁，小藿四十五同、沉古道魚十三介。

七月卄四日

食後，與舍弟，進西湖亭，林別坐懽及林進士晛繼至。少頃其隣金
永暉與其妻姨高基厚隨來，相與坐於松陰下，金永暉家，供晝飯。又
令奴子獵漁前川，偶得銀屑一尾，大如青魚。卽送母氏廚下，令炙
進。夕飯時，林別坐子仲酒肴佩來，相與飲之。壺傾，又使一壺持
來，又盡飲之，又加持來。而余則氣不平，先還。舍弟與諸人，終夕
飲之，昏大醉而還。余之證勢，似是婦瘧，然稍歇於昨日。林景欽則
以伐船材事，乘舟渡西湖而往，故不預焉。麟兒發向林川，率莫丁、
命卜而歸。

七月卄五日

早朝，覓匏蔓作灰，和洒飲之，以治瘧病也。妹氏得新秀魚，斫膾備
貼而供，舍弟盡喫，而余則爲半不食，與姪鵬兒。且近日溽暑極熾，
而今又極焉，麟兒何以上去？極慮不已。借騎進士馬而歸，至長城
還送，若不得馬於長城，則因留待吾行事言送。吾亦來月初還歸已
定耳。昨日莫丁所持之物，小藿四十五同、沉古刀魚二十三尾內，十
尾則進士加贈。乾秀魚一尾、紅蛤五升、醢一缸、小全鰒五串，此則
妹氏所贈，而用於秋夕祭需也。藿則一同，僅一掬，數雖多，而實不
如一大同也。且今日乃余初度也。妹氏蒸交兒霜花餠，先奠神主，
因饋余一大器，而方患瘧證，未能食也。自午後得瘧，當夕稍歇，不

至甚, 而只深頭微痛而已。

七月廿六日

今日, 處暑也。早朝, 匏蔓灰和酒又飲。痛瘡雖不至重, 痛至累日, 氣甚憊困, 悶悶。且景欽末妹李書房宅, 作晝飯而饋余等, 饌品甚佳。終日在邀月堂。自午後兩鬢微痛, 而夕發汗而復常, 必自此而永却耶。金永暉、朴敬行來話, 臨夕而還。

七月廿七日

今朝亦飲匏蔓灰酒。食後, 與舍弟步往朴進士宗挺應善家訪焉。安生員弘道、朴謹己隨至, 相與做話。安、朴兩公先還, 主人欲饋點心, 強辭而來。來未久, 得瘡大痛, 至於臨夕而稍歇。今日則比前尤加痛焉, 悶悶。景欽與其姪往謁太守, 夜深而返。

七月廿八日

自朝母主患暑痢, 累度洩下, 氣甚困憊, 悶慮悶慮。此房朝陽滿窓, 如在蒸中, 必中暑也。且肩甲上生小瘡, 大如栗形, 自數日來刺痛, 今則稍歇。想必內濃, 如試火針, 則必出汁而易瘳。但母氏恐懼, 未果, 悶悶。且夜二更, 使余香捉瘡鬼。余香者府使韓璡奴, 而流寓于此耳。今日亦大痛瘡病。

七月廿九日

鷄初鳴, 潛出門, 多方設法。率奴春希, 騎驢出洞口, 夜尙早。有松亭，下驢倚松根而臥，待啓明星升天後，入道岬洞，草長驢小，晨露盡濕腰下衣襪，入寺，天始明。氣困，久臥禪房。食時出坐法堂，與僧輩做話。食後，就北池塘邊綠陰下穩臥，有頃郡居前座首朴鼎已者，率弟與子來見。池塘有魚多聚，投之以小石，則群魚爭相聚吞。朴公取針於僧，作鉤釣之，則僅得七八尾而還放。

自午氣有不平之徵，還入法堂困臥。至未時，有加痛之勢，不得已下來，中道暑日甚曝，氣又加重，殆欲下臥路傍，而强忍到家，謁母主。今則證勢危重，或赤或白，或如魚腸，不知度數，以破衣籍下，自然流下。腹中亦刺痛不忍，全廢食飲，罔知所措。余亦還臥房中，痛倍於前日。至昏稍歇，夜半還蘇。母主證勢，至此極矣，而余痁亦不離却，悶不可言。

八月大

八月初一日

母主證勢如前, 悶極悶極。朝前進士奴馬入來。前日<u>麟兒</u>騎去至<u>長城</u>, 而過期不來, 甚慮之際, 今乃始至, 可喜。<u>麟兒</u>不得馬於<u>長城</u>, 仍留云, 主倅出差不在故耳。進士奴子還到<u>錦城</u>, 牧伯趁不答書, 故留滯云云。且母主痢證, 度數稍減於昨日, 而但腹痛如前, 小便艱澀, 至於數日。而臍下拘攣, 今曉連三度放下, 拘攣之證即減矣。然小飲粥糜, 輒逆不進, 以此尤極悶悶。余病自午後有微徵, 出<u>邀月堂</u>, 與<u>崔深源、林子中</u>輩做話, 庶欲忘之, 而未復漸加痛焉, 不得已還入臥房。倍前極痛, 至昏而稍歇, 悶悶。<u>深源</u>者, <u>崔</u>生員<u>潗</u>字, 而<u>景欽</u>四寸也。亂初流落<u>關西</u>, 今始南來, 昨日到此。

八月初二日

母主證勢如前, 而腹痛轉劇, 岡極。當午氣加熱塞, 欲嘗西果, 卽割進一點, 和氷與蜜而食, 氣甚快焉云云。且余瘇則比昨日稍歇, 而得之差晚, 歇之亦早, 似有離却之勢矣。

八月初三日

母主證勢稍減, 而腹痛如前, 然比昨日, 則亦似減矣。但因此不得進粥糜, 元氣柴敗, 尤以此岡極岡極。余瘇則連日施方, 使朴連雲捉之, 則臨夕漸痛而速歇, 從此庶可永却矣。未痛前, 出邀月堂, 與子中、深源及金永暉輩, 觀圍棋之戲, 庶以此忘之。

八月初四日

母主證勢, 大檠度數稍減, 而痢色自然。但腹痛如前, 又無思食之念, 以此悶極悶極。今日則兩度氷水攤飯, 進食五六匙, 夕白粥少許, 生雉數點進食。且余瘇則使連雲, 連三日譴捉, 今日臨夕, 深頭微痛而止, 痛必永離矣, 可喜。然母主尙未永差, 以此極悶極悶。

八月初五日

母主去夜兩度大便, 皆自然而非洩痢, 又兩度進白粥少許。但腹內刺痛如前, 頓無思食。肩上小瘡, 前日因此病未得決去內濃, 故今又刺痛成濃。至於傍邊惡汁流, 染處小瘡多生, 形如菉豆, 口白而體赤, 以此極悶慮。且近日雖過處暑, 暑炎極熾, 如坐蒸盆中。在年少無病者, 尙不堪支苦, 況母氏如此病中, 何以能保其必安乎? 寓房又

非爽豁, 而四無入風之處, 朝陽滿窓, 至於晚後, 始得開窓, 尤以此
爲病中之患, 悶極悶極。且林子中備家獐而來, 與洞人輩, 相與坐
於邀月堂, 飽食。而適無酒, 覓得秋露一壺於景欽庶母家, 各飲三
杯而罷。參席者, 林子中、崔深源、朴別坐宗挺應善暨余兄弟、洞中
少年四五耳。

八月初六日

母主氣候如前。去夜大便一度, 而乾燥自然。但腹痛之證不瘳, 又
不能進食, 以此悶極悶極。肩瘡則兩手壓之, 濃潰成穴, 可以因此
瘳矣。但瘡傍小腫七八介, 形如太大而色赤, 尤極悶慮悶慮。

午後, 氣候稍歇, 而痛腹之勢, 亦似減矣。小便通利, 而自朝後,
時末下痢。藿粥交雉肉, 少許進食, 從此庶可永腹矣。渾喜可言。

且綾城監昨夕自錦城來到, 因宿焉。善棋也, 與林子中、金國
舒、林晛輩, 在邀月堂, 終日圍棋。而然巧拙不敵, 子中輩皆加八介,
猶未免倍屈, 可笑。景欽前日在錦城時, 與綾城相知, 故來訪耳。國
舒, 金永暉字也。夕食後, 景欽與深源、子中、林晛輩, 上道岬寺同
宿, 而明日欲爲作泡也, 綾城監亦偕焉。余之兄弟, 以母病不得往
宿, 明朝欲往是計。

八月初七日

早朝, 與弟上寺, 與諸公共食軟泡, 或圍棋, 或擲政圖, 以爲戲笑。
適驟雨大作, 有頃而止。久旱之餘, 得此一犁之雨, 萎黃之穀, 庶有
還蘇之望, 而但恨其未洽也。然風從南來, 而天又陰曀, 尙必不至

此而止也。趁其雨霽, 各自馳還。綾城監則向康津。且母主氣候, 漸向平復。去夜進白粥一大貼, 朝來又進木末凡朴少許, 晚朝又進水齊非一大貼, 漸次進食, 不勝極喜。但腹中刺痛之證, 時未永瘥, 有時發作, 是可悶也。夕雨微洒而止。

八月初八日

母主氣候如前向差, 腹病則若有如厠之心, 輒刺痛, 下便然後, 還蘇矣。但進食不如常, 而肩瘡成穴處, 白汁時時流出, 久不合口。長欲思臥而不起, 以此悶慮悶慮。且昨日郡吏傳通書送見之, 則兩王子、兩天使, 皆自賊中出來, 而賊時留釜山、東萊、金海、密陽近處, 瀰滿作屯云。或向咸安、晋州, 而欲作耗於湖南云, 或爲半渡海云, 然未知其實矣。朝景欽與深源入謁太守而還, 則可知其槩矣。

夕, 景欽還家, 因聞賊別無向湖南之奇, 而但釜山、東萊近處, 聚石築城云, 必爲久住之計, 是可慮也。安參奉瑞國、李用濟, 自錦城來訪景欽, 以其築堰處看審事也。安公乃羅牧妾父, 而用濟庶弟也。安公則乃余少年同門之友, 而相知有舊, 邂逅相見於流離中, 各自叙懷, 欣慰十分。

八月初九日

母主氣候如前, 但腹痛永不瘥絶, 悶悶。去夜進水齊非一貼, 曉來菉豆粥半保*兒, 朝白粥半貼是。

....
* 保: 일반적인 용례는 "甫"로 되어 있는데, 底本에서는 일괄적으로 "保"로 되어 있음.

且昨午無聊太甚, 與舍弟步出國師巖前, 邀林子中, 就川邊茅亭, 相與做話, 日傾乃還。洞中年少數輩及錦男、甲生等, 亦偕焉。錦、甲兩人, 景欽孽叔也。且今日乃林睍初度也。餅果及吐醬出饋, 又飲之以秋露。參席者, 安祥甫、李用濟、林子中、崔深源、閔友仲暨景欽、余之兄弟爾。祥甫, 瑞國之字, 而友仲閔參判濬之末男, 林睍之妻娚也, 陪母夫人, 流寓于此處。且母主自午後, 白痢注下四度, 痛腹終夕。進食又減, 極爲悶慮悶慮。

八月初十日

母主氣候, 朝則稍歇, 腹痛亦減, 夜半白飯煎水進一大貼, 朝又進朴粥半貼是。去夜大便一度, 而自然矣。自朝後至夕, 白痢點點注下, 至於七八度, 極悶極悶。腹痛不如昨日也。午進朴粥一貼是, 夕剪蔥交飯, 少許又進。且安參奉祥甫及李用濟還錦城, 林子中亦歸錦城會津村本家, 過秋夕後還來云爾。且余之項後拘攣, 顧眄有防, 必觸冷故也。

八月十一日

母主腹痛如前。進食不甘, 雖粥飲, 必厭之, 而强之然後, 少進。肩瘡殆未合口, 其傍小腫八九介, 形如太豆, 或口白體赤, 或口出濃汁, 以此悶極。去夜大便一度而色白。乾藿羹小許進飲。且吾奴馬今明當入來, 而母主證勢彌留, 未見速瘳, 必永差後發行, 則亦當久留於此。上下之養必艱, 尤可慮也。曉頭大雨一陣, 至於晚而或洒或晴, 萎黃之穀可蘇, 而然多未洽焉, 是可恨也。但陰曀有徵, 必不止此也。自晚朝後, 母主氣候稍歇, 沉菜水和飯, 再度進食, 夕又進刀齊非少許。大便則只三度注下, 腹痛則下便之時, 制痛而止, 不如昨日云爾。

八月十二日

去夜母主熟水交飯而進, 但自曉頭, 腹痛還作, 朝前連三度下便則稍歇。而然痛勢時未永殄, 進食不甘, 此乃病不離身故也。極悶極悶。晚朝, 水齊非和飯半大貼進食, 午後, 牛肉炙半串亦進。且舍弟以蠹木半疋, 貿牛肉, 當午作炙, 與弟共喫。且自午後雨作, 終夕不晴。

八月十三日

母主腹痛如前。去夜熟水和飯而進。朝前再度下便, 其色自然。又進生鰕湯, 乾飯少許。朝後, 景欽邀崔深源、林晛與余兄弟于內房, 飲秋露, 壺傾而散。

八月十四日

母主氣候, 自昨日午後, 漸向蘇復。腹痛之證, 有時發作, 亦不如前日之甚。去夜兩度下便, 色亦自然。朝來再進白飯、民魚湯, 幾至一保兒, 當午粟飯少許又進。有時起坐移時, 自此日向平復, 其喜可言。但肩背之瘡, 時未永瘳, 以此臥起多觸刺痛, 衆蠅集哨, 揮扇不休, 苦不可言, 是可悶也。且金正字家婢高西非, 以要見其母事, 受由下來錦城, 因此來謁母主, 妹簡亦持來爾。且夕母主白飯、蒸鮒魚一介、生鮮湯少許進食。朝食前, 妹氏得新秀魚作膾, 備貼而饋, 余兄弟飽喫。

八月十五日

先君神位前, 妹氏備酒果餅與炙湯, 行茶禮。今日乃秋夕也, 曾令生員上京, 設奠於廣州先塋, 未知已得行乎。且母主氣候漸向差復, 而日加飱飯, 不勝欣喜。然腹痛之證, 時未永瘳, 如欲下便, 輒卽刺痛, 是可悶也。且早朝, 景欽往祭於淸泠洞先墓下, 因邀余行至齋宮, 祭後作泡以饋, 餕餘盛辦, 醉飽而還。參席者尹進士佑、閔友孟及余與景欽叔侄、其孼叔等, 幷十四人。崔深源隨後來至, 而中路得瘡極痛, 以此不得食, 而入臥僧房, 亦不得偕來。淸泠洞距鳩林十餘里。尹進士則家在京城, 流離到此, 栖止奴家, 去淸泠洞不遠, 故邀之爾。閔公乃林晛妻娚, 而昨昨來覲其母夫人於此矣。

八月十六日

母主氣候如前, 進食則粥飯中, 或三或四五番。多少在意, 或半保兒, 或未半而止爾。大便則一日或二或三, 夜則或一或二, 而其色自然。但下便時痛腹如舊, 是可悶也。且熟手永環, 流離丐乞, 尋訪吾等於此。然吾等亦流寓寄食於妹家, 遑何周及於他人乎? 雖心實哀憐, 無下手之地, 奈何奈何? 妹氏炊飮而食, 給米升, 因使調病於山寺, 環也得痢委頓故也。母主亦給米升, 佐飯少許, 彼必缺望矣。

八月十七日

母主氣候、飮食、大便如昨日。且食後, 與彥明步出茅亭, 邀崔深源,則得瘳不來。因往西湖亭, 使鵬兒請出金國舒, 坐松陰下, 做話良久。景欽與閔友仲偕來, 因與進浦口, 觀景欽年前所造避亂船, 還到松亭, 列坐休脚。景欽卽還, 余與彥明, 就國舒家, 欲拜國舒母氏, 而以其疾辭焉。國舒母氏乃余六寸妹也。還家時, 歷訪朴敬仁元仲家, 其弟敬行愼仲亦來會。主家出酒果飲之。其孽族兩人亦來, 從容做話, 彥明大醉而還家, 臥而不起, 因吐不食而宿。余則雖飲, 不至醉泥, 夕食如常, 而夜宿亦平。

八月十八日

母主氣候如昨, 背瘡幾盡差復, 而但肩上數處, 時未見瘳, 有時刺痛, 然從此庶可永差矣。且朝食前, 妹氏得生毛致魚作膾, 與弟各喫一大貼, 秋露一杯。弟則因昨日大醉之餘, 不得盡食。

八月十九日

母主氣候如昨日, 但大病之餘, 進食太減。雖食不甘, 五合之飯, 僅食三分之一, 而或粥或飯, 一日四五度, 夜半粥飯中, 亦進一度。然所食不多, 故易飢, 若得藥果, 則可以療飢, 而不可得焉, 可悶可悶。且吾奴馬久不來, 未知何故也。或疑其馬病, 而又有兒輩率去他處, 趁不來也。

八月廿日

母主氣候如前。且朝食後, 出邀月堂, 崔深源、金國舒適到, 從容做話。又觀國舒與子昇圍棋, 午後各散。子昇, 林晛字也。

八月十一日

母主氣候如前, 但肩上瘡處, 時未永差, 而有時刺痛, 臥時有防云, 是可悶也。熟手永環自寺下來, 因痢疾久不得歇, 又且飢餒, 形容瘦黑, 面有浮氣, 將不遠而必斃, 甚可矜憐。今當上歸, 而又不得粮, 余雖欲覓給, 顧無得路, 奈何奈何? 妹氏只給米升及醬, 余則朝夕退飯餽之而送, 中路必乞食而去矣。然病勢如此, 恐不得上歸而必死於中道也。可憐可憐。

八月十二日

母主氣候如前。且朝食後, 與彦明及崔深源、金國舒、國舒同婿徐玩、閔友仲暨朴元仲胤子、深源兩子、龜生、錦男等乘船, 流泊竹島前, 觀捉魚。因得毛致十餘冬音, 或膾或炙或湯飽飫, 而日傾趁潮而還。錦男則景欽孽叔, 而龜生, 景欽妹子兒童也。來時相與坐西湖亭, 休脚而返。

八月十三日

母主氣候如前, 但進食不如舊, 肩瘡時未永殄, 是可悶也。且彦明贖木一疋換肉, 或烹或炙而飽食。

八月十四日

母主氣候如前。且朝前, 妹氏得毛致魚作膾, 備帖而食, 又飲秋露一杯。且午後, 彦明往靈巖郡, 而巡察使李廷馣巡到云, 要謁故也。日暮未還。

八月卄五日

母主氣候如前，進食不甘，對案輒厭，氣甚憊困云，是可悶也。且彥明還來，因巡察大忌不出，故不得見，而只見其子弟而還。巡察家在洛城泥峴，而彥明前日受業，故欲謁耳。

且聞嶺南之賊，自釜山至於熊川，連營築城，又多造家，多積軍粮，欲爲久住之計。固城居人年前九月被擄，今月初逃還，言內：在賊中竊聞，平秀吉曰"朝鮮已爲自己之物，而不須急擊湖南，明年三月，渡海直擣，則可以一傳言而定之"云，不勝痛憤。此乃防踏僉使李純臣，致簡於景欽，而因說其處賊奇曰"賊築城造家，久住不去。近亦歛兵，不窺湖南，必有以也。明春之事，不可說也"。老母在此，吾家來住林川，相去五六日程，賊若不意橫截，則彼此消息永阻，死生莫之聞知，以此預憂實多。雖欲留侍膝下，而口養實難，若欲陪還吾家住寓，而顧無栖止之處。又艱奉供之資，此間之事，中夜計度，百無善爲之所，徒自耿耿憂悶而已。

夕，奴莫丁持馬入來，因聞一家上下妻子婢僕，皆得瘧疾，無一人得脫，逐日苦痛，而其中家人及允謙，痛極危苦，而家人則氣息奄奄，幾至不救，今則稍歇。允謙則在結城得瘧，來止保寧，苦痛累日，兼患痰症，下氣亦不通，勢極危重。檢察使李山甫，適在洪陽，聞其病苦，遣醫調治，今雖向蘇，而又得痢症云。元氣大敗之餘，病勢若不久差，則其能支保乎？不勝悶慮悶慮。

離家數月，家患至此。而此處母主得痢危苦，僅得還蘇，吾亦患痁，至於半月，亦纔離却，彼此皆如此。允諧在振縣，亦得瘧方痛之際，聞母病苦馳來，至今不却，其妻亦患六七度僅免，允謙妻方苦云, 未知前頭有何大事乎. 流離困窮之餘, 一家病患, 又至於此極, 中夜潛寂之中, 思量將來, 則無以爲計. 去春得病之時, 不如一死而無知也.

八月卄六日

母主氣候如前. 且奴馬入來, 明日定欲發行. 且聞任杆城克, 今拜林川倅, 今已到任云, 是可慰. 且聞奴子來時, 到長城, 傳人內簡, 則捧入之人杖之云, 玉汝豈至於此極乎? 吾不信也. 然人心飜覆未可知也. 今宰百里之長, 豈非何曾問布衣者乎. 他日入居彤庭之列, 則其不顧寒微之故舊, 亦可想矣. 人事可笑可笑! 或云玉汝母氏杖之云. 且督運御史任發*英, 不意來見景欽而歸海南. 發英乃景欽六寸親, 而居海南者也. 任公歸後, 余亦出邀月堂, 見朴進士宗挺及朴大器, 從容做話而散.

八月卄七日

母主氣候如前. 但肩瘡時未永差, 悶慮悶慮. 且巡使昨夜, 彦明處米五斗、太六斗、醬一斗、鹽七斗、甘苔十注之、古刀魚五尾、藿七注之, 專人贈送母氏. 意外得此, 如得百朋, 可以此釀酒而賣用, 深喜深喜. 彦明入謝事, 曉頭入郡, 適巡察臨出, 僅得立話於門屏之間云.

....

* 　發: 底本에는 "拔". 《宣祖實錄》 26年 8月 27日 기사에 근거하여 수정.

八月卄八日

母主氣候如前。且今曉定欲發程，而莫丁自昨朝痛頭，終日苦吟，至於夜深而少差，必是瘧病也。玆未啓行，可恨。且今日景欽祖母忌也，行祭於此，而朝食邀余供之，因作泡而饋之。林晛贈余乾秀魚一尾。妹氏亦贐乾秀魚二尾、沉古刀魚五尾、乾毛致五束、魚醢一缸。母主所惠古刀魚四尾、藿三注之、甘苔五注之耳。妹也又備粮饌而給之，一則未安未安。景欽笠帽一事覓贈。林子中贐余粮米一斗、銀節魚一束、小全卜一串。

八月卄九日

早朝發行，母主相別之際，哀泣不止，余亦不勝悲淚，母子之情，於此極矣。余無所定止，飄寓於湖右，朝夕難繼，故使老母留滯於千里外不可留之地，吾母子不得合幷於一處，天實爲之，悲嘆奈何。借騎林晛牝馬，馳到扶蘇院下川邊，秣馬點心。至錦城城外，使奴馬先入南門，余則步向西門而入主家，因闍禁極嚴，而巡使亦入故也。聞安景豪氏來接南門內，卽往見，則安公見余，悲涕不已，炊夕飯而饋。安公則乃牧伯聘翁，而南仲素氏少年友也。昔年在白川相見，累日同處故也，今則率一家避亂，假食於此矣。夕，舍弟以不得已要見巡使通情事馳來，因日暮未得入謁而退，待明入見爲意耳。不意相見於客中，喜慰可言。因與同宿於主家。

八月晦日

曉頭，彥明進謁巡使，因陳柳珩曖昧事，而語未卒，調度御史入來，故凡言未盡而退。巡使則因啓行向珍原，彥明則往見安參奉祥甫。祥甫聞吾來止，送馬邀之。卽進，與之共話，因覓酒而饋，又分朝食而供之。彥明則入見牧伯，而余則馳來，幾至十餘里。牧伯始聞吾來宿，不見而去，卽追送眼前使令，又使舍弟送馬邀還，故余不得已還入城。牧伯坐衙軒，賓客滿堂。余入見牧伯，牧伯責我不見而去，多致慇懃之辭，因贈余白米三斗、正米十斗、太十斗、正租一石、乾秀魚三尾、乾民魚三尾、牛脯十條、雜醢三升、甘醬一斗、艮醬三升、笠帽一事、三色扇子三柄。意外得此，深荷厚意。甘醬及太一斗給家主，艮醬則給春義，因負重未輸故也。彥明處 亦贈米十斗、太一石、笠帽及扇柄爾。

任翊臣、曹晫亦來坐，不意見此故舊，不勝欣慰。曹公乃余七寸親，而任也亦少年友也。但聞洪察訪百男士振得病而逝，不勝驚悼驚悼。士振乃曹公四寸，而於余亦七寸親也。去春余得大病時，來訪於洪州溪堂，見余之病重，深以爲憂，而曾未半年，渠亦先逝，人之生死，不在其病與不病，於此亦可知矣。深用悲嘆悲嘆。卽與坐中叙別，與舍弟共步到主家。計置所得之物，卽馳來四十餘里，到州地故梁牧使應鼎家前，因宿其奴家。備邊司使令彥忠持關字 來呈巡使 還去時 從余而來 共宿於一處。

且今見朝報內，晉山陷城時，諸軍力戰之事。倡義師金千鎰則親自巡城，泣撫士卒，及城陷，左右扶起走避云，則堅坐不起曰"我當死於此，汝等可避"云。或曰千鎰聞城陷，與崔慶會痛哭於矗石樓上，自投巖下而死云。

忠淸兵使黃進則身先士卒，殊死力戰，西城自頹，進卽脫衣冠，親自負石，爲士卒先，徹夜董役，以至誠開諭，城中男女，感激效力，一夜爭築。翌日賊稍退，進俯視城下，曰"昨夜之戰，賊死者幾至千餘"，有賊潛伏城下放丸，正中其項而死云。

巨濟縣令金俊民，城陷之日，力戰中丸而死云，則李宗仁則陷城時，不離其處，曰"事急矣"，連發大箭，洞貫七賊，賊不退，俄而中丸而死云。又唐人稟帖內，宗仁勇力冠三軍。晉人請來助戰，宗仁連射五賊，五賊皆避走。賊又造大櫃，擁入曲城，宗仁先以數十餘箭，射中櫃子，繼下油薪，賊撲滅救火，宗仁連討八賊。其日初更，北門戰急，又請宗仁，率其手下射退之。其夜賊拔其城石，黎明賊自拔城處突入。宗仁捨其弓箭，直以槍刀格殺，賊死者推積如山，賊小退新北門。倡義軍見勢急，棄向矗石樓上，賊踰城而入，宗仁中丸而死云。

張闓則差爲假牧使，身中鐵丸，曾不搖動，褁瘡力戰而死云。已上數人，平日力戰之功，已足可尙。同在一城，死守不去，城陷之日，義烈如此，特爲褒獎以慰忠魂事。贈金千鎰左贊成，贈黃進右贊成，贈崔慶會吏曹判書，贈李宗仁戶曹判書，贈金俊民刑曹判書，贈張闓刑曹參判。嗚呼，如此壯士，同在一城，咸被屠戮，雖曰國運，外無蜉蟻之援，獨拒方張之賊，勢窮力屈，騈首就死而不去，忠魂義魄烈烈，亙萬古而不滅，可謂休乎休哉!

但懷德倅南景誠乃余四寸也，亦死於晉城云，不勝哀痛哀痛。前年其兩兄與一門九人被殺，今又自不免，尤可慟哭慟哭。

且天使謝用梓、徐一貫及二王子與家眷四員、陪臣二員、家小六名，去七月廿七日出來云。前聞順和君葬於賊中，而今日還來，必前聞誤矣。

九月小

九月初一日

早發到三十餘里川邊。朝飯後, 馳來長城五里外, 聞巡使習陣。下
馬坐川邊, 聞朴校理應邵奉調度之命當歷去, 留待路傍, 過去時, 送
人邀之, 卽來見, 相與叙話, 日暮行忙, 未得從容而還別, 可嘆可
嘆。卽到衙軒, 汝實亦不在, 獨坐空廊, 無聊太甚。主倅夜深而後
入衙, 相與坐于衙軒, 各說流離之苦, 因設小酌, 三杯而罷, 夜過半
就寢。玉汝友金生延慶亦來, 共宿於軒房。金公來此月餘矣。

九月初二日

早朝, 巡使啓行, 因巡審縣地山城, 故主倅亦從焉, 明日當還云爾。
且奴宋伊朝前持馬入來, 聞妻子患疣, 時未離却, 而允誠則病勢危
苦, 仲女與泥峴嫂氏, 亦遭其瘴云, 悶慮不已, 參奉則稍蘇云。且春

希還送靈巖, 而爲得麴三員、菉豆五升、薏苡二升、淸一升, 送于母主前, 而薏苡、淸蜜, 適無外上, 未得送之。且終日獨坐衙軒, 無與爲語, 而適龍仁居鄭從善, 於巡使切親也, 昨日來謁因留焉, 聞吾來止, 卽來見, 相與話舊, 以遣客中無聊, 多幸多幸。春奴以事留在, 明當定送爲計。留長城。

九月初三日

因留長城, 鄭從善來見, 終日與之做話。午後, 李汝實自光山入來, 流落他鄉, 偶得相見於容中, 不勝欣慰。夕, 主倅還官。夜與汝實共宿一房。

九月初四日

因留長城。早朝, 玉汝邀余入衙內, 始謁大嫂主及室內, 因饋早飯白粥, 又飮之以酒, 從容做話而出。玉汝亦出坐衙軒, 因決公事。午後入衙, 又邀余及汝實, 又飮以酒。玉汝則又出川邊張帿, 與汝實及能射品官等射帿, 又使獵漁, 作膾作湯作炙以食, 因以夕飯。乘昏而罷還。又夜共坐軒房, 聞說玉汝年前在關東、關西時, 募兵募粟之策, 亹亹不絕。夜已過半而就寢。玉汝孽外四寸權守成亦來, 偕宿一房。

九月初五日

因留長城。早朝, 玉汝亦邀余及汝實, 饋以早飯白粥, 飮以好酒, 適出衙軒, 與鄭從善及汝實, 對食朝飯。玉汝則又出縣前川邊, 會軍習陣, 效爲浙江兵竹搶長釰, 進退交戰, 自初一日爲始, 令一邑之人, 盡效唐體, 去笠子着甘吐, 衣襪盡靑。習戰之時, 一軍皆如此。

余等亦出觀光, 尹奉事軫亦來坐。少頃, 檢察軍官林公得仁歷入, 因設小酌大醉, 乘昏而返, 爲林公善飮故也。林公年前偶見於洪州避寓處, 而今日邂逅於此, 彼此欣慰欣慰。林則因向珍原。尹奉事則海運判官箕之弟, 而流寓縣地農舍, 巡使定爲築山城監官爾。此日亦獵魚, 作膾而食。

且午前尹邃伊及其子良伊, 與其二女子, 今向靈巖歷去時, 聞余來此入謁。因聞京奇, 金堤叔母主喪柩, 無人斂葬, 故時埋宗家後園云, 不祥不祥。且聞吳世良因病死於道中云, 不勝哀悼哀悼, 然未可信也。今夜亦與玉汝及汝實、權守成等做話, 夜已過半而就寢。

九月初六日

早朝發行, 到川原驛前板橋下, 秣馬點心。來至古皐地彦明妻所栖之里, 問之則前月已移居泰仁古縣內其妻娚家云。故還到同郡地故監司金公啓亭子下, 有空家入宿。問之里人, 則曰"金監司作亭, 未及修裝而先逝, 故四壁頹破, 巋然獨立"云。當其作亭之時, 必欲永爲栖遲遊宴之所, 而身死未久, 荒敗至此, 人事可嘆可嘆。其下有農莊云, 必無子孫故也, 有子孫則不若是其棄置也。且玉汝贈余白米二斗、中米三斗、太三斗、木米一斗、甘醬一斗、艮醬一升、眞油一升、生雉一首、乾鷄二首、牛脯五條、石首魚一束、內扇五柄、白楮一束、秋牟十斗, 官庫蕩盡, 極力圖給云。

九月初七日

啓明而發, 到泰仁地朝飯, 馳至新倉津邊, 適行人甚多, 又有酗酒者, 與津夫相詰, 捉髮而闘, 趁不得渡, 日亦暮矣。不得已宿津頭津夫家, 有溫堗, 故安寢一夜。夜夢宛拜先君, 不堪哀慕之心。

九月初八日

未明而涉津, 到臨陂地, 路傍朝食。但今日妻母忌也。來時素饌不持, 故朝食只與泡醬而喫矣。宋奴足項酸痛, 不能遠步, 每每落後, 不得已投宿咸悅縣內前伊川南宮洞長奴山伊家。適巡使入縣擾擾, 故不得投名於主倅, 而巡使出後通名, 則使人問候, 因邀余西軒, 相與叙話, 又設小酌, 三杯而罷還。生員安克仁隨後入來, 乃允謙年友也。太守饋上下朝夕之飯。

九月初九日

早食而發, 到無愁浦邊, 適逢柳公先覺, 與之同舟而濟, 行至林川寓家, 日未夕矣。來未頃長女痛瘧, 可嘆可嘆。家人上下皆患痁, 而荊布尤劇, 柴毁骨立, 若得他疾, 則不可說也。允謙則雖曰稍蘇於前日, 而食不如昔, 尙未行步, 甚可慮也。夕雨, 至於夜而不止。

九月初十日

荊布痛瘧甚劇, 日傾少歇, 悶慮悶慮。午前, 隣居柳公愿氏, 爲持壺果來訪, 深謝厚意。柳公乃先覺之嚴君, 而龍宮三寸荷寶同婿也。且此處房窄, 不能容宿, 自昨日來宿蘇隲斜廊房。隲之伯兄隱, 亦來共寢。終日洒雨。

九月十一日

去夜夢見子美, 宛如平昔, 不勝哀愴。兩女痛瘧, 允誠曉頭身亦戰良
久, 又有熱氣, 深頭微痛, 必是瘧證。久病之餘, 若得此瘧, 則不可
說也, 悶慮悶慮。三婢亦臥痛, 夕飯無一人炊供, 可嘆可嘆。時尹妻
氏處, 送奴馬邀之, 率三女來見, 而夕有不得已事還歸, 敬眞獨留,
與端兒同宿耳。

九月十二日

早朝, 往見林川倅, 要有所囑, 而一不聽施。家有病妻病子, 無一物
贈之, 可謂薄矣。然皆是無心者之病也。太守乃荊妻四寸娚也, 而
初聞得除林川, 必賴其力, 庶延數口之命, 人亦以此許之, 深以爲喜
幸, 而今觀其志, 更無可望矣, 可嘆可嘆。任免夫妻氏適來衙中, 就
見, 各說亂離中事, 日傾乃還。免夫適出他, 未見而返。來時歷見趙
內翰希輔兄弟, 從容叙話, 日暮還家, 空腹太甚。且任紀子張乃太
守同宗六寸, 而寄食於此, 亦余之一洞庚友也。適得相見於客中, 欣
慰十分。家人亦痛瘧, 可悶。

九月十三日

任參奉免夫來訪而歸。家人與兩女痛瘧, 家人則自昨昨逐日痛刻
悶慮悶慮。且免夫率去奴還, 太守送牛肉一塊。終日在蘇堂, 與隣
圍碁。

九月十四日

夜洒雨。早朝, 趙金浦希軾送租十斗、太泡二塊, 適及於絕粮之時, 深荷深荷。且太守任益吉災傷看審事, 巡歷境內, 而日午過此洞, 因入見荊布而去。但坐席未暖而起出, 可笑。荊布痛瘧, 比前尤劇, 益吉之來, 適方痛之時, 暫得敘面而已。且彥明妻娚金聃命來訪而去。柳忠義愿氏, 亦來見太守而歸。夕洒雨。

九月十五日

曉頭, 宋奴送于洪州參奉處, 久未聞參奉消息, 故送奴問之。莫丁亦送咸悅, 要得粮饌爾。且敬興妻氏歸益山, 來十九日蘇沔川永葬, 故往見耳。且成德麟持壺果來飲, 柳公先覺適到, 蘇隲亦出酒餅, 從容飲話而罷。又與柳公圍碁。夕風而雨。

九月十六日

荊布痛瘧倍甚, 允諧自今日又得痛之, 一家上下皆痛, 而只余及麟兒、端女, 奴則莫丁、宋奴得免矣。夜, 與蘇隲、麟兒往後川獵蟹, 得十三甲而還, 夜二更矣。

九月十七日

自昨日粮饌具絕, 夕時以米二升煎藿粥, 上下十餘分食。人生到此, 雖嘆奈何? 病妻病子, 亦不得飽食, 尤可慨嘆。今朝之食, 以種牟一斗, 方欲舂食, 而適柳先覺乾租三斗專人惠送, 可免今日之飢, 感荷感荷。諺所謂"生人之口, 蛛網不結"者矣。

且參奉送奴世萬, 問安而還去。今見參奉書, 渠亦還得前瘧, 至於三度而甚痛, 玆未來覲云, 尤可悶慮。彼此住遠, 音問亦未得頻聞, 而窮困之勢, 日甚一日, 四無藉賴之地, 不待明春, 在今冬前, 必爲餓死之鬼矣。悲嘆奈何奈何。

夕, 莫丁入來, 咸悅贈送白粒五斗、正租十斗、太四斗、鹽一斗、粘米一斗、乾民魚一尾、麴五員、牟種四斗、牛肉兩塊, 可延近日之命, 感荷無已。若非咸悅之德, 過秋之事, 亦必難矣。顧無酬報之路, 渾家感祝而已。荊布及兩女、生員與四婢, 皆痛瘧而臥, 夕飯無人炊供, 待其痛歇而後炊之, 則必夜深矣, 可嘆可嘆。且夕, 時尹妻父李公彦祐來見而去。李也避亂, 飄寓尼山地, 而來見其女息於此處, 聞吾在此, 來訪耳。柳先覺亦來見而還。

九月十八日

朝, 允誠亦痛瘧, 大病未差, 而又得此疾, 悶慮悶慮。送奴於柳先覺家, 乞得鷄卵三介, 誠也欲煮食故也。且邊應翼來訪, 因贈生粟數升, 邊也亦流寓郡地者也。成德麟來見, 因與德麟往見其奴家。近欲移寓其家, 故先觀其房舍寬窄如何耳。來時歷訪趙內翰希輔而還。昏, 嫂氏及三女, 與時龍母, 往見獵蟹, 麟兒率去, 而只得一甲而還, 可笑。麟兒獨在, 又得七介, 是乃人多擾亂, 蟹隨流而下, 見人還遁, 故不多得焉。

九月十九日

早朝, 要見時尹妻父事, 馳進所寓處, 則昨午已歸尼山云, 故只見時尹妻，適天欲雨而水底鳴，故立話而還。到家未久，雷雨大作，兩房皆漏，無容坐處，可悶可悶。允誠昨日痛瘧之後，食飲頓減。至於今朝，而氣猶不平，深頭亦痛云，悶慮悶慮。且送莫丁于太守前致簡，覓醢水，欲資飯饌，而閽者拒而不納，故空還，可嘆可嘆。宋奴自保寧參奉處還，至見參奉書，瘧證稍歇云，可喜。但久不相見，思懷轉增。

且宋奴因往大興允誠氷家奴愛雲家，取來誠之家書，得審一家上下時無事，是可喜也。又因誠之妻父書，得聞大駕去八月念間幸臨海州，因欲禪位，東宮二品以上議啓云。但未知啓議如何也。且今日則荊布暫痛而速歇，仲女亦如此，而只允諧及長女痛之。余亦自午後一身如束，骨節如解，深頭微痛，至於夜半，尚未快，恐是瘧漸也。

九月廿日

朝食後，往見柳忠義愿氏，因斫取桑幹屑，欲治瘧證故也。柳也邀余入坐翼廊，做話良久，其子柳先覺則氣不平臥汗，故不出接見，只饋粘餅耳。且今則荊布免瘧不痛，可喜。但允誠痛而微有痢證，必飲桑屑所致。然病餘若得痢，則不可說也，悶慮悶慮。允諧亦痛，而稍減於前矣。

九月廿一日

去夜臨臥時，脫裙放溺於窓外，舉身忽微戰，即還入擁衾，良久而定。自昨昨不平之氣，殆未差復，而今朝則尤不平，初疑瘧證，連二日

如此, 必感寒也, 可悶可悶。且今日則允諧與長女痛之, 而仲女則免
矣。但允誠患痢, 因此用心, 飲食頓減, 悶慮悶慮。終日氣不平。

九月卄二日
去夜暖堗發汗, 朝來氣似向蘇, 而然時未快也。自午後汗出尤多, 故
夕則永快矣。且允誠痛瘧, 而痢疾亦未差復, 悶慮悶慮。生員亦痛
之。夜, 與蘇家來客, 共宿一房, 乃年少人也, 而姓名韓善一, 原牧
韓浚*謙姪子云。

九月卄三日
晚午, 柳忠義愿氏父子來見而去。允諧與長女痛瘧, 諧則逐日痛之
不却, 悶慮悶慮。

九月卄四日
宋奴受由歸稷山其父家, 欲裝冬衣故也。歷去禮山時, 使之納簡於
金注書子定家耳。夕, 聞趙翰林在喪, 免父憂纔過數月, 又丁母艱,
不祥不祥。但非如流離無依者比也。此處有先業殷富, 必無艱困之
患, 是可慰矣。且夕, 時尹送奴守億、德孫等, 持馬入來, 欲率去其
妻子故也。因聞其渾家時無事, 而但艱食太甚云, 可憐可憐。

....
*   浚: 底本에는 "俊", 《宣祖實錄》27年 11月 12日 기사에 근거하여 수정.

九月十五日

早朝, 時尹妻歷見而歸長水, 忙未修狀於其處, 可恨。敬輿亦送奴馬, 欲率去其女, 而因有故不歸, 來奴空還耳。蘇隴入郡, 欲謁都事耳。莫丁自盆山還來。敬輿贈送租八斗。且夕, 往趙翰林家, 見治喪人趙座首希尹兄弟而返。且今日允誠亦痛瘧, 此必逐日痛之, 尤極悶慮悶慮。比來粮饌具乏, 病患如此, 而病子可口之味, 得之無由, 尤可悶也。婢冬乙非近日臥而不起, 大便不禁, 滿面浮氣, 此乃久處冷地, 亦不礙風所致也。其必死矣, 可憐可憐。

九月十六日

允諧兄弟痛之。終日在蘇堂, 無聊莫甚。

九月十七日

與允諧往見趙家成服, 而適治棺未畢, 故入棺必夜深, 今日則勢未及成服云, 故退還。而一鄉品官大會, 亦皆罷歸。麟兒持網獵魚, 得二十餘介, 蒸而饋誠。誠也久病之餘, 滋味未得, 全不食飲, 故使之捉魚耳。誠與長女亦痛之, 而誠則稍歇於前, 痢亦減矣。且夕, 命福還來, 扶餘倅贈送白米二斗、木麥一斗耳。絶粮之餘, 得此意外之物, 深荷深荷。

九月十八日

去夜, 冬乙非化逝。先世老婢, 唯此生存, 而客死於他鄉, 不勝哀憐哀憐。卽令奴輩埋之, 因此無奴, 不得往見趙家成服。且成德麟贈送米豆各一斗。早朝，生員以賃家事，往見太守而還。

九月卅九日

終夕雨，而或洒或晴。食後，冒雨入郡，太守已出坐衙，不得入見，只見任參奉宅。來時歷入欲借寓家，見其可居與否，則甚合可居，而但井遠柴稀，是可恨也。

十月大

十月初一日

生員率兩奴，往新寓家，洒掃塗窗，刈柴火煥而還。余則終日在蘇，昏，柳公先覺聞吾明日移家來訪，叙話良久而歸，夜已深矣。

十月初二日

借馬於趙希尹、柳先覺、李挺時。早食後，移來郡五里外西邊儉巖里百姓德林家。再度往來，日已暮矣。德林則死已久矣，其外孫金火同時在家隣，而以其拘忌，不入累年，故家空已久，他人賃居，使太守牌字家主，黜入居人而移寓。

但最不堪事有四：寢煥甚冷，非一二束所溫，此一不堪也。刈柴處甚遠，此二不堪也。井路亦遠，此三不堪也。朝夕炊烟滿家，目不能開，此尤不堪四也。然內外有備，瓦屋淨潔，故上下好之，而不欲更移也。尤所悶者，近來粮饌具絕，夕飯僅得以食，明日則備食甚難，生涯可嘆可嘆。且來時歷入趙翰林家，吊之而還。誠也中路得瘧，僅得入來，今日則痛之尤劇，悶慮悶慮。但諧則數日不痛，必離却矣。

十月初三日

去夜埃冷，不能安寢。朝前，與允諧，馳往成德麟奴家，泗掃內外，火埃而還，明日欲移居故也。但草盖舊屋，有雨漏處，而房舍不潔，是可恨也。且朝食則貸米於任參奉處，得食矣。夕時太三升作末煎粥，上下分喫，而皆不盈腹，可嘆可嘆。

十月初四日

昨夜夢見子美，宛如平昔，覺來面目，言語森然如接，不勝悲愴悲愴。且早朝，允諧致簡，乞貸於韓進士謙寓處，得租二斗，暖釜煮乾，春而炊食，日已午矣。上下飢腹太甚，而得食又略，一升之米，三人分喫，慨嘆奈何奈何。隣居老吏贈汁醬一鉢、沉菜一器。又兵吏之妻，來見家人，大紅柿七介納之。允誠病竭之餘，得食，可喜可喜。追送鷄卵三枚、菉豆三升、朴一介。

　且允諧養母，先往大鳥洞成德麟奴家。此處房小不能容，使之分居。而此家若嚴寒，則勢不可居，吾等亦欲移寓，故先送之。其家恐為他人所占故也。且隣居校生金大成及其子金井來見而去。此處距郡不遠，故四隣皆是官人，而里俗不惡，乞貸不吝。又有憐而雖微物，輒來贈之，可謂厚矣。夕，家主老嫗，持棗栗來見家人而去。自午後雨作, 終夜不止。

十月初五日

朝雨。雨勢如此, 粮饌且絶, 顧無可乞處, 僅以菉豆數升, 煮粥而分
食耳。春已以麵同事, 冒雨而出去。莫丁亦率其妻, 陪李暉妻子, 移
于郡地半息程外暉之奴家。彼亦無粮, 故雖雨, 不得留耳。

　且隣人金大成伻人問候, 又且甘醬一鉢、各色沉菜, 滿盤而送,
深謝深謝。又隣人沙鉢二介、貼是二介、從子一介、赤豆二升、生菜
及沉菜少許送之耳。且主嫗率孫婦, 持酒與棗栗, 來見家人而去,
三女亦出見。且隣居兵吏妻, 送貼是四介、大貼是四介、赤豆三升
耳。朝送奴于任參奉處, 覓牛肝一塊而來。誠也病中無饌, 不得已
簡請爾。

　且夕時無粮, 無以爲計, 允諧親往趙座首允恭家, 爲說絶粮之
事, 趙也贈以租三斗, 先使奴子負送。卽令煖釜炙乾, 春而炊食, 夜
已深矣。然皆不盈腸, 可嘆奈何。趙家又炊夕飯, 饋允諧云。且此
處距郡不遠, 太守一不伻問, 而窮困如此, 亦不顧念, 不添一杓之
水, 人情豈至於此乎? 在他人尙可矜憐顧扶, 況切親之中, 作宰巨
邑, 恝然如此, 非徒薄也, 太是忍人, 甚可憾嘆。

十月初六日

家主送米二升、赤豆二升, 故上下炊飯而共喫。夕則豆二升, 作粥而
分之。當午安樂國子來見而去。振威樂書來報, 因知生員妻子無恙,
可喜。生員妻送栗, 諸兒共分而啗之。誠子病中, 得此欲食之物, 尤

可喜也。

十月初七日

昨夕, 貸租兩斗於主家, 取乾溫埃, 早朝舂而食之。此後無可乞貸處, 不得已率奴馬, 發向扶餘, 欲乞救窮之資故也。來時歷入任參奉寓家, 參奉則入衙不在, 故只見其妻氏而來。前日與兔夫, 共往扶餘, 遊觀古迹之約, 適與相違, 可恨可恨。因渡白馬江, 中路聞扶餘倅不在, 不勝缺然。因入私家, 招衙子弟問之, 則太守聞鄭參議光續來到縣境, 往見, 夕當還來云。因與姜煒, 叙話良久, 夕太守大醉而還, 不得相見, 因來宿賓舘上房。昏, 姜煒來見, 覓求秋露飲之, 夜深而歸。

十月初八日

主倅邀余衙軒, 朝飯對食, 朴引儀寂亦參焉。午後, 與朴引儀及朴垣乘舟, 白江沿流而上, 先觀釣龍石及落花巖, 因登高蘭寺, 坐玩良久而返。登船順流而下, 主倅酒肴備送, 三人鼎坐而飲, 大醉而還舘, 日已暮矣。今則移宿西上房, 而東上房則朴竹山東俊來宿故也。竹山, 與主倅四寸親, 今夕始到。

十月初九日

主倅邀余衙軒, 又對朝飯, 朴竹山、朴仁儀、任少說仲子慶衍, 亦與共之。晚朝灑雨, 而當午少晴, 卽馳往縣地夢代里, 見鄭司果宅寓所, 因饋余晝飯, 又贈以租五斗、蛤醢少許。還來時, 歷入見李㫲,暉之母氏, 亦寓於其隣金察訪德章農舍耳。夕大雨, 至於夜而不止。

　且朝聞金司圃叔主別世, 不勝哀慟哀慟。李光輻月初亦永逝云, 尤爲哀悼。自去年冬, 至於今春, 余之家屬, 借寓其溪堂, 多蒙其惠, 今聞其逝, 不勝悲慟之至。司圃叔主亦避亂來寓於光輻之隣, 余逐日進謁, 而叔主病中爲余作七幅之畫贈之。移來林川之日, 亦多惻惻之心, 今聞其訃, 尤極痛哭痛哭。金鑽先兄, 今除仁川府使, 叔主因歸仁川, 而去九月望時, 棄世云云。若在洪州而別世, 則斂葬之事, 必不如仁川之去先壟近而便也, 是則不幸中一幸也。

　且李座首遇氏家計殷富, 只有兩子, 其長男光輪, 去年夏從事趙憲之義兵, 竟沒於錦山之敗, 其次光輻, 亦病死於今秋, 曾未二年, 兩子具逝。而渠身亦年老病風, 不出房外, 人間事尤可嘆也。

十月初十日

朝, 就上房朴竹山宿處叙話, 朴垣兄弟及朴引儀、任慶衍、李揚等亦偕焉, 因與朝飯相對而食。食後, 主倅邀余于衙軒, 對語良久。主倅則出坐官廳, 余還客舍, 諸子弟亦隨而來, 因上鑑古樓射帿, 一巡而罷。余與任慶衍竝轡, 舟渡白江, 馳到林川郡, 慶衍則入衙, 余則還寓, 日未落矣。來此聞之, 則昨日主倅米二斗贈送, 乃母夫人爲言吾家艱困之事, 故帖送云云。且今午, 咸悅專人送米二斗、蟹醢廿介、白蝦醢四升、紙三束, 因致簡曰"近日何不送人覓去耶"云。不因求覓, 而每致慇懃, 其厚意難報, 渾家感荷無已。

　且允誠妻家奴玉只, 持衣服入來, 其家上下皆安存云, 可喜。誠也瘧疾, 尙未離却, 歲前勢不得歸西矣。且余還時, 扶餘倅不贈一

物, 此乃前月送人, 而今又親來, 心必厭煩, 深可愧也。妻子待余之
來, 望哺日切, 而終乃空還, 一則可笑。流落他鄉, 四顧無親, 飢餓
日迫, 到處區區, 每被鈑顔, 雖嘆奈何奈何? 若無咸悅之救, 則吾其
爲塡壑之鬼矣。

十月十一日

隣居金大成來見而去。生員以不得已家主所囑事入郡, 見太守而
還。蘇隲來訪而歸。夕, 林川室內, 烹肉一筒付送, 一家共破。家人
自午后, 微有寒氣, 而甚不平, 溫房蒙被而臥, 恐是瘧漸也。

十月十二日

終日在寓家, 無聊莫甚。使安孫作厠。允誠聘家奴玉只, 受簡西歸。
且聞吳世儉在文義, 收租三十斗置家, 因此逢火賊, 僅免其身云。
於此可知其地窮餓之迫也。且夕, 敬輿奴性同, 自益山來呈粘餠, 乃
敬輿妻氏所送也。因聞敬輿與李彥佐來到郡內任免夫所寓處, 明日
欲見云。彥佐則乃余同婿, 而其妻少時已沒, 今則改娶, 而避亂來居
完山農舍耳。

十月十三日

晚朝, 敬輿與季佑來見, 而家人邀季佑, 入內見之。余與諸子及敬
輿共坐, 做話良久。季佑因贈眞荏一斗、生薑三升。病中方乏此物,
而意外持贈, 深謝深謝。季佑因歸韓山, 推奴事也。季佑乃彥佐字
也。敬輿則留在, 夕食後, 還歸免夫寓家, 此處無宿房故也。

夕, 蘇隘來見, 因饋夕飯而送。且允諧以家主物故立案出給事入郡。太守石花兩升、沉葦魚十介贈送。余又致簡于太守前, 乞得沉蟹二十甲、馬太五升、鹽三升, 蟹則欲送母氏前, 明日奴子往靈巖問安故也。家人痛瘧。

十月十四日

莫丁以其破日不行。明日當令陪李晫妻子, 歸益山, 因此向南爲計。且午敬輿來見, 適隣人持酒肴來納, 卽飮以兩椀而送, 可喜。參奉奴世萬入來, 見書因知參奉之瘧離却, 甚可喜也。參奉送粘餠一笥、雉鷄各一、乾魚及食醢等物。餠則與諸兒共喫, 而雉鷄當欲作湯, 而飼病子耳。

十月十五日

曉頭, 世萬還歸保寧, 以母主問安事, 莫丁下去靈巖。食前, 生員以要見其妻娚崔止善事, 往郡地朴谷村, 去此十餘里云。止善以秋收事, 來此耳。當午生員還來, 適止善不來, 故不見而空還。且食後, 無聊莫甚, 與兩兒登後峯, 四望軒豁, 而俯視林川官舍, 遠見海潮, 風帆往來, 庶可暢客中之鬱懷矣。端兒亦從而陟。且荊布痛瘧倍前, 而誠之痛亦如此, 悶慮悶慮。夕無粮, 與諸兒共喫豆粥, 乃隣人送豆三升、米二升, 以此煮食。

十月十六日

送香春於任參奉寓所, 參奉宅醬一器、沉眞魚一尾、醢少許覓送。室內又送湯肉散炙及醢菜等物，合盛一笥，妻子共破。且無聊之中，策杖散步於家前田畔，而無與晤語者，甚可嘆也。夜，家人與誠子痛瘧，逐日痛之，而家無一升之儲，兩婢亦日日痛之，尤可悶也。

十月十七日

早朝，金大成送酒一壺、煎子色餅一鉢、三色實果、泡炙及烹鷄一脚、沉菜一器，卽與妻孥共之，深謝深謝。夕時無炊飯之資，余與諧、誠則米升半炊食，而其餘兒輩，只以二升太蒸而分喫，亦不盈腸，可憐可憐。流落他鄉，四顧無親，而窮困至於此極，病患亦如此，雖嘆奈何奈何？誠之母子，夜一更痛瘧，而誠母則因此不得夕食，尤可恨也。

十月十八日

朝食之資無得處，不得已送香春於衙內，兼致簡於主倅，主倅贈以米一斗，分作朝夕之飯。且生員妻家奴子，持寒衣來報，一家皆免蟣云，可喜可喜。且聞崔止善今始來到朴谷。生員要見事馳往，因與同宿，明當還來爾。且任免夫來見而歸。李別坐遇春亦流寓郡地，而適歷去于此，路逢吾家婢子，聞吾在此，因入見，而與免夫竝轡入郡，欲受巡察帖物云。李公乃子美年友，而曾得見於子美家耳。家人痛瘧，不至甚重。

十月十九日

朝時太二升煎粥分食。食後無聊，與麟兒策杖步出籬底，邀金大成，共陟東峯, 俯視閭閻。金公指示人家, 曰“某家乃某人之所居”, 一一歷指。又曰“此峰名乃花山, 而春風好節, 杜鵑滿開, 持酒遊賞者甚多”云。其上有松偃盖, 地亦平廣, 可坐十餘, 遠望近矚, 四顧無礙, 亦一勝處矣。良久坐玩, 金公因說古迹, 皆是不經, 何足信也? 然猶可破寂而瀉憂矣。

且生員見其妻娚而乃還, 明日欲歸振威, 而行粮難備, 未可必也。因聞沈說今拜金吾郎, 而以拿人事, 歷去振縣時, 致簡問候於允諧聘翁云。前者誠之妻簡音, 沈之除都事, 疑其不信, 今聞止善之言, 必不虛也, 深可喜也。沈之母則乃余之妹, 而年纔十歲, 其母早亡, 育於其祖母家, 受學於余處, 與吾兒等共處多年, 吾視沈姪如吾子, 而今得蔭中華秩, 一家之人, 咸共喜悅。但如此亂世, 朝廷草昧, 東西奔馳, 事多艱難, 安保其善後乎? 是可慮也。說之妻父, 乃參判閔公濬, 而必因其力而得之。

且主嫗前以秋收事出他, 而今日乃還, 因送赤豆兩升、粘餠五片, 以其豆作粥, 以充夕飯。且昨午令端兒取硯而來, 失手墜破, 可惜可惜。此硯得之於三十年前, 而先君作宰長城時, 使許坦作家, 長置行匣, 以爲行硯。年前變生之初, 一家之物, 盡失無餘, 此則適余携在長川, 故獨全。而今乃見毀, 物之成敗, 亦有數焉。然家無所用, 補其折而用之。端女破硯後, 恐其被呵, 泣涕不已, 可憐可憐。

十月卄日

允諧欲往振威, 而行粮未備, 不得已乞得事, 早朝入郡。適太守以差員出他, 不見而空還, 因此不得發程。且終日陰而風, 有時洒雨。朝食無粮, 不得已送香婢於任參奉處, 米三升乞來, 分爲朝夕作粥, 而上下共之。病子亦不得盈腸, 可嘆奈何奈何? 女兒輩作行纏, 使香婢持賣*於隣家, 得租二斗、豆三升, 煎釜而舂之, 欲爲明日諧子之行資耳。自數日來, 荊布與蘭女, 得免瘧患, 而誠也獨未離却, 逐夜痛之, 飲食亦不得如意, 飢餒之時頗多, 不勝悲嘆悲嘆。

十月卄一日

自去夜, 風而洒雪, 朝猶未霽, 山川盡白。諧也不得已冒風雪而發, 家無奴子, 只率童奴安孫而行, 行資亦不得備去, 欲於中路乞食而歸, 尤極恨泣。余性計拙, 素不營生, 在平時尙不得庇妻子, 簞瓢屢空, 而況此亂離之後, 流落他鄕, 顧無親舊之可賴, 又無農莊之可依, 偶托此地, 飢寒日迫而日甚, 未知前頭, 又幾何辛楚, 徒爲恨嘆而已。

　且前者釀酒四升, 今日令香婢, 持而換米於場市, 欲以此爲明日之資。如此風雪, 急於口養, 見酒不飮一杯, 可嘆可嘆。夕, 東隣有染母, 炊飯一鉢, 籬隙而通之, 余與誠子, 分半而食, 以充夕飯。妻子則作白粥而飮之, 可憐可憐。近無奴子, 久未刈柴, 日寒如此, 不得火堗而宿。兒輩寢具甚薄, 又處冷房, 可悶。

十月卄二日

因昨日之雪, 今雖快晴, 風色甚寒。近因無粮, 逐日作粥而食, 猶不

....

※　　賣: 底本에는 "買". 문맥을 살펴 수정.

備器, 兒輩不堪枵腹之嘆, 尤可悲憐。且宋奴前月念後, 受由歸家, 至今不還。阻飢如此, 家無使喚, 尙不得乞貸於有知處, 痛憎痛憎。且夕時粮絶, 只以七合米作粥, 諸兒分食, 觀其飮粥之時, 不勝悲嘆, 胸腸欲裂。昏, 家主租二斗、粟米一升、太六升持納, 必聞絶粮之奇。卽以二升太, 蒸而分喫, 以充不厭之腸。

十月卄三日

早朝, 允諧養母炊飯, 滿盛大行器而送, 諸兒分食。嫂氏亦乞食, 而聞吾一家逐日飮粥, 炊飯而送, 雖曰感喜, 一則未安未安。且送香婢, 致簡乞救於趙座首希尹, 則贈以常米一斗、白豆三升、甘艮醬各一器, 深謝深謝。妻子炊飯作湯, 今始食之。且隣居校生田允得, 來見而去。

十月卄四日

去夜洒雪, 屋瓦盡白。朝亦陰而風, 寒氣正如深冬。奴子皆出而未還, 天寒如此, 而柴炭亦絶。江婢朝夕掃葉於家後, 僅得以炊殘, 寢堗甚冷, 可悶奈何。允諧向振之後, 天氣適寒, 匹馬單童, 何以堪歸, 深慮不已。且朝, 送香婢於衙內, 則室內佐飯一笥、雜沉菜一缸付送, 皆是朝夕之捧物。雖得助食之味, 而無粮不得炊飯, 可恨可恨。夕, 崔止善租十斗專人送之, 又送十斗於允諧養母處, 可免數日之急, 深謝深謝。

十月廿五日

成德良以秋收事來近隣, 因持馬來見, 親自具鞍, 邀余騎往其處, 觀男女收租之役。聞農家豐歉之言, 庶可消遣無聊之懷。主家飮以好酒, 饋以夕飯。其家主名李登貴, 役屬火炮匠, 去年冬, 在江華倡義之軍, 因跌足誤落船中, 折傷右臂, 偶得生還云云。問其年幾何, 則曰"己亥生", 乃余年甲, 而鬢髮尚未白。然折臂之後, 傷痛累月, 故衰老之形, 已著矣。登貴曰: "吾年甲之人髮白者, 皆以老得除其役, 而吾則以其未白, 尚在役中。雖臂折不用, 而侵役如舊, 深恨髮之不白也。" 人情莫不欲少, 而最惡者白髮, 此人不以早白爲恨, 於此亦可知官役之甚苦也。嗚呼, 哀哉哀哉! 德良乃成德麟之同母弟也。且夕, 任參奉宅送奴馬, 邀請家人而歸, 因留宿不還。且奴命卜還來。

十月廿六日

家人尚留任家。早朝, 端兒欲歸其母處, 而適香婢自昨日臥痛不起, 無人率去者, 方以爲恨, 而任參奉宅送奴馬騎去, 可喜可喜。且當午隣居金大成、白夢辰、方秀幹來見, 從容做談而去。白亦校生, 而方則戊子榜生員, 允譜同年也。此洞上下, 無士族之家, 而只有校生數三家, 百姓與官吏等居焉。無聊莫甚, 而無可與話懷者, 深可恨也。

十月廿七日

朝聞家人因室內之邀, 入衙云。但香婢終夜苦痛, 朝尚未差, 恐其染疾也。且任參奉宅送酒一壺, 卽湯一杯而飲之, 冷胸稍安, 而和氣滿身, 可謂一杯千金矣。且香婢借隣家有溫堗處移宿, 欲其發汗也。

十月卄八日

香婢終夜苦痛, 全廢食飲, 朝尙未起, 猶思冷物, 悶慮悶慮。允誠之
瘧, 時未離却, 逐夜痛之, 然比前稍歇矣。且當午柳忠義愿氏來訪。
少頃任免夫及其姪慶雲來見, 從容做話而各散。送命卜於盆山。

十月卄九日

朝問香婢之病, 則自去夜溫房厚覆發汗, 氣向蘇歇云, 可喜可喜。家
人尙留衙內不還。昨日送粉介於衙內, 則家人捧魚肉炙及菜物付送,
與諸兒共食, 而又分與家主及東隣兩家素所厚者。且任免夫送具鞍
馬邀之, 卽進衙軒, 與免夫及任慶雲、具憲、李孝吉做話。又與免夫
着碁。具、李兩公乃太守女婿也。

　夕, 太守還官, 以河陵君夫人上歸時護送差員, 到水原地而乃
還。又與太守做話, 官供茶啖, 與之分喫。前監察韓楫亦到, 乃太
守遠族也, 亦流寓郡地。又饋余夕飯, 昏還寓。且因太守聞此道方
伯以抄兵未及事拿去, 而尹承勳代任云。

十月晦日

香婢病差入來, 必久處冷地, 因致重傷風寒, 而發汗卽差矣。自晚
朝終夕雨。且家人救急於太守, 得米一斗、眞末一斗、鹽二升、細蟹
醢一升而送, 可免一日之窘矣。家人因雨尙留任家, 但昨日又得瘧而
痛之云, 可悶可悶。

　命卜還來。敬輿妻氏, 蒸粘餠而送, 與兒息共破。又賣枕隅, 得
租八斗、太三斗五升負來。而但更斗則一斗縮, 必命奴偸食, 可憎可

憎。太則負重，不能持來。且昨日成德麟來訪，而適余入郡，不得相見，可恨。德麟贈租五斗而歸云，庶可免近日之患矣。

十一月大

十一月初一日

家人尙留任家，因今日痛瘑，故不來。終日在寓。且崔千仞來見，以其被訴於人，爲官所捉，而要我通情故耳。崔也乃允諧六寸妻娚，以秋收事到此。

十一月初二日

昨聞南庭芝以就食於靈巖林景忱家事，歷宿於郡內婢夫家云。早朝，得馬騎進其寓處，因裁書付傳天只前，與之叙阻。又邀韓進士謙，相話良久。南公炊朝食而饋之。還時歷入任家，暫話而還到衙軒，與免夫暨任慶雲、具、李諸公叙話。

　午後，聞崔木川景善到司倉太守坐起處，卽步進，相見於十生九死之餘，握手揮淚，因說流離艱苦之狀，子美之逝，不勝悲慟悲慟。太守對飯後還衙，余與景善，同宿於賓館西上房，夜二更，堗冷不能宿，移寓私家，達夜交足而話，多幸多幸。但太守待之，不滿其意，頗有憤言而歸，可恨可恨。

且就衙時，適品官來獻酒肉，慶雲令衙中炙肉湯酒而饋飲，酒則香而烈，肉則軟而膏，實皆可口之味。且家人還寓，而端女無負來者，因留任家。且南公則景忱同婿，而景忱則死已久矣。其妻獨居鳩林村，家計稍實，故南也流落保寧地，窮不聊賴，率妻子，今當歸依於林家，過冬後趂春未晚還來云，恐其明春倭賊來犯也。景忱乃林克恂字，而景欽長兄也。

十一月初三日

早朝，與景善對食，而景善則先發而歸，余獨留宿處，借馬於免夫，日未晚還寓。且允誠自數日來免痛，必永却矣，可喜。家人則今亦痛之。端女則送兩婢負來。

十一月初四日

終日在寓，無聊太甚，與端女對碁局，作楸子之戲，消遣寥寂之懷。且允諧去後，奴馬至今不還，未知其故也。必直送參奉所在處，而參奉因有故　尙不來耶。參奉亦可來見，而久不來，亦必被侵於洪州還上，而未能備納故耶。不然則所患之瘧，尙未離却耶？悶慮悶慮。莫丁亦不還來，恐其中路身不病患，則馬必玄黃也。近來窘急如此其極，而雖有乞貸處，無奴馬，一不得求救於人，尤可悶也。

十一月初五日

食後, 邀金大成, 坐未頃, 白夢辰與李光春來見, 從容叙話而散。李光春則尙*判官菁孫孽婿, 而避亂來寓近處耳。夕, 崔千仞來見, 因贈租五斗、太一斗、馬草十三束, 專人載送, 深謝深謝。且天麟來訪, 因曰"陪其母氏, 與其兩弟, 來寓韓山地奴家。昨昨亦陪其母, 來見故求禮縣監趙思謙家屬於此地, 聞吾到此, 故尋訪"云。曾是不意, 不勝欣慰欣慰, 饋夕飯而送。趙求禮則天麟之外族, 而病死於在官, 權葬於此地, 其妻子借寓於近處耳。

且昏, 奴莫丁自靈巖還來, 奉見母主手書, 不勝淚下。因聞婢西代得病, 結幕川邊而黜送, 無人救活, 故因渴思水, 匍匐川邊, 未及水而仆死云, 尤極哀悼。西婢年未十歲, 天只率來, 眼前使喚, 須臾不離, 勤幹家事, 懋遷有無, 頗有其能, 天只倚賴實多。今遭亂離, 備嘗艱難, 亦不暫捨, 流寓南濱, 隨以帶居, 不意病死於不救, 不祥不祥。天只因此傷懷, 涕泣不止, 進食頓減, 氣頗不平云, 不勝悶慮。

又聞天只久在妹家爲未安, 思欲北還, 而京鄕顧無依賴之地, 吾亦在此, 窮困日迫, 饘粥不繼, 故使老母久處未安之家, 趁不陪來, 雖曰勢也, 不孝之罪, 到此尤極。然欲待明春日和, 陪來于此, 雖粥糜不給, 而要得其心安耳。然世事乖張, 何可預必。憂戀日增。

且天只送白粒一斗、足襪造次白木四尺、佐飯一笥。彦明亦送白米一斗。林妹亦付乾秀魚兩尾、古刀魚五尾、甘藿五注之、甘醬一鉢、木花五斤。前日接置米四斗, 貿易小古刀魚十尾、刀魚五十五尾

* 尙: 底本에는 "象". 《宣祖實錄》14年 1月 13日 기사에 근거하여 수정.

載來。又羅州通判因參奉之簡, 乾秀魚三尾、小脯三貼、油淸各二升、眞末三斗、眞荏一斗惠送。長城所贈白米一斗、粗米三斗、豆一斗、石首魚一束、猪肉一塊, 亦載來耳。

十一月初六日

自夜雨雪。且崔千仞送奴馬, 邀余于普光寺。余食後冒雪而進, 崔也後至。又使寺僧持馬送于麟兒處率來。夕時余之父子與崔公三人鼎坐, 作泡而供, 適泡極軟好, 吾食三十餘串, 麟兒與崔公, 各食四十串。初欲還來, 而終日大雪, 日亦暮止, 故三人同宿於西邊方丈。

　且普光爲寺, 乃前朝舊刹, 爲近邑最巨, 而近因兵亂之後, 寺僧多死於赴戰, 又侵於官役, 無根着者皆散, 故空房甚多, 而今居者勢不能支保云。然觀其居僧皆富實, 而積穀最優, 如此之時, 尙如斯, 其在平日, 其爲饒足, 亦可知矣。寺僧以反同爲業云。法堂宏壯, 左右宣僧堂亦巨, 而皆空。東邊有此君樓, 牧老之記, 付諸壁上, 樓前有竹林, 故樓之得名以此。騷人墨客賦詠此君者亦多。法堂之西有大井, 砌以細石, 深可一丈。雖隆冬不氷, 盛旱不竭, 一寺就汲於此井, 而不見其不足云。上有庇雨之閣, 井之少西有大碑, 乃新羅學士崔孤雲之記, 而石則甚靑, 因大雪埋路, 不得就看而摩挲也。

　且新持任昨日始到, 其名信辨, 本居安城靑龍寺云。辨師曰"今因唐將之言, 八道各設禪*敎兩宗凡十六刹, 而此道則藍浦永興寺爲

<hr>

* 禪: 底本에는 "宣". 일반적인 용례에 근거하여 수정.

敎宗, <u>報恩俗離寺</u>爲禪[*]宗, 皆設判事, 而掌印行公, 摠治其道諸寺。 判事黜陟, 則都摠攝修正主之, 而持任黜陟, 亦在其道判事"云。此 必維持僧類, 出軍出役, 皆使此輩典之, 無遺隱漏者也。然法立弊 生, 深恐僧輩籍此爲勢, 縱姿難制, 而信佛之漸, 亦因此而起也。

十一月初七日

早食後, <u>崔公</u>先發, 而余隨而來, <u>麟兒</u>則無馬, 故待吾入家後, 還送 奴馬而騎來也。且昨日大雪之後, 柴炭具絶, 勢不得刈取, 炊食甚 艱, 遑及於暖堗乎? 寢冷如鐵, 衣薄兒輩, 臥起難忍, 恨嘆奈何。且 前聞<u>李通津壽[*]俊</u>氏, 來在此郡農舍, 昨朝送奴馬, 則租一石載送, 深 謝厚意。年前老母避亂在<u>江華</u>時, 粮饌再度覓周, 使免飢餒之患, 感 恩迨極, 而今又如此, 感荷尤極。<u>李公</u>乃允謙交友也。

　且家人今日則朝食後得瘧, 痛之倍甚於前, 而深頭劇痛云, 悶慮 悶慮。且<u>鄭司果</u>宅自<u>扶餘</u>今午來到<u>任參奉</u>寓家云。<u>扶餘</u>妻母<u>三嘉</u> 宅, 米一斗、鷄兒二首, 付送於司果宅來時, 必聞吾家飢困之甚也。 且<u>允誠</u>自數日來, 更得瘧疾, 逐夜痛之, 尤可悶也。纔離五六日, 而 今又得之。

十一月初八日

<u>允諧</u>養母處, 送奴馬陪來。久處一家, 而自前月初, 移來此家後, 無

....

* 　禪: 上同.

* 　壽: 底本에는 "秀". 《象村稿·李永興墓誌銘》에 근거하여 수정.

容接之房，不得已各居，而彼此思欲見之，故送馬請來。且蘇隲來訪，與之圍碁，兩局而罷，因饋夕飯，又贈鹽五升、刀魚二尾、古刀魚一尾而送。

十一月初九日

朝前，就見太守，因請馬槽，則托以官無儲松而不給，可笑可笑。來時歷入任子張寓家，暫叙，而又入任免夫寓所，見鄭司果宅，任嫂炊朝飯而饋之，又飲濁醪一器。且朝見太守時，乞麴則答以出坐時送人覓去云。故夕委送奴子，則托以擾亂，後日來覓而去云。每以後日為期，而終乃食言者多。因妻子之飢，欲釀酒而賣之，得一分之剩，累請麴而見欺，不勝愧嘆愧嘆。馬槽則任子張覓給，夕送奴負來。囑太守不得之物，任也為客於此，而返以自秭之餘，又及於友人之求，太守之無腸，可知矣。

十一月初十日

朝食後，任子張來訪，從容打話，飲以濁醪兩器而送。夕，允謙入來，各因病故不見者，今至五月，一家思欲見之，日望其至，而不意入來，合室之歡喜可言？但允諧騎去之馬，初意必直送于參奉處，而參奉之來，不見其馬。若不來路見奪於唐兵，則宋奴必偸而逃去也，可嘆奈何？

十一月十一日

家人朝食纔畢，而痛瘇倍甚，可悶可悶。且任鍵來訪參奉，而因贈米一斗，日傾還郡。任也故參議允臣之胤子，居京城相思洞，而與允謙兄弟交厚，適來此郡，聞允謙之來，先使問候，而隨來見訪。任公又與太守同宗，而流寓湖南云。且蘇隲來見而歸，饋夕飯而送。

十一月十二日

近無奴子，久不刈柴，朝夕炊飯，亦甚艱備，況及於寢堗乎。家人痛瘧，房又甚冷，因此重傷，方以爲悶之際，蘇隲乾柴一駄，專人載送，又送甘醬一缸，深謝深謝。夕，莫丁入來，咸悅倅租二石、太一石、沉葦魚二十介、蝦醯三升、鹽二斗、眞油一升、麴十員覓送，無任感荷感荷。莫丁歸時，歷入益山，則敬興租五斗付送。但咸悅所贈之租，荒雜久陳，來此改斗，則卅六斗，而實不如好租一石。太則載重，十斗不能輸來，接置於蘇隱寓家云耳。

十一月十三日

煮鹽官前判官李公景祿，適巡到于郡，聞吾來寓近地，今向韓山時，歷訪而歸。且金大成、白夢辰、李光春亦來見而還。隣居兵吏林春起亦來謁而歸。

十一月十四日

夕，白夢辰持壺果，來見而歸。且參奉奴龱知入來，其父所送菉豆一斗、赤豆一斗持納。

十一月十五日

長水家奴守億, 昨之昨入來, 今日還歸, 太守所贈之物載去。初欲子美小祥日歸見, 而奴馬不一, 有意未果, 可恨可恨。允諧騎去之馬, 至今不來故也。且仚知持馬, 送于扶餘, 乞粮事也。且昨昨因李判官景祿, 聞尹參奉應商年前得除水運判官, 而不意病死云。往在丁亥年間, 借入尹公家, 至於三年之久, 而待我甚厚, 情意頗洽, 如親骨肉, 而今聞其訃, 不勝驚悼。自亂離來, 故舊親戚, 若不死於賊鋒, 則必死於病患者甚多。以館洞一里言之, 長者則唯一南宮砥平生存, 流寓咸悅地, 而又得中風, 不省人事者久矣。其下曺忠義大禎、洪留守應推、崔木川景善、閔牧使致雲、李察訪汝寅曁余五六, 保得性命。而其餘或沒於賊, 或亡於病, 餘存者無幾。其在平日佳辰令月, 前呼後唱, 少長咸華, 遊戲醉呶之事, 今不可復得, 每念於此, 寧不爲之悲嘆, 勢也奈何。付之天運而已。

十一月十六日

三嘉宅因鄭司果*宅奴子, 送鷄一首。小頃扶餘女婿姜煒, 爲持酒一壺、鷄兩頭, 來訪允誠而歸。聞東宮因唐將之請, 自海西, 今將發行, 當巡到兩湖, 或駐完山, 或留公州云, 而未詳其實。唐兵近日無數下去湖南之路云。

　且聞唐將劉摠兵, 與賊戰於慶州之地, 彼此多死, 而爲賊所圍, 高彦伯突圍而出, 因此駱參將等亦潰圍亂擊, 多斬賊將, 而唐之偏

....
*　　果: 底本에는 없음. 문맥을 살펴 보충.

裨, 亦中丸而死云。其後又戰於固城, 兩南兵使中鳥銃, 不至重傷, 而彼我亦多死云云, 然未知實否。但我兵無粮, 處處逃散, 而賊之衝斥猶未已, 明春若更擧而入, 則誰能禦之。無辜生靈, 盡殲於飢餓鋒鏑之中, 靡有孑遺, 彼蒼者天胡寧忍。余實難諶斯。允謙食後入見免夫, 因與同宿而不還。

十一月十七日

早朝, 岦知自扶餘還來。扶餘倅贈送租一石、中米四斗、豆二斗、菜豆一斗, 庶可免近日之急, 深謝深謝。蘇隲來見, 因饋夕飯而送。

十一月十八日

允謙率莫丁、岦知, 持騎卜, 往鴻山。鄭司果宅今在衙中, 爲捧朝食餘饌, 專人委送, 妻子卽共啗。近因無聊, 日與端女爲楸子之戱, 消遣客中落寞之懷。且奴命卜, 自月初痛腫足, 晝夜苦吟, 受鍼再度, 而尙未差, 退居隣人土屋, 今始入來。然見其足則浮氣如前, 尙不能步, 只痛勢似歇矣。且允誠數日來免瘧不痛, 可喜。

十一月十九日

自莫丁還來後, 母主消息, 久未得聞, 悶慮悶慮。且近日天氣溫和, 正如春時。昨夕霧塞, 晩朝始斂, 是亦一災變也。朝, 家主豆粥二鉢來呈, 妻子共分而食之。二十九日乃冬至, 而誤以今日爲至日, 可笑可笑。且白夢辰來見, 因贈馬草十二束。柳公先覺專人送租十斗、穀草一駄, 感荷感荷。夕, 允謙還來, 因鴻山客煩空還, 只得生雉兩首而來。

　且洪應推令公奴子天鶴, 歷去于此, 聞吾在此, 入謁, 因言應推
去九月病卒於价川云, 不勝哀悼哀悼。前者崔景善謂曰"人言應推病
亡, 而然傳之之言, 未可詳也"云。今聞其奴之言, 實不虛也。在一洞
最相親厚, 而遽聞其訃, 尤極悲痛。且家人近日得免瘧疾, 而但兩婢
還痛矣。

十一月廿日
早朝, 送香婢於太守前, 救急, 則贈白米兩斗、醯水一缸。且送夻知
於韓山, 韓山惠付租一石、沉蟹十介、石首魚一束、凍魚三冬音。租
則荒雜不好, 而改斗則十三斗矣。

十一月廿一日
允謙往咸悅。且夕星山令、雲山令兄弟, 自鴻山適到林川, 因來訪而
歸。星山兄弟, 平陵守之男, 而於林川及余五寸親也。

十一月廿二日
昨夕參奉家婢夫, 自保寧來, 因洪州還上未收, 世萬夫妻被囚, 故
來請參奉, 而參奉適往咸悅, 故早朝指送爾。當午檢察使關字所持
驛卒來到, 觀其關辭, 則使參奉爲幕中從事, 而巡歷列邑, 督送軍
粮於嶺南云, 亦指送咸悅矣。但前者累以病辭, 而今又强令迫出, 可
悶可悶。

　且方秀幹、白夢辰, 袖持碁子來見, 因與對局, 十餘合而罷歸。

且昨日香婢賣酒於場市, 而所賣價米幷與盛帒, 見失而空還, 可笑可笑。欲得一分之餘, 以補其不足, 而返與其本而具失, 尤可嘆也。

十一月廿三日
金大成來見而歸。夕, 參奉妻家婢夫玉只, 自咸悅還來。咸悅贈送美酒一壺、五色實果一笥、五色肉炙一笥、牛肉一部、粘米一斗, 卽與妻子共破, 感荷感荷。且任子張送陪童, 致簡問候, 又贈牛肉兩隻, 不自食之, 而軫及於故舊, 可謂厚矣。且今日乃子美之小祥也。初欲往見此日, 而無奴馬, 亦未得焉, 雖嘆奈何奈何。

十一月廿四日
自生員上去後, 今將月餘, 未聞消息, 今朝修簡, 爲送連鶴, 致問安否爾。連鶴者乃生員養家婢風月夫也。朝食後雨作, 至夕不晴。

十一月廿五日
早朝, 白夢辰來見而歸。午後, 白也又與方秀幹, 袖持碁子而來, 終夕着碁, 各飲一杯酒而送。奴命卜今始起動, 刈柴而來, 然腫足尙未永差, 家無炊柴, 故雖憊强令送之。且昏, 允諧率妻子入來, 其妻子則先送于其養母寓處。曾是不意, 渾家不勝欣喜欣喜。因言允誠之馬, 卽欲還送, 而宋奴以其父從軍, 粮米負去嶺南未還, 而安孫則病臥不起, 故不卽送之, 今之來, 因帶而來云。意其永失, 而意外入來, 尤喜尤喜。但宋奴受由而歸, 累月不來, 至於遠去嶺南, 不勝痛憤痛憤。

且允諧來路, 入宿金妹家, 時皆無恙, 而但禮山倅沈仁禔母氏, 因染病而逝云, 驚慟驚慟。沈母於余四寸妹, 而今聞其訃, 尤極悲悼悲悼。且趙翰林專人付送租十斗、末醬一斗, 深感深感。趙也於余本非親戚, 又無前日相識之分, 只與允謙年友也, 待吾家厚於親戚, 尤感不已。

十一月廿六日

早朝, 因白夢辰悶迫之事, 入見太守, 面陳其意, 因食朝飯而還。且允諧妻子來謁, 今見忠孫、蒙兒, 忠則善步能走, 又能鷄犬牛馬之聲, 不勝愛憐愛憐。去五月, 歸寧于振鄕, 七閱月而今始還來矣。且金大成、白夢辰來見而歸。夕, 宋奴入來曰"因其父病, 不能輸糧, 爲負而去, 到居昌而還"云。去九月, 受由而歸, 過期累月, 家事乖常, 皆因此奴之趑不來也。初欲大治其罪, 而其言雖不實, 爲父之情, 亦人子之常, 今姑赦之勿問耳。

十一月廿七日

允諧妻子, 食後還歸其寓。送宋奴於扶餘, 乃明日豆粥俗節, 而家無豆升, 又無得處, 因兒息之請, 乞豆於扶餘, 欲煮粥而食之耳。且夕, 隣居老除吏林承雲之後妻, 爲持酒肴及飯一鉢, 親自來謁家人而歸。且昏, 莫丁、㲹知等, 持三馬, 得載米太而來。參奉在咸悅, 求得於諸處, 正米二十六斗、白米十二斗、粗米二斗、太三十九斗、租十斗、沈蟹二十甲、秀魚二尾、凍魚五冬乙音、蝦醢五升覓送, 可以此好過一月, 可喜可喜。適朴校理應邵唧命巡到咸悅, 米太六斗覓給云云。

去夜黃鼠入房中, 秀魚一半及凍魚兩冬乙音吞去, 可惜可惜。

十一月廿八日

白夢辰、方秀幹來見, 因與着奕, 終夕而歸。且宋奴還來, 扶餘倅送
赤豆一斗、下米一斗、石首魚一束。昏, 白夢辰赤豆三升, 方秀幹四升
寄送。明日乃冬至, 而兩人聞吾家無豆, 故覓送耳。蒙兒率來, 夕還
歸其寓。

十一月廿九日

煮豆七升, 上下分喫。且去夜黃鼠又來, 雉一支啣走, 不勝痛甚。令
命卜設穽于入穴下, 而不得焉, 必張機未巧也。夕, 柳忠義愿氏來訪
而歸。長者再來見問, 余則無奴馬, 一不答謝, 可愧可愧。昏, 送奴
馬于衙內, 陪來鄭司果宅。

十一月晦日

曉頭洒雨, 朝猶陰曀。朝食後, 往見趙翰林兄弟, 從容做話。又歷入
趙座首希尹家, 趙也因設夕飯而饋。還時入見允諧寓家, 見忠兒等,
昏乃還。且世萬兄弟自保寧入來, 聞可食米石備納, 則次知還放, 而
其餘米時未備云。

閏十一月小

閏十一月初一日

送世萬兄弟於咸悅，而中道逢參奉之還，昏與之偕來。得米、太各
一石而載來，欲納洪陽還上也。又得好酒一壺、烹猪一脚而來，卽
令割肉湯酒，與鄭宅及諸兒共喫。

閏十一月初二日

朝食後，任子張來訪，因與着奕五六局而歸。家無酒食，日傾空還，
可嘆可嘆。令世萬載送上米十二斗、太九斗，先歸保寧。

閏十一月初三日

參奉致簡任慶雲處，諗告太守前，得粮米三斗、石首魚一束。早食
後，參奉率宋奴等，歸保寧其妻寓家，歷見扶餘、定山、靑陽而歸云

爾。且夕，檢察使致簡於參奉處，而參奉適向扶餘，故指送來使爾。

閏十一月初四日

早朝，任子張送奴馬邀余，卽進衙軒，見太守。與子張及免夫、任慶雲、柳奉事錫弼做話，因聞太守見罷之奇。然此言不實，自京下去湖南者，言之於具惠奴子云，不可信也。但民寃頗極，而見憎處亦多，其不可久也必矣。柳奉事則故參議順善之胤子，而陪母夫人，流寓結城地，而諸處乞養云，不勝悲憐悲憐。夕，又乘子張馬而還。李時說來此，因牙山倅被侵，捧簡於林川事爲來云。林川與牙山倅崔有源切親故也。

閏十一月初五日

終日陰，而或洒雨。朝聞太守之罷實然，食後入見，因聞院啓以其政委下吏駁之云云。太守所無歸處，欲因留於此郡近處云矣。雖無顧扶之力，恃此爲重，而不意見罷，非徒渠家無處依賴，而亦吾家亦甚缺然。

　且韓山倅封庫事來郡，使人問候於吾處。吾亦欲見而進客舍，則已往官廳，故不得相見，借騎子張馬而還來。子張亦明日歸連山，而謂余曰：“同是流離，偶得相逢於此處，若太守久在，則可謂源源，而不意又作相別，此後更得相見，其可必乎?”相與對話，不勝惻惻之懷。且太守自聞罷後，官家之物，雖一升之米，不自取用，粮饌亦不自出，可謂淸則淸矣。韓山出給米太各五石、租十五石云云。李時說還歸其家。

閏十一月初六日

早朝送奴, 問安於韓山倅前。陰霧四塞, 至於日晚而始收。當午蘇
隲來見, 因飲濁醪一杯而送。且聞李暐之子時龍夭折, 不勝哀悼哀
悼。李也四男二女, 而長男奇龍被殺於賊, 次男俊龍被擄於賊, 兩
女夭死於流離中, 今者又喪三男, 而只有末子元龍。去年其弟其姪
具死於賊, 其父亦因病而逝, 埋葬纔畢, 而又失其子, 一家之患, 何
獨至於此極耶? 尤可哀嘆哀嘆。

閏十一月初七日

陰。近來日暖如春, 午後雨作, 終日不晴。朝食後, 借馬隣人, 入見任
免夫妻氏, 又進衙軒見太守而還。宋奴還來, 參奉無事到洪陽云云。

接伴使都元帥同封書狀草

卽朝總兵令通事, 傳語于臣等曰: "平行長之書曰'盡逡七件, 然
後渡海'云云, 七件皆非可從之事, 必更調南兵十萬, 方可進討, 儞國
軍粮, 有可支一年半年之需乎?" 臣等書呈曰: "十萬兵數月之粮, 須
用二十餘萬包方足, 雖有粟, 人力已疲, 恐未能運到也。如三四萬
兵四五個月之粮, 則庶可措備也。今者與敵對壘, 遠調南兵, 則必
經五六個月方到, 若調取曾到遼陽南兵萬餘, 與夫本國精兵二三萬,
猶可舉事於來歲之前, 則欲知師期, 下文書各道, 調集此中矣。"總
兵更傳語曰: "卽今見存之粮, 可饋十萬兵幾個月, 明白書示。"臣等
書呈曰: "目今見存粮餉, 恐不支十萬兵半年之食。但有別樣調度之
事, 則庶幾可繼, 而在此陪臣, 勢雖擅定, 當轉啓國王定奪, 然後

回報矣。"總兵覽訖，別無可否之語，但曰"七件事，不須轉達國王"
云云。行長文書，則徐待出示，騰書馳啓計料。所謂七件，和親、割
地、求婚、封王、准貢、蟒龍衣、印信云云。南兵十萬，必無調遣之
理。雖三四萬，繼餉極難，預先措置事，朝廷商議施行爲白只爲，詮
次善啓。

十一月初八日。

天將一員，率唐軍三十餘名，今月初七日，自東萊來到，與倭歌
舞對酌，四日至留連後，天將十一日，以倭雙牽馬，嚮道之倭，不知
其數，熊川、巨濟了入歸。倭賊所役之事，則與天將已爲講和，築城
兵器打鍊等事已廢，中原朝貢次，衆倭四散，楮木刈取，以造紙爲役
云云。此乃兵使通報 虛傳也。

閏十一月初八日
食後，金大成、方秀幹、白夢辰三人，各持酒肴，盛備而來訪。余與
兩子，醉飽而罷。適許生員容來見，因與參飮。金、白、方三人，每
來見之，而今又爲持酒肴而來飮，深謝厚意。

閏十一月初九日
早朝，金大成之子井，持酒肴來見而歸。昨日適出他，不與其父偕
來，故今早爲備酒肴，獨來見訪矣。且早食前，雌鷄鼓翼長鳴二度，
是何祥也？

閏十一月初十日

任免夫妻氏來訪家人。允偕妻亦來謁,因竝留宿。白夢辰、方秀幹
來見,因與着奕,連勝五局而罷散。太守早朝發行,向燕岐,免夫因
氣不平,留不與偕去。夜雨雪。

閏十一月十一日

去夜夢兆不吉,是何徵耶。俗語兇夢反祥,是可慰矣。然老親遠在南
涯,不聞消息,今至數月,以此悶慮不已。送莫丁于鴻山,持參奉簡,
乞救資也。免夫來見,與方秀幹着奕,連背六局,可笑。夕,免夫妻
氏還歸其寓,忠母亦歸。

閏十一月十二日

日氣甚寒,而有時洒雪。白夢辰、方秀幹來見,終日着奕而散。且昨
日場市賣酒事,香婢與鄭司果宅婢墨介,酒八壺戴去,而中道墨介跌
足踣地,竝與盛缸而墜破,空還可笑。缸則隣人之物,不得已買償。
夕,莫丁自鴻山還來。鴻山倅贈送正租一石、白米三斗、太五斗、麴
三圓、沉蟹十甲。

閏十一月十三日

去夜大雪,天寒倍冽,無酒奈何。無聊之中,負陽而坐,與端女作楸
子之戲。

閏十一月十四日

白夢辰、方秀幹來見, 因與着奕, 終日而散。咸悅送釘魚十冬音。夕,
聞扶餘見罷, 不勝驚恨。明春欲以爲救命之資, 而今聞其罷, 是亦吾
家之不幸。天實爲之, 雖嘆奈何。

閏十一月十五日

早朝, 鄭司果宅聞扶餘之罷歸, 而允諧陪往, 欲及見扶餘之行。韓
山倅以兼官到郡, 余使人問候, 彼亦先問。夕, 借免夫馬入郡, 從容
叙話, 因設酌小飮, 六杯而罷。洪生員思*古三昆季亦來與席。洪也
亦流寓郡內爾。還時夜深, 故率陪羅將兩人到家。免夫馬則因留養,
明朝欲送矣。

閏十一月十六日

早朝, 送奴致簡, 問候於韓山倅。韓山修答, 又覓送蝦醢一升、醢水
一甁。且方秀幹來見, 因與着奕而歸。吳天麟自韓山來見, 因饋夕
飯而送。夕, 允諧還來, 聞扶餘爲督運御史尹敬*立啓罷云。來時入
捷路, 涉灘泥濘, 宋奴先入, 馬跌墜水, 衣服盡濕而還, 可恨。扶餘
已爲封庫, 故無一物覓贈矣。且今日場市, 送粗米一斗, 貿鐵二斤二
兩, 欲造兩馬足鐵矣。

....

* 　思: 底本에는 "師",《萬曆七年己卯四月初二日司馬榜目》에 근거하여 수정.
* 　敬: 底本에는 "景",《宣祖實錄》22年 12月 4日에 근거하여 수정.

閏十一月十七日

趙座首希尹致簡邀余, 而聞吾無馬, 故又送具鞍馬。余馳進, 歷見趙文化希轍、其弟翰林, 適不在, 故不得見。柳忠義愿氏亦來, 相與竝轡而進趙家, 而韓典簿克昌、尙*判官蓍孫, 先到在席, 李部將弘濟及洪犡隨後入來。因陳盛饌, 醉飽而還, 日已昏矣。李部將乃洪注書遵之妹夫, 而犡亦其弟也。趙家子入贅於洪注書, 故爲設酒肴, 以爲流離之懷。韓、尙*兩公亦趙之姻親, 而皆是流寓此郡者也。且聞新太守高敬祖見遞, 而宋應瑞得拜云。宋則天安嫂主同生甥, 而前日余不累得相見, 雖不相親, 亦連家之人, 不如高之全不相識也, 庶可慰矣。但其來莅, 亦未可必也。

閏十一月十八日

送莫丁于定山琵知家, 使琵知問趙家之貧富及處女如何, 議婚麟兒事也。趙之名健, 而居于定山縣五里外, 曾因姜燁, 聞欲婚於吾家故也。參奉前日爲此向定山, 而太守適不在, 未得相見, 故今送奴子問之。

閏十一月十九日

去夜, 夢見哲弟, 未知天只消息, 悶慮悶慮。曉頭, 端女痛足, 泣之不已。余撫摩良久, 稍向蘇歇。端兒每宿於吾被下故也。

....

* 尙: 底本에는 "象".《宣祖實錄》14年 1月 13日에 근거하여 수정.

* 尙: 底本에는 "象". 上同.

閏十一月廿日

白夢辰、金井來見, 與白着奕, 日傾罷散。夕, 廣州居婢於屯, 率其
子德世, 諸處乞食, 自水原聞吾家在此, 寸寸尋覓, 乘昏入來, 可憐
可憐。其母則變初, 被害於賊云。余在京時, 年年往來陽智農舍時,
歷宿其家, 今聞死於非命, 尤可哀哉。近來囊橐垂竭, 而饌物絶之
已久, 每以煮太和醬而助食, 生涯可嘆, 奈何!

閏十一月廿一日

終日在寓, 無聊莫甚。夕, 命卜自扶餘還來。鄭司果宅負送米四斗、
租二斗, 乃前日貸用, 而還償者也。

閏十一月廿二日

曉頭, 送莫丁於咸悅, 覓救資也, 未至十里, 咸悅使適到, 因送白米
三斗, 兼致簡問, 深謝厚意。何以爲報。即修答, 饋飮來使而送。且
邊應翼來見, 因與着奕, 連背三局, 顏赤而走去, 可笑可笑。且聞新
太守宋公出官, 而一鄉大小品官來謁云云。

閏十一月廿三日

申夢謙、白夢辰來見, 因與圍碁三局, 而巧拙懸殊, 可笑可笑。且婢
玉春率其子德年, 自海州尋來, 因聞允誠妻子無恙云, 可喜可喜。牛
溪先生時寓海州石潭書院, 而致簡於允謙, 而又及余處, 以示厚意,
感荷感荷。玉春歷入京城, 見沈都事說姪, 說也亦致書於余, 因知無
事從仕, 深喜深喜。但相見無便, 是可恨也。且昏, 莫丁自咸悅入來,

咸悅贈送太十斗、租一石、蝦醢四升、麴三圓、鹽三斗、常楮三束, 深荷深荷。但租石不實, 多雜粃糠, 一斗舂米, 不出數升, 可嘆可嘆。

閏十一月廿四日

新太守胤子宋進士爾昌, 爲來訪之, 因言其大人昨日聞東宮不意下來, 迎候事, 馳往公州地所屬岾處, 然日已迫矣, 勢未及焉云。但不知東宮之來如是其急也, 必有以也。又聞天使出來, 去十二日, 已到京城, 皇勑深責主上不辟之事。詔使名司憲, 而又多貪求無厭, 故敗亡之餘, 辦出無由, 深可嘆也。鏇燭臺六十雙求請, 而他物稱是云。又聞宋經略、李提督時在遼陽, 以三京恢復, 盡逐倭賊, 已達皇朝, 皇上以爲信然, 在此諸將撤兵廻還云。故宋、李兩將, 諱言賊之尙在境上。如其本國使臣朝京時, 咨文中稍有賊留之言, 則輒皆去之云, 其爲擁蔽聰明, 亦可知矣。可嘆可嘆。然道言亦未可詳也。又聞詔使持主上章服而來云。

閏十一月廿五日

婢江春四肢生腫, 不能任使。聞針醫在不遠地, 朝送奴馬招致, 受針數十餘處而送。醫名李起宗, 而部將稱云。且奴德年還送海西, 而歸時歷入保寧參奉處, 欲受牛溪答簡, 而德奴不知其處, 故又使宋奴偕送矣。余亦修答牛溪之簡而送。且去夜大雪半尺。

閏十一月廿六日

洒雪以風。金大成來見而去。近日嚴寒倍甚, 柴炭具絶, 衣薄兒奴,不能刈來, 僅備朝夕炊飯而止, 寢塸甚冷, 可悶可悶。

閏十一月廿七日

<u>任參奉免夫</u>、具生員<u>憲</u>雪中步行來訪, 因與<u>免夫</u>着奕, 連背五局, 而日傾乃返。家人自念後, 又得瘧疾, 間一日痛之。初則不至甚也, 今日則稍稍加痛, 可慮可慮。且聞賊魁<u>平秀吉</u>爲其下所殺云, 虛實雖未可的知, 而若然則其喜可量哉! 但前此有此說, 而終歸虛地, 今亦未必信然。然罪惡貫盈, 其能久息天地間乎?

閏十一月廿八日

夕, <u>宋</u>奴自<u>保寧</u>還, 因見參奉書, 時皆無恙云, 可喜。但聞<u>結城</u>參奉主家, 逢明火賊, 家産蕩盡, 而參奉之穀, 亦接置於其家, 而爲半散失云, 尤可嘆也。

閏十一月廿九日

<u>方秀幹</u>、<u>白夢辰</u>來見, 因與着奕, 日傾乃散。送兩馬于生員聘家農村, 載草而來, 計數則四十五束。

十二月大

十二月初一日

大寒。白夢辰、方秀幹來見，因與着奕，終日而罷。柳先覺來訪。

十二月初二日

朝食後，與允諧往見太守，太守在衙不出，因邀余等於衙軒，設小酌，五巡而罷。因辭還時，歷入免夫寓家，從容相叙，免夫妻氏饋余夕飯。且終日洒雨，道路泥濘，人馬之行甚艱。近欲遠行，而以疲馬困僕，必有中路維谷之患，預慮實多。

十二月初三日

風而洒雪。且兩奴持馬往香德山柳先覺墓所，斫枯松而來，欲作松明，以繼燈油也，持柳公牌字耳。

十二月初四日

金大成、白夢辰來訪，任免夫亦來，因與免夫終日着奕，饋夕飯而送。

十二月初五日

方秀幹來見，終日着奕而歸。自午後雨雪，至夜不止，明日之行不可必也。且終日待參奉之來而不至，未知其故也。今當遠行，而不得見，深可恨也。

十二月初六日

早食而發行，到南塘津邊，澌氷滿江，勢不能渡。待其盡流而下，午後艱渡，日暮始投咸悅縣。而太守聞吾至，卽使問候，因邀衙軒。趙正字翊亦到，做話良久，夜深而罷還。主家乃南宮砥平奴山伊家也，因宿溫房。且渡江時，津夫欲得長箭，求之甚切，故拔兩矢給之，以其盡力於過涉故也。

十二月初七日

早朝，太守使人邀余衙軒，朝食對飯，因贈行資白米一斗、中米三斗、太二斗、石首魚一束、蝦醢二升、甘醬四升、艮醬一升、鹽二升、清酒一壺、藿一同，深謝深謝。晚朝而發，適宋仁叟孽弟屹立來此，因與同行，到益山郡內李敬輿寓家。敬輿則往在長城，時未還矣。

且來時路逢黃澗居表兄南景孝氏奴子夫妻，懸鶉百結，蓬頭垢面，不忍見之。問其由，則自倭賊焚蕩後，得食甚難，飢餓日迫，上典亦不得食，盡放奴僕，居人散之四方，故去月出來，諸處乞食，流向右道近處云，不勝慘然。因問親戚故舊存沒，則百源妻氏初冬別世，南座首煥章叔亦逝於亂初，不勝哀悼哀悼。南叔則在余少時，陪遊多年，情意最厚，今聞其訃，尤極哀慟哀慟。親家婢欣非亦餓死云。欣非在余襁褓時，負抱之人，聞其死於餓，尤可悲戀悲戀。唯子順兄一家，流寓永同女壻家，猶無死亡云云。又親家婢玉今亂初亦流散，不知去處云。初欲使人捉來，以今聞流亡，雖不死於飢餓，後無可推之路，可惜可惜。因宿敬輿家。

十二月初八日

早曉，送命福於林川，中米二斗、蝦醢二升負送。敬輿妻氏粘米五升亦付之。余則早發行，到全州地宋仁叟山所。仁叟去秋以聖節書狀朝天，始回鄉家，今得相見，欣慰十分。饋余上下朝食，又贈白米一斗。行到完山地良正浦李彦佐季佑避寓處。季佑乃余同婿也，饋余上下夕食，因宿其奴家。昏，季佑又持酒來飲，從容做話，夜半乃歸。尹生員時男適到季佑家，亦與相見作話。

十二月初九日

初欲曉頭發來，而去夜下雨，朝猶陰曀，季佑强請留之，因作朝飯而饋之。食後發行，到熊峙底柳洞正兵遷昌孫家止宿。意欲踰嶺，而馬疲不前，天又洒雨，畏其盜賊，早入而處之。柳洞上下人家，年前盡爲倭賊焚蕩，只有昌孫家，獨不焚燬，故入宿。其餘八九家，皆假作而居，又有爲半空處。問之昌孫，則答曰"府尹不計焚蕩處，而督懲還上, 凡百徭役, 隨日出督, 不勝其苦, 皆是流亡, 而餘存者亦不久流散"云, 可嘆可嘆。

十二月初十日

曉頭下雨, 故宿處因朝飯後發, 來到熊峙。或步或騎, 艱關踰越, 行至鎮安縣前官奴內隱豊家止宿。呈宋仁叟簡於太守, 太守饋上下朝夕飯。但呈書時, 奴子被辱於使令, 可恨可恨。主家適中臺寺僧靈雲來到, 因與伴宿, 稍慰客中無聊。且越嶺時, 想見年前敗衄之處, 戰壘猶存, 不勝慘然。

十二月十一日

未明而發, 到十餘里, 而太守令眼前及唱, 追送米、太各一斗於中路, 不得已入路傍人家, 修謝狀付還, 因作朝飯。鎮安倅姓名鄭湜, 而前日雖未相識, 因子美聞名已久。今送粮太, 出於意外, 深謝厚意。日暮投入舊衙, 與子美妻子, 相携痛哭, 各叙家患, 夜過半就寢。追想年前之事, 總入悲感, 人事可嘆可嘆。且來時先送奴子, 問候於太守。太守馬草及米、太各一斗, 帖送矣。

十二月十二日

早朝, 戶長李玉成、庫直鶴春來謁, 皆是前日相厚者也。少頃官婢能介只、東鳳亦來見。

午後, 入見太守, 則人吏等咸來見之, 皆有欣悅之色。太守邀余西軒房中, 各叙寒暄, 飲余酒四杯、炙雉兩脚。日昏乃返。見其太守之爲人, 言有慇懃, 而但無實焉, 可笑。又帖奴馬近日之料, 是可喜也。

十二月十三日

曉頭, 送兩奴於茂朱奴仁守處, 收貢事也。又給米一斗, 使貿乾柿於長溪場市, 欲奉呈母主前矣。但自朝雨作, 兩奴恐不得達也, 午後始霽。太守送祭物白米一斗、泡太一斗、木米二升、三色實果、淸酒一壺, 深謝深謝。昏, 宗胤自興陽還來, 因聞其處奴婢, 盡爲逃散, 非徒不捧身貢, 至於行粮, 亦無得處, 故作粥而食, 艱難還到云云。

十二月十四日

允誠馬前日來時, 足蹴凍地, 因致前足蹇, 招馬醫針破, 但恐久不差復也。夕, 庫直鶴春川魚、食醢覓送, 欲用於明日奠爾。

十二月十五日

早朝, 親奠於子美几筵, 不勝哀慟。但奠杯時, 左袖誤觸燭火, 爲半燒破, 不可更着, 可恨可恨。且去夜夢見子美, 宛如平日。幽明雖隔, 今余之來, 精靈想必悲感於冥冥, 玆致入我之夢, 尤極哀悼哀悼。夕, 兩奴還來, 仁守初冬家産盡燒, 移居忠淸地云、故不得推見云, 然未知其詳矣。乾柿兩帖貿來。

十二月十六日

馬之蹇足, 稍似向差, 而然尙未平步, 故更招馬醫針破。且明明定欲發行, 故昏往見太守, 乞得行資, 則贈以白米三斗、正米三斗、太三斗、木米二斗、粘米一斗、藿一同, 可以此足用於行路矣, 深謝深謝。

十二月十七日
去夜夢壓, 發聲而覺, 可笑。且粮物受來, 木米一斗、粘米一斗、正米一斗, 則納于嫂主前, 又正米一斗, 則贈妻庶母耳。

十二月十八日
朝送奴子, 辭歸於太守, 太守贈送租一石、艮醬二升, 卽令貿正木兩疋。且女鞋兩部造次, 年前面授皮匠, 未及造去, 而今來始得推來, 官奴於屯處, 網巾亦推。笠匠處曾給租七斗, 而今者推之, 則只麤布半疋納之。皆是窮人, 雖不准於其價, 不得已受去矣。晚朝發來, 到西倉後嶺, 堅氷滿路, 艱難步越, 至西倉投宿。終風洒雪, 故不得過去而止宿。且前日設奠時, 白直領爲燭所觸, 左袖盡燒, 故嫂主卽出子美玉色團領, 改作直領而贈之, 一則未安未安。

十二月十九日
未明而發行, 到樊樹驛後路傍人家。朝飯後, 來到南原地屯德里崔木川景善農舍。景善見余之來, 卽出門欣迎。日尙早, 意欲歷去, 而爲景善所挽, 仍留宿。饋上下之食。

十二月卄日
早朝, 與景善別, 來到南原地。未及西倉數三里餘川邊人家, 作朝飯, 見其左右人家皆空。問之隣人, 則曰"括軍逃亡者之一族, 亦不能支, 逃散殆盡"云。生民之苦, 推此可想, 深嘆深嘆。先送奴莫丁及能贊, 呈簡淳昌倅前, 隨後而來止紅門外人家。先來奴子等, 爲閽禁極嚴, 未能呈書, 不得已仍宿其家。家主乃老除吏崔傑云云。若不得見太守, 則行資垂竭, 他無得處, 不可說不可說。

十二月卄一日

余自長水來時, 子美妻子窮困日甚, 借余委送奴馬於淳昌。淳昌倅去年陣戍長溪時, 與子美累月同事, 情意最厚, 每因所知云"送人則當極力救周", 而今日之來, 專爲此也。再度高聲呼之, 而聽猶不聞, 終不許納。人情世態常事不足怪也。觀其淳昌之爲人, 武夫中稍似可人, 而今見所爲如此, 他何足道? 世道可嘆。吾亦爲此强留一日, 而粮太垂絶, 不得已直進長城, 覓得路資, 然後當歸靈巖爲計。窮人之事, 每不入計, 徒勞而費粮, 尤可嘆也。能贊亦不得歸光州, 實因無粮也。能贊之來, 得粮於此郡, 又呈書於光山牧伯前, 因此直往長興奴婢等處, 收貢而來, 而不得已還歸。每事差了, 良可恨也。終日在主家, 無聊莫甚。能贊僧人而還俗, 作婢夫於長水家。

十二月卄二日

忠孫、能贊則還送長水。余則未明而發, 到潭陽地延*德院右邊人家。朝飯後, 行未十餘里, 誤入徑路, 有小橋, 余之騎馬, 足蹶仆地。

....

* 　延: 底本에는 "淵"。《新增東國輿地勝覽》第36卷 全羅道 潭陽都護府 驛院에 근거하여 수정.

莫丁則落後未及, 而宋奴在前驅卜, 見余之落, 走來扶起之際, 卜馬獨歸, 無人挾持, 後足滑伏於狹路, 飜然墜落於泥踏。先絶卜繩, 然後拯出, 則寢裌盡濕, 不得已尋入人家, 布曬衣衾等物, 故不能遠行, 因宿其家。家主則正兵朴貴文, 而地名乃潭陽北面山幕谷云。

夕食時, 家主出贈菁沉菜、藿佐飯, 寢余溫房, 可謂厚矣。但林進士新中赤莫, 女兒輩處造來, 而意其浸濕泥水點汚不可着, 而出而見之, 只裡面暫濕, 數處透外而已, 多幸多幸。他物不關, 雖濕何惜。

十二月十三日

未明而發, 馬疲不前, 日晩僅到長城地白楊寺洞口下人家, 朝飯。家主則寺奴孫敖世云。但聞太守玉汝往迎東宮於完山, 歲後當還云。粮饌具絶, 爲此覓去之計, 而今聞不在, 缺然缺然。姑留數三日, 待之爲料。日夕, 始至長城衙軒, 則李資叔*訓、李蕆汝敬適來, 相見喜慰。叔訓命下人, 饋余上下之飯。

昏, 聞高敞倅姜秀嵓入縣, 與汝訓就見, 做話良久, 見開窓入者, 熟視之, 乃舍弟希哲也。曾是不意, 不勝喜悅。問之來由, 則曰"自泰仁妻家, 今向靈巖, 投宿於此, 聞兄到衙, 故入來"云。母主近日氣體平安云, 尤可喜也。千里相思, 幸得相逢於客中, 況聞母主消息,

....

* 叔訓: "叔" 자를 진하게 수정하여 썼다. 앞의 7月 15日, 16日, 17日, 18日 일기에 근거하면 李資의 字는 "汝訓"이다. 이 일자의 일기 내에서는 "叔訓"과 "汝訓"을 번갈아 쓰고 있으며, 이후 24日, 25日, 27日, 30日, 그리고 甲午日錄 1月 1日 일기까지도 번갈아 쓰고 있다. 모두 이 자를 가리키고 있음을 밝혀두며, 굳이 수정하지 않고 원문 그대로 두기로 한다.

其爲喜慰，可勝言哉？夜深罷還衙軒，同宿一房。叔訓，玉汝之兄，而汝敬，玉汝之四寸弟也。姜高敞則李正郎鑲老之女婿也。

十二月廿四日

早朝，就見姜高敞，乞得行粮，白米一斗、太二斗帖給，卽令宋奴，送高敞縣受來。且修簡付傳問安人於玉汝處覓粮，待其還報後發行，則歲前恐不得及歸也。然無粮則不可行，故不得已留滯，深悶深悶。

　且叔訓、汝敬等邀余，作艾湯於川邊，醉飽而還。同參者玉汝聘翁張公旻及余與酒湯五六輩，而酒湯等亦備酒肴來呈，互相唱歌。余與張公，日未落先返。自亂後，未聞歌聲，今始聞之，亦多悲感之心。夕，趙正字翊入來，相與同宿衙房，汝敬亦與之同寢。趙公乃李汝寅女婿，而允謙司馬壯元，亦避亂僑居高山，今來訪玉汝耳。【延平府院君李貴字也】

十二月廿五日

終夕在衙軒，與趙正字做話。汝訓、汝敬射帿於客舍耳。

十二月廿六日

終日在衙房，與趙正字棐仲對話。夕，聞李三登啓氏【月沙嚴親也】訃音，不勝驚悼驚悼。李家門長，只一李三登，而今亦亡逝，尤可哀嘆哀嘆。

十二月十七日

汝訓昨聞其外三寸訃音，早朝往羅州。主倅不在，只恃汝訓爲賴，而今亦出去，尤極無聊。

　且連三夜，夢見妻子，是何兆耶？一別南來，未聞消息，深慮不已。行資未得，久留於此，而賓客萃至，尤爲未安未安。夕，此道亞使入縣。昏，與趙正字就見，良久叙話，夜深乃返。李復興自其家，犯夜而來。

十二月卄八日

與趙棐仲、李汝敬、李復興，終日做話軒房。且聞羅牧昨日夜深，自完山來宿賓舘，未明發向錦城云，深恨未及相見也。若得相見，則雖無玉汝之粮，可得繼食於錦城矣。

十二月卄九日

朝，玉汝帖送白米一斗、中米四斗、太四斗、甘醬二升，明日定欲發歸耳。但中米受來更春，則三斗二升，必不足也，可悶可悶。

十二月晦日

去夜下雨，朝尚陰曀，而終日洒雪，或洒雨。官供早飯，晝茶啖，皆設餅糆。初欲今日發歸，而明日乃大名日也，爲趙棐仲、李汝敬所挽，因留在。且昨夕，彦明奴德鄕，自靈巖入來，因聞吳世良以奴婢良伊、香玉、千業等放賣事，往靈巖林進士家，得病身死云，不勝哀悼哀悼。世良者性本悖理，無足可惜，而但骨肉至親，流離丐乞，道死他鄉, 不祥不祥。況待我甚厚, 寧不爲之戚戚乎? 且昏, <u>叔訓</u>覓酒, 來余等宿處, 相與飲之, 夜過半而就寢。

東宮辭內禪箚字

臣本庸愚, 少無學識, 年雖長成, 德業蔑如。忝居元良, 自知不堪, 日夜憂懼, 措身無地。況丁亂離之際, 疾病交作, 沈痼半歲, 精神滅耗, 雖尋常處事, 決難堪任, 豈意不敢當之命, 遽及於無狀之臣? 聞命驚慄, 罔知攸出。伏願聖慈洞察微情, 亟寢聖旨, 俾臣得保愚分, 無任幸甚。微臣悶迫下情, 天地神明, 莫不照臨, 不勝懇祈切祝之至。

臣昨日伏地籲呼, 尚未蒙允, 退伏思惟, 不勝隕越之至。臣之愚劣無狀*, 不復枚舉, 更瀆天聽, 願以方今國事言之, 老賊尚據邊場, 而凶謀莫測; 天將絡繹道路, 而接遇甚難*。至於*光復舊物、濟恤遺民, 雖以聖明之大德至仁, 恐或不能, 況如臣駑劣不省者乎? 反覆揆量, 決不可堪。臣之獲戾, 固不足於*念, 其於宗社何? 生民於*何? 微誠莫白, 未回天聽, 此實由於臣之無狀, 踧踖*震慄, 無地自容。伏願聖慈更加聖思, 亟賜一俞。無任兢惶罔極之至, 謹伏地以聞。

....
* 無狀:《宣祖實錄》26年 9月 1日에는 없음.
* 難:《宣祖實錄》26年 9月 1日에는 "艱".
* 於:《宣祖實錄》26年 9月 1日에는 "如".
* 足:《宣祖實錄》26年 9月 1日에는 없음.
* 生民:《宣祖實錄》26年 9月 1日에는 "民生".
* 踖:《宣祖實錄》26年 9月 1日에는 "踧".

答曰: "今曆數在世子, 世子其無辭乎*。予實病痼, 若之何能堪? 如得一日退休, 志願畢矣。予與世子, 肝膽相照, 尙不諒予意耶? 今日風日不好, 宜急還善調。父母惟其疾之憂矣*。"

臣連日竭誠籲呼*, 實出於心腹, 而天聽愈邈, 至以曆數在爾, 肝膽相照爲敎, 承命震越, 怳若無生。仰惟聖明無微不燭, 愚臣遑遑悶迫, 罔知攸措*之情, 想必洞察*, 而久閟兪音, 反下嚴敎, 徒自泣血*, 不覺隕絶, 寧欲鑽地以入, 而末由也。已經年亂離, 國事危急, 宵旰*憂勤, 以致聖體之先寧, 臣雖愚劣, 豈不知之? 第以今者賊雖少退, 尙據境上, 民心恟懼, 不知厥終之如何*, 前頭可憂之事, 有甚於曩日。其撥亂制勝, 克復舊物, 決非年少庸暗不學不肖之臣, 所可勝堪。伏乞聖慈深念祖宗*大計, 速許允兪, 則非但臣之愚分, 得安於須臾, 其於國家生民, 無不幸甚。倘或誠未回*天, 未蒙一兪, 則寧畢命於闕下, 而不復自立於天地間矣。伏願聖慈俯諒危懇, 熟加聖思*, 亟賜兪命。

………
* 乎:《宣祖實錄》26年 9月 1日에는 없음.
* 父母惟其疾之憂矣:《宣祖實錄》26年 9月 1日에는 없음.
* 籲呼:《宣祖實錄》26年 9月 2日에는 "呼籲"
* 措:《宣祖實錄》26年 9月 2日에는 "歸".
* 察:《宣祖實錄》26年 9月 2日에는 "燭".
* 泣血:《宣祖實錄》26年 9月 2日에는 "血泣".
* 旰: 底本에는 "肝". 일반적인 용례에 근거하여 수정.
* 如何:《宣祖實錄》26年 9月 2日에는 "何如".
* 祖宗:《宣祖實錄》26年 9月 2日에는 "宗社".
* 回:《宣祖實錄》26年 9月 2日에는 "格".
* 思: 底本에는 "恩".《宣祖實錄》26年 9月 2日 기사에 근거하여 수정.

愚臣悶迫下情, 連日伏地, 哀呼天閽, 而非徒未蒙兪命*, 累下嚴峻之敎, 退伏以思, 惶懼震慄, 罔知攸措。微臣之無狀, 國事之罔極, 前後啓辭, 已盡陳達, 不復仰瀆天聽。第念臣自聞命以來, 日夜憂悶, 食不下咽, 已*至半旬, 而精神已脫, 氣力隨*盡, 至於卽日, 咽痰及諸疾, 重發刺痛。當此之時, 臣身疾痛, 固不足恤, 決欲扶曳趄*詣闕下, 而不能運動, 未遂微情, 尤不勝隕越悶泣之至。倘賴天地父母之至仁*, 特許一兪, 則雖死無憾。伏乞聖明上念宗社, 下察微情, 亟加聖恩*, 無任瞻天血泣*待命懇迫之至。伏望聖慈垂憐於微臣未死之前, 則不勝幸甚。

答曰:"省此*書, 不通大義之言。夫舜受堯禪, 未聞有辭退之言。蓋國家事重, 區區家人之情, 有不可*計。此時宗社爲重, 予實病痼, 萬機之煩, 莫能堪支, 惟世子深思, 其無辭。"

臣昨日伏承聖敎, 非但久閟兪音, 牢拒日甚, 至以堯、舜授受之事爲敎。聞命驚慄, 無地自容, 徒切悶泣, 繼之以血也*。顧惟三代是

....
* 兪命:《宣祖實錄》26年 9月 3日에는 "允兪".
* 已: 底本에는 "以".《宣祖實錄》26年 9月 3日 기사에 근거하여 수정.
* 隨:《宣祖實錄》26年 9月 3日에는 "垂".
* 趄:《宣祖實錄》26年 9月 3日에는 "趨".
* 至仁:《宣祖實錄》26年 9月 3日에는 "之恩".
* 恩:《宣祖實錄》26年 9月 3日에는 "思".
* 血泣:《宣祖實錄》26年 9月 3日에는 "泣血".
* 此:《宣祖實錄》26年 9月 3日에는 없음.
* 可:《宣祖實錄》26年 9月 3日에는 "暇".
* 也:《宣祖實錄》26年 9月 4日에는 없음.

何時? 今日是何日? 舜是何人? 臣是何人? 以言其時, 則唐、虞之海內熙洽, 民安物阜, 與今日國事危急何如也? 況我聖上則如天大德, 巍巍乎蕩蕩乎, 與堯無間, 而春秋之鼎盛, 則與堯之耄期倦勤, 懸絶也; 時勢之艱難, 則與堯之萬方*咸寧, 霄壤也。以言其人, 則堯*、舜之睿哲文明、玄德升聞, 與臣之庸暗薄劣何如也? 況舜之聖德, 如彼其盛, 而徵庸於三十, 歷試於二十八載之久而後, 始有汝陟之命。猶且避位於河南, 則豈可謂無遜讓之辭乎?

嗚呼! 聖上春秋之富, 甚遠於帝堯之耄期*, 當今時勢之艱危, 則難可一二盡言。而愚臣之童孩*昏弱, 不學不肖, 既無帝舜徵庸歷試之久, 而加之以痼疾日甚, 命如絲縷。宗社生民之托、制勝恢業之責, 反覆思惟, 決難勝堪。愚臣之獲戾上下, 得罪神人, 固不足恤, 深恐忝祖宗而辱聖上也。臣之無狀, 誠未上格, 瀝血籲呼, 未回天聽, 惶恐震越, 遑遑罔極*, 不知所歸。伏願聖慈熟加睿思, 憐之恤之, 哀之悶之, 特許允俞, 則垂死之命, 得保於須臾, 而更覩聖明回泰之盛矣。亟賜俯察, 以遂微臣區區悶迫之情, 不勝幸甚。

微臣悶迫下情, 累日伏地, 血誠哀籲, 天意愈邈。此實由於臣之無狀, 而誠未上孚, 力未回天, 跋踖震慄, 罔知攸措。臣之危懇, 已

* 方:《宣祖實錄》26年 9月 4日에는 "邦".
* 堯:《宣祖實錄》26年 9月 4日에는 "帝".
* 期:《宣祖實錄》26年 9月 4日에는 없음.
* 孩:《宣祖實錄》26年 9月 4日에는 "駿".
* 遑遑罔極:《宣祖實錄》26年 9月 4日에는 없음.

盡陳達, 不復枚擧, 仰塵淸*鑑。顧念聖上雖欲釋負, 當此搶*攘之際, 如臣之童孩無識駑劣暗弱者, 遽授之以艱大之業, 則非徒忝祖宗, 必不免於僨事。宗社大計, 豈如是不思之甚也*? 伏乞聖明*深思*宗社付托之重, 俯察微臣悶迫之情, 更加三思*, 亟賜一兪*。

盖聞樂人之樂者, 憂人之憂; 食人之食者, 死人之死*。勉諭具服, 共遵格言。今當國破家亡之時, 詎忘主辱臣死之義? 叢爾小醜, 讎我大邦, 始因隣好之修, 窺覘我虛實, 繼要信使之遣, 欺侮我朝廷, 敢逞射天之謀, 陰試假道之術, 天經地緯*, 豈可移易? 大分正名, 亦甚森嚴。

我則拒之有辭, 賊乃越玆而蠢, 蜂蠆益肆其毒, 犬羊長驅其群。遽陷釜山、東萊, 只有一臣之戰死; 忽踰洛江、鳥嶺, 連致大兵之潰奔。閫帥、藩臣, 盖有坐而視者, 鎮將、邑宰, 太半委而去之。死中求生, 誰肯援枹先士卒之伍, 草間圖活, 率多全軀保妻子之徒。諸陣望風而土崩, 三軍不戰而瓦解。金湯失險, 侵鎬之辱彌深, 車駕蒙塵, 去邠之擧斯亟。忍見萬姓之魚肉, 奈此七廟之丘墟? 廟堂力主

....

* 淸:《宣祖實錄》26年 9月 5日에는 "聖".

* 搶: 底本에는 "創". 일반적인 용례에 근거하여 수정.

* 也:《宣祖實錄》26年 9月 5日에는 "耶".

* 明:《宣祖實錄》26年 9月 5日에는 "慈".

* 思:《宣祖實錄》26年 9月 5日에는 "念".

* 三思: 底本에는 "聖恩".《宣祖實錄》26年 9月 5日 기사에 근거하여 수정.

* 一兪:《宣祖實錄》26年 9月 5日에는 "允下".

* 死: 底本에는 "事".《秋浦集·代號召使黃廷彧檄三道文》에 근거하여 수정.

* 緯: 底本에는 "義". 上同.

和金, 秦檜之肉足食, 奸兇首唱*幸蜀, 國忠之頭可懸。斯乃公卿大夫所共羞, 抑亦忠臣烈士所深痛。

祖宗傳葉*十一世*, 既有遺澤之猶存, 國家養士二百年, 寧無義兵之先唱*? 今則按*察使親師連*邑, 都元帥駐兵臨津, 江原·咸鏡之軍、黃海·平安之卒, 皆以勤王而方集, 可待殲賊之有期。獨爾三道雄藩, 寂無一人義士, 偸生可愧*, 若王室何? 見義不爲, 非丈夫也。公等或處方面, 或據專城, 或世受國恩, 或身居宰列。逮邦家多難*之日, 正臣子效節*之秋, 胡爲河上乎翱翔, 罔念泥中之陷溺? 不爲奮發直前之計, 自速逗遛不進之誅。臨危視路人, 是可忍也? 以賊遺君父, 於汝安乎? 縱無意竹帛之芳名, 獨不畏鈇*鉞於他日? 祖士雅過江擊楫, 庾元規洒泣登舟, 何不速渡乎漢流, 早宜進迫*於城下? 軍事*有進*而無退*, 盍勵死綏之心, 忠臣先國而後身, 宜殫殞首之報。

....

* 唱: 底本에는 "倡". 上同.
* 葉: 底本에는 "業". 上同.
* 世: 底本에는 "代". 上同.
* 唱: 底本에는 "倡". 上同.
* 按:《秋浦集·代號召使黃廷彧檄三道文》에는 "檢".
* 連:《秋浦集·代號召使黃廷彧檄三道文》에는 "漣".
* 愧:《秋浦集·代號召使黃廷彧檄三道文》에는 "媿".
* 難:《秋浦集·代號召使黃廷彧檄三道文》에는 "亂".
* 節:《秋浦集·代號召使黃廷彧檄三道文》에는 "命".
* 鈇:《秋浦集·代號召使黃廷彧檄三道文》에는 "斧".
* 迫:《秋浦集·代號召使黃廷彧檄三道文》에는 "泊".
* 事: 底本에는 "士".《秋浦集·代號召使黃廷彧檄三道文》에 근거하여 수정.
* 進:《秋浦集·代號召使黃廷彧檄三道文》에는 "前".
* 盍:《秋浦集·代號召使黃廷彧檄三道文》에는 "益".

等*元勳老物, 厚祿餘生, 受命於播遷之中, 募兵於潰散之後. 方期廓淸赤縣, 獲*見民物之再安, 必欲恢復舊都, 更致廟貌之如故. 苟能同心而協力, 何有撥亂而興衰! 但少絶裾投袂之人, 益切嘗膽泣血之憤. 願卽*赴湯而蹈火, 共*圖旋乾而轉坤. 義山恨不救舊*君, 討賊當急於一日, 伯玉恥獨爲君子, 擧義勿後於諸公. 檄到如章, 書不盡意.

黃思叔述

教鄭仁弘、金沔等書

王若曰: 君臣天地之常經, 忠義人道之大節, 所固有者, 不待勉焉. 矧惟嶺南, 肇基羅邑*, 父老服孝悌*, 子弟習詩書, 雖當蕩覆*之餘, 豈少奮勵之衆? 中岳誓月, 庾臣之釰自躍出鞘, 漢山摧鋒, 實兮之身着矢如蝟*. 昔當寇盜*之始至, 怪無一人之倡興*, 是由*將臣之望風, 實出士民之不意, 爭懷駭散, 未易呼收.

....

* 等:《秋浦集·代號召使黃廷或檄三道文》에는 "某等".
* 獲:《秋浦集·代號召使黃廷或檄三道文》에는 "得".
* 卽: 底本에는 "與".《秋浦集·代號召使黃廷或檄三道文》에 근거하여 수정.
* 共: 底本에는 "以". 上同.
* 舊:《秋浦集·代號召使黃廷或檄三道文》에는 "故".
* 邑:《松菴遺稿·敎書》에는 "麗".
* 孝悌:《亂中雜錄·壬辰下》에는 "忠孝".
* 覆:《松菴遺稿·敎書》와《亂中雜錄·壬辰下》에는 "敗".
* 蝟:《亂中雜錄·壬辰下》에는 "雨".
* 盜:《松菴遺稿·敎書》와《亂中雜錄·壬辰下》에는 "賊".
* 興:《松菴遺稿·敎書》에는 "義".
* 由: 底本에는 "惟".《松菴遺稿·敎書》와《亂中雜錄·壬辰下》에 근거하여 수정.

屬今列邑烟空, 一邦*波析*。黎元*爲肉, 不復圖生, 府庫成灰, 無可着手。自予西次*, 已絕南望, 豈意爾*仁弘曁沔, 挺身糾師, 刻意討賊, 乃於數月之內, 總得累千之兵, 義氣天臨*, 烈士響應? 撮*糒爲食, 勵民之倉廩誠虛, 削竹爲弓, 委庫之鎧仗安在? 揚*兵鼎津, 則遁賊褫魄, 接刃茂溪, 則流屍渾*江。官軍一何善崩, 義旅一何齊勝。是由彼之所懷者刑, 而刑不施律; 此之所結者義, 而義不思退。

始知除城池之功, 而厚養民力, 移節鎭之封, 而固結士心, 則游魂何*散於東萊之野, 毒鋒豈至於平壤之城! 由予不明, 雖悔何益。頃於本道陪持人*姜萬潭之歸, 一紙罪已, 千里敷心, 第念間關海山未卜*宣布行陣。玆憑崔遠軍中, 申諭予意, 仍*探賊情。爾看*予書*, 予懷何盡!

高秋霜露, 憫*宗社之飄零, 絶塞江湫, 寄帳殿之蕭瑟。懷土無間

* 邦:《松菴遺稿·敎書》와《亂中雜錄·壬辰下》에는 "方".

* 析: 底本에는 "折".《松菴遺稿·敎書》에 근거하여 수정.《亂中雜錄·壬辰下》에는 "坼".

* 元:《松菴遺稿·敎書》와《亂中雜錄·壬辰下》에는 "民".

* 次:《亂中雜錄·壬辰下》에는 "遷".

* 爾:《亂中雜錄·壬辰下》에는 "有".

* 臨:《亂中雜錄·壬辰下》에는 "鑑".

* 撮:《松菴遺稿·敎書》에는 "摺".

* 揚: 底本에는 "掃".《松菴遺稿·敎書》와《亂中雜錄·壬辰下》에 근거하여 수정.

* 渾:《松菴遺稿·敎書》에는 "混".

* 何: 底本에는 "已".《松菴遺稿·敎書》에 근거하여 수정.

* 陪持人:《亂中雜錄·壬辰下》에는 "營吏".

* 卜:《松菴遺稿·敎書》에는 "易".

* 仍:《亂中雜錄·壬辰下》에는 "因".

* 看:《松菴遺稿·敎書》와《亂中雜錄·壬辰下》에는 "省".

* 書:《亂中雜錄·壬辰下》에는 "意".

* 憫:《松菴遺稿·敎書》와《亂中雜錄·壬辰下》에는 "悶".

於貴賤, 思歸日切於朝暮[*]。卽幸天朝眷念[*], 猛將承命, 欽差兵部侍郎一員, 督率廣寧、遼東等鎭, 協守摠兵等[*]官, 發七十萬軍馬, 幷調運粮支, 水陸幷進, 令至[*]王京掃蕩。本月十一日, 游擊將軍張奇功領先鋒渡江, 江、浙地方游擊將軍沈惟敬, 連炮手一千六百名[*], 幷賫欽賜賞軍銀兩, 十五日, 渡江。天兵垂至, 山岳動色[*]。秋晴路乾, 正[*]屬擒胡之月, 馬肥弓勁, 實是殺賊之期[*]。鐵馬亘於大定、淸川, 舸艦連於登萊、江浙。狂寇惡積, 天誅誠[*]加。況我義兵烈士之徒, 竝在畿、黃、忠淸而起! 在處斬級[*], 逐日獻公, 寔賴天地默祐[*]而然, 此是[*]宗社再造之會。緬爾多士[*], 更勵[*]精忠。

　　聞金誠一駐居昌, 韓孝純保寧海, 就加左右道觀察、巡察等號, 大小義兵將等, 幷除職有差, 爾其就聽節制, 亦宜幷[*]參籌謀, 邀賊歸

....
* 暮:《亂中雜錄·壬辰下》에는 "昏".
* 眷念:《松菴遺稿·敎書》에는 "見憐".
* 等: 底本에는 없음.《松菴遺稿·敎書》에 근거하여 보충.
* 令至:《亂中雜錄·壬辰下》에는 "至今".
* 名: 底本에는 없음.《松菴遺稿·敎書》에 근거하여 보충.
* 色:《松菴遺稿·敎書》와《亂中雜錄·壬辰下》에는 "光".
* 正:《松菴遺稿·敎書》와《亂中雜錄·壬辰下》에는 "政".
* 期:《亂中雜錄·壬辰下》에는 "機".
* 誠:《松菴遺稿·敎書》와《亂中雜錄·壬辰下》에는 "當".
* 級:《松菴遺稿·敎書》와《亂中雜錄·壬辰下》에는 "馘".
* 祐:《松菴遺稿·敎書》와《亂中雜錄·壬辰下》에는 "佑".
* 是:《松菴遺稿·敎書》에는 "實".亂中雜錄·壬辰下》에는 "正".
* 爾多士:《松菴遺稿·敎書》와《亂中雜錄·壬辰下》에 근거하여 보충.
* 勵:《松菴遺稿·敎書》에는 "勸".
* 幷:《松菴遺稿·敎書》와《亂中雜錄·壬辰下》에는 "交".

途*, 可以躡*擊其尾, 偵*賊屯處, 可以夜斫其營。遙制爲難, 相機任汝。

痛仁甲之溺死, 酬*贈判書, 愍*李亨等*戰亡, 官子一人。爵賞無關*, 至爾*何惜! 第可先淸嶺嶠, 始宜亟迎乘輿。予言欲窮, 予淚先下。予何忘也? 爾宜勉之。於戲*, 禮樂提封, 倘掃腥膻*之氣, 山河帶礪, 可共*茅土之榮。故玆敎示, 想宜知悉。

秘記相傳九百年, 前人已去後人遷。

三都白日成狐兔, 五部靑春醉管絃。

木落神嵩寒泣雨, 草深*宮苑曉生烟。

聖恩寬宥深如海, 方信*三韓得再*全。

·········

* 途:《松菴遺稿·敎書》와《亂中雜錄·壬辰下》에는 "路".

* 躡: 底本에는 없음.《松菴遺稿·敎書》와《亂中雜錄·壬辰下》에 근거하여 보충.

* 偵:《亂中雜錄·壬辰下》에는 "戡".

* 酬:《松菴遺稿·敎書》와《亂中雜錄·壬辰下》에는 "聊".

* 愍:《亂中雜錄·壬辰下》에는 "悶".

* 等:《亂中雜錄·壬辰下》에는 "之".

* 關: 底本에는 "閑".《松菴遺稿·敎書》에는 "間".《亂中雜錄·壬辰下》에는 "關". 맥을 살펴 수정.

* 至爾:《松菴遺稿·敎書》에는 "玉帛".《亂中雜錄·壬辰下》에는 "竹帛".

* 於戲: 底本에는 없음.《松菴遺稿·敎書》와《亂中雜錄·壬辰下》에 근거하여 보충.

* 膻:《松菴遺稿·敎書》에는 "羶".

* 共:《亂中雜錄·壬辰下》에는 "享".

* 深:《松窩雜說》에는 "生".

* 方信:《松窩雜說》에는 "坐使".

* 得再:《松窩雜說》에는 "再得".

曉諭諸道軍民書

仰惟皇上深矜我國*爲倭賊所侵, 特遣行人司行人薛藩, 宣諭聖旨, 仍*命大發兵討賊, 期必拯濟我生靈, 恢復我疆土, 以參將駱尙志力擧千鈞*號駱千斤者, 領南兵火炮手精銳一當百者五千爲先鋒, 廣寧摠兵官李成樑*, 領遼兵及家丁獞子鐵騎三萬次之, 兵部尙書宋應昌, 摠薊鎭、山東、山西、宣府等處大軍繼之, 陸路分三道, 趨平壤, 直攻迅掃, 水路分二道*水陸諸軍, 皆期會京城, 長驅南下。戰將三百兵凡七十萬, 以天兵之盛*, 殲此小醜, 譬*如擧泰山壓鳥卵。

咨爾大小庶民, 以祖宗舊民, 今淪沒爲島夷服役, 或喪其父母妻子, 豈不痛心? 寧無復讐之志? 宜各戮力奮勵, 斬倭以自效, 則蕩平之日, 可錄爲功臣, 澤及後裔。不然則天兵長驅蹴踏之際, 必未免爲玉石俱焚之患, 雖悔曷追。其各勉力自效。

一, 斬倭大將者, 勿*論尊卑, 陞嘉善。

一, 凡斬倭一級以上者, 皆錄爲功臣。

一, 雖投入賊中者, 若斬倭賊出來, 則非特免其罪, 而竝錄其功。

一, 雖不能斬倭, 先爲出城逃來, 則免罪褒賞。

萬曆二十年九月 日

....
* 國: 底本에는 없음.《亂中雜錄·壬辰下》에 근거하여 보충.
* 仍:《亂中雜錄·壬辰下》에는 "因".
* 鈞:《亂中雜錄·壬辰下》에는 "斤".
* 李成樑:《亂中雜錄·壬辰下》에는 "楊韶".
  道:《亂中雜錄·壬辰下》에는 "運".
* 盛:《亂中雜錄·壬辰下》에는 "威".
* 譬: 底本에는 없음.《亂中雜錄·壬辰下》에 근거하여 보충.
* 勿: 底本에는 없음.《亂中雜錄·壬辰下》에는 "不".

欽差經略兵部示。照得本部奉命，調發南北水陸馬步大兵，征滅倭奴，恢復爾國，已經申飭將領等官，約束軍士，秋毫無犯。仰朝鮮國軍民人等，如遇大兵，經過屯箚之日，俱照常安守家業，毋得驚慌畏懼。如軍士有生事擾害者，許令於本管將官處稟究。爾等亦當體念大兵寒月救援爾國，不許故行抑勒，各宜知悉。

萬曆二十年十一月二十五日

經略兵部約法牌文

一，各官軍有狎民間婦女者，斬。

一，强取市民財物酒食者，割左耳。

一，擅離行伍，不聽約束者，綑一繩，打五十。

一，將官遇住宿處所，委一能幹頭目，先行至彼，查看店房或寺觀寬窄，粘一浮帖於各門之上，云"此處容某隊若干人馬"，令各官認帖投宿。住止既定，不許一人出門，違者綑打八十。將官不舉，事發併究。

十二月十五日

一，將領統率大兵，救援朝鮮，秋毫不敢有犯，違者斬。

一，將士不許妄殺朝鮮子女，希圖昌功，違者斬。

一，將士務要同心戮力，共成大功，參差猜忌者，以軍法重處。

一，臨陣時，衝鋒者，專務斫殺；割級者，專務割級。得獲功次聽驗功時，以四分頒給陞賞，爭功奪級者斬。

約法四章，最為緊要，將領軍，各宜遵守。

十二月初五日

　　王世子下敎曰: 天朝都督將寧夏侯李如松, 與李如栢、楊元、張世爵三大將, 先率天下精兵十萬, 前月二十五日, 渡鴨綠江。參將駱尙志領福建炮手七千, 先期渡江, 大小將官幷七十二員。參將則已到順安, 都督則已到安州, 與我軍三萬, 將以約日擧事。兵家事雖未可預料, 以勢而言, 以泰山壓卵, 掃滅兇醜, 當不淹時日。

　　今見平壤之賊數, 不過六七千, 諸處屯住之賊, 必皆西向相救, 乘此難得之機, 兼仗皇威, 我軍各陣竝起而擊賊, 大以敵大, 小以敵小, 使不得相救, 則兵鋒所及, 勢如破竹。若衆寡不敵, 未易加兵, 或與之對陣, 相持牽掣, 其勢或踵後尾擊, 使賊形分勢離, 不得合聚。洒雪羞恥, 廓淸寰區, 在此一擧。此意幷諭道內各鎭各邑及大小義兵等處, 使之各自爲戰, 無一人玩寇旁觀。如有逗留不進不從命者, 卽軍中處斬, 以勵衆心事有敎。

　　王若曰: 嗚呼! 君臣之義, 經天地而常存*; 忠義之心, 根秉彛而不泯。人各有之, 豈待勉焉? 始雖衆寡之不同, 未易掃蕩*, 今旣威靈之震疊, 盍各振起? 恭*惟我聖天子念祖宗世篤忠貞, 悶寡人播越草芥*, 爰命天下大都督李如松, 提領精兵數十萬衆曁閩·浙火器*、炮

....

* 　存:《亂中雜錄·癸巳》에는 "在".
* 　掃蕩:《亂中雜錄·癸巳》에는 "蕩掃".
* 　恭: 底本에는 "洪".《亂中雜錄·癸巳》에 근거하여 수정.
* 　芥:《亂中雜錄·癸巳》에는 "芥".
* 　器:《亂中雜錄·癸巳》에는 "炮".

手, 已於本月初八日, 攻拔平壤, 克復全城*, 鏖殺倭賊二萬餘人, 賊酋行長以下, 砍斬燒溺, 無或脫躱。原係本國人民*去逆歸*順者, 一切免死, 悉許復籍。皇恩如天地, 草木咸宥*生成; 天威似雷霆, 觸犯無不焦碎。分道幷進, 席卷長驅, 攻勦餘賊, 勢如破竹。

而欽差經略兵部侍郎宋應昌, 親承大命, 奉行天討, 凡所指授*, 動合神算, 贊畫經略兵部員外郎劉黃裳、兵部主事袁黃, 同心協贊, 誓*滅窮寇。傳咨*本國, 激發勸勵*, 逐條開說, 明白懇切, 凡有人心, 孰不感動? 又於接見之日, 面承招集之言, 玆降*十行之札, 遍諭八方之人, 其爾各道大小官司及草野忠義之士, 其各奮忠*效力*, 忘身殉*國, 或召*聚義旅, 以助官軍; 或曉諭*豪傑, 以迎王師。或遏惰*歸之路, 或斷繼餉之道, 凡諸*機宜, 皆聽自便。嗚呼! 神赤風塵, 倘效今日之忠

....

* 　克復全城:《亂中雜錄·癸巳》에는 "全城克復".

* 　人民: 底本에는 없음.《亂中雜錄·癸巳》에 근거하여 보충.

* 　歸:《亂中雜錄·癸巳》에는 "從".

* 　宥:《亂中雜錄·癸巳》에는 "固有".

* 　授:《亂中雜錄·癸巳》에는 "麾".

* 　誓: 底本에는 缺字.《亂中雜錄·癸巳》에 근거하여 보충.

* 　傳咨:《亂中雜錄·癸巳》에는 "轉鬪".

* 　勵:《亂中雜錄·癸巳》에는 "諭".

* 　玆降:《亂中雜錄·癸巳》에는 "降玆".

* 　忠:《亂中雜錄·癸巳》에는 "心".

* 　力:《亂中雜錄·癸巳》에는 "死".

* 　殉: 底本에는 "循".《亂中雜錄·癸巳》에 근거하여 수정.

* 　召:《亂中雜錄·癸巳》에는 "招".

* 　諭: 底本에는 "告".《亂中雜錄·癸巳》에 근거하여 수정.

* 　惰:《亂中雜錄·癸巳》에는 "墮".

* 　諸:《亂中雜錄·癸巳》에는 "所".

節, 烟、雲圖畫[*], 共享萬世之功勳。故玆教示, 想宣知悉。

正月初十日

提督府爲申勅國法戒諭怠玩事。恭蒙聖[*]命, 念汝小邦, 被倭所陷, 君臣播遷, 人民逃徙, 特命大將, 鼓帥各鎮官軍, 遠涉海山, 拯[*]援危弱[*]。迄自[*]十二月二十五日渡江以來, 體察朝鮮國首臣柳成龍、尹斗壽等, 不以臥薪嘗膽爲心, 雪恥除兇注念, 宴安私室[*], 恣酒自樂, 非惟藐慢天朝, 抑且自欺[*]國王[*], 悖禮蔑敎, 殆爲甚焉。且官兵野屯露宿, 捨命捐軀, 得克平壤, 可謂爾[*]等無國而有國、無家而有家。若以責備過失罪咎[*], 粮匱草無, 坐視觀望, 違慢軍機, 疏聞當宁, 掣兵旋遼[*], 同[*]汝就斃, 使有國者復至無國, 有家者仍悲無家。本府賦性[*]忠貞, 寸衷爲主, 不以小過介[*]心, 堅持朝綱大體, 兵屯平壤, 撫綏運籌,

....
* 圖畫:《亂中雜錄·癸巳》에는 "臺閣".
* 聖:《宣祖實錄》26年 1月 13日에는 "靈".
* 拯:《宣祖實錄》26年 1月 13日에는 "極"
* 弱:《宣祖實錄》26年 1月 13日에는 "溺".
* 自:《宣祖實錄》26年 1月 13日에는 "迫".
* 室:《宣祖實錄》26年 1月 13日에는 "家".
* 欺: 底本에는 "致".《宣祖實錄》26年 1月 13日 기사와《隱峯全書·白沙論壬辰諸將士辨》에 근거하여 수정.
* 王: 底本에는 "亡". 上同.
* 爾:《宣祖實錄》26年 1月 13日에는 "汝".
* 過失罪咎:《宣祖實錄》26年 1月 13日에는 "罪咎過失".
* 同:《宣祖實錄》26年 1月 13日에는 "目".
* 性:《宣祖實錄》26年 1月 13日에는 "稟".
* 介: 底本에는 "芥".《宣祖實錄》26年 1月 13日 기사와《亂中雜錄·癸巳》에 근거하여 수정.

隨時進發, 揆機制勝, 奠安汝等家國, 直待事妥民寧, 請*旨復命, 爲
此牌。仰朝鮮國大小陪臣*, 傳知首臣, 火速赴府, 聽議進勤, 機宜料
理, 應用料草。若再慢違, 定行題參正法, 從重示戒, 斷不姑息, 須
至牌者。

右李提督申勅戒諭我國臣民牌文

王若曰: 國家之運不幸, 劇賊遍於城中, 君父之讎可忘, 元老起
於湖外, 盍仍授以重任, 俾竟收乎奇功? 顧予涼薄之資, 承此艱大
之業, 憂勤卅五載, 恬嬉二百年。計雖存於苞桑, 備未先於陰雨。何
圖倭奴之匪茹? 遽乘邊境之不虞。爲蛇豕荐食東南, 縱鯨鯢直跋畿
輔。長驅之勢孰遏? 潼關無賴於哥舒, 固守之計已窮, 河南奈逼乎
粘罕?

亟效去邪於亶父, 庶圖興唐於朔方。漢都城池形便, 遽失於一
夕, 龍灣霜雪播越, 已愈於三時。痛諸道之整居, 憫無期於盪定, 猶
幸人心之思奮, 可占天意之興衰。結鄉團而同仇, 勤王爭起於列郡,
一心力而偕作, 平賊允屬於玆機。何人謀之不臧, 致軍情之相失?
率多擁衆而自衛, 孰肯臨陣而相援? 興尸必凶, 無怪膚功之未奏, 師
出以律, 何難醜虜之必殲? 安得大臣而往諸, 以統諸軍之節制? 無
踰於老臣者, 惟簡實在予心, 何患乎有苗哉? 疇咨亦由僉舉。

惟卿兩朝耆舊, 一生淸忠。對三策於君門, 曾作漢庭之第一, 宅

....
*　請: 底本에는 "傳". 《宣祖實錄》 26年 1月 13日에 근거하여 수정.
*　陪臣: 《宣祖實錄》 26年 1月 13日에는 "臣僚".

癸巳日錄 • 325

百揆於台府, 尙倚周室之老成。方委任而圖治, 遽辭疾而引退, 屬亂離之斯瘼, 奈老病之已深? 阻豹虎於終年, 縱未及奔問之列, 念君臣之大義, 詎蟄弛匡復之誠! 已聞建義於湖西, 盍圖進取於圻內?

顧京師根本之地, 爲凶醜腥穢之鄕。化介鱗於衣冠, 文物盡汚於賊手, 望旌旗於日夕, 天討盍順乎民情? 事固有先重而後輕, 卿可不捨彼而取此? 玆授卿以都體察使, 凡各處義兵, 皆聽卿節制, 其有不用命及失機宜者, 一切以軍法從事。其聽予意, 更盡乃心。建裴度都統之牙, 明約束於諸軍; 擊祖逖中流之楫, 誓掃淸於玆行。寧欲忽三令五申? 要不愆六步七伐。相機勦滅, 先定計於萬全, 盡銳前攻, 期取勝於一擧。毋令片甲之或返, 庶迎乘輿而亟廻。今予曷敢多言! 惟卿尙克盡職。嗚呼! 宗社之恥未灑, 生靈之禍益深。禮義封疆, 妖氣倘掃於此日, 山河帶礪, 殊勳期策於他時。故玆敎示, 想宜知悉。

右建義大將沈相爲義兵都體察使 敎書

忠淸道右道儒生生員李芨等, 謹再拜上書于沈相公閤下。伏以諸州縣 爭起義師, 以殲凶醜, 俱曰軍無主乃亂, 衆論靡然從公, 公忍舍諸? 閤下位已極矣, 年已暮矣, 雖朝廷不能强起之, 然閤下則未必如是矣。

曩者邊臣失律, 海寇猖獗, 金湯萬里, 三京失守, 聖駕蒙塵, 軍師屢敗, 宗社丘墟, 人民屠戮, 箕封變爲染齒之鄕, 赤子變爲左衽之歸。顧瞻四方, 魘魘無地, 而唯幸湖西半路, 僅免瓦礫, 玆豈非祖宗在天之靈, 輔佑我一方, 以爲一成一旅之基乎? 第因制閫之帥, 有所缺謀，宣力之士，都忘大義，軍旅百姓，盡爲悁恫，鋒鋩所接，不戰而潰，遂使聖主軫憂於西關，兇徒驟突於一方，誠可痛哉。

生等韋布之士也，材疏力微，不能幹功，猶自摘膽劍心，出萬死一生之計，會合鄉兵，僅得數百，湖上十數郡男子，有如我同志者，不期而會，亦可得一二千矣。舉雖迂疎，唯誠格天，唯其節制，實在於閣下，未知閣下之意如何？

此邦之人，必欲以公爲帥者，閣下平生大節，足以有爲，且以知兵聞於一世。亂生之初，臺議啓薦爲體察之任，朝廷慗其老而寢之，然聖意未嘗孤也。而蒼黄之際，閣下竟失聖駕所出，此閣下日夜涕泣不眠寢食者也。今將餘力，仗節轅門，則白首元帥，人爭仰慕，▣使聖主聞知，想戀元老忠誠氣節，老而彌篤，而南顧之憂庶可弭矣。然則蹔展衰步，益勵晚節，竭力圖報於未死之前，非閣下之責耶？

公若不起，其於社稷何？其於生靈何哉？似聞閣下不悅於玆者，生等誠怪之，久而愈惑。將時勢不可，有所嫌別耶？抑聚兵動衆，落落難合耶？當國家危急之日，主辱臣死之秋，苟利於國，遑恤其他。而況連城守宰，列陣諸將，按兵自衛，徘徊不進者，見閣下奮發忠義，卒然興起，則舉皆洗心易慮，立懦激頑，爭相聽命於閣下，齊心合力，保障湖西，蕩兇穢於畿甸，回鑾輿於故都，顧不偉歟？生等非敢有私於閣下，抑見國勢有所賴耳。

閣下氣力雖衰，精神十倍，綸巾羽扇，足以自持；八陣六韜，足以自運，人望所屬不可遏也。一道義旅之聚散，唯在閣下之出處，閣下何慳一出，以負大義也？方今人心厭亂，天意助順，天兵已臨於西關，賊勢瓦解而不張，清秋助肅殺之氣，太白垂滅敵之象，期成大功, 正在今日, 唯閤下念哉。思歸之敎、日望之旨, 能不痛哉? 能不悲哉? 此生等撫枕中宵, 聞雞起舞, 倡義聚徒, 不惜躬者也。伏惟相公上念君父之深羞, 俯察士林之顒望, 決意一出, 弘濟時艱, 則宗社幸甚, 臣民幸甚。時危事棘, 不知所言。

九月卄九日

沈相答曰: 八十老病垂死之人, 精神氣力, 不能謀事, 此不可爲者一也。奔竄之人, 無朝廷命令, 而遽應儒士等之請, 舉義起兵, 事體未便, 此不可爲者二也。朝廷方遣大臣, 臨于道內, 監督軍務, 而曾經大臣者, 竄伏草野, 私舉義兵, 似若以受命大臣, 爲不足以有爲者然, 事勢未安, 此不可爲者三也。道內義兵之已起者, 非一非二, 而軍粮兵器, 皆取諸各邑, 搔擾已多, 今又別起, 不得不取於各邑, 則恐難堪支, 此不可爲者四也。賊勢似已衰挫, 而今之起兵, 亦云稽緩, 若不復侵掠此道, 則義兵其將移而京城及他道乎? 不然而淹延時日, 徒費各官之物, 則恐爲無益, 此不可爲者五也。

儒生等再上書云: 昨承五不可之命, 生等之惑滋甚焉。八十爲將, 古有其人, 謀事能否, 不在老少, 苟欲珍殲, 何嫌興疾乎? 士子舉義, 在於自奮, 出爲義將, 何待朝命? 苟欲待命, 官也非義也。朝廷之遣使監督官軍, 相公爲將節制義兵, 官軍、義兵, 其勢各異, 有何私起之嫌也? 義兵雖多, 皆出於士林, 粮餉器械, 亦皆自辦, 有何騷擾之弊乎? 賊據王城一年, 將暮憑凌之勢日熾, 一捷之報無聞, 長驅之患, 迫在朝夕, 豈可以一賊之少退爲挫乎? 如我輩掃當前之寇, 又進戰於畿甸，傳三箭於西北，返龍馭於京城，是所志也。今之起兵，又何稽緩也？

十月初一日

祭纛文【十月二十日】

旻天降割，醜虜伺隙。廟社丘墟，乘輿播越。衣冠士子，盡罹鋒鏑。祖宗疆土，舉陷腥羶。變慘千古，禍結終年。師徒屢潰，敵愾無人。摧肝腐心，憤極臣民。四郊多壘，一天忍戴。誓鳩武旅，以遏橫潰。戎旗纔建，義徒雲合。寧揝勤王，膽裂主辱。我伐用張，爰方啓行。揚鬣按劒，有死無生。唯我有神，尚克陰相。載楊武威，迅行平盪。淨掃兇徒，復奠邦國。生靈再安，羞恥永雪。玆葳明禋，敢告事由。神之聽之，無作神羞。

移諸義兵檄書【十月十五日】

萬死無悔，爭起報國之義師；一心有勵，宜合討賊之兵勢。敢馳羽檄，延告血誠。頃者旻天降兇，醜虜伺釁，八路俱絶，誰謂國家之有■，三都既夷，始知金湯之難恃。乘輿播越，廟社丘墟。衣冠罹獷獝之牙，草木染腥羶之血。唯玆大變，振古所無。所賴人心未離，聖澤猶在。義旅爭憤於敵愾，輿情咸激於死綏。慷慨募師，纔二三朔；影響赴義，踰百萬群。惟我諸義兵將，或碩士儒紳，或武夫健將。雪涕圖復，誓與賊不俱生；仰天奮拳，期爲國效一死。枕戈幕裏，岳武穆之忠膽義肝；運籌幄中，張留侯之秘計深算。寇賊聞風而自戢，疆土指日而重恢。

第以聲勢莫相援, 兵力或不一, 雲屯列陣, 只保一偶, 烏合諸軍, 罔圖大計。舉義之壁壘相望, 未聞收復一城, 興師之歲月屢遷, 徒能勦殺零賊。此非諸將之初意, 恐乖朝廷之所期。我乃三朝受恩, 一毫無補, 側迹大臣後, 未能扶顚而持危; 竄身戎馬間, 所愧偸生而苟活。戴矊天而無面, 食君土而何顔! 膂力既愆, 雖慚伏波之上馬; 忠奮所激, 自期諸葛之鞠躬。强起衰病之中, 勉答儒林之請。

兹於本月二十日, 來陣于牙山倉, 擬欲隨後於列鎭, 誓將圖報於吾君。凡我奮義之兵, 孰非爲國之舉? 倘能謀協而勢合, 何患力弱而兵殘? 修我矛而同仇, 莫效賀蘭之環視; 飭戎車而偕作, 皆懷信都之來歸。戮力同心, 約日齊奮。舉泰山壓鳥卵, 淨掃兇徒; 爇洪爐燎鴻毛, 迅行平盪。胡命其能久? 庶建克復之殊勳, 人心焉可誣? 足見遠近之協力。嗟我同志之人, 勉卒稀世之績。

答建義將批

太公之鷹揚牧野, 潞公之侍立終日, 皆是大耋之時。卿年臨八十, 慷慨國事, 倡義興兵, 其於見聞, 有足多者。卿名位既高, 諸處義兵, 自當統屬, 趂時圖事, 如有不用命者, 卽以軍法從事。印信亦造而送, 卿其以爲號令體貌事。有旨。

付記

黃海道海州月谷面桑林旌門洞居, 十代孫舜善謄書後付背。

付記

歲己酉五月下旬, 謹寫, 戠重緝于海州桑林洞香齋書社。

甲午日錄

七代孫泰魯爲作貼寶莊計, 敢拔取二丈,
更爲手膽以塡。時癸未正月二十七日也。

正月大

正月初一日

玉汝自完山始到。李賚汝獻亦至, 相見喜慰。汝獻來時, 歷林川, 留宿三日, 林川倅乃其外舅也。因再度往見余之妻子云。家人付傳書信, 見之則時免恙云, 但允謙妻父在順天, 渡海船敗, 舟人盡死, 其孼息李生亦溺死, 彦實則僅得浮泳出陸, 因病七日而逝云。不勝驚悼驚悼! 其老母與妻子, 何以爲生? 尤可慮也。謙也其喪柩護來事向順天, 而歷入完山, 適玉汝到府相見, 爲其所挽, 因留三日, 入見庭試後發去云。庭試得參者九, 而居首則尹晧云。

　且光州居儒士金德齡, 勇力絶倫, 自薦擊倭, 合聚義兵, 與光州、潭陽、長城結約, 而長城則全主其事, 當於今月內, 率兵向嶺南云云。成功與否, 雖未豫知, 而其爲人有過人之才, 亦有《陰符》之術云。東朝賜號翼虎將軍, 亦賜戰馬軍裝等物, 屢次引見, 賜言甚厚云。

　且玉汝昏出來, 相與坐房中, 作糖而食, 酒三杯而罷, 夜過半矣。同席者趙正字翊及叔訓、汝獻、汝敬、主倅外舅權大詢、李復興、李生員精一暨余耳。

正月初二日

朝食後發來, 到羅州地艅艎里, 投宿鄭生員文謙奴家。昏, 鄭公出見, 從容做話, 夜深而罷歸。鄭公乃前牧使惕之仲子云。

正月初三日

早發行, 至一息朝飯。到羅州西門外, 先使宋奴呈玉汝簡於牧伯前, 期於西門外, 而宋奴誤出於南門外, 尋之不得, 彼此相違。因致日暮, 又門禁極嚴, 出門後更不得還入, 不得已因炊夕飯而食, 日已昏矣。西門內居前日所宿主人, 聞余到門外不得入, 出來導余入門, 寢余其房, 飲余好酒, 可謂厚矣。李參軍賓先在牧伯處, 亦聞吾到此, 使人問候, 因夜深, 不得相見, 期於明日。

正月初四日

早朝, 送人于良弼處邀之, 良弼卽來見, 曾是不意, 不勝欣慰! 因持酒與生肉一塊而來, 相與炙肉, 飲酒兩杯而罷。

　晚食後發來, 再度秣馬, 馳到靈巖西門外, 日已暮矣。投宿林進士婢夫林命守家。命守妻, 乭壯也, 少時進士率來, 使喚於京家, 故今余之來, 事之如其上典, 卽炊夕飯, 又覓酒於隣家飲余。

但馬太四升烹之, 未拯之際, 適有飢人入處, 闚其無人, 爲半見
偸, 雖曰過甚, 飢寒所迫, 一則可憐。奴等欲打, 嚴敎禁之。

正月初五日
啓明而發, 行到鳩林。日上月峯, 纔一竿矣。入謁慈氏前, 喜慰交
極。慈顏如舊, 進食有加, 別無疾患, 尤極可喜。但賊奇將有向湖
南云, 又多防礙未安之事, 欲陪母主, 今月內還湖右, 而只奉養無便,
是可悶也。然母主亦欲歸之, 不可遏也。食後, 崔生員深源、權生
員淳、林進士晛曁余、舍弟會話邀月堂。昏, 與弟就宿主家, 深源持
酒來見, 夜半而罷歸。

正月初六日
朝食後, 出邀月堂, 與深源、權·林兩上舍、南伯馨曁余、舍弟、五六
少年, 會話終夕。景欽贈余租一石, 欲春貿木花爲計。

　且昨日金昌壽歷來, 因聞子定拜翰林云, 可喜。昌壽乃子定四
寸, 而來自禮山, 故詳知矣。前日聞翰苑薦, 而未詳其實, 今乃始知
其的矣。金公向康津耳。

正月初七日
食後, 出邀月堂。權生員淳、林進士晛、崔生員深源、隣居朴濬兄
弟、朴敬行曁余兄弟會話, 而深源與林子昇手擲政圖, 以賭勝負, 終
日爲戲。天雨亦終夕不霽。昏, 與弟就寓。南伯馨避瘧亦來, 與之
同宿。

正月初八日

伯馨離瘧, 早還其家, 余與舍弟隨後而來。去夜大風, 屋宇振擾, 捲茅拔籬, 至於曉頭始止。但寢房過溫, 終夜轉輾, 反傷風寒, 朝起則氣頗不平。

且午後, 林子中邀余等於其家, 設酒饌, 大醉徑返寓家, 崔深源隨至。余醉睡, 故與彥明暫話而還去。今日參席者, 南伯馨、權和甫、崔深源、柳璇、閔友仲兄弟及少年三四輩與余兄弟也。柳璇者, 前宣傳官柳玎之四寸, 而托食於玎家, 適來參席, 性頗險僻, 人多忌之, 偶與深源相詰, 高聲罵辱, 可笑可笑。伯馨先起, 余亦隨之。

正月初九日

雨下終夕。出邀月堂, 與伯馨、和甫、子昇做話終日。子昇饋山猪烹肉、酒一碗, 夕食後還寓。送馬深源家邀之, 得酒肴於妹氏處, 各飲四碗, 各話心事, 夜過半而歸。且昨景欽往順天防踏僉使鎭, 而雨勢如此, 必滯於中路矣。

正月初十日

去夜雨雪, 朝起視之, 月峯盡白, 猶尙不霽, 或洒或風。道路泥濘, 勢不可發行, 悶慮不已。初欲明日往綾*城, 因收貢於長興奴婢等處故也。朝食後, 就邀月堂, 與深源、伯馨、和甫、子中、子昇、仁仲暨余兄弟、四五少年輩, 做話終日。子中之姪林坦, 酒肴持來, 相與飲

．．．．．．．．

* 綾:底本에는 "稜". 일반적인 지명 용례에 근거하여 수정.

之, 日暮各散。大風陰曀終夕。

正月十一日

食後, 就邀月堂, 與深源、伯馨、子中、愼仲、和甫、諸少年五六輩曁
余兄弟, 終日會話。子中、深源輩, 分邊射的, 約以負者持酒肴呈之,
子昇邊不勝, 故子昇出酒一壺飮之。昏, 深源來訪余寓, 夜深而返。

　且景欽所贈之租舂之, 則米六斗七升, 卽令貿木花三十七斤, 妹
氏所贈木花十斤, 前日持來枕隅賣之, 又得七斤, 竝五十四斤, 令奴
輩去核矣。又給米五升, 買鐵片二斤十二兩, 欲造多曷耳。

　且聞昨日暗行御史入郡, 必有所聞, 親往太守買家擲奸後, 移囚
羅州云。太守姓名金聲憲, 而久失民心, 又多貪婪, 郡內近處, 買得
大家。又出官庫之物, 滿載兩船, 先送靈光族人家, 又出穀接置城
內人家十餘處, 皆豫聞論罷之奇, 故先爲措置云云。如此國儲傾竭
之時, 不體朝廷委*遣之意, 侵虐生民, 貪斂不厭, 至於此極, 雖殺
之, 何惜? 又多買流離人奴婢, 出米貿木亦多云云。盜穀之數, 幾至
千餘石, 而船卜之物, 不在此數云云。【此道盜官物甚多者, 靈光倅申
尙節、泰仁倅朴文榮*、及靈巖倅金聲憲尤甚云云。】

正月十二日

就邀月堂, 與伯馨、深源、子中、和甫輩, 終日敍話, 或射的, 或擲政

....
*　委: 底本에는 "遂". 일반적인 용례에 근거하여 수정.
*　榮: 底本에는 "英".《宣祖實錄》26年 10月 18日 기사에 근거하여 수정.

圖, 以爲戲資。鄭生員文晦亦來, 在京時林子昇所交, 故來訪耳。

正月十三日

就邀月堂, 與諸公敍話。和甫、子昇與鄭公分邊射的賭酒。子昇邊
見屈, 出酒飲之, 而人多酒少[*], 更欲得飲, 使余求之, 於妹氏前, 又
得好酒一壺, 各飲數杯而罷歸。

正月十四日

終夕大風, 寒氣倍冽於冬日。食後, 就邀月堂, 與諸公打話終日。但
漆笠今過四日, 尙未乾, 必不好之漆, 將爲棄物, 甚可悶也。

正月十五日

鄭生員文晦食後還北。今日始聞, 鄭公妻氏, 故尹麟蹄殷卿之女,
而於余八寸妹也。且去夜大雪, 幾至三四寸, 朝猶未止, 晚後始霽。

　且午後, 閔參判夫人發向京城, 與其女相別之時, 惻惻難離云。
人情到此, 寧不悲痛? 子昇陪往羅州而還。且明日南伯馨亦北歸, 故
昏, 深源持酒肴, 與伯馨、子中、和甫、林坦曁余兄弟, 會話于余寓
處, 夜深而罷散。

　朝, 送奴于靈巖郡, 問調度御史之奇, 則先文雖到, 時無正奇云。
余亦不得已明明欲往綾城爲意耳。

正月十六日

南伯馨率妻子發歸，余與舍弟及子中、深源、和甫，會邀月堂，別送于中門外，因修家書，付傳林川寓處。又就邀月堂，與諸公打話終夕。

且去核木花更量，則八斤八兩，未去核者十七斤，明日欲往綾城，故姑接置于母主房，還來後去核爲計。且夕，閔友顏來傳沈說之書。

正月十七日

陰風又雪，晚朝始霽。率奴馬發來，到羅州地內上里珍島入番正兵昇康守家止宿。主人待之甚厚，馬草、沈采覓給，又得溫房接宿。

正月十八日

啓明而發，行到南平地鐵冶里武人徐克哲家。朝飯，徐公出見。隣居儒生鄭晛適到，乃林景欽族親也，相與做話一場罷來。

踰兩嶺，行路泥濘，艱到綾城縣內，日已夕矣。主倅入衙，未得通名，投宿官奴樂守家。主人馬草、沈采亦給，但無客房，宿于冷廳，曉頭，寒氣砭骨，寢不能寐，悶不可言。且門禁極嚴云，若不通名，則明日無得食之路，進退維谷，尤可悶也。使主人力圖通名之意，則主人曰"第書姓名而來，當觀勢導入"云。主人乃官廳庫直也。

正月十九日

自夜中下雨，仍以大雪，朝起視之，則幾至四五寸，若不消隆，則必滿尺矣。人皆曰"近無如此大雪"云。終風且曀，有時洒雪，獨坐冷廊, 寒不堪忍。

且太守近因氣不平, 久不坐起, 百計圖入, 而閽禁極嚴, 末由通名, 假托被辱於居奴之事, 書呈所志, 冀通姓名, 而例以捉來題出, 顧無招見之意。糧饌已絶, 不得已貸食於▨[主*]家。明日場市, 賣木疋備糧, 還歸之計。

今日則風寒倍列, 不可宿於冷堂, 借得隣翁房入宿。但四壁有穴, 不礙風入, 寒氣襲面, 終夜不寐, 然百勝於冷堂, 若非此房, 必生大病矣。此中艱楚之狀, 有不可形言。

正月卄日

貸米二升於主家, 炊朝飯而食。送莫丁, 問見於官中, 則來報曰"客舍楊佐郎行次, 昨日入宿"云, 乃楊士衡也。曾有相知之分, 卽進賓舘投名, 則使人邀入。就見上房, 柳生員澐亦來。柳公乃允謙年友, 而亦有相識, 故相與做話, 使楊公通名於太守, 太守卽邀之於衙軒。錦城正適到, 太守之弟以麟、以鳳、以鸞等亦會話。錦城正乃余妻四寸, 而諸朴亦黃澗居同鄉人也。

太守之長男事君, 則乃南景悌兄之女婿也。兄之女亦來在衙, 使人問候於余, 因聞百源兄之喪室的然, 不勝哀悼哀悼!

夕, 就見楊佐郎, 因與同宿於上房。終夜話舊。楊公受東朝之命, 致祭晉州戰亡將縣居兵使崔公慶會之靈, 因向順天云耳。

....
* 主: 底本에는 磨滅됨. 문맥을 살펴 보충.

正月廿一日

在衙軒, 與柳浤及諸朴, 或着突, 終日做話。午後, 太守亦出軒房相話。太守使余宿於軒房, 故與柳公同宿。懷德居太守妻四寸喪人宋廷俊亦與焉。

正月廿二日

太守出衙, 終日相敍於房中。夕, 辭歸於太守。太守贈以白粒二斗、正米五斗、太五斗、正租一石。太守因官儲虛竭, 不接來容, 又不優給行資, 而今余之贈, 人皆曰"特用大手"云云, 可笑。又與柳公同宿於軒房。朴事君之妻, 贈余牛脯六條, 使備行饌, 適及於乏絕, 深喜深喜!

正月廿三日

啓明而發未, 數里, 籬底有兒哭聲, 呼母悲哀, 問之隣人, 則曰"昨夕其母棄去"云, 不久死矣, 不勝哀憐! 慈愛之天, 雖禽獸之頑不滅, 而人之最靈, 至於此極, 非至極處, 豈至於此乎? 浩嘆奈何?

且前日, 因楊佐郎聞陸賊大熾於湖西, 至於移文, 多發不遜之言, 以此東宮不得還京, 因留完山云。余之家屬在林川, 不知近日安否, 悶慮可言? 陪老母歸北, 而今聞其奇, 尤極悶慮。倭賊尙據邊城, 土賊亦發於域中, 窮餓日迫, 生靈日就於飢死, 吾亦不久塡於溝壑矣。彼蒼者天, 胡寧忍此?

行到南平地, 朝飯而發, 歷入徐內禁克哲家秣馬, 因與徐公做話一場。徐家乃前日來時朝飯, 故有相知之分。又發而未十里, 馬疲不前, 不得已投宿南平地烏[*]林里書員黃大家, 借得溫房而宿.

正月廿四日

未明而發, 行到羅州地元正里路傍人家朝飯. 但赤馬極疲, 行未十里, 輒立不進, 故下馬步行. 今日必未得入鳩林, 深可悶也. 自朝飯後, 赤馬尤不能進前, 故步行至靈巖郡, 幾一息餘里, 先使莫丁入宿郡西門外, 余則騎莫丁馬, 率兩奴, 日夕到鳩林, 謁慈氏前, 尙平康矣. 景欽邀余其房, 饋余山猪烹肉, 又飮兩杯之酒, 因夜深, 不得還寓家, 就邀月堂, 與林進士晛同宿.

正月廿五日

終日在邀月堂, 見諸少年爭擲政圖. 且彦明奴春希, 自泰仁還來. 所持借馬, 疲不能行, 故棄於羅州地而來云. 彦明之行無馬, 勢不得騎去, 可嘆奈何奈何?

夕, 莫丁入來, 赤馬與家主林命守馬相換, 加給租十三斗、太一斗、正六升、木一疋云. 觀其馬則皮肉似好, 而行步艱澁, 恐有下病也. 然比赤馬則大勝, 今行若無事還北, 則是亦可矣. 昏, 景欽邀余兄弟於其房相話, 飮以三杯酒, 夜深乃還寓家.

正月廿六日

自今朝, 吾奴等妹家不餇, 故使所得米自炊而食, 但粮饌不足, 必不

....

* 烏: 底本에는 "吾".《新增東國輿地勝覽·南平縣》에 근거하여 수정.

及於行次前，可慮可慮！初意欲於廿九日陪母主發歸，而非徒事多未及，彥明之行，在於明日，而入泰仁妻家，率去奴子還送後發行，則其勢不及，故退行於初生，必厭久留也，雖嘆奈何奈何？

正月廿七日

彥明發向泰仁，而林子中亦歸羅州，與之偕行。宋奴亦負去核木花十二斤三兩、彩文箱子、眞梳十三介，竝入一帒而送，接置於彥明妻寓家耳。莫丁亦以收貢事，送長興奴婢等處。但彥明所騎馬，疲不能任載，中路必步歸，可恨！

　且子中木花八斤、白楮兩束贐之，深謝深謝！且李公奎賓昨日入來，與深源輩相與會話於邀月堂。奎賓乃景欽四寸妹夫也，避亂來寓靈光，而此處亦有農庄爾。深源與子昇手擲政圖，以賭酒食，而終日爭之，不決而罷。消遣無聊之戲，莫此若也。

正月廿八日

朝陰而有雨徵，若下雨，則彥明必留於路中，行資小羃而歸，深可慮也。吾母子兄弟飄寓各處，而因勢難，亦不得竝行，尤可嘆也。

　就邀月堂，與諸公終日做話而罷還。且昏，三寸家奴斤伊自京入來。來時歷林川，路見婢玉春，謂曰"生員寓家逢明火賊，生員赤身僅免，今則咸會於吾家"云，不勝驚嘆！流離飢饉之餘，又遭此患，人之窮困，一至於此乎？天道有否泰相承，而吾家自中年來極否，無一歲少康之時，至於今而極矣，恨嘆奈何？付之天運而已。但土賊橫熾，處處作耗，今陪老母，北歸無所，尤極悶慮，勢也奈何？斤則邃之子, 而良之弟, 要見其父兄下來爾。

正月卄九日

自曉頭大雨, 兼之以大風, 終日不息, 前川漲溢。彥明必留於中道, 雖明日雨霽, 屢涉大川, 恐不易渡也。況涉行泥路, 何以堪歸? 不勝悶慮悶慮! 夕, 景欽邀余其房做話, 因飲酒四五杯, 大醉還寓。隣居士人朴謹己來訪余寓。

正月晦日

自朝終日陰曀。妹氏得秀魚作膾, 邀余饋之, 因飲秋露一杯。出邀月堂, 與深源、子昇輩作話。又步出茅亭, 與朴濬、朴謹己、林汲立話斯須。

二月小

二月初一日

自曉頭雨下, 朝猶未霽。彥明之行, 亦必不得發, 未知何處留滯也。
粮饌必竭, 尤可慮也。連日下雨, 道路必泥濘, 初四日陪母主發行定
計, 而天亦不助, 何以堪歸? 悶慮悶慮! 但彥明率去之奴, 若留滯於
中路, 則初三日必不還來, 四日之行, 亦未可必也。一日之留如一年,
悶悶可言? 昏, 深源來訪余寓, 朴濱兄弟隨而來見, 從容做話。兩朴
先歸, 深源則夜深而返。

　且奴莫丁自長興入來, 只收婢武崇處虌木兩疋、荏五升捧來。
其兩子則以能櫓軍赴水使之船。奴漢守年前, 病死於兵使之陣, 婢
士今則其夫死後, 率母逃去, 不知所在處云。可嘆奈何? 然未知其
必然也。去夜夢見長女, 今夜又夢荊布, 未知何故耶? 必過期不還,
憂慮之深耶。

二月初二日

陰而有雨徵, 且風, 悶悶。且完山廷試武人, 試取鐵箭五矢二巡中二者、騎射一次二中已上, 得取一千七百八十二人云。此郡得參, 亦三十七八云。但居喪未葬者, 亦多入格云。可嘆可嘆! 因使此輩今月十五日內, 會點於南原忠勇將處, 當與忠勇, 入擊嶺南之賊云云。忠勇將乃金德齡, 而前則翼虎爲號, 大朝以忠勇改稱云爾。

且吾奴等近日無粮, 故妹家饋之, 不勝未安, 以此尤欲速行, 而天雨如此, 彥明率去之奴, 勢不趁期還來, 悶極悶極!

且朝食後, 聞羅州判官李成男, 以兼官到郡, 與景欽、深源竝轡入見。因請欲受還上, 以景欽戶奴名呈所志, 深源及余各太一石、正租二石題出, 又給余太二斗、白米二斗。奴馬之粮太, 方乏悶悶之際, 得此兩物, 可以近日繼用。深謝深謝! 判官饋余等點心, 臨夕, 三人還來, 日已暮矣。奴莫丁則帖物受來事落後, 因日暮未及來家。且■…■。

二月初三日

送奴場市, 持木一疋, 貿海衣六十貼, 太五斗, 換甘苔二十五注之, 欲賣食於湖右。且朝食後, 來寓家偃息, 而頃之, 隣居朴敬仁、敬行兄弟及朴謹已來訪, 從容敍話而散。昏, 深源來訪余寓, 夜深而還。自今日奴子等, 以所得粮自食。

二月初四日

夜夢見李正老、洪應推, 歡如平日, 而正老則醉酒號咴, 正如生時。

此兩公皆一洞相厚之人, 年前皆已作故, 每念平昔從遊, 常懷哀慟之心, 今夜之夢, 尤極悲感。

且食後, 就邀月堂, 與子中、深源、應文、子昇輩作話。午後, 隣居朴敬仁兄弟及柳宣傳*官珩、新及第朴瀅亦來。柳公則景欽之四寸, 而亦得參於完山之選, 來謁外墓爾。

且前日請羅判前, 授出還上, 景欽之意, 來秋以吾不能還償, 只給租十斗、太三斗, 而其餘則自用。吾意則所授太租, 作半貿木, 接置於此, 而來秋賣償還上, 未爲不足, 其半則欲貿木花而歸, 計不入量。可嘆奈何奈何? 近日此處穀貴木賤, 麤木一疋, 米二升, 太則三升, 又一斗之米, 木花則十餘斤, 或曰十五六斤云。正六升木, 則米一斗四五升捧之云云。且彥明率去之奴, 今日不來, 未知其故。悶慮悶慮!

二月初五日

去夜夢見汝寅兄弟, 宛如平昔, 是何故耶? 且東南風, 終日大吹, 必大雨之徵, 明日之行, 未可必, 況彥明率去之奴, 尙不入來, 尤爲悶慮悶慮! 前日因子中, 聞彥明因雨留一日於羅州地梁生員山龍家云, 其後亦必留於中路也。不然, 何至今不來耶? 可怪可怪!

食後, 進邀月堂, 與子中、深源、應文輩會話。子中先出, 歸郡地儉吉乃築堰處, 監農事也。昏, 深源來訪, 夜深而還。

....
*　傳: 底本에는 없음. 일반적인 용례에 근거하여 보충.

二月初六日

自曉頭下雨，雖不大作，朝尙不霽，陰曀四塞，數日內想必不晴，悶慮悶慮！昨夕，妹氏贈余甘苔十注之、銀鯽魚三束、栗古一升、粘米一升、足襪一事。林子昇亦贈足襪一，且米六升、海衣二十五貼、太四升、作塊海衣一斗貿來。又應文贈余正木一疋，彼亦流離之餘，念及於此，深謝厚意。子中自儉吉致簡，又送絡締十五介。深謝深謝！

夕，春希、宋奴等入來，見彥明書，路中因雨留二日，又斃其妻娚馬於道中云。可嘆可嘆！治行，明若不雨，則定發爲料。昏，深源來訪。覓酒於妹氏處，得一壺，以子中所送絡締作肴，各飮三鮑甲。又饋兩主人各一杯，夜深而罷歸。

二月初七日

早朝，景欽則先歸羅州。余陪母主晚發。但母氏與妹臨別之時，相携痛哭，人情豈不然？行到靈巖郡前，余之所騎，泥溝陷足，翩然跌仆水畓中。余之左足，亦陷水中，僅以出外，足襪盡汚，可笑。

此後或步或騎，艱到羅州地茅山村士人柳灝家。柳公接以溫房，多給柴草，又送酒肴及豆粥。深謝深謝！但今日北風大吹，寒氣透肌。母主因此，氣不平，夕食不進，只飮豆粥，臂脚亦似蹇澁云。不勝悶慮悶慮！景欽來時，歷見柳公，先言來意，故如是待之，而景欽之先往羅州，以其門禁極嚴，故先使通知於牧伯，許門入接耳。昏，往見主人柳公。

二月初八日

母主氣候似平, 因宿處作朝飯而發。今則日好風息, 可喜可喜! 晚
後, 風勢又起, 但不如昨日之大。行到新安館秣馬, 作白粥, 進母主
前。少頃, 崔深源自羅州過去, 入見而歸。前日與景欽偕來, 吊林檜
之喪母, 今日還鳩林爾。

　日夕, 到羅州, 入接西門內朴參判宅婢家。景欽與牧伯, 往錦城
山築城處, 時未還, 故夕食, 以行次之物炊供。日暮, 景欽入來曰"牧
伯已帖上下之食, 而下人不供, 故牧伯怒治其罪"云云。與景欽同宿
萬福之家。且昨日所宿家主, 乃柳盈德夢翼*之男云。朝日來時, 亦
就見而辭別。

二月初九日

牧伯帖給白米三斗、正米五斗、太五斗、甘醬一斗、艮醬二升、淸五
合、油一升, 因景欽之請。但自歲後厭客煩, 門禁極嚴, 又用細手,
故如是略略。行資不足, 悶慮悶慮! 正米五斗五升又更春, 則四斗五
升, 分給奴婢等三日之粮, 使之各持而行, 因負重故也。判官適出不
在, 故又不得行饋, 可恨!

　晚後發行, 馬疲頻臥, 不得已投入州地橙井里梁牧使胤子生員
山龍家宿焉。梁公, 景欽友也。昨日來謁牧伯於築城處, 景欽適相
見之, 面囑故已知來意。覓給馬草, 又供吾母子夕飯。深謝深謝! 但
自午後, 風從南來, 日夕不止, 又陰而雨徵。悶極悶極! 昏, 就見主

人梁公，暫話而返。

二月初十日

自夜半下雨，雖不大作，終日不止。不得已因留焉。行粮不足，奴輩朝則七合，夕則作粥而分食。明若不霽，又留則不可說也。非但此也，前路有大川渡涉處甚多，以如此極駑之馬，行如彼極艱之路，陪老親，豈不悶哉？夕，又見主人而還。

二月十一日

晴。朝食前發來，到光州地土人朴璟家前朝飯。傳景欽簡，則使人問候，又送沈菜與馬草。余就其家見之，行到長城，日已傾矣。入接官人孫千鍾家。

太守玉汝前月領軍，與忠勇將已赴嶺南，而衙軒李察訪汝寅及其弟汝敬在焉，即入見敍話。趙正字翊亦在私家，邀見而還，夜已深矣。但官無主倅，粮物未得，行資乏絶。悶慮悶慮！以衙內之教，上廳二分奴二名、馬二匹帖之。

且今見赦文，乃誅逆賊宋儒眞等八名，而因布德音於邦內也。儒眞則通事宋大春之子云。又下哀痛之詔於域中。且靈巖率來人一者，明當還送，故妹氏處，明燈修簡而付之。

二月十二日

未明，作白粥，進母主前。日未出而發，到蘆嶺下軍堡。作朝飯後，步踰蘆嶺，過川原驛，至井邑地。路傍秣馬而發，入古阜路，中道彥明[*]來迎。到古阜地所井里金內禁光弼家止宿，光弼乃彥明妻四寸也。彥明妻父金公轍亦來在。余與彥明同宿於金公所止處。且夜夢子美，宛如平日。不勝悲嘆！

二月十三日

家主饋余三母子朝食。晚發，到泰仁地東村面漆田里彥明妻娚金聃壽所居洞內。權座首恕家後數間茅屋，僅避風雨，陪老母接止於此。離鄉千里，四顧無親戚之可依，爲人子之心，爲如何哉？不勝悲痛悲痛！所持粮米，只餘六七斗，後無可繼之路。尤極悶慮！余則明當發歸林川，欲留侍數日，而無粮亦不得焉。尤可嘆也！

二月十四日

朝食後，拜辭慈氏前。慈氏悲泣不止，余亦不勝悲淚之沾袖，飄泊他鄉，又不得母子同住一處，雖曰勢也，寧不爲感傷？行到金溝地，秣馬晝食。歷金溝縣前，至金堤東面於伊村，東海店匠家投留。馬疲不前，故不得遠行。

且路見餓屍，以藁席掩覆，傍有兩兒坐泣，問之則曰"其母也，昨日病餧而死，欲埋其骨，非但力不能移動，又不得堀土之具"云。頃之，有菜女，持筐荷鋤而過去，兩兒曰"若借得此鋤，則可以堀土而埋之"云。聞來不勝哀嘆哀嘆。

非徒此也。餓殍相望於道路，一日所見，不知其幾何。哀我東

....

*　彥明: 底本에는 "明彥". 앞의 용례에 근거하여 수정.

民, 盡殲於鋒鏑之餘, 又遭飢饉之患, 蓬頭垢面, 男負女戴, 扶老携幼, 流移困頓者, 相續於道路, 將至於靡有孑遺, 彼蒼者天, 胡寧至此? 浩嘆奈何奈何? 任斯牧者, 亦不得辭責矣。

二月十五日

啓明而發, 至石灘, 舟渡灘流。灘流乃全州已上諸邑衆壑之水, 合流於參禮驛前, 注入海中者也。灘南則金堤地, 其北則全州地, 而灘傍人家, 秣馬朝飯。行過沃野倉, 到咸悅, 始聞太守不在。不勝缺然! 粮饌專恃於此, 而只餘三升米, 上下炊食。

二月十六日

未明而發, 至縣地南宮砥平洞丈農村, 見安士訥敏仲。亂離後, 不得見者久矣, 今日相見, 欣慰十分。南宮洞丈聞余來, 卽使人問之, 因饋上下朝食, 又邀余入見寢房, 懇懇致辭。病中不接人久矣, 今余之來, 卽邀見之於內房, 此乃昔日同住一洞, 相厚最切故也。安敏仲, 洞丈之女婿也。

又發而到南塘津, 舟渡北岸。暫休秣馬, 馳至寓家, 妻子歡迎, 但家人患瘧, 今已數直。可慮可慮! 卽使人率來忠兒、義女見之。忠兒則能步善走, 可慰。但不親狎於余, 必久不見故也。

二月十七日

食後, 允諧養母及忠母來見。夕時還寓, 但近因無粮, 上下長以太粥度日, 太亦垂絶, 雖嘆奈何? 晚後, 使宋奴持海衣、甘苔, 分送於趙翰林三昆季及蘇隴處，又分與家主暨隣近家。金大成來見而還。乞得馬草十束於趙翰林。金大成亦送五束。

二月十八日

朝前，使奴等作厠於家傍西北方。食後，又令四奴剝取松皮，欲補奴輩之食，而奴輩亦不盡力，各取數掬而來。痛憎痛憎！

二月十九日

要見太守，早朝入郡。未及而太守已出坐於司倉，臨分還上，故因擾不得通名，而還時歷見允諧寓處。終日陰而洒雨又風。方秀幹來見。

二月廿日

夜半雨作，簷零有聲，晚後始霽。方秀幹、白夢辰、文景仁來見，因與終日着奕而散。文景仁則亦隣居校生，而前此不來，今始來見。

二月廿一日

方秀幹來見，着奕。

二月廿二日

曉頭雨作，朝尚未霽，晚後日出。方秀幹來見，終日着奕而歸。送奴乞馬草於柳公先覺，帖給此家近處幷作人所儲草二十束，可以此繼秣五六日矣。

　且近者上下家粮竭，或粥或草，尚不得繼，長者已矣，兒輩飢餒太甚, 不忍見不忍見。傷哉奈何? 付之天命已矣。

二月廿三日

早朝, 送宋奴於結城參奉所在處。又乞粮事, 送莫丁於咸悅。咸悅雖曰允謙所厚之友, 於余則本非親屬, 又無曾識之分, 待吾家極厚於他人, 一月之內, 再三度伻乞, 而少無難色, 一家十口之命, 專賴於此, 其恩輕重, 宜如何報? 徒自感祝而已。

　且余自南還, 始聞奇大受夫妻親自負戴, 率兩子女, 月初自永同, 流離行乞於諸處, 聞吾家寓此, 尋來留宿而歸, 衣裳濫縷, 無異常人云。不勝慘惻慘惻! 奇大受乃余從兄南子順之女婿, 而家居慶尙道開寧, 而家産殷富, 平日以豪華稱之, 一朝遭亂, 家道蕩盡, 奴僕散亡, 無以自存, 流離南來, 欲托於韓山太守處, 韓山乃奇之同接友云云。不祥不祥! 但其時吾家亦乏粮, 飮粥而歸云。可嘆可嘆!

　且今朝食則無粮, 以松皮、橡實竝與太豆少許交蒸, 而上下分喫。獨余則以七合之米作飯, 與兩孫、端女分食。雖嘆奈何奈何? 方秀幹來見, 着突而歸。

二月廿四日

生員奴安孫者, 去■[夜*], 率其母逃去云。痛甚痛甚! 且朝食已絕, 乞米兩升於隣人, 七合則送生員家, 其餘作粥而分食。方秀幹來見, 着突而去。

....

且夕, 莫丁入來, 咸悅送租一石、眞末一斗、末醬二斗、鹽五升。近日長以松皮交作白粥, 而上下共喫, 鹽亦不能繼用。今雖得五升, 而朝夕和粥之餘, 又分於下家, 食無鹽之嘆, 近來尤極, 生涯可惜。

二月卄五日
自朝, 終日下雨, 而夕大風。馬草亦絕, 可悶可悶! 生員家馬草八束持來。

二月卄六日
午後, 要見太守事入郡, 則太守已出坐官廳, 卽通名, 邀余入見。適太守胤子宋進士爾昌, 自懷德入來, 相與做話。饋余花煎, 又饋夕飯。因請還上欲受之意, 又告屯畓欲作之計, 皆微許之, 而亦不肯諾, 可恨!

二月卄七日
自午後, 下雨終日, 至於夜而不輟, 曉頭始霽。

二月卄八日
咸悅專人佀, 送白魚一盆。無任感荷感荷。但無粮, 不得炊飯而烹食, 可嘆! 明日乃外祖母忌也, 而誤食白魚湯, 可笑!

二月卄九日
白夢辰、文景仁來見, 着奕而歸。昨日, 送宋奴於定山, 定山倅適不在，空還。一家唯望得粮而來，竟歸虛焉。可嘆可嘆！

　且夕，德奴自海西入來。誠之妻子，時皆無事，牛溪亦時留石潭爲寄答書。德奴來時，歷入京城，沈姪亦寄信字，又送新曆、黃筆耳。

三月大

三月初一日

朝, 隣居李騰貴來謁, 乃余年甲也。送莫丁于石城, 持允謙簡而■。近日絶粮, 無以爲計, 只以松皮上下共咶, 以度長日。恨嘆奈何奈何? 朝則余與兩子共飲豆粥半器, 家人與三女, 全不得食, 以終長日。仲女當午困臥不起, 菜羹煎飲後始定。

夕則得米一升, 竝與雜菜作粥而分喫。長者已矣, 兒輩不勝飢惱。不忍見不忍見。但家人病餘未久, 深恐更發也。年前雖曰艱窘, 不如此之甚也, 而今則公私俱竭, 乞貸無路, 將不遠而竝作翳桑之魂矣。天實爲之, 謂之奈何? 夕, 莫丁入來曰"持簡再三呼呈, 則聽猶不聞, 終不得捧, 故空還"云。可嘆奈何奈何?

三月初二日

聞定山倅還官，更送宋奴於定山，然未可必捧也。且聞李平澤景曇
希瑞到此，食後入郡，邀於水樂軒，從容做話，但形容瘦黑，邂逅
之間，難辨舊面目，深可嘆也。宋進士亦出見，因饋余水飯，日傾
乃還。

三月初三日

不得已朝送莫丁於咸悅，且朝後，金大成、方秀幹、白夢辰、文景仁
來見，因與方、白着奕，日傾乃散。午後，誠息得瘇而痛。可悶可悶！
夕食無路，只以豆升作粥，而心米未得。適粘粟一升，欲爲種子，而
覓置久矣，不得已持此換米五合於隣家，作心而煎之，與兒息輩分
飲半器。但心小水多，一則可笑，然不及於奴輩，皆飢宿。恨嘆奈何
奈何？誠之更得瘇證，乃是飢惱之所致。西行臨近，而病患如此，若
不速離，則勢不得發，尤可悶也。

　　且今日踏靑佳節，而饘粥不繼，飢困如此，他何足望？徒增悵恨
而已。適隣人持不用白酒一器來，換麯生而去，因飲一杯，胸懷稍
豁。不知其味之薄，快飲不辭，“居移氣，養移體”，豈不然乎？宋奴
不來，是何故耶？

三月初四日

朝無可食之物，松皮數塊，細剉熟擣，木米半升作末，和而蒸之，與
諸兒分喫，猶且甘食不厭。可嘆可嘆！

　　午後，莫丁入來。咸悅送白米二斗、正米三斗、太五斗、鹽一斗、

白魚醢五升。極謝極謝! 朝食不炊, 兒輩飢餒方極, 而莫奴持米入來, 卽以炊飯, 招允諧, 與之共喫, 上下喜悅。米三升、太二升、鹽一升送下家, 下家亦不朝食耳。

但聞咸悅今日喪室云。不勝驚悼驚悼! 一家延命, 專賴咸悅, 而不意遭喪, 必不致力, 是可悶也。夕, 宋奴入來。定山倅贈送租四斗、米一斗、木米一斗、甘醬一斗、末醬一斗。深荷深荷! 但答簡見失云, 必有以也。

三月初五日

昨昏, 慶進士諧來見, 饋夕飯, 因宿冷廊, 今朝還歸。且誠子避瘧, 曉頭已去。朝食後, 方秀幹、文景仁來見, 與方公終日着奕, 景仁持酒肴來飲。夕大風雨, 雨色微紅, 人皆曰"土雨"云云。

且還上荒租二石受來, 望其優數, 而只給二石, 賂請色吏, 則人皆多得, 而吾則請於官員, 故如是略略, 官員之力, 返不如色吏之用手。可笑可笑! 允諧家只得一石, 尤可恨也。宋奴、德奴作籬次, 松枝二駄斫來。誠也今日微痛。

三月初六日

使兩奴圍籬。朝, 金大成甘醬少許、葱蒜一束送之, 午後來見。且借得家主菜田數畝, 耕種三色菜子, 然只少, 衆多之口, 豈繼食乎? 且李登貴戶草卄束, 請減於宋進士爾昌, 近日可以此養馬矣。

三月初七日

曉頭, 誠也又逃瘧而走。令德奴、宋奴及莫丁擧畚, 修治屯畓。午後, 往見奴子等役事, 因進細洞, 見趙座首允恭及申景裕, 還時入見允諧妻子而來。且允誠免瘧, 可喜! 趙座首饋余點心。

三月初八日

送宋奴於咸悅, 以吊喪室, 因此亦送全州地宋持平仁叟處, 欲捧此道方伯前簡, 以受此郡還上事, 而方伯乃仁叟妻三寸故也。非監都事之行下, 則太守不給耳。且方秀幹、白夢辰、文景仁來見, 與方、白着奕, 日傾乃散。

三月初九日

允誠明當西歸*, 因治行具, 余修答簡于牛溪, 又致書於高城妹處。高城今寓瓮津, 誠之妻家, 相距不遠, 故使卽傳之。金大成來見。

三月初十日

早朝, 允誠率德奴、莫丁等發歸, 歷往結城, 見其兄後, 到大興, 措備行粮, 因向水原, 歷安山、江華、喬桐渡江, 直指延安而歸海州爲計。

但誠也去年二月卄五日, 誤聞吾死, 馳到洪陽寓處, 因此諧來于此。今至十五朔而歸, 臨行咸有惻惻之心, 不覺淚下沾袖, 欲留不

....

* 允誠明當西歸: 底本의 "月谷"은 문맥을 살펴보면 "西歸" 뒤에 위치해야 할 듯함.

送, 而非但久不往見其妻子爲未安。近來窮困日甚一日, 大病之餘, 飢餒所迫, 恐又生病, 不得已送之, 勢也如何? 徒增嘆恨而已。

　朝食後, 心懷甚惡, 與兩兒登後峯四望, 則荒村遠近桃李滿發, 如此佳辰, 里落蕭條, 饘粥不繼, 無人持酒, 來慰余懷。可嘆可嘆! 因下花山, 鼎坐松陰下, 金大成、白夢辰、文景仁等來見, 相與做話, 良久而罷還, 胸懷稍豁。夕洒雨, 未知誠子已得入接耶? 深慮深慮!

三月十一日

自夜半雨下, 至於朝大作, 午後始晴, 然陰而風。但允誠之行, 粮太只備兩日之資, 今若滯雨不行, 則必有在陳之患。深慮深慮! 待其晴後, 行到洪陽地廣石里朴扶餘家, 則可得食矣。且家人蒸餠, 欲賣今日場市, 而因雨不出市, 故與兒輩共破, 虛費五升之米。可笑可笑!

三月十二日

快晴。夜夢見主上行幸, 前後射隊鼓吹, 宛如昔時。余窺見龍顏, 私謂曰: "耳大加此, 必是中興之主。"少頃, 余誤入宮門, 主上望見, 卽招入來。余惶恐以無衣巾爲辭, 使者曰:"以時服入現。"余卽借着他人行纏趨進, 有一人導余而入, 觀其宮中, 則不甚高大, 如私人之家。趨至堂後, 使余再拜, 有十餘歲男童三四輩, 遊戲堂中, 余私心爲其王子。又導引入一房中, 上脫冠私服, 坐寢具上, 錦被盡破。余入房中拜謁, 上曰:"汝學文乎?"余對曰: "小臣自少學文而不成, 功業早棄之耳。"上又曰:"汝家安在?"余對曰:"小臣家在成均館洞碧松亭西邊, 臣妻父, 故文川郡守。"上曰:"與此家相距不遠矣。"余更欲發言, 而上起出房外, 小便後還入, 未頃欠伸而覺。夢中所見所言之事, 昭昭盡記憶, 卽呼家人說之, 未知是何祥也。夢兆異常, 故朝起略書, 欲徵後日也。

且朝食後入郡, 欲見太守, 而太守已出坐官廳, 因擾甚, 不得入見。因此往東松洞, 見趙希說及趙文化希轍, 希說飲余白酒三杯。又進趙座首希尹家, 邀趙翰林希輔, 相與做話。希尹四寸鄭應昌亦在坐。翰林近日避寓希尹之隣, 希尹饋余夕飯。來時, 歷入蘇隲家, 隲適不在, 故空還, 日已暮矣。

三月十三日

終日在寓家。午後, 成德麟來見。夕, 與允諧步往金大成家, 招出相與鼎坐籬底樹下, 做話良久而返。夕時無粮, 上下只飲白粥半保兒。可嘆奈何?

且送宋奴於咸悅, 乞粮事也。覓來未旬, 今又送奴, 心甚愧慚, 只令允諧修書而送, 事勢切迫, 不得已也。且屯畓種子五斗受來, 然荒雜不用, 若正實, 則爲半不足, 他無得路。今欲入郡, 見太守告之, 而無馬未果。可悶可悶! 朝蚕生一丈掃下。

三月十四日

宋奴自咸悅入來。咸悅贈送正租一石、眞麥十斗、末醬二斗、粘米四升、生葦魚一冬乙音。朝飲白粥半鉢, 飢餒方極, 今得此物, 卽與妻子炊飯, 烹魚共食, 深謝厚意。租一斗、眞麥一斗、葦魚四介, 送下家。夕下雨。

三月十五日

早朝, 欲見太守入郡, 而太守已出坐司倉, 點閱人吏, 故因擾甚, 不得通名空還。食後無聊, 與麟兒、端女扶杖, 登上後峯, 手採山蕨數掬而返, 庶可消遣客中孤寂之懷矣。

金大成來見, 做話良久而去。且春已自振威入來。前日聞允諧妻父崔景綏患染病云, 故送人問候, 而今來始聞永差, 而別無他臥者, 可喜!

又聞去二月卄九日, 廷試得參者十三人, 而朴東說居魁, 其次閔有慶、許筠、崔啓沃、趙應文、閔汝信、成啓善、李舜民、成晋善、黃敏中、朴垣、鄭殼、朴東望云。晋善、啓善則昌城君成守益兩子, 東說、東望則朴參判應福之子, 而東望則曾在關西, 直赴殿試者也。成、朴兩家兄弟得捷, 一門之慶, 爲如何哉? 況朴垣亦得參焉, 尤可喜慶。垣則朴參判三寸姪, 前扶餘守朴東燾之長胤也。"擬皇朝廣寧巡撫都御史朝取善, 請速移山東積粟, 以補朝鮮軍餉表"

且家人自昨痛齒, 今日則左頰上唇有浮而刺痛云。悶慮悶慮! 此必齒本痛, 而餘毒發外也, 更觀明日可知矣。

三月十六日

家人浮處稍減, 而痛亦歇矣。且借金大成、李登貴牛, 耕屯畓, 奴宋伊、德世、命卜及又借隣人令耕, 而兩奴驅牛, 宋奴則擧鋤治畝。但自曉頭，陰而洒雨，深恐徒費粮而未及畢也。然借得兩牛，不可中止，故使之耕爾。雖陰而風，終夕不雨，故耕則畢，而治畝未及，明當畢治後，落種爲計。

但官家受來種子，荒雜不實，吹正則不過二斗三升。咸悅覓來之租，更加三斗，竝五斗，箕而正之，以備其種。但明日付種後，粮米必絕，更無可得之路，不可說也。且誠子歸後，連日不好。行路必艱，戀戀之懷，不能自已。夕，家人痛頭臥吟，必得婦瘧，飢困之餘，又患此證，不可說也。

三月十七日

又借隣人，與三人使治屯畓。食後扶杖，步進畓處審見後，因造允諧寓所，見其諧之妻子，與諧還寓。咸悅專人致簡，兼贈鹽、石首魚兩束，深謝厚意。久阻之餘，卽與妻子共炙而食。但無粮，不得炊飯而助味，可嘆奈何？

且屯畓未畢，適日寒風冷，奴輩亦不用力，五斗之畓，四人至於三日而未畢。可憎可憎！

三月十八日

又令兩奴治畓，食後登花山，俯見役事勤慢，畢修治後，騎馬親往，見落種，日暮乃還。吹正種子五斗盡落，而半畝不足。翌朝，令宋奴加持半升落之，但官授種子過半不足，欲以還上受出而落之。余再進官門，不得通名，又令奴子告之，而閣人遏之，此乃允諧前日見宋爾昌，言其稱色還上分給時，受人賂賄，加出甚多之事，下吏竊聞之，因此阻當, 使不得出入也。痛甚痛甚!

　且夜夢正老, 宛如平日, 覺來不勝悲憐悲憐! 且夕, 家人痛瘧, 倍甚於前日。悶慮悶慮! 非婦瘧而間日也。

三月十九日
終夕無聊, 與端女作楸子之戲。

三月廿日
朝, 聞還上分給, 令允諧卽書單字呈之。兩家各授一石, 改量則十三斗, 不過三四日之粮, 深恨太守之慳也。且夕, 家人痛瘧, 飢餒之餘, 久患不却。悶慮悶慮!

三月廿一日
朝食後無聊, 招出金大成, 步陟文景仁家後槐亭下, 從容打話而還。景仁適出他不在。且夕, 聞長城倅李玉汝之來, 卽入郡則時未來, 故還寓。

三月廿二日
早朝入郡, 見玉汝於私下處。林川太守亦到, 相與做話。參席者李進士重榮、洪生員思古暨前陽智南大倪、金進士存敬矣。玉汝饋余父子朝食。洪、李兩公, 避亂來住此郡者也。南公則前以義將, 多有軍功, 特授陽智倅, 而未久遞任, 今爲忠勇將從事, 以募兵軍餉事到郡。金公則亦忠勇之族, 而方在幕中, 爲書記之任, 凡忠勇之檄文及呈書等辭, 皆出其手。今與玉汝偕進東朝及大朝, 欲陳緊急等事云云。

午後, 相別而歸。玉汝贈余米二斗、太五升。米五升則分與允諧家。賓館唐兵入處, 故接宿私家耳。且因玉汝, 聞忠勇今在咸安, 而去月初, 令別將崔崗, 率精兵四十餘名, 以哨探事, 進固城, 與賊相遇, 射殺九十餘名, 而斬級四首。其後又與賊相逢於昌原, 射殺二十餘名, 斬一級, 忠勇亦在軍中, 欲入擊賊屯處, 而非但衆寡不敵, 日亦暮焉, 人皆力止, 故忠勇不得已但揮劍耀武而還, 賊亦不追。翌日體探, 則旗幟猶存, 而賊則空城遁去云云。崔崗者居南原, 而勇力過人, 亦在忠勇軍中云。

且夕, 咸悅專人致簡, 送大鱸魚一尾, 深謝厚意, 無以爲報。卽與妻子作湯而食, 但家人今日亦痛瘧先臥, 故不得食, 可恨!

三月十三日

宋奴受由, 欲見其族, 往靑陽地。且允誠之歸, 計程則雖中路滯雨, 昨與今日間, 當到其家, 但未知遠路之行如何, 日夜戀戀不已。允謙亦久不來見, 未知其故也。日望其至, 而非但渠身不來, 消息亦絶, 前日聞其家不安, 以此尤爲悶慮悶慮。

且自歲後一家上下, 長飮粥, 而無炊飯之時, 近來尤甚。又且不得醬鹽水, 烹山菜, 和米作粥, 皆半器而食, 兒輩不勝飢餒。不忍見不忍見! 唯余獨食七合之飯, 每對案, 不忍下咽。勢不能徧及緖兒, 只分與季女少許。可嘆奈何?

三月廿四日

早朝, 白夢辰率奴馬, 前日減除戶草九束取來。近日馬草乏絶, 而前因白也, 減草四十束, 不能取來者久矣, 不得已使白覓來, 已無所餘, 只得九束, 然可以此繼秣近日矣。

且自余來後, 久未聞母主消息, 而每欲送人問安, 行粮措備無路, 迄未得焉。想近日窘迫必甚, 何以度日? 每念至此, 不勝悶慮悶慮。且家人今亦痛瘇。

三月廿五日

金大成來見, 因與大成及麟兒, 持魚網, 步往蓮防築處, 張網移時, 無驅魚者, 不得一介, 可笑。允諧亦來見, 少頃還寓。且趙內翰送米一斗、甘醬一鉢、石首魚一束。適及於方乏之時, 渾謝可言?

三月廿六日

咸悦致簡, 兼送白魚食醢三升矣。且宋持平仁叟承命赴朝, 歷入此郡, 送奴問候。夕食後入見, 坐水樂軒, 從容做話。官供夕飯, 臨昏乃返。允諧因與仁叟同宿。

且朝聞隣居校生白光焰家, 有人去夜衝火盡燒云。入郡時歷見, 則盡燼無餘, 所見慘惻。且今日場市, 斫刀幷其夾鐵, 給市餠三圓而買來, 計米則四升矣。聞韓生員獻歸泰仁, 修平安書, 上母主前。

三月廿七日

朝, 巡邊從事官兪大儆入郡, 稱念白米一斗、太一斗、乾石首魚三束覓送。朝食方絕，而適及於此，渾謝可言？俞公乃允謙友也。當午，聞仁叟呈病不赴，移寓私家，去此不遠處，故卽步造其寓，從容做話，因與着奕，三局而罷還。且朝送稱念之物，非俞從事之請也，乃仁叟而前聞誤矣。

三月廿八日

自曉頭下雨，只洽麥田而還霽，無水根處，多不足，可恨。且食後，就仁叟寓處，終日做話着奕，臨昏乃返。宋福汝亦在，福汝，爾昌之字也。但允諧得瘧大痛，可悶可悶！家人瘧證稍歇，想自此而永却耶？

三月廿九日

宋仁叟還家，故食後就別。太守來謁，而李賁汝實適自懷德鄉家來到，相與會話，而仁叟先起發行。余等又與做話良久，余騎宋福汝馬先還。少頃，與三女兒登後峯，縱目遠望，或採山菜，逍遙而返。

　　且粮絕，送春已于咸悅，偕仁叟之行。且漁人負生道味、民魚來賣，而三大尾欲捧二升米，家適乏粮，未得買食，兒輩雖甚嘅嘆奈何？

三月晦日

金大成來見而還，朝食後無聊，與麟兒扶杖，就訪金公，而適金也出野未還，故空返，而金也來家，聞吾之來，卽上來見歸。雷鳴雨作，兼以大風，少頃而止。

　　且朝時絕粮，以槐葉和太末少許作湯，妻子分喫。長長之日，終

夕不食，不勝飢餒。不忍見不忍見！苦待春已之來，日已暮矣而不
來，必因風亂，未卽渡江故也。不得已貸得一升之米，作粥，上下分
喫。可嘆奈何？

　且昏，春已入來。咸悅贈送可米二斗、太三斗、眞麥五斗、正租八
斗、鹽石首魚一束、鹽五升、白魚醢一缸，卽炊飯而分食，無以爲謝。

四月小

四月初一日

持荒租一斗, 買生道味、大民魚兩尾, 與妻子作湯而分食。且方秀
幹來見, 着奕而歸。允諧昨日亦痛瘧。可悶可悶! 但家人則自昨永
離矣。

四月初二日

朝, 送命奴於全州地宋持平仁叟家, 以韓山船卜推尋事, 捧手書於
仁叟奴子處耳。去壬辰春, 得末醬三十二斗、米二十二斗、木朴六介
於長水, 送仁叟處, 載船上送, 而適遭大變, 未及上京。故船主家在
韓山, 而前日送人推問, 則船主曰"米則爲義兵粮見奪, 而末醬及木
朴當推還, 其時載船人手書捧來後推給"云故耳。

且李汝實來見, 因歸懷德。且趙司書維韓自洪陽東朝, 過去入

郡。適汝實就見, 問允謙之奇, 則趙曰"因病臥, 致書求藥物而去"云,
不勝驚慮驚慮! 久無消息, 想必有病患, 而今聞其言的然矣, 然日
數已久, 今必見差矣。卽欲使奴問之, 而宋奴未還, 德世則愚癡, 不
知歸路, 玆未送問, 尤可悶也。飢餓方極, 病患亦如此, 人間辛楚之
狀, 唯獨吾家而已。恨嘆奈何?

且夕, 還上荒一石受[*]來, 改量則十二斗七升。允諧家亦得一石,
前日使宋仁叟, 力囑多給, 而只得一石, 可恨! 他人則或給三四石,
而唯余父子從前略給, 尤憾不已。允諧今日瘧疾似歇, 而只微痛深
頭, 不至於臥, 可喜!

四月初三日

近來乞人甚稀, 皆曰"數月內已盡餓死, 故閭里中行乞者罕見"云。雖
不遠見, 而此邑近處, 餓餓相枕於路傍, 人言不虛矣。竊聞嶺南、畿
甸人多相食, 而至於六寸之親, 殺而啗之云, 常以爲不祥, 今更聞之,
京城近處, 前則持物者, 雖一二升之米, 殺而掠之, 近日人之獨行者,
追殺而屠食, 如山禽野獸而不顧云, 人之類滅而盡矣。

非但此也。癘疫方熾, 處處傳染, 而此洞前後隣家, 臥痛相繼,
而死者日聞, 生玆亂世, 目見如此慘惻之變。浩歎奈何? 不知前頭
有幾許事變乎?

....

*   受: 底本에는 "授". 문맥을 살펴 수정.

四月初四日

命卜還來, 見敬興書, 其妻氏患染病云, 可慮。朝, 咸悅送人結城參
奉處, 因便修書寄送。明日方欲送命奴, 而因此不送耳。且自午後風
雨大作, 終夕不止, 高畓水滿, 兩麥亦好, 可慰。

四月初五日

允諧往靑陽, 因此就見其兄於結城云。朝食後, 送奴馬, 允諧妻子
及養母率來, 終日會話, 夕食後還寓。

四月初六日

早朝, 韓生員奴子來納泰仁舍弟簡, 卽披見則金妹上京患癘永逝云。
不勝痛哭痛哭! 在禮山時, 女息愼婉病死, 以此傷懷, 而上京未久,
又遭染疾, 飢餒之餘, 其能保存乎? 吾骨肉雖逢亂離, 各得生存, 雖
不得合幷一處, 唯望各保性命, 他日相見之期, 而豈知今者, 少者先
逝乎?

壬辰冬, 陪母主, 歷留其家, 數日遷還, 別來相携痛哭, 豈知斯
別永隔幽明乎? 其在平日, 待同腹最相極厚, 每慮余家多子女窮困,
尤置意而不忘, 如得餕餘, 獨先及之而最優, 或時炊飯而送, 分與
諸兒。

壬辰秋, 妻子自關東流離, 僅得生到牙山, 而聞其來, 卽送奴馬,
率來禮山其寓, 强留二十餘日, 其迎接厚意, 妻子每常言之, 豈知今
者更不得相見乎? 生不得源源相見, 沒不得親自撫殮, 憑屍一慟, 言
念至此, 胸腸欲裂, 痛淚無從。但弟簡不書身死日月, 不知何月日

也。母主因此痛傷云。尤極痛悶!

去年春, 余得大病, 幾死者累矣。頑命不死還生, 親見骨肉之慼, 不知將來又有何事乎? 寧欲一死而無知也。前日韓生員獻氏歸泰仁, 故修簡憑傳母主前, 今者亦捧答書, 先送其奴之來。但不見母主手書, 必傷懷不能執筆也。又聞其隣近處癘氣大熾云。悶慮悶慮!

且聞再度使人於靈巖, 覓得粮物而補用云, 是則可慰, 然豈可以此繼用乎? 余則不得一升之米, 送補萬一, 雖恨奈何奈何? 母子兄弟各處一隅, 會合無期, 飢寒困苦之餘, 又逢鴒原之慟, 生此世界, 有何樂事乎? 追念前事, 徒增悲感而已。

四月初七日

近日, 長以木葉爲上下朝夕之供, 而木葉亦將堅實不柔。勢難補食, 山菜亦非所產, 尤難得焉, 未及麥熟, 擧爲溝中之瘠矣。恨嘆奈何奈何?

且宋奴受由出去, 過期已久, 尚不來現。痛憎痛憎! 昏, 率忠兒母子而來, 因與女息輩同宿焉。

四月初八日

採艾, 以米少許, 和以作飯, 妻子朝夕以充飢腸, 絶粮故也。夕, 忠母還寓。

四月初九日

早朝, 設位焚香, 行成服禮, 聞季妹之訃, 第四日也。允諧適不在,故與麟兒行禮而一哭。朝食後, 陰雨終夕, 使婢於屯移種瓢苗。家人痛齒, 左頰有浮氣。

四月初十日

自去夜下雨, 終宵不霽, 至於竟日不輟, 有時大作, 川澤漲滿溢流。但近日絶粮, 而到今則尤急, 雨勢如此, 四顧無乞貸處, 上下家飢餒太迫, 無以爲計, 坐待死日。恨嘆奈何?

夕時, 以乾槐葉、太麥少許, 并而蒸之, 妻子各半器分啖而過之。不忍見不忍見! 欲送人於咸悅, 而宋奴未還, 下家奴則允諧盡率而出去, 尤可悶也。允諧亦必滯雨不來矣。長者已矣, 忠兒輩呼食不已, 尤極殘忍殘忍! 因雨未得採桑, 蠶亦飢食矣。人情到此, 雖曰不動心, 自非聖人, 其得免乎? 近日心懷頗惡, 不得不動也, 況一念長懸於老親, 又且及於亡妹, 短短之夜, 萬念塡胸, 亦不得熟寢而耿耿也。

四月十一日

終夜雨, 而曉頭始霽, 朝尙陰, 而晚後日出。朝食以木麥數升作末, 木葉交作湯, 而上下分喫。夕則貸米升半, 烹艾交作飯, 而以苧葉裹食, 亦不得醬, 籍鹽而吞之, 只欲不死而已, 食乎云哉? 兒輩尤可憐也。余則少無欲食之念, 而又無飢困之心, 必無可奈何, 付之天而已。但家人病餘, 氣頗瘦弱, 恐生大病也。齒痛稍歇, 而浮處亦減矣。

四月十二日

早朝, 送香婢於太守前, 因致簡乞得橡實、太葉, 而夕, 皮橡實十斗、
太葉一石、荒租五斗題送。明日可以此連命, 分與下家。

四月十三日

朝前, 允諧入來, 阻水滯留於中路云。見其兄於結城寓家, 其兄再
經染疾, 而不至甚重, 今則快蘇。任母三度臥痛, 今未永差, 懷胎六
朔, 而病患如此, 深慮深慮! 家內尙不快平, 奴僕亦有臥者云。尤爲
悶慮!

　但聞孝任因病夭折云。不勝哀痛哀痛! 生纔九歲, 心和穎悟於
諸兒, 不幸至此, 尤可憐惜。年前兩兒早夭, 今又失之, 只餘任兒獨
存, 孰謂多女乎? 深恐一女亦不得保也。

　且朝送香婢, 乞救於趙內翰三昆季。趙翰林白米一斗五升, 趙
金浦中米一斗贈付, 深謝厚意。初不欲送人, 而絶食累日, 顧無乞貸
處, 爲家人强勸, 不得已呼急於趙公, 心甚愧赧。午後, 柳公先覺來
訪而歸。

四月十四日

令婢於屯母子, 始芸屯畓, 則曰"立苗甚稀, 若不長苗而補之, 則徒費
力而無功"云。此必當初落種時, 無水之畓, 不盡覆土, 故爲群鳥所
啄食矣。深恨役奴之不用心也。明日告于太守前, 欲受還上, 而更
落爲計。但還上得受與否, 未可必, 而雖得補種, 亦未可必好也。事
事不如意, 思壞破者多, 天之窮我, 一至於此乎? 付之命而已。雖嘆

奈何奈何？且夕，長女痛瘴，可慮可慮！朝送人馬，乞救於咸悅。

四月十五日

受還上一石，下家亦受一石，改量則十四斗五升。夕，春已自咸悅入來，得正米三斗、眞麥三斗、租十斗、甘醬一斗、乾道味三尾、蝦醢二升，可延近日之命，深謝無已。持此卽炊飯，與妻孥共之，非此則幾爲飢宿矣。

四月十六日

還上租吹正，二斗漬水長苗，欲更種稀苗處。且令三奴芸屯畓，食後步往見其芸處，因進見允諧妻子而還。但長女今曉避瘴于允諧寓家，亦不得免。可悶可悶！

　且德奴與其母相鬪於芸畓處，其母不勝憤怒，棄而來家，因叱還送。但德奴其在平時，與母少不如意，輒怒叱其母，無所忌憚。余每常痛禁嚴敎，欲杖者累矣，終不聽改，至於野中衆會處，辱叱其母，其爲無知禽獸，不若痛甚莫此。夕，捉致結縛，大杖打下，以警其心，然本性如此，其能改乎？

　且允諧卜馬放牧於防築內場，夕時推之不得，終見失之。雖曰奴輩不謹之罪，是亦一家厄運，恨嘆奈何？唯此一馬，依以爲恃，而竟至於此，悶慮可言？買鋤一柄。

四月十七日

令於屯芸畓。且允諧令兩奴尋覓失馬於諸處場市，然失之經宿，其可得乎? 宋進士爾昌來訪而歸。

四月十八日

又令於屯芸畬。自德奴杖後, 稱病不芸, 故每令一婢獨芸, 亦不用意, 至於累日而未畢。可憎可憎!

四月十九日

又令於屯芸畬。自朝洒雨, 今日乃芒種也, 而一境之內, 不開處甚多, 雖因人力不及, 而亦太守不勤觀耕之所致也。可嘆可嘆! 且近來無聊之中, 披覽《自警編》, 宋朝賢相名卿立言行事功成致理之迹, 昭然可想, 亦可體認而警策, 嗚呼老矣, 已無及焉, 雖欲自省, 末由也已。可嘆奈何奈何? 然庶可爲晚節之規云。夕, 允諧妻來觀, 因宿焉。

四月卄日

借隣人欲芸畬未盡處, 兼補稀種, 而因雨未果, 期於明日矣。適晚後始晴, 命隣翁補其稀種處, 而不芸處則種不足未及落之。且趙正字翊氏來郡衙, 致簡於余, 明日還歸, 故忙遽未能來訪云。夕食後, 馳入郡齋, 良久敍話。宋福汝亦在, 飲余秋露三杯, 昏乃返。忠母還歸其寓。家人與端女又得瘧而痛之。悶慮悶慮!

四月卄一日

終日在寓, 無聊莫甚。且粮絶, 持五升木一疋, 賣於場市, 得米一斗五合, 更春則八升餘, 可惜可惜!

四月十二日

令婢於屯母子芸畓。且李挺時來見, 因言婚事而歸。午後, 家人與端女痛瘧, 倍甚於前日, 悶慮悶慮! 且家人養蚕, 初則甚少, 而至於蕃衍, 幾至四網石餘, 無處摘桑, 無以爲養。借官奴尙斤, 連三度採桑, 三駄來納, 然猶未及上薪。可慮可慮! 尙斤者香婢之夫也。

且明日定欲往觀母氏, 而宋奴至今不來, 不得已借允諧奴春已帶率, 而此處無使喚奴, 可恨。宋奴之不來, 未知其故也。若不逃避, 則疑必中路逢賊而死也, 不然則必病不能來也。近日粮絶, 不得已欲送奴於咸悅, 而前日乞來未久, 今又送人, 極爲未安赵趄耳。午後, 步陟花山上, 見芸畓而還。但群雀又萃於落苗處, 必盡啄食, 而更不得立苗也。無人驅嚇, 痛憎奈何奈何?

四月十三日

曉頭, 送命奴於咸悅, 今日還來事敎送矣。且午後, 蘇隲來見而歸, 因隲聞李敬輿去二十二日得染病, 第四日永逝云。不勝慟哭慟哭! 月初, 敬輿致書於余曰 "其妻病臥苦痛, 若吾棄而避出, 則無人救者必死, 故留在救之, 吾若得病, 則亦必死矣。得病之日, 乃吾亡身之日, 誰*能救我而活乎? 於此時無子之歎益深, 只待天命而已。奴僕亦盡逃散, 無可奈何"云云。其言雖慘惻, 以爲尋常, 而豈知未久永決幽明乎?

自余入其門, 將至四十年, 同居一洞, 朝夕相處, 雖晚年來住龍仁農墅, 余之往來陽智時, 每投宿其家, 情義最厚。念至於此, 極遠不能親撫殮襲, 憑柩一慟, 幽明永隔, 愧負天地。

去壬辰冬, 子美棄世, 常以爲慟, 而猶恃諸同產尙存, 頗以爲慰, 而今正月免夫病亡, 二月吾妹亦喪, 今者敬輿亦從而逝, 眼中骨肉, 日以凋喪, 吾雖時免, 其能久於此世乎? 飢饉之餘, 癘氣大熾, 得之者輒死。吾居左隣兵吏父子家亦大發, 其父子方痛云, 尤爲恐慮。生此末世, 目見慘酷之變, 徒增撫膺痛悼而已。

夕, 柳先覺氏來訪而返。金大成聞吾明日南行, 亦來見而去。命奴今日不來, 可怪可怪! 蚕始上薪。

四月十四日

近者苦待允謙之來, 而竟無消息, 若身不病, 則其妻之病不永差故也。不然則所騎之馬, 尙未得借耶? 前日允諧之來, 期以來及於余行, 故待之耳。朝前, 命奴入來。咸悅送米三斗、眞麥二斗。

且食後發來, 渡無愁浦, 歷龍安縣前, 到咸悅, 日未夕矣。坐主人家通名, 則太守卽使人邀之, 入見於上東軒。適趙正字翊、金奉事璥、太守三寸前大興申栝氏在坐, 相與做話, 因對夕飯, 諸公各還其寓, 余與趙正字同宿上房。金奉事乃允謙友, 而曾與同避亂於變初者也。

四月廿五日

自朝雨下終日，奴輩無雨具，故不得發行而因留焉。朝夕皆與太守
對食。又與趙正字同宿。

四月廿六日

與太字對朝食，得粮白米一斗、正米一斗、太一斗及石首魚一束、蝦
醢三升、藿一同、甘·艮醬等物。晚後發來，渡新倉津，秣馬路傍，馳
到金堤西面竹山里代村兩班趙大鵬家。趙公出見，慇懃敍話，因曰
本居京城乾川洞，而來住此地，今過四十餘年。少時學文，因說同
接友生，皆知名士也。聞余在京人，故心喜而出見，歷問洞中舊人，
而或余所不知者也。年過七十餘，而眼昏不辨物云云。因寢余別
室，饋余園蔬，家貧不能炊飯而饋之深恨云云。

四月廿七日

啓明而發行，到半息程，入路邊百姓家。朝飯後，行未十里逢雨，着
簑衣，馳至泰仁漆田里母主所寓處，日未傾矣。母主與舍弟一家，時
皆無事，而但窮餓日迫，無以保存云。不勝噫嘆！

　明明乃大忌，而祭需覓來事，送奴馬於靈巖林妹家，期還於昨
昨，而迄未來，必逢賊患於中道也。非但渠身可惜，祭物專恃於此，
而家無一升之儲，無以爲計，將闕大忌之奠，渾家憂悶之至。余所
持餘粮，只白米五升、太五升，因納之以供夕食。余來時，祭物欲覓
求於咸悅，而見其官家多事，又非余之執友，得粮之外，更求他物，
發言甚難，囁嚅未果，到此見之，事勢如是，尤極悶慮悶慮！

且母主見余之來，不勝欣悅。因說金妹之亡逝，相與痛泣而已。夕，德卿自靈巖入來。渾家望見其來，喜不可言。披見林妹之書，一家皆無事，贈送祭需米四斗、租六斗、粘一斗四升、木米五升，其餘饌物，亦幷付之矣，可以此好過，深喜深喜！

且來時，一路農事見之，則自臨陂以下新倉津邊，抵金堤郡北，瀰漫沃野，皆未墾闢，荒草滿目，問之居人，則曰"非但此處，此下列邑，莫不皆然"，或無種子，或無人力，又因徭役之煩重，逃散殆盡，故千里沃壤，咸就汙萊。不徒民生可惜，國家所賴，在惟此一道，而此道如此，他何足恃？今年田稅 爲半未捧，時方督納，繫累妻子，囹圄皆滿，民儲傾渴，室如懸磬，雖殺之，從何辦出乎？如此多事之時，經費浩煩於前，而公私匱盡，國家終何以處之乎？不待明年，必未免胥溺之患矣。浩嘆奈何奈何？年前再經此地，陳荒處雖多，顧不如今年之全不開土也。今年不如去年，未知明年又何如也。

入泰仁地，則稍吉 而不耕處幸有而不多。且緣路聞見，則癘疫大熾，死亡殆盡。哀我東民，鋒鏑之餘，又遭飢病之患，到此已極，靡有孑遺之嘆，烏可已乎？

四月十八日

朝前，舍弟聞巡使到縣，要謁事入縣。但洒雨，着簑而歸，晚後始霽。彥明還來，巡使贈米一斗、太兩斗、鹽醬及紙筆墨扇帽等物。且婢僕不足，終日措辦祭物而未及，嫂氏終夜治之，無淸故果則不造。勢也如何？

四月卄九日

啓明而行祭。晚後，邀<u>彥明</u>兩妻娚及<u>權別監</u>恕第二子，饋餕餘而送。
初意明日定欲還歸，而母主强留之，過端午而歸，然無粮，不可久留，
明明欲歸已計。

　　且聞京家，初則修裝處，雖四撤，而上則依舊，今則掃盡撤去，
只餘遺址云。此乃無直守之故，可惜奈何奈何？

五月大

五月初一日

自昨夕氣不平, 或洩下, 今朝起則快平, 而但腹中不安, 雷鳴終日,
八九度注下, 氣還困憊。午後, 深頭微痛, 必有以也, 疑慮不已。與
舍弟步進權座首翼廊, 與權子及弟之妻姆, 做話而返。權家櫻桃摘
來, 滿笥以呈, 與諸公共破。但座首今爲鄉任, 而方伯入縣, 故不
得來家, 今又不見而歸, 可恨可恨! 權家待母氏深厚云, 感荷感荷!

五月初二日

朝食後, 辭母主, 別舍弟而發來, 到金堤地路邊松陰下, 秣馬點心,
氣甚不平, 少食而與奴。又發至金堤郡前, 始覺其誤入, 逶迆還出,
計程則幾至半息, 到前日來時所宿趙大鵬家投宿, 亦金堤地也。趙
公出見, 亦饋園蔬, 待以好言。其子惟精亦出見。余贈其孫筆柄, 以

謝厚意。

且一路見之，臨陂以下，兩麥不好，未及熟前，飢人往來者，竊取而食，夜中盜刈者甚多，人皆持弓矢直宿，有時射殺，又不能禁，處處皆然，可嘆！

五月初三日

未明而發，至新倉津邊人家朝飯。聞津船，昨夜爲急潮所激，絕纜漂流遡上石灘，故私船受價過涉，而船少僅容步人六七，牛馬則浮泳而渡之，余亦效此而渡，然兩班則不給價。

行到咸悅，入坐主家，聞允謙兄弟來此。謙也昨已還歸，諸子時留云。卽通名於太守，則使人邀之。又聞長城倅玉汝自京歷到于此，就見上東軒。金奉事璥、李奉事愼誠兄弟暨玉汝等咸會。有頃，太守三寸前大興自牙山亦入來，相與做話終日，對食夕飯而各散。余則與諸子同宿於玉汝處。

玉汝在京時得病，卄餘日痛臥，主上聞病勢危重，遣內醫，不離看病，又使內院相當藥入量劑送，天恩罔極云。來到此邑，氣不平，因留在調理云云。玉汝來時，到林川，歷見余家屬，覓贈米三斗、太一斗、生葦魚二冬音、蝦醢三升，又告太守還上租一石題贈云。可延近日之命，可喜！允謙則以牟田收獲事，不得已還歸結城云。

五月初四日

朝食後，與諸子發來。玉汝亦向長城。南風大吹，頗有雨徵，馳至無愁浦，纔到北岸，雨洒，顚倒載卜。行未數里，大雨注下，雖着雨具，漏濕處甚多。到寓則家人與仲女方痛痁病, 端女亦未却云。可慮可慮! 余在泰仁時, 連日氣不平, 似是瘧證, 而數日來, 別無更痛, 必是感風之故也。雨勢終日大作, 少無霽時。

五月初五日

終宵雨不暫撤。令麟兒行祭, 因余氣不平, 使之奠杯。且昨日來時, 咸悅贈余正米兩斗、鹽眞魚五尾。且來此始聞東隣居老吏林承雲病死云。且南來處 癘氣大熾, 死亡相續, 道傍棄屍, 不可勝數。又因玉汝, 聞京士大夫亦多病斃, 朴司諫東賢、李弼善景涵、李二相山甫、鄭同知彦智, 亦遭癘而卒逝, 其餘下僚不可彈記, 時方臥痛者甚多云。不祥不祥!

且聞詔使出來, 已渡鴨江, 近當入京, 因向全、慶之境, 以察軍情, 鍊兵機械, 兼探賊勢如何云, 然未知何故也。

又聞我兵擊斬賊級事, 顧侍郎令劉摠兵捉致都元帥決杖, 使不得任意擊賊云, 此必欲講和而然矣。兇賊尙據邊疆, 肆意出入, 焚蕩民家, 而天將使我不得勦滅云, 尤可嘅嘆。

又聞鶴駕, 近日還抵完山, 以迎詔使云。子遺殘氓, 飢病之餘, 又遭詔使之來, 道路支供之費, 迎送之勞, 其能堪支乎? 惟此兩湖, 獨當其苦, 而公私蕩竭, 無可奈何。雖使善爲國者, 當此時, 亦無善後之策矣。可嘆可嘆! 家人日日痛瘧, 悶慮悶慮! 且家人養蚕, 得摘繭二十三斗矣。

五月初六日

往見屯畓, 因歷入允諧家而返。但諧妻與女義兒, 痛頭臥吟, 門前有病家, 恐是染證, 悶慮悶慮! 且仲女痛瘇, 倍甚於前。家人初昏痛之, 而不至甚。但端兒免却, 可喜。宋奴迄未來現, 痛憎痛憎!

五月初七日

去夜, 家人夢煩, 至於壓而出聲。余適不寐, 扶而覺之, 始言夢中之事。但參奉一家, 病勢時未寢息。參奉來時, 任兒方痛, 而行到青陽, 帶奴世萬痛之, 騎牛還送結城後, 獨來于此, 因收麥事, 不得已還歸。歸後未聞消息, 家無奴子, 亦不得使人問之, 悶慮不已。

且朝問生員家安否, 義兒母子, 終夜苦痛云, 必有以也。尤極悶慮悶慮! 飢餒之餘, 病患如此, 無一日解顏之時, 不如無生, 雖嘆奈何?

且李晫妻子來住扶餘地, 家無使喚, 其婢粉介招去。但晫之病, 時未永差云, 可慮。

朝食後, 使春已持正米一斗三升、正木一疋, 送于舒川、庇仁等處換鹽, 欲貿牟事也。諧家亦送太二斗五升。昏, 咸悅使人致書曰 "得船稅眞魚, 送允諧, 明曉來貿牟麥於場市"云, 深謝厚意。適無奴馬, 又因諧妻之病, 未果, 可恨! 當待奴馬之還來, 更觀諧妻之病勢, 旬一二日間送之爲意。夕, 送扇柄於金大成處。

五月初八日

忠母之病如前, 極悶極悶! 義兒差歇, 必感傷所致也。朝食後, 方秀幹、李光春來見, 因聞白夢辰月初得染疾而逝云。不祥不祥! 去冬今春, 與方公逐日來訪, 與之着奕, 消遣客中無聊, 而今聞其喪, 不勝哀悼哀悼! 非但此也。金大成家癘氣大熾, 其長子妻昨日病死云。不遠之地, 病勢如此, 深恐深恐!

余亦午後氣甚不平, 深頭微痛, 又恐瘧漸也。扇一柄又贈方秀幹。且仲女痛瘧倍甚, 深悶深悶! 麟兒自朝食後, 嘔吐痛頭, 終日輾轉, 尤極悶慮! 夕, 文景仁明日當赴忠勇將軍中, 來辭而去。

命卜自咸悅入來。咸悅增送正米三斗、生眞魚兩尾、清蜜五合、菉豆一升, 而改斗則米五升縮, 眞魚與蜜, 見奪於路人云。臨昏乃還, 必是烹魚作飯而食, 清則病家求得處甚多, 亦必中路賣用, 假托被奪也。痛憎痛憎! 忠母、麟兒病中, 方欲待此飲粥, 而托稱見失云, 尤極痛憤痛憤!

五月初九日

自曉下雨。麟兒證勢, 朝起視之, 太半蘇歇, 而但永未快復也。似是瘧症, 而更觀明日後可知矣。忠母今朝則差歇云, 深喜深喜! 家人數日來, 免瘧不痛, 亦可慰矣。允諧亦痛瘧, 可慮。

五月初十日

自昨朝, 終日雨作, 至於通曉不撥, 今則注下如麻, 陰曀四塞, 必爲霖雨, 而久不霽也。川澤滿溢, 巨野成海, 人不得通。春奴想必阻水, 徒費粮物, 久不得還, 則麥節已晚, 賣鹽必賤, 不售其直。咸悅之行, 若不及於十三日場市, 則彼此具失。過夏之資, 亦不得措備於此時，阻飢之患，尤有甚於去春矣。

平生賦分，只合窮困，而欲望一分之利，事事乖張，每不入計，恨嘆奈何？不如安分，而聽天命矣。且麟兒、仲女痛瘧倍甚。終夕雨不少霽。

五月十一日

終夜雨，至朝不撤，晚後始霽。生員避瘧，早朝來此，亦不得免，痛之至甚，不食夕飯，借馬騎還其寓。可悶可悶！近因連雨，粮饌具絕，朝夕皮牟作末爲粥，半器而食。不病者已矣，痛瘧兩兒，亦不得盈腸。可憐可憐！且漢奴刈草於路傍，過去驛子，奪所刈之草及所着笠帽簑衣而去云。痛憎痛憎！

五月十二日

又自曉頭下雨，晚後始霽。生員昨日痛瘧之後，朝尚未快，不得往咸悅，故不得已婢玉春與命奴偕送，及於明日場市貿牟故也。前日咸悅致簡曰"貿牟之資覓去"云耳。且麟兒、仲女痛瘧，而仲女則不甚矣。但春奴至今不來，可慮可慮！

五月十三日

午後，陰而洒雨。生員痛瘧而倍甚，仲女亦微痛之，必轉爲逐日也。且明日乃生員養父忌也，送命奴於咸悅，祭需求得，則咸悅中米一斗、粘木米各三升、甘醬三升、兩色醢各一升贈送云云。因命奴，聞咸悅鹽葛魚七束，帖贈吾家婢子處，使之貿牟於場市，而其葛魚只小且細, 一斗之牟, 幾至五六介捧之, 故不得貿焉云。可恨可恨!

且蠶種次好繭三升盛柳笥, 上置高架, 夕取見, 則盡爲衆鼠竊含而去, 無一介遺置。痛憤奈何奈何?

五月十四日

朝雨, 葛魚負來事, 送漢奴於咸悅。且去夜, 夢見金翰林子定, 因說妹喪, 相與慟哭, 覺來, 不勝哀泣不已。

且麟兒、仲女痛瘧, 而不至於前日之甚, 但長女亦今始痛之, 相與枕籍而呻吟, 一則可笑。近日絕粮, 貸牟於隣里, 或碎作末而爲粥, 僅得不死而已。兒輩久患瘧疾, 而食不得飽, 形容瘦悴。不忍見不忍見! 爲之奈何? 天實爲之。

五月十五日

婢玉春自咸悅還來。咸悅贈送租十斗、末醬三斗、粘米五升、鹽眞魚四尾、葦魚醢一冬乙音及前惠刀魚竝持來。但負重, 租則接置主家而來。

且春已入來, 米木所貿鹽九斗五升, 徒勞費粮而已, 反不如米木換牟矣。貧人之事, 每每如此, 雖嘆奈何? 然明日當持此兩物, 貿牟於場市爲意。

五月十六日

送漢奴於咸悅, 負租來事也。生員昨日痛瘧之餘, 至於今日, 而深頭猶未平, 因以又痛, 全不食飲, 悶極。午後, 扶杖步往見後, 還來此處, 麟兒、長女亦痛, 長女則逐日痛之, 尤可悶也。生員口苦, 欲嘗淸蜜, 而私家得之無由, 家人簡乞於衙內申副提學宅, 則半從子覓來, 卽下送生員處, 副提學宅乃太守女息而居寡, 故率來耳。

且香婢前日簁衣着去, 見失, 卽令還懲, 今日場市買納新件。且夕, 漢奴還來, 十斗之租改斗, 則猶未八斗。可憎可憎! 且刀魚場市賣之, 則皮牟一斗, 或四或五, 而二十二介, 只捧五斗, 其餘猶不得賣之。鹽則牟一斗或三升相換矣, 然亦未盡賣, 必待後日而賣之, 或於他邑場市載送, 爲販計*。

但物賤牟貴, 市價極微, 正木一疋, 皮牟六七斗捧之云。當此兩麥浪戾之節, 猶且如此, 他日尙可知矣。民生艱食之嘆, 猶古愈甚, 況如吾輩漂落他鄕者乎? 其必爲溝中之瘠, 不遠以邇。雖嘆奈何? 付之天命而已。

五月十七日

陰而雨。朝送香婢, 問生員之病, 猶未快平, 朝尙困憊, 深頭猶痛云, 恐非瘧證也。悶慮悶慮! 更觀今日戰痛之勢後, 可知矣。晚後發汗向蘇, 午後還痛, 然比昨日則似減, 必是瘧也。忠兒今始痛之, 尤極可慮。

夕, 往見諸病而還, 仲女亦痛之。飢困之餘, 諸兒病患如此, 而諸證最苦。中夜念念, 睡不能着, 群蟁萃身, 爬癢不休, 胸懷甚惡。此夜霜鬚, 添得十分, 人生可惜。

………

* 　計: 底本에는 "計計". 문맥을 살펴 삭제.

五月十八日

令兩家奴婢五名，芸屯畓，是乃再除草也。朝問譜病則大歇，而忠兒亦蘇云。可喜! 食後，與麟兒登花山，俯視芸草而還。李生員挺時適到寓 邀入坐，良久做話而歸。夕，進芸畓處見之，爲半未及芸，而但稀種，可惜可惜! 因入見譜病而還。

且昏，粉介還來，聞李晫今月初八日卽世云。不勝驚悼驚悼! 得危證，今至五六朔而柴盡矣。李家之禍，何獨至於此酷也? 其弟姪兩子皆死於兇鋒，其父及一子兩女病亡，而去月念後，其妻父亦以染疾而逝，未經旬朔，渠身亦亡，慘酷之變，偏及於一家，正老之子孫盡死，而獨一五六歲稚孫保存，爲正老尤可哀慟。正老乃晫之嚴父李正順壽之字也。且麟兒痛瘡，不至於甚。長女連日不痛，必永却矣。

五月十九日

令四奴婢芸畓，而午後下雨，掇鋤而來。朝後，士人趙大得來見。趙也乃京城莊義洞人，而流離來住郡城北，而與允諧有知分，故來訪云云。

夕，春已入來。貿牟十三斗、太一斗持來，以鹽四升，換牟一斗云。初意以爲鹽價踊貴，牟斗或二升半、或三升相換，則計至廿五六斗，而所販之牟至此，必欺余哉! 雖恨奈何奈何? 且允諧與仲女微痛，而忠兒亦痛。可憐可憐!

五月卄日

啓明行祭。飢餒之餘, 祭需得之無由, 只炊飯而奠之, 雖恨嘆奈何? 然在誠而已, 何必多辦? 且自曉下雨, 晚後大作, 終夕不撥。且前日, 聞趙正郎景綏來此郡農舍, 明間還歸, 切欲見之, 冒雨而往, 越川時, 馬誤陷泥潭, 沒脛而仆, 不得已下馬, 步出水中, 脚下盡爲沈濕。就入趙家, 行纏足襪取乾後還着。景綏聞余來, 卽欣迎入坐, 話舊說今, 各自悲嘆, 炊夕飯而饋余。

又因景綏, 聞賊酋平行長要以五事講和於天朝。

一, 割朝鮮四道。一, 下降天朝公主。一, 許開朝鮮之路通貢。一, 令質朝鮮親王子大臣於日本。一, 封日本關伯爲王。

皆以不可從之事, 要和於天朝, 觀其應之之如何, 若不從, 則當治兵十二部, 直向中原云, 其爲痛憤, 可勝言哉? 五天使當出來, 而或講和, 或審察賊勢及我國鍊兵、粮餉等事云云, 然未可的知也。

又聞僧大將惟政, 自號金剛山大禪師松隱, 前月中, 直入賊將清正陣中, 正優待厚意, 留十餘日還來。清正與行長爭功不協, 秀吉聽行長之讒, 盡殺清正之妻子, 以此正大怒, 與我合謀, 倒戈還圖關伯云。若此事得成, 則我國之福, 而然點詐之言, 未可必信。況秀吉以大兵付清正之手, 越在他國, 與敵相持, 而先殺其妻子, 必無是理, 吾不信也。但自中若不相圖, 則以我國兵力, 決不可敵, 天若助順, 必成此事, 豈可以孑遺殘氓, 更付於鋒鏑之下乎? 又豈可以驅禮義之鄉, 入左衽之俗乎? 天道好還, 必有悔禍之時, 惟此一事, 猶可恃也。

又聞天朝, 令劉摠兵掇兵還來云, 尤無可恃矣。天使出來, 當到嶺南云, 一路支供、接待、宴享諸色應辦, 惟此兩湖飢殍餘民, 措出無由, 無可奈何, 只憎嘅嘆而已。

且聞沈說逆賊推鞫時, 以色郎陞敘已出六品, 爲主簿云, 可喜! 其餘堂上及承旨等, 皆以賞職, 或爲嘉善, 或爲資憲、正憲云云。皆因景綏而得聞。景綏妻子自亂初, 來住此郡水多海里, 故自東朝受由來見, 而今爲翊衛司司禦矣。且麟兒痛瘧, 而長女得免, 生員則昨日暫痛, 必自此永却矣。

五月十一日

自昨日, 終夕終夜, 雨不暫息, 朝尙不霽, 晚後始晴。生員病間, 故來覲, 但飲食不舊, 而又無可口之味, 可恨。端女戰身而痛頭, 必是瘧也。可慮可慮! 然更觀後日, 可知矣。

且自昨日, 漢奴稱病, 臥不起, 養馬至難, 使下家奴刈草而來, 亦不多取, 只塞責而已。老馬惟草不厭, 可恨。且允誠西歸後, 一不聞消息。悶慮悶慮! 莫丁猶可還來, 而至今不來, 尤可慮也。近日一家之人, 皆夢其來, 近可入來而阻水耶? 難待難待。

且有一女兒, 年可十一二歲, 乞於門外。問之居處及父母, 則居在竹山地, 而其父母亂初死於賊手, 與其姑夫流離丐乞於湖南, 轉徙北還來, 寓此邑內乞食, 而姑夫月初率其妻子, 棄我而逃去云云。觀其形體言語, 不至迷愚, 近若不救, 則將必餓死, 不勝可憐。使一家之人, 收護而養之, 觀其近日所爲, 永欲使喚, 姑令留之, 而彼亦願從焉。

五月十二日

自曉下雨。近因霖雨，桂玉之歎方急，悶不可言！悶不可言！且咸悅使人致簡問候，又送眞魚、食醢四尾，深謝深謝！令允諧修答而付之。麟兒、端女方痛瘧，而無滋味，不能食，卽饋兩兒。又送二介於下家允諧處，諧亦病餘，長對麥飯，不得助味，不能食者久矣，因此得食，尤感不已。端女昨日痛之，而至今亦痛之，必逐日瘧也，然時未至甚而徵痛矣。

五月十三日

去夜，大雨傾盆，終宵不輟。寢房雨漏，朝尙不霽，久雨之餘，又得一夜之大作，水邊之穀，必多損傷矣。晚後始晴。且麟兒、端女痛瘧，逐日痛之，而端兒則不食麥飯，又無滋味，終日飢臥，不可說也。忠兒亦痛云。

五月十四日

送馬于生員處騎來，忠兒亦來。久瘧之餘，皆厭麥飯，可恨奈何？朝送香婢，乞牟於趙座首希尹，以其沈水朽敗，未收一粒爲辭，可嘆。趙翰林宅送米一斗、葦魚食醢七介、甘醬一保兒贈送。深謝深謝！

　　且今日快晴，故令命奴、申德芸畓，前日未盡芸處，而猶未盡芸。麟兒、端女痛瘧，長女亦痛之，而不至甚。送春已於咸悅。

五月十五日

自曉下雨，近因連雨。漢奴又臥病，久未刈柴，非但粮絶，柴草亦難，奴輩所籍空石，盡掇而備炊。可悶可悶！草亦令下家奴刈而秣馬。

且允謙歸後，未聞消息，吾家無奴子，亦未使問，不知其家病患如何。彼亦近可送人，而今不來，想必阻水也。前日聞謙妻因病落胎，乃男子云。可惜可惜！兩男不育，日望得子，而今亦懷娠六朔而不產，尤可痛惜。

且今日乃母主初度也。雖不得親覲，而意欲使人問安，不惟不備斗升之物，家無奴子，無可使之，雖曰勢也，人子之心，豈不慽慽乎？終日嘅嘆。如負重累，如何可言？

且雨勢終日不止。臨夕，大作一陣，屋宇皆漏。春已不來，必因雨不發也。上下家絕粮，苦待苦待。且麟兒、端女痛瘧倍甚，端女則全不食飲。悶慮悶慮！

五月廿六日

雨勢終夜不輟，朝尚不霽。無粮無柴，婢僕皆托疾，臥不起，奈何奈何？只自嘆恨而已。馬亦無刈草者，終夜終日飢立，尤可悶也。兩兒今又痛瘧，夕時粮絕，只以五合米，摘菜葉，交作湯粥，上下各半器而飲之。

昏，春已入來。咸悅贈送牟十斗、中米一斗、眞末五升、眞油五合、藿五同、燒酒兩鐥、石首魚兩束、麯二員、紙一束、牛肉一塊。深謝深謝！麯與紙魚則送下家云。藿一同僅一掬，而牟則負重，六斗負來，餘四斗接置而來。但六斗之牟，改斗則四斗二升，減縮之數，豈至於一斗八升乎？必欺余哉。卽令藿湯和末，作水齊非，兒輩分食而宿，夕食至少故也。

且夕, 聞下家絶粮飢宿云, 種太升半送之, <u>咸悦</u>來牟七升亦送。我飢猶可忍也, 每聞下家之飢, 不勝悶惻之心, 雖時致薄少, 何補於衆多之口乎? 況我家亦絶, 飢日多矣, 豈暇周及乎? 嫂氏意其餘儲而不救, 長懷不足之嘆云, 尤可笑也。前頭顧無求救之地, 不可說不可說!

五月卄七日

朝食後入郡, 見<u>白承旨惟咸</u>。<u>白</u>也前月唧命到<u>湖南</u>, 得時熱, 未卽復命, 而今始歸京, 歷抵于此, 因阻水留滯五六日, 明當發歸云。故入見, 相見欣慰十分。但病雖差復, 而脚力柔脆, 行步艱澀云。

諸少年六七輩咸會, 或着奕, 或擲政圖, 以爲戲笑, 消遣長日。承旨令官備水飯而饋諸人。午後, <u>尹御史敬</u>*<u>立</u>亦至, 與<u>宋進士爾昌</u>擲政圖, 賭酒肴。<u>尹</u>也見屈, 卽令官備時酒一盆, 各呈盤果膾炙。余飲三大杯, 臨夕先辭而出還。<u>尹公</u>亦巡到此郡, 滯雨累日矣。

且<u>洪參奉範</u>自<u>湖南</u>還北, 而適到于此, 阻雨久留, 與<u>白</u>也有知分, 故令官帖食, 亦與余一洞舊識, 而邂逅相逢於客中, 曾是不意, 不勝欣悅。備說洞中故舊散亡殆盡, 追憶前事, 反生悲感。其妻子今在<u>關西</u>云。

且令兩奴芸畓未盡處。昨日, 接置牟負來事, <u>送春</u>已於<u>咸悅</u>。且<u>柳忠衛愿氏</u>暨與其胤<u>先覺</u>, 合牟三斗付送, 而下家亦送二斗, 深謝厚意。

....

* 敬: 底本에는 "景".《宣祖實錄》27年 1月 4日 기사에 근거하여 수정.

五月十八日

朝食後修簡，送香婢問候於白承旨，則朝前已向鴻山，而洪參奉彥規亦隨而歸云。且令婢於屯母子芸畓而畢矣。五斗之畓，再除草至於累日，或五、或四、或二，而今僅畢芸，計其入人之數，十五名矣。人力倍入，而禾苗不實，又且稀種，皆因迷奴不致力，而趑不芸草，使草盛苗稀，徒費粮而已，深可嘆恨！

　且明日乃竹前洞叔父諱日也。家無儲物，只欲炊飯，奠誠而已。傷哉貧也！亦時之使然也。麟兒、端女痛瘧，而允諧養母亦痛。

五月十九日

啓明行祭，薄具奠物，如不祭也，勢也如何？兩兒逐日痛瘧，而義兒、忠孫，今亦痛之。義兒則前日免却，今更痛之。皆因飢餒之致，悶不可言。每日皮牟末作粥而飲之，元氣困瘁，安得不然？端兒、忠孫，今不食牟，尤可悶也。且前日所養乞兒，逃走不還。可憎可憎！

五月晦日

曉頭，允諧養母率義兒避瘧逃來，亦未免焉。朝食前得痛，可嘆！夕還歸，兩兒今亦痛之，形容黃瘁，食又不飽，不痛之時，困憊倍甚云。不忍見不忍見！

六月小

六月初一日

朝洒雨，晚後始晴，然終日陰曀。兩兒今亦痛之，而端女暫痛不臥，必因此免却矣。忠兒痛之倍極，至於翌朝，尚不能起云。悶慮悶慮！且粮絶，朝食作太粥，分食半器，當午不勝飢惱。朝餘牟末在器，兒輩環坐，擧匙而巡食。可憐可憐！

夕，莫丁自海西入來。顚倒問之，則誠也擧家時無事，歸時一路亦好去云，甚可喜也。見其誠書亦然。但咸悅所送牛溪前木二疋，爲德奴所欺，偸去賣食不傳云。不勝痛憤痛憤！然得染病，其妻先死，渠身時雖生存，飢食久矣，絶無生理云，前日彼此所送之物，托稱爲唐兵所奪，而至於姜參奉家木花三十餘斤，負去不傳，皆自偸食，其泛濫悖惡，比前尤甚，雖死何惜？雖死何惜？但其妻死，又無依止之路，到處如此，今且見憎於誠之聘家，不得依接云。今若不死，則流離諸處，深恐入於賊倘也。可慮可慮！

莫丁來時，歷宿洪陽地，因允謙聘家婢夫劉漢成，聞謙家癘氣時未寢息，世萬妻病死，世萬方痛苦極，不知生死云。謙之妻祖母，時在保寧，亦以病前月下世云。不勝驚悼驚悼！平時不為其子所養，年近八十，食不得飽，常懷飢腹之嘆，適其子去冬先逝，今又繼亡，殯葬之事，家無所賴，必謙也當之。況其在平日，最愛謙妻，待謙亦厚，不可辭也。今聞來在保寧喪家云，但出入病家為慮也。

世萬之妻，最為勤幹，世萬賴此，獨免飢寒，今又病亡，世萬亦為謙家信奴，一家之事全委，而力為之，令若病死，則家事必敗，尤可慮也。大抵吾家凡事，每不入計，垂成而還敗，是亦家運，為之奈何？付之天命而已。謙也必因此不得來覲，今余不見，已過半年，思念不置，又憂其疾也。

且莫丁之來，誠家贈付石首魚五束，而渡江時，一束以其船價計給云。飢惱方極，兒輩卽共破二束。且聞高城一家，去三月初，入歸關西永柔地，誠也未及見之，吾簡不傳云。彼此尤極絕遠，消息尤難得聞，況望其相見乎？生前必不得一見，不勝悲嘆悲嘆！前聞永柔有奴有田云，而想必艱食於瓮津，更入深遠之地，為其就食也。不祥不祥！彼亦如此，吾家事不足云云。

六月初二日

昨日，莫丁之來，誠又得唐甘吐一部付送，甚好，可喜，但體小不入余頭，可恨，然浸以暖水，使之闊而着之為意。

且聞吳精一母氏，去三月得染疾而逝云。哀悼哀悼！此乃宗家

冢婦, 而今又亡之, 尤可哀也。但惟一之痼證, 今則尤甚。其養父之
亡, 時未得聞, 而雖得聞, 勢不得奔赴云。精一來見允誠, 始聞太善
之死矣。吳世儉家在文義, 其在亂初, 其母氏避亂, 乘舟西歸, 到豊
德地, 以病別世, 草葬其處。自去年四月, 倭賊出京後, 道路始通,
可以奔臨, 而至今不赴, 不知其母之死處云, 其爲悖理甚矣。不祥
不祥!

且惟一則吳世溫氏仲子, 而世良之養子也。在平日, 性甚愚駭,
且有痼疾, 處事多有可笑。生變初, 陪率一家, 西奔出門外, 其養祖
母不能行步, 棄去, 不得已還入京家。其三寸世恭妻氏, 則到弘濟院
又棄去。行到交河津邊, 渠則先登船上, 其母未及上之, 船卽解纜
離岸, 其母彷徨水邊, 亦不得已還入京家。舟行到豊德地, 其祖母
以其病棄, 接于豊德地, 亦無侍婢, 渠獨西歸海州, 其爲悖惡甚矣。

其後其母氏則其兄精一入京陪去。其祖母則在豊德別世, 無人
侍養, 不知諱日, 其地人等草葬, 世良與精一奉屍而去, 然亦不知其
實屍也。其養祖母則入在京家, 其年七月, 以痢疾別世, 奴僕等殮
襲入棺, 權埋于宗家後園, 爲賊屢出棄屍, 奴輩還入葬焉。至於賊
出後, 我國人棄屍奪棺而去, 骸骨埋土, 奴斤伊收拾散骨, 脫衣褢
襲, 入櫃葬于京家云。其養子世良已死, 養孫惟一如此, 孰能葬于
先墓之側乎? 尤極不祥不祥! 吾門大敗, 皆是新寧叔父子孫, 而到
此其爲行事, 無理極矣。恨嘆奈何奈何?

且宗家列先神主, 精一奉去海西, 姑安其寓家云。然家道蕩敗
之餘, 精一雖當主祀之任, 京鄉無奉依之所, 渠亦無識, 性又悖妄,
深恐以其無奉祀之物, 棄置於草莽之間也。吾宗自此必覆不振, 每

念及此，不覺嘅嘆，繼之以泣也。此亦舉國同然之患，而孰有如吾門宗子之無識乎？然徐觀厥終之如何耳。

不祀先祖已經三秋。霜露之感，不能已已。來秋夕，意欲展拜塋下，路遠無粮，又且奴馬不一，其可必乎？勢也如何？徒增嘆恨而已。

且莫丁買馬牽來，乃其處居奴萬卜身死後，其番放賣，捧雌牛，接置於姜參奉家，誠子歸時，知吾家無馬，故換馬以送，加給貢木二疋云。但體小瘦駑，可嘆。然方恨無馬之際，得此意外，深喜深喜！

親家婢萬非處，德奴去正月貢膳，已得捧來，私自用之云。不勝痛憎痛憎！其處奴婢等盡死，而生存者無幾云，亦可惜也。莫丁歸見箕城，其母年過八十，今尚生存，其兄與親族病死者四十餘，而獨一兄保在云。一路癘疫，無處不然，關西尤甚云云。去月十四日，自海州發行，昨始入來，計其日數則十八矣。

且今聞金翰林子定丁母憂云。不勝驚悼驚悼！吾妹亡後，又遭大禍，一家之患，何獨至於此極乎？竊聞渠身，亦得染疾而痛之，深可慮也，然未知其實矣。但其兒息等，處之何處？尤可致念而不忘也。子定母氏亂初來寓禮山農舍，諸子咸會一處，子定適受由來覲云云。

且麟兒今亦痛之，而長女更得始痛，不至甚，端女微痛，忠兒逐日痛之，而全不食飲，忠母昨始痛之云，尤可悶也。皆因飢困之致，不可說不可說！

明日若不雨，定欲歸尼山。尼山倅金可幾氏，年前金井察訪時，適余寓居其隣，相厚最密，而因人聞之，怪余不取救資而去云，故兼欲見之而敍阻矣。但恐不在官，不相值也。

六月初三日

初伏也。去夜大雨, 一陣雷鳴。黎明地[*]震屋宇動搖者三, 仰土墜落, 聲如殷雷而止, 自北而南, 變怪非常, 未知前頭有何事變乎? 前此雖有地震之時, 未有如今日之大也。熟寢兒童, 亦皆驚悟。無辜生民, 亦緣於國運, 日就死亡, 而天不悔禍, 又出變異而警之, 爲人司牧者, 亦可惕然恐懼修省, 應之以實, 使其就盡之餘生, 庶得保存而畢命矣。早朝, 又震一度, 有聲而微。

且朝食後, 帶兩奴騎卜發來, 舟渡古城津, 入尼山縣, 則太守出坐司倉, 捧糴兩麥。奴通名, 則太守卽使人邀之, 相見歡迎。成公聞德適在坐, 亦余之一洞相知者也。邂逅客中, 不勝欣悅。成也亦流寓縣地, 而太守之妹夫也。成公先辭而出歸, 余與太守終日敍話。少頃, 前庇仁金基命自京下去, 歷入于此, 亦邀而因對夕飯。臨昏, 余先還主家, 臥未頃, 地又震一度, 屋宇微動而止。一日晨朝昏三時地震, 古所未聞, 變異之大, 莫此若也。金庇仁以事被囚王獄, 受刑累月, 今以立功自效得釋, 當赴都元帥陣中云。

六月初四日

太守出坐司倉, 邀余對飯, 終日敍話, 又對晝飯。余言妻子方患阻飢之事, 卽帖給好租一石、白米四斗, 使之明日先送, 奴馬還來後歸云, 待余極情, 深謝厚意。租則改斗十一斗七升餘。

....

* 震: 底本에는 "振". 일반적인 용례에 근거하여 수정. 이하 모든 "地振"은 "地震"으로 고치며 교감기를 달지 않음.

且當午, 唐兵四名, 出掠場市販鹽之人馬, 還爲馬主見奪, 發怒, 托言所持銀子二十兩奪去, 不干人執捉結縛, 無數亂打, 至致官庭, 使之懲給。太守不得已囚禁, 緩辭解說, 終不聽之, 必欲懲之。非但此也。往來唐兵, 絡繹不絶, 多索燒酒、淸蜜、鷄兒等物, 少不如意, 大杖亂打, 辱及主倅, 一路之官, 不惟迎送之患, 如此作亂等事。無日不至, 不勝其苦。不祥不祥!

自午後, 雨作雷鳴, 終夕不輟。夕, 柳生員詮入來, 乃太守年友也。亦余之少年同門生, 而不相見者四十餘年, 各問姓名後, 乃知其然。柳亦流寓林川云云。

六月初五日

朝就司倉, 與太守、柳生員做話。少頃, 洪察訪堯佐入來, 亦太守年友, 而流寓咸悅地, 亦余之八寸親, 而同居一洞, 相知有厚, 意外相見, 不勝欣悅。但其一家患染病, 渠亦痛之再度, 今纔得蘇云。形容瘦瘁, 變換舊面目, 可憐可憐!

且早朝, 令莫丁昨日所得米租, 載送林川寓所。一家絶粮, 必苦待矣。且有人大獐一口捉納, 太守令屠割, 卽炙臍肉, 而與在坐者共啗, 因飲秋露一杯。明日調度御史當到此縣, 欲用於饌需云云。太守又令衙中烹牛頭細剉, 一笥來呈, 卽與在坐共破。但余適感暑風, 腹中不安, 雷鳴終日, 注洩累度, 尙未得平。可慮可慮! 且昨昨來時, 入見忠兒, 方患痁疾, 而全不食飲, 數日不聞消息, 戀戀不已, 未知今如何也。

六月初六日

腹中時未平，去夜注下一度，朝又洩之。太守早出司倉，送馬邀余。洪、柳兩公先在坐，已食朝飯，各治歸計。洪則向公州 而柳還林川。余與太守，因對朝飯，而太守以迎候御史事，先往私家，賓舘則唐兵絡續來接，御史亦不得入處，來寓私家耳。余亦還主家，無與晤語，無聊莫甚。

天又陰霾蒸鬱，而群蠅萃集，撲面入袖，欲睡不得，揮扇不休，苦不可言。莫丁若來，則明日欲往連山。連山倅乃余六寸親也。

且昨日裁簡，送陪童，問候於李公彦祐之寓所。李也乃時尹之妻父，而京居人也，流離托息於此地其妹之家。今午，成公聞德致書問之，還修答謝。早朝吾寄簡，而未及見矣。

且衙中作畫飯而饋余，乃因御史入官擾擾故也。少頃，官亦供飯而來，必不知衙內已先來饋也。

午後，雷鳴大雨，移時而止。莫丁還來，見家書，忠兒則向蘇，而諸兒時雖痛之，不至於甚云。持去之物，改斗則四斗之米，三斗四升半，十一斗七升之租，十斗一升云。必此處之斗至少也，封署依然云云。

且臨夕，兩兒男女手持乞瓢，背負褸褓，呼母痛哭於主家門外。余呼而前，問之其由，則曰"家在尙州，其父解文，常爲監司營吏，亂初避亂南來，乞食諸處，去春，其父病死於懷德地，僅得埋葬，與其母轉乞湖南，今以還來，到此三四日。其母每言'以汝等故，不得任意乞食'云云，而今午潛逃而走，不知去處，巡回閭閻，呼之不應，昨日乞食一匙後，今則不得食矣。吾母棄去，吾等不久飢死"，姨妹因以痛泣不止。聞來不勝慘惻，亦可揮淚。天性之親，至於此極，人理滅矣。哀痛奈何奈何？女則年十三，男則十歲云云。

六月初七日

朝食後，余來入司倉。成聞德亦以見余事入來，相與做話。少頃，太守出送御史後亦來。且聞連山倅門禁極嚴，令太守秘密關成給。晚後發來，行至中程，迅雷驟雨，一時竝作，艱到連山縣。聞太守出坐司倉，先使漢奴，持尼山關字呈之，則使人問候，卽使入來相見，各敍寒暄。

沈仁禎、沈大有適來，邂逅相逢，甚可慰喜。仁禎，太守之四寸，而於余五寸姪；大有，太守之三寸姪，而於余七寸親也。仁禎之兄仁禔，去年拜禮山倅，不久丁憂，來葬其母於墳山，後五兄弟各以艱食流散云，不祥不祥！

少頃，太守令供川魚膾，因飲燒酒三杯。夕食後，主兄先入衙，余與兩沈敍話，臨夕，來還私寓。且早朝，在尼山時裁長水簡，令陪童送于李公彥祐處，而李公適入縣，故不得相逢云云。余暫與相話於司倉門外而來。

六月初八日

入司倉主兄坐起處，朝食對飯後，欲見李判決事避亂來寓恩津地狐洞里，求得糧米五升於主兄，晚後馳來。判決事令公聞余來，門外卽出見，曰"不圖今日更見君也"，喜慰之餘，不勝悲感，發聲痛哭。

李參軍賚適在，相與鼎坐於籬底，終夕敍話，因余始聞李賚之逝, 亦痛泣不止。昏, 與良弼同宿其奴家。良弼, 賚之字, 而令公之長胤也。

六月初九日

朝食後, 辭令公, 令公出門外, 執余手, 謂曰"後日相見, 其可必乎", 亦泣之不已。相別來, 至連山地洪正世贊家, 世贊出見。適有雨徵, 不卽別來, 邀余入坐翼廊, 相與着奕, 五六局而罷。洪也饋水飯, 又供新餠。洪公納粟得判事, 而居鄕最爲殷富, 然今年則傾竭無儲, 出貸他人穀而食云, 豈爲此理? 必飾辭也。贈余眞麥兩斗。允諧妻四斗, 而亦余曾有相知之分矣。

　臨夕, 馳到連山。主兄出坐司倉, 對客飮燒酒, 余亦參焉, 飮三杯, 昏乃還私寓。且臨昏, 地震有聲如雷, 自南以北, 屋宇徵動。初三日三度震之, 未經一旬, 今又震之, 誠近古所無之大變也。

六月初十日

辭歸於主兄, 主兄贈余租一石、白米二斗、中米二斗、木種三斗、眞麥二斗、甘醬五升, 極力扶之云*。租一石, 改斗則十二斗五升, 而接置於主家, 則一斗五升亦偸食 可憎可憎! 朝食後, 辭別而來。沈仁禎、沈大有亦出外相別。主兄姓名沈嘗, 而字士和。大有字天祐也。

　馳到尼山。尼山倅出坐司倉, 卽入見, 相與敍話。少頃, 洪察訪堯佐 自公山入來, 夕飯對食。太守爲余殺鷄供饌, 路傍殘邑, 經變以後, 非但大賓往來不絕, 唐兵絡續, 支供倍於他縣, 凡朋友之來, 只供惡草, 而無他肉味, 今日爲殺兩鷄, 以示厚意。

夕, 太守還衙, 余與洪察訪及本縣座首洪以敍, 同宿於司倉。天氣極熱, 難處私家, 取其爽豁耳。

六月十一日

早朝發來, 馳到石城地, 秣馬。余爲大暑所困, 腹中雷鳴不平, 不食點心而發。舟渡古城津, 還到林川寓所, 日未夕矣。家人與麟兒方臥痛瘧, 諸兒皆得離却, 而麟兒獨不得免, 至今痛之。家人今始更得痛之, 至於三直云。可悶可悶!

六月十二日

朝前, 送奴馬於允諧妻子處, 率來忠兒, 大痛之後, 至今不步, 今始立焉。可憐可憐! 且聞太守居水, 朝食後, 入郡見而言之。郡居別坐李德厚、前部將李弘濟亦來坐席。李蕡、李費兄弟, 昨夕適到, 亦與之相見, 深可慰喜, 皆太守之外姪也。

且麟兒今亦痛之, 而允諧自今日, 更得而痛之。可悶可悶! 奴莫丁欲送結城參奉處, 而稱病臥不起, 待其差病後發送, 則事多乖違, 可恨。

且春已自振威入來。因聞宋奴去四月, 往全義地婢申德父家, 謂曰"今者還歸林川, 各色菜種覓去"云, 而至今不來。若中道不死, 則必還向稷山矣。痛憎痛憎! 且令兩人芸屯畓, 此三除草也。

六月十三日

中伏也。令四人芸畬而未畢。且李賫汝實來訪。但家人自朝氣不平，因得霍亂證，上吐下洩，因此變爲痢證，或赤或白，至於七八度注下。元氣柴敗之餘，又得此證，證勢至危。心神眩亂，幾不可收拾，腹中雷鳴而極痛，深頭亦痛。悶極悶極！

六月十四日

又令於屯母子芸畬。且家人證勢如前，去夜注七八度，心神雖不如昨日，而腹痛頭痛如前，言語甚厭，而粥飲亦廢，勢甚危苦。極悶極悶！朝來豆粥和水，一從子飲之。麟兒自昨日痛瘡之後，亦得痢證，尤極悶悶。家無升斗之物，家母之病如此，此中之悶，如何可言？

且午後，允諧與麟兒幷臥痛瘡，呻吟之聲，不絕於內外，尤極悶悶。送莫丁於咸悅，覓來氷塊事也。此郡太守見罷，下人不給，不得已求之於遠也。且家人今日九度注下，注下之時，腹中刺痛云。終日不言，暝目困臥，水漿不入口。極悶極悶！

六月十五日

去夜，家人注下三度，氣似向蘇，朝前食豆粥一帖是，或起坐，開目語言，深可喜也。自此至夕，兩度見馬，後別無加痛，飲食雖不如前，而稍加食之。麟兒痢證亦不如昨日，而瘡則今又痛之。

且莫丁入來。咸悅贈送牟十斗、鷄一首、蝦醢兩升、眞油一升、淸三合、粘米五升、木米三升、豆二升，皆是荊布病中之用。且太守宋公今日還家，而因荊布之病，未得入見。可恨可恨！

夕, 忠母來覲。且隣有宰牛賣者, 妻孕不知肉味, 今已久矣, 皆欲買食, 不計家窮, 牟八斗, 牛頭及脯次肉三塊與內腸少許買來。咸與下家共破。

昏, 允謙入來。不見于今八閱月, 而不意相見, 渾家喜慰。但其家時未永寧, 奴僕時有臥者, 然不至甚重, 或數三日還起。其妻自大病之後, 元氣大敗, 又得瘧證, 日日痛之云, 深可慮也。麟兒今又痛瘧, 而比前倍甚, 飲食亦廢, 尤可悶慮。

六月十六日

早朝, 邀允諧養母, 牛頭熟烹, 與之共啗, 人衆不厭, 可笑。且又令於屯母子芸畓而畢。夕, 允諧養母與忠母還歸。允諧今始離瘧。

六月十七日

家人今則如常。麟兒則雖不如昨日之大痛, 飲食甚厭, 而困臥不起。悶慮悶慮! 避亂人趙大忠來訪, 從容做話, 而家窮不能作點心而饋送。可嘆可嘆!

六月十八日

家人去夜又得痢證, 腹中刺痛, 然不至於前日之痛。終日困臥, 必中暑也。麟兒如前, 而瘧則離却矣。但飲食不甘, 暑熱極熾, 困憊莫甚, 臥睡不起矣。

六月十九日

麟兒日漸向蘇，但飲食不如平時，又無助食之味，是可恨也。朝食後，允謙往咸悅。咸悅簡邀，故率莫丁兩馬而歸，因此進泰仁，謁母主前爲意。但近日溽暑極酷，雖安坐虛堂，脫巾露衣，猶不堪苦，往來數日程，恐必傷暑也。且裁書允誠處，令命卜付送大興誠之聘家奴愛雲，傳付西歸之人耳。

六月卄日

近者下家絕粮，日日來救於此，而此處亦乏，不能一一周之，不可說也。忠兒來此得食而歸。

六月卄一日

立秋，七月節。夕，無粮，兒輩以眞麥搗末，炙餅而食。昏，莫丁自咸悅入來。咸悅贈送牟十斗、租十斗、眞末一斗、白魚醢五升。下家卽送牟租各一斗，聞飢宿故也。莫丁之來。稱病不得刈草而來，來又臨夜，馬亦飢宿。可恨可恨！

六月卄二日

以眞末作麵，荏水和而食之。物少人多，皆不厭口。可嘆可嘆！家人病中，每欲得食，而謙也往咸悅，爲覓荏末而送。忠母亦來，使之刀作。

六月卄三日

末伏也。莫丁持馬還往咸悅。生員送奴春已於長城，歸時歷入泰仁，使之傳簡問安而來, 卽裁書付之。參奉初欲進謁母主, 而適得暑證, 所帶兩奴亦患恙, 故未果, 可恨。近者天氣極熱, 勢不可行也。春已之歸, 白米一斗七升, 付呈母氏前。

六月十四日

早朝, 韓進士獻自泰仁來, 傳舍弟簡, 披見則慈氏別無患恙, 一家時皆平安, 但窮餓日甚, 母主疲憊之餘, 困臥床席云, 痛泣不已。使老親至於飢餒, 委頓不起, 不孝之罪, 自知難逭, 然近日暑熱極熾, 勢不可陪來, 待其秋凉, 陪來定計, 余亦近日往覲亦計。

且下家絶粮, 忠母率兩兒來食於此, 而生員則昨夕往宿不來。聞其朝食不炊, 嫂氏托以氣不平, 臥不起云, 不得已炊朝飯而送。夕亦飢宿云, 米七合下送, 則炊飯, 上下分喫云。此處亦乏絶, 不得如意而送, 嫂氏常懷未便之心。勢也奈何? 深可恨也。

六月十五日

朝前, 任參奉婢福今來謁, 因納牛肉數塊。此婢任也死後, 流寓郡內, 作夫刑吏, 與其母姨因居焉。饋朝食而送。

且聞南宮砥平洞丈別世云, 不勝驚慟驚慟! 一洞之丈, 皆已作故, 唯一砥平獨能保存, 流寓咸悅農舍。雖年過八十, 氣力强健, 而年前中風失音, 幾不可救, 至於今春, 還得向蘇。余春初歷入問候, 卽邀余寢房, 待以厚意, 各說平日相從之事, 洞中存沒之人, 悲感之意, 言必及之。然語言艱澁, 形容瘦黑, 其不可久, 已可知矣。其在平時, 待余極厚, 有時周急, 常懷感荷, 今聞其訃, 遠不能躬吊, 平生恨負。勢也如何？

　且夕無粮，皮牟末數升作粥，十口分喫，皆未半器，猶不及奴輩。可嘆可嘆！又拾大阿里菜醬，水煎而分食。麟兒、端女病瘧之餘，亦不得盈腹，忠兒叫食不已，尤可憐也。奈何奈何？付之天而已。端女困臥不起，不可說不可說！

六月廿六日

近來飢困之餘，無聊愁苦之懷，無以敍暢，每對碁局，獨作楸子之戲，非以爲樂，庶欲忘飢，而消遣長日也。且忠兒近日留此，觀其遊戲，已解機巧，騎竹爲馬，折枑爲鞭，呼叱作聲，徇庭爲戲，或窺伺蹲步，追執蜻蜓。此亦可以破孤寂之懷，而忘飢渴之憂矣。但言語遲鈍，只呼爺孃外，雖飲食易知之物，亦不得名言，可恨。

　且今日則眞麥五升，乞貸於主家，搗末分二，朝夕作粥，上下共之。兒輩連日飲粥半器，氣甚困憊，言語起步，亦不得任意。麟兒、端女瘦骨崢嶸，不忍見不忍見！若生病則其得救乎？悶慮奈何？

　參奉往咸悅，至今不還，未知何故也。前日莫丁還去時，脚下生腫，僅得步歸，必因此不得還耶？漢奴膝上亦生瘡，不得步行，長臥不起，家無使喚，非但紫草乏絕，乞貸亦不得焉，環坐忍飢。悶極悶極！

六月廿七日

朝，貸米於主家，炊飯而食。且聞韓山倅入郡，借馬馳入，則虛傳矣。因就水樂軒，郡內流寓諸人咸會，或擲政圖，或着奕爲戲，消遣長日。

在會者李部將弘濟、韓進士謙兄弟、沈宣傳官應裕兄弟、李挺時暨余, 而郡居品官林杓亦來。李弘濟先歸, 余亦隨還。

路聞趙座首希尹來在李部將家, 因歷入見話, 李也炊水飯而饋之。午後到家, 則參奉入來。咸悅贈送牟二石、白米二斗、牟米二斗、葦魚醢一冬乙音、石首魚三束、白魚食醢少許。飢餒之餘, 卽炊飯, 與諸兒共之。

且咸悅喪室後, 曾與我家議婚, 已許面約, 而若過期後結褵, 則彼此具有老親, 人事未可期, 方以爲慮。參奉今在咸悅, 謂曰"如此亂世, 若徇禮則後日之患, 未可必矣, 秋末冬初間, 議定何如", 咸悅亦有回意。因人達意於咸悅大人溫陽, 則溫陽致簡於參奉曰"正合我意, 更與詳議通示"云云, 甚可喜也。當欲擇日送人, 定期亦計。

且聞湖南土賊大熾, 處處作耗。頃者成群圍立泰仁獄, 打破門鎖, 救出其儕之被囚者, 尼山縣亦有如此之變, 已極駭愕。今者又有全州南門外都將家, 白晝圍立, 捉出都將, 斬爲三段, 焚蕩其家。通判吹角, 領軍追逐, 則不以爲動, 徐徐散入山谷, 衆寡不敵, 不能捕一賊云, 此近古所無之大變也。

倭賊尙據邊地, 猖然有北牧之心, 土賊又有滋蔓之患, 逃賊遊民, 盡投其中, 未知國家有何善策而安集乎? 吾不知死所矣。雖嘆奈何奈何? 全州被殺都將, 平日多捕賊儕者, 以此禍及云, 此後誰能力爲之捕乎? 尤可慮也。

六月卄八日
終夕, 與諸兒敍話。且聞洪聖民、尹又新、南彦經皆遇癘而卒逝云。

不祥不祥! 洪相則國家可用之賢才, 而不幸遭喪, 退去鄉曲, 今聞其卒, 尤可哀悼哀悼!

又聞新太守李久淘除授, 而未知定來否也。若來則李也亦有相知之分, 不有愈於全不知者乎?

六月卄九日

韓進士謙來, 見參奉而去。且聞定山倅見罷云。若然則不可說也。在平日多賴其力, 今者參奉還時, 亦欲歷見, 覓得救資而送, 今聞其罷, 我家之不幸。驚嘆驚嘆! 近日允諧妻子咸會于此, 雖作粥而食, 一日之費甚多, 後無可繼之道, 尤可悶也。朝, 送莫丁於咸悅而不來, 是何故耶?

七月小

七月初一日

朝前，莫丁入來。咸悅贈送白米二斗、中米一斗、牟米一斗、粘米五升、木米三升、葦魚醢二冬音、眞魚食醢三尾、石首魚兩束。初三日乃祖母忌日也，而無人設奠者，欲以此行飯祭。深謝深謝！吾不死前，若無家故，則雖不敢盡祭列祖，而祖父母諱日，意欲炊飯而薦之，以寓追慕不忘之誠，然時事多艱，不可豫必也。

　且令允諧往李福齡家，推擇吉日，則來八月十三日及九月初四日，納采十八日正期八月最好云，而但事勢悤迫，不可及也。不得已欲行於九月，但未知彼家之意如何也。李福齡乃觀象監命課官，而流寓此地者也。

七月初二日

早朝, 參奉還歸結城, 期於八月初還來。莫丁持馬而從焉。且隣家
金大成去夜遭癘而逝云。不勝驚悼驚悼! 平日每來訪焉, 雖園蔬之
微, 屢致摘送, 待我極厚, 頃者聞其家內不安, 妻子奴僕皆臥痛, 其
長婦先逝, 令其避去, 而終不聽之, 乃至於此極, 尤可憐也。去冬逐
日來見者, 金大成、白夢辰、方秀幹, 而春末白也先化, 夏初方公得
疾幾死而僅免, 其妻亦斃, 今者金也又逝, 未及半年, 人事至此, 良
可嘆也。

　　且咸悅送人致簡於參奉處, 問其擇日與否, 又云其大夫人有愆
和之兆, 悶慮悶慮! 令生員修答而送。

七月初三日

啓明行祭, 饌物措備無路, 只薦飯羹而已。宗家家婦身死, 冢孫精
一當奉祀事, 可以奠杯, 而流離貧困之中, 必不能行之, 故余雖支孫,
不忍虛過此日, 暫設而奠之, 不勝追感之至。

　　且早朝, 令允諧持擇日及申溫陽前余書, 親進呈達, 推擇吉日,
則來八月十三日及九月初四日, 納采十八日正日, 而但八月則凡事未
及措備, 欲於九月定欲行禮。但咸悅大夫人氣候, 屢致不平, 若彌留
久不見差, 則彼家必欲速然, 則進定八月, 亦不可違也。更觀彼家之
意如何耳。

　　且晝夢有一池塘, 網得鮒魚, 大如手掌, 鬐鬣撥撥, 覺而言諸妻
子, 皆曰"得食佳味"。昏, 咸悅專人致書, 兼且爛烹牛頭, 照氷而送,
適今日祖母忌也, 明日當與妻孥共之。深謝深謝!

七月初四日

朝前，令長女昨來肉割切，與妻子共喫，然人多物少，亦不厭口，可恨。且聞韓山倅到郡，借馬馳入，相見於水樂軒。此郡流寓諸人，咸會做話，但頌牒叢集，滿庭喧聒，勢不可從容。諸人皆出西軒，余獨在，請得還上租五石。又前太守時，租五斗、牟七斗，生員處帖給，而未及授出，今又請授於韓山，則深以爲難，牟四斗別帖而給之。韓山又給沈葦魚一冬乙音、醢水二升。深謝深謝！

還上租二石給送下家，以允諧聘家戶奴卽同名授出而用之。又還上授出之際，命奴傔出入岱之時，適韓山倅見之，捉致杖之云，深可喜快。然日暮未及輸來，還納置於掠庫中，明日當取來，必有虛踈之事，可恨，適無奴馬故也。

且自去月初不雨，至於月餘，根田盡皆枯黃，無水之畓，亦皆龜拆，禾苗焦傷。其雨之望方苦，而當午驟雨大作，少頃而止，雖未洽於禾苗，庶可蘇於根耕矣。余之所作屯畓，初則苗稀，三除草後茂盛，雖不如他人之好禾，而亦不至永棄，但方胎之時，久旱不雨，是可恨也。

七月初五日

昨授還上，無馬未得載來，朝令三婢戴來，更量則一石十三斗、一石十二斗、一石十一斗五升，所縮至於八斗餘，必夜來見偸於庫子也。每事乖張，至於此極，可嘆奈何奈何？且忠母夕還歸其寓，來此留十三日，而今始歸焉，初欲卽還，而下家乏粮，故使之留食。

七月初六日

去夜下雨，朝尙陰而風，必不止此也。久旱之餘，得此一雨，庶慰三農之望，而只恨未洽也。晚後大作，午後始霽，猶未洽於高燥處也。

　且麟兒自昨日更得瘧而痛之，今日亦痛，必逐日也，纔離十餘日，而今又得之。悶慮悶慮！且奴莫丁自結城入來。參奉無事還家，但參奉簡及所送新黍米二升，竝入岱，見失於靑陽所宿主家云云。又不刈草，臨昏而來，稱病臥不起，馬亦終夜飢立。痛憎痛憎！靑陽倅所給牟三斗五升持來。

七月初七日

去夜，大雨達曙，至於朝，注下傾盆，無處不漏。可悶可悶！至晚始霽，然終日陰曀，或雨或晴。根耕晚穀，甚爲洽足，而似有過焉。但主人所住家雨漏，不能容居，曾有使余移寓而欲入，不得空家，久未之遂，今日之雨，主家所宿房內滿水云，尤爲未安未安。

　且食鼎破漏，不能任炊，昨日場市，不得已以租二斗五升貿鼎，容一斗之炊云。且命奴性本懶頑，平日在家，雖小小之任，亦不從令，強之以後聽從，猶不力焉，生員常懷痛甚，每欲懲頑，流離之中，窮不能飽養，長飮粥糜，是亦可矜，以此只叱勒而警之。前月以自己興販事，受由出歸，月初還來，不持一物而來，心爲疑焉，前日還上偸出之故，有不自安之心，昨昨送咸悅，則授簡而不歸。昨日場市，猶在此處，見耆卜而走避云，必因此永逃，不勝痛惋痛惋。

　且韓山倅以政丞行次支待事到郡，歷去于此，使人問候，明早當欲入見計耳。韓山平日只識面而已，未有厚分，來此後，屢得接顏，始知外家不遠之族, 於余八寸親, 而姓名辛景行耳, 居淸安縣。

七月初八日

朝前, 入見韓山倅。李部將弘濟亦來, 相與話於水樂軒, 飮以秋露三杯, 因饋朝食。余卽先還, 歷見欲爲移寓家, 雖雨漏破陋, 而入房三, 又有付斜, 可以容衆, 待其雨晴, 先理荒穢, 望後定欲移住議計。

且頃日義兒右足, 爲熱水所傷, 欲塗藥, 而眞油未得, 求於韓山, 得二合而來。且鄭司果宅奴貴一, 以奴婢收貢事往湖南, 今始還歸時歷入, 聞其司果宅, 今在仁川, 尙無恙云, 可喜。家人修書而付送。前聞貴一病死, 而今忽入來, 前言虛矣。然在牙山時, 得染病幾死者累矣, 僅得保生云云。

七月初九日

自昨夕, 終夜下雨, 至於朝而不霽, 必爲霖矣。自前月初, 久旱不雨, 暑熱極熾, 日暮後, 蚊蚋雲集, 咬人肌膚, 上下不勝其苦, 自雨後, 夜氣生凉, 凉風連吹, 蚊蚋之屬, 掃盡而頓稀, 至於蚤虱之侵, 亦不如前日之盛也。蒸鬱之氣頗蘇, 所謂"秋風病欲蘇"者也。

且生員昨日, 自咸悅來, 至江頭, 江水漲溢, 僅得渡江, 日已暮矣。未及入家, 投宿趙座首家, 今朝入來, 見其溫陽答書, 婚期依此處擇日而爲之云。生員之來, 咸悅牟十斗、正米五斗、白米一斗、眞末一斗、豆四升、牛肉一塊贈送。生員又往見宋仁叟, 仁叟新粟一斗付送。卽令豆粟作飯, 與妻子共喫, 豆粟不得食久矣, 咸欲炊食故也。

且春已入來, 奉見母主手書及弟書, 時皆平安, 但得食甚難, 饘粥亦不能繼, 飢日尙多云。使老母至此, 皆不孝之罪, 徒增痛泣而已。來月定欲陪來耳。

七月初十日
自昨午, 秋日快晴。可喜可喜!

七月十一日
朝前入郡, 見韓山倅, 敍話於水樂軒, 因饋余朝食。同席者李別坐遇春、洪都事思斅及其弟生員思古、李部將弘濟、韓進士謙。聞政丞不來, 故韓山今日還歸耳。余先起而還, 歷入允諧家, 見忠兒而來。晚後, 大雨如注。

且春已自咸悅入來。咸悅送醬一斗、鹽五升、石首魚三束、眞油三合。雨勢終日不晴, 有或大作, 水邊之穀, 必多損傷, 可嘆。且平陵守家奴, 自京下來于鴻山, 僉使嫂致簡問候。來奴因雨不歸。

七月十二日
僉使嫂奴, 今日還歸, 修答而送。因還京家云。韓進士謙致簡, 又送菁種二合, 卽修謝而送。且午, 趙座首希尹來見而去。夕蘇隲來見, 飮以酒二杯, 饋以夕飯。

七月十三日
自朝雨, 終夕不霽, 至於徹夜。今年雨旱不中, 自四月至五月大雨, 終月不掇, 六月則全不雨, 七月初雨作, 至今不晴。汚下之穀, 連日水

沈, 盡爲腐朽, 或多覆沙, 根耕亦不實云。如我流離者, 得食極難,
尤可慮也。

　且生員與忠兒, 今日痛瘧極苦。悶慮悶慮! 近日漢世痛足, 臥不
起, 莫丁亦腹浮, 亦不能任意屈伸, 柴草亦不得刈, 兩馬終日飢立,
尤可悶也。

七月十四日
終日陰而雨。生員今亦痛瘧, 必逐日也。悶慮悶慮! 主家日日督出,
而時不得可居之家, 尤可悶也。

七月十五日
食後, 往李部將家, 李也適出, 不得見, 就見允諧妻子而還。還時歷
入田景禝家, 已毀其廚間, 使不得入居, 必厭其兩班之入也。可憎可
憎! 田家乃余近欲移居之家也。

七月十六日
新太守出官云。夕, 申溫陽到郡, 使人邀見, 卽馳入, 則與新太守坐
東軒, 方與對飯, 罷後通名, 始得相見。太守飲余秋露三杯, 因敍阻
意, 夜已深矣。余與溫陽先還西軒, 太守亦入衙。與溫陽良久做話,
因論婚事而還。溫陽今爲東朝衛率, 將赴京師, 歷宿于此爾。

七月十七日
朝前, 送奴借家於趙敏, 已許入居。食後, 余親往見之, 距此不遠,

內外有備, 溫房有三, 家內有井有砧, 四隣有人家, 正合可居。但久不入處, 頗有毀陋, 地亦卑濕, 而上多雨漏, 必修治然後可入, 然念後當欲移寓爲計。且送莫丁於咸悅, 覓救資事也。

七月十八日

朝食後入郡, 見太守。但唐兵多入, 御史亦將巡到, 客亦甚多, 未得從容, 只見面而還, 然饋余點心矣。

且夕, 莫丁還來。咸悅贈送牟米十斗、租一石、沈葦魚二冬音、眞麥兩斗、眞油一升。且莫丁持木三疋, 換紬於場市, 時價多不足, 咸悅木二疋、牟三斗加給, 使之貿之。外紬兩疋換來, 但牟米九升、租一斗七升縮。可憎可憎!

七月十九日

咸悅送奴於結城別坐處, 修書亦付傳。朝食後, 率兩奴, 馳到韓山, 爲閽者所拒, 不得入城, 先抵陽城正寓家, 使之通名, 後太守邀入, 相見於翠挹*亭, 因對夕飯。

又發官差, 明曉當捉來朴盤松。盤松者乃郡居船主, 而去壬辰春, 載吾家米與末醬等物而不傳者, 今欲推之。陽城進賜乃余妻四寸, 而流寓郡城東門外。其弟錦城正, 上京不在, 其慈堂則上年遘疾而捐世, 權葬于此地, 窮餓日迫, 朝夕難繼云。公子王孫亦至於此極, 不祥不祥! 太守先還衙, 而余亦隨至下處城北門內官人家, 因

....

* 翠挹: 底本에는 "挹翠". 《新增東國輿地勝覽·韓山郡》에 근거하여 수정.

宿冷廊，寒不可處矣。

七月十日

自曉下雨，至於午後始晴。朝食後，抵客舍。主倅亦出，對坐做話。
因送余馬於陽城正邀之，陽城亦來，終日敍話，因對夕飯。主倅入
衙，余與陽城就廊廳房，見巡察軍官金三變，金公乃子美四寸金紹
之子，居于於義洞也。彼雖年少，曾不相知，亦一洞人而族之族也，
相見欣慰，因與同宿。且朴盤松者，出差捉來。問之則推托不肯，然
明日場市，當貿他物備納云云。

七月廿一日

太守爲督運御史所招，曉頭往林川，午後還來。終日與金公坐廊廳
樓上，俯觀場市人，聚會買賣之事。且朴盤松者，皮牟十五斗、太七
斗、苧布一疋四升、木一疋半備納，其餘未收，則來秋以太五斗備納
相約，爲半不足，而委以全不捧者，姑置之。木朴六介內，五介推之，
以其牟四斗五升，換苧布一疋，又以四斗，換靑苧五斤，以太一斗、貿
藿五同。

　且太守贈余租五斗、鹽一斗、甘醬三升、醯三升、石首魚二束。夕，
太守出坐東軒，余就見，而李別坐遇春、洪進士永弼亦至，相與做
話。洪公乃余一洞人，客中邂逅，深可慰喜。欲見太守，不得通名，
日亦暮矣。將爲飢宿，與余夕飯分食，余先入通之，然後太守使人
邀見。其間伺候趦趄之狀，甚爲苟且，流離乞食之人，例皆如此，可
憐可嘆。又與金公同宿廊廳房。

七月十二日

太守出坐東軒, 余就見, 因對朝飯。柳正郎德種、李別坐遇春、巡察軍官金三變亦在席。余先辭而出來, 歷訪陽城正寓家。適錦城正昨夕自京下來, 亦與之會話, 少頃而還。中路又逢李別坐德厚, 馬上敍話而返。德厚, 郡居品官, 而家計殷富, 以納粟得職, 故知事邊協之妹夫, 於余妻邊七寸親也。

到家聞咸悅水邊人, 以干請事, 持大生民魚一尾來納, 適余不在, 故空還, 然所請之事, 不知某事也。妻子卽烹炙而食云。且允諧三子女逐日痛瘧, 而倍甚於前日。極悶極悶! 麟兒間一日, 亦痛之。

七月十三日

邊應翼、李慶翼來見而去。李則乃李時尹前妻父故正字英翼之弟, 而流寓郡地者也。且麟兒痛瘧倍甚。悶慮悶慮! 允諧則今日微痛云, 必從此離却耶。

且聞近日嶺南賊勢熾張, 而劉摠兵來月初, 將欲撥兵上去云。尹左相請留事, 前日已向南原, 若不聽, 則東宮親進强留事, 已爲狀啓, 故行次一路, 凡事豫備云。

又聞倭賊投降者, 絡繹不絕, 布列諸陣, 上京者亦多, 一路各官, 少不如意, 發怒致辱邑宰, 或發劍擊刺, 我國人傷者頗多。前日降倭七名上京時, 入此郡, 以其飲食不好, 擧盤投碎於太守前, 多發不恭之言云, 此乃假稱投降, 而他日必爲無窮之患, 我國諸將必墜詐術中。可嘆奈何奈何?

來八九月間, 將擧兵直向京城云。若然則孑遺之民, 盡爲塡壑之鬼矣, 吾無葬地矣。唐兵亦爲降倭所怯, 畏避不抗云, 况我國之人乎? 尤可嘆也。明日移家後, 定欲南歸, 陪母主而來耳。

七月廿四日

修治移寓家, 搬移諸物, 夕將移居故也。夕, 咸悅送奴, 爲付新白米二斗、燒酒六鐥、童牛後脚一隻, 聞余明日初度也。深謝深謝!

世萬亦來。參奉一家時免恙云。深喜深喜! 送新稻米五升、粟米一斗、粘粟米二升。且昏, 擧家移寓西邊祭壇下趙大英家, 再度往來, 夜已深矣。

七月廿五日

咸悅奴與世萬偕往結城。朝食後, 招家主趙敏, 飮以秋露三杯。隣居百姓田文亦招, 飮之一杯而送。且允諧養母及其妻子來見。諧妻備酒餠而來, 必爲余生辰也。朝夕不給, 而不忘備呈, 雖曰誠孝之至, 一則未安未安。

晚後, 李部將弘濟來訪, 飮以新酒三大杯。李亦明日將還其寓, 故爲來見之。去春, 避病來居允諧家前矣。官奴尙斤牛肉一塊來納。夕, 允諧養母及妻子還寓。送莫丁於咸悅。

七月廿六日

莫丁還來。適咸悅往臨陂不還, 故只載前日所得空石四十葉而來。且咸悅正木十疋覓給郡居梁山, 使傳於吾家, 故梁山親自持納, 使用於婚時故也。李挺時適往咸悅, 致簡於余曰"劉督府近日撤兵上去,兇賊不久充斥之患, 論親一事, 不可不速行"云, 是果然矣。但凡事罔措, 無可奈何, 然更觀賊勢, 進定來月十三日間爲意。

且午後, 入見太守, 太守贈皮牟二斗、葦魚醢一冬音、白蝦醢一升。前麟蹄倅朴文弼適來于此, 曾有知分, 邂逅相見, 深慰深慰! 朴也亦流寓郡地者也。李別坐湋、李部將弘濟亦來在, 先歸。

七月卄七日

聞柳忠義愿氏, 去四日卽世云。不勝驚慟! 其在平日, 待余極厚, 不意聞訃, 尤極悲悼。明日南行, 奴馬無暇, 未及赴吊, 恨負奈何? 麟兒今亦痛瘧倍劇, 可悶可悶。家人自昨日亦得, 而今又痛之, 尤可悶也。令兩奴馬作籬次薪木兩馱斫來。

七月卄八日

朝, 作籬作厠, 朝食後發來, 舟渡南塘津, 暮抵咸悅。太守卽使人邀之, 就入上東軒。太守與金奉事璥、李奉事愼*誠兄弟及李挺時做話, 因對夕飯。

昏, 各散, 余則與李公挺時同宿上房。李公謂余曰"太守母夫人, 以爲婚期尙遠, 其前若賊勢衡斥, 則事不可偕, 凡婚時所備, 不湏強措, 只行醮禮而已, 幸進定日期"云云, 故余意亦然, 定於來月十三日, 卽裁書付傳林川, 使之只備寢具矣。余亦到泰仁, 觀勢卽還, 行禮後, 更往奉母主而來, 若母主欲來, 則陪來亦計。

....

* 愼: 底本에는 "辰". 앞의 일기에 근거하여 수정.

七月廿九日

終夜與李打話。朝，李也將余意入衙軒，見太守而言之。太守與李公偕出，金奉事亦到，相與對話，朝食亦對之。太守贈余行資白米三斗、中米二斗、牟米二斗、太三斗、白蝦醢三升、石首魚三束、藿四同、甘醬一斗、艮醬一升。

晚後發來，渡石灘，至金堤地亐所里，適李監察宅農舍。監察宅娚南容希适亦在，聞余來卽邀入，邂逅相見，不勝欣慰。饋余夕飯，其婿李顯慶及監察宅長男李漢亦在。顯慶乃義城都正之胤子，而亦余之一洞人也。李漢亦余之六寸親，而其大人監察在京時，相厚最優。亂前病逝，常恨不得一哭於柩前，今得相見，悲喜交極。漢之弟，亂初被殺於賊手云。不祥不祥！

八月大

八月初一日

自曉頭下雨, 至朝不晴。朝食則監察宅炊饋, 希适謂余曰"雨勢如此, 待晴發去"云, 然余家婚期日迫, 不得留滯。晚後發來, 中路大雨傾盆, 昏霧四塞, 誤入他路, 或東或西, 不得正路, 簑衣雨漏, 衣服盡濕, 其間苦楚, 可勝言哉?

　行到金溝地, 又入小路, 馬跌覆載, 卜物盡濕, 僅得拯出於水中。至洛陽里, 水漲不得渡, 投宿川邊百姓毛里金家。所濕之物曬乾, 悔不用希适之言而妄來也。但林景欽之衣不濕, 是則多幸多幸。景欽之衣, 去春縫造於女息等處, 而今者持來, 欲送於靈巖爾。

八月初二日

啓明而發, 到金溝地從政*院, 朝飯。行抵泰仁地, 入徑路, 又爲誤

指, 躊躇畎畝之間, 馬跌, 又覆所載, 然不至盡濕也, 此所謂"捷徑
而窘步"者也。

至母主寓所拜謁, 但聞母主去月徇間, 得逐日瘧, 至十二日, 始
得離却。其間又得痢證苦劇, 一家罔極之際, 僅得見瘳, 今纔十餘
日, 自昨日進食如舊。然元氣憊敗, 容顏瘦悴, 勢不能遠行, 今不得
奉往。非但此也。彥明奴馬出去不還, 行路又爲雨水所壞, 泥濘成
塹處亦多, 不可奉老親跋踄而行, 明明吾先還, 行醮禮後, 卽來奉歸
定計。

且彥明傷寒, 至於五日而不差, 今則深頭大痛, 發汗如流。不勝
渾悶渾悶! 更觀明日, 陪母主避于他家亦計。昏, 就宿于權座首翼
廊, 與其兩子偕焉。

八月初三日

彥明自曉頭向歇, 朝則如舊。深喜深喜! 但飮食不甘云爾。夕, 彥明
快差, 尤喜不已。但莫丁自昨痛頭, 不食, 終夕臥不起。明日將行,
而長奴如此, 極悶極悶! 若夜來不差, 則勢不可行, 婚期將迫, 尤極
悶極悶! 必昨昨竟日雨中, 屢涉大川, 滿身沾濕, 重感風寒故也。明
日還歸, 故來宿于此。

八月初四日

終夜下雨, 至曉始霽。早食後, 辭母主發來, 過金溝縣十里餘, 前日

·········
*　政: 底本에는 "正". 《新增東國輿地勝覽 · 金溝縣》에 근거하여 수정.

來時所宿毛里金家前川邊, 秣馬點心。行到金堤地南容希适農舍,
日已夕矣, 因投宿焉。希适饋余朝夕飯。隣居任生員鍈聞余來, 亦
來見, 與之做話, 夜深而罷散, 余則與希适同宿。

但聞劉摠兵撤兵, 已離南原, 到完山云。南人所恃而爲固者在
此, 而今已撤歸, 人無固志, 荷擔而待, 賊若衝斥, 則誰能禦之? 吾
其爲塡壑矣。雖嘆奈何?

今日來路, 馬陷泥水, 又覆所載, 寢褓盡濕。今之一行往來, 皆
遭顚濕之患, 實因馬疲奴病。又逢大雨, 行路泥濘。若奉老而來,
則中路必多維谷之憂, 殆哉殆哉! 任公亦流寓此處農舍爾。

八月初五日

朝食則希适作饋, 而點心則監察宅齎送。監察宅邀余, 入見, 寄書
余家。行過全州地沃野倉路傍松亭下, 秣馬晝飯, 因布曬昨日所濕
之物。日傾, 到咸悅, 入見太守於上東軒。太守與金、李兩奉事對話,
因對夕飯, 而昏各散, 余獨宿上房。

因聞參奉方患逐日瘧, 勢不可速來云。婚期到頭, 事多未備, 只
待參奉之來, 而今又如此, 乞貸諸具, 亦未措手, 悶極悶極! 然聞春
已持馬而歸, 若聞婚期進定之奇, 則如非大痛, 必來矣。

八月初六日

太守早出, 早飯及朝食對食。金奉事亦入來。太守贈白米一石、中米
一石、麴一同、甘醬四斗、艮醬四升、鹽一斗、白魚醢一斗、石首魚醢
三束、葦魚醢三冬乙音、石首魚十束, 使之用於婚時也。中白米各四

斗、麴一同持來, 其餘皆接置, 明日送奴馬載來計[*]. 行到南塘津, 舟適已泊彼邊, 待其人聚後, 還來而渡, 日已傾矣.

到家, 聞婦裝時未得借, 又不得備衣裳云. 可悶可悶! 皆因無奴馬, 生員不得出入故也. 但生員與忠兒及麟兒、仲女, 皆不得離瘡, 而家人亦痛之, 入家見之, 皆臥呻吟. 大事當前, 病患如此, 極悶奈何奈何?

且聞東宮欲見劉摠兵, 今往公山, 而列邑官員已盡就去, 此郡太守亦以道路都差使員出去, 將到稷山, 過送後還來, 則當於望後云. 凡鋪陳諸具專恃於此, 而事多乖張. 極悶極悶!

八月初七日

自曉頭, 大雨注下, 寓家畢濕, 竈下水滿, 不得炊飯, 西房又未就乾, 雨漏處亦多, 不可說也. 今日吾父子, 欲乞貸諸具於所知處, 而雨勢至此, 不得出入. 天又不助, 恨嘆奈何? 婚期只隔五日, 而一未措備, 必不成貌樣矣. 勢也如何? 午後雨勢稍歇, 夕始晴.

八月初八日

快晴. 送奴馬於咸悅, 前日所得之物載來事也. 食後, 往趙正郎景綏家, 見其兩胤, 借得婦衣三件, 歷弔柳先覺. 又入蘇隲家, 隲也適往益山云. 凡看事及借用之物專恃, 而勢不得焉, 可悶. 還時入見趙翰林, 而趙座首亦來, 相與做話. 翰林饋余太粥. 又入趙文化家,

....

諱以出去，不見而返，日已夕矣。景綏家借來婦衣，正合可着云。可喜可喜！參奉今日亦不入來，必阻水耶。婚期已迫，凡事罔措，極悶極悶！

八月初九日

只一漢奴稱病不起，使喚處多，而家無一奴，縮坐無所爲，可悶。夕，春已與世萬入來。參奉得逐日瘧，苦極不得來見。悶極悶極！衾次三升兩端，給正木四疋換來。春已來時，入洪陽朴扶餘宅，得婦衣兩件而來，亦可宜着，故趙景綏家來赤古里，卽還送爲意。

且莫丁與咸悅官人，幷載前惠之物入來。咸悅又送豆五升、粘米一斗、木米五升、眞末五升、民魚二尾、文魚三條、全卜二串、藿七同，但木米不來矣。

且生員妻家送兩奴馬，欲率去生員妻子，而因婚事臨迫，不得卽發，過此後十六七間，擧家歸振縣爲計，兩奴姑留使喚耳。因聞崔景綏得拜禮賓參奉云，可賀。

八月初十日

世萬還送結城，生員往咸悅。且聞李曍之妻亡逝云。不勝驚慟驚慟！四朔之內，三喪疊出於一家，慘酷之變，其何可言？不祥不祥！

趙翰林送租四斗、艮醬及床果一、菉豆一升。朝食後入郡，趙希尹先到，在鄕社堂，前日約會故也。別監李應葩及前座首趙光哲亦在。趙希尹招戶長、吏房及工房等，言余之婚時所用鋪陳及沙器、炬軍等物借給，則皆應諾而退。但其時調度御史到郡云，若相値則事不偕矣。極悶極悶! 還來時, 入申夢謙家, 適不在, 故空還矣。

八月十一日

曉頭, 允諧養母來。朝食後, 進李別坐德厚家, 爲借諸具, 托以無儲, 只得寢帳而來。飮余濁醪, 又饋晝飯。適閔別坐泗來到, 相與做話。李德厚弟德秀及姪尹應祥在席。

世萬歸時, 入定山夻知家, 適夻知母, 去夜身死, 故不得已還來耳。且生員還來, 三日爲期, 而但今日場市牛肉未貿, 婦首亦未得焉。調度御史, 今又巡到此郡, 凡鋪陳諸具, 亦不得借用, 故不得已退於四日, 四日亦好云耳。

八月十二日

早朝, 送莫丁於咸悅, 傳報退行之事。又聞梁山將殺牛賣之云, 故持木兩疋, 使之貿來, 然得貿與否未可必, 深可慮也。咸悅寢席二葉備送。夕, 蘇隲自咸悅來, 傳咸悅之意, 不欲退禮, 故明日還定矣。

但莫丁入來, 牛肉不得貿來, 極可悶也。梁山生民魚一尾付送莫丁之來, 可喜。夕, 參奉單騎入來, 適離瘧, 故及期馳來。咸悅又造送同牢宴方席二坐, 又送鋪陳諸具, 必聞御史入郡, 未得借用故也。肉燭一雙, 亦造送。

八月十三日

日候晴朗, 可喜也。南塘津夫罗孫, 乾魚一尾、茄之及生栗來納, 必有以也。調度御史姜簽, 聞參奉來, 致簡, 兼送酒一壺、鷄一首、乾民魚二尾。此邑鋪陳諸具, 御史出後借來。

午後, 咸悅來抵依幕, 參奉往見。新婦習禮, 婦首亦飾來。適明廟後宮順嬪, 亂初到此郡卒逝, 宮人因在居廬, 故送婢子, 求飾而來。蘇隮凡婦裝, 自盆山覓來, 可用外, 其餘還送。同炬, 自官送工吏備來。夕, 諸事備陳, 送人請迎。新奴彼此皆不用, 曾與爲約故也。婿入來, 余當出迎導入, 而適不得黑團領, 故只令蘇隮奉奠雁而少避。婦婿交拜及同牢宴, 皆不失禮。

且朝聞書齋洞殺牛, 持木一疋, 送奴買來, 只得千葉、牛頭。曉頭納采, 而彼來人五名, 無可饋之物, 只備蒸鷄及糆酒一盆而飲之。夕, 率來官人等, 酒三盆、三果床糆及頭猪而饋之。流離之餘, 得備無路, 草略可笑, 然是皆咸悅之送也, 不然則不成貌樣矣。

八月十四日

朝食後, 韓進士謙及李福齡、李光春來見, 因饋三杯酒而罷。午後, 咸悅自其邑備酒果而來, 大辦而饋余一家。咸悅掌務, 胖一部、鷄一首、民魚一尾、宴需餘味及牛肉生蟹等物納之。

八月十五日

朝食後, 咸悅還歸。觀其意色, 見其妻有喜悅而合適, 深可喜也。來十九日, 送人馬率去云。出一盆酒, 饋咸悅還人。

今日乃秋夕也。只備酒飯, 遙奠祖父母及竹前三寸, 自餘遠祖, 勢不能及, 感愴奈何? 夏部郞李綏祿來見, 參奉饋粘酒三大杯。適韓進士獻亦來。隣居田文妻備酒餅及實果等物, 備盤而送, 文舜亦備栗餅實果而送。卽令奴輩,借來諸具,盡還其主。

八月十六日

招隣居田文、李起宗,饋酒而送。且咸悅專人致簡,又送紫蝦醢三升、白米二斗、牛肉一塊。大夫人亦送祭餘肉炙二十三串,致書於家人曰"深賀新婦之佳"。

　生員一家,明將北歸,治行具,粮資乞得於咸悅,咸悅來紫蝦醢,則給送生員妻歸,呈其父母前矣。

八月十七日

曉頭,允諧舉家還歸振縣。自亂初,同患亂,而率居于今三載,備嘗艱困,其妻父,聞其飢餓,送兩奴馬率去。忠孫眼前戲狎,聊以此消日,而一朝別去,尤極悲嘆。其養母性本不順,少不如意,輒發怒言,去留不得任意,雖恨奈何奈何?

　且午後,咸悅專人致書,又送松茸三十本矣。適參奉往見趙翰林家,未還,故卽未修謝,可恨。且李別坐德厚家借來寢帳,用後卽欲送之,而因莫丁之病,卽未送之,而今日彼家送奴取去。可愧可愧!

　且婢江春一足腫浮,幾如腰大,不能運身,炊飯無人,使於屯任之,而非但偷食,甚爲不潔,雖屢敎之,終不改意。痛憎痛憎!

八月十八日

朝,令虑山送松茸擇大六本於趙翰林,翰林內助粘米一斗付送矣,深謝。食前入郡,欲見太守,而太守入衙不出,不得見而空還矣。

八月十九日

自曉, 陰而洒雨。允諧妻子, 不知今日留在何處, 而齎粮略少, 必有維谷之患, 戀戀不能忘也。且昨昨, 送人馬於定山、鴻山兩邑, 而適兩倅, 因東宮支供事, 不在官, 不得呈簡而空還。今當絕粮, 苦待得來, 而終至虛還。可嘆奈何奈何?

且隣居田文備酒果, 親來飲之, 可謝厚意。昏, 咸悅借得有屋轎, 衙奴三名、轎軍十餘及長吏、及唱等, 竝二十餘人入來。

八月廿日

未明, 出酒二盆, 饋下人等。既明, 只食早飯粥而發。但臨別與其母與弟, 相携痛泣, 不勝悲惻之心。人情豈不然? 膝下多年, 一朝永歸, 戀戀之懷, 寧有免乎? 但相距不遠, 聲聞無日不至, 是可慰矣。余亦率去, 行抵南塘, 舟上暫憩, 還下後發船, 中流南下。

允謙獨與率去, 余登高岸, 遙望舟行, 再再而遠。極目南涯, 尤不堪悲淚之沾袖也。官備三船, 一則大而設張遮日帳幕及鋪陳, 一則支供諸具, 一則人馬載渡, 竝與一時而流下, 朝食則舟中備設云。

余獨騎單奴, 信馬還寓, 日已高矣。入見坐處, 尤極悲涕也。其母與兩女息環坐而泣之, 勢也如何? 昨昨之昨, 允諧一家歸振, 今又此女別去, 懷抱尤不可堪矣。

且允諧之歸, 計程則今日當入振家, 而但昨日洒雨, 疑必留滯於中道也。夕無粮, 只作湯粥而分喫。且使人招李起宗, 針江婢腫處, 饋酒一器。又與起宗偕訪李進士重榮寓家, 從容做話而返。重榮乃故知事遴之胤子, 而其在平日, 以豪富稱, 今遭亂離, 流泊此地。其母夫人去夏得染病而逝, 時未葬焉。適與余寓隔隣, 故就訪, 前日一相識面, 而又與兒息輩相知矣。起宗不飲酒, 故一器之酒, 醉昏而先去, 可笑。

八月廿一日

送漢奴於咸悅, 爲問行李如何耳。曉頭, 不食朝飯而送, 使其今日還來矣。且夕, 莫丁率粉介, 與咸悅問安人入來, 因聞大夫人見新婦甚喜, 而一家咸贊得佳婦云, 庶可慰矣。但未知厥終如何也。

凡婚姻莫非天定, 而今此之婚, 尤可知矣。當其變初, 與咸悅一家, 同避亂於關東, 跋涉山川, 備嘗艱難, 及其連三日夜行, 潛出賊陣之外, 至於振威之地, 彼歸湖南, 此來湖右, 各歸生活之處。其後亦不永絕, 屢致相問, 豈知有今日乎? 此亦天意, 雖父母不可容議於其間矣。莫丁之來, 咸悅贈送白米三斗、中米三斗、牛肉一塊、蛤醢三升。女息亦送昨日所捧之物餅果佐飯等少許。卽與兒輩共破, 又修答簡, 還送咸悅來使。

八月廿二日

令莫丁, 官家借來沙器及小盤、足床等載送。前日奴馬無暇, 今始送之。但沙器四介破失, 可恨。且麟兒離瘧, 纔三四日, 而自昨昨逐日還痛。可悶可悶!

八月廿三日

早朝, 送莫丁於咸悅, 因送益山李忠義家, 又爲買物於場市事也。昨

日, 漢奴不來, 必今日別坐帶來耶。夕, 漢奴獨來, 而別坐則明日欲
來云。女息送紅柿十五介、松茸三十本, 紅柿卽與妻子共破, 麟兒方
痛瘧, 而得食甚快云矣。家人亦得而痛之, 然乍寒乍熱, 而不至於
甚矣。

八月廿四日

夕, 別坐自咸悅入來, 因聞子方甚重其妻之意, 深可喜也。然未知
其卒如何也。昏, 與兒輩環坐而話。夜未深, 西隣田文家奴, 米斗見
偸, 尋迹則米粒散落於吾家之路云。卽令明火, 搜婢於屯房則無之,
必他人偸去, 而故散於此耶。不然則屯婢潛竊, 而暗藏於林藪耶?
彼家深疑屯婢之事, 而余欲重治, 時未知某人之事, 故姑置之, 更待
後日發覺後, 大懲爲料。此婢平日所爲殊常, 故人皆疑之。可憎可
憎! 咸悅贈送沈蟹五十甲, 女息亦送佐飯及兩色餠少許。

八月廿五日

別坐欲歸結城, 已與金、李兩奉事偕行爲約而不來, 故不得發行。午
後, 婢玉春自咸悅入來。女息白米二斗、沈蟹二十甲、蛤醢二升得送。
　　夕, 金、李兩奉事入來, 饋夕飯, 而與別坐同宿。奇大受率子負
荷又至。初以爲乞人, 問其姓名, 然後始知, 懸鶉百結, 不似兩班之
形, 不勝悲慘之意。因饋朝夕飯, 偕宿其妻與女子, 今在公州地云。

八月廿六日

未明, 金、李兩奉事欲發歸, 饋湯粥與白酒兩杯。又與別坐一時發

向鴻山縣, 朝飯而歸云。別坐則騎余馬, 率漢奴而去。奇大受朝食後, 又向韓山, 欲乞食於韓山倅前, 還歸時, 使之更來矣。

且朝, 全羅調度御史朴公弘老, 稱念此道亞使, 問安於余寓, 深謝不忘之意, 然未知在何處而稱念也。夕, 天麟、德麟兄弟, 自水原將向韓山, 歷入于此。因聞允諧一家無事到振家云, 可喜。饋夕飯而宿焉。且莫丁自咸悅入來。咸悅送末醬十斗、鹽三斗、生蟹三十甲、松茸十七本、眞油一升、好酒六饍。末醬改量, 則八斗矣。

八月卅七日

使莫丁載送別坐所得牟種及麥種於結城。別坐昨日歸時, 無奴馬, 不得載去, 故今始載送矣。夕, 咸悅專人致書, 付送生鮒魚五十尾、無鱗魚十尾。卽與妻子蒸而共破, 無鱗魚則剖而鹽乾, 欲以爲佐飯。夕, 絶粮, 作太粥而食。

八月卅八日

去夜下雨, 簷溜多聲, 朝向陰而風, 有時洒雨。余曉頭膓痛, 注洩兩度, 又欲口吐不得, 深頭微痛, 必是霍亂證。飮以井花水, 至於晚朝稍歇, 然頭鬢之痛, 時未永絶矣。

夕, 咸悅使至, 女息得送白米二斗、生海魚一尾、鮒魚八介, 蒸而和汁, 盛器而封送。卽炊飯而分食, 但余氣不平, 口逆不得食, 可恨。

八月卅九日

去夜風而寒, 朝起視之, 嚴霜旣降, 屋皆白, 氣候如冬。寢房甚冷,上下衣薄，不可說也。且婢玉春與咸悅來人偕送，因付婚書函及女息長衣，此處縫造也。夕，咸悅女息使裔奴，修書問安，又送餕餘餅果及肉炎、佐飯等物。卽與兒輩共喫，修答還送其使。蘇隲妻送沈蟹十甲，以末醬一斗報之。

八月晦日

今則咸悅之使不至，莫丁亦不還，必別坐留滯於中道也。且聞方伯昨日入郡，當留三日云。夕，金井來見而去。井乃大成之子，而大成去夏病死，方在憂中。

九月小

九月初一日

食後無聊，與麟兒、端女登祭壇上。適逢隣翁，亦刈草於其中，相與坐話半日而返。李慶翼來見而去。且咸悅之使，今亦不至，必有以也。自昨日絶粮，飲粥而度。前聞今日送粮云，故終夕待之，竟不來焉，日又暮矣。他無借貸處，採菁作湯，與兒輩飲之，夜已深矣。因以飢宿，不寢者已矣。

麟兒逐日痛瘧，而亦不得食，尤可嘆也。莫丁等亦不來，是何故耶？奴馬出去，玆未送之，以致飢宿。前此雖有此患，不至今日之全然不得食也。

九月初二日

貸米二升半，作朝食而分喫。朝食後，咸悅使至，白米二斗、中米二斗、生蟹二十甲負來。女息亦送佐飯餅果少許。此人昨日到津邊，不得渡，今朝始濟而來云。因聞咸悅以差員，昨日出歸云云。

自朝下雨，午後始晴，然終日陰曀。且夜深後，莫丁等入來。昨宿洪陽廣石里，因雨路艱，不得早發，以致日暮云。別坐無事還家，歸時洪陽李生員翼賓家留二日，故奴馬今始還來矣。《諺解小學》四卷覓送，女息等切欲見之，求之於別坐歸時，別坐得之於李生員處耳。水荏一斗、粘米四升、粘粟五升、生鷄一首亦送之。鷄則欲償前日貸用田文之鷄矣。但莫丁等夜來，不得刈草，兩馬飢立，痛憎痛憎！端兒今亦痛之，必二日瘧也。

九月初三日

自曉頭雨下，終日不霽。夜夢敬輿，宛如平昔，覺來，不勝悲感悲感。夕雨晴，卽入郡，方伯昨日已出，而太守坐官廳公事，故閽者拒門，不得通名而空還。可恨可恨！

九月初四日

往見李進士重榮，從容做話，日傾乃還。夕，玉春自咸悅入來，與其官人偕至。咸悅送白米二斗、租一石、沈蟹二十甲。且房冷，故欲移他家，借之不得。可悶可悶！

九月初五日

咸悅使至。咸悅昨日還官，致書曰"往全州，聞災實覆審事，忽遽還來，故不得往泰仁，只送問安人，兼送沈蟹二十甲、酒一壺、鷄二首"

云。深謝深謝！此處今又惠送大生鮒魚五尾、蝦醢五升、秋露二鑵、生薑十三角竝沈薑小一缸。鮒魚則蒸而食之，其味極佳。老親遠在，如此佳饌，未得供養，對案久，不忍下筯也。爲此尤欲趁速奉還，而事多乖違，可恨可恨！端兒痛瘡，可悶可悶！且牟種還上題給事，呈單子於太守，以其無儲不給，可恨。

九月初六日

早朝，以借家事，往見崔仁福，以其出去，諱而不出，可辱矣。食後，崔仁福來見曰“朝以事出去，未得出拜，故來謁”云，朝之不見，定是出去故也。飮以秋露兩大杯。其家則已許借矣。可喜可喜！

且昨日，咸悅茵席四葉先結而送，其餘四葉，時未及結云矣。夕，時曾自盆山來見，曾是不意，不勝欣慰。因聞長水一家，時無事云，尤可喜也。敬輿妻氏，因其女之早亡，只有一外孫元龍，欲以時曾爲後，以治敬輿發引永葬等事，故率來耳。

九月初七日

時曾還歸盆山。莫丁、玉春亦歸咸悅。昨日，得母主手書及弟札，時皆免恙云，深可喜也。母主得受咸悅所送之物，感喜云，尤可慰矣。夕，申別監夢謙來見而去，因傳太守之意，前日余再入郡，爲閽者所拒，不見而空還，太守聞此奇，爲致未安之意，使更入來云矣。

九月初八日

咸悅使至。女息送白米二斗、中米二斗、甘醬兩斗、藿五同矣。朝食後入郡, 太守坐官廳, 邀余入來。適前大興申公栝氏、前判官尙公著孫[*]在坐, 相與做話。太守因饋水飯, 日傾乃還。來時歷入崔仁福家, 見其可居與否。夕, 天麟自韓山來見, 因宿。奇大受父子亦隨而入來, 饋夕飯而宿焉。

九月初九日

天麟還歸韓山, 早歸, 故作白粥饋而送。奇大受則饋朝飯, 無物可贈, 租一斗、甘醬及藿少許, 覓給而送。但見其父子負荷而行, 不忍見不忍見! 天麟近當還歸水原, 故允諧處修書付傳。

且莫丁與咸悅使偕至。咸悅爲送酒三壺、餠一笥、各色實果一笥、各色切肉一笥、各色肉炙一笥、千葉半部、生海魚一尾、牛肉兩塊、中米二斗、太三斗, 女息亦送白米一斗。卽與妻子共破, 深謝厚意。今日乃重陽佳節, 故爲備而送矣。但得見佳味, 老親遠在, 不得供養。允諧亦不在焉, 不與共食, 對案不得下咽。忠孫尤不忘懷也。

九月初十日

招崔仁福、田文, 饋酒而送。夕, 蘇騭來見, 飲酒二大杯, 因饋夕食而送, 又贈麴一員, 求得故也。崔仁福則六大杯, 田文兩大杯, 飲歸。

....

* 尙公著孫: 底本에는 "象公著孫". 《宣祖實錄》14年 1月 13日 기사에 근거하여 수정. 이하 모든 "象著孫"은 "尙著孫"으로 고치며 교감기를 달지 않음.

九月十一日

麟兒、端女痛瘧倍甚, 悶慮悶慮! 夕, 咸悅使至, 中米二斗、白米一
斗、沈蟹二十甲付送。

九月十二日

早朝, 令四奴婢刈屯畓, 因使布乾。且朝, 體察使從事趙直講存性
到此郡, 覓送米二斗、葦魚醢四升, 因致書於生員處, 卽修答而送。
夕, 咸悅奴子上京時來宿, 修書, 因使歷傳振威生員家。香婢以事
還來。

九月十三日

食後入郡, 見太守, 太守適與築城監督軍官, 坐於東軒相敍。未久,
又與軍官等, 往會於韓進士謙家射帿矣, 前日已與爲約故也。太守
邀余共往, 而有故不赴而還來。來時見申夢謙, 求爲譴瘧之術, 前聞
申也之術神效云, 故爲兩兒之患, 面求得之。

九月十四日

屯禾輸入, 則百九十六束矣。咸悅使至, 白米一斗、中米二斗、沈蟹
二十甲、酒一壺半、生雞一首負來。且申公之符術, 已試兩兒而無效,
痛之倍甚於前, 可嘆。

九月十五日

招漢卜, 修治房竈。漢卜者流離人, 來接隣家者也。

九月十六日

昨日, 房堗不堀而修, 竈火不入, 故今朝令莫丁毀堗, 堀去塞土而改修, 昨日之事, 反歸虛地。可笑可笑! 然終日燃火, 猶不善入, 房內尙不溫, 而改修處未乾。初欲奉母主來, 止此房而如此, 深可悶也。

九月十七日

朝食後, 率兩奴馬, 發向南路, 舟渡南塘津。適逢李公挺時於津邊, 共舟而渡。馳到咸悅, 日已西矣。太守在衙中, 邀余入衙, 見女息, 茶啖夕食共對而喫。昏, 出宿于上東軒, 與李有爲共寢。有爲, 李挺時字也。任誠亦與之來宿, 誠則太守族也。

九月十八日

早朝, 申大興來見, 太守亦隨而出, 共對朝食。晚朝, 金奉事亦入來, 相與做話終夕。余則入衙, 見女息。金奉事昨日自泰安還寓, 來時歷入結城, 見允謙, 允謙之書亦付來。見之則時無事, 但任兒出遊, 爲蛇所傷, 僅得向差云。驚慮驚慮!

且麟兒婚事, 亦定於保寧地謙之妻族, 五條書送云, 而事未及焉, 當於還來後, 書送爲意。

九月十九日

自朝雨作, 兼之以風, 終日不晴。夕, 入衙, 見女息, 因與太守對食夕飯。昏, 出宿于東軒, 與任、李共寢。太守與諸公, 初欲觀漁於熊浦, 而因雨不果。

九月卄日

雨霽。太守出來，大興亦來，與諸公作軟泡，共對而食。晚後，與諸公往縣西熊浦觀漁，而適風亂，不得捉魚，但與諸公登舟，中流下碇，相與飲酒。同席者，申大興、金奉事、李公挺時、李公天貺、申應規、洪察訪堯佐暨太守與余，而三鄉所亦參之，而三鄉所各陳酒肴，極辦而來。

夕，放舟隨潮而上，泊舊倉津邊，邀安士訥及南宮梔，亦飲之以酒，又食夕飯，日暮各還。明炬而來，入縣則夜已深矣。李有爲因落後，宿於津邊，明日欲歸韓山云。

九月卄一日

初欲發向泰仁，而因日晚未果。太守贈行資白米一斗、中米二斗、太二斗、石首魚一束、肉脯五條、沈蟹十五介、生蟹十介、生鮒魚三十尾、艮醬一升。又得種牟七斗，換木一疋半。終日在衙中，與女息對話。

九月卄二日

未明而食，入衙，見太守與女息。適太守先祖忌也，行祭於衙中，故出酒饌飲余。又得官人一名帶率而發。至新倉津舟渡，越邊居人家舍盡撤無餘，問之則曰“前月中，臨陂被囚之賊，招引居人，故軍馬搜捕，因此逃散，無一人還居者”云云。有一毀家獨存，投入秣馬晝飯。

少頃，風雨大作，不得卽行，待其少息，着雨具而發。馳到金堤郡, 入紅門外人家。家有士人先寓, 使不得入, 然雨勢終日不止, 他無可接之處, 强而入坐虛廊。士人出見, 問其姓名, 則乃趙馨遠 而故知[*]禮擎之孫、存慶之子也, 於余八寸孫行也, 深以爲幸。因聞調度御史朴公弘老入郡, 令奴莫丁通名, 又使官人呈咸悅倅簡於太守。太守卽使人問候, 御史又送陪童邀余。卽進上東軒, 應邵與太守及族人數三對話。邂逅相見, 欣慰十分。太守出去後, 與應邵夜深做話, 因與同宿。應邵乃朴公字也。太守帖上下之食。

九月卄三日

晴。太守入謁御史, 因對早飯。柳生員彪亦來, 柳也避亂來寓郡內, 而御史之年友也。又與對食朝飯, 飮酒兩大器, 因日寒而風故也。

別應邵及諸公發來。行經大野, 因昨日之雨, 水滿行路, 泥濘艱涉, 僅得乾路, 行至泰仁漆田里, 日已傾矣。入謁母主, 一家上下皆依舊, 而但德卿持馬往靈巖, 過期未還, 不知其故, 若不逃去, 則恐爲逢賊也。更待數日, 猶不來, 則母主之行, 奴馬不足。悶慮悶慮! 陪話母主, 夜深, 乃進權別監斜廊房, 與權子同宿。朝捧御史私通金溝、益山兩邑, 欲歷宿故也。

九月卄四日

彥明所作之畓, 因無奴子, 久未收入云, 故令吾奴子二名及官人刈取, 兩馬輸入, 而適寒風大吹, 日候甚冽, 人皆戰齒, 未及盡刈, 擧撤還

....

* 　知: 底本에는 "智".《新增東國輿地勝覽·知禮縣》에 근거하여 수정.

450 ● 瑣尾錄

來，徒費粮饌。窮家之事，每每如此，可嘆奈何奈何？

且聞權別監怨到家，就見樓上。前日屢次來此，適相巧違，一未相敍，而今者得見，先謝事吾老母之厚意，恨其相見之晚也。其在平日，母主違和，則求得滋味，連續送之，若聞絶粮，則百計圖惠，使不飢餓，得新物則必先送之，待舍弟亦厚，雖親戚故舊，如此之時，尚不顧恤，況此前日不識半面之人乎？舍弟妻父母及娚，亦居隔籬，尋常些少之物，猶不貸借，況敢望拯救之意乎？人之稟性，何相遠也。夕，就宿權廊，與權次子克正共寢。權之兩子，雖年少，亦皆醇謹可人也。

九月卄五日

昨日未盡刈禾，令兩奴更刈輸入，只三馱而已。朝食後，就權樓上，與權終日做話。昏，又宿權廊，與權子共寢。初欲明日奉母發行，而因事未果，期於明明。

九月卄六日

朝食，權家備饌余兄弟及母主前。權妻氏來謁母主前，爲其明日發行故也。終日在權樓上，與洞人四五做話。主人以事出去，夕還。又就權廊，與權子共宿。德卿不來，奴馬不足，奉老親還路之行，必多艱憂之事，不可說也。彦明亦不得陪歸，尤可悶也，無奴馬故也。

九月卄七日

早食後，奉母發來。彦明步行，追至洞口而還。不得與偕，母主亦傷懷泣涕, 尤極悵然。行到從政院前, 秣馬晝飯。日傾, 至金溝縣, 呈御史私通及咸悅簡, 則帖上下之食。食後, 入見太守金公福億, 前日雖未相識, 而聞聲久矣。待以厚意, 贈行資白米一斗、中米一斗、太一斗、石首魚一束、沈蟹十介、甘醬三升、艮醬半升、鹽一升。不勝感荷感荷!

昏, 此道都事黃公克中, 自京新到于此, 曾所相知, 卽投名, 則邀余入見, 從容相敍, 夜已深矣。

九月廿八日

早食後, 太守使人邀余, 卽入見於西軒, 太守飮余酒三杯。少頃, 都事亦使人邀之, 入見房中, 都事亦飮余酒三杯, 因修書付傳靈巖妹前, 又稱念舍弟處後出來。

奉母發行, 到參禮驛舘, 秣馬晝飯。婢悅今落後, 待之不來。使婢福只留待, 先行至益山, 日已暮矣。卽呈私通及咸悅簡, 則太守在坐司倉, 使人邀余。卽往見, 敍舊之餘, 飮余酒, 還來宿客舘, 帖上下食。

九月廿九日

早朝, 請于太守, 得酒肴, 往見敬興妻氏于郡地炭谷, 奠杯于敬興草葬處, 爲一哭焉。追憶前事, 不勝悲愴。敬興妻氏見余, 哀慟不已。不祥不祥! 無人谷中, 獨與兒孫棲止, 尤極哀憐。適韓頊來見, 暫與敍話, 還來, 日已高矣。

往見太守於司倉, 太守贈余中米二斗、正米二斗、租五斗、甘醬

五升、石首魚二束、麴三員、太二斗。深謝深謝! 太守姓名高成厚,
而曾所相知者也。都事黃公亦食物覓給事私通矣。

日午, 奉母發來, 到咸悅, 日未落矣。適咸悅爲其叔申大興上京,
設餞于上東房, 余亦參焉。同席者, 大興及金奉事、前新溪趙希顔、
李慶春曁大興胤子申應規。相與酬酢, 夜深各散。

且今朝, 益山所贈租五斗、甘醬五升、石首魚五介、沈蟹六介、麴
一員、牛肉 一塊、太一斗, 付送敬興妻氏處。且趙新溪來寓沃溝地,
今將上京, 歷宿于此, 亦洞中相知尊丈也。邂逅相見, 欣慰十分。因
聞其兩子皆死, 無所依處, 來接于沃溝妾之農舍云。可憐可憐! 李
慶春亦避亂來居于縣地者也。昏, 太守來謁母主。

十月

十月初一日

早朝, 入衙, 見女息, 因與共對朝食。晚後, 太守以差員, 當歷巡右道列邑, 而臨發, 與大興、金奉事、李奉事、閔主簿、申應規暨余, 共坐於官廳, 因設小酌, 從容做話, 日已傾午。因玆停行, 大興與金奉事酒量不滿, 相與謀飲, 而聞縣居安生員克仁家有酒, 卽與馳往, 大醉而還矣。

且昏, 女息來謁母主, 夜深乃返。太守使母主, 因留于此, 待其還官後發歸云, 故近日當留在爾。

十月初二日

早朝, 入見女息, 而太守亦在, 相與對話。少頃, 聞金奉事來外云, 卽與太守偕出衙門外, 坐平床做話, 良久各還。太守則食後發向益山, 歸時入謁母主而去。聞當歷宿泰仁云, 故舍弟處修書付傳, 兼寄石首魚一束、佐飯一笥, 因母主之意矣。且當午間, 備行果及粘餅, 供母主前, 主倅之令也。

十月初三日

今日場市, 女息令莫丁換內紬, 正木一疋、白米五斗給之。余亦正木二疋半、中米二斗給, 換外紬, 欲用於麟兒入丈時也。因此晚發, 抵南塘津邊, 適舟泊北岸, 潮水悍急, 亦無渡人, 不易越來, 因致日傾, 僅得渡津, 日已夕矣。適與李進士重榮胤子共來, 夜深還寓。

十月初四日

來此聞之, 別坐奴世萬昨昨入來。麟兒婚事, 期於此月, 而彼家促送五條, 故別坐使人書去, 若定於今月, 則衣服勢未及備。可悶可悶!

且允誠聘家奴玉只, 自海西持誠書來至。見誠書, 時無事安在。深喜深喜! 但聞吳精一去八月逢賊見害, 惟一亦病死云。兄弟其亡, 不祥不祥!

精一則宗家冢孫, 而亦無繼後之子, 身死賊手云, 尤極痛悼痛悼! 但性本不順, 居鄉多有悖理之事, 到處皆然, 僧俗皆怨云, 禍必因此也。宗家先祖神主, 亂離後奉歸海州其家云, 而精一被禍後, 不知置之何處耶? 依托無人, 不祥不祥! 然雖生存, 不足恃也, 唯末弟态男生在云云。玉只昨日還歸, 深恨未及修答而送也。

十月初五日

祖父諱日也，爲設餅飯實果脯醢等物奠杯。宗孫具亡，無人設奠，又無輪次行之處，故杳末支孫，不忍虛過，隨所備，薦誠而已。不勝悲感之至。

且崔仁福來見，饋酒五大杯而送。午後，李進士重榮及蘇隲來訪，亦饋酒。隲則饋夕飯，從容做話而散。咸悅使至，白米二斗來。

十月初六日

自昨昨，屯禾收正，而今則令五奴婢付役，期於明日內畢收，欲於明明移寓東邊故也。昨日收正四十束，則正租三十斗，此則欲納官矣。

且午後，申大興自咸悅上京時歷訪，因聞咸悅昨日已還官矣。進酒大興於兩大杯。又與大興偕進郡，則太守以病不出，亦不得通名，與大興坐話於廊廳房，夕還寓，日已暮矣。大興則僅得通名而宿。

十月初七日

朝，家主崔仁福來言曰："洪注書欲先入，已送婢子來守其家，不問家主，而先輪卜物，今日當來居云，不知緣何故耶？"余曰："必因空家，而不知吾已借，故欲入矣。"因饋酒兩大杯而送。

食後，又送莫丁於洪注書處，爲陳余已得借於家主，明日定欲移寓之事，則洪曰"吾亦不知其故，因李部將之言欲入去，而今聞尊長已得借入云，不可爭也，吾則更求他家而入"云云。明日，當先搬移寢具諸物。

臨夕，舉一家移寓爲計。洪注書名乃遵，而在京時一洞之人，相知有舊, 而亦允謙少年友也。今居母憂, 而前月來居其聘翁尙判官蓍孫家, 因畏盜欲移居官家近處矣。余亦往見崔家, 招李光春爲言其故。但崔之直婢多發不順之言, 可憎可憎! 咸悅使至, 白米二斗來。

十月初八日

搬移諸物於東邊崔仁福家, 臨夕, 擧家移寓。田文妻具壺果, 來謁家人。蘇隲亦來見, 饋酒大一椀, 因借其馬騎來。別坐不來, 未知其故也。

十月初九日

別坐別試若來觀, 則昨日必來覲後, 往扶餘都會所, 而至今無形影, 必不來也。咸悅奴自京下來時, 路逢生員, 謂曰"觀別試事上京, 而路次不得修狀, 其妻子亦來水原奴家"云云。

　且朝食後, 往趙大英家, 昨日未輸之物, 更使輸送, 因進訪李進士重榮而還。田文亦來見。

十月初十日

令兩奴作厠。且天麟自韓山來見, 意爲去月已還水原, 而因其亡奴田畓推尋事, 久留於此, 故來謁云云。修掃母主止宿之房, 因塗破窓破壁。

十月十一日

初欲今日往咸悅, 奉母以來, 而家無柴木, 不得已兩奴馬使之伐木而載入。但聞母主久在衙內，咸悅因避宿他房云，未安未安。且今朝，家主婢開樓間鎖鑰，故奉安神主于其中。

且別坐自扶餘，觀別試後入來。意爲不來，而今忽見之，不勝欣慰。因與做話，夜深而就寢。別坐奴自結城隨至，粘餅一笥、甘糖一笥持來。岙知亦送石城得米二斗、太二斗而來。咸悅使亦來，白米二斗付送。

十月十二日

朝，蘇隰先送壺果，渠亦隨來，今日乃別坐生辰故也。食後，與別坐偕來咸悅，蒸餅一笥，持入咸悅大夫人前，因進謁母主，時平安。太守入衙，與允謙做話，夜深罷來。余與允謙及任誠同宿官廳新房。

且朝來時，李橲來見臨發，故暫與做話，饋酒三杯而送。蘇隰亦參。李則乃趙瑪子玉之女婿，而去夏喪妻喪子，故子玉自海西松禾，轉徙來寓海美地，而橲亦陪來，以此郡太守切族故來見，而聞余流寓爲訪矣。

十月十三日

太守出衙後，與允謙就女息房，陪母主，終日奉話。但婢悅今自來此後，腰下重浮，不能運身，大小便不擇，可憐，死矣夫。明日奉母主，將歸林川寓處，故悅今出接私家，隨後送奴馬駄去爲計。且昏，太守作餅與麵及設盤果，進母主前，余等亦及焉。

十月十四日

太守贈中米四斗、太三斗、租一石、麴五員、沈蟹十五介、石首魚二束、油一升、鹽四升。食後, 陪母主, 抵南塘津邊。適宋奴持馬來迎, 故借來馬及官人還送。又見此道別試榜目, 允謙獨屈, 而同坐之人皆得參焉, 命也如何? 居首權守己, 而書題則《五王不廢武后論》、《弓矢喩治道賦》。榜目付送允謙處。謙也時在咸悅, 而來十七日, 敬與永葬, 故明日, 欲往盆山見之, 隨後來矣。渡江至寓家, 則日尚高矣。

且宋奴去三月受由而歸, 至今不來, 疑爲病死, 而不意入來, 雖是痛憎, 而家無使喚奴, 一則可喜。問之不來之由, 曰"其父病死, 渠亦染痛, 故不得卽還, 秋來埋葬其父後, 來現"云云, 必是詐言, 而可欺以方, 以爲然矣。當初又非逃走, 不懲其慢, 以好見之。

十月十五日

令三奴馬伐土宇木而來。午後洒雨。送漢奴於盆山, 備壺果, 奠敬與事也。

十月十六日

埋土宇二處, 一則婢子所居之處。且奇大受、全繼南自永同往韓山, 而歷去時入見。子順兄致書, 披閱再三, 宛接面目。百源兄亦來于永同子順處, 黃澗則無依接, 而飢餒日迫, 故子順兄陪來云云。黃山親舊皆已病餒而死, 外家舊基, 蓬蒿滿目, 見之不勝慘酷云, 可嘆奈何? 繼南則子順之外孫也。

且咸悅居莫丁主人，持蒸餅一笥、好酒二壺、實果及安酒三笥。父子來納，前日勸農請改之，故來謝矣。然心甚未安，饋夕飯而送。

且靈巖林景欽家奴上京，而聞余在此入來。因聞妹氏安否，又聞因歸海州朴參判寓處云，故修書付傳允誠處矣。且聞李櫶明日還歸海西，昏入見，敍話而返，夜已深矣。

十月十七日

夢見沈說，宛如平日，女息輩亦累得夢見云，想必母主前，使人問安矣。又修書信，付李櫶之行，傳允誠處。昨雖寄書於景欽之奴，而恐其闊失而不傳，今更書送矣。

且家主崔仁福父子來見，適無酒，只饋粘餅而送。且宋奴與香婢往咸悅。別坐奴乬知，昨日持馬入來，今朝還送其家。

且故求禮縣監趙思謙妾，買得婢二口還放，故余約以十三疋。本給大卜馬一匹，價折木十一疋，又不足二疋，則租全一石。其家奴金同及其叔杰山，則通言兩間，故又給租十三斗，使兩人分食矣。招李光春書文記，而證則其外叔私奴杰山及蘇隲。

十月十八日

買得婢三作叱介來現，因爲使喚。且許生員容來見而還。昏，別坐自咸悅入來。婢悅今不能運身，艱難載馬，兩人扶持，僅得入來矣。咸悅贈送米六斗、沈石首魚卅介耳。別坐昨日見敬輿永葬後，來宿咸悅，今始發還云云。

十月十九日

朝食後, 進見太守於司倉, 因納屯畓正租二石。又袖持買婢文記, 告太守, 斜出本文記傳准後, 還給金同而送。太守飲余酒一畫保兒, 但酸不堪飲, 因使留話, 饋余夕飯。又贈白蝦醢三升、麴二員、醯水一鉢。

　來時, 入見洪注書遵而返。洪也來寓郡內而居憂耳。夕, 士人李惟立來見別坐, 通名於余, 故余亦出見, 乃避亂來寓此地者也。昏, 韓進士謙、洪生員思古來訪別坐, 余亦出見, 做話而還歸。且去夜下雪, 見睍而消, 午後, 因成洒雨。婢悅今病勢稍歇, 而浮氣似減云。

十月卄日

夜下雨, 朝尙陰曀。別坐率宋奴, 騎宋奴馬, 發向結城, 而歷宿定山, 明日還送奴馬, 因率岺知及其馬而歸云云。午後, 趙大得來見, 因袖持別坐落幅, 乃都事金益福修簡與落幅, 送于尼山倅, 尼山亦致書付傳趙公之來矣。

　且李淸適來郡, 聞余寓此, 送陪童, 致書問候。卽修答, 期以明日入訪矣。李公本居竹山, 乃余同鄉, 從前相知有素, 與太守七寸親, 故來訪, 而其家屬今在振威地云。

十月卄一日

朝食後, 進見李淸于郡內私家, 從容做話。適喪人韓橃隨至, 乃故僉知韓性源胤子也, 以秋收事, 來農舍, 而與李公相知, 故來見。因韓公聞金翰林末子加應伊, 去八月病死云。不勝哀慟哀慟! 翰林丁母憂, 時未永葬, 而又遭其子之喪, 而窮不能聊賴云, 尤極可憐。前日長子、一女俱死, 吾妹亦遘癘而逝, 一年之患, 慘酷不可言不可言。

夕, 咸悅使至, 米二斗、藿四同、池魚一鉢付送。女息亦送好酒一壺。卽飮一杯, 可快可快!

十月卄二日

昨夕, 令漢奴持泡太七升, 送大朝寺造泡, 今朝來。今日乃外祖忌日, 故爲母主備饌矣。蘇隲來見, 還上耗租七斗五升竝與蘇隲之耗租, 而合爲一石, 納官。

且夕宋奴入來, 別坐到定山, 借馬騎去, 宋奴則還送。又得荒租十斗、米一斗、太一斗、甘醬五升、艮醬一升、紅柿卅介、兩色鹽少許付送。又見京榜, 允諧亦屈。可嘆奈何奈何?

且聞朝著不靜, 風浪又起, 排斥異己云, 深可嘆也。兇賊尙據邊境, 猖然有北投之心, 正當臣民臥薪嘗膽, 思報不共之讐, 而猶且假稱伸冤, 陰售報復之計, 必國亡而後已, 是亦天也, 如何如何?

十月卄三日

送買婢三作叱介於咸悅, 漢奴持馬率去。且朴扶餘女婿李陽, 以奴婢推尋事, 來到此郡, 因門禁不得通名, 來見余寓, 饋夕飯, 又致簡太守前, 使之接見, 陽也因此入郡。且三作叱*介改名德介, 阿作介改名訥隱介。

....

* 作叱: 底本에는 "作". 앞의 용례에 근거하여 보충.

十月卄四日

德麟自韓山來見, 因宿焉。漢奴至今不來, 未知其故也。

十月卄五日

德麟還歸韓山。且漢奴與官人偕至。咸悅贈送租三石、米二斗, 而租則欲納此郡還上, 而求得故也。漢奴只二石載來, 而一石則接置梁山家云。長水簡及益山敬興妻氏簡持來。敬興妻氏書粉介文記而送, 明明發歸水原云, 故漢奴卽修書, 及送益山, 因陪往, 亦欲以推見其父耳。初意敬興妻氏上去時, 令莫丁持馬陪歸, 而家有不得已, 故又因莫丁脛下生腫, 不得行步, 馬亦換婢, 玆負初約, 只送漢奴, 勢也如何?

且太守使人邀余, 期於昏, 打話於衙軒。適備還上五石, 親進司倉納之。李生員淸亦至, 相與做話。太守饋余夕飯, 因使留之, 公退後敍話云。適尹持平惟幾及其兄惟深入郡, 事多煩擾, 更期後日。臨昏還寓, 自昨感傷風寒, 鼻液淋漓, 今則深頭微痛, 終夜輾轉, 猶不發汗。可悶可悶!

十月卄六日

氣甚不平, 厚覆被衣, 終日臥房, 飲食亦不甘, 兩鬢微痛, 尙未快汗。可慮可慮! 午後雨。

十月卄七日

終夜雨不止, 朝尙陰曀。蘇隲不得已事來見, 因請書於尼山倅, 卽

修簡付傳, 又饋朝飯, 飮之酒二器。且去夜暫汗, 而朝則雖不如昨日
之痛, 猶未快差。

十月卄八日

終夜發汗, 猶未添洽, 朝起則深頭微痛, 尙不永快。可悶可悶! 奇大
受、全繼南自韓山歷入, 因余不平, 不得出見, 邀入臥房見之, 饋夕
飯而宿, 修書付傳子順兄前。

　　且夕, 漢奴入來云。益山宅去五日, 已得發向水原, 未及見之,
來時入宿咸悅, 咸悅致書, 贈送蝦醢三升、米兩斗、雄鷄一首。但欲
得唱者, 而兒鷄不唱, 可恨。且韓監察澱來訪, 適不平, 不得出見。

十月卄九日

送莫丁於鴻山, 持別坐簡, 求得公債次也。又送宋奴於咸悅, 奇、全
兩郎, 曉頭發歸, 作粥饋送。

　　且余去夜發汗沾洽, 朝則向蘇, 而但兩鬢之痛, 猶未永疹。且南
進士一元來訪, 病不出見, 邀入臥房, 敍舊。咸悅頑婢推治事, 求得
余簡, 卽修書付之, 因饋夕飯而送。一元, 故南竹山大任之次胤, 而
本居一洞, 與別坐少年時同胞友也, 不見五六年, 而邂逅見之, 不勝
欣慰。亦流寓此郡地云。

　　夕, 莫丁還來。鴻山荒租一石、麴三員覓送。咸悅女息 聞余不
平, 卽送人問候, 修簡還送。

十月晦日

咸悅女息所送, 問安官人, 早朝來抵, 卽修書還送。且漢奴以推見
其父事, 受由上去振威地, 因修書付傳生員處。但行路艱難, 愚稚之
人, 安保其好去也? 可慮可慮!

　　且余氣稍安, 但不如常, 深頭亦有時微痛。端女近日不痛, 必離
却耶? 麟兒如前痛之, 可悶。家人亦寒戰而痛頭, 至於夜半而始歇,
必是瘧也。可慮可慮! 夕, 宋奴入來。咸悅米三斗、豆三升、油一升、
淸五合、丁魚一沙鉢付送。

十一月小

十一月初一日

氣漸向蘇，而但未永快。

十一月初二日

朝起則快蘇如常，可喜。咸悅使至，白米二斗、木米三升、艮醬兩升
持納，卽修書還送。令兩奴持馬，刈籬薪於冬松洞，而爲趙金浦奴
子，奪鎌兩柄而去云。

　且李司果士溫與許容來訪，從容做話而散。李也在京相知，而
來住全州良正浦云云。夕，方秀幹來見，去春痛病後，不見久矣，今
則移居韓山，而喪妻喪子云云。

十一月初三日

又令兩奴刈薪, 又推昨日所奪鎌子, 因使作籬而未畢。且陽智居士人金益烔, 以秋收事, 來到前隣奴家, 聞余寓此, 卽來見。因聞陽智農村, 無一人還居者, 而舊基蓬蒿滿目, 吳孝機等亦皆飢死云。不勝慘惻慘惻! 只李正字之綱兄弟, 入住舊居, 而勢不可久留云。

昏, 要見太守事入郡, 路逢座首趙允恭、趙光哲, 因聞太守赴鄭正字思愼之邀云, 故還來耳。婢玉春自咸悅入來。咸悅致書曰"近日梟鳥入衙亂鳴, 卜其吉凶於李福齡, 通示"云矣。

十一月初四日

早朝入郡, 太守在衙內, 時未出, 而不得通名, 空還。朝食後, 就李福齡家, 適逢福齡於路中, 因與竝輿入郡, 見太守於司倉, 請放蘇隲次知而還。太守邀余, 共赴韓進士謙之生辰宴, 不速之人, 故托以他事以返。

夕, 咸悅使至, 米二斗、兩色醯一缸、藿二同付送。昏, 邀金益烔做話, 夜深而還去。

十一月初五日

欲歸韓山, 而因雨未果。終日不霽, 至於達夜不止。此家有雨漏處甚多, 可悶可悶!

十一月初六日

朝, 金益烔來見, 字光厚, 聞余往韓山, 稱念頑奴矣。朝食後發來,到韓山門外, 門禁極嚴, 不得入。退訪錦城正寓處, 適錦城出他不在, 獨坐虛廊, 錦城內氏饋余夕飯。昏, 錦城入來, 從容敍舊, 因宿焉。但奴馬皆飢宿, 可恨。

十一月初七日

朝食, 錦城亦造饋。奴莫丁送朴盤松處, 爲徵捧去秋未納太耳。宋奴則只食退飯, 亦不得食, 可嘆。錦城爲我, 先入見太守, 傳余來意, 卽邀余入來。就見衙軒, 飮余酒大二杯, 帖上下之食。天麟適入來, 相見於主人家, 因與共宿。

夕, 太守邀余衙房, 共對夕飯, 贈余租一石、油五合、粘米三升、石首魚一束、白魚醢二升、生魚二尾、甘醬三升、藿一同。醢則因給天麟。朴盤松處, 太四斗捧來, 一斗則不給云, 可憎可憎!

十一月初八日

早朝發來, 到錦城正家, 先送粮饌, 爲造朝食。又借天麟奴馬載持。食後, 行至半程, 還送天麟奴馬, 兩奴負來。但來時馬跌, 覆載之物盡濕, 可嘆奈何?

十一月初九日

送莫丁於咸悅, 求祭需事也。來十一日冬至, 欲設奠神主前, 措備無路, 爲此送奴馬耳。夕, 咸悅使至, 米二斗、小秀魚五尾、洪魚半隻、丁魚五冬乙音, 欲用於祭時, 深喜深喜! 卽修答還送。

十一月初十日

早朝, 金益炯來見。自朝陰以風, 又洒雪。夕, 莫丁入來, 白米一斗、粘米五升、豆一斗、石首魚二束、丁魚五冬乙音覓來, 前日接置租一石亦載來。明日欲設祭, 而饌物適乏, 不得來, 可恨奈何?

十一月十一日

啓明, 與麟兒行祀事, 兼奠竹前叔父兩位, 只欠牛肉, 深嘆鄉曲之得備無路也。且朝食後, 往見趙座首希尹及趙翰林兄弟, 因求馬草。趙希尹飲余酒三杯。

十一月十二日

朝, 送奴馬於趙座首家, 求得馬草廿一束載來。又送莫丁於水多海, 所得馬草輸積一處事也。趙文化、李司果各贈三十束, 而皆在水多海, 故送奴輸之矣。

且朝, 金益炯來見, 因飲酒兩大器而送。夕, 咸悅使至, 太三斗、米二斗。女息所捧餕餘餅果肉炙負來, 卽修答而送。午後, 靈巖林進士晛, 今赴殿試, 歷去于此, 聞余寓居近地, 入來見訪, 實出意外, 欣慰十分。因聞妹氏平安, 尤可喜也。饋夕食。晛也贈以乾魚兩束。

夕, 允諧入來, 出於久望之餘, 渾喜可言? 其妻子時皆無事云, 無奴馬趁不來覲, 而借得其妻甥奴馬而來矣。

十一月十三日

任燕岐兌少說, 自湖南歷訪而去, 邂逅相見, 不勝欣慰。其伯氏來莅此郡, 至於屢月, 非但一不來見, 亦不使人問之, 罷歸之時, 猶不使問。兄弟之心, 是何遼絕耶? 且聞鄭宗慶去夏得染病死於牙山云, 可憐。

十一月十四日

早朝, 蘇隲來見, 因饋朝食, 終日留在, 亦因其請入郡, 聞太守遭三寸服入衙不出云。余則就司倉, 見監官林鵬, 考其還上未納之數, 因進衙門, 通名太守。太守以其成服前, 不肯出見, 使其胤出接。弔問其三寸卽世之由, 後還寓。太守三寸乃价川郡守李鏗鎈老, 而亦與余四寸同婿, 相厚最密, 而今聞其訃, 不勝哀悼哀悼! 又饋蘇隲夕飯而送。隲也無聊之中, 方于赤三、紅鼉大一, 造給而歸。

十一月十五日

金益炯來見。令兩奴作籬西北邊。夕, 柳先覺送奴問候。近隣作者處, 蒿草輪給事, 牌字成送矣。且明日期與蘇隲, 偕往尼山。

十一月十六日

早朝發來, 中路逢蘇隲, 竝轡而行渡古城津, 秣馬石城地。隲則先入尼山泉洞其妹夫家。日傾, 余獨抵尼山縣, 聞太守坐司倉, 使奴通名。卽使邀入, 暫敍寒暄, 太守則以接對宣傳官事先出。客舍適洪生員思古先到, 相與暫話, 各還私主人家, 因宿焉。

　　縣座首洪以敍所接家, 適與余寓相隣, 昏來見, 從容做話, 夜深而還。洪公前日來此時相知, 故來訪耳。

十一月十七日

朝, 太守邀余衙軒。洪生員思古及數三客亦來, 因與對飯。太守妹夫成而顯, 隨後入來, 相與做話。太守以捧糴事, 移坐司倉, 而顯覓酒一壺飲余。余亦晚後發來, 到連山, 直入衙軒, 適太守三寸安繪及其婿邊洽在坐。安公見余之來, 喜慰十分, 卽令通名太守。太守使人問候, 夜深後入衙, 相與做話, 因飲好酒各兩杯而罷, 還私家宿焉。

十一月十八日

早入衙軒, 太守邀見衙內, 因對朝飯, 求得租一石、粘米一斗、眞油一升、淸五合、乾栗三升、豆五升、白楮一束, 先使宋奴載送尼山地蘇隴處, 使之明日輪送吾家耳。初欲今日還歸, 而爲太守所挽, 姑留, 宋奴還來後, 明明欲還爲計。

　且今日乃太守三寸安公初度也, 爲設小酌, 各巡杯而罷。太守移坐司倉, 余與安公及諸少年, 終日對話。

　夕, 太守妹夫金佐郎元祿, 自京下來, 在前相知者, 各敍寒暄。少頃, 太守亦入來, 邀余衙內做話, 夜深各還主家宿焉。太守姓名乃元埴, 而字仲成, 與余四寸同婿, 而情意最厚, 而往在變初, 同避亂於長川, 與之備嘗艱苦者也。

十一月十九日

早朝入衙, 太守邀余等於衙內, 共對朝飯。太守捧糴事出倉, 余與安忠義、金佐郎曁太守六寸安孝仁及女婿邊洽, 終日對話軒房。昏, 太守入來, 亦與做話, 夜深各散。夕, 宋奴還來, 明日欲還定計。

十一月廿日

早朝入衙, 求得粮米二斗、太一斗、甘醬五升、皮木三斗、繩鞋、芒鞋各二部, 令兩奴負持, 晚後發行。中道逢風雪, 艱到尼山, 則太守適感風寒, 只使問候, 入衙不見, 來宿私家, 公州儒城縣居品官尹孝鳴者, 隨後入來, 與之同宿一房。座首洪以敘, 夜半來話, 鷄鳴後出去。長夜無寐, 亦可慰懷。

十一月廿一日

太守使人問候, 邀余衙軒, 卽就見, 飮余好酒一大杯。晚後, 太守出坐司倉, 又邀於坐起處, 贈以米、太各兩斗, 饋余點心, 以其早食故也。

午後發來, 至縣地泉洞蘇隲妹夫梁思裕家止宿。梁也寢余溫房, 與之同宿, 終夜做話, 前未相識, 而觀其言語, 亦可人也。

十一月廿二日

啓明而食, 前日接置租, 亦分付負來。行抵古城津邊, 舟渡秣馬, 馳到寓所, 日尙高矣。入拜母主前, 適舍弟彥明昨夕來覲, 意外得見, 深喜可言? 咸悅使隨至, 米四斗、租一石、丁魚十冬音、鹽小魚五冬音、蝦醢四升載來。但家人自昨夕痛頭, 或寒或熱, 終夜終夕, 輾轉不息, 全不食飮, 至於今夜, 尤極痛之。悶慮悶慮!

且蘇隲來見而歸。別坐孽娚慶福, 以事過去入宿, 饋以夕飯, 聞別坐時好在云。且連山所得租, 宋奴載置梁家時斗量, 則十三斗云, 而今日負來更斗, 則只十斗五升, 必其家奴輩偸食。可憎可憎!

近來公私具竭, 親厚如連山者, 托以無儲, 所贈只略, 至於尼山, 則不敢開口而來。此後顧無可得處, 非但吾一家, 老母供養無路, 悶不可言。此郡還上爲半未償, 得備尤難, 益可悶也。

十一月卄三日

家人證勢, 朝似稍歇, 而晚後還作, 胸膈煩悶, 四肢酸痛, 少無思食之念, 口苦心熱, 進退無常, 終夜輾轉。極悶極悶! 午後, 生員氷家奴, 自咸悅入來。女息得送膔一片、粘餅一裹。

且此郡居品官趙光弼來見, 因贈梨栗一笥, 深怪無端, 而徐問其故, 則欲稱念逃奴於咸悅事也。且前見政目, 朴汝龍得除靑*陽, 允誠必因此來覲, 深喜深喜! 朴公乃誠之妻外祖同母弟也。家在海州, 誠之氷家同隣, 故人必往來矣。

十一月卄四日

家人證勢如前, 而寒勢往來, 一身之痛, 倍甚於前。悶慮悶慮! 午後, 生員聞其母不寧, 自咸悅馳還。夕, 李時說自其家入來, 因宿焉, 饋朝夕飯, 但因乏粮, 率奴則不得饋飯, 可恨。

十一月卄五日

早朝, 時說以收貢事, 向歸咸悅。令生員致簡于咸悅倅前, 使之橫奴推治, 而還粮覓給矣。余亦米二升、醬一器覓贈, 恐其中道有維谷之

....

* 靑: 底本에는 "淸", 《新增東國輿地勝覽·靑陽縣》에 근거하여 수정.

患耳。

　且家人證勢如前，少無向歇之勢，極悶極悶。更觀今夜，欲送奴馬於結城別坐處。咸悅問安使至，卽修答而送。生雉半隻　魴魚一條、艮醬一器持來。

十一月廿六日

家人證勢如前，而去夜達曙輾轉，似有熱勢，井花水嗽口不止，有時氷片嚼吐，全不粥飮，極悶。早朝，送宋奴於結城別坐處，使之速來。莫丁往咸悅，藥物覓來事也。流落他鄉，飢餒日迫，而病患亦如此，時耶？命耶？浩嘆奈何？付之天運而已。

　夕，咸悅問安使至，白米二斗、粗米二斗、菉豆兩升負來。昏，莫丁還來，藥物得來，菉豆二升亦得。

十一月廿七日

家人證勢如前，而熱則似減，兩度冷藥，和菉豆粥而用之。且朝前，陽德倅沈姪問安使始至。間關千里，竝送兩人，遠尋而來。母主前則白紬短衣一件、內紬一疋、生雉三首、猪脯二貼、藥果一笥付送，余處，鴉靑行衣舊件、內紬一疋、生雉、猪脯、藥果等物，亦如此而送來。適及於絶望之餘，渾家深喜。雉一首卽炙而分食，但家人病苦，不得嘗一點，不勝恨嘆恨嘆！

　午後，柳宣傳官玠來訪，乃此郡太守女婿也。適到于此，聞余寓郡地，來見而還。夕，蘇隲來見，饋夕飯而送。

十一月廿八日

家人證勢，少無加減，痛聲不絕，悶慮尤極。但夜來菉豆粥，三度和月經而飲之，朝則似有汗氣，厚覆衣衾，熱水盛缸而懷之，猶不沾洽，可恨。且早朝，陽德來使，修答而還送，只給鹽醬米太各兩升，家儲乏絕，不得優給而送，恨嘆奈何？

朝食後，進見大守於官廳，求得茄葅、沈菜而來。偶逢金進士終男於路歧，馬上暫敍阻意。因聞子定已往沃溝地奴家，其子無赤病危，不勝驚慮驚慮。還歸時，想必歷訪老母而去矣。終男乃子定季弟也。

夕，咸悅問安使至，卽修答而送，聞女息明日欲來見其母之病云。菉豆竹瀝持來。昏，李時說自咸悅入來，奴婢等或死亡，或逃移，不得推貢膳而空還。咸悅贈粮米二斗、太一斗云。不然則必遭飢餓之患矣，可喜。母主避寓隣家。

十一月廿九日

時說早朝還歸其家，饋朝夕飯而送。且家人證勢，無加減，夜半香蘇散煎服，別無出汗，而口吐倍甚，尤厭穀物，元氣日益漸敗。極悶極悶！進謁母主於寓家，送彥明，迎女息於中路，聞今日發來，而無親近護來者故也。午後，女息入來，使之先抵母主寓所，休息後，待明入見病母。卽還送帶來諸人，家儲適乏，不得饋飯，只出兩壺酒飲送。可恨奈何？

昏，進覲母主，因與女息對話而返。就寢未久，聞家人不省人事，顚倒入見，卽探生員囊中舊陳淸心半丸、龍蘇兩丸，月經、竹瀝和磨，三四匙吞下，氣還稍定。招女息來見，輾轉至於鷄鳴蘇醒，語言如昨。女僕等出陽德來物，祈禱於庭，雖知虛事，罔極之中，見而不禁，可謂戚矣。且別坐今日當入來而不來，必不得馬而然耶。病人恐不得見，苦待苦待，不祥不祥！

十二月大

十二月初一日

朝則病人證勢大減, 或開目言笑, 謂曰"夜來若不趁救, 則幾死"云
云。但元氣極弱而敗, 飲食全廢, 朝來只以米飲兩度小許吞下, 尤厭
穀氣, 安保其必救也? 只待蒼蒼而已。熱則自昨昨大勢似歇, 有時
口燥嗽水而已。

　且咸悅問安使入來。女息上下糧米二斗、蝦醢少許及病人所需
西果一介、有甲生鰒十介、母酒、竹瀝等物負來。病人卽膾食生鰒三
介、西果數匙, 此乃最欲得嘗之物, 若過食, 則恐其致傷止之。但近
日因病, 出入甚多, 用度極煩, 今則絕粮, 只待咸悅之來, 而所送至
略, 可悶可悶! 然有例送之物, 今明必來矣。西果則廣求有處, 得之
於臨陂地, 以米二斗貿送云云。自午後證勢大歇, 終夕與女息對話,
笑語如常, 有時飲粥, 夜深後, 女息就母主寓所宿焉, 曉頭還來。

十二月初二日

夜半，家人似有夢壓，久乃蘇醒。此必元氣極弱，而久不飲食之故也。朝來，氣頗如常，而但困憊而無思食之念，強而後，母酒和飯少許，燒雉肉而食之。朝食後，別座入來。畏盜，擧家來寓保寧，故宋奴直往結城，還到保寧，又借奴馬於他處，昨曉發來，抵宿道泉寺，今始馳來云矣。

夕，咸悅使至，白米二斗、粗米三斗、兩色醢一小缸、石首魚二束、甘醬一斗、艮醬二升、藿小四同、生秀魚小一尾、生鰒五介、柚子五介持來。近日因家人之病，用度極煩，自昨昨絕粮，不得已生員所備公債租一石貸用，而適及於此時，可慰可慰。

且咸悅家奴以收貢事，前月往靈巖，今始還來。林妹信書捧來，時無事云，可喜。林妹，母主前乾秀魚兩尾，吾家甘苔十注之付送。金翰林奴甘希，亦以收貢湖南奴婢等處事，歷宿于此。翰林致書于母主前及余處，見來，不勝哀淚沾袖。饋夕飯而送。

十二月初三日

家人證勢，夜來昏倦倍甚，朝則快蘇。有時炊飯和湯水半保兒食下，言笑如常，庶可自此而永差矣，深喜可言？早朝，送莫丁於咸悅。

十二月初四日

家人證勢，比昨加歇，而但心氣虛弱，昏困時多，飲食不加。可慮可慮！夕，莫丁還來。咸悅送租一石、太二斗、牟五斗，致書于別坐處曰"事勢不便，此後恐難繼之"云。一家生涯，不可說也。

十二月初五日

家人證勢, 益似減歇, 而但昏倦如前矣。且生員得備還上三石, 今日欲納, 故余食後入郡, 則太守已坐司倉, 公事甚煩, 又多坐客, 故不見而還。因就見柳宣傳官珩, 又歷訪權生員鶴, 敍話而返。柳則太守之女婿, 而權則來寓郡內, 而允諧養母四寸娚也。

　到家則許生員容來見別坐兄弟, 余亦出見, 敍話而送。蘇隲妻來見。咸悅女息, 爲備兩色餅泡湯蕨菜來呈, 雖出於誠意, 家本貧窶, 必有艱備之態, 一則未安未安, 與一家女息輩, 會話於家人病臥處, 因饋夕飯而送。

十二月初六日

家人證勢, 大勢雖歇, 而一身昏倦, 胸項煩塞, 呼吸短促而急, 以此雖得飲食, 更無加瘳, 困睡時多。可慮可慮!

　且咸悅使至, 白米二斗、粗米二斗、兩色醯各二升、小秀魚一尾、釘魚四冬乙音負來, 卽修答而還送。且還上三石, 令莫丁載納, 此*則同戶生員名納之。夕, 聞咸悅明日來候病人云。

十二月初七日

家人證勢, 別無加減。朝, 咸悅馳至, 與舍弟及三子咸聚一房, 終日敍話, 臨夕還歸。且咸悅居梁允斤者, 石首魚一束、白蝦一缸、幷魚一來納, 無端來呈, 必有以也。夕, 蘇隲來見, 而未及於咸悅來時。

....
* 　此: 底本에는 "以". 문맥을 살펴 수정.

十二月初八日

家人證勢如前。咸悅問安使至, 木瓜煎及母酒持來, 卽修答而送。

十二月初九日

早朝, 黃澗居南守一、全繼南向韓山, 而歷入于此, 聞南景孝兄去十月下世云。不勝哀慟哀慟! 南兄於余外四寸, 而少時同育於外祖, 情愛最篤, 今聞其訃, 尤極痛哭。景悌兄致書, 因送生梨三十餘介, 守一乃景孝兄之末子也。饋朝飯而送。

　且舍弟彥明率莫丁, 騎余馬, 發向泰仁。去月卄一日來此, 留十九日, 今始還歸。流離困窮之餘, 飢餒日迫, 一弟亦不得同居, 使糊口於他鄉, 悲痛奈何奈何? 只自揮泣而已。然相去不遠, 歲後亦可來覲, 但無奴馬, 未可必也。

　家主崔仁福來見而還, 適舍弟臨行, 已出門外, 故暫與立話而返。昏, 咸悅人馬入來, 明曉女息還歸故也。

　且聞蘇騰被囚, 卽簡送婢子於太守, 則爲閻者所拒, 不納而退, 可恨。自午後雨雪, 終日不霽, 若不消隆, 則雪深幾至半尺, 如此險日, 彥明發程, 又無雨具, 想中路疲馬, 擁雪不前, 必多艱苦之患, 深可慮也。

　且自今日彥明歸後, 余就母主寓所陪宿, 無人陪侍故也。生員奴春已, 自振縣入來, 一家平安云。

十二月初十日

早食後, 女息歸咸悅, 別坐率去。留此十餘日, 適其母病臥, 不得從容話語, 臨別, 母女相與悲泣不止。人情可憐可憐! 每欲見之, 而見後, 又不得言其所懷而送, 尤可嘆也。夕, 蘇隮來見, 昨日被囚, 今日艱得免杖而放釋云。

十二月十一日

家人證勢, 比昨日, 氣頗不和, 困憊如昔云, 必夜來犯風也。自月初大勢雖減, 飲食稍加, 而元氣虛弱, 言語甚厭, 坐則垂頭, 合目不開。昨日則氣頗蘇醒, 開眼話言, 無異平時, 而今還如此。悶慮悶慮! 得病, 今至廿餘日, 尚未快差, 彌留至此, 尤可悶也。夕, 咸悅使至, 中米二斗、石首魚二束、沈蟹十甲負來。

十二月十二日

家人證勢, 比昨向歇, 起坐開目, 語言如常。朝後, 權生員鶴來見。權也允諧養母四寸娚, 而流寓郡內者也。夕, 別坐自咸悅入來。

且昏, 婢悅今, 自泰仁來。時得浮證, 來此後, 病勢極重, 滿身盡浮, 入處土屋, 唯飲食則比平昔無加減, 每求酒肉, 小不如意, 輒發憤言, 不可說也。朝夕饘粥, 尚難繼之, 況敢備酒肉, 日饋垂死之老婢乎? 病雖危重, 若不速死, 侵困我家多矣, 一則可憎可憎! 昏, 別坐奴今孫, 自結城持馬入來, 別坐明日當欲還歸耳。宋仁叟送米一斗。

十二月十三日

家人證勢如昨, 別無更通之患。別坐食後發歸, 欲投宿道泉寺耳。

行粮得備甚難, 早朝送奴子, 求得於趙翰林, 則趙也卽送米一斗五升, 非但行粮未備, 此處亦絕, 方以爲悶, 而趙惠適及, 裹粮之餘, 可供數日之食。可慰可慰!

近日連値大雪, 久未刈柴, 朝夕上下家之炊極難, 房堗亦冷, 老母病妻, 不能安寢。又況阻飢之患, 日甚一日, 悶慮悶慮! 又聞咸悅望後覲親事, 當上京云。然則卒歲無策, 尤可悶也。且宋奴持別坐簡, 往石城、尼山兩邑, 爲覓救資耳。端兒至今未離瘧證, 間二日, 痛之倍劇, 飲食亦減。悶慮悶慮!

十二月十四日

家人證勢如前, 但近日粮饌俱絕, 老母病妻, 未得滋味而供之。可悶可悶! 早朝, 母主所寓家主, 餅飯及饌物、酒一鉢來呈。卽與共喫, 今日乃其亡父忌祭云云。

且夕, 莫丁自泰仁入來。舍弟無事入歸, 但中途逢雪, 衣服盡濕云, 可恨。粮太則咸悅優給云, 是則可喜。莫丁來時, 歷宿咸悅, 咸悅例送米二斗、釘魚三冬音持來, 絕粮方悶之際, 得此米, 可延數日之命, 而數日之後, 何以爲繼? 恨悶奈何? 昏, 宋奴自石城入來。石城守送中米三斗、石首魚醢五介, 可以此繼用近日, 可喜。

十二月十五日

家人證勢如前, 別無快差, 昏倦如此, 可慮可慮! 且去夜, 老婢悅今化去。病勢極重, 勢不可救, 然久處冷地, 飲食亦不得飽, 雖有欲食之物, 得之無由, 一不得食而死。可憐可憐! 性本險惡, 少不如意,輒發怒詈, 至於上典之前, 亦多不恭之言, 人皆厭惡, 雖死不足惜, 但少時被捉來使, 年過七十, 而一不亡走, 又善紡績, 勤檢家事, 小無欺竊之事, 是足可取, 而漂泊他鄉, 死不就木, 尤可哀嘆哀嘆。夕, 太守使人問候。

十二月十六日

令兩奴及隣家避亂人漢卜, 曉頭擔昇悅今屍, 距此五里外韓山之路邊向陽之處埋之。可憐可憐! 去年秋, 末婢冬乙非死於蘇隲家, 今者悅今又死於此, 皆埋於此地, 平日在京時, 豈料死埋於林川耶? 人事可嘆可嘆!

　且家人證勢如前, 趁未快蘇, 又無可口之味, 食不加飱, 可悶。端兒今亦痛之, 可憐可憐! 昏, 春已自*咸悅入來。生員處不送粮物, 致書曰"來十九*日定欲上京, 而適有馬空行, 可以一時騎去, 粮饌此處當備去, 不湏各備也"云云。

　且前日求得正朝祭物脯醢, 而春已之來, 石首魚一束、白魚醢二升、中米一斗贈送, 欲付與生員之歸, 使生員親進廣州墓所, 作飯羹掃奠矣。自亂離三載, 一不親奠, 每懷感愴之心, 非但奴馬不具, 備粮極難, 一不得遂。勢也如何?

　別坐婢貢木, 適自咸悅來, 故半疋亦付生員, 使之貿肉備饌耳。但草草可恨。明明, 咸悅上京時, 當歷宿于此云云。

....

* 　自: 底本에는 "自之". 문맥을 살펴 삭제.
* 　十九: 底本에는 "九". 문맥을 살펴 보충.

十二月十七日

家人漸加向蘇, 而但近日粮饌乏絶, 朝夕只飲粥糜, 其能趂保如常耶? 可悶可悶! 且夕, 泰仁避亂來居士人韓鏞歷宿于此, 適仍乏粮, 不得饋飯。可恨可恨! 母主去春, 留在舍弟家時隔隣, 故余亦往覲時相知耳。因聞彦明去十五日, 與權座首恕偕往錦城, 因歸靈巖妹家云云。

十二月十八日

朝, 送莫丁於咸悅, 爲覓馬太也。家人證勢如前。夕, 趙座首允恭來見而還歸。

十二月十九日

夜夢見洪應推令公, 宛如平昔, 寤來, 不勝悲悼之至。午後, 權鶴、成敏復*來見而還。吳忠一亦來, 因宿。莫丁入來。咸悅贈送白米二斗、中米二斗、白魚醢三升、太三斗、釘魚四冬音。且昏咸悅覲親事上京, 而歷入于此, 因宿焉且。

十二月卄日

咸悅待其金伯縕之來, 因留, 欲於明日, 與允諧竝轡而歸。諧無馬, 故借騎咸悅之馬, 期入於振家, 伯縕亦與偕往京城爾。且招李福齡, 推其吉凶而送, 咸悅欲知往來之如何耳。

....

夕, 蘇隰來謁咸悅而歸。昏, 邀咸悅于寢房, 與一家會話, 夜深而罷。咸悅行次所持甘䭖一升、藥果十五立、家猪烹肉三器、酒一饍入納, 相與分喫。咸悅令放鳥銃, 二度發聲, 里人皆驚, 可笑。

十二月廿一日

早食後, 咸悅發歸, 允諧亦偕焉, 因令正朝日拜掃於廣州先壟。但諧息因不得已之故上歸, 家無長男, 幸有病患窘急之事, 無所依賴之處。可嘆奈何?

宋奴受由, 亦陪去, 來正月初十日前還來事敎送。前者兩度受由, 皆過期不還, 常常痛憎, 初欲不送, 而欲祭其父之墳, 懇請不已, 必不然矣。人子之情, 上下皆同, 姑令送之, 更敎速還。婢於屯亦上去, 其子漢奴, 前月尋父於振威、安城等處, 久不還來, 故亦尋去, 因欲入居廣州舊址耳。

蘇隰亦來謁咸悅而去。婢於屯去年至月尋來, 今始還歸。性本無恥, 一家之物, 少爲藏露, 輒潛竊之, 至於隣里中, 亦用荒手, 雖被見捉, 小無愧心, 又與班中, 每相鬪罵, 雖累嚴敎, 少不悛改。性也如何? 常欲警之, 而本非久使, 又且遠追尋來, 情意可矜, 含忍置之。

十二月廿二日

自昨寒氣倍列, 又兼風亂。允諧之歸, 衣薄無衾, 必不堪忍, 戀戀之心, 少不弛*懷, 徒自嘆恨而已。

....

且自昨日, 粮饌具絶, 數升之米, 上下煎粥而分之。咸悅又不給卒歲之資, 今已上京, 歲時已迫, 饘粥想必不繼, 非但吾一家, 奉老之物, 亦末由也, 悶不可說。家人大病之餘, 粥飲亦不得飽, 尙有飢色, 尤可悶也。

十二月廿三日

朝, 聞太守見罷, 無奴馬, 卽未入見, 適蘇隲來見, 卽騎蘇馬, 就唁於衙房, 李部將及品官等齊會, 相與做話, 請於太守, 減生員所食還上一石及家主戶納柴穀草各一八結, 又得麯一員。

臨還, 韓山倅以封庫事馳來, 就見敍阻, 因飲酒三杯而返。余年前七月, 來寓此地, 其間僅一周, 而連遞四員, 官庫蕩掃, 理固然矣。太守有相知分, 故平日待以厚意, 今當罷去, 不勝缺然。

且見朝報, 沈說居土, 未知其故也。明春二月廿九日, 登俊試設科, 取通政以下, 天使亦明年出來云, 亦不知何緣而來也。兪左相泓方被臺論, 時未得允, 以其貪污事也。

十二月廿四日

去夜, 夢兆極兇, 是何兆耶? 近日寒凛極嚴, 生員之歸, 何以堪忍, 不勝戀戀。計其歸程, 明當入家矣。昨朝, 咸悅使至, 白米一斗、租米一斗負來。女息爲造切餅一笥付送, 乃十二日, 女息生辰, 故備送。可憐可憐! 卽令醬水烹而分食。適蘇隲入來, 亦與之食。

且聞太守明明間發還其家。夕食後入見, 暫與敍話而辭別。奴馬明當往咸悅, 更不得面別, 故就訪而返。但觀其太守言語擧止,神色怳如喪魂人, 必不久也。去年, 任孟吉來守此郡時, 其爲行事亦如此, 深以爲疑, 來纔五閱月而罷去, 亦未久而卽世。今此李倅去七月來莅, 僅六朔, 而爲巡使啓罷, 凡事正如任也, 深可慮也。然無勢蔭官, 作宰路傍, 爲人輕賤, 非惟往來公行, 至於流離士夫侵責甚多, 困於應接, 而官儲蕩竭, 無以爲計。所率家屬亦多, 官廳無一瓷之醬、一升之米太, 逐日春正, 猶不及繼, 取貸爲用。至於衙料一日之備五斗云, 其不可久保, 亦可知矣。

此郡屢經非人, 將爲棄邑。後來者, 若非臺侍之人, 持身儉約, 不畏强禦, 不接賓客, 愛民惜費, 久於其任, 則將不可收拾矣。

十二月廿五日

夜大雪, 朝尙不晴, 幾爲半尺。冒雪, 送奴馬於咸悅, 聞咸悅上京時, 帖給卒歲之資云, 故爲得此也。但津渡半氷, 恐不得濟也。明日若不還, 則上下必飢矣。可慮可慮! 昏, 婢香春自咸悅入來, 爲其欲祭其父於正朝日, 故受由以來。

十二月廿六日

近日天寒極酷, 非但粮饌具絶, 至於柴木亦不得刈, 朝夕炊食外, 不得暖堗, 兒輩不能安寢。可悶可悶! 夕, 莫丁自咸悅入來, 例送白米三斗、粗米三斗及別帖白米二斗、粗米二斗, 苙十斗, 粘米一斗、麯二員、眞油一升、黑太五升載來。別帖之物, 咸悅上京時帖給, 使備卒歲之資也。女息所捧饌物, 石首魚二束、百魚醢小一缸付送。昏, 風以洒雨, 至於夜下雪, 翌朝大作山川盡白。

十二月卄七日

朝, 隣居叔石處所減戶木四十束輸來。雪飛風亂, 日氣極寒, 得此木, 可備數日之爨矣。明曉, 奉母主還入已定。今日乃立春也。

夕, 全州宋持平專人伻問, 兼致粘米一斗、黑太五升、生雉一首, 出於意外, 深謝厚意。翌朝修答而送。

十二月卄八日

去夜大雪半尺。朝前, 陪母主還移舊寓, 去月卄八日*出避, 今日還入矣。

十二月卄九日

自大雪後, 日氣極寒, 無柴無粮, 無以卒歲。又況堗冷, 寢不忍堪, 母主亦不安寢, 極悶奈何? 只以一斗米, 春末爲餠, 欲備奠先考神主前。可嘆奈何奈何? 前日以半疋之木, 貿牛肉數塊, 宋仁叟所送雉首, 欲供奠祀之備, 又以五升之米釀酒, 亦以爲用於茶禮之時, 而他無助饌之物, 可恨。如此極寒, 生員何以上京, 奠拜於墓山耶? 恐不得偕也。別坐去後, 亦無消息, 日夜煎慮不已。夕, 大雪又作。至夜始霽。

十二月晦日

朝食後入郡, 見巡使軍官金順宗, 因請隣居田上佐次知放釋。適兩

....
* 八日: 底本에는 "八". 문맥을 살펴 보충.

鄉所持壺果, 來謁軍官, 余亦參飲四杯而還。金順宗乃居館洞下司瞻寺口, 前日雖不相識, 聞居一洞, 如舊相知, 故爲依上佐之懇。入見時, 未聞新太守爲何人除拜也。

且因金順宗聞靑陽倅朴汝龍來莅未久遞去云。初以爲因靑陽得聞海西允誠之奇也, 而不意遞去, 更無得聞之路, 不勝缺然。夕, 田上佐及福男兩家, 備送酒餠與肴果, 卽與妻孥共之。

檄嶺南文【生員金存敬】

嗚呼! 天有悔禍之時, 國無常否之運, 仗正則雖危必扶, 犯順則始強終滅, 理其固也, 勢所然矣。是以淝上偏師, 得挫符堅之衆; 督府水軍, 能摧逆亮之氣。事載簡墨, 時無古今。

蠢玆島夷, 窮兵異域, 再經年歲, 兇焰益熾, 禍棘燎原。堂堂國勢, 危迫累卵, 惴惴民生, 辱逼左衽, 人怒既極, 鬼誅將加。

德齡一介狂愚, 生長僻邑, 志存章句, 業非弓馬。間者誤賭虛名, 從事帥幕, 母既臨年, 兄又戰死, 將護無人, 行役未忍, 乍隨行伍, 旋卽辭歸。然而上念國恥, 幾撫中夜之劒; 下憤兄讎, 每墜沾食之淚。

私禍未悔, 母今見背, 情事粗畢, 身可許死, 欲效終軍之請, 未獻仲淹之書。適潭陽府使誤薦本道巡察, 諭以大義, 奪我情禮, 俾收百戰餘卒, 冀成鉛刀一割。顧念身無縛鷄之力, 勇愧超乘之捷, 人微責重, 憂極棟橈, 又何難堪之事, 遽加草野之賤? 絲毫未效, 寵命先集。

噫! 君父既委濟難, 臣子敢辭捐軀? 吾聞背義貪生, 則猛士成怯; 發忠忘身, 則懦夫爲壯。親上死長之義, 足以爲勇; 伐罪討逆之正, 足以爲氣, 豈必區區血氣之勇, 可以制此賊哉? 是用策勵駑鈍, 許以馳驅, 傳檄遠近, 招集勁銳。龍騰虎步之輩、斬將搴旗之徒, 咸願贏粮願從, 不辭赴蹈湯火, 扼腕唧痛, 恥三北於前日; 唾手增氣, 策九伐於將來, 惟彼假氣殘孽, 庶可指日蕩覆。

玆以今月某日, 師期卜吉, 旌旗東指, 中黃左右, 烏獲[*]後先, 鐵騎風馳, 長戟電邁。兵精械利, 辭直氣壯, 以此制賊, 誰敢當我?

兵法曰"知己知彼, 百戰百勝"。賊徒轉涉千里, 暴露數年, 寒暑異宜, 水土生疾, 銳氣已墜箕城, 肝膽又破幸疊, 昔稱精兵, 今成末勢。又其下多有係虜脅遷之類, 寧無父母妻子之思? 怨曠已極, 愁嘆方深, 河上之變, 不日將生; 鼎中之魚, 肯足淹晷? 消爛此其時也, 滅絶不可緩矣。

嗚呼! 賊來之後, 慘酷之禍, 湖南獨免, 七路同然, 其中嶺南之受害, 有甚於他道。文武士夫、老弱男女橫被無辜者, 寧有紀極? 父亡子孤, 夫死妻寡, 燒其廬舍, 去其鄉井, 白葦黃茅, 灰燼溢目。洛江之東, 晋陽以南, 無復煙火, 凍餒既極, 人亦相食。餓殍相枕於道路, 冤哭上徹於九霄, 千百怨讟, 有不忍言。

以此觀之, 則羸童瘠婦, 可使制挺而撻之, 丁男健兒, 其可斂刃而安坐? 此正忠義殞首之日, 豪俊雪恥之機, 各念公私之讎, 共正鯨鯢之戮。況天將掇還其師, 老賊之竊發無時, 倘不及此期以迅掃, 則前日之禍, 復在朝夕, 雖欲悔之, 乃無及矣。時不可失, 役難再擧, 勗哉士庶!

道內列邑通文【前人】

有甚於此。侍衛之匪懈, 內無其人; 忠志之忘身, 外復幾何? 竊視今日之事, 誠可於悒。

德齡早負不羈, 志切請纓, 變生之初, 厠身行伍, 敢效錐刀者, 計非不深。只緣老母嬰疾, 日迫西山, 終養情切, 絶裾未忍, 蟄藏兩歲, 撫劍東顧而已。今則母旣終堂, 子無所恃, 邦其多事, 臣可盡節。

幸遇潭陽府使李侯景麟, 以宗室苗裔, 常抱敵愾之志, 聞余虛名, 措給戰具, 勸起以赴國難。辭避至再, 終不獲已, 割情衰麻, 徇變金革。方略縱愧於票姚, 義氣竊慕乎土雅。手揮丈劍, 躬環重甲, 養威蓄銳, 直探虎穴, 少慰生靈之憤, 快雪七廟之羞。惟望遠邇協心, 同定扶危至計。今茲敷告, 式明衷曲, 列邑之士, 其或有從我者乎?

嗚呼! 二百年休養成就, 一介之士, 其無慷慨殉國者乎? 捐躬濟難, 此其時也, 奮袂登壇, 其可緩乎? 德齡力難扛鼎, 勇非敵萬, 顧念主辱臣死, 不諒材智之拙, 收召等契之士, 共肩丹心, 擬就功業, 乘機應變, 雖未能決勝制敵, 突刃觸鋒, 誓當爲士卒先登。

方今七路, 無不被兵, 惟我湖南, 獨免屠戮, 恢復一脈, 其在於是, 而近者調兵轉粟, 物力彫瘵, 民生困瘁, 無異經亂, 於是而賊至, 則誰復禦之? 父母妻孥, 人莫不有; 桑梓松栢, 家莫不養, 一朝而殺掠焚燹, 豈其所欲? 苟能人懷怒心, 如報私讎, 則此賊無不滅之理, 倘保目前之安, 不赴敢死之擧, 則是以父母遺賊, 而自剪其松栢。此豈理也?

願列邑之士, 毋或退托其心, 倍增奮厲之氣, 霜戈鐵騎, 雷轉風驅, 則彼假氣游魂之餘孽, 必土崩而瓦解, 刃不俟血, 跧跡待斃, 淝水之勳, 自致於今日; 澶淵之捷, 當奏於不時, 豈不幸甚?

嗚呼, 天兵尚辱於掩襲, 壇場久污於腥膻, 伏劍鳴轂, 車右未作; 臨境刎首, 雍門誰復? 舉事條例如左, 文到, 詳思勉勵也。

送僧義兵八道都大將書【前人】

世所謂"釋氏為聖人之罪人"者何? 以其去彝倫, 而逃仁義也。彝倫之大有二, 父子也、君臣也; 仁義之道有二, 能拯溺也、赴難也。學聖人之道, 而未盡於彝倫仁義, 則是儒名而墨行也; 釋氏之徒, 而能盡於彝倫仁義, 則是墨名而儒行也。儒其名而墨其行, 則非惟聖人之罪人, 抑亦釋氏之罪人; 其名則墨 而其行則儒者, 不惟聖人莫之罪焉, 抑亦門墻而不揮, 不但不揮, 必能進而敎之, 樂與為之徒也。

噫, 墨名而儒行, 吾於今日, 得大將一人而已。方海寇隳突, 列郡齊潰, 重崗複關, 瓦解土崩, 健將精卒, 鳥竄鼠伏。卒之三京失守, 乘輿遠狩, 堂堂國脈, 幾至綴旒。環三百州, 食君食, 衣君衣, 自謂盡彝倫仁義於平日者, 無一人為王前驅, 許身死義者。

獨大將舊袂於深林, 與都摠攝大禪, 倡義而起, 一朝謝浮屠而從征討, 此豈出於朝家命令? 又豈有一毫所為而然哉? 實由大將見道已高, 義不可以遺君也。風聲所及, 莫不感動, 由是軍容一振, 四方之義髦, 雲趨影從。自關東擧師, 而西掎角於箕城, 或設伏要害, 以遏衝突; 或飛諜伺詗, 審盡兇謀, 以之賊不蹂境, 斂兵終年。

又以孤軍當賊兵數千於水落山, 追奔逐北, 收功健捷。至於賊退三都之日，猶不釋兵，獎師南來，轉鬪嶺外，大將忠赤，一何堅耶？拯溺之仁、赴難之義，此孰大焉？重彝倫、行仁義，其惟大將乎！

學聖人之道者，尚或不然，大將釋氏之徒也，入定事業，惟在寂滅，其於國家，少無絲毫之恩，而臨難敵愾，有甚於肉食，大將不惟不見斥於聖人，抑亦聖人必與之徒也。

德齡，南州一迂儒，得飽名聞，屢稱不一，嘗欲以身，得近轅門，獲瞻籌算之妙者夙矣。今因長城太守李公貴，益聞前日之所未聞，大將曾與此君，死生相托，共濟國難云。德齡亦與之約束，終始同事，想亦不遺鄙人。此所謂"氣同而相求"者，幸甚幸甚。

德齡一自變生之初，志在效命，欲立錐刀之功者，計固切矣。只以老母在堂，日迫西山，不忍絕裾，以傷陟岵，今則風樹已撼，既無所恃，所當竭忠，唯在於君矣。適潭陽府使李侯景麟，曾聞德齡虛名，繼聽德齡欲起，措給戰具，勸之以赴國難，因報巡察。巡察又下起復之書，書中數行語，一一出於忠君憂國之至誠，讀其書者，孰不爲之慷慨，思欲自試於今日也？

德齡雖非潭宰、道相之勸，固當盡節於危疑之際，況彼既諭以大義，則豈可泥於區區情禮，不念君父之深讎耶？遂違几筵而從金革，庶策十駕之駑，冀成一割於鉛，所賴大將，起事已久，備嘗形勢，行師之得其宜，運奇之合其節，謀無遺箚，舉不失策，戮力一心，掃清土宇，非與大將而誰？

嗚呼！不共之讎，人得以復，塗炭之救，儒墨何間？兇鋒所向慘毒之禍，亦及於梵宇，使二百年流來塑像，盡入於灰燼，則大將復讐之舉，非但爲國而已。協同聲勢，竝圖恢復，其機在此。願大將勉之勉之。所請數件事, 錄在別紙, 冀垂采施。

上都元帥書【前人】

全羅道光州喪人金德齡謹稽顙百拜, 上書于都元帥相國閣下。伏以, 君父之讐, 誓不共一天。凡有血氣者, 莫不腐心扼腕, 思欲滅盡此賊而後已。

德齡身伏草土之中, 心切係頸之請, 恒抱慷慨者宿矣。比者道內壯士之素相交厚者, 來謂德齡曰:“賊日陸梁, 掃清無期, 此正忠臣義士奮袂立功之秋, 其敢不力。”德齡亦以爲然, 第以衰麻之人, 勢難從軍, 徒奮耿弇之志, 未上仲淹之書。適潭陽府使李侯景麟已聞德齡虛名, 繼聞德齡欲起, 卽措給戰具, 極情勸之, 因報巡察, 巡察又起以赴國難之義, 終不獲已, 自分殉國而一死。

德齡猥以不材, 曾陪牙纛於年前, 身厠行伍之列, 足歷戎馬之間者久矣。不以此時, 當一校之任, 效錐刀之功, 而到今乃爾者, 誠以八十老母在堂, 常戒曰:“爾兄旣沒陣不還, 我之所賴者惟汝也, 而汝復長在征戰, 我生誰養? 我死誰葬? 嗟! 予子行役, 尙愼旃哉! 猶來無棄。”故烏鳥私情, 不忍傷母之志, 龍仁之戰、梨峙之守, 隨行逐隊而已, 不敢有所試, 恒自慊焉。

今則母旣終堂, 形骸已掩, 顧惟一身, 雖在憂服, 金革徇變, 古人亦且不免, 豈可以區區情禮, 不念天步之艱難也? 況冬月垂盡, 時漸就暖, 倘使兇鋒, 闌入此道, 則父母門閭, 父母丘墓, 盡爲穢夷之鄉, 斬伐焚褻, 任他所爲, 其禍之慘, 尙忍言哉?

上而爲國, 義不可不出; 下而爲私, 情不可不起, 遂與同志之士, 共肩丹心, 擬洒侵凌之恥, 少快神人之憤。起事以來, 夙夜憂懼, 枕戈待朝, 泣血忘餐, 私自語曰:"當今元帥相國, 憂分閫外任重, 司命黎氓, 冀拯塗炭, 九重方擬鎖鑰, 得一勇敢, 收功鋒鏑, 此相國之願而未能者。"

德齡雖無狀, 嘗從事於幕下者也, 恩既重矣, 義亦深矣。戮力一心, 圖濟艱虞, 非倚相國而誰? 苟將哮闞之群數百, 直擣虎穴, 殲一醜類, 則都荷相國之賜, 豈不幸甚?

嗚呼! 草土餘喘, 違棄几筵, 奮一朝之命, 殉國家之難, 固知得罪於名檢, 不齒於風化。然而臨博企竦者, 或以識道, 聞樂竊抃者, 必由賞音, 自惟材力不堪討賊, 則必不知其非而强起, 重貽相國之羞也。成敗利鈍, 非所逆料, 死而後已, 庶不負素心, 不知相國以爲何如?

親進仰瀆, 情禮俱至, 而方在調兵, 未卽離局, 謹遣族人金克悌, 以達下情, 兼奉稟目若干條, 恭陳帳下。伏願相國勿以爲迂緩, 而曲加裁擇焉。干冒嚴威, 不勝惶悚待罪之至。

成宗朝正妃恭惠薨, 陞淑儀尹氏爲妃。成化丙申生燕山, 寵隆嬌恣, 妬忌諸媛,【鄭氏、嚴氏】不遜於上。

一日聖顔有爪痕, 仁粹妃【成廟母后】大怒, 激成天威, 出示外庭, 大臣尹弼商等將順獻議, 廢出私第。尹氏日夜呼泣, 繼之以血, 而宮中毀謗日滋。上遣內竪廉訪, 仁粹敎其宦, 對以梳洗艷粧, 無悔恨意, 遂實其譖而加罪焉。尹氏以拭淚斑血, 付其母申氏曰:"吾兒幸保全, 當以是告我哀冤。且葬我於輦路傍, 俾瞻車駕, 吾所願也。"

遂葬于健元陵路左。

及仁粹上賓, 申氏交通內人, 譖訴生母尹氏非命之寃, 且上其悅。燕山嘗以慈順妃爲親母,【中宗母后貞顯王后】聞之愕然慘怛, 見時政記, 怒其獻議大臣及奉使之人, 皆剖棺斬屍, 碎骨飄風, 緣坐應誅而先亡者, 竝令斬屍。【鄭氏與二子安陽君、鳳*安君, 皆不得其死。】立孝思廟,【今爲宗簿寺】 祭如原廟, 封崇其墓曰"懷陵"。【今毀去, 只留石闌干。】

玉堂副守嘗言"尹氏只以恃寵無禮之過, 而爲母后之猜忤交構, 以激上怒, 大臣阿諛順旨, 略不匡救, 遂抵于罪", 慶尙監司孫舜孝聞之, 淚下如雨, 上疏極諫, 後弊已無及矣。燕山之淫刑, 皆任士洪挾私而陰導云。

成廟賜死廢妃尹氏傳旨曰: "廢妃尹氏性本兇險, 多行悖逆。曩在宮中, 暴惡日深, 旣不順於三殿, 又肆兇於寡躬。其如輕蔑寡躬, 待之如奴僕, 至曰'幷足跡而削去之', 是特細事, 不足論也, 至於嘗見歷代母后挾幼擅政之事, 自以爲喜, 常以毒樂自隨, 或置之懷抱, 藏之篋笥, 非惟欲去其所忌, 又將不利於寡躬。

常自言曰"我命長壽, 將有所爲之事", 此則不道之罪, 關於宗社, 而猶不忍斷以大義, 只廢爲庶人, 置之私第。今者外人見元子漸長, 前後紛紜, 多以此爲言, 雖在當時, 不足深憂, 後日之禍, 何可勝言? 若使兇險之性, 得操威福之權, 則元子雖賢明, 亦必不得有爲於其間, 而跋扈之志日益恣, 漢呂、唐武之禍, 翹足可待。予念至此, 深用寒心。

今若優游, 不早定大計, 而國事至於不救, 則悔之無及, 而予實爲宗社之罪人。昔鈞弋無罪, 漢武猶爲萬世之計, 況此兇險, 又有難赦之罪乎? 肆於今月十六日, 賜死于其第, 宗社大計, 不得不爾。

大元帥金酒翁、同梧里李方伯、李節使、尹弘文學士過寓命酒
【馮仲纓】
旅客憂時日掩廬, 元戎命駕慰離居。
排空雲彩旌旗動, 耀日霜華劍戟舒。
專閫名高周尚父, 摛詞價重漢相如。
諸公此會三生幸, 珍重毋忘尺素書。

仲秋登梅月亭
光陰天上氷輪滿, 影瘦風前玉幹蒼。
却憶庾樓千載勝, 猶懷何暑百年芳。
莫敎吹簫憐征戍, 最是催砧悲遠鄉。
登賞不堪烽火後, 持杯憂樂兩難忘。

有喜全羅道諸郡倭不犯云, 偶吟, 呈板村洪先生笑覽
東來烽火漫都城, 獨此唯看舊治平。
最是循良專保障, 能令豺虎避縱橫。
千山草木生旌彩, 一道絃歌有訟聲。

愧我提師遍海半，馳驅何補勞逢迎。

呈李提督【總兵劉綎】
一將提兵萬騎從，碧油幢暎錦袍紅。
六奇未出陳平計，五利堪和魏絳戎。
髡醜海邊憑桀驁，使君天下算英雄。
由來談笑封侯易，奇骨生成不問功。

偶吟【不知所喻也。前人】
老蚌親陽爲怕寒，野禽何事苦相干？
身離窟穴珠胎損，力盡沙灘翠羽殘。
閉口豈知開口易？入頭誰料出頭難？
早知拼落漁人手，雲水飛潛各自安。

夢中偶詠【任鉞】
有獻戎王首，伊人曠世英。
名搖山岳動，威鎮海波平。
關外胡星落，天中漢日明。
臣民蹈且舞，千里溢歡聲。

題《赤壁圖》呈唐將【李德馨】
勝敗分明一局碁，兵家最忌是持疑。
當年赤壁無前績，只在將軍斫案時。

閑居【宋翼弼】

閑行忘坐坐忘行，抹馬松陰聽水聲。

後我幾人先我去？各求其止又何爭？

輕簑短笠大平人，手理荒園四十春。

悲淚數行臨別意，是知巢、許亦堯民。

閨怨【崔慶昌】

東風吹入莫愁家，簾幕徐開燕影斜。

睡起調琴香霧濕，滿庭零落碧桃花。

第五橋頭煙柳斜，晚來風日轉清和。

緗簾十二人如玉，靑瑣詞臣信馬過。

遊山寺

落葉下山谿，秋聲生馬蹄。

隔煙聞磬鐸，伴月宿招提。

鶴唳三更露，崖懸萬丈霓。

魂淸無一夢，思入水雲迷。

舊屋臨河上，相離已六年。

竹生無次第，藤掛有夤緣。

飯煮隣家菜，衣薰鼠穴煙。

兒童驚白髮，諦視夜燈前。

閨怨【許氏】

錦帶羅裙積淚痕，一年芳草怨王孫。

瑤箏彈罷《江南曲》，雨打梨花晝掩門。

燕掠斜簷兩兩飛，落花撩亂撲羅衣。

洞房無限傷春意，草綠江南人未歸。

次仲氏寄慰之作

愁心一倍作沈痾，芳草連天別恨多。

咏罷《綠衣》還自惜，肯將憂樂橫天和。

燈下

金刀剪下機中素，縫就寒衣手屢呵。

斜拔玉釵燈影畔，剔開紅焰救飛蛾。

聞仲氏謫宰會山

病裡除書下九天，一官迢遞瘴雲邊。

漢文不是懷王比，何事湘江謫少年？

專城猶可養偏親，別淚休揮去國晨。

從此玉堂無藥石，夜中前席更何人。

寄端甫讀書山房

雲生高頂濕芙蓉，　琪樹丹崖露氣濃。

板閣梵殘僧入定，　講堂齋罷鶴歸松。

蘿縈古壁啼山鬼，　霧鎖秋潭臥燭龍。

向夜香燈明石榻，　東林月黑有疎鍾。

次仲氏咸關寄韻

層臺一柱壓嵯峨，　西北浮雲接塞多。

鐵峽伯圖龍已去，　穆陵秋色雁初過。

山連大陸蟠三郡，　水割平原納九河。

萬里登臨日將暮，　醉憑長劍獨悲歌。

寵嵷危棧切雲霄，　峯勢侵天插漢標。

山脈北臨三水絕，　地形西壓九河遙。

煙塵晚捲孤城出，　苜蓿秋肥萬馬驕。

東望戌樓鼙鼓急，　塞垣何日虜氛消。

端甫隸業山寺有寄

新月吐東林，　磬聲山殿陰。

高風初落葉，　多雨未歸心。

海岳幽期遠，　江湖酒病深。

咸關歸鴈少，　何處得回音？

聞仲氏謫甲山

遠謫甲山客，咸關行色忙。

臣同賈太傅，主豈楚懷王？

河水平秋岸，關門欲夕陽。

霜風吹雁去，中斷不成行。

皇勅

　皇帝遣行人司行人薛藩，勅諭朝鮮國王姓諱。爾國世守東藩，素效恭順，衣冠文物，號稱樂土。近聞倭奴猖獗，大肆侵陵，攻陷王城，掠占平壤，生民塗炭，遠近騷然，國王西避海濱，奔越草莽。念兹淪蕩，朕心惻然。

　昨傳告急聲息，已勅邊臣，發兵救援，今特差行人司行人齎勅，諭爾國王，當念爾祖宗，世傳基業。何忍一朝輕棄？亟宜雪恥除兇，力圖匡復。更當傳諭該國文武臣民[*]，各堅報主之心，大奮復讐之義。

　朕今遣文武大臣二員，統率遼陽各鎮精兵十萬，往助討賊，與該國兵馬，前後夾擊，務期勦滅兇殘，俾無遺類。朕受天明命，君主華夷，方今萬國咸寧，四溟安靜，蠢兹小醜，輒敢橫行。復勅東南邊海諸鎮，開諭琉球、暹羅等國，集兵船數十萬，同往日本，直擣巢穴。務令鯨鯢授首，海波晏然，爵賞茂典，朕何愛焉？

　夫恢復先世土宇，是為大孝；急救君父患難，是為至忠。該國君臣素知禮義，必能仰體朕心，光復舊物，俾國王奏凱還都，俾祖廟

....

[*]　民: 底本에는 "案".《再造藩邦志》에 근거하여 수정.

社稷, 長守藩屏, 庶慰朕恤遠字小之意。欽哉!

唐將與倭答問

天將問來倭曰: "朝鮮有何罪, 日本敢動干戈, 侵擾土地良民乎?" 倭答曰: "朝鮮曩日曾討勦馬島, 又差陪臣, 入日本朝貢, 留半年, 其後貢亦不晋, 人亦不去, 以此起兵來犯矣。" 天將曰: "大同江以東則皆是朝鮮地方, 汝來犯大同以西。至義州則本大明地, 大明使國王代治, 故天朝遣使, 則國王必來迎於平壤, 一路舘舍, 天朝使价, 板上詩話, 汝不見乎? 且楊總管曾送一千兵馬, 哨探之時, 儞們何敢下手乎?" 倭答曰: "其時雨中, 遼東兵衝城入門, 多殺把門者, 不得已應之, 豈知哨探軍乎?" 天將問曰: "城中儞們幾人乎?" 倭答曰: "五人矣。" 天將曰: "爾寫其名。" 倭答曰: "名則不知, 只達職名, 一高山、一大村、一五島、一平事松浦、一小西德寺郎大將也。" 天將又問: "在王城者何人耶?" 倭答曰: "關白之孫田八郎也, 雖尊重, 而用事則專在行長矣。近欲合聚諸處散兵守城, 城中之兵欲下義州矣。" 天將曰: "俺今當奏聞, 息兩國之兵, 儞從前刈草處則已矣, 勿出十里之外。俺亦合我兵及朝鮮兵, 勿殺刈草之倭, 以待旨下可也。"

【譯官秦孝男傳言】

許儀後陳奏

陳機密事人許儀後, 爲協忠報國事。後等, 辛未年, 過廣東, 連船被擄, 幸以小道, 見愛於日本薩*摩之君, 苟存性命。每恨不逞之徒引倭, 我大明商漁船擄掠變賣, 愁苦萬狀。

乙酉年, 後等協謀, 哀告于薩摩之君, 殺死陳和吾、錢小峯等十餘酋, 沒其妻子, 餘賊走入東埔寨、暹羅、呂宋等處, 於是寇船侵焉。

丁亥年, 關白破薩摩、肥前·後, 又潛出寇船, 後隨薩摩君入覲, 冒死泣訴。關白乃下令斬解京尙, 走二賊酋未獲, 是以至今海上昇平。

及聞關白又欲入寇, 後等坐臥不安。幸際差船訪探, 此正食祿者之良謀, 爲國爲民者之本心也。然日本久住唐人, 皆賊寇餘倘, 想無一人肯言眞者。且皆市肆村店, 不達國務, 亦無一人能言眞者。

故後不避罪, 九月初三日, 逐開日本事情, 送平戶, 付奉曾船主, 送淸臺親覽, 道阻水長, 不知到否? 九月初七日, 又聞實信, 來年渡高麗, 征遼東, 取北京城。故後等復開條款, 九月初九日, 付新船主, 轉送淸臺, 未知得以到否, 日夜憂苦, 仰天長嘆而已。幸以朱均旺忠精激切, 義心發見, 自願以身報國, 抱此狀辭上告。後乃喜躍, 詳具上陳。

九月二十五日, 因列國不欲行之意, 薩摩君臣嘿議, 串通東海道同叛, 未知成否。若有一國謀叛, 則關白入寇之兵, 不得行矣。然未來之事, 難以定測, 宜先用意防之。伏乞奏聞聖天子陛下, 庶君知其弊而不憂, 臣知其弊而豫防, 則國家大幸, 生靈亦大幸也。謹惶恐俱陳於後。

....

*   薩: 底本에는 "薜".《看羊錄·倭國八道六十六州圖》에 근거하여 수정. 이하 모든 "薜"는 "薩"로 고치며 교감기를 달지 않음.

一，陳日本國之詳。【萬曆二十年七月二十一日啓】

日本六十六國卽我大明六十六府也。若論其戶口、錢粮總計，無我十府之多。原有皇帝，代代相傳，不敢少任政事，卽大漢之末，列國各據形勢，互相征奪者也。

生養十歲，則學刀學弓，學我大明文字，四書、《周易》、古文、韜略、唐詩、《通鑑》、雜記等書，然雖學而文理不通。以病終爲辱，以陣亡爲榮，平日敎子弟曰："十歲百歲皆同一死，寧可殺敵而死，不可退縮而生。"

短衣短袖，跣足剃頭，長刀短匕，日隨於身。鬥銃鬥弓以贏錢，名曰"賭博"，射箭負重以奉神，名曰"賽願"。其守國也，高山爲城，開池爲河，寇至則食粮者上城守禦，無粮者戮盡不顧。其戰取也，自兵自粮，將後兵先。善用伏兵之計，不識詐敗之機。多張旗幡，以壓敵氣，一兵十旗者有之。異粧服色，以驚敵心，牛頭鬼面者有之。

勝則長驅不顧，敗則喪膽亂奔，勝不思敗，敗不思復。長於陸戰，惟知亂殺，短於水戰，不識火攻。將無定數之兵，兵無隔月之粮，空國出兵，不知襲後之禍；負重遠征，不思待勞之兵。

善行賂金反間之計，勝則奪之；善結同生同死之盟，得則忘之。善假和詐盟，以敗敵國，善築城圍，以陷敵城。假仁仗義，貪婪無厭，法無大小，毫罪斬首。黃金富國，刻剝虐民。最恐急攻，惟喜緩戰，戰急則拱手不及，戰緩則從容養威。

薩摩及關東之人，剛直而善戰；京洛畿內之人，柔奸而善謀。敵寡則氣倍，敵衆則自危。有戰無陣，有殺無制。虛張聲勢，以使人驚，兵能戰萬無伍千。其船隻又最不便，廣面尖底，難以動搖，小有輕重，則掀擺欲覆，難走難立，甚易攻也。

呼我大明曰"大唐"，呼我之人曰"唐人"，久住倭地者曰"舊唐人"，蓋以唐之威令，素行夷狄故也。講堯、舜、文、武、秦皇、漢高、項羽、何、平、韓、張、樊、周故事，凡衣服語言，皆浮虛無實。未戰皆能浮言，臨陣則各自心寒；未戰皆能舍生，臨陣則各自圖生。我大明宜照此情，示諸將帥，告諸軍士，使天下咸知其弊而防之可也。

一，陳日本入寇之由。

關白併吞列國，惟關東未下，去年六月初八日，會眾諸侯於殿前，命將率兵十萬，征關東曰"重圍其城四面，匝築小城而守之，吾卽欲渡海侵唐"，遂命肥前守造船。越十日，琉球遣僧入貢，賜金百兩，囑之曰："吾欲遠征大唐，汝琉球為引導。"

既而召曩時汪五峯之儻而問之，答曰："大唐執五峯，時輩三百餘人，自南京地，怯掠橫行，下福建，過一年，全甲而歸。唐畏日本如虎，破大唐如反掌也。"關白曰："以吾之智，行吾之兵，如大水崩沙，利刀破竹，何城不破？何國不亡？吾帝大唐矣。但恐水兵嚴密，不能句履唐地耳。"

五月，高麗國貢艫入京，亦以囑琉球之言囑之，賜金四百兩。高麗之貢倭，自去年五月始也，七月，廣東壕境隩佛郎機人，進我大明國之圖一幅、地圖一幅、犬一萬、大馬一匹、綵段香寶等物，共銀五萬餘兩。後下薩摩時道遇之，不知如何囑付。後等疑其發此渡唐之大言，欲以壯士志以驚東心耳，抑亦欲使列國遠出，彼將襲其後，而滅國為郡，是未可知也。

及八月平關東後，併不聞此言，然今聞之，入寇之事眞矣。今秋七月初一日，高麗國遣使入貢爲質，催關白速行。九月初七日，文書行到薩摩，命薩摩整兵三萬大將二人，到高麗，會取唐。六十六國共五十餘萬、關白親率兵五十萬，共計百萬，大將一百五十員，戰馬五萬四。大鋤五萬柄、斬刀十萬、長槍十萬、斫案刀十萬、鐵斧頭十萬、長刀五十萬、鳥銃三十萬，三尺長劍，人人在身，限來年壬辰春起事，關白三月初一日閱船。而薩摩君素遵我大明，關白少知其意，命薩摩君之弟武庫領兵。而薩摩相名曰"幸侃"，亦素敬畏大明，意欲抽兵密逃呂宋、淡水等處，傍觀其成敗。不意機露，事乃不諧，今皆與武庫同行。武庫爲人，素貪而怯，薩摩之兵，素能死戰而無謀，素有兵而無粮。唯歷記其弊而禦之，則萬幸矣。

一，陳禦寇之策。

夫高麗小國也，與日本對馬島相去三百里，中隔大海，水程二日，順風則一日而已。爲大國父母計切，宜命忠義智謀之士，統有敎勇略之兵，或二百萬，或三百萬，盡屯高麗，盡殺其官長，其有不從者皆勦之。伏大兵於高麗之左右四畔，命麗之人與我國同心者，假麗之官，誘入重圍，四面火炮爲號，攻而殺之。

山東、遼東各出五十萬兵，望煙火爲號，以擊倭奴之後，水陸互攻，日夜併殺。斯時也，倭不及飽食，麗不及爲應，途分主客，後無援兵，不習水戰，不敵火攻。倭奴雖有長刀不爲用，弓銃不爲使，大將可以盡殺，關白可以生擒也，倭奴百萬片甲無廻矣。此正以逸待勞，以主待客之勢也。切不可曰"敵鋒正銳，未可遽犯"，此非銳也，夫遠勞之兵，豈有精銳之理哉？若使之樹營住寨，養成利器，則難圖也。

又當別差良將，別率兵五十萬，入遼東，教鍊以爲援。又當請御金懸於軍中示賞，使人心見利而效死，切不可泥孟子仁義之言也。今之時非孟子之時也，且經權不同也。

至於廣西郎家兵最勇，亦可召而用之。然倭奴之心不常，或分道而進，亦未可知，自西京、山東、浙江、福・廣一帶海邊，皆宜日夜鍊兵，多出戰船以防之，方爲萬全。

又當嚴禁接濟之禍，去海邊之民，接濟之禍，齎盜粮也；海邊之民，籍寇兵也。萬一倭奴履我大華，須宜火速攻之，勿停一刻，日夜併殺，可全勝也，不可坐謀待斃，養成狼威。倘至倭寇臨城，則救援兵外築土城以圍之，重疊築城開池，以銃攻之，所謂內外夾攻，無不勝也，切不可坐守。日久則危矣。

至於禁船閉糴之事，則又大不可也。禁船閉糴，則民飢而死，我將自亂，況禦寇乎？又當謹防掘城。夫關白每陣則送金買和，屯兵十里，夜築土寨，候兵安將息，而後暮夜築城，周圍近而圍之。今日近明日近，則築高寨，以觀敵兵虛實，高提鳥銃，以攻城下，穿土穽，以堀城脚，使敵城自陷。或多置黃金，以買內應；或百出奸謀，以善取之，一得則奪其金而戮其人。我父母宜知此弊，而不可誤中其計。

日本之人爲將官者，皆富貴子弟，不耐艱辛，卽我國書生也。眞才眞能者，百無一人，惟知亂殺而已，不懼而已。至於所謂“行兵不飲酒”者，則又不可也，論將固宜，論兵則不宜。夫日本之兵，全酒爲膽，臨陣之時，一醉而倍氣忘生，此法宜用之。

後等欲親奔告陳，不得離側，且妻兒重累，恐我父母不察後等報國之心，而遽加以重罪，是使一片忠義，狂死無聞也。後乃不敢，惟清臺留意焉。

一，陳關白之由。

關白卽漢大將軍號也，挾天子凌諸侯，擅據京洛。今之關白，初乃民家之僕，以採薪之役。遇正關白於道，左右欲殺之，關白釋而用之，爲前部刀手。出征隣國，遂斬首獲功，關白悅之，賜姓木下，賜名十吉次郎。每以諸倭事關白，累出獲捷，關白以爲大將兼相事，更賜姓羽柴，賜名執前。次年遂殺關白，逐其子而自立，僭號關白，卽初之十吉次郎，今之關白也。東征西伐，幷日本諸國，然未嘗有戰一陣勝一陣，唯皆以甘言大話，黃金詭計得之也。

去年十一月，死其弟，今年七月，死其子，內外無親，一身而已。我國盡殺倭奴，卽移得勝之兵五十萬，徑進而入倭地，倭奴心碎膽寒，束手待擒。前攻後招，前招後取，不數月內，盡平日本諸國也。惟我國留意焉。

一，陳日本六十六國之名。【雜島不與焉】

雜島各有小王鎭之，盡屬關白。一岐、對馬島與高麗相近，每相往來，長岐、平戶、五島、稚子島、七島近琉球。大抵其人勇弱，與我國同論，其智慮不及我國之人萬一。其槍刀卽我國槍刀，其用法不及我國槍刀之萬一，唯精制常磨而已。我國人能勿懼而禦之，則可常勝，萬無一失也。伏乞加意萬祝。

萬曆十九年九月日, 陳情人許儀後、郭國曉, 報國人朱均旺, 敢陳未盡之事, 以竭赤子報國之誠。夫巖穴草茅之士、海濱魚鹽之夫, 履難久而不諳序次, 廢學遠而不成文章, 筆墨雖不可以奉天覽, 寸心實可以告天地鬼神也。

關白貪淫暴虐, 過於桀、紂, 詭謀百出, 莫測其眞。去前命列國築城於肥前、一岐、對馬三處, 以爲渡磨舘驛, 命對馬太守, 分作商人, 渡高麗, 以觀地勢。十月二十日回報, 麗王退*兵二十日之程, 以候關白。其國內不服者多, 只有一縣之衆, 與對馬相近者來耳, 然欲攻之, 唾手可得也。

十一月十八日, 文書行遍列國, 各辦三年之粮, 先征高麗, 盡移日本之民於麗地, 耕種以爲敵唐之基。若得大唐一縣, 是吾日本之得矣, 唐之天下, 在吾袖內也。倭奴無知, 坐井算天, 良可笑也。

又令列國之兵, 到麗岸, 焚舟破釜, 日取麗國, 暮夜築城, 不許掠人取財, 凡築城及征伐之人, 不許少停一刻, 拾取一芥。縱有黃金, 不許視之, 臨陣, 不許一人回頭。遇山則山, 遇水則水, 遇陷穽則落陷穽, 不許開口停足。進前死者留, 其後退後生者, 不論王侯將相, 斬首示衆, 盡赤其族, 其法令之嚴, 有如此。

十二月, 强占豐後, 王之妻爲妾, 下令西海道九國爲先鋒, 南海道六國、山陽道八國應之, 罄國而行, 父子兄弟不許一人留家。此數國者, 皆生疑慮而曰"此擧非征大唐, 乃襲我等之後, 滅我族也", 各密議謀叛未果叛。倘謀叛之事諧, 則入寇之事不成矣, 未知後來如

....

何。我大國能命忠勇之士，多率精兵，先到高麗，迎以擊之可也，切不可自喪己膽而懼之。

夫倭奴無些寸能，只一將勇猛，卽暴虎憑河之勇也。我大國能知其弊，勿懼而日夜夾攻，今日加將添兵以繼之，明日加將添兵以繼之，置金示賞，援兵蜂至，如此則我兵之氣壯，敵兵之氣弱。首破一陣，倭奴百陣皆破，亦可盡殺倭奴，片甲無歸，雖關白亦可生擒矣。伏乞俯納蒭蕘之言，用心加意萬幸，至禱至祝。

日本諸國六十六之名

五畿內又曰"京洛"，小成、大和、河內、和平、攝津。東海道卽關東也，伊河、伊勢、志摩、尾張、三河、遠江、駿河、伊豆、甲斐、相模、武莊、安房、上總、下總、常六。山東道，近江、美濃、飛驒、信濃、上野、下野、陸奧、出羽。北六道，若扶、越前、加賀、能登、越中、越後、佐渡。山陰道，舟波、舟後、但馬、因幡、伯耆、出雲、見石、陰岐。山陽道，播磨、美作、備前、備中、備後、安藝、周防、長門。南海道，紀伊、淡河、阿波、潛岐、伊豫、土佐。西海道，筑前、筑後、豊前、豐後、肥前、肥後、日向、大隅、薩摩。

朝鮮記【呂應鍾】

東方無君長，神人降太白山之檀木，衆君之，謂之檀君，與堯幷立。傳世千其年，周封箕子，封於是也。一更而高麗，再變而朝鮮，臣屬我大明，典章文物，惟華是則，號小中華。制多尙古，民柔弱，以禮義二字立國。

都有三: 於平壤而歷井田基, 吊箕子墓; 于開城而登滿月臺, 訪長春殿; 於漢陽而快覩金殿瑤宮, 歌臺舞榭。

道有八: 京畿則風尙華麗, 平安則沃野平衍, 黃海則土俗勤儉, 忠淸則江山淸秀, 慶尙則山川雄壯, 江原則巖壑溪澗, 奇於八道, 咸鏡則地窮北斗, 夏雪不消, 全羅則地接南極, 人物最盛。

國多山水, 如白岳、木覓、松岳、九月之岳, 白頭、鐵嶺、天冠、頭流、香山, 所謂名山之尤者非耶? 如龍津、白馬江、後西江、漢江、錦江、湖水、洛水、西海、東海, 所謂勝水之尤者非耶?

人才則《桂苑筆耕》之崔致遠、白雲書院之安珦、文曲之姜邯贊、騰空之金庾信、《入學圖》之權近、易東書院之禹倬、資質粹美之薛聰、舍生取義之鄭夢周及金宏弼、李彦迪、鄭汝昌、趙光祖、李滉、曺植, 皆身踐學問, 而扶東方之道脈于不墜者。近日如柳成龍之忠誠慷慨、李德馨之少年英銳、柳根之古雅不凡、韓應寅之風度可掬、兪泓·鄭澈之不二其心、朴晋之知有國, 不知有身、任屹之武過人, 文亦過人、魏德毅之馳逐險阻、金穎男之周旋饋餉、洪麟祥、辛慶晋、李恒福、李山甫、尹根壽、申湜之知名, 皆賢人也。已上數人擧吾所知, 後所更知, 又當別敍。其君則文章渙然, 虛懷禮士之主乎。

夫地利之險, 不下函谷、長江、劍閣, 而君臣且賢, 一有寇而卽淪其國, 此何以說也? 則以二百年太平, 尙文廢武, 人不知兵, 大盜測逞, 上下駭散, 勢固使然, 非其君臣之罪。不然, 卽此朝鮮向嘗敵唐師十萬、隋師二十萬、蒙固師百萬矣, 何向勇而今怯也?

彼關白者, 用兵措置, 亦一世雄哉。收三名都, 據八道要害, 山作堡, 澗作池, 以死守, 分據大倉、豊儲倉、龍山倉、廣興倉等爲根本。民之不服者，則割其耳，排其目，凌其肉，剝其皮，割其心，斷其手足，分其身首，懸頭于竿，掛屍于竿，弄赤子于鎗頭，而笑其哭；射烈婦樹上，而死以辱，積骨成山，流血溢海，民之從者，匹布斗米，每人而悅之，兵其壯，役其老弱，婢其季女，僕其孌童，不一殺之，但斷髮已耳。

且有招來之榜云“各郡縣城不閉，卒不戰不攻自下。王且奔義州，乞救天朝，隨借托身地。義州兵信稍緊，王卽渡鴨綠，而遼左之地，將有朝鮮王之迹耶”，是時盖視國若棄矣。高爵重祿，各逃生避亂，其肯從王播越者，能有幾人？其民則與賊互市，爲賊供餉，抑助戰爲亂，其至縛兩王子以獻，舉國大衆，行將一鼓，盡左袵矣。國之土地與地之所有，悉屬之賊，爲其民願爲耕，國寧可再復乎？

幸而山林之下，有貧賤之士，平日未受君恩者，一朝發憤，呼天叩地，相約倡義。郭再祐一窮儒也，首率義兵三百起。禹拜善十九歲少書生也，首率義百起，奮身百戰，殺賊最多。高敬命、鄭仁弘、金沔，一休職府使等官也，各率義兵千餘起，與賊血戰。敬命死于國，其子因厚死于父，其幕官柳彭老亦死于主，一戰而忠臣、孝子、義士并出。鄭、金保有兩湖，然後知有君，知賊之爲賊，而旣渙之人心，爲之安定。向高爵重祿而逃者，聞此亦汗下矣。

嗚呼！國以爵祿官人，將謂乘人之急，濟人之難，而緩急有賴也，而官愈大者，保身保家愈切，一有事先去，以爲民望。國之愛養百姓，將謂民爲邦本，而與國死守之也，而民又愚，不知分義，紛紛各一心，誘之利則動，怯之威則怯，而竟籍寇兵。其所謂疾風勁草，中流砥柱，身任二百年綱常之重者，區區幾豪傑之士，則士誠無負國哉! 有國者勿多有負于士也。

朝鮮之立國也, 以禮義二字, 及其國之危也, 禮義路荒, 士挽其亡, 而終不見禮義二字效。雖然, 聖天子一怒, 中原諸雄才輕生, 數萬勁卒樂死, 亦何能無國而有國耶? 取之賴人, 守之在己。余有一詩, 與其君若臣云:

禮義君臣勿痛號, 從今仔細讀雄韜。已殘鈍戟勤加利, 旣破卑城助益高。宜易大冠爲武弁, 當更寬袖作征袍。中興自古由多難, 努力經綸莫嘆勞。

【於名山遺金剛, 於義士棄趙憲, 其不知之耶? 可嘆。然亦多誤處, 指示者不知耶?】

祭倡義使金千鎰文【吳宗道】

維萬曆二十一年歲次癸巳九月壬子朔越十日壬戌, 監督南北諸軍、竝督朝鮮兵馬經略、兵部參議軍事、武舉指揮使吳宗道, 謹以柔毛剛鬣之奠, 致祭於朝鮮國倡義使金將軍之靈柩前曰:

凡人之在天地間, 有死而尤生者, 有生而尤死者。生而尤死者, 滔滔焉天下皆是也, 若夫死而尤生者, 吾於倡義使金將軍而有感焉。夫將軍當海寇狂逞, 君后草莽, 一國八道, 幾無堅城, 惟將軍揭竿斬木, 奮臂一呼, 豪傑響應, 得仗義之士千餘人, 相與戍此漢江之滸, 誓不與賊共死生, 而將軍之名, 烜爀中外。不佞迺於王事之暇而揖之, 一識荊*焉, 卽惓惓若故知也。

....

* 　荊: 底本에는 "對".《韓昌黎集·與韓荊州書》에 근거하여 수정.

時倭奴方以貢約請，將軍輒扼腕不平，每欲滅此之後朝食，其志其功雖不售，而將軍之名，由之以益震。故倭奴常私計，以宋事方今之事，武穆不死，和議不成；金將軍不死，貢約不決，而倭之朝夕持籌者，惟必以殺將軍爲事。

及其以散亡餘卒守晉州，適慶會崔君亦在焉，而崔君者尤倭奴夙昔所忌憚者也。由是，倭奴以重兵壓之，圍幾數重，鳥雀不能渡，必欲同得二公而後已。

斯時也，不佞受命來戍全羅道，因道間淋雨，止宿竹山，焂焂間大風震電，揚沙拔木，若促余行之狀。不佞乃冒雨前進，信宿抵南原，而飛報晉州，以矢盡食竭，而城陷若干日矣，將軍父子及崔君，皆罵賊而亡。不佞始悟竹山之淋，乃將軍父子之淚，而大風震電者，其將軍父子不平之氣耶！

嗚呼！何淚爲？將軍之名千載不朽矣，將軍其不死也夫。視之謀國不誠，而致君父之蒙塵，擁兵不救，而使城邑之灰燼，乃靦然面目，而薦紳其衣冠者，雖生曷若將軍之死耶？

噫！胡天不佑兮，父子之亡？節義雙成兮，植我綱常。幽明隔絕兮，夢寐羹墻。良朋永別兮，覘我一觴。

正言黃愼上東宮疏
伏以，今之議者以爲“西京之賊不可敵，唐將之約不可違。東宮決不可躬冒矢石，行次決不可久駐關西。”此則皆以利害論，而不知大義者也。

夫以利害對言，則人皆欲趨利而避害，以義利對言，則孰不知義當先而利當後乎? 況求利者未必得利, 而害已隨之; 循義者雖不求利, 而自無不利, 此又不可不察也. 小人請先言大義之所在, 而次及利害, 可乎?

嗚呼! 君臣父子之倫, 亘天地而不可易, 不以今古而或殊, 不以華夷而有間. 是故在君則爲君, 在父則爲父, 唯其所在, 則致死焉, 人孰不知有君臣? 孰不知有父子哉? 而唯其汨於私意, 見理*不明, 故纔見利害, 便生物我, 馴至於遺君後親, 而不自知其陷於不義也. 嗚呼! 可勝痛哉!

以今日言之, 則國家之受侮, 可謂極矣; 醜虜之肆辱, 可謂深矣. 宗廟亡矣, 社稷墟矣. 鑾輿播越, 陵寢淪沒, 此誠臣子所不忍言之怨痛也. 今日之計, 當思臣子所不忍言之冤痛, 臥薪枕戈, 期雪國恥, 誓不與此賊俱生, 豈可一刻偸安, 忘此大讎哉? 然而議者, 猶以爲"賊勢方熾, 兵力孤弱, 累敗之餘, 將士畏怯, 決不可容易抗賊, 須待天兵之來, 方可蕩滅", 嗚呼! 此豈臣子復讎之大計乎?

傳曰: "未有仁而遺其親者也, 未有義而後其君者也." 夫爲人臣子, 爲君父討賊復讎, 固當一日爲急, 豈可專靠他人, 而自家不爲之下手乎? 設使天兵盡殲此賊, 在我者苟無所爲, 則臣子之義, 猶有餘憾, 況天兵有不可恃者乎? 愚意以爲天兵可以爲聲援, 而似不可專賴其力也.

沈將之來也, 約以五十日之限, 自以爲緩師之計. 然假和詐降, 乃彼之所長, 則安知彼亦以此緩我而得以爲計耶? 今乃膠守約信,

....

* 　理: 底本에는 "利". 문맥을 살펴 수정.

斂兵退守, 養癰待疽, 老師宿兵, 容賊腹心之地, 寂若無事之時, 不知五十日之內, 損了幾許禾穀, 害了幾人性命耶? 思之, 使人氣塞.

抑又有過慮焉. 唐將之與倭相見也, 賊詞甚倨, 而不與之較, 酬答之際, 方且自卑之不暇, 約和之語, 終始丁寧. 雖曰"兵不厭詐", 而安知畢竟弄假成眞乎? 萬一天朝之議, 出此下策, 許其通信, 下詔和解, 俾兩國勿相攻擊, 則皇朝之命, 有不可違; 君父之讐, 有不可忘, 欲戰則天子有詔, 不戰則此讐未報, 當此之時, 雖有精兵百萬, 謀士千人, 亦不能爲邸下計矣. 然則今日之天兵, 非唯不可恃, 而適所以啓他日之憂也. 若之何虛棄歲月, 座失機會, 重貽君父五十日之憂, 而不思所以復讐雪恥者耶?

議者又以爲"關西密邇賊藪, 且無兵力, 當往兩湖近地, 以圖回復", 是則似不專爲避亂之行, 而揆以義理亦有所不可. 夫西京之拒義州, 不日可至, 而義州爲君父所在, 則西京之賊 實今日門庭之寇也 今乃捨門庭之寇 而遠就他道 則西京之賊, 必無後顧之患, 而肆其衝突矣. 設或順安一潰, 西路不守, 則大駕所駐, 更無後路. 邸下寧忍退處遠地, 而不爲之奔救乎? 西賊之相拒至邇, 而邸下之所駐甚遠, 脫有倉卒之虞, 則雖欲急時赴亂, 而無救於豕突之患矣. 以賊遺君父, 猶曰不可, 況以君父遺賊乎?

今日在廷之臣, 怕西賊如虎, 無一人以討賊爲言者, 唯知爭畫走計, 以爲上策. 倘使敵人聞之, 則恐不免三十六策之譏也. 胡銓[*]之言曰"滿朝之人, 盡婦人也", 今日之廷臣, 無乃近於是耶? 然高凉洗

....

[*]　銓: 底本에는 "詮". 일반적인 용례에 근거하여 수정.

氏一婦人耳, 而尙知爲君討賊, 如使婦人之稍知禮義者聞之, 則亦必以忘讐苟活爲可恥, 而羞與之比矣。

噫! 漢都之賊, 卽西京之賊也, 他日在廷之臣, 卽今日在廷之臣也。今日之怕西賊如此, 則豈有他日獨不怕漢都之賊乎? 使此廷臣圖滅此賊, 而袖手退坐, 一循成川之故事, 則竊恐邸下雖往他道之遠, 徒勞跋涉, 而終歸於避亂而已也。邸下倘能痛加自勉, 且飭群臣之不事事者, 相與戮力同心, 銳意進討, 則西賊雖强, 亦不難於蕩掃矣。不知邸下何擇於兩京之賊, 而必欲捨此而就彼乎?

伏惟邸下旣受監撫之命, 久膺恢復之責, 而東來累月, 迄未能收復寸土, 以少雪君父之辱, 委靡偸惰, 一向退縮, 纔聞賊至, 唯恐避之不深, 不知邸下他日, 何顏以奉大朝之對乎? 抑不知邸下將何以責諸將畏怯而奔走者乎? 祖宗在天之靈, 其肯曰"予有後", 擧國臣民其肯曰"吾君之子能復吾君之讐耶"。神怒於上, 民怨於下, 則竊恐邸下將無以自解於神人也。

記曰"君父之讐, 不共戴天", 明其不可與一日俱生也。今日之共戴讐天, 知幾日矣? 邸下討賊遲一日, 則負一日之責; 遲一月, 則負一月之責, 可不懼哉? 可不懼哉? 故小人愚意, 竊以爲今日之事, 進討之外, 更無良策也。

古者萬乘之君, 猶有親征之擧, 況邸下方在東宮, 上有主上, 身爲臣子, 目見君父之危, 寧可坐視不救, 而苟求安逸耶? 今日爲邸下計, 莫如親率三軍, 身冒矢石, 下哀痛之敎, 以激人心, 梟元帥以下不用命者, 以勵士氣, 趁*期討賊, 以爲背城一戰之計, 則雖疲劣如小人者, 猶願肝腦塗地, 爲士卒先, 凡有血氣, 孰不泣血思奮, 不旋踵而死乎?

況今日之勢, 戰亦危, 不戰亦危, 與其坐而待亡, 曷若決一死戰, 以求無憾於心乎? 設使不幸, 則便當君臣上下, 同死社稷, 不猶愈於草間求活, 喉下取氣者乎?

抑小人窃聞西京之賊, 不滿萬人, 而官軍義兵, 足以相倍。彼寡我衆, 彼曲我直, 彼爲驕兵, 我爲義擧, 彼則性不耐寒, 而我則弓矢方勁。因此厭亂之人心, 以答悔禍之天意, 揆以理勢, 往無不克。倘乘天兵之聲援, 鼓行前進, 東西掎角, 以討此賊, 則三軍之氣, 不戰自倍, 而西京之賊, 指日可殲矣。然後分遣諸將, 共勦餘賊, 而躬率大兵, 從直路而繼進, 則漢都以北, 不再擧而可復矣。豈不快哉! 不知邸下何憚於此, 而莫之敢爲耶?

伏願邸下赫然奮發, 堅定此志, 毋爲浮議所奪, 毋爲利害所動, 昭揭大義, 以雪至恥, 上弛君父之憂, 下慰臣民之望, 則宗社幸甚, 國家幸甚。

小人又窃念邸下仁明有餘, 而雄武之資, 或似不足, 是以處事之際, 不能剛毅果斷, 夬決無疑, 優柔漸漬, 志氣頹惰, 所以發號施令者, 無以大慰人心, 賞罰或有不明, 政令或有不行, 草野之進言者, 祇以空言見獎, 而別無施行之實, 士卒之從征者, 徒以虛文慰諭, 而未蒙軫念之惠。朝夕與居者, 獨有宦官數輩, 而不能數接臣隣, 以詢時務, 書筵所講者, 只是《小學》數章, 而不能親近老成, 以明義理。

....

* 趂: 底本에는 "赳". 문맥을 살펴 수정.

討賊之志, 非不篤矣, 而每爲庸人之所壞; 撥亂之誠, 非不至矣, 而尙無實效之可觀, 優游姑息, 苟延時月, 馴致澤不下究, 情不上通, 群生失望, 戰士解體。此皆恢復之所大忌, 而邸下之所宜戒者也。

夫作事亦湏立志, 況此討賊復讎, 此何等事, 而可不■立此志乎? 今宜痛改前非, 更加激勵, 廓回乾斷, 奮然有爲, 則中興之業, 思過半矣。伏願邸下留神焉。取進止。十月日。

諭公州父老軍民書【黃思叔】

王世子若曰:

我生逢此百罹, 旣未堪於多難, 民勞汔可小息, 盍共濟於候興? 敷余心腹腎腸, 告爾耆老士庶。粤*惟上年之播越, 忍說當日之難危, 滯漢■■■陬, 幾切父老之望? 回龍馭於故國, 幸荷天地之恩。宜否極而泰來, 奈兵連而禍結? 民今方殆, 視上天之夢夢。余尙何歸? 瞻四方而蹙蹙。

惟是亂離瘼矣, 致爾生理蕩然。轉輸力疲, 人頹肩而馬汗背, 催科政急, 戶索布而田徵租。加以天兵之往來, 繼之星使之絡繹, 驅迫於瘡痍之後, 鞭答於凍餒之餘。募粟括粟之乖宜, 能體聖意者有幾? 侵隣侵族之告病, 凡爲民害者寔繁。勞苦蓋緣於沿途, 塗炭反甚於經賊。況今諸路之所辦, 亦惟兩湖焉是資。膏血筋骸, 無一物之不取; 奔走役使, 豈寸刻之或遑? 哿矣富人之有恒, 哀此窮民之

*　粤:底本에는 "奧". 일반적인 용례에 근거하여 수정.

無告。

顧余不類受命而來，公私之蓄掃如，重以供億之費，<u>西</u>、<u>南</u>之力竭矣，復此調發之煩。爾雖黽勉而服勞，余獨何心以忍汝？每念及此，若瘡在躬。輟寢廢飡，豈敢暫懈？痛心疾首，不如無生。

重念<u>公州</u>一州，實爲湖右巨鎭。當土崩瓦解之際，旣能堅死守之心，逮主辱臣死之秋，詎不赴公家之急？尙願爾曹之努力，諒余今日之苦懷。徒苦父老爲，愧何德以相副。無負國家耳，庶與子而同仇。君臣猶父子之親，肝膽豈尊卑而隔？爾所疾苦，事無大皆可得論；民■怨咨，言雖狂亦不加罪，以至小小弊瘼，勿惜一一條陳。事有■施，余豈■改？令■■擅，自當稟裁。

已將過番軍士價布、作米及隣族侵徵之弊，一依朝廷旨意，并令蠲免，募粟括穀，并不許勒定抑奪。其餘一切病者，亦令有司商議除去，所不可廢者，運粮鍊兵，期以復讎雪恥而已。毋怠於尙可爲之時，毋怨於不得已之役。親其上，死其長，爾苟自力於時艱，功必賞，罪必懲，余敢或私於邦■？

嗚呼！所施於汝者何小？所望於汝者何深？干戈二載之尙淹，古所未嘗之禍亂；仇讎一天之共戴，余乃有負於君親。倘賴戮力之忠，冀成撥亂之績。故茲下示，想宜知悉。

自蒙昧時，伏聞領議政公手抄《鎖尾錄》七卷，藏于宗孫家，而常以未得奉讀爲一大恨矣。適在去年<u>龍仁</u>居族兄<u>時泳</u>，來訪花樹一會，語到追遠，以刊行之意，公議齊發。本草奉來一款，請于族兄<u>時泳</u>，則族兄不辭勤勞，躬造于主鬯孫<u>和泳</u>家，轉道本末，則<u>和泳</u>特許出之矣。入於擔束中卽還，族兄追慕之誠，甚切甚篤，而當此亂離，舉國奔波，時情不利，大有所礙處之意，姑爲停刊。竊恐先祖手蹟之湮沒，與族兄費一箇日，改衣而分給諸宗中，各爲袝背本草，且謄書以寓永慕之地。宗議之有始於今日，而有終於後日，幸甚幸甚。朝鮮開國五百十八年己酉八月初吉日，十一代孫鳳泳謹識。五月間謄書。

瑣尾錄 卷之四

乙未日錄

正月大

正月初一日

啓明而起, 進省母主, 因登樓上, 展拜先考神主前, 因奠茶禮, 只以饅豆湯餅·炙一器、湯一器奠杯而已, 貧不能備饌, 可嘆奈何? 且流寓此郡, 已閱三秋, 他無去路, 窮迫日甚, 未知前頭有何事耶? 今逢新歲, 不得與舍弟、兩息共堂而過, 益自悲感, 又未知生員奠掃於先塋也, 尤不忘懷也.

　隣里所知下人, 以其新年來謁者多, 無以應之, 唯以烹太一掬、酸酒一杯飮之, 或有不飮而歸者, 可恨. 邊應翼來訪, 飮以酸酒兩杯而送. 因聞新太守邊好謙除授, 以其鎭岑倅移任, 而善於治民, 故超陞云. 然未知其實否. 夕, 咸悅人上京時歷宿于此, 女息奉書, 又付有■生鰒卄四介. 翌日爲炙而爲薦神, 因獻母主前.

正月初二日

昨日暖如春和氷雪■……■明日欲■……■及勢不易渡云, 更俟數日
盡消後, 發去爲意。當午趙座首光哲、家主崔仁福及田文來見, 因
饋酸酒, 盤無助酒之物, 只以烹太一掬、石首魚半隻。而然崔、田兩
人各飲四大器而散去。

夕, 咸悅女息送人問安, 因致祭餘所捧切餅及肉炙, 竝入一笥,
卽與妻孥共之。且聞去不遠之地, 明火之賊, 刃殺母子, 盡掠家財而
去, 又細洞多聚賊倘, 夜會晝散云, 恐慮不已。又聞殺人之賊, 昨被
捉訊之, 則一一輸服云, 快哉!

正月初三日

終日在家, 無聊莫甚。因女息之請《諺解漢楚演義》, 使仲女書之。

正月初四日

朝食後, 往見柳先覺。因投冬松洞, 先訪趙文化, 適此居趙座首應
立來到, 相與做話, 不知日之將夕, 還時。就見趙翰林家, 暫話而返。
日已昏暮, 越峴時, 往來人絶, 心甚恐懼, 僅得還家, 夜向深矣。

且別坐奴世萬入來, 別坐爲送粘米一斗二升、■■五升、赤豆七
升、生雉一首、石花三鉢, 爲其明日其母初度也。咸悅衙奴亦至, 白
米一斗、粗米一斗負來。女息亦送所捧料米一斗, 使之明日作餅供
母耳。

今見別坐書, 濕瘡大發, 不能運身云, 可慮可慮。別坐歸時, 入
見靑陽倅, 靑陽倅曰"來時見允誠, 不久來覲"云。然靑陽見遞, 必不

得趁期來此, 又不得憑聞消息, 可嘆奈何奈何? 聞青陽內室陪來人馬近日入送云, 故意爲必因此偕來, 而今不得焉, 尤嘆不已。

正月初五日

趙座首希尹暨比隣趙應凱來訪, 家無酒肴, 未得饋送, 恨嘆奈何? 且欲送禮山金翰林處母主所造衣, 故因留世萬, 修書付傳。自結城相距一日程云, 故使別坐傳送矣。此處單奴無暇, 不得已如是耳。

正月初六日

早食後, 先送世萬於結城。稍晚發來, 舟渡南塘, 馳入咸悅, 日未傾矣。入見女息, 喜慰■■。女息聞余■, ■■■■饅豆卽令烹■■阻之餘, 盡食一鉢, 終日相話, 夜深就外而宿。

正月初七日

與女息終日對話。午後, 蘇隲自盆山入來, 因與同宿。任誠亦從焉。

正月初八日

早食後, 與蘇隲發來。適日氣極寒, 西風又吹, 足凍手冷, 兩頰觸寒, 殆不堪忍。或步或騎, 來抵南塘, 還送率來咸悅人。舟渡後, 寢褓使莫丁負之來家, 日當午矣。來時例送中米兩斗、粗米兩斗取來。隲也欲歸, 使强留, 饋夕飯, 因以留宿焉。

正月初九日

未明, 隲也歸家。但去夜寒氣極酷, 堗冷衾薄, 終夜不能安寢。少者已矣, 爲老慈罔極罔極。

昨日, 來此聞之, 生員所騎吾鞍, 付咸悅還來人傳送。因見生員書, 歸時到平澤, 與咸悅相離, 而入振家云云。但適值天寒, 行具甚薄, 艱得到家云, 可憐可憐。

且黃海道安岳居婢福是三所生奴河水爲僧, 隨都摠攝義嚴, 今到鴻山無量寺, 今午, 推尋來謁, 可矜可矜。饋夕飯而送。福是本爲外祖母衿得婢欣代女子, 而誤以二相宅婢愛德女子稱云。牛峯宅避亂, 入去其地, 家財盡奪, 又杖諸子, 一子斃於杖下, 被侵多端, 不勝其苦, 今來尋謁, 欲使推還本主云。僧名義均, 而因獻白楮二束。

夕, 宋奴入來, 持生員書來納, 一家無恙云, 可喜。因聞李挺時拜別坐, 而被論云, 可恨。

正月初十日

朝食纔畢, 而咸悅適至。自京下來時, 先往藍浦, 見其妹氏, 昨日來宿鴻山, 朝前入來。相與做話, 因饋朝食而還官。巡使軍官李時豪, 適聞咸悅到此, 來見。乃咸悅六寸親也。蘇隲亦來謁而歸。

正月十一日

去夜雨雪。終日陰而風。莫丁細木一疋接置土屋內, 昨日適咸悅之來, 婢僕盡出, 因以竊去, 必香春夫文景禮所爲也。景禮終日入處其內, 而別無可疑者, 上下皆指其人, 可憎可憎。然時未見捉, 亦不知某人所爲也。

　　且送宋奴於咸悅, 爲覓救資也。又聞咸悅衙奴, 以收貢事, 下歸靈巖云, 故爲修林妹簡, 付傳。

正月十二日

自朝陰, 而午後下雨。夕, 宋奴入來, 例送白米二■、粗米二斗負來。又得莫丁西歸路粮二斗五升、馬太三斗竝持來。但米各兩升、太五升縮, 必宋奴偸用, 可憎可憎。甘醬三升亦持來。女息銀魚三冬乙音亦送。夕粮已絶, 得之無由, 方悶之際, 得此之米, 卽上下炊食, 日已昏矣。一家生涯, 全賴於此, 而少有遲違, 則輒遭飢困之患, 奉親之道, 尤可悶也。

正月十三日

朝食後, 麟兒要見其妹事, 率莫丁往咸悅。但日寒而風, 無耳掩而歸, 可慮可慮。適任參奉宅奴入來, 欲得祭需於咸悅云, 故持簡與之帶去。來十六日, 乃免夫小祥云, 可憐可憐。

正月十四日

家主崔仁福來見。夕, 敬輿奴命允, 自水原入來, 傳敬輿妻氏簡, 時無事云。

正月十五日

蒸藥飯, 奠神主。但無饌物, 只以乾銀魚五尾, 作肴而薦之, 不勝慨嘆。且粉介前日所失木端，置之於▨家後，粉介朝前，適舂米事進去得之。必潛竊者，恐爲人發覺，還棄於此處，人皆疑香婢夫文景禮矣。

又命允持其上典簡，往咸悅，爲覓救資也。昨日，任參奉家伻乞，而今又敬輿妻氏，送奴咸悅，必厭之。想女息深悶，何以待之，可慮可慮。命允之來，適乏粮，作粥而饋之，可嘆奈何？

且莫丁昨日來抵南塘，適日暮無舟，不得渡，投宿津邊人家，今朝入來。女息爲造豆餅一笥、清酒一壺、江魚四尾付送。乃咸悅自京下來，聞家人初度已過，故使女息造餅及酒肴而送之。卽令江魚作湯作炙，幷酒餅奠于神主後，上下分食。

莫丁又得咸悅衙奴處，換米十斗載來。前日聞咸悅奴，以興販事，載米下去靈巖，而負重難輸，欲使母主換用云。故五斗則母主用之，致簡林妹處，使之依數償之；又五斗則吾家用之，修書付傳長城伻前，使之覓給耳。又夕，咸悅人入來，乃女息得藥飯一笥付送矣。當午，招家主崔仁福，饋藥飯及魚湯，▨以濁酒四大杯而歸。適隣居田上佐來謁，因與參。昏，李光春來見，飲以清酒一大杯。

今見生員書，無馬不得上京，步進栗田，正朝日設饌望祭云，勢也奈何？可嘆可嘆。自亂離後，于今三載，流落他鄉，去路又遠，往來時無粮無馬，一不親奠先墓，雖曰勢然，不勝悲感之至。

正月十六日

終夕無聊。麟兒爲咸悅所挽留不來耳。

正月十七日

避亂來居此地者, 士人韓百福來見, 欲推治咸悅居橫奴云, 故卽修書付之。前雖不知, 拘於人情, 不得已也。

且夕, 安岳居婢福是, 使其族姪僧人性浩來傳白是曰"爲牛峯宅所侵, 不得聊生, 將爲離散, 親來救之"云, 然遠莫能及, 勢也如何? 鍊木半端來納。又來時, 海州誠子處捧簡以來, 披見則去至月十二日, 修書付送矣。其時一家皆無事, 而其後消息, 杳莫聞知, 可慮可慮。

且明日, 送奴莫丁於陽德, 歷去時, 入㡯田, 使傳吾書及母主簡, 俾欲更不侵也。然牛峯宅性囂, 平日同腹之間, 亦多反目之事, 必不聽從。而又且鴻漸從臾而成之乎? 可嘆奈何?

正月十八日

去夜雨雪, 朝尙不霽。莫丁今始發向陽德, 而因歷入結城別坐處, 竝與別坐奴偕歸耳。生員亦欲入歸, 故先往振威, 亦使陪去。又修書南高城妹處, 使陽德付傳永柔所寓處矣。正木一疋半付傳陽德, 使換好紬而送。今日雨雪, 莫丁不欲發歸, 而强令送之。欲趁寒食前還來, 一日爲急故耳。

且今見安岳居婢福是白是, 去年身貢九升木兩疋, 備送莫丁之來, 而問之莫丁, 則以不知答之, 必自用而諱之, 可憎可憎。然他日對詰後, 懲之計計。自德奴叛移, 到處偸竊上典之物, 又捧黃海居奴等身貢, 私自用之, 因此逃避不現。至於他奴, 亦有欣竊之心, 上令專不聽從, 莫丁亦多效之, 尤極痛憎痛憎。

正月十九日

安岳僧性浩授牌字還歸，朝夕饋飯，又給粮米三升。誠子處又修答
書，使此僧傳送。自昨日雪後，日氣極寒，可悶可悶。

正月廿日

麟兒率來事，宋奴持馬歸咸悅。粮饌又乏，亦求救資而來也。且聞
家後防築池，鮒魚多聚云，即持綱橫張，獵得十二介。江婢夫漢卜者，
以手探獵，又得中鮒魚二尾，無鱗魚大者二尾。即令蒸之，夕飯進
母主前，餘則分與妻子共之。

　且夕，生員妻家婢末卜子義守，自公州地，尋見其母事，入來。不
知其母之死生者久矣，年前聞其母來住此處。今始尋來，可憐可憐。
饋朝夕飯而送。

正月廿一日

朝，雨雪。任參奉婢夫咸石還來，即修書付之。聞咸悅所贈粗米三
斗、陳太二斗、粘米一斗、眞末一斗云。夕，宋奴入來，咸悅例送白米
四斗、白魚醢三升負來。又別贈太一石、荒租一石、麯三員載來。太
改量則十四斗，租改量十三斗，而箕正則六斗，是本陳租而荒雜不實
故也，可恨。太則欲造末醬矣。生員妻家奴任實來，傳景綏簡，即修
答而送。

正月廿二日

早，聞韓山倅昨昨夕到郡，昨日分給還上云。故食前入見，叙話而

還, 聞知最晚, 故未及受出還上, 可嘆。

今見朝報, 倭賊以天朝講和, 近當還入其國, 而天使三月間當出來, 而一則封倭, 一則冊封王世子云云。李相山海放釋, 職銜還授事, 有旨矣。兪相泓去臘月卒逝, 因被論不久而卒矣。倭賊雖未討滅, 以雪不共之讐, 而若定還其穴, 則生靈庶爲息肩之路。其幸爲如何哉!

正月十三日

陰而大風, 寒氣倍冽。且借得隣人牛馬, 令宋奴、漢卜斫枯松於成敏復墓山, 欲用於烹末醬太。成公處受牌字而送, 乃勿禁事也。不然, 鎌斧被奪於墓直等矣。

正月十四日

令漢卜修埃改鼎, 又烹末醬太六斗。且尙*判官來訪, 歸時歷入成敏復家。余與李光春隨往步進, 因與成公從容叙話, 主家饋余等水飯。判官先起, 余亦隨還。且聞郡後嶺, 昨昨夜半, 擧明炬, 至於遠近三處, 亦擧火相應云, 必是賊徒相聚於不遠之地, 恐慮而已。宋奴持網獵魚, 得鮒魚三尾, 一則極大。

....

* 尙: 底本에는 "象".《宣祖實錄》14年 1月 13日 기사에 근거하여 수정. 이하 모든 "象判官"은 "尙判官"으로 고치며 교감기를 달지 않음.

正月廿五日

方秀幹來見。且咸悅衙奴春福以事往溫陽, 歷入于此, 傳女息之安否, 而不見手書, 可恨。

正月廿六日

送宋奴於咸悅, 麟兒率來事也。馬疲不得牽去, 使其處借騎而來矣。

正月廿七日

麟兒自咸悅借馬騎來。但近日天寒, 倍嚴於深冬, 今日又加於昨日之寒, 麟兒無耳掩, 忍寒艱到, 面色正如凍梨, 深恐感傷也。咸悅例送中米四斗, 宋奴負來, 又得白魚醢三升、眞末五升。但米縮至於四升半, 必減斗而送耶? 今日則麟兒率來, 中路必不偸也。不然, 何如是至於此極耶? 可怪可怪。

正月廿八日

天寒極嚴, 終日不出門外, 縮坐房中, 無聊莫甚。端兒痛瘧, 有甚於前日, 可悶。年前一家患痁者多, 而皆得離却, 獨端女及婢訥隱介, 至今不免, 依前痛之, 可嘆可嘆。近日飯膳絶乏, 只以白魚醢, 朝夕煎而供母, 無他滋味, 悶不可言。

正月廿九日

自曉雨雪, 朝尙不晴。生員西歸, 計程則想今已過京城, 而行抵麻田矣。然發歸與否, 時未知矣。但雪寒如此。行裝甚薄, 行路必多艱困之患，深慮不置。別坐消息，亦久不聞，尤慮不弛。近者尚如斯，誠子之奇得聞，益且難矣。哲弟下歸靈巖後，尚亦滯留於彼而不還耶？消息又絕，老母常以此置慮，可悶。若還來泰仁，則必使人問安矣。各以謀食，父子兄弟四散分處，不得合幷，勢也如何？只怨天運而已。

且終日下雪，若不消融，則幾至尺餘。自冬後雪之多，不若今日之甚也。夕，香婢自咸悅入來。女息得生鷄一首、大口魚一尾、魴魚一條付送。又砥平宅婢天玉適至，覓送乾銀魚二冬音，乃平日一家同居者也，流寓咸悅地。

正月晦日

朝，聞韓山倅到郡，使人問情，則以天兵役只事，當往尼山，而歷宿于此云云。且乞食巫女，號爲太子，來立門外，嘯聲淸亮，分明可解。家人招入，問其吉凶，往事有或偶中者。余在房中，無聊之餘，獨對碁局，作楸子之戲。家人問太子曰："大主在內，爲何事耶？若言其實，則可謂靈矣。"太子嘯呼作聲曰："大主獨坐楸子，可笑可笑。"因爲笑語之聲，再三言之，兒輩驚駭爲靈。此乃天地間一邪氣，憑人作怪，或言吉凶，以爲謀食之術。如此輩比比有之，熒惑愚俗，可嘆可嘆。

二月大

二月初一日

作餅與湯炙, 奠杯神位前。且送奴於咸悅, 爲覓救資也。夕, 大順自泰仁舍弟家入來。弟去年臘望, 往靈巖林妹家, 留月餘, 去念後還寓, 送人問安於母氏前。但大順者來時所持物, 爲賊被奪, 空手以來。弟作餅一笥, 付送母主前, 而見奪稱云, 未知虛實也。大順乃訥隱介娚, 而弟無奴子, 姑欲使喚, 而然懶頑不可使云云。弟則無事還來, 但其妻子阻飢, 弟亦不得一物而來云, 不可說也。吾家衆多之口, 粥飲不繼, 茲未及一分之救, 恨嘆奈何?

二月初二日

朝, 奴德年始來現身, 乾銀魚三冬乙音、生秀魚一尾持納。此奴自去年春, 在海州允誠氷家, 欺竊之事甚多。因此不得接迹於其處,尋其母來此，日月已久。留在咸悅縣內砥平宅婢世憐介家，一不來現，常懷痛甚，思欲一懲其惡，遷延未果。今乃持薄物入來，含忍姑置之。

且李進士重榮來訪，從容敘話而歸。但家無一物，不得療飢而送，貧也恨嘆奈何？夕，宋奴還來，得例送白米四斗負來。女息生雉二首、兩色醢小一缸，亦覓送。

且此郡新太守出官，路經於此，余適見之，前後擁衛而過去。居民望見者皆曰："今此之倅，使民安接生活乎？"民之休戚，係守令之賢否。而在平時尚如此，況當亂離之際，賦煩役重，民不聊生，尤不可不擇也。前此來莅者，皆是庸劣，政委奸吏，使大郡蕩盡。故此太守，則曾以善政擇授，民望豈不在此乎？江婢夫漢卜，持綱臘漁蓮池，得鮒魚十七尾，以夕飯之米償之。他日更得，欲沈食醢，用於寒食祭耳。

二月初三日

別無可記之事。成敏復來見而去。

二月初四日

朝食後，就東神洞趙文化伯循家，邀其弟趙金浦伯恭，相與做話。主家因饋余水飯。來時歷訪趙座首君聘家，趙翰林伯益適來，亦與之敘話。主家亦饋余夕飯。臨暮乃還。

別坐孽妻姨李伯，自湖南歷宿于此。因聞別坐好在，奴莫丁留一日，與別坐奴者斤金偕歸云云。饋朝夕飯而送。

二月初五日

昨見趙伯恭謂我曰"明日送人，租斗覓去"云。故早朝送奴，則好租九斗給送。趙君聘馬草亦送二十九束。近日人馬可無虞矣，深謝深謝。

二月初六日

宋奴受由往鴻山場市，以春牟貿易，欲換木於完山近處云耳。蘇隲來見，饋酒二器。因入郡，呈咸悅簡，則太守招見賜言云，深喜不已，可笑。

且聞新太守來莅未久，凡百發號施令，頗足可觀，奸吏畏戢，不能欺蔽。前者一郡監官甚多，又且巡使定送軍官三員，或董役熖熖，或督捧作米，耗費極煩，因此官儲蕩盡。非但此也，凡使命之來，小不如意，捶撻下吏，至於鄉任亦遭刑杖之辱。此皆因太守庸劣，爲人輕賤，上下不能安保，皆懷規避之計，任鄉所者亦皆庸頑無識，每每生事，職此之由。

今太守之來，卽令發還軍官，又廢監官，皆自親執，改定鄉任，爲一邑之望。盡除煩費，民生庶可息肩，而皆有樂生之心，人之賢愚，何如是懸絶也？守令之不可不擇，於此亦可知矣。余亦來寓此地，于今三載，太守遞改者五，而慣聞居民及品官之言，尹堅鐵稍優而貪，任克次之，最劣者李久洵，深伏者任克之清簡一節矣。新太守則正是久旱之雨，但未知克終如何云耳。

夕，宋奴還來，春牟極貴而罕，不得貿來云。香婢還歸咸悅。

二月初七日

午後, 坡興守來見, 從容叙話而返。無物饋送, 貧哉奈何? 家人亦出見。且雌鷄抱卵, 計其日數, 則乃廿日。而今始破殼, 更待數日。盡破後下巢耳。

二月初八日

蘇隲來見, 饋酒而送。夕, 咸悅使至, 例送中米四斗負來, 生白魚一鉢亦付送, 白魚今始現矣。且當午, 聞蓮池鮒魚多聚, 令漢卜持綱獵之, 得無鱗魚大一·小一、鮒魚五尾。鮒魚則夕飯時, 炙供母主前, 無鱗魚則作湯, 與妻子共之, 餘及蘇隲。其味極佳, 但水深不能多得, 可恨。

二月初九日

朝, 雌鷄下巢, 破雛七箇, 其餘皆腐, 可憎可憎。且永同居外四寸南景中, 以其官事, 到此郡, 因尋來謁母主, 曾是不意, 不勝欣慰欣慰。因說其兄斂使一家被屠於賊手, 極其慘酷, 不忍聞忍聞。南景信寄書於余, 因送皮乾栗二升, 欲用於寒食祭耳。但聞卞書房宅病死, 南斂正兄之妾, 亦以病亡云, 不祥不祥。卞書房宅乃於余四寸妹, 而景中之同母妹也, 因留宿焉。

　夕, 地振自北而南, 聲如雷, 而屋宇動搖, 暫時而止。天變如此, 未知前頭有何禍患耶? 自凶賊入我國境, 屠殺百萬蒼生, 于今四載, 尙據南服, 猖然之心, 猶且不稔。而天不悔禍, 變怪百出, 孑遺殘氓, 亦必盡殲而後已耶?

今又聞之, 陳游擊求和不成, 已爲上歸云。其間曲折, 不詳知之, 若要其難應之事而求成, 則勢不可偕, 而賊必更欲賈禍於兩湖矣。遠近人心搔動, 皆懷避亂之計, 如我一家, 奉老母無奴無馬, 又無投向之所。況且粮資, 得之無路, 將不久顚擠於溝壑矣。雖嘆奈何? 坐待天命而已。

二月初十日

南景中因留焉。食後, 往見李進士重榮。坐未久, 漢卜追至, 謂曰 "趙文化來在大鳥寺, 使人請來"云。暫與李叙話而返, 直抵大鳥寺。趙伯循、伯益兄弟及趙君聘咸與約會, 作泡邀余。洪注書遵氏亦來, 聚坐禪房, 終日做話, 因設軟泡夕飯, 余則廿七串食之。食罷, 少頃又進酒, 各飮數杯而罷。洪注書先還, 余與諸趙, 竝輿而下山, 各散到家, 極醉飽。但泡極軟而好, 思欲供母, 其可得乎? 若他日得太, 切欲造泡而進之。來家聞之, 蘇隴來訪而空還云矣。

二月十一日

早朝, 南景中還歸其家, 粮饌垂乏, 只贈米一升、鹽半升, 母主亦給米一升。聞其行粮已絶云, 而吾家亦窘, 不得優贈, 恨嘆奈何? 然留滯兩日, 與其奴子所喫七升餘, 乞儲之粮已傾, 而僅可及放明朝, 不得已余亦率奴馬, 欲往咸悅, 而但今日陰而有雨徵, 恐不得遂也。

晚後, 日出始發來, 抵南塘, 李進士重榮隨至, 同舟共渡, 行到咸縣。適太守以要見宋仁叟事, 往全州地不在。李進士則歸奴家。余至衙中, 見女息對話, 未久, 大興與其子應榘曁任誠來外, 卽出見叙話各散, 余還入衙。夕飯後, 與女息作話, 夜深退宿新房。任誠亦來同寢。日記冊招匠裝束。

二月十二日

得例送米四斗, 令漢卜先負送林川家。朝食後, 就上東軒, 與申大興及任誠、申應規做話。大興與任公擲政圖爲戲。午後, 太守還來, 余卽入衙叙話, 太守則出坐司倉捧田稅, 余與女息, 終夕對話。因對夕食, 退宿上東軒。任誠亦從焉。

二月十三日

大興曾與前靈光南宮涀, 約會川邊艾湯, 而適風亂, 更會于閔主簿家園, 邀余共之。晚後, 大興先發, 余亦從焉。終日叙話, 太守亦隨後入來, 而參席者大興及南宮涀、南宮泳兄弟、金璥、李愼*誠、申應規、閔成章曁太守與余。而官備晝飯, 艾湯酒肴, 南宮兄弟亦大辦行果及酒, 各行酒大醉飽, 夜深而各散。余還時, 入見李進士重榮寓處, 後入衙, 見女息, 退宿上東軒。但酒薄酸, 是一欠也。

二月十四日

早朝, 入見女息, 出與大興及太守前妻甥權鷗、任誠作話, 李重榮亦隨至。初欲早食後還來, 而適巡使從事入縣, 太守出待, 故不得辭焉。待其從事出去, 太守入衙後相見, 而午後發來, 渡南塘津, 馳至

....
* 愼: 底本에는 "辰". 《瑣尾錄》전후의 용례에 근거하여 수정.

寓家, 日已暮矣。家人方患瘧疾, 倍於前, 元氣極弱之餘, 今又得之。今已四直, 悶慮悶慮。

且許鑽昨日來訪留宿, 待余之來相見, 曾是不意, 欣慰欣慰。然聞其母及弟妹, 年前皆病死於廣州墓山下舊址, 其父亦沒於晋州陷城時, 其次弟永弼在右水營幕下, 時未知存沒云, 不勝哀慘哀慘。其一家父母弟妹皆死, 獨其身子子無依, 處處乞食。而其妻則年前接于洪州城外妻族家, 其妻潛與戶長李豊行相奸, 待許甚薄, 使不得久留, 事迹彰露, 人皆言之云, 不勝痛憤痛憤。恐爲見殺, 因此不得接於其處, 周流諸處, 乞食爲生。今亦自此往連山地其族家, 因欲往古阜郡其女息處云。聞來, 尤不勝哀憐哀憐。向者其嫡四寸許鉉氏, 作宰古阜時, 渠亦隨焉, 官婢交嫁, 因生女子, 年已十八云云。鑽之母, 於余孽四寸妹, 而平日相厚最篤。今聞其舉家皆死, 哀慟之懷, 尤不堪忍。

二月十五日

早食後, 許鑽往連山地, 還歸時, 使之亦來訪事言送。形容憔悴, 衣冠鑑縷, 不忍見不忍見。余家亦窄, 使不得强留數日而送, 可嘆奈何奈何?

李光春來見, 因與携杖, 同造成敏復家訪焉, 則出他不在, 未見空還。少頃, 蘇隣來見, 饋酒一大器, 因入謁太守云。且毀土屋, 夷其田, 乃家主明日欲種麻故也。且聞昨昨, 此郡太守使人邀余, 余適不在, 故未果。太守曾未相識, 而但與允謙及咸悅有知, 故必聞余寓此, 致問也。

又因許鑽聞廣州墓山依舊, 但盡伐眞木, 埋炭而賣之云, 可嘆奈何? 墓直等皆還入居, 而婢者斤介母子, 獨未入居。然今春則定欲還來云云。家婢玉只定死云, 數少奴婢, 盡死無餘, 深可嘆也。

二月十六日

送宋奴於咸悅, 爲覓馬太也。早朝, 尙判官薔孫來訪, 而家無酒肴, 不得飮送, 深恨奈何? 且聞坡輿守, 明日率妻子上京云, 故午後入見渠家, 出酒餅饋余。又使其妻氏出見, 乃余妻五寸姪故也。來時, 歷訪尙判官, 其家又出酒飮余。因訪權生員鶴, 從容叙話。權也出乾柿饋余, 余欲獻母, 奉袖而來, 彼也又贈一串及楸子十介, 來卽供母。家人痛瘡。

二月十七日

自曉頭泗雨, 午後始霽。夕, 宋奴還來, 得例送白米四斗。咸悅別贈馬太三斗、皮木五升。夕, 咸悅茍奴等上京, 歷宿于此。乃咸悅大人, 以其年老, 在汰去中, 今欲下來, 送人馬粮饌, 陪來事也。

二月十八日

早朝, 成敏復來見。且聞韓山倅以此郡反庫差員來到, 送奴問安。

二月十九日

早朝, 入郡要見韓山, 而聞韓山昨夕以不得已事還官云。故只見石城倅於私下處。適權鶴在座, 相與叙話而返。歷入洪生員思古家, 洪也出酒飲之。到家，令漢卜、宋奴耕治菜田。且令石城倅屯畓許竝事，告此郡太守前，捧行下，已授農色。夕，蘇隴來見。

且聞李部將弘濟去夜化逝，不勝哀悼哀悼。其母在堂，兩兄先亡，渠身獨侍，而其在平日，不謹其身，沈湎酒色，無一日不醉。頃者相見於郡中，則面色羸黑，意爲將不久生病，而今聞其訃，不祥不祥。

昏，太守使人致問，因謂曰"今見政目，別坐得除侍直"云。雖曰喜矣，奴馬不具，衣裝齟齬，又難於上京行資，勢不可赴矣。況父母妻子，皆在遠鄉，若棄而赴仕，則將不保朝夕，是亦不可不慮。然時未知渠意如何處置也，卽欲送奴通諭，而單奴無暇，亦可悶也。

二月廿日

朝食後，往訪李別坐德厚，從容叙話，適李時尹妻父李彦祐亦至。渠家饋余等夕飯，又贈生白魚一鉢、獐肉一片，爲供老母也，深謝深謝。李別坐前未相識，而到此地相見，乃余妻族，示以厚意。渠家殷富，甲於近邑，而所居之處，亦濱大江，華堂俯臨，竹林擁後，漁舟商舶來往門前，眞一勝地也。日傾乃返，瘦馬不前，僅得抵家，日已昏矣。

又咸悅例送白米四斗、生白魚二鉢負來。靈巖林妹簡亦至，景欽致書於余，眞墨二丁覓送。一家皆無事云，深可喜也。墨則前日求得故也。妹氏亦送海衣五貼、甘苔十注之、乾脯十條，母主前亦如右，欲用於祭需，亦可喜也。咸悅衙奴，以事往靈巖而還，故得來。但母主所換之米，只給二斗，而其餘三斗則不給云，可悶可悶。

二月廿一日

朝, 聞太守移授公州牧使, 要欲見之, 入郡則時未出衙, 難於通名, 卽還出來。食後, 送宋奴於李別坐家, 昨日面謂伻人, 取去救資及早稻種故也。宋奴還來, 李別坐贈送荒租五斗、早稻種一斗五升、薏苡種五升矣。且元宗植過去時入訪。元也乃長城倅李玉汝妹夫元虎武長男, 而於余妻五寸也。

夕, 太守聞余入郡, 未見而還, 使人致問矣。令宋奴落各色菜種, 因使布灰。昏, 太守邀余, 卽入郡相見於衙軒。適李奉事愼誠來到, 閔主簿宇慶、韓監察槪、洪生員思古隨至, 相與叙話, 夜深而先返。

二月廿二日

早朝, 送奴致書於李奉事前, 欲授還上, 使之告于太守, 則李也答簡曰"太守使余呈單字, 則量給"云。故食後, 令宋奴持單字入呈, 則題給荒二石。授來改斗, 則不縮矣。夕, 蘇隲來見, 饋白粥而送。其家人自昨昨痛瘡之勢太減, 微有不平而止, 可以自此而離却矣。但端兒如前而痛, 不可說也。

二月廿三日

麟兒往咸悅。曉頭地振, 有聲如雷, 窓牖搖戰, 移時而止。近來地振之變, 是月斯生, 天之示警, 必有所召, 未知前頭有何事乎?

漂泊他鄕, 飢餓日迫, 若更逢患亂, 則如余之家, 奉老母, 無所投向, 必先人塡壑矣, 憂嘆奈何? 且去夜, 夢見彥明, 是何兆耶? 前見其書, 及其寒食前來覲, 而近必發來, 而先入夢中耶? 且無奴馬,若不得則必步行, 深可慮也。

二月十四日

宋奴還, 得例送米二斗、祭用白米一斗、粘米五升、木米三升、石首魚一束、白魚醢二升、生白魚一鉢負來。且夕, 聞太守以前任事論罷云, 不勝恨嘆。雖未知其爲人物賢否, 而來莅未久, 政頗有聲, 庶可蘇復蕩竭之邑, 而不意陞授公牧, 民皆缺望。今者又以他事, 重被憲駁, 尤可嘆也。雞雛與母鷄, 因吸烟, 一時垂斃, 而艱得救活。

二月十五日

欲入見太守之行, 奴馬有故。當夕, 借馬隣人, 方欲入歸, 而權鶴氏來見, 因言"太守早朝發歸"云, 恨未及面別也。民皆曰"此郡在前得賢太守, 則不久"云, 雖不可信, 而此守來任未滿一月而去, 人言豈不在此乎?

二月十六日

夜夢宛見生員入來, 自陽德出來耶? 三子皆不在側, 而諧、誠遠也不可望矣, 謙亦時住不遠之地, 非徒不來, 消息久絶。奴馬不具, 勢所然矣, 戀戀之懷, 與日俱增。

且夕, 長水李子美奴漢孫, 自長水歷去于此, 來謁。因聞子美妻子, 今望後移居鎭安地其族家, 時尹妻子, 則時在長水天蠶里其妻姆家, 窮困日甚, 不得相保, 各以謀食散處云, 不祥不祥。漢孫欲因以上去陽城云, 故歷去振威時, 修書付傳生員家矣。

二月廿七日【寒食】

早朝, 設饌, 遙奠先祖, 次祭先考, 又奠竹前叔父。亂離後, 于今四載, 一不親奠墓下, 不勝悲感之至。但流離困窮之中, 備物極難, 草具薦之, 勢也如何? 誠而已矣。兒輩終日待咸悅之使, 而不至, 可笑。

二月廿八日

令漢卜、宋奴又借隣人舉畚, 修治屯畓, 三處畢治, 而明日又欲起耕。但久旱不雨, 兩麥焦傷, 川澤又竭, 水畓亦乾。若待雨後付種, 則節已晚矣, 深可憂也。

夕, 咸悅衙奴春億上京還下, 歷入于此。因聞咸悅大人得除繕工判官, 故因留不來云。又咸悅人來, 傳生白魚四鉢, 欲用於明日祭, 可喜可喜。秀魚一尾、葦魚五尾, 則持迎咸悅大人於中路, 聞其不來, 因納吾家而去。

二月廿九日

乃外祖母忌也, 啓明暫設飯餅而奠杯。無饌物, 以魚炙兩色、魚湯兩色薦享。因聞外家宗孫景孝兄, 去臘卽世, 而亂離後, 家道蕩敗, 其子等皆以艱食, 無以聊生云, 必不享祀。慈氏深以闕祭爲憂, 故草草備奠而已。

且令宋奴、漢卜又借品人, 屯畓用未起土而未畢。夕, 允謙自結城入來, 久望之餘, 不意得見, 一家咸以爲喜。將欲治行上京之計。允誠書亦持來, 皆無事云, 可喜。

二月晦日

送宋奴於定山，爲招仚知事。兼致書於定山倅，覓救資故也。侍直
欲率歸仚知於歸京時耳。夕，宋奴與仚知偕來，定山倅前書，則使仚
知明日呈來云云。

　　且靈巖林進士家奴加破里及斤伊等，往海州朴參判宅寓所，因
進陽德沈說縣，故歷去時，入宿于此。妹氏致書母主前及余，一家
皆無恙云。夜明燈修簡，付傳允誠處及陽德。又聞過去禮山金翰林
家，進士所送衣服傳付後上去云，故亦修書付送於金子定處矣。

　　且沈說家婢萬花，亂前往在樂安其母家，因其父母皆死，不能
聊賴，聞其上典作仕京城，與其夫尋見事，上京時，路聞吾家寓此入
來。意外得見，深喜深喜。此婢乃沈妹少年時眼前使喚，長於吾家，
妹也愛同己出。自妹也卽世後，沈也作妾率畜，生雛兩兒，沈也亦死
後，下去樂安，更作他夫而居矣。家無一片紙，使侍直求得於洪注書
處，得五丈而來，因此三處修書耳。

三月小

三月初一日

侍直往咸悅, 宋奴亦隨而去, 爲覓敎資也。卜馬初欲牽送, 而瘦不能步, 故不送, 可嘆可嘆。

食後無聊, 扶藜步至成敏復家, 欲觀梅花, 適成公出野不在。因就李福齡家, 作話手談, 日傾乃還。

咸悅使適至, 例送米三斗、牛肉一塊、生白魚二鉢負來。三三節近, 可以此用奠於神主, 深喜深喜。女息又得葦魚醢十介、石首魚一束、石首魚醢十尾、千葉一片付送。

三月初二日

令漢卜用耒耕李通津所給之田, 種薏苡五升, 餘一畝種皮唐七合。田在大路傍, 若種豆太, 卽必爲行人竊刈, 故得兩物而種之。

且禹判官來訪, 而白光焰從後入見, 作話良久而各散。故南竹山大任氏末子一龍, 自咸悅尋見, 要得還上於咸悅, 咸悅倅前求簡而去。煎餅一笥持贈, 因饋水飯而送。午後, 座首林栢來見, 因贈黃楊木一塊。欲造女子等圖署, 而聞林之得儲, 前日面求, 故爲來見贈而去。

且聞忠清水使領舟師, 赴嶺南敵境, 而纔入海中, 火出廚間, 延燒火藥所藏之處, 炮火大發, 舟中之人盡燒死。或投水, 得免者無幾。而水使亦投入水中, 竝與其子溺死云, 不祥不祥。夕, 侍直自咸悅還來, 得正米兩斗、太二斗而來, 爲行資也。

三月初三日

侍直未明而食, 還向結城。除期日迫, 不可遲延, 故不得更留一日而歸。亂邦不居, 古人所戒。從仕極難, 而家貧親老, 亦爲祿仕, 強勸而送。但膝下無一侍兒, 脫有憂患之事, 遠也勢不易致, 一則悶極奈何? 衣服齷齪, 方以爲慮, 而咸悅解兩衣而贈之, 吾家亦造紬裙及木中赤莫而給送, 庶以此經三春矣。隣居李光春得病苦痛云, 不遠之地, 深可慮也。

三月初四日

蘇隲來見, 饋酒一器, 又饋朝飯而還。且聞倭賊合陣下陸, 建白旗, 將有北向之心云。如我一家衆多之口, 無粮無馬, 勢必顚擠於溝壑矣, 嘆悶奈何? 兩湖人心搔動, 皆有避亂之計, 然時未知虛實矣。又見去月卄四日, 永川郡守傳通, 兇賊無數出來云, 而其後別無更報之文。今見趙金浦希軾謂曰"其家奴負軍粮, 往永川郡, 去月廿四日,永川倅聞賊出, 領軍馳赴, 而數日後還來曰'賊舉軍出陸獵虎, 捕得兩虎, 而還入其穴'云。故待其郡守還來, 因留三四日, 奉納軍粮後,廿八日發程, 昨日入來。嶺南則別無賊奇"云云。此言必不虛矣, 庶可慰矣。

且食後, 與蘇隲偕往水多海趙文化伯循築堰處, 終日做話川邊,因分喫點心。又往見柳先覺, 還時歷訪趙金浦伯恭。因進趙座首君聘家, 適趙翰林伯益亦至, 相與叙話, 日夕乃還。君聘家饋余夕飯。

且早朝, 令宋奴持侍直簡, 送石城爲覓救資, 而適石城倅不在,空還, 可恨。且還家聞之, 李進士重榮來訪, 而余適不在, 未得相見而歸, 亦可恨也。親持早稻種一斗贈之, 前日有約矣。李福齡送馬草七束矣。

三月初五日

送宋奴於咸悅, 爲覓救資也。朝食後, 往見李進士, 謝昨日委訪而未逢也。從容叙話, 適有風而洒雨馳還, 未久, 雨作而終夕。雖不大作,久旱之餘, 得此一浥之雨, 兩麥庶有還蘇之望, 可喜可喜。若終夜不掇, 明日亦不晴, 則三農亦可畢矣。而臨昏旋霽, 可恨。

且聞李光春妻母, 避病來寓北窓外隔隣家, 使人屢勸避去遠地,而終不聽, 可憎可憎。今更聞之, 渠亦微有痛頭之漸, 而不飲粥糜云, 尤可悶慮悶慮。

三月初六日

朝, 聞李光春妻母還入其家云。且紅日杲杲, 頓無雨徵, 昨日洒湿,
旋曝乾, 可嘆可嘆。朝食後無聊, 手扶藜杖, 步進李福齡家, 推命母
氏及余妻子吉凶, 因留着碁。李也自以爲善手, 而連北七局, 始知其
不及, 嘆恨久之, 可笑。日傾乃還。

　　且金翰林子定奴子歷來。披見子定書, 身雖無事, 無赤病勢, 彌
留不差云, 不勝悲嘆悲嘆。公州居李金伊來訪, 適余不在, 故不得
相見而歸, 可恨。夕, 宋奴自咸悅還來, 得例送米二斗。咸悅又贈早
稻一石、生秀魚一尾負來而負重, 早稻六斗接置山伊家云。

三月初七日

曉頭洒雨, 朝則永晴, 可恨。且昨見咸悅書, 今日觀漁熊浦上, 邀余
共觀, 當送舟迎侯於南塘津邊云。故早食後發來, 行抵津頭, 舟人
艤舡待之, 即乘舟, 舟人運舵, 宋奴搖櫓。緣北涯, 乘潮退, 順流而
下, 行過李別坐德厚亭下, 適西風大吹, 波浪掀起, 小舟搖蕩, 出沒
波濤間, 飜水入舟, 濺濕衣裳。二人不能制舟, 不得已回泊舊倉邊,
下陸乘馬, 循南岸而下。到熊浦, 則太守與諸人已入海中, 下碇而停
舟, 雖企余望之, 逆風尤急, 呼不能及, 下坐岸上, 無聊莫甚。適監
官、品官避風, 泊舟岸下, 請來坐話。更與監官, 乘小舟, 引繩洩之,
緣涯而欲入。大風飜浪, 舟不能安行, 舟未遠飜覆者屢矣。舟人皆
曰:"若放入海中, 則必有傾覆之患。" 固請止之。即還下舟, 與監官
對話, 日已傾矣。未明而食, 飢腹大甚, 無可奈何? 監官謂余曰:"陋
飯在此, 可與分喫, 不知尊意如何?" 余曰:"飢腸甚矣, 何必問也?"

卽令烹白魚, 共分而食。監官又謀得酒, 各飲兩杯, 庶可療飢。初欲待見太守, 而日已夕矣, 風勢尤劇, 不得已先還。

入衙見女息, 叙話良久。麟兒先來, 太守隨後, 明炬而還, 相見暫與坐話, 出就上東軒, 與韓生員孝中、安生員守仁共宿, 麟兒亦從焉。安、韓兩公, 太守友也, 與之共往浦上, 觀漁而還。韓則余之八寸親, 居同一洞, 相厚者也。邂逅客中, 頗可慰矣。今日因風亂, 白魚不得多捕, 比於年前十分之一云云。余欲壯觀, 而事竟乖張, 可謂好事多魔, 一則可笑可笑。

且香婢病臥, 累日不差, 恐其染也, 不得已出外, 可慮可慮。

三月初八日

戶部郎崔東望入縣, 太守早朝出待。余入衙, 見女息坐話, 共對朝食。適李參軍賽與崔戶部偕至, 聞余來此, 使人問之。余亦邀見新房, 曾是不意, 欣慰十分。寒暄未久, 行色忽忽, 遽還別去, 可嘆可嘆。

出見大興於西上房。韓、安兩公及任誠、洪堯輔亦至, 相與做話。太守亦來, 暫話而先入, 余亦隨後入來。金奉事、閔主簿適會新房, 亦與就話。又入衙見女息, 女息供余水飯, 因與相別而出。又與太守及諸人, 見別而發來, 吾馬極疲, 借騎太守馬, 行至南塘, 還送其馬。舟在越邊, 久坐津岸, 待舟之回, 日已夕矣。艱渡而到家, 日已昏矣。來時太守贈余白魚五鉢、葦魚二冬乙音, 卽烹供母而分喫。

且聞此郡新太守, 昨日出官, 今日謁聖云。太守姓名徐諿, 而以鴻山倅, 善於治民, 超授此郡。其內室與家人六寸親, 而在京時, 居住各遠, 故不得相問而交矣。然寸內之親, 必不與他人同視也。侍直亦與之交, 故裁書而去, 明日當欲送呈矣。

三月初九日

朝, 聞太守還上分給, 令宋奴持侍直簡入呈, 則太守見而不答云。又令漢卜持單字入呈, 欲授還上, 而只給一石, 改量則十四斗。所望甚多, 所得至小, 凡欲所爲, 俱廢不擧, 可嘆奈何?

蘇隲來見而還。昨日, 送人求得早稻於趙伯循, 則贈送四斗, 伯恭又送二斗矣。夕, 奴德年入來。明日欲送禮山金翰林家, 故招之。

三月初十日

修書送德奴於禮山。歷去青陽時, 又令呈書青陽倅前, 因裁簡, 使之付傳允誠處耳。又還時, 歷入結城侍直家, 聞其侍直上京與否。因送母主所贈木端, 使之造袷*衣, 而送侍直處矣。且明明乃金妹小祥也。爲此送奴問候, 而白米一斗亦付送。初欲造餠送奠, 而日暖路遠恐致腐臭故也。

且聞李光春病雖向差, 而粮絕飢餓云, 可憐可憐。卽令炊飯作羹, 使其出外婢子入送矣。且香婢夫官奴尙斤, 來獻大口二尾、栢子兩升。以其軍粮領納于永川郡後, 昨日還來, 故爲得而獻之。家無酒肴, 不得飮送, 可恨可恨。

....

* 袷: 底本에는 "俠". 일반적인 용례에 근거하여 수정.

三月十一日

令宋奴、漢卜用耒起耕李通津畓。食後扶杖往觀勤慢，因坐路傍，適李別坐挺時過去而入訪，相與坐於成敏復家前岸上。又邀成公，良久做話，有爲先起而歸。

且聞元相禮士容來在鄉校，因與成公偕進，相見叙舊。訓導趙毅亦在坐。元相禮時弊疏七條起草，而使成公改正誤字，將欲正書上之云云。元也少年時相知，而不見久矣，今始相見之，亦流寓郡地，而自亂後失明廢居，可憐可憐。且東南風，終日不息，陰而有雨徵，夜來意爲必雨而不雨，可恨。

三月十二日

子美奴漢孫還歸長水，修書付傳。且送宋奴於咸悅，爲覓救資也。明日乃亡妹小祥也。初欲躬進一奠，而非徒無馬，行資亦難備貲，只送奴子而未遂，平生恨負奈何？只自悲泣而已。且聞賊將淸正，有一良馬，愛而養之，不意爲虎噬斃，大怒發軍，獵得兩虎而還陣云。前日虛驚，必爲此也。

自朝後雨作，午後始晴，不甚大作，而洒而已。然久旱之餘，得此一犁之雨，兩麥庶其蘇矣。但大風而日暖，必不止此耳。宋奴行到津頭，大風不能渡，還來。爲粮乏絶而送，今乃還來，明日、明明得食甚難，可慮可慮。送漢卜於柳先覺處，得早稻兩斗而來，前有面約故也。深謝深謝。夕，又雨而未洽。昨日沈醬五斗。

三月十三日

自夜半, 大雨而風, 至於朝而不晴。雖高燥之畓, 未有不乏之嘆, 慰
滿三農之望, 可喜可喜。但所寓之家, 雨漏處多, 可悶可悶。

咸悅使至, 例送米二斗、白魚二鉢負來。方嘆絶糧之際, 得此意
外之米, 可喜。但見女息書曰"太守以官儲不足, 減給例送之米, 八
斗又以租一石代給"云。一月雖得十八斗, 每有遑遑不及之憂, 煎粥
度日, 而若給租石, 則尤不得繼用。況一石之租舂之, 則多不過五斗
之米。他無得食之路, 奉老之道, 益可悶也。且咸悅近日氣有不寧
之候, 深慮不已。

雨勢終夕不霽。如此雨中, 侍直何以上去, 未知已到京城耶? 戀
戀之懷, 不能已已。隣居李光春妻母得染疾, 而去夜永逝, 可憐。

三月十四日

雨勢雖不大作, 而終夜不止。朝則陰而少霽。令宋奴、漢卜李通津畓
落種, 而午後雨作, 不能畢付, 明日待晴, 更欲爲之。今日所落, 只古
沙租一斗四升、粘租五升而止, 皆中早稻云。

蘇隲來見而歸, 無物不饋, 可恨可恨。且母主寢房雨漏, 列器而
承濟, 可悶可悶。端兒自月初, 瘧勢漸向蘇歇, 而今則微有不平而
止。自此似永却矣, 可喜。

鍮器匠以舊鉢一坐來賣, 家人給米一斗而買之。朝夕極難, 而口
止不聽, 乃祭祀時, 無一隻, 故每用行器而奠之, 甚爲未安, 不得已

買云。且令宋奴伐蕀*, 塞李光春家前通路, 不遠之處, 深恐汲水而往來也。其家中所在人盡痛, 獨其妻母走避, 而竟不得免, 哀哉!

三月十五日

早朝, 送宋奴於咸悅, 爲覓救資及種子、馬太也。又令漢卜昨日未畢杳修治, 付種土*床租一斗八升落, 亦中早稻。而昨日落種, 竝三斗七升也。且鷄雛七首, 養而成大, 幾如鶉鳥。而午後, 一雛爲隣猫含去, 痛甚痛甚。

三月十六日

德奴自禮山, 歷來結城, 滯雨中路, 今日始至, 兩處皆無事安存, 侍直則去初八日上京云云。披見子定, 書不勝悲泣之至。無赤證勢, 沈痼難醫云, 尤可哀慘。靑陽倅答簡亦來, 而近無西來人, 不聞誠家之奇, 若來則當卽傳送云云。

又令德奴修葺雨漏處。因使種苽二十餘坎。且早朝, 送婢訥隱介, 採蕨以來, 作湯薦神。且宋奴還來, 咸悅氣候平常云, 可喜。得例送米三斗、租二石及種租七斗、馬太三斗、藿七同載來。而租十斗則負重, 接置良山家云。末醫三斗亦得來。但各穀多縮, 必偸用, 可憎可憎。又聞明日此郡還上分給之奇, 令家人修書優給事, 請於室內前, 則答以當告進賜云云。

....
* 蕀: 문맥상 "棘"인 듯함.
* 土: 底本에는 "士". 문맥을 살펴 수정.

三月十七日

自曉下雨，晚後，始晴而陰。德奴還歸咸悅。午後，大雨終夕。且早朝，令宋奴呈單字，則還上二石題給。而授來改斗，則各縮一斗。又授屯畓種子而來，改斗則亦縮一斗五升。此必中間偸用，尤可憎哉。

三月十八日

朝陰，而晚後日出。無聊之中，携杖往見落種畓，引流注入而還。久旱之餘，一雨三日，非但兩麥茂盛，役農之民滿野，四五日內，可畢耕種矣。秋夏之間，各無雨暘之愆期，則南畝之氓，必有有年之嘆，而如我瑣尾之子，亦必有賴矣。

三月十九日

令宋奴漢卜及品人兩者，修治屯畓兩處，落種而西邊路傍畓，吹正租四斗一升落，其東邊畓，則吹正租二斗六升落。且家後蓮池堤堰，起耕作爲官畓次。太守亦設幕池邊，親來觀役，余亦就見，叙話而返。曾未相見，而彼我聞名久矣，今日之見，頗示慇懃之意。來時歷見奴子等付種處。適權鶴氏過去下馬，坐路邊叙阻而還。鼍始掃下一紙。

三月卄日

隣居私奴萬守妻，來謁家人，因呈新葱一束、艮醬一鉢，饋酒而送。且通津畓種子，荒三斗授來，爲牟不足，可恨。食後携杖，往觀堤堰起耕處而還，駕牛五六，三處幷耕，役人五十餘人，隨後治畝，因以落種, 亦一壯觀也。太守今亦來見。漢卜屯畓付種。

三月十一日

食後, 與權生員鶴竝轡, 往觀普光寺, 坐法堂, 招老衲數三, 終日談話。各裹粮米, 使僧炊飯, 煮蕨而食。適住持僧往嶺南僧大將所, 時不在寺。日傾又與權公, 因就香林寺, 首僧亦入官不在, 故暫坐持任房而還。此寺亦大刹, 而廢空久矣, 今者入居僧輩不多, 空廢之房亦多。

　來時路傍軟草豊茂, 下馬放牧, 而後還家, 日已暮矣。近日無聊, 前與權爲約, 共觀兩寺, 煮食山菜耳。且咸悅使至, 女息覓送生石首魚三尾、葦魚一冬乙音。因聞麟兒離瘧云, 可喜。

三月十二日

令宋奴借人兩馬, 牽送咸悅載來空石事也。夕, 莫丁自陽德入來。陽德所給之物, 盡傾而買牛, 來至新溪, 牛不能行, 不得已換馬, 加給布一疋云云。今見沈姪之書, 將棄官歸江陵云。初欲奉母入歸, 而勢不可得矣。來時入京, 見侍直亦無事到京, 去十五日肅拜, 因入直, 而見其書以無理之事, 出於完席者累矣, 而爲人救止, 持平柳熙緒力欲論之云。柳也其在平日不快, 故乘時欲售罔極之計, 可謂巧矣。掌令兪大禎力救云。

　生員亦與偕來, 而中路畏盜, 艱得免焉, 來到水原其養母家, 先送莫丁耳。黃海山縣盜賊大熾, 陽德妻娚閔友顔出來時, 逢賊盡被掠奪, 赤身僅免云。生員無事還家, 誠可幸矣。陽德送物, 則眞荏二斗、水荏二斗、常鞋三部、獐皮一令、木米二斗、紬一疋、中脯一條、乾雉三首、布一疋, 而其餘穀物買牛時用之, 布亦馬價加給云。母主前破長衣一件、足襪一事、乾獐一口、藥果一笥亦送。余處行纏、足襪亦造送矣。今聞沈姪治官生踈, 被辱於上司者多, 雖不自歸, 將不得支保云。無勢蔭官, 理固然矣, 可嘆奈何奈何?

三月十三日

宋奴還來, 空石百番, 與其官人載來。又令良山家接置租二斗, 貿藿四十三同而來, 一同僅一掬而不多。家無饌物, 欲以此作朝夕飯膳矣。

夕, 生道味魚負販者, 巡里而呼過, 兒輩不勝欲食之心, 懇請買之。糶租兩斗, 得換兩尾, 使湯而共破, 女兒輩猶不厭之, 可笑。方爲艱食, 而猶且費一日之粮, 人欲之難制如此哉! 白光焰來見而去。

三月十四日

朝, 又買生廣魚一尾, 作湯而食, 給米一升耳。近日母主前, 久未供滋味, 故爲此得買矣。年前則道味一尾, 捧價半升, 而猶不得賣, 今年則欲捧兩升, 人皆爭之。年前此時, 民有摘葉剝皮者多, 而今則時不得見。去年荒廢田畓, 今則盡起而耕種, 民之財力, 猶勝於去年矣。今年若稍稔, 則民可蘇息, 而國可有裕矣。

夕, 咸悅衙奴至, 女息覓送生石首魚四束。且咸悅官人上京時, 歷到于此, 修書付傳侍直處。夕, 李別坐挺時及校生金井來訪而歸。且聞新太守徐公治民, 則嚴明號令, 雖不及前倅邊公, 而詳明慈愛過之云。雖無目前之速效, 月計而歲察, 則必有過前之績, 而民蒙其惠矣。

三月十五日

自曉頭下雨, 晚後始晴, 而終夕陰。且送宋奴於柳先覺處, 求馬草、粟種而不得, 趙座首希尹則晚粟兩升覓送矣。且端兒自今日始復痛瘧, 可悶可悶。

三月十六日

得幷白光焰田, 欲種粟, 而令莫丁、宋奴以兩馬載糞, 出田二十二駄。因扶杖往見, 則田在山底, 脊薄荒廢。初不知如此, 已許出糞, 必徒勞而貽笑也。耕而自食則已矣, 若幷作則所得必少, 應爲後悔也。招白光焰, 坐語松亭, 少頃崔仁福、趙俊民過去而入見。崔、趙先歸, 而余亦隨來。因巡見付種處, 灌水而還家。

隣居田上佐妻, 炊飯一器, 具饌而來呈。卽供母主前, 餘及妻子, 深謝深謝。又煎黜堂花, 薦神而共破。且昨日, 李時尹妻父李彥祐來見, 從容做話, 因饋水飯而送。且聞明日還上分給云, 故朝令家人作書, 付送粉介于衙中室內前, 答書曰"明日呈單字, 則多少間當題給"云云。

夕, 隣居萬守妻來謁家人, 因獻生雉一首, 欲供老母, 深喜深喜。但干請太守前事也, 是可恨也。然已領而不可却, 姑納之。聽不聽間, 明日當令家人修書, 達意於室內前矣。蠶始一眠。

三月廿七日

早, 送粉介於衙內, 則答書云:“當以此言白之矣。”且令莫丁呈單字,
則還上一石題給。受來改斗, 則十三斗而不實, 可恨。

午後, 高城家奴鄭孫入來。去正月晦, 妹也自永柔出來, 還寓海
州邑內, 而問安母主前事, 爲來云云。今見高城書及妹簡, 不勝悲感
悲感。但聞好樣還來, 受料於官云, 是可喜慰。只聞高城孽男邃伊,
去秋南來秋收, 船卜於牙山地, 竝與奴子二人登舟而西歸, 不知去處
云。必舟人沈水, 而掠其載物也, 不祥不祥。

且隣居趙座首允恭, 與其妹夫鄭德麟來訪, 爲請減作紙於咸悅
事也。端兒今亦痛瘧, 必有日瘧也。

三月廿八日

修書還送高城奴鄭孫於海西, 兼致允誠處。且送奴細洞趙允恭處,
乞得馬草五束、粟種半升, 前有約耳。又送莫丁於咸悅、宋奴於石
城, 皆爲覓救資也。宋奴則持待直簡而送, 夕, 宋奴不得呈簡而空
還, 可恨。且士人韓百福來見, 以咸悅地逃奴推捉事, 捧簡而歸。

夕, 買生道味一尾作湯。又得竹荀作焪, 薦神而供母主, 餘及妻
子。籬底紫竹, 始生筍角, 而新物故薦之。昏, 白光焰來見。

三月廿九日

無聊扶杖, 與李光春步登家前斗岸, 逍遙而返。且麟兒率莫丁, 自
咸悅入來。留在咸衙一月餘, 而今始還。莫丁得例送米六斗、租一
石載來。咸悅又給眞麥四斗、太一斗、生道味一尾、鹽五升而來。

四月大

四月初一日

令<u>漢卜</u>、<u>莫丁</u>、<u>宋奴</u>等用耒起耕<u>白光焰</u>田，粟一升、粘粟半升、黍七合、豆二升、水荏五合落種。雖得耕種，田薄必有後悔，可笑。食後，往見耕田處，路逢<u>李進士重榮</u>，下坐路邊堤上，叙話而返。

四月初二日

又令三奴伐松枝，防川路邊屯畓衝水處。且蓮池堤堰前日未及起耕處，今日更作，而太守親來看役，余亦就見叙話。太守先起還官，余亦與監官<u>林鵬</u>，坐談農家事，因請前日許芸處分給，則余之所得四斗落只，西邊五畝，<u>權鶴</u>氏亦得四斗落只。

夕，又出堤上，<u>曺判官大臨</u>適來，與<u>林鵬</u>、<u>李光春</u>鼎坐，良久做話而返。<u>曺</u>也元帥<u>權慄</u>孽娚，而流寓近隣。

四月初三日

夢見忠兒, 抱坐膝上, 連呼祖父, 撫鬈適口, 覺來宛然, 不勝戀戀之
心。且昨日, 得小鼈於蓮池, 今朝作湯, 與麟兒共喫, 其味甚佳。

朝食後, 許鑽入來。前日, 自此歷見古阜其女息後, 因往靈巖林
進士家, 留二十餘日, 去月念後發來, 到泰仁舍弟希哲寓處, 今始來
此云。得見林妹及希哲書, 時皆免恙, 深喜可言。但弟無奴馬, 久未
來覲, 是可恨也。且摘槐葉蒸餠, 薦神而共破。奴婢輩亦各出米升
助之而分食。夕, 家主崔仁福來見, 饋酒兩器而送。

昏, 安岳奴重伊, 爲申鴻漸被侵, 不勝其苦, 陪去母主事, 與其族
僧性浩持馬入來。來時往海州允誠處, 捧簡而來。披見誠書, 時皆
免恙, 眼疾亦漸向蘇。其地奴婢等處, 捧貢布二疋、木一端付送矣。
遠路爲來陪去, 如此農時, 非不得已, 豈可持馬而來耶? 然勢不可
去, 奈何奈何? 近日人來者多, 饋食甚煩, 粮橐垂絶, 可悶可悶。

四月初四日

朝, 趙允恭來見而歸。食後無聊, 往見趙文化伯循饋余水飯, 從容
叙話。因就趙座首君聘家, 適趙翰林伯益痛瘇不得見, 與君聘父子,
終夕做話, 其家饋余夕飯, 日暮乃返。

且禮山金翰林子定以事專人來使。披見來書"其病子無赤證勢,
今則日漸危重, 專廢食飲, 菱蒲床褥, 勢不可救"云, 不勝痛泣痛泣。
自病重後, 日夜呼泣, 思見母主及余兄弟云, 尤不堪悲痛之至。雖欲
往見, 往來粮資極難, 勢不可得, 恨嘆奈何奈何?

四月初五日

許鑽留一日, 發向京城云, 故修書付傳生員及侍直處。禮山金翰林
奴亦歸, 修簡付送。安岳奴重伊, 則明日場市貿粮, 明明發還云, 故
修書亦付允誠處矣。

　余今以艱食, 往咸悅, 因此欲歸乞貸於所知處爲計, 食後發來,
舟渡南塘。行到中程, 逢雨添濕, 投入崇林寺, 欲得雨具。而適南宮
諸人, 陪其門長南宮僉正, 各持點心, 來會寺樓, 或擲政圖, 或着碁,
或射的, 少長咸集。余偶然而入, 邀余入坐。皆是平日相知者, 分與
其食。待其雨晴。行抵咸衙, 太守與金奉事璥、李進士重榮、安生員
守仁、李別坐遇春做話, 因對夕飯。余入衙見女息, 而太守與諸人射
帿於客舍。昏, 與李進士、安生員, 共宿於上東軒。崇林寺會者, 南
宮靈光況兄弟、李南原福男、李別坐挺時暨諸少年十餘矣。

四月初六日

與安、李兩公就見太守於新房, 因對朝食。李挺時亦入來, 相與從容
做話。太守與諸人, 往申應榘之邀, 余獨與兩李叙話。日傾, 兩李發
歸。余入衙見女息, 與終夕對話。昏, 出宿于上房。

四月初七日

入衙見太守, 對食朝飯。太守先起出新房, 余亦隨出。金、李兩奉事
及閔主簿亦來, 相與做話。適因京來人, 得見侍直書, 時無他故而好
在云, 可喜。因聞東宮近當南來云。若然則侍直亦護來, 尤可慰矣。
且見朝報, 沈游擊去月十二日越江, 近日當南下, 封倭天使亦已到遼

東云。

晚後, 得行粮及高山閭密關, 發來。歷入益山李天睨家, 李也
出接, 饋余水飯, 從容敘阻。而來抵宋持平仁叟家, 仁叟適出不在。
其叔宋宣傳官翔在家, 聞余來, 卽邀入敘話, 因饋夕飯。日暮後, 仁
叟入來, 相見欣慰, 因與同宿, 夜深做話。

四月初八日

仁叟饋余上下朝食。晚後別來, 歷訪權判官成紀。權也亦流寓仁叟
一里, 而余之七寸親也。暫與敘話而出來, 行到高山縣, 未及五里
程外槐亭下坐, 秣馬刈草, 握息良久。來抵紅門外人家, 先使奴子
通名, 門禁極嚴, 勢不得達。聞韓璟之弟來贅太守家, 而璟也昨日
亦到, 與其太守兄崔渾及四五少年, 獵漁川邊云。故奴子因進投名,
則璟也卽使人太守前, 傳我來意, 太守卽送人問候, 因使余往其兄
川遊處, 余卽就川邊, 相與做話。因膾魚飲酒, 日傾, 與諸人共彎
而返。入客舍上東軒, 僉都事濯、崔生員耆壽先在, 亦與敘話, 因
對夕飯。

太守乘昏來見, 先入衙軒, 邀余。諸人觀燈設酌, 余適口舌生瘡
甚劇, 不飲酒, 先還私主家。適李應吉以其訟事先接其家, 因與共
寢。應吉乃在京時相知, 而流寓咸悅地。太守姓名崔洽, 而字太和,
亦與平日相厚者也。今來乞客滿堂, 愛博而情不全, 雖外示慇懃, 而
頗有厭色, 深悔來也。其兄太冲, 則極其歡迎, 而明日還家云。觀燈
會飲者, 少長無慮十六七矣。

四月初九日

意欲發來, 而行粮不得姑停. 午後, 太守帖給米一斗, 太一斗, 豆一斗, 租五斗, 木米五升, 眞末三升, 麴二員, 因治行裝. 夕, 太守來見於東軒, 夜深而歸. 余與崔生員耆壽, 同宿於西軒房. 崔也前雖不知, 聞名久矣, 一見如舊相識, 終夕作話於東軒.

四月十日

早食後, 太守邀余偕軒, 因飮白酒一大器, 又贈白楮一束. 辭別而發來, 行穿峽中, 到連山地. 路傍柿陰下, 秣馬點心. 日已夕矣, 勢不及鎭岑, 不得已投入連山孤雲寺. 寺亦南中巨刹, 而自亂離後, 苦於官役, 緇類至少*而空房亦多. 持任僧玄源, 本居安城靑龍寺, 而余之農舍相去不遠, 前雖不識聞來, 彼亦善遇. 夕飯自寺炊供, 寢余萬歲樓. 源師亦與趙瑩然兄弟相知有厚云. 且因源師, 得聞僧尙玄, 今在天安留麗王寺云. 玄僧乃余奴子, 而本居稷山, 逃役爲僧. 前日居木川勝天寺, 今移于此, 俗名江福也. 他日問之於彼寺, 可以推之矣.

四月十一日

早食後, 越寺後大嶺, 行到鎭岑縣五里外槐陰下, 下坐秣馬, 先使宋奴, 持高山密關呈之, 則太守不自親拆, 而使色吏開見, 而知虛不納, 無可奈何. 幸聞太守今日以圍繞事出去云, 余來憩紅門外松亭下. 少頃, 太守率新郎出來, 余立路邊至近處, 相望而呼字, 則太守謂曰

....

* 　少: 底本에는 "小". 문맥을 살펴 수정.

"今當圍繞, 勢不得接辭, 還來後相見"云, 卽命下人接余私家, 因帖上下食, 流離窮困之極, 不得已乞食於親舊有知處。而到處困辱不少, 不如安坐而飢餓, 雖嘆奈何? 付之時運而已。

家主正兵徐守連云。官給上下料米, 使之自炊而食。令莫丁受來, 則上米七合、下米五合, 而有稻春之則至小, 故以所持豆一升, 加出而炊食, 可謂困矣。太守未夕而還官, 終不伻人問之, 尤可嘆也。

四月十二日

晚後, 太守使人問候, 辭以昨日醉酒, 不得相見云。聞太守出坐衙軒, 終不邀見。余食後入見, 暫與叙話, 而還出司倉, 余亦因就上東軒, 終日獨處, 無聊莫甚。適前利城愼好義, 以巡使軍官歷入。前日一見於林川, 故有識面之分, 從容做話, 庶可破孤寂之懷。而愼也點心後, 發向連山。

余亦致書於太守, 明日欲歸之意。太守帖給白米一斗、中米二斗、太三斗、末醬一斗、眞末五升、木米五升、麴一員, 令奴受來。夕, 亦不邀見, 而空腹太甚, 不得已還寓。太守姓名朴弘壽, 而字應一。居在一洞, 自少相厚最密, 而今者之來, 頗有施施之色。雖曰亂離, 人情豈至於是乎? 近因沈游擊之下來, 列邑搔擾, 雖不多給, 豈不以慇懃之意待之乎? 尤可嘆恨。昏, 就寢, 蚊忙叢集, 癢不堪搔, 生涯可嘆。

四月十三日

早食後, 入衙見太守, 則明日沈游擊當到公山, 以役只差員, 今刻發

去, 勢不從容云。又請行粮米五升、太五升、甘醬三升。太守先出
去。余亦隨後發來。行到連山縣五里外柳陰下, 放馬豊草, 濯足清
流, 庶可暢鬱。炊飯點心, 來抵尼山地趙子玉所寓家。亂離後, 今
始得見, 皆是邂逅, 欣慰十分。各叙流離艱困之事, 君我生存, 更得
相見, 豈偶然哉? 但聞栗然夫妻, 年前病逝於安峽地云, 不勝哀慟。
又聞其兄瑩然氏, 時得無恙云, 是可慰矣。子玉饋余夕飯, 與之同
宿, 終夜交足話舊。尹祐子忠元亦在。

四月十四日

子玉饋余上下朝食。與之辭別而來, 舟渡古城津, 暫憩秣馬。未至
家數里前, 得逢崔生員潗, 馬上相叙, 不勝欣喜。昨日, 其子作贅於
趙內翰希輔家, 爲此而來 今欲見洪注書遵, 故歷去, 而更與來時入
訪云。到家拜母主前, 又見靈巖林景欽書, 一家時無事云, 可喜。景
欽贈尾扇兩柄, 一獻母主前, 尤可喜也。

　夕, 崔深源來訪。雖得更見, 而彼也大醉, 故不得成話, 更與明
日就訪爲期。景欽書深源持來。且去初十日, 還上租一石授之, 而
改量則十三斗云。

四月十五日

早朝, 馳往趙伯益家, 見深源, 方與數三人設酌, 余亦參焉。趙座首
君聘爲主而待之, 趙監役守倫亦來, 各巡而罷。主家亦饋余朝飯。
深源則食後辭別而先出。余因醉酒, 困睡良久。待其少醒, 而還時
歷見宋奴等除草處。余出去後, 田及畓兩處, 已得除草, 而一處未

及, 故令三人芸而未畢。但近因久旱, 三畓皆乾, 可嘆可嘆。且蘇隰來見, 饋水飯而送。

夕, 咸悅衙奴春福入來。女息聞絶粮, 爲得租二石、眞麥二斗、鹽眞魚五尾, 令衙奴載送。改斗則各縮一斗矣。且去十一日, 侍直奴甘同, 以木花種負去事入來。今往咸悅, 則得木花種十餘斗及眞麥五斗而來。前日此處九升木四十尺, 令織於衙婢, 而女息亦付送, 中路逢賊被奪而空還云。若實有逢賊, 則所持物必盡奪去, 而豈獨止麥三斗、木一端而掠奪乎? 深可疑也。待其此木, 欲作春服而見失, 尤可恨也。蠶始三眠。若吉則不下年前之養。

四月十六日

又令宋奴、訥婢芸昨日未盡處。自午前下雨, 至於晚後大作。久旱之餘, 得此大雨, 非但兩麥蘇實, 高燥之畓, 庶可得水, 南畝之喜躍, 可言可言? 雨終夕不霽。

四月十七日

又令宋奴、訥隱婢芸堤畓而未畢。食後, 往見芸畓處, 因巡見前日所芸處, 灌水而還。家主崔仁福, 明日當赴嶺南防禦使軍, 故來辭而去。家無酒肴, 不得飮送, 可恨可恨。雌雞抱卵十枚。

四月十八日

曉頭, 送莫丁於崔仁福處, 因贐石首魚一束, 爲其遠行也。且令宋奴、訥隱婢及品人兩者竝四人, 先芸昨日未畢處後, 來芸早稻畓, 而未畢。食後, 往觀芸畓處, 因就訪成敏復, 從容成話, 饋余水飯。

四月十九日

又令四人芸早稻畓昨日未畢處, 而畢焉。午後, 往見芸畓處, 適韓監察槬歷訪, 坐岸上, 良久成話而歸。且前日之雨, 頗未洽於高燥處, 故今日所芸畓, 水乾而苗稀, 可恨。且麟兒率莫丁往咸悅。

四月卄日

莫丁還來, 咸悅太四斗、葦魚食醢卄介、白魚食醢五升、蕈一瓶贈送。蕈則卽作采薦神後, 與妻子共之, 餘則明日作湯而供母主前爲計。采則母主不嗜故也。但無酒, 是一欠也。

今見子方書, 黃思叔差伴沈游擊往賊陣, 歷路入見宋仁叟, 因言"在京時與侍直同處, 時好在"云云。思叔今日之行, 爲異己者所排, 深可嘆也。然夷險一節, 是君子平日所講明也, 豈有憚行之理乎? 只爲其老母在堂, 所知者豈無戚戚之心乎? 又聞封倭天使, 已得越江, 近日當到京城云。當此農月, 所經列邑, 必多搔擾, 而徭役煩劇, 民生失業, 必由於此, 良可恨也。然此賊若因此而渡海, 一國之喜慶可言。

四月卄一日

近日摘桑事, 未得除草。粮亦已竭, 大忌在迫, 無以爲計, 悶慮可勝。夕, 生員奴春已入來, 爲覓救資於咸悅也。披見諸書一家皆好在云, 可喜。然近因農務, 勢不得來覲, 而期於七月農隙云, 可嘆奈何奈何？父子兄弟，各以謀食，散在他鄉，不得相聚於一處，雖曰勢也，深恨遭時不淑也。且漢卜與李光春，往庇仁漁箭，來納刀魚五尾。

四月十二日

莫丁持馬往泰仁彥明寓處，為其大忌臨近，請來共祭於此處，而行資當使覓去於咸悅矣，春已亦往咸悅。洪注書送刀魚一尾、乾道味小者一尾，深謝深謝。

且養蠶不量其力過多，婢僕日日摘桑於遠處。粮儲已絕，久不得除草，草盛水乾，而後日待得粮米而芸，則人力倍入，深可悶也。端兒近日離瘧不痛，可喜。

四月十三日

宋奴、訥隱婢以償品事，早食而出去。午後無聊，出坐井邊綠陰下，與李光春作半頃之話，因携杖往觀早稻畓。但再除草後，不雨久矣，水乾苗稀，苗根不得蕃茂，可恨。夕，此地居士人張佑漢來見於此。雖未相識，聞余流寓為來訪焉，可謂厚矣。

四月十四日

聞還上分給，致書太守前，懇求優給，則答以倉儲不敷，勢不優上，多少間當覓上云。故卽令宋奴呈單字，則只得十斗，而改斗則七斗五升，非但朝夕艱食，大忌在近，祭酒時未釀焉，尤極悶慮。然家人祭需求得於室內，則以粘米三升、淸五合覓贈矣。夕，崔深源胤子挺海來訪而歸，乃趙伯益新婿也。

且蠶自昨始熟, 今則上薪。然近日夜氣甚冷, 故趁未多熟云云。昨日, 李光春借吾馬, 令漢卜往庇仁漁箭, 載刀魚。今始還來, 而以其馬價納十八尾矣。春已自咸悅來。咸悅覓贈租一石、太二斗、末醬二斗、白魚醢三升、麴三員于生員處。女息米一斗、太五升別送於此處。

四月十五日

春已因留不去。且蠶今日則一半幾至上薪。送宋奴於咸悅, 爲覓祭需也。

四月十六日

春已還振, 修書付送, 又寄侍直處。家人刀魚七尾送生員家。又廣州墓祭次, 石首魚一束、乾雉一首、民魚半隻、兩色醢及葦魚食醢十八介等物覓送。欲送米斗, 而家儲方乏未果, 使與侍直同議設飯而奠之矣。侍直歸時謂曰"雖不送物, 當隨便措備, 親往薦之"云耳。

且去夜家人得霍亂, 上下吐洩, 終曉痛之, 朝始向歇矣。家主崔仁福之子淵, 自旬後, 逐日來學《史略》初卷。且夕, 弟希哲自泰仁入來。阻濶甚久, 今日相逢, 欣慰十分。宋奴亦自咸悅還至, 得中米二斗、租五斗、木米三升、粘米三升、油五合、石首魚一束、生魚三尾來。九日大忌祭需專爲此, 而如是略略, 數日食之, 則無餘矣, 悶不可言。況食口又添, 無他求假之地, 無可奈何。

四月十七日

朝, 送宋奴於趙文化、趙金浦兄弟前, 致簡求救, 則文化米四升、金浦租三斗覓送, 深謝深謝。但文化送米, 只三升。宋奴若不偸食, 則彼家必減給一升矣。食後, 親往李別坐家求救, 則李也贈租四斗、黃角少許, 因饋余夕食。祭則可以此行之矣, 深謝深謝。

且香婢以事入郡前, 爲其夫之本妻所妬, 衣服盡裂, 頭髮盡禿, 腦後破傷, 流血滿衣, 因臥其家云, 卽令奴僕等入見。適太守不在, 故告鄉所前, 使捉囚其女, 則因逃躱不捕, 囚其母, 待太守之還官矣。

四月廿八日

聞太守還官, 卽令莫丁呈單字, 則題以捉來, 而不差使令, 故其人逃避。而更欲白活, 則田德仁族屬皆是人吏, 使不得入門。又欲香婢負入, 使檢傷處, 而拒門不納, 尤極痛憤。且蠶盡熟而上薪。德奴負米五斗、生魚二尾而至。女息送之。

四月廿九日

令宋奴、訥隱婢及品人等幷七名, 先芸堰畓後, 次除路邊屯畓, 而未畢。因昨日, 咸悅例送米來, 故得粮而芸草。

且啓明行祭, 與舍弟共奠。但不得滫, 不得造果, 只薦糆、餠、脯、醢、六色湯而已, 實果亦不得, 只以皮栢一器矣。漂泊他鄉, 四閱春秋, 不得與諸弟妹諸子孫, 共堂而薦之, 追感前事, 不勝悲愴之心。

且香婢令德奴負入太守前, 檢其傷處。太守卽捉致德仁及其妻, 杖其德仁二十, 其妻則洩髮數巡後, 項鎖而囚之, 可以小洩其憤矣。

當午, 與彦明扶杖, 往觀芸草處, 因巡見諸畓而還。適食牛毛采,而因感風寒, 卒得霍亂, 頭腹幷痛, 上下吐洩, 終夕輾轉, 至於昏始歇。且家主崔仁福, 今始發歸慶尙道防禦使陣。而歷入見之, 饋酒兩器, 脯醢少許褁, 油紙而給送。

四月晦日

又令五人芸昨日未畢處, 而亦未畢。午後, 與彦明往觀芸草處而還。令莫丁載灰三馱, 出布早稻畓。且香婢自昨夕送德仁家, 使之調養矣。且昨昨, 因咸悅女息書, 得聞待直參副率末擬, 而不得云, 可恨。蠶種繭五升, 別器盛置。

五月小

五月初一日

又令二人芸畓，而自早大風而雨，徒食而不克終，可恨。送莫丁於咸悅，為覓救資也。終夕，或雨或晴，又風。

五月初二日

無粮，故獨令宋奴芸草。且昨日摘繭，合而斗之，則十七斗矣。前年則卄二斗，而今之所養，不及五斗耳。

夕，莫丁還來，例送租二石、米三斗載來。但租三斗五升、米二升縮，醢小一缸、生眞魚五尾、燒酒三鐥別送。卽與彥明各飲一器。夕，又飲一器。前日，送雄雞於咸悅，使麟兒換送。而適雄雞善鳴者無，以雌雞換送，而時方産卵，欲為種雞矣。但家無雄雞司晨者，可恨。

五月初三日

又令四人芸畓, 而未畢。且朝食後, 率兩奴馬, 往韓山。先入陽城正
寓家, 從容成話。又歷入見錦城正家, 使通名太守, 則奴子於太守坐
處墻外, 再呼不答云, 無可奈何。少頃, 太守使人邀之, 余卽入見於
翠挹*亭。適朴生員孝悌先至, 邂逅相見, 不勝欣慰, 各叙寒暄。余
未來前, 設小酌, 以余後來, 連飮兩大杯而罷。

聞都事臨到, 移坐西軒。洪參奉敏臣亦來。太守聞洪公上京,
爲設餞盃, 纔飮數巡。都事明炬而入, 卽邀太守, 與朴希仁、洪參
奉。郡居宋進士惟醇亦參席。余以不識都事, 獨坐西軒, 因還私家
宿焉。夜過半, 希仁入來, 曾與共宿有約故也。希仁則朴之字, 而於
余七寸親。亦與太守司馬同年, 而都事亦同榜也。洪敏臣乃申參判
令公女婿, 而避亂來居此地, 今除參奉矣。余來時, 錦城正作水飯
而饋之。非錦城則通名極難。

五月初四日

早朝, 官給朝食米於主家, 使炊飯而供。余等與希仁對食, 無饍不
可食。希仁先入, 余亦隨來。聞都事昨夜過飮泥醉, 猶未能起, 太
守亦不出坐。余與希仁及郡鄕所等坐話西軒。宋進士亦時來見。少
頃, 太守自衙中, 帖送租五斗、乾民魚一、鹽民魚一、石首魚二束、白
魚醢一升、白蝦醢二升、麯一員。晚後, 太守出坐, 與諸公作話。因
請米一升, 辭別而來。又入見錦城正家, 使此米作晝飯而食。朝食

草草, 飢腹太甚故也。又與錦城別來, 歷見陽城, 暫話而發來。未至家五里外下馬, 憩樹陰下, 使兩奴刈草, 載來到家, 則日未夕矣。

　咸悅女息送生大民魚一尾, 爲設明日祭饌也。坐未久, 咸悅官人上京者還來, 納侍直及生員兩息之簡。披見則皆好在, 深可喜也。又聞婢介非及奴成金伊皆不死而保存。介非則時居洪川牟洞, 成金伊則還居廣州墓下云。介非當初避亂時, 入洪山地, 與生員婢論春逃避, 不與南來, 意爲已死者也, 成金伊前日聞來居水原地渠家, 出火焚死云。而今聞皆生存, 前聞虛矣, 可喜可喜。

　但聞東宮喉證、痢證兼發, 至於再旬, 未見差復, 上下憂悶云, 深可慮也。封倭天使, 去念八日入京, 當爲久留之計, 多率幕僚軍卒, 雜物載持車輛極重大, 輸運極難, 國家物力, 將不能支云。孑遺殘民, 何以當之? 南下之時, 兩湖亦必搔擾, 尤可慮也。

　且令三人芸前日未畢畓, 而當夕畢芸, 更移芸內畓。但四斗之畓, 再芸之人計之, 則十四矣。咸悅例送之物, 今已盡輸以來, 再度行祭, 累日芸草, 過半用之, 未經一旬, 想必傾儲, 後無可繼之路, 悶不可言。且聞太守以能櫓軍多闕立事, 水使啓聞, 故入衙不出云。

五月初五日

早, 與弟行祭。侍直在京, 當親往墓所奠掃云, 故祖父母及竹前叔父前不奠矣。食後, 欲見太守入郡, 則太守入衙不出, 故不得通名空還。而來時, 歷入權鶴氏寓家則不在。又入洪注書家坐話, 未頃, 韓進士謙入來。主家出酒飲之。鄭正字思愼亦來各飲四杯而罷散。到家醉宿, 日傾乃起。咸悅女息奉餕餘餅一笥、魚肉炙一笥, 專人付送,卽與上下共之。家有祭酒之餘數杯。又與彥明飲之。

五月初六日

令宋奴、訥隱婢芸草, 而未畢。但禾苗甚稀, 徒勞而無效, 深恨奈何? 朝食後, 彥明率德奴, 還歸泰仁。余家窮甚, 使一弟不得合幷於一處, 糊口他鄕, 不勝慘然之懷, 勢也如何? 且母主昨日過進雜肉及陳餠, 夜感風寒之, 朝來腹中不安, 雷鳴不止, 因洩下三度後向歇矣。令玉春持木一端, 買米二斗捧來。

五月初七日

訥隱婢稱病不起, 獨令宋奴芸草。且令莫丁持正米二斗五升, 往庇仁鹽場, 換鹽以來, 欲爲貿牟之資也。

　午後, 蘇隲來見, 家無一物, 不得饋送。因聞海運判官趙存性當巡到云, 故夕借馬入郡, 則非趙判官, 而乃戶部郎崔東望也。聞太守出坐衙軒, 就見, 則金伯蘊、李欽仲適來, 邂逅相見, 深可慰喜。太守卽出迎崔戶部於客舍。余與金、李兩公及權生員鶴、韓進士謙做話, 因請太守, 得酒一壺, 各飲兩杯而止。洪生員思古隨後入來, 夜已深矣。余則住遠, 故先罷而還。母主近因水痢, 口苦厭食, 悶極。

五月初八日

早朝, 送宋奴於蘇隲處, 載毀家木一馱而來, 作日有約耳。又令四人芸畓。去夜, 夢兆極凶。雞雛十介下巢。

　朝, 送香婢於金奉事處。因使求得淸密於太守前, 半升覓來, 欲獻母主耳。且晚後無聊, 往觀芸草處。而適邊應翼歷去時入見, 因坐岸上, 叙話而歸。莫丁還來。

五月初九日

莫丁所貿鹽二十二斗云, 而改斗則十七斗五升矣。又令三人芸昨日未畢畓, 而畢芸後, 移芸薏苡田。且午後, 咸悅居百姓梁允斤妻, 率其子持清酒二壺、粘餅一笥、三色魚肉安酒一笥、生中民魚一尾來謁。家人出見, 先飲酒肴, 次饋水飯。無物可贈, 襟綠紬三次、括髮帛一條給送。允斤者累次納物, 別無施報之事, 一則未安未安。渠必以余爲咸悅倅之舅家, 而欲免他日緊急之役也。非吾力之所及, 拒之不可, 深可慮也。

五月初十日

送莫丁於咸悅, 爲覓救也。且令宋奴、漢卜芸漢卜未芸之畓。去春, 漢卜欲得畓而耕食, 余之所授屯畓五斗落只, 許令耕種, 則因力不足, 與隣人大難者, 分半耕作云。而欺余幷許大難, 余聞其故, 還奪其半而芸之。然大難曾已初除草, 欲以品人還償計料。

午後無聊, 携杖步出堤上。適洪生員審見堰畓事下來, 相與坐話岸上。洪也先歸。又與李光春作話, 日夕乃還。且婢訥隱介自昨夕臥痛, 今亦不起。如此農月, 一人有關, 而累日臥之, 不可說也。夕, 德奴自泰仁還來。見弟簡, 好樣還家, 而但其妻子飢餓云, 可嘆奈何?

五月十一日

長水李子美奴漢孫及石只等, 率其母妻上去時歷入。因見時尹書, 時皆無事, 而但飢餒日甚云, 深可憐也。漢孫等以其艱食, 還歸水原故土耳。

夕, 莫丁還來。得例送米二斗、種太八斗。又中米一斗別送矣。且去初八日, 林景欽奴加破里等, 自陽德還來。因見沈姪書時皆無事云, 可喜。沈姪母主前藥果一笥、紬一疋付上矣。此奴等入歸時, 歷去海州允誠家, 故誠子亦致平安書矣。朝食而過去。

五月十二日

去夜, 隣猫雞雛一介含去, 可憎可憎。自朝陰而洒雨。若大作一晝夜, 則南畝之民望洽矣。且赤馬自咸悅來, 前足暫蹇, 今則蹇之甚矣。明日, 欲往結城, 而勢不可諧*。收麥之節似晚, 恐不及也。午後又雨, 而不至大作。

五月十三日

今欲往結城, 而非但馬蹇, 雨勢不止, 故停行。去夜, 雨勢三四度大作, 簷溜有聲, 朝亦風而不輟。久旱之餘, 得此膏雨, 三農之望, 可謂慰滿矣。然亦不足, 終日大作, 則似洽矣。朝食後始晴, 臨夕或洒或晴矣。且近無馬醫, 蹇足至今未針, 可悶。

....

*　　諧: 底本에는 "偕". 문맥을 살펴 수정.

五月十四日

蹇馬令德奴牽送咸悅, 使之針治。此處不得馬醫故也。且晚後日晴。
有水根則皆滿, 而高燥處不足, 更得一日之雨, 則似洽矣。

午後無聊, 扶杖步出, 巡見屯畓, 則禾苗甚稀。若不移苗, 則西
成無效矣。昏, 招隣居六人饋酒, 使之潛取禾苗於有處, 得三石而
來。明日, 欲種稀苗處。但酒少未滿役人之心, 可嘆。

且夕食絕粮, 顧無得處只。以木末兩升, 作爲湯糒, 上下分喫,
而皆食半器。至於母主前, 亦以此供之, 痛泣奈何? 終夜不寐。深
愧古人雖在流離之中, 便身之物, 未嘗乏也。

五月十五日

令莫丁、宋奴、訥隱婢等, 移植禾苗於稀種處, 而多不足。自朝或洒
或晴, 而臨夕大作, 高燥處想無不足之患矣。

夕, 食以皮牟作末煎粥, 而上下分喫, 亦未盈腸。方與妻子悶慮
之際, 咸悅使至, 米三斗、生眞魚十尾負來, 渾家喜謝, 可言。且咸
悅換來雌鷄, 抱卵十九枚。

五月十六日

去夜下雨, 達曉而止, 而朝則晴。令宋奴、訥隱婢芸畓, 而未畢。午
後携杖, 巡見諸畓, 而西路邊屯, 幷亦稀種。前日移畓之時不足, 故
今夜亦令三奴, 潛取有處, 得一石而來, 明當種之。

五月十七日

令宋奴等三人，種禾苗於甚稀處。因使移芸昨日未畢畓，而亦未畢
焉。余亦親往見之。且朝送莫丁於咸悅，蹇馬牽來事也。

五月十八日

令宋奴、粉介、福只等，芸前日未畢薏苡田，移芸粟田。而驟雨有時
而作，不克芸，可恨。但薏苡田畔，使漢卜種粘唐一升，而只種一畝
而苗稀。必漢卜者偸種，而自種其田，甚憎甚憎。大抵余家田畓，皆
是漢卜之落種，而苗生則亦皆稀種，想亦偸用，尤可痛甚。

　　且午前携杖，步進成敏復松亭，招成公坐話。移時趙應凱亦來。
成也以看耕事先歸，而余亦還家。少頃，又往粟田芸處，因雨卽還。
少頃，驟雨大作而止。

五月十九日

無粮不得芸草，宋奴借隣人之品。訥隱婢稱病臥不起。夕，莫丁還
來，得例送米三斗負來。又鹽眞魚七十尾，太守令官人負送，使之
換牟而用之。但蹇馬時未針治，莫丁往後，招馬醫始治，而勢未速差
云，可悶可悶。

五月卄日

曉頭，行竹前叔母忌祭。近因窘甚，只設飯羹而薦之，不勝悲嘆悲
嘆。且前日以芸草品，借耕牛於洪注書處，得幷田於家主崔仁福處
耕之，種太三斗五升。先耕崔田於西邊，午後，來耕此田。乃崔出耕

奴, 而我得牛, 幷力而耕之。崔也亦來見。又令三奴婢芸粟田, 而亦未畢。但此田亦稀種云, 以菉豆半升, 芸草時, 稀苗處使之間間種之耳。且令莫丁、香婢等, 送眞魚於所知處, 換牟而用之耳。

且夕, 侍直奴屳知入來。乃侍直去十五日間, 受由來結城, 致書先報來意, 當於根田耕種後來觀云, 深喜可言。

五月十一日

令三奴婢等, 先芸昨日未畢粟田, 後移芸屯畓。而午後, 兩婢痛瘇而臥之, 可恨。余亦携杖, 巡見芸畓處而還。但此畓亦稀苗, 可恨。

且聞韓山倅辛景行被論而罷之, 此郡太守以封庫差員進去云。辛公乃余八寸親, 而前雖未識, 來此後相知有厚, 間得周急, 而今聞遞去, 亦可嘆也。

五月十二日

今日乃妻父忌也, 未知時尹行祭耶? 家人切欲設奠, 而家無一物未果, 恨嘆奈何? 又令三奴婢, 芸屯畓未畢處而畢之。送莫丁於蘇隴處, 以眞魚換牟六斗而來。欲用於明日除草人。

五月十三日

又令一奴、兩婢, 芸早稻畓。送莫丁於咸悅。明明乃老母生辰, 故欲得米斗, 造餅而獻之。因使觀蹇馬爾。且聞女息近因氣不平, 欲嘗眞麥餅云。故其母求得眞麥五升, 造而送付莫丁耳。

且食後, 往見芸畓, 則荒草茂盛, 而禾苗稀, 必三除草時晚也。人力倍入, 而西成無效, 可嘆奈何? 去夜, 夢見沈說, 唐服而來見。

五月十四日

家奴婢三及品人四幷七名, 芸早稻畓, 而爲半未芸, 更得六七人後可畢矣。食後, 往見芸畓。而因進成毅叔松亭下, 邀成打話。適喪人申景祿過去入見, 亦與之半頃之話。申先歸。日傾余亦還家。但兩婢點心後, 得痁先還, 可恨。

　夕, 莫丁還來。來月例送米四斗先得而來, 十斗之米今已盡來矣。明日母主生辰, 則官備酒饌及餅, 當早送云。且女息近日氣不平, 飲食甚厭, 思欲嘗不關之物云。歸聞證侯, 則疑必胎氣矣, 深可喜也。但子方亦不安, 久而不差云, 是可慮也。驀馬時未向差, 更招理馬針之, 則白汁出云。今月之內, 必不差也, 可悶。毅叔, 成敏復之字也。

五月十五日

造白苧赤衫, 獻母主前。今日乃母主初度, 而窮無以爲計, 只待咸悅之送矣。午後, 咸悅衙奴及官人至, 兩色餅二笥、各色實果一笥、各色魚肉炙一笥、各色切肉一笥、白米二斗、白蝦醯一缸、白魚醯一缸載來, 卽薦神主, 因獻母主, 深用喜謝。不然, 幾爲虛度矣。來人卽饋酒食, 而衙奴則足襪一次給送。

　且今日則家奴等稱病不役, 而品人又不得, 停芸一日爲急。而事多乖張, 可嘆奈何? 夕雨作, 終夜不霽。

五月廿六日

雨勢猶昨，而風不止。高燥處皆滿，而未有不足之患。且西窗外傍籬杏樹，有實而黃，因風散落，即令收拾，滿筐而來。兒輩食之，已足其意。又令宋奴芸畬。訥隱婢則稱病臥不起，痛憎。捉致杖脛，以警其頑，然猶不悛，尤可痛也。

五月廿七日

雨晴日出。又令宋奴訥隱婢及品人四幷六名，芸早稻畬前日未畢處。又送莫丁於結城侍直處。侍直欲來而無奴馬云，故送之。食後，往見芸草。適趙希尹、趙光哲過去，下馬坐路傍，成話而歸。但點心後，訥隱婢痛瘧先還，宋奴手指觸傷鋤斤，退坐岸上，品人兩女，亦皆早歸其家。因此數畝未及芸，痛憎痛憎。宋奴數日內，亦不可使，事事遲緩，而未芸處荒草益加茂盛，農糧亦乏，深可悶也。

　且季女自數月內，瘧勢大歇。雖有時痛之，不至甚重，暫臥而起，飲食如舊。近日來更得，日加倍重，或連日，或間一日，或間二日，痛之無常，食飲亦減，形貌黃瘁，恐生他病，悶慮悶慮。

五月廿八日

訥隱婢歸漢卜之品。而宋奴傷手不芸，可恨。

五月廿九日

自昨夕下雨，終夜不止，朝猶不晴。且送宋奴於咸悅，爲覓救資也。非但宋奴傷手安坐，又因絕粮，故亦不得品人而芸草耳。

且母主自昨日微痛深頭，暫時而止。意爲傷寒，而今日午後，初則微寒，而痛頭劇甚。夕，發汗而稍歇，必是瘧也，極悶極悶。更觀後日可知矣。

六月大

六月初一日

母主朝則氣候向蘇。然氣甚困憊，又無滋味，進食頓減，悶慮可言。令訥隱婢芸前日未畢早稻畬而畢芸。且令玉春往場市，買葦魚四尾，供母主前矣。

　　夕，宋奴入來，得例送租二石載來。改斗則兩斗縮矣。又別送末醬三斗、藿四同、鹽刀魚十四尾。女息又送石首魚醢十介、葦魚醢八介。此則朝夕所捧之物矣。

六月初二日【小暑】

昨日，載來牛隻，令宋奴還送。而又送玉春，問女息近日不平之候矣。且今乃母主患瘧之日也。早施譴治之方三事：一則桃實呪符而食；一則古鞋底，燒火作末，和水而飲；一則燕子糞作末酒浸，當鼻下取臭氣。此皆古方也，得效最著而爲之亦不難矣。然朝食纔畢，而氣不平，俄而微戰一炊頃，還熱終日轉輾，深頭大痛，言語誤錯，不進粥飲。夕，髮際出汗，猶不向歇。流離四載，至於秋夏，每患此疾，極悶極悶。

　昏，侍直入來，相與環侍母主房中。說話京城事，而夜深就宿。母主氣候稍歇，只飲豆粥半保兒，困憊倍甚，尤極悶悶。今日三次矣。

六月初三日

昨日，侍直牟三十斗載來，近日可無虞矣。又令兩奴及品人五竝七名，芸堤堰畓，而未畢。且太守聞侍直來此，致簡邀之。午後入見，點心後還來。侍直乞得淸五合，欲供母主病中矣。

六月初四日

又令四人芸昨日未畢畓而畢焉，移芸路傍畓。且母主朝食纔畢，而又得瘧證，如前而痛之，極悶極悶。三施治方而無效，尤可悶也。

　且咸悅衙奴至，女息送前日貸太二斗、生魚一尾、粘米三升矣。泰仁舍弟簡亦持來。見弟書，頃患痁證，今則離却僅五日，而窮不聊生云。母主病中聞之，痛泣不已，悶慮又極。今日四次矣。

六月初五日

又令宋奴及品人一，芸路傍畓。訥隱婢則稱病不起，可憎可憎。午後，往見芸處。且趙內翰伯益來訪侍直而歸。夕，玉春自咸悅還來，得乾魚十尾而來。與侍直奴世萬偕至。

六月初六日

宋奴、訥隱婢皆稱病不芸，可憎。且母主瘧證，今則五次，而稍似向歇，亦不戰身，只微熱而深頭微痛。今亦三施治讁之方。太守使人侍直處問母主證候如何，深謝深謝。早歇而暫痛，自此庶可永却，其喜可言？夕，權生員鶴來見而還。申別監夢謙亦來訪而歸。

六月初七日

得品五名及宋奴幷六人，令芸路傍畓。早朝，侍直入郡，見太守而還。且蘇隲及家主崔仁福來見。侍直往咸悅，蘇隲亦偕歸。午後，往見芸畓處而還。但宋奴不盡力，故今亦未畢，可憎可憎。

且見朝報，備邊司薦才堪守令者廿九，而侍直亦在其中矣。右相鄭琢被論，而李元翼自平安監司入代其位。賊將行長入歸其國後，時未還來，故天使時留京城，待其行長之還報後，南下云云。然右道永登浦築城未已，清正之陣時方造船云，必有以也，深可慮也。

六月初八日

宋奴稱病不芸，可憎。訥隱婢胸痛，累日不差，此則實病也，可慮可慮。母主氣候，晚朝後，微有不安，而深頭暫痛。午後，額際微汗，而還蘇，必自此永却矣，喜不勝言。

朝後雨終，夕不止。且夕，舒川太守鄭曄使人致簡，邀侍直，兼贈乾民魚大者二尾。適侍直不在，故來使空還。

六月初九日【初伏, 夜始長。】

陰而洒雨。曉頭, 宋奴亡走。近日不力芸草, 而長稱病臥不起, 每懷痛憤, 思欲一治其慢, 含忍久之。如此農月, 除草未畢, 棄而逃去, 尤極痛甚。他日捉致, 當懲其惡。其母居在稷山, 侍直上去時, 稱念付送, 使之來現也。但三次除草, 時未畢功, 訥隱婢亦胸痛不差, 家無舉鋤者, 必得傭人給價而芸矣。農粮亦乏, 勢不能及, 所種田畓, 將爲廢荒, 尤極痛憎。

且早朝, 雌雞下巢十七雛, 而二卵腐而不破。朝食後, 送莫丁於咸悅, 爲覓農粮也。且咸悅所送眞魚, 換牟三十六斗五升, 而用之。

六月初十日

得傭人六名芸畓, 饋兩時, 各給牟五升。先芸前日未畢路傍畓, 後移芸內畓, 而早畢。余携杖, 再往見之。因進粟田見之, 則今正可芸, 而無粮無人, 勢未及焉。若遲延近日, 則必草盛矣, 可恨。但黍則已發穗, 而稀種不茂, 亦可嘆也。

且柳先覺來訪侍直, 侍直適不在, 故空還。但侍直今日可來而不來, 未知其故也。想邀宋仁叟而留宿作話而來耶? 且母主最晚後, 微有不平之候, 深頭暫痛而止。今日當次, 而猶未永離, 每至其日, 輒有其證, 深恐更發也。

六月十一日

去夜, 隣猫來侵雞雛, 母雞作聲, 驚覺逐之。然囚籠甚堅, 不得含去。每夜侵之, 思欲設穽而捕之, 無械可施, 深痛不已。

自曉雨作。近者雖連日下雨, 而不多, 高畓猶未洽滿, 徒增長草, 而旋芸旋茂, 人力不勝, 民方爲恨。而今得大雨, 終夕不霽, 無不足之嘆也。

夕, 侍直自咸悅還, 麟兒亦偕來。咸悅贈送牟二石、中米二斗、正米二斗、太二斗、眞魚五尾。而米、太則上京時行粮也。蹇馬麟兒騎來, 而猶未永差耳。冒雨而來, 破簑雨漏, 所着衣裳盡濕, 可恨。且見時曾書, 一家時皆無事, 爲覓救資事, 來至咸悅云云。

六月十二日

自曉頭雨大作。觀其雨勢, 近必不霽。侍直上京時, 必有阻水之患, 限期已迫, 深可慮也。午後陰而晴。夕, 柳先覺、蘇隲來見侍直而歸。昏, 細洞居趙座首郁倫, 摘送林檎一笥。以眞魚一尾送之, 酬謝厚意。

六月十三日

今雖日晴, 昨朝大雨之餘, 川渠漲溢, 數日內必不容易渡涉。侍直以此留滯。況欲歷歸舒川, 而中路有大川難越云, 可慮可慮。南風終日吹不止, 有大雨徵, 而夕雨作。

侍直欲見太守, 夕食後入郡。因未罷仕擾甚, 暫與叙話而返云。洪注書遵來見侍直而歸。蘇隲亦來返。

六月十四日

晴而陰。侍直早食後, 率奴莫丁及兩馬, 發歸舒川。而莫丁及一馬,則自舒川還來, 一馬則上京時, 載卜而歸, 抵京後還下送矣。但久別之餘, 得見不久, 又作遠別。若不遷轉, 則秋來勢不得又來, 不勝戀戀悲嘆之心也。

且隣人持鞍赤來賣者, 家適無價, 侍直致簡於太守處, 得牟五斗, 買而歸。如此霖雨, 遠路行裝, 雨具最關, 而方患無之, 適得以買之。又蘇隣來見, 所着簑衣, 雖非細網, 亦新件草網, 亦換奪而去。一路雖逢大雨, 可無慮矣。但非蘇之物, 乃柳先覺新買之簑, 隣也借着而來云。然柳與侍直亦相厚有素, 必不咎矣。

夕, 金井及成敏復來返。自宋奴逃去, 訥隱婢痛胸後, 家無秉鉏者, 久不芸草, 將爲陳廢, 無以爲策。昨日使侍直爲見太守陳言, 所以欲使鄕約人等, 命許除草, 則太守使之具由呈單。故今日令香婢書單而呈之, 則隨便除草事, 鄕約掌處題送。而成敏復今爲約掌也, 此意言之, 使里中可芸人抄送矣。若得此以畢芸, 則庶可免汚萊之患矣。

且咸悅女息, 專人送粘米三升、牛肉一塊。明日乃流頭俗節也, 使之備饌而薦神主爾。子方適以天將役只事, 往參禮驛站, 而不在官。故女息自其意, 命掌務覓送云云。

六月十五日

朝, 送香婢於衙內, 爲覓氷塊。而室內送鹽葦魚十三尾矣。作水丹魚肉炙及肉湯一色、時酒一器, 薦享神主前後, 因獻母主, 而餘及妻孥。若非女息爲送, 則虛過矣。

夕, 莫丁自舒川還來。侍直無事向歸結城云云。舒川太守送新麥一斗、鹽二斗、石首魚一束、刀魚廿尾、白魚醢三升、亡魚卵一隻矣。若得牟而來，則可以作粮芸草，而今不得矣，可恨。必侍直難於發言而不求矣。

六月十六日
終日無聊，暑熱亦熾，偃息堂上，時作楸子之戲，消遣寂寥之懷。如此極熱，侍直歸京，何以堪行？必多艱楚。戀戀不忘也。想今日入結城家矣。

六月十七日【大暑】
送莫丁於咸悅，爲覓來月例送粮也。欲集鄉約人除草，而無粮故得粮後，明日付役計之。

六月十八日
去夜，大雨如注，寢宇漏滴，不能安寢，可嘆可嘆。夕，莫丁還來，得牟一石、木種三斗、刀魚十尾、葦魚醢廿介。又木種五斗，則侍直處當送矣。衙奴隨至，女息作新末兩色床花餅、秋露二瓶、乾廣魚半隻、大口半隻，不意送來，乃是新物，卽薦神主。因獻慈氏，餘及妻孥，深喜深喜。實承子方之指教矣。

六月十九日【中伏】
致簡太守前，使送治馬官奴者斤守，針破蹇足。但久不見差云，可悶可悶，饋燒酒一器而送。

且明日, 欲使鄉約人等除草, 而聞兵使明當巡入此郡, 人多不齊, 更使明日聚芸事。約掌成敏復送人言之。但春牟儲粮, 爲此除草, 而事事乖張, 遲延至此。若緩數日, 則粮垂盡, 而草尤茂, 人力必倍, 而勢不容易也, 可恨可恨。

六月廿日

早朝, 大雨雷鳴, 晚後始霽。令三人芸草未畢。夕, 兵使巡到此郡。自韓山歷入李別座德厚家醉酒, 扶過此處, 前後擁衛而去。兵使姓名元均, 亂初爲慶尙右水使, 多立功勞, 超陞二品。而與全羅左水使李舜臣有隙, 多有牴牾, 勢不相容, 移任此道兵使矣。

六月廿一日

聚鄉約人等十三及漢卜、訥隱婢幷十五名芸草。先芸早稻畓, 畢後移芸太田, 畢後又移芸屯畓, 畢後又移芸粟田, 而爲牟未芸。

且李奉事福齡來見。因問咸悅女息, 近日不平之候, 則擲錢推占曰"前無他證, 而必懷胎。當生男子"云云。又問"侍直居官吉凶", 則八月十日最吉云。又問"宋奴逃去, 何時捉致耶", 曰"七月節後自來"云。必不然矣, 欲知後日虛實, 故記之。

且昨日, 有人負柳器, 巡里而呼賣, 以行擔及小古里兩器, 給木種一斗六升而買之。香婢歸咸悅女息, 使喚次招去。

六月廿二日

自昨昨除草時, 粮已盡用, 昨夕妻子以木末作凡朴而食, 今朝僅得以辦食。苦待德奴之還。夕, 德奴入來, 女息自衙中米一斗覓送, 作粥上下分喫。近欲送奴馬於結城, 牟石載來, 而馬驀未果。咸悅來月例送之物, 又欲引來, 亦不可得。近日經過甚難, 不可說也。

且當午, 此郡室內獐肉一片、牛肉一片覓送。卽供母主前, 深謝深謝。母主近因暑熱, 進食頓減, 又無飯膳, 方爲悶慮之際, 得此意外之物, 感荷尤極。

六月卄三日

終日無聊携杖, 巡見田畓而還。夕時粮絶, 皮木作末, 造刀齊非, 上下分喫。但母主前亦進此物, 尤極悶也。

且令莫丁持侍直衣服, 往定山砲知前。前日侍直送砲知, 取去所造苧衣, 而過期不來, 未知其故。使莫丁持去, 問其去留。若砲知留在, 因付送之。又使呈侍直簡於定山倅前矣。

六月卄四日

木種得於咸悅, 而近因無粮, 幾盡碎末, 朝夕作刀齊非而食, 母主前亦以此供之, 極悶極悶。

莫丁今亦不來, 必呈簡事入歸定山縣矣。趙座首郁倫來見而還。

六月卄五日

早朝, 貸牟一斗於成敏復家, 春作朝食, 上下共之。夕, 貸米二升於李光春家, 作粥而分喫。昏, 莫丁還來。呈侍直簡於定山則牟五斗、木種三斗、麴三員送之。但使小伊叱知呈簡受來, 而改斗則牟一斗、

木八升縮。必偷用，可憎可憎。莫丁來言其故。且小伊叱知自結城
曾已還來，侍直書持納。見之則當於廿二日上京云云。其妻去十五
日解産，時無他恙，但又生女子云，可嘆奈何？日望生男，而竟歸虛
地，甚不幸也。但豟知已歸結城，不辭於此，故所造夏服，未及付
送，深可憎也。

近因絶粮，上下飢餒。而今得四斗之牟，如得四石之米，可延數
日之命。此後又無可繼之路，極可悶也。且昨日，麟兒釣得池魚大
小七八尾，作湯供母主，母主小進，以其腥陋故也。今又釣來，作片
鹽乾，更炙而供之。

六月廿六日

招馬醫治馬，買酒一鉢飲之，又贈麯一員，期於後日，更來治之。馬
醫居在韓山地，本業笠匠，適以賣笠事來場市，曾聞善治馬病，故令
莫丁招來，其名禮山，但曰"此馬前脚觸傷，皮裡浮而致塞，久不可
使"云，可悶可悶。

且近日絶粮，至於母主前，或粥或麥飯，亦以交葉而日供，不勝
悶嘆。端兒則忍飢不食，恐致傷病也。

六月廿七日

朝食僅辦，而夕則只以皮木作末爲麵，分食半器。而不及於婢僕，
實是飢宿，可嘆奈何？至於母主前，亦以此供之，母主亦不多進，極
悶極悶。德奴昨日往咸悅，今日必來。一家待此而夕食，至於日暮不
來，故上下飢宿。而夜深後入來曰"來到津邊，無船不得渡，今始入

來"云。女息先貸來月例送粮米二斗於掌務處，又得燒酒二鐥覓送矣。今聞此郡以早稻種換次牟租，先給願受者云。

六月廿八日

早朝，致簡太守前，欲受早稻換租。而太守答書曰："曾已盡散，今無餘儲。"姑以五升之米帖送，以助今日之費。又送兒獐一脚，卽供母前，深謝深謝。

　　且今見朝報，侍直參副率首擬，而不得，可恨。賊將行長在本國，差送先來人，已到其陣曰"行長去五月廿六日，自其國起身回程，今月十五六日，准到熊川。關白撤兵之令，委於行長，行長來卽撤歸云。空船二百餘隻亦已到泊，其中三十隻鐵片裹粧，乃迎接天使者"云云。此是天使差送人楊斌、李恕兩人，曾到熊川，聞見馳報矣。然今過十餘日，尚未聞行長之回到，疑其詐言也。且聞天使差送人，自倭營回來，以其聞見，呈稟帖于天使，各營賊兵數目，豆毛浦淸正二萬二千，西生浦走州太守八千，機張甲州太守八千，釜山山輝元二萬，龍堂隆景四千，金海天豊臣直政一萬八千，加德德豊臣廣門及統益二千，安骨浦安治四千，薺浦行長一萬，對馬島義智三千，巨濟島三營義弘一萬，土州太守八千，一正六千，東萊雲州太守八千，已上十三萬一千。此乃日本原來數目，而向來盈縮不一，觀行長一營，其他可知云云。

六月廿九日

朝食後，往見趙文化伯循。因邀趙金浦伯恭相與坐於樹陰下，從容做話。主家饋余水飯。日傾，又投趙座首君聘家，又邀趙翰林伯益，終夕話舊。主家又饋夕飯。還家則日已昏矣。

騎蹇馬往來，觀其行步如何。若值丘陵上下，則甚爲艱澁，而至於平坦則暫蹇。若更針治，不使十餘日，則庶可永差矣。然重載遠行，則還蹇云。意欲因其差，而放賣耳。

六月晦日

貸牟一斗、米一升於隣家，作朝食，上下共之。夕，又貸一斗於洪注書處，分半作末，造粥而分飲。一半則欲作明朝之食。母主前亦以此供之，極悶極悶。朝，送莫丁於咸悅，爲覓來月之粮耳。

七月小

七月初一日

咸悅上京人歷來，傳女息簡，又致沈銀唇五尾。因修書付傳侍直處，又寄苧衣而送。昏，莫丁入來。歸時借馬於崔仁福，得載例送粮米八斗、牟一石，又得眞麥五斗、祭用粘米三升、木米三升、黑太三升、眞魚五尾而來。女息所得兩色醢一缸、石首魚一束付送。來抵津頭，無船不易渡，以致日暮。一家待此而擧火，夜已深矣。子方又贈別扇一把，女息亦得一柄而送。前日致書求之，今始送矣。德介受由亦來，見其母。

七月初二日

令漢卜耕菁田落種。立秋。

七月初三日

祖妣忌也, 爲備糯餅飯湯設奠。宗孫盡亡, 他無享祀之人。只有吳精一末弟, 今在海州鄉村, 必不記憶而祀之。況母主在此, 不可虛過, 僅以隨力所及備奠矣。但饌品不具。追思盛時, 各家輪次, 務盡極備, 今不可得, 不勝悲感。

七月初四日

告鄉約長, 聚集里人十三名及漢卜、大順竝十五名。先芸堤堰畓, 次芸路邊畓, 又移芸內畓, 三處是皆四除草也。此外更不可芸, 只與大難分畓未芸。十日後, 若得粮, 則更聚三四人芸之設計。然所得之粮, 今日垂盡, 此月之過至難, 悶慮可言?

　且聞明日牟還上分給, 令家人致簡衙內求得, 則答書曰"若呈單字, 則多少間當給"云云。且南塘津夫乭孫來, 納中蘆魚三尾, 卽饋酒食, 又贈扇柄而送。但無端來獻, 必有所以。今雖不言, 他日若干請, 則何以爲應? 初不欲領之, 而切於供老親, 今姑受之。作湯獻母。又令仲女作膾, 適權生員鶴來訪, 因與共喫。其餘作片洒鹽, 欲用於初八日先君生辰獻奠時耳。

七月初五日

春已入來。去月初, 自振縣陪生員妻娚, 入丈于昌平太守處。因此上歸時, 昨宿咸悅, 今到于此。見生員書, 一家時無事。而但去月患痁, 今始離却云。且令莫丁呈單, 則陳牟還上五斗題給矣。

七月初六日

岊知入來。披見侍直書則無事上去云，可喜。但卜馬瘢瘡滿背，疲羸極甚。莫丁亦疥瘡大發，不能運身，長臥不起。兩馬皆病，又無刈草喂養極難，不可說也。

七月初七日

今亦節日，而暫設酒餅魚炙，奠于神主前。因獻母主，餘及妻孥共之。

七月初八日

隣居田上佐，駄馬借去，近日欲秝得其糞而資田云。故待其背瘡差歇間給送。近日一奴病臥，兩馬勢不能養，不得已姑借耳。且大順率其妹，往咸悅，今始還來。女息得捧祭餘床花餅一笥、魚肉炙一封付送，卽與上下共之。今日乃先府君生辰也，設酒餅而奠之。

七月初九日

末伏。前日得粮於咸悅，急於除草，盡用於役人，自昨日粮饌具絕。今夕作粥半器，供母主前，而至於妻子，眞末小許，作湯而分喫。可悶可悶。

七月初十日

朝食僅辦，而夕則以眞末作齊非湯，上下分喫。覓粮事，送漢卜於咸悅，今日卽令還來，而不來。必致日晚，未及來也。

七月十一日

漢卜還來。咸悅別送正米五斗、眞末二斗、白蝦醢四升、常絲一束，
而米則五升縮，必偸食，可憎可憎。且招韓山居馬醫，針治蹇馬。夕，
崔尙訓來見。饋水飯而送。

七月十二日

晚後無聊，携杖步進成敏復林亭，相與敍話。成也割西果而進。以
其新物，而時未薦神，故請送余家，薦神後，供母主耳。

　　且夕，咸悅官人上京者，還下來，得侍直簡來傳。披見則時無
事。去初五日，陞副率云，可喜。但宦路多難，欲趁秋凉，決意歸田
云。又聞咸悅以買畓於藍浦事，及閔主簿買家之，故得謗非輕云。
人間事，可嘆可笑。余亦明日往見女息事，因咸悅人歸時，令女息送
馬於津頭待之。此處借馬騎往，止於江邊而還送計計。吾馬蹇足時
未差，故不得已如是耳。

　　且聞副天使十一日發來南下，而賊之去留，時未聞的奇云，而行
長亦已還陣云，亦未詳也。令德奴耕內田，落眞菁種。

七月十三日

晚食後，借騎隣人馬，發向咸悅。行抵南塘，則咸悅衙奴春福牽具
鞍馬，早朝來待津邊。卽渡江，而莫丁則還送林川後，馳到咸悅，則
太守以天使支待事，當往礪山站，而臨行，暫與敍面而發歸。因與
金奉事伯蘊作話於上東軒。而大興則方痛瘧疾，故不得相見。臨夕，
還入衙，與女息做話。夜深後，出宿于新房。

七月十四日

德奴還送林川。今日莫丁來故耳。且今見朝報, 賊將平行長, 去月廿六日, 回到本陣, 以關白令諸陣兵次次撤去, 所居假屋已盡燒燼, 而行長只留釜山陣, 待天使之歸云云。

夕, 金奉事來見, 明日當歸嶺南, 欲尋問其失子云矣, 可憐可憐。莫丁今日可來, 而不來, 未知有何故也。咸悅在礪山, 致書於其妻, 使余留在, 待其還官, 相見後歸家云耳。

七月十五日

聞天使明日當到礪山郡, 故此邑凡百支供之物, 今曉盡令發運而去矣。且朝, 莫丁入來曰"昨日來到津邊, 無船不能渡, 因宿津夫家, 今朝艱渡而來"云。午後, 就見申大興寓所。大興今日當痛瘧, 故不得出入耳。且今日乃俗節, 官備晝物而供之, 余亦參焉, 床花、水丹實果等物備呈。

七月十六日

逃奴宋伊與其弟加應伊金來現。前日侍直上去時, 使之稱念, 而今聞天使從事官下去時稱念云, 必侍直稱念於從事李僉正秀俊故也。其母及其叔朴守連、其四寸兄守銀等被囚, 故卽來現, 良可快矣。卽杖宋奴七十而警之, 加應伊金則受答還送, 使之來月內, 與其弟鄭林修貢來現事, 嚴敎送之。得牛肉少許, 令莫丁方欲送林川, 而適宋奴入來, 故莫丁不送, 而只送宋奴兄弟耳。

七月十七日【處暑】

聞天使昨乃不爲過去, 而因宿礪山, 故太守不來。而今當陪行向全州, 明日宴享後還官云云。且林川一家近日艱窘倍甚, 欲待太守之來, 覓粮而送。太守因事不來, 故不得已來月粮先貸三斗, 令莫丁負送矣。晚後, 往見大興寓所, 暫話而返。宋奴今日還來事, 昨已敎送而不來, 未知其故也。

七月十八日

晚後, 就訪大興, 因與大興進上東軒, 終日偃息。閔主簿宇慶亦來, 暫話而先歸。夕, 宋奴還來, 而莫丁則以其疥瘡還發, 不能來云。今見家人書昨日絶粮, 方爲悶慮之際, 莫丁負米入來, 卽以此上下共之。且聞天使留完山, 遊宴快心亭, 故太守不來, 而若早罷則發來宿中路, 明早入來云云。

七月十九日

邀大興于新房, 終日偃息。使少輩擲雙陸而觀之。夕, 太守還官。因聞天使昨日留宴, 今日發向任實。因登快心亭, 暫觀而去云。

七月卄日

早朝, 入見太守於衙內, 因對朝飯。借馬騎來, 因欲送結城侍直家, 載牟而來爲計。來時, 與大興約會於虛門外池邊蓮亭, 暫與相話發來。又入閔主簿宇慶新家, 亦與閔之兄弟叙話, 閔家割西果而供之。又與兩閔辭別, 次抵南塘, 潮水已落, 艱渡返家, 日已夕矣。來

時, 得西果一、眞果二、燒酒三鐥而來。西、眞兩物, 卽割供母主餘
及妻子。但來見蹇馬, 尙未永差, 不可任載, 可悶可悶。

七月廿一日

曉頭, 令宋奴持咸悅馬, 送結城。而未及五里, 其馬亦蹇還來, 不得
已還送咸悅。且因隣居趙應凱爲太守見忤被捉, 而深恐受杖, 使我
見太守請赦。故午後入見太守於官廳, 懇囑趙事, 當依許宥云云。
還時, 路逢韓山居馬醫, 招致針治蹇馬, 飮燒酒一器而送, 又期後日
來見矣。

七月卄二日

朝, 粮絶, 艱得粟米數升作粥, 而上下分喫。午送奴於官廳監官林
鵬處, 牟米還上三斗, 本正牟六斗出來, 卽春而上下共之。來秋, 以
稻米還納云云。前日, 吾在咸悅時, 家人亦請於太守處, 得出牟米五
斗, 而三斗則一家用之, 二斗則德年、漢卜各分一斗而用之。竝此八
斗, 而吾家所納六斗矣。

宋奴還來, 得牟三斗, 乃欲買簑衣, 故求之, 而因絶粮一家用
之。女息亦送白米一斗、梨花酒一缸、石花醢少許矣。卽將梨花酒,
和水飮一鉢, 飢腹稍歇。家主崔仁福來見, 飮燒酒一大器而送。夕,
崔家送蔥沈采一器、生麻八束, 前日求之故耳。宋奴之來, 不得馬,
可恨。

七月卄三日

送宋奴於結城, 使之負來。近因窘甚, 又不得馬, 不得已送之。且蘇隲妻爲送沈柿四十介、新米兩升。成敏復亦送新米三升, 深謝深謝。且趙應凱入現太守, 得免罰杖, 故來謝矣。

七月卄四日

咸悅官人上京還來時, 得捧侍直簡傳納。披見則時無事從仕, 又陞拜衛率云。今則已遷六品, 可喜。

夕, 結城任母送人致書, 寄送皮黍兩斗、粟米五升, 必是明日乃余初度故也。夕, 宋持平仁叟專人致書, 又贈新米一斗、新稻三斗、團扇一把, 深謝深謝。非情厚, 數息遠程, 何敢至此乎? 尤感尤感。適及方乏之時, 卽與上下共之, 則修謝還送。

七月卄五日

蘇隲家使人爲送魚炙及沈柿一笥、酒一壺。晚後, 咸悅人至, 中米五斗、兩色餅二笥、切肉一笥、燒肉一笥、清酒一壺、燒酒五鐥、西果三介、眞果五介、茄子二十介、眞魚食醢五介負來。卽薦神主, 因獻母主, 餘及妻子奴僕, 又分與隣里所知處。午後, 又邀成敏復、崔仁福, 饋酒而送。

七月卄六日

招韓山馬醫, 針治蹇馬, 飲燒酒一大器而送。且午後, 尙判官使其奴子獵漁, 來坐池邊, 邀余共湯魚而食。白光焰亦來參焉。余持燒酒,各飲一杯而散。期與明日更漁於西邊大川，炊飯作湯，聊欲消遣寂寞之懷。但余無馬，若不得，則勢不可偕。夕，宋奴自結城還來，得皮黍兩斗、粟米一斗而還。保寧牟則前日輸納還上云。

七月卄七日

尙判官使人曰"今日之約，有故不偕，期於後日"云。朝食後，借騎萬守馬，往蘇隲家。與隲獵魚前川，擇其大者六尾，先送余寓，使獻母主前，餘細小者，僅一保兒，與隲烹食。隲也饋余晝飯，又摘柿百三十餘介，使莫丁先送。

余則因就趙君聘家相訪，適趙伯益不在。又歷見趙伯循，而洪注書遵氏亦至。因日暮，只敘寒暄，與洪偕還。

七月卄八日

昨聞洪生員思古還來，朝使問候。因披*見允謙書，則曰"已陞衛率。而欲乞一縣，銓曹無一人知識，又無朋友相連者。若得惡地，則徒勞無益，不如退耕結城奉親而已"云云，是或然矣。但夷險一節，是士子分內事，豈可以善惡爲進退乎？雖得殘敗之地，使之勸就求活垂死之民命，則亦可少施平日所學矣。他日人歸，欲以此致書爲意。

七月卄九日

近者久不得供親之味，長進素飯，每以爲悶，而他無可爲之計。食

....
* 披: 底本에는 "推". 문맥을 살펴 수정.

後, 率宋奴、漢卜, 持網獵魚, 僅得數十介。夕時, 作湯而進, 以其小故不及於余與妻子。母主因此亦不多進, 分與妻子, 可悶可悶。且送莫丁於咸悅, 爲覓來月粮矣。

八月小【初三日白露，十九日秋分】

八月初一日

柳先覺氏使人致書，因送新稻一斗、兩色餅一笥，深謝厚意。夕，莫丁入來，得例送粮米七斗、租一石。而改斗則租一斗、米三升縮。前月因絕粮，例來米三斗引用矣。且聞咸悅近日患痁云，可慮可慮。又聞衛率參淸安望，而不得云。可恨。

八月初二日

海州誠兒簡來傳靑陽，靑陽又使雲谷住持僧法蓮傳送。故蓮師使其上佐僧志仁持送。卽披見，則乃去六月初一日裁送，而今始至焉。然一家時皆無事，而其妻去五月初七日，無事解産，而得好男子云，不勝喜躍喜躍。書中曰"來秋，南平室內行次時，與之偕來"云，近必出來，苦待苦待。

蓮師又送藥棗一升、常楮二束、可謝可謝。來僧留宿, 修答而送。聞蓮師曾住奉先寺時, 侍直爲殿郎, 故相知有厚云, 必以此致意慇懃耳。

且泰仁舍弟裁簡付傳過去人, 今夕始至。披見則時無事, 但寓家爲人所買, 今將移寓他家, 故此人持空馬而歸, 不得與偕云。欲於秋夕前, 送奴馬率來計計。去夜, 夢中得喜兆, 朝來說與妻子, 而今得弟簡、誠書, 夢不虛也。

八月初三日

食後騎馬, 巡見諸畓發穗處。因就洪生員思古家, 而路逢洪參判應推令公胤子邁, 下坐路傍, 彼哭之痛。我亦悲泣不已。暫與叙舊, 各因忽遽, 期於明朝, 其三寸趙文化家, 更欲就訪, 相別而散。適洪生員不在, 因進權生員鶴家。適韓進士謙來到, 與太守女婿, 對碁賭酒, 終不能決, 日夕各散。

八月初四日

早朝, 往趙文化家, 見洪邁與其弟咸順。彼兒乃應推末男, 而愛之特甚, 今見其貌, 追想往事, 尤可悲感。趙家饋余朝食。洪邁歸後, 余亦因就訪趙金浦, 又歷見趙座首君聘, 從容叙話。午後乃返。且聞趙金浦奴莫善, 治馬之皮裡浮處, 招致針治, 饋水飯而送。

且昏, 京奴光伊之兄應伊, 向茂長時, 歷宿于此。因見允謙書, 去月卄六政, 拜平康倅。而平康爲縣, 當初賊之窟穴, 焚蕩特甚, 民不滿百, 粟無百石, 太守假寓草屋, 乞食連命。又且前倅時, 不計民殘, 多選砲手, 至於百七十餘名。因此子遺之民, 盡散他適, 顧無下手之策云。聞來, 不勝驚嘆驚嘆。如此亂世, 固非仕宦之時, 强使就仕, 非但爲余一家, 垂年老親, 長在飢餒中, 一弟流落遠地, 糊口無所, 若得南方一縣, 則庶可陪往, 姑欲除朝夕之憂, 而今至於此, 是亦命也, 雖嘆恨奈何? 然夷險一節, 臣子職分內事, 豈可以官之美惡, 爲去就之計乎? 姑當往莅, 審察可否, 他無宣力之地, 然後徐爲之處矣。後日人歸, 當以此致書爲意。且德奴入來, 得祭用白米二斗、石首魚三束、乾道末三尾、白魚醢三升、葦魚醢一冬乙音負來。

八月初五日

借騎趙應凱馬, 往見洪注書邅, 聞明日上京故也。因就洪生員思古家, 適鄭正字士愼、權生員鶴及數三年少會話, 日傾乃還。且早朝, 送德奴於咸悅問安, 則女息答書曰"子方昨日大痛之後, 口厭飲食, 身憊不起"云, 可慮可慮。

八月初六日

自朝大雨, 臨夕始晴。終日修書, 一寄生員處, 又使生員將此書及苧衣, 送于京奴光伊處, 使付傳平康京主人, 因此而入送平康矣。明日, 將秋夕祭物, 使德奴負送于振威生員家耳。

八月初七日

朝, 送宋奴於咸悅。夕, 竊聞不歸, 隱伏玉春家。余親往探之, 則匿在籬底, 見余擧火, 奔走而逃去, 不勝痛憤。自去春, 潛奸粉介, 雖竊聞之, 不以爲然。今者竢莫丁出去, 欲與亡去, 期於今夜, 而先得其情, 家人入探粉介房, 則其衣服等物已裹, 潛給宋奴, 移置他處, 尤極痛憎。捉囚粉介於閨房, 盡鎖外門, 又令江婢與粉介同宿。疑其俟余等熟寢而逃去也。

八月初八日

去夜, 宋奴潛來粉介所在閨房外, 烟堗堀去, 欲出粉介而不得。又於馬廐下地方, 潛堀築土, 又得潛引, 還棄粉介衣服於其房, 痛憤莫甚。■[今*]夜, 必堅囚後, 庶無盜引之患也。且送漢■[卜*]■■■[於咸悅*]覓救資。兼使女息送奴率去粉介, 藏畜衙內, 使不得逃去也。且夕, 李蕡汝實自懷德來訪, 曾是不意相見, 喜慰十分。從容叙話, 夜深而就。

八月初九日

汝實向咸悅, 欲推牛隻事也。午後, 漢卜還來。衙奴持馬亦至, 載租一石而來。因令衙奴, 率粉介而去。若在此則恐其宋奴招去也。夕, 莫丁自結城入來。任母粟十二斗、早稻十二斗載送。莫丁來, 聞粉介之事, 不勝其憤, 不食夕食而飢宿。

....

* 　今: 底本에는 磨滅됨. 문맥을 살펴 보충.
* 　卜: 底本에는 磨滅됨. 앞의 내용에 근거하여 보충.
* 　於咸悅: 底本에는 磨滅됨. 문맥을 살펴 보충.

八月初十日

食後，扶杖步進成敏復家，相與做話。成也摘早紅柿六介贈之，借使其婢先送余家，欲用於秋夕祭耳。韓監察檄及白光焰來訪而歸。又安參奉景淵來在衙軒，使人問之。

八月十一日

食後，入郡見太守於衙軒。洪思古、安景淵亦在席，從容叙話。還時，巡見屯畓。因就李進士重榮家訪焉，則適李也不在，空還。

且丁奴自粉介有異志後，常懷用心，中夜輒泣，亦不食。而今夕則廢食，發聲痛哭，似有心證者。不得已還招粉介，然後庶可慰懷，一則可笑。明日，當送咸悅招來爲計。

且靈巖林妹簡書，崔深源奴子持來。披見則時好在云，可喜可喜。深源胤子來贅趙內翰伯益家，故因此得見。

八月十二日

昨見太守，請受牟種還上，已得面許。故令莫丁呈單，得受五斗，以蘇隮戶名耳。

八月十三日

欲送麟兒於咸悅，問子方病候，而麟兒不肯。故只送莫丁，欲得秋夕祭需，兼令粉介率來。

八月十四日

自曉頭下雨, 終夕不霽。莫丁必不來。明日祭用之物, 措備無路, 可悶可悶。夕, 德奴自振縣, 冒雨入來。披見生員書, 則渠家時無事。但義兒去月, 患腫危重, 今僅還蘇。諧亦臀上生小腫, 不能袴馬, 不得上去拜墓, 令其奴安孫, 持祭物送于山所, 與墓直等設奠云。久不親奠墓下, 而生員亦因此不得親進, 使奴代行, 如不祭也。恨嘆奈何?

平康在京時, 祭用之物, 備給光奴, 臨時令墓奴取去, 又未備之物, 則德奴持去之物備送云云。生員入見其兄於京中, 留宿兩日而還來。其兄亦於初十日發程, 而官人十餘來迎云。

官中所儲之物, 則田米一石、耳牟米一石、眞麥五斗、眞末四斗、醬一瓮、鹽一石、皮耳牟三石, 元穀則稷百石、耳牟百三十石、太二十二石、秋牟六十石、木麥十二石、眞麥九石云云。觀此則中人十口之家, 尚不能以此物繼用於一年之內。況官家乎? 其不可支保可知矣。人吏則衙前二十、通引七、醫律生四, 官奴十三, 官婢十七名云云。此則雖不周足, 僻縣只可使喚而已。此乃生員親見平康重記而書送矣。

八月十五日

捉雞兩首, 備湯炙及酒果餅肴等物, 奠于神位。終夜, 雨作不止。朝尚不晴。隣里人等備酒饌實果, 或飯湯等來呈。夕, 莫丁率粉介還來。咸悅送白米一斗、粘米五升、雞一首、西果二介。昨日受出, 因雨不得來, 今夕始還矣。丁奴見粉介後, 極爲欣喜, 深可笑也。

且端兒自月初還得瘴疾，痛之不爲甚。而今日則極痛，可慮可慮。且見平康書，自咸悅來傳，去初五日所裁書也。人馬來，當卽發云云。又見哲弟書，乃咸悅衙奴，往泰仁還時，歷得弟書而來。時無事安存，而苦待人馬之送，不知此處奴亡、馬蹇之故也。

八月十六日

去夜終曉下雨，大作不止。朝尙加此。川澤滿溢，水邊畓幾有覆沙，而僅免矣。

八月十七日

令兩奴改造破壁塗之。午後，城北趙座首應立來訪，叙話而歸。且聞陽德沈說被憲駁，目之以愚駿云，可恨。去初七日論之云。雖被罷遞，渠有江陵之富，有何足憂？

八月十八日

家人自去月望，皮風滿身，爬搔不已，切欲浴椒水。今午率去城北十里外椒井，再度入浴而還。前聞太守與室內，連三日就浴，頗見其效，故人皆爭浴，而亦多有驗，至如皮風、背寒、膝寒、濕證等疾，最有其效云。故令家人浴之，而早朝，致書於太守，使下人先持遮日帳設幕，禁人後進去。婢輩亦欲浴之，而玉春、粉介、江春、福只從焉。

余還時，歷入趙僉知應麟家訪焉。趙也飮余兩杯酒。以納粟得陞堂上。而家在椒井路傍不遠耳。且趙座首應立，爲送生栗一笥。昨日來訪時，求得故耳。

八月十九日

率家人, 往椒井。適因風亂, 待其日暄, 午後, 只浴再度。蘇隰率其妻, 爲炊晝飯來訪, 上下共之, 可謂厚矣。柳先覺亦聞吾來此, 來見。臨夕各還。

且咸悅使至。女息得送松茸十五本、生蟹三十介, 卽造蟹湯而供母, 餘及妻子。松茸亦炙而供之。白光焰田所出粟五斗, 豆則僅七八升。

八月卄日

麟兒率德奴, 往咸悅。成敏復來見而還。且聞海運判官將到此郡。午後, 借騎成馬入郡, 見太守於衙軒, 則太守曰"判官自鴻山, 將抵此邑而宿焉。先文已至, 探問不來。而日已夕矣, 今日必不來也"云, 故留話移時。還時, 歷入官廳, 見林別監鵬而返。運判乃趙存性, 而於余七寸親, 與謙子交厚, 故切欲稱念宋奴而要見爾。

家人自浴椒水後, 皮風則減三分之二。而但因無柴, 不能暖堗, 不汗已久, 氣多不平, 而脚力柔脆云, 深恐返致傷和也。夜夢沈說, 是何故耶? 想必罷去時, 彼此相感, 而致入夢中耶?

八月卄一日

朝聞運判入郡, 馳入先見太守於西軒。因使通名, 則卽使人邀之, 相見於水樂亭, 從容敘話。因請宋奴稱念, 則曰"來月晦間, 當親巡到其邑, 其時可以鐵施"云云。韓監察檥及其弟生員戲、洪生員思古、鄭正字思愼咸會。韓也先起, 余亦隨還。

夕, 僧法蓮來訪, 乃前日允誠書傳付者也。聞余寓此, 遠來尋訪。因持木通實一笥、山葡萄一笥、紅柿三十餘介呈納, 可謂厚矣。因留宿, 饋朝夕飯而送。李別坐德厚亦相見於太守前。

八月卄二日

蓮師朝食後, 還歸雲谷寺。德奴今始還來, 得例送租一石載來, 又得鹽眞魚小七尾。且赤馬自五月致蹇, 至今未差, 不得任騎載, 方爲悶慮, 切欲放賣, 而此地正兵白仁化欲買, 約以正米五十斗, 期於來月念前, 春米輸納, 先自牽馬而去。仁*化乃田上佐妻族, 而昨日來此, 爲約甚堅而歸。

八月卄三日

午後, 池參奉達海得源來在郡內鄭正字家, 送奴致書, 當歷訪云, 而炊飯苦待, 竟夕不來, 必過去也。余適奴馬取柴, 未還, 故玆未就叙, 可恨可恨。

八月卄四日

郡居生員劉景龍來見而歸。允諧同年也。食後, 扶黎步進成敏復林亭, 邀成叙話。適成也出去, 故卽返。

夕, 金察訪德章適到郡內, 爲來訪焉。亂離後, 一見於洪州溪堂, 其後一不得相逢。今適邂逅相見, 欣慰十分。彼遭一家大患重仍,

....

* 仁: 底本에는 "永". 문맥을 살펴 "仁"으로 수정.

喪父喪妻, 又逢鴒原之痛云, 可謂慘矣。饋夕飯而送, 期與明日過去時更來云云。金公乃正光女婿, 而居同一洞, 又與允諧年友也。

八月十五日

令兩奴兩婢刈中租先熟處輸入, 爲半未熟, 更待五六日畢收矣。余坐路傍, 金察訪德章過去, 相與坐於松陰下, 取酒飲兩杯而送。

且朝, 來細洞趙座首郁倫致簡, 邀余作話, 適以刈稻看事爲辭。又送奴子致書懇邀, 不得已畢收稻後, 馳進, 則今日乃座首生辰也, 其子弟等設壽筵故也。參席者, 趙僉知應麟及座首三寸姪趙光哲四兄弟與他人五六咸會, 各呈大行果, 梨栗棗柿魚蟹等物, 滿盤而進。臨夕, 醉飽而返。早紅柿十餘介、熟栗、生棗、沈柿及蒸蟹七甲等, 座首令余持去獻母, 故一筍盛來, 卽供母主, 則早紅四介卽進。深可喜也。

八月十六日

崔仁福紅柿三十介付送。蘇隱家亦摘三十介而來。且李別坐德厚送奴致書邀余, 明日切欲設話, 毋負早來云, 卽修謝而送。且兩奴持馬刈柴而入山, 幷得兩日瘧而痛之, 可慮可慮。

八月十七日

前者柳先覺外姪尹彦邦適到龍安, 因言余寓此, 而太守丁公至前日相知者也, 修書付尹公而傳余, 今始得見。以余來在不遠地, 一不相訪, 甚以爲怪, 幸卽來見云云。近日欲一就訪爲意。且前日所獲中租今始畢收，正斗之則合三石十斗。

八月廿八日

食後，赴李別坐之邀，乃別坐初度日也。爲設盛筵，少長咸集，水陸珍饌，極其豐旨。臨夕，與邑內避寓諸公，竝轡而還，各極醉飽。諸公路上，馳馬爲戲，可笑。筵中得參者十五餘員，而申大興栝氏、鄭正字思愼、權生員鶴、洪生員思古、韓進士謙、李生員柔立及李彦佑、崔尙訓暨余、主人弟李德秀、其妻姨與名不知年少者四五矣。其子弟等各呈大行果，入席獻杯。而李別坐爲余奉養老親，使之多奉珍味，滿盛一笥，來獻老母，餘及妻孥。深謝厚意。

八月廿九日

招笠匠漆笠，給價租一斗而送。且今日欲往咸悅，而因兩奴痛瘧之日，恐其中路發痛，未果。午後，地振如雷，少頃而止。變怪非常，此後又有何變耶？可慮可慮。

九月大【初五日寒露, 廿日霜降】

九月初一日

朝食後啓發, 舟渡南塘。日傾, 投入咸俉。太守在新房先見, 後入見女息。聞大興與李奉事來外, 還出叙話。臨夕各散。余亦與麟兒, 就寢新房。

九月初二日

意欲還來, 而太守與大興及激余, 設軟泡於縣北高寺。兼欲拾摘松茸, 期於明日, 故姑留耳。

且錦城正昨日來此, 得奉巡察關來傳, 乃欲得祭需也。太守給送米二斗、眞末一斗、甘醬五升矣。

九月初三日

早食白粥後, 大興與石陽正先發, 歸高寺。余則隨後而來。太守則因教師、唐將入縣待接, 後與麟兒追到。軟泡及松茸湯炙兼備, 各極飽食。而申應榘爲備酒饌來呈, 官家亦備行果及酒肴, 極至醉飽, 松茸亦厭食矣。參席者申大興、石陽正、閔主簿、朴長元及余父子、品官數三人耳。太守先還, 余亦隨起。欲往見龍安太守, 而行近龍安北門外。聞龍安倅出去回來。抵南塘津邊, 適舟在北岸, 待其回泊, 日已昏矣。艱渡來家, 夜已深矣。

　來聞婢粉介昨日夜逃去, 乃宋奴潛來, 伺隙引去。不勝痛憤, 然無可奈何? 他日若捉, 則當殺無赦。莫丁則路中得瘇而痛, 又聞其妻之走, 不食而飢宿矣, 可笑。然其意不非其妻之所爲, 而與班中隣里之人, 知機同心爲咎, 喧鬨不已, 一則可憎可憎。

　德奴則昨日以舍弟率來事, 持馬送于泰仁, 得行粮八升、鰕醢一升付送。余之例得粮租七斗亦送, 欲使備粮而來耳。以此余來時, 備官馬官人騎到, 翌曉還送。且李奉事昨日往羅州云。故靈巖林妹處修書付之, 使之傳送矣。

九月初四日

令漢卜、訥婢刈中租前日未盡刈者, 又令婢子戴入。昏, 德林守過去入訪。饋夕飯而宿。德林乃仁城正之胤子, 而於余妻五寸也。

九月初五日

家主崔仁福來見而歸。且招笠匠, 令造麟兒笠, 而家給凉太及魚膠、鄉絲等物。又先給價租五斗, 饋酒而送。

九月初六日

彦明今日可來而不來, 必有故而姑留去奴也。且送婢于家主, 乞實果, 則生棗三升、紅柿五十介摘送矣。丁奴自其妻逃去後, 用心不食, 裹頭入房, 稱病不出, 今已四日。又痛痁疾, 恐生大病也。且中租收正, 則合二石十八斗。與前日所收, 竝六石八斗。

九月初七日

乞實果於成敏復, 則棗栗各二升摘送。欲用於明日祭及明明九九茶禮矣。明日乃妻母忌, 而家人切欲設奠耳。夕, 香婢自咸悅始還。咸悅倅以天使支待事, 昨日往礪山站, 故祭物不得來, 可嘆可嘆。莫丁今亦不起。

九月初八日

曉頭行祭, 只備飯餠、實果、醴酒、兩色湯、炙而已。聞李光春絶粮飢餓, 招饋酒果, 又饋朝飯而送。可憐可憐。

夜夢宛見彦明, 今日必來矣。又見申鴻漸, 是何故耶? 午後, 誠子妻三寸姜南平宗胤內室行次到郡。其子恞來見, 因傳誠書。披見則時免恙, 而今行欲與偕來。適本州設文武庭試。依全州例, 故觀光後, 與南平長胤姜恞, 竝轡而來云。近日苦待, 而竟歸虛焉, 不勝缺然。但聞誠之今生男, 纔經四箇月, 而呼之名, 則擧手而應, 兩眉間黑子大如太片云。想必貴相, 可喜可喜。

隣居萬守子來納沈柿四十介, 乃香婢夫也。昏, 招去夏移苗人,
飮之以酒, 乃其時饋酒不滿其意。故約以後日釀酒飮之爾。

九月初九日

九九佳節也。備酒餠三色實果, 屠兩雞作爲湯炙, 奠神主。且彦明
昨日可來而不來, 未知其故也。欲與今日共醉一場, 而不遂, 深可嘆
也。且食後, 與成敏復携酒, 共登山城, 遊賞佳節, 極至醉飽, 乘昏
乃返。彦明午後適到, 相見喜慰, 稍割鬱陶。

又平康問安人亦到。披見謙書, 則去月十四日赴任, 時皆無事
云。但官儲掃蕩, 無以成形, 朝夕之供, 亦乞隣邑而度日云, 可嘆奈
何? 玆以母主不得奉歸耳。爲備中朴桂八十葉、松花茶食七十介及
栢子餠、乾雉九首、粘粟米一斗四升、生淸三升覓送, 卽以此物奠于
神主, 因獻母主, 餘及妻孥。又送咸悅及林川衙內矣。平康則來月
望後, 當呈覲而來云云。丁奴今亦不起。

九月初十日

白光焰持酒看來訪。因與舍弟共飮。送平康人於咸悅。丁奴今亦不
起。家內雖小小事, 稱病不爲, 長懷怨心於上典, 不以其妻棄走爲
咎, 一則痛憎痛憎。

九月十一日

令德奴、訥隱婢刈屯禾布曬。與彦明往見而還。夕, 趙座首希尹入
郡。還家時, 坐成敏復松亭下, 送人邀余。余與舍弟就見, 則趙也與

成對坐飲酒, 余兄弟亦飲兩大杯。至昏乃散。

且此郡太守以支持上天使事, 往公山。又以韓山兼官, 因韓山之事, 被杖五度於巡使云, 可惜可惜。天使今日已過恩津, 故太守還來。而林川役只無事云云。但今到礪山, 礪山支待, 咸悅當之。未知何以經過, 深慮深慮。又聞此上使之行, 非如前日副使, 而所率甚多。又不檢下, 作弊多端, 掠奪支供之物, 列邑之宰, 無不被辱者云云。

九月十二日

朝前, 入見太守於衙軒, 因慰被杖之辱。少頃, 瑞山、藍浦兩太守入郡, 故主倅卽出待於水樂軒, 邀余共見藍浦。藍浦亦使人問余, 故余亦就見。洪生員思古隨入, 相與敘話, 飲酒三杯而罷還。瑞山姓名李綏祿, 而藍浦則朴東善也, 淸城君女婿, 而於余妻五寸親也。李、朴兩公亦與謙子相友者也。

且聞趙文化希轍母親返魂, 昨日下來。食後, 馳往見之於趙金浦希軾家, 主家饋余醴酒、切餅。還時, 歷見趙內翰希輔於趙座首希尹家做話。

未頃, 德奴痛瘧, 卽返家, 日已夕矣。余亦兩鬢甚痛, 而右頰牙齒亦微痛, 至於夜深而不歇。終曉, 發汗如流, 恐是瘧漸, 深慮深慮。且隣里居趙允恭, 送紅柿三十介。因求生淸, 卽送一從子, 聞趙母患病耳。柿則裛葉, 欲送平康矣。

九月十三日

終日氣不平, 齒又痛之, 可悶可悶。送德奴於咸悅, 爲覓救資而來也。夕, 家主崔仁福來見。饋酒而送。朝, 送香婢於衙內, 求得醬。
則太守帖給三升, 又贈獐肉少許, 卽供母氏。室內亦送沈柿十五介。

九月十四日

前者所布屯禾, 輸入七十八束。屯田使令來見, 饋酒三大杯而送。
夕, 德奴還來, 載白米十斗、租八斗、沈柿十五介、生鰍廿甲而來。咸
悅以天使陪行差員, 時未還官云。平康人亦自咸悅來。且自午後, 氣
還不平, 右鬢微痛, 牙齒又痛。頭之痛, 必由齒痛之故也。

九月十五日

氣似向蘇, 而永未快也。收家前後太及豆, 太則八同, 豆則三同。
且粘租刈入, 收正則十三斗, 與前中租竝計則七石耳。

九月十六日

曉頭, 平康來人給答書還送。咸悅亦送兩人, 求鷹故也。紅柿五十
介付送, 而與咸悅人偕歸。午後, 發向龍安, 而行未數里, 見日將暮。
若不入城, 則恐致狼狽還來。路傍適申景裕坐看秋事, 入見叙話,
因借耕牛而還。前日, 龍安倅致書邀見, 故今欲往見而未果, 期於念
後耳。

九月十七日

送德奴於咸悅, 爲覓牟種耳。令訥隱婢母子刈堤畓布乾。太守一堤
之畓, 盡令幷作人刈之, 親自來看, 設帳幕於院隅岸上, 余就見。適

李生員柔立、洪生員思古、曹判官大臨先到, 相與列坐而叙話。洪與曹因張帳而射, 太守亦備酒肴, 飲余等。臨暮, 太守先還。余亦騎曹馬乃返。且訥隱婢母子先刈堤禾後, 移刈薏苡輸入。

九月十八日

朝食後, 與彦明步進成敏復林亭下, 邀成叙話。成家饋以水飯。日傾乃返。昏, 德奴得牟種七斗、末醬三斗、鹽眞魚五尾、白魚醢三升、生鰕廿甲載來。

九月十九日

子方昨日致書曰"與李別坐、南宮靈光約會於江上, 邀余早來李別坐家, 與李共舟流下"云, 而適馬疲奴病, 不得參佳會, 深可恨嘆恨嘆。

且午後, 太守不意來坐院隅岸上松下, 令收束堤禾布曬者, 又使幷作人等收束。而余之所作收束, 則一邊只十七束, 可恨。余就見太守, 權鶴、韓謙、李柔立、洪思古、曹大臨等隨來。太守設小酌。臨昏, 各明炬而返。且令德奴、訥隱婢、江婢等刈移苗禾布曬而未盡。訥隱婢懶慢不盡力, 故杖而警之。

九月廿日

又令德奴、訥隱婢母刈屯禾布曬。食後, 與彦明往見刈禾處。還時, 適監官林鵬坐池邊, 監輸官禾, 邀與坐路傍叙話。因飲濁醪四大杯。又招都色田浹, 饋兩大杯。

午後, 風以洒雨, 暫時而止。且舒川太守鄭公曄, 伻人問候, 因

贈乾民魚二尾、沈鰕三十甲, 卽修答謝之。鄭也與謙子相友至厚故
也。

九月廿一日

令德奴出糞牟田, 只九䭾而瘧作, 未畢。當午, 李進士重榮來訪, 良
久叙話而歸。且前日刈堤禾時, 有人得小龜, 纔如一錢。余求贈端
女, 小鉢儲水, 而畜之累日。余見其小而失所, 將不久斃矣, 深可憐
也。親自袖去池邊放之, 洋洋而逝, 未及水中, 藏身沙磧間, 可謂得
其所哉。

九月廿二日

令三人收束屯禾兩處, 而一處則三十九束, 而一束可出三斗; 一處則
百二十二束, 而一束可出二斗或斗半, 皆是合, 兩邊輸入, 俟他日得
閑, 分官邊打正, 而納官是計。

九月廿三日

早朝, 成敏復邀余兄弟, 饋朝食, 又飲酒兩器, 而罷還。成也與弟之
妻族, 又邀弟入內, 出見其妻。余則先返, 令德奴打薏苡, 吹正則
十四斗四升。初以爲可出數三十斗, 而不實只此, 可嘆可嘆。

九月廿四日

堤禾挾擠而箕正, 則合一石三斗。

九月卅五日

借二牛於趙允恭、申景裕, 又借秉耒者於趙應凱奴, 耕牟田三處。但咸悅覓來牟種, 不實有孔, 沈水則爲半浮上, 僅可及於家前田。其餘兩田, 更可求得, 然後畢種矣。

九月卅六日

落牟種二田。麟兒自咸悅入來, 得沈鰕卅甲、眞魚五尾、粘米一斗而來。粘則作餠, 供老親事, 女息覓送矣。

九月卅七日

李僉正田欲落牟種, 而適奴子等稱病不起, 又不得他人, 不得落種。而午後, 下雨終夕, 深嘆不及於雨前也。朝, 送香婢於太守前, 致書乞得牟種不足, 則帖給一斗五升。以此庶可畢種矣。室內亦送紅柿卅介、沈苽卅介, 深謝深謝。

近因奴輩托病, 不力於秋事, 收穫之時, 每使傭人給價而任之, 上下用度又煩。秋事方畢, 而所收之穀, 已半用之, 不待冬月, 而窘急之患, 如前必至。可嘆奈何?

九月卅八日

聞明日郡人以求鷹事, 入歸平康, 修書付傳。且前日女息所送粘米, 曉頭作餠, 獻母主前。但蒸時, 誤致不熟。再蒸然後, 雖得熟而片碎, 可笑。且得品人, 種牟李僉正田。

家人致書室內前, 乞菁根, 則太守帖給一石。而令香婢受來, 則卄四丹矣。太守去秋耕堤岸, 而落菁種, 今日採去, 故使人乞之耳。

九月卄九日

一馬單奴, 發向龍安。舟渡無愁浦, 抵龍安城外, 先使德奴通名, 則禁不得達。日傾, 太守接客于郎廳房, 又使守門者, 艱得納名。太守邀余入來, 即入見, 相叙舊懷, 欣慰十分。黃僉正致誠亦來, 乃太守之族也。因對夕飯。

　　昏, 黃公先起。余與太守更坐, 又設小酌, 各飲五六杯。夜深, 罷歸私主家而宿焉。黃也前日雖未相識, 與子美振威交承之間, 聞名久。今日之見, 頗有慇懃之意。且聞誠子到家, 因日暮, 未即還來。

九月晦日

太守邀余于衙軒。黃公先至, 因對朝飯。適唐將入縣, 不得發來, 待其唐將出去後, 黃公先歸。余則又與太守從容叙話。太守贈余秋牟四斗五升、乾民魚一尾。又飲酒一大貼。使德奴負所得之牟, 與太守期會於後日, 相別而來。

　　抵津邊, 適舟泊小岸, 待其回舟, 日已傾矣。德奴痛瘧, 艱渡津而到家。得見誠子, 不勝欣喜。年前三月歸西, 今日還來, 至於十九朔而始到。且來家聞之, 咸悅又送種牟五斗。

十月小【初五日立冬, 二十一日小雪】

十月初一日

以例送粮載來事, 德奴持馬歸咸悅。朝前, 彥明妻娚金聃齡, 來見彥明而歸京。

十月初二日

又得隣人福男田, 今欲耕種, 而不得秉耒者, 未果, 節已晚矣, 可悶可悶。且所得牟種有餘, 計其落種, 其餘四斗。令香婢持換於場市, 得米二斗六升而來矣。

夕, 德奴還來, 得例來粮白米十斗、租一石。又別送鹽眞魚十尾、白魚醢三升 祭用黃角一斗、靑角一升、甘藿三同。

十月初三日

未明, 送德奴於龍安。前日龍安倅爲言, 送奴覓去祭需之約, 故今始送之。且靈巖林妹簡, 自趙翰林女婿崔挺海奴子還時付傳。而林妹時好在, 又送甘藿六同、票古二升、乾鰕幷蛤七升、乾秀魚兩尾。但崔也不告而歸, 故不得修書而付傳, 可恨。

十月初四日

得傭人二名, 耕福男田, 種牟四斗。家主崔仁福送兩婢, 令採菁根, 各分兩石, 載馬而送。且德奴今日還來。龍安倅送中米二斗、鰕醢十甲、雜醢二升、麴二員、空石十葉、白紙十丈、常紙一束。因昨日瘧發, 來宿趙磁家云。趙也居無愁浦邊, 而炊飯烹太, 與奴馬云。

十月初五日

邀家主崔仁福, 看打前日所收太豆, 豆則各分五斗, 太則各分廿三斗五升。崔也又種子價六斗還給。且錦城正來訪。饋餠酒而送。

十月初六日

無聊中, 與彦明及兩子, 巡堤岸, 觀魚而還。夕, 趙別監光佐來見而歸。

十月初七日

朝, 聞韓監察橄丁母喪。食後, 往弔而來。咸悅官人去月往平康, 今日始還, 得秋鷹大且良者一坐而來。今見平康書, 官家事不可形狀云, 可嘆奈何? 栢子一斗、石茸一斗、淸兩升、獐脯卅條付送。脯則呈母主前矣。

十月初八日

允誠歸咸悅, 造三色餅, 送呈咸悅大夫人前。但風以日寒, 未知何以渡江, 深慮深慮。明明女息欲來寧, 故送誠率來。

　且朝, 送栢子三升於林郡室內前。又得池龜一甲, 送呈太守前。聞太守以濕病, 求以食之故耳。室內致書謝之, 覓送芋栗及汁醬。又求藥淸, 卽送生淸半保兒。

十月初九日

趙座首應立與趙訓導毅作泡於大鳥寺。早朝送奴馬, 邀余兄弟, 卽與彦明上寺, 飽食而步還。蘇隲、李光春亦與焉。前日爲約耳。

　且聞尙判官家, 屠牛賣云, 送太二斗五升, 得肉兩片而來。僅如小兒掌, 可笑。然欲獻老親, 不得已買之。蘇隲還家時入見。饋酒兩大杯而送。夕, 漢卜自咸悅還來。明日, 女息定欲來寧云。許鑽入來, 流離諸處, 乞食爲生, 只着袂衣, 若日氣甚寒, 丁寧凍死, 不祥不祥。

十月初十日

咸悅女息入來, 送香婢於江頭迎之。蒸餅一笥、淸酒二壺、乾魚三束、眞魚十尾、沈鰕卅甲、乾民魚一尾、兩色醢一缸、紅柿卅介、切肉一笥、牛肝半部備來, 粮米二斗亦來。昏, 李別坐挺時來見。今任瑞山監牧官, 而覲親來家矣。

十月十一日

李福齡來見, 因與着奕。臨夕, 饋酒餅而送。且夕, 平康官人入來。披見謙書時無事云, 可喜。然官事無形狀云, 可慮。明日乃謙息初度也, 爲此送人, 而木米五斗 稷米二斗、赤豆二斗、粘粟米一斗、栢子三斗、石茸、眞茸竝三斗、淸九升、栢子餅九十四片、中朴桂百二十葉、葡萄正果一缸、魴魚一尾、乾雉五首、生梨二十介、黃臘一斤十二兩、白紙三束載來。一家之人咸會, 而只謙與諧不在, 不勝戀戀之懷也。朝, 送奴馬於咸悅, 例米粮載來事也。

十月十二日

造饅頭及平康來物, 備奠神主前, 因獻母主, 餘及妻孥。且送栢餅及正果於林啇, 又送栢子各一升於趙翰林三兄弟及趙希尹、柳先覺、蘇隲家。又贈彥明栢子三升、木米五升、石茸兩升、眞茸一升、桂十立、魴魚一條。權生員鶴來訪。饋栢子餅、正果而送。

十月十三日

郡中品官及校生等, 各持壺果, 會于西邊斗岸, 邀避亂來寓者, 余與舍弟亦進參。日傾, 醉飽而返。參席者十餘, 而品官則廿餘員矣。若咸來則不至此數, 而或有故, 或托病不來矣。首唱者趙應麟、趙應立、趙允恭、趙毅等云云。非他邑之所爲, 極是厚風也。

十月十四日

曉頭, 平康人還歸, 沈鰕二十甲覓送。咸悅亦送四十甲、鰕醢一斗,
咸悅給粮二斗、太一斗而送。

十月十五日

請監官林鵬, 看打屯禾。日短, 故只兩畚幷七斗落只打正, 則租牟五
石十三斗。午後, 趙座首希尹來訪。夕, 咸悅掌務送白米一斗、民魚
一尾、石首二束、沈鰕十五介、鰕醢一缸、白魚醢一缸。爲其女息來
留于此故也。

十月十六日

蘇隲來見, 饋餅而送。端兒自昨昨痛頭尙未見差, 全不食飮, 悶慮
悶慮。

十月十七日

去夜三更後, 咸悅人馬入來, 期於早朝發還。女息與其母及兩弟, 臨
別相携痛泣。女子有行遠父母兄弟, 豈不悲哉? 深可憐也。彥明率
去, 因此還歸泰仁。去月初九日來此, 今始還去, 不勝戚戚之懷也。
咸悅送白鰕醢一大缸。蘇隲妻聞女息之歸, 爲送米升、三色沈菜、
鰕醢、甘醬等物。女息纔出而始來, 未及見之, 可恨可恨。

　且咸悅居梁允斤子, 備酒餅及肴, 三笥來納。前日再獻酒餅, 而
今又如此, 其意雖厚, 別無酬報之路, 一則未安未安。然有干請事,
不可不聽, 是可嘆也。只修書付傳於咸悅倅前, 聽不聽在彼, 不可

知也。端兒終日終夜痛之不已, 極慮極慮。昏, 金益炯來見, 良久做話, 夜深而返。饋酒一大器。

十月十八日
自朝, 陰而洒雨。午後大作。彥明若因雨懲而不發, 則可免中路添濕之患矣。無雨具而行, 深慮深慮。蘇隰來見, 適入郡逢雨, 爲得雨備而入來。饋酒餅而送。端兒痛勢如昨, 極悶極悶。

十月十九日
食後無聊, 與誠子步進鄉校, 訪趙訓導毅, 良久坐話。趙也出饋紅柿。因此又就李福齡家, 適趙座首郁倫來坐, 相與做叙。因與福齡着奕, 賭作泡, 而李也連輸五六局, 可笑。臨夕乃返。
　香婢昨昨陪女息往咸悅, 今始還來。無事到縣, 彥明因雨留一日, 今當發歸, 而子方帖給米太各三斗、眞魚五尾云, 可喜。端兒痛勢, 今亦如此, 故就卜吉兇於福齡。福齡卽擲錢而卜之曰"終吉無兇"云。
　且聞西戎跳梁, 待其合氷, 將有南牧之心, 京師震慴云。若然則誰能禦之? 孑遺殘民必將盡殲於鋒鏑之下矣。可嘆奈何奈何?

十月廿日
朝, 令香婢送三色醢一貼, 是於鄉校趙訓導處。昨見居處飲食, 極其冷薄, 爲此送之。

十月卄一日

咸悅問安使來, 女息送大菁根十本、有甲生鰒五介、紅柿十介, 卽修答而送。且送漢卜於李別坐德厚家問候, 又贈栢子三升、石茸兩升、葡萄正果一保兒。聞海平府院君尹根壽, 將抵其家, 故爲其此處所無之物送之。

十月卄二日

宋生員大器來訪。流寓樂安地, 適來韓山, 歷此而入見。

十月卄三日

得品人六名, 收正移苗禾三斗落只, 二石十五斗出。可恨奈何? 朝食後, 金盆炯來見。因與金及誠息, 步進成敏復家不遇。又進鄕校, 訪趙訓導毅亦不在。又就申景祿家, 則又不得相遇。來時, 歷入李福齡家, 雲溪守適來, 相與做話。雲溪則乃平原君胤子, 而趙文化外姪, 於余妻七寸親也。又與福齡着奕, 日傾罷還。還時, 入見申景裕, 而金公則因留申家, 余與誠子先還。

十月卄四日

李別坐德厚來訪, 因贈生雉一首、生鰒有甲者五介, 爲供老親故也。且因別坐聞曺生員夢禎氏客死湖南地, 不勝哀悼哀悼。曺也於余六寸妹夫, 而在少年時, 相知有厚。而今聞其訃, 尤極悲情悲情。其長男曺倬, 今任金吾郎, 而以罪人拿來事, 往北道未還云, 不祥不祥。

鄭正字思愼來訪。且此郡官人求鷹事, 前月往平康, 今始還來。

得見平康書, 時好在, 而今晦間受由來覲云, 苦待苦待。

十月廿五日

尙判官蓍孫氏作泡於大鳥寺, 邀余及趙訓導毅, 早往其寺。適趙座首光哲亦來, 相與環坐法堂上面陽處, 從容做話。日傾, 相携步陟前嶺而還。但趙座首未及於食泡之時, 可恨可恨。又與諸公來初一日, 期會於成敏復書齋, 作泡敍懷, 而書回文, 使李光春臨時轉示矣。端兒向蘇, 可喜可喜。

十月廿六日

早朝, 成敏復來見, 因要余入見太守, 請囑其事, 故不得已入見太守於官廳。適元相禮士容入來, 相與做話於太守前, 成公之事不得遂, 可恨。太守移坐司倉, 余亦隨入。又請允誠買得海州居奴論金文記斜出, 德介兄弟改名立案得成而還。

　且趙訓導毅來在鄉校, 使人邀余, 余父子上去, 則趙也與校生等設酌飲余, 極醉飽而返。李進士重榮子檣亦來參。

　夕, 蘇隲來見。隲也以還上納倉事入郡, 因余家所受還上未納之故, 被杖二十度云, 不祥不祥。去春, 以隲名還上受食故也。

十月廿七日

去夜, 夢兆不吉, 心懷頗惡。且咸悅使至, 女息爲得菁本四十介負送。終日陰而風。令德奴持馬伐松枝兩馱, 欲作後籬。夕, 雷雨大作, 電光燁燁, 有同夏月, 至夜而止。因此大風, 終曉不息。

且昨夕, 龍仁敬與妻氏今在水原奴家, 使童奴性山往古阜地收貢, 故歷宿于此。因聞時好在云云。

十月廿八日

時尹奴漢孫自陽城, 今向長水, 歷入, 修書付送。令德奴、漢卜作籬。終日風。

十月廿九日

長水奴漢孫今朝始歸。且允誠往咸悅, 近日夢兆甚煩。平康近當來覲, 而日氣甚寒, 薄衣遠路, 未知何以來往耶? 生員亦可來矣, 而至今無消息, 亦不知何故也。馳慮不已。

且郡居正兵白仁化, 馬價米五十斗內, 三十八斗先納, 其餘未收十二斗, 則來初五日前, 備納事, 相約而歸。

十一月大【初七日大雪, 二十二日冬至】

十一月初一日

早朝, 率麟兒及許鑽, 步上成生員書齋。尙判官、趙光哲先到, 趙訓導隨至, 校生數三亦來, 相與叙話。居僧作泡而供, 但僧殘客多, 器具亦乏, 不能善造而進, 皆不滿心而散。昏, 德奴自咸悅得例來米十斗、租一石載來, 改斗則米六升半縮, 必偸食, 可憎可憎。

十一月初二日

去夜, 家人與女息輩, 頻夢平康, 想必出來, 而屢入夢中耶? 深恐氣不安而感夢也, 疑慮不置。且牟米還上, 本正米八斗, 耗六升納, 未收二升。

十一月初三日

曉頭, 德奴持馬歸咸悅。允誠聘家奴玉只, 自南平今始還來。南平太守油扇兩柄、白紙一束付送於余處。玉只卽送咸悅, 受簡於允誠。誠也今在咸俑故耳。

十一月初四日

朝, 禮山金翰林家奴, 以田畓推尋事, 歸咸悅, 而歷入于此, 授吾簡, 欲呈太守推之, 卽修書付送於咸悅。但見子定書, 無赤去四月永逝云, 不勝痛哭痛哭。前日雖傳聞, 而未詳其實, 今得其實, 尤極哀慟。三男二女, 而三男一女先逝, 只有乳下末女, 又安保其必生乎? 翰林近欲來謁母主云云。

夕, 允誠率德奴、玉只等還來。爲其修書還送玉奴於海西爾。咸悅以淸五升價、白米十斗覓送。德奴負來。

十一月初五日

誠兒聘家奴玉只, 還歸海西。且備還上正三石、荒一石載入納倉。昨日, 蘇隲收合所知兩班處得租五十斗, 而今日以大斗改量還上次, 則只三十三斗矣。前者所備竝四石, 令德奴、漢卜先送納之, 捧納餘租四斗還來。適使許鑽監納, 故不爲奴輩所欺也。

十一月初六日

申別監夢謙來見。且李別坐德厚專人致書, 供親釘魚三冬乙音付送。深謝厚意。

十一月初七日

令訥隱婢及品人竝四名, 收正屯禾二斗落只分半三十九束。平二石
十二斗出。監官不來, 而只送使令來看, 卽載納。

　且南高城奴德龍自京下來, 問安母主前。披見湖叟書及妹書, 時
無恙好在, 而自海陽, 去八月, 擧家來寓廣州農土云, 深可慰喜。湖
叟爲述絶句寄惠矣。

十一月初八日

又令訥隱婢及品人竝四名, 收正昨日未及此邊之禾三十九束。還上
三石十斗量納次備置, 而餘不過十斗。趙文化伯循致書邀余, 於明日
叙話云。卽修謝而送。

十一月初九日

漢卜約聚里中人五六, 蓮池決水而漁之, 得鮒魚大中小幷三四十尾,
烏鯉魚大小五六十尾。余自占鮒魚, 擇其大者廿餘尾, 其餘分給諸
人。太守聞之, 送人求得南星。爲得南星十甲、小鮒魚十六尾送之。

　且午後, 趙文化之邀, 大醉。臨夕還家。參席者趙郁倫、趙毅、
趙應麟、趙希說、李應吉、蘇隲及文化三寸曁其三兄弟矣。乃禫祭
後, 邀其門族會話, 而又及於余。

十一月初十日

早朝, 趙座首君聘致書邀余, 卽馳赴。則乃行時祀後, 會其門族設
酌, 而以余流寓近地, 故亦及之。洪生員思古適過去入參。伯循奴

子有吹笛者, 伯益婢有彈伽倻琴者, 故令其作樂, 琴笛幷奏。而亂離後, 今始聞樂, 亦可悲矣。臨夕極醉飽, 與洪公幷轡還寓。且還上荒二石七斗五升、正七斗五升納倉。今則耗數外已畢納矣。且柳先覺爲送荒十五斗、正二斗, 以助公債之納。深謝深謝。

十一月十一日

前者趙允恭子之妻父買鷹事, 入歸平康。而因隣居趙應凱之請, 修簡付送, 則其人入傳平康得良鷹一連。使其人臂送於余處, 又送生雉兩首、熊脯十條。

披見平康書, 則時好在, 但唐將近當入縣, 先文已到, 故來覲之期漸遠云, 可嘆奈何奈何? 且此鷹極其良品, 願勿輕許他人云。而此人非徒來簡, 卽不傳報, 其鷹欲以自占, 亦不來告所以, 回避不現, 痛憎痛憎。然平康之事, 亦可謂虛踈矣。如此傳傳人, 豈可輕付卽鷹而送耶? 可怪可怪。若彼也終不還我, 則當以官力推之計計。

十一月十二日

食後, 往見李別坐德厚, 從容叙話。李也饋余夕飯。日暮還寓, 期於後日。送奴取去還上租云云。

十一月十三日

令德奴、漢卜伐蓮池邊枯松一條, 輸入作薪。先致書太守前禀之後伐之, 以其官地, 恐下人讒之故耳。

十一月十四日

早朝, 趙磁來訪, 贈以烏竹杖一枚。前日求之, 故爲得而來贈。

十一月十五日

送奴馬於李別坐德厚家。李也贈送正租十五斗、粘租二斗、赤豆一斗、新蝦醢一鉢, 前日有約故爾。夕, 咸悅人至, 女息送貢太一斗、黑太四升、沈醢菁根一缸、生雉一首、木末四斗竝饅豆槊。使之造饅豆而供之。

　　平康奴岔知入來, 納五升木半疋、眞荏一斗、水荏二斗。乃去夏, 其弟甘同盜用吾家九升木四十尺, 而甘同者備納無路, 故其父兄備來。然猶未准, 隨後加備而來云云。

十一月十六日

早食後, 率岊知、德奴, 往鴻山, 見太守於司倉, 叙舊移時, 飮余酒三杯, 因對夕飯。太守先還, 余亦隨來, 投宿客舍郎廳房, 但埃冷, 終夜不能安寢。

十一月十七日

早, 進衙軒, 柳正字塗先在。少頃, 太守出坐, 因對朝食。太守贈余租一石、米一斗、太二斗、木麥二斗、豆五升、粘米五升、麴一員。太守先出司倉捧糴, 余來時又入見。因日寒, 覓酒飮三杯後馳來。岊知則還送其家, 余獨使德奴負租而到家, 日已夕矣。

　　允諧昨夕, 自振家來覲。不見周歲, 今得相見, 喜慰可言。且韓

山居鄭奉事奉, 持鷹而來。蘇隲適至, 卽臂鷹而放, 得捉雄雉一首
而還。可喜。

十一月十八日

鄭奉初欲買鷹, 價米三十斗議給。余則欲捧四十斗, 以其價高, 怒而
棄歸。鷹鈴亦盡撤而去, 今日欲放, 而無鈴不得焉。鄭也多發不順
之言, 可憎可憎。鷹則蘇隲臂去。趙訓導毅來訪。

十一月十九日

昨與蘇隲爲約, 今日來會近處放鷹。而余與三兒, 上水山島待之, 不
來。可憎可憎。金子定奴授答簡, 今日始歸禮山。石茸、眞茸小許
裹送。

十一月廿日

蘇隲使人致書曰"昨日無鷹櫃, 不得來", 只得雉一首送之。欲用於明
日祭時爾。且母主自去月, 痰喘甚重, 終夜咳唾不已。以此進食頓
減, 容色瘦瘁, 悶極悶極。

　昨日, 送德奴於咸悅, 而今日不來, 是何故耶? 明日, 乃咸悅生
辰, 家人作餠, 使德奴負送。今日當來而不來, 必抵津邊, 未及渡而
因宿焉。

十一月廿一日

蘇隲持鷹來見, 因與隲放鷹。而適風亂, 一發而不得, 可恨。且趙

翰林伯益及趙座首應立送租各一石，深謝深謝。德奴今日亦不來，可怪可怪。

十一月十二日

冬至。因節日，暫行時祀，竹前叔主前亦行之。邀趙訓導毅，飲酒及饋豆粥而送。且德奴爲覓祭需事，送咸悅而不來。故饌需不備，兩色魚肉湯及炙、粔、餅、脯、醢奠之矣。

　且食後，趙金浦伯恭三兄弟及趙座首君聘兄弟來見。因挽余共彎，往普光寺，作泡放鷹，共宿夜話。李別座文仲兄弟亦先到，曾與爲約故也。各持壺果食泡後，因設酌，各極醉飽。寺僧亦進行果濁酒。在席者十五員，而洪生員思古、李部將世豪暨允諧亦參。

　夕，德奴還來。因咸悅有故，不卽帖給，故今始來。得黃蠟價粗米十斗。又別贈粘米一斗、木米五升、石首魚二束、乾民魚一尾、白魚醢五升、蝦醢五升、赤豆五升。且宋持平仁叟專人送赤豆五升、好酒一壺、紅柿二十介，深謝厚意。適余不在，未得修謝，而允誠裁答而送矣。前日租一石接置良山家，德奴亦載來。

十一月廿三日

早朝，又作軟泡，因設小酌，晚後各散。余與允諧落後而返。夕，咸悅使至，烈酒二壺、粘餅一笥、各色魚肉炙一笥付送。昨昨乃咸悅生辰，故爲備而送。適崔仁福來訪，卽饋酒四大杯而送。聞咸悅鷹連，昨昨因風放逸，故此處鷹子，勿賣他處，臂送云云。

十一月十四日

朝, 送咸悅人於蘇隲處, 其鷹推來, 送于咸悅。食後, 入郡見監官林鵬、申夢謙, 考見往年還上冊, 又納陳正租十斗, 本正米三斗三升。乃去夏所食, 而以其作米納之。太守以病不坐, 故申、林兩監官捧之。且允諧與誠往咸悅, 要見其妹也。但日晚而歸, 渡津之際, 恐致日暮也。

十一月十五日

曉頭與家人, 因言語不關之事, 反脣相詰, 良久舌戰, 可笑可笑。趙座首應立來見。

十一月十六日

靈巖林進士景欽上京時歷入, 不意邂逅相見, 欣慰十分。粘米一斗四升、乾秀魚及銀鰣魚、蟹醢等, 納于母主前, 又正木一疋贈兩女息, 見余耳掩盡破蒙茸, 又贈余舊件耳掩, 可喜可喜。

十一月十七日

太守聞景欽來此, 使人致問。趙翰林伯益來見景欽。而因與伯益及景欽入郡, 要見太守, 太守以病不出, 故不得見而空還, 可恨。來時, 入見洪生員思古妾家, 強出其妾, 見話而返。洪妾乃公山妓也, 適洪不在。昏, 家人造饅豆, 饋景欽, 家無饌物, 殺雞爲用。

　且德奴自咸悅入來。咸悅別送正租三石, 而因負重, 二石載來, 一石則接置於良山家矣。但聞吾鷹臂去, 翌日放之, 一雉空中捉得,又放而空中掠雉，墜地傷折而卽斃云，不勝慨嘆慨嘆。如此一才之鷹，後難得之。而曾與趙座首應立爲約，木二疋、米四十斗相換，而聞咸悅失鷹，使人欲之，故不得已退送。不日見折，尤可嘆也。且聞咸悅失鷹還得云，是可喜矣。釘魚六冬乙音亦得來。

十一月廿八日

景欽發向鴻山，欲得行資於鴻山倅處，因此上京耳。且允諸兄弟，自咸悅晚發，行抵南塘，無船不得卽渡。日暮，僅渡來家，則夜已半矣。因聞咸悅上京，明當發來，來宿于此云。

十一月廿九日

生員要見景欽事，發歸鴻山。午後，金翰林子定欲謁母主入來。喪患後，今始見之，彼我不勝哀慟。與之偕宿，終夜話亡妹及兩兒之事，尤可悲泣。

　夕，咸悅入來，咸會一堂做話。夕飯後，與誠兒共就隣家而宿。昏，李進士重榮來見咸悅。余與子定出見，夜深而返。且當午，安士訥父子，自唐津歷入見訪，作刀齊非饋之，飲酒三大杯而送。

十一月晦日

早朝，咸悅發向定山，因此上京。且使德奴持馬送鴻山，欲載來景欽所得之物矣。

十二月小【初七日小寒, 廿一日臘, 廿二日大寒】

十二月初一日

蘇隴來見。因聞余之所受去年還上, 誤納他人名, 故今方督納云。
不得已與隴入見監官、色吏, 考見本冊後, 還來。饋隴酒兩器而送。

　且李進士重榮來訪。因與子定終日叙話, 臨昏乃歸, 他無饋物,
飲薏苡粥一保兒而送。且子玉女婿李㮨來見, 因傳子玉書, 時無恙
云, 可慰。因聞栗然仲女婚娶云。栗然夫妻皆死, 而趙木川瑩然主
婚云, 可憐可憐。

　昏, 德奴入來。景欽得送稷一石、白米二斗、豆一斗、鹽一斗、甘
醬五升、皮木三斗於母主前。靈巖林汲歷見而歸。乃景欽孼三寸, 而
去月上京, 今始還來矣。

十二月初二日

終日, 與子定及兩兒做話。吳忠一來見。

十二月初三日

子定欲還歸, 强挽留之。朝食纔畢, 平康入來, 會坐一堂, 欣慰十
分。一家咸聚, 而只咸悅女息不在, 是可嘆也。但聞來十三日, 別試
擇定, 故不得已諧、誠與其兄, 初六日, 發向京城, 欲觀光, 不可强
留, 可嘆可嘆。

十二月初四日

終夕, 陰而洒雨。子定因此欲歸未得, 因留終日, 會話一堂, 良幸良
幸。申夢謙來見。

十二月初五日

子定還歸禮山。平康入見太守而還。且使人致書於李別坐, 因贈生
文魚一條、生銀魚卅尾。平康持來之物, 散贈所知處, 猶未及者多,
而家儲亦盡矣。一家咸聚, 而只長女及舍弟不在, 浩嘆奈何?

十二月初六日

平康今欲還歸, 而忽遽未果, 明當定發爾。李別坐文仲持壺果, 來
訪平康, 而柳先覺亦來, 終日會話。午後, 金奉事伯蘊亦來見平康。
饋以夕飯, 又飲酒雉。

　　蘇隲來見, 使之剪裁兒輩名紙。名紙十幅得於咸悅, 又兩丈覓

求於此太守, 皆<u>平康</u>之力矣。<u>李文仲</u>贈<u>平康</u>新蝦醢一缸。<u>咸悅</u>女息, 使人問候於其娚等, 而不來見爲恨, 勢也如何?

十二月初七日

三兒未明而食, 發向京路。一時咸去, 不堪悲涕之沾襟。<u>誠</u>息則因此西歸, 相見期於明年。此時兩地消息亦難得聞, 尤可悲嘆。但曉頭, 風而雨雪, 朝尙陰曀, 路遠衣薄, 何以得達, 深慮不淺。

且<u>成敏</u>復來訪兒輩, 而已得發歸, 未及見之。終日大風, 有時灑雪。且<u>李運</u>與其父歸<u>南州</u>, 歷訪, 饋飯而送。乃<u>趙木川瑩然</u>妹夫, 而於余四寸同婿也。夕, <u>南宮檣</u>歷宿于此, 乃<u>南宮砥平洞</u>丈孫。而在京時, 一洞隔墻居, 今則來寓<u>咸悅</u>矣。饋夕飯, 又給馬草。

十二月初八日

早, 招<u>李光春</u>, 饋木末刀齊非, 飮燒酒一器而送。且昨昨, <u>蘇隴</u>雞雌雄貸去, 爲明年資息分用之計。夜雨雪。母主近患鼻角, 咳唾不已, 悶慮悶慮。

十二月初九日

屯禾四十束積置, 欲用於歲後。而衆鼠萃集, 日耗不已, 不得已令<u>訥婢</u>及其母娚收正, 則三十三斗, 而十三束未及收之。且<u>金奉事伯薀</u>今始還歸, 歷入見之而去。<u>邊司諫應虎</u>亦過見。饋夕飯而送。

十二月初十日

夜, 大雪三四寸。且家人昨夜, 寒戰而痛, 達曙呻吟, 意其瘧證而未詳。今夜亦痛如前, 必歸瘧也, 悶慮悶慮。且令訥婢母女收正昨日未畢之禾租十五斗, 竝昨日所收, 合二石七斗。午後, 咸悅女息, 送人馬, 邀余, 卽馳來到縣, 日已昏矣。與女息做話, 夜深, 出宿新房。

十二月十一日

聞習陣於郊外, 前靈光南宮涀*爲將, 與金伯蘊、安敏仲往見而還。夕, 就敏仲所寓處, 邀伯蘊, 夜話。敏仲奴山伊好酒進呈, 又炙碧魚而供之。余亦覓酒肴於女息, 烈酒一壺、乾肴一笥、釘魚湯一器備送。各盡極醉, 相與唱歌, 夜過半而罷還。伯蘊近將遠行, 故爲餞矣。

十二月十二日

金伯蘊與安敏仲射帿於郊外, 送人馬, 邀余, 卽馳赴, 叙話。南宮楷亦來, 楷乃金仁川公緒兄女婿, 而於余七寸親也。在京時, 不知面目, 今始見之。臨夕, 還衙。漢卜自林家越來。因聞家人患瘧如前, 可慮可慮。莫丁亦自數日來, 病勢甚重, 斷絶飲食云, 必不久死矣, 不祥不祥。但德奴受由遠去, 若近日死, 則家無一力, 殯埋之事, 無可使任, 極可悶也。

....

* 涀:底本에는 "倪". 앞의 일기에 근거하여 수정.

十二月十三日

去夜大雪, 幾至半尺。朝尙不霽, 晚後始晴。終日, 與女息叙話。前日來時, 持五升木兩疋, 今日場市, 令子方奴彦守賣之, 捧粗米三十一斗, 接置於梁山家, 隨後載去, 爲明春米貴之時, 更欲買木而用之爾。夕, 金伯蘊來見, 因與同宿。子方女婿金郞, 謀酒一壺, 三人鼎坐而飮之。

十二月十四日

漢卜還送林川, 明明還來事敎送。余今於還歸, 而與金伯蘊、安敏仲作泡於臨海寺, 明日爲期, 故姑留爾。夕, 與金伯蘊上臨海寺, 同宿方丈, 而安敏仲失期, 不來, 可怪可怪。

十二月十五日

早朝, 敏仲入來, 謂曰"昨日, 爲妻族所挽不來"云。金就伯與朴長元, 隨後入來, 又招洪玉果堯佐弟堯輔, 咸會禪房, 共食軟泡。伯蘊、敏仲先起, 往品官崔克儉家, 聞崔有酒故爾。金郞又與朴長元, 放鷹於山下, 余獨踰嶺而還。見林川家書, 聞母主有不安之候。明日, 待漢卜之來, 卽歸計之。

　且聞別試退行, 故擧子上京者還來云。平康因此率兩弟急之上去, 而今聞退行於明年云, 可嘆可嘆。夕, 與金郞步就安敏仲寓家, 邀金伯蘊炙雉共喫。敏仲使奴山伊謀酒, 各飮三杯而罷散, 夜向深矣。雉則金郞放鷹所獲, 而一首持來耳。

十二月十六日

衙奴春卜持馬, 往泰仁金郎親家, 而其馬必空還, 使之陪來舍弟事
言送。改書舍弟簡而付傳, 前日未送之物亦付送。

　且午後, 林川家使大順致書曰"昨夜初更, 莫丁永逝"云, 不勝哀
慟。卽發來, 馳到南塘, 適潮滿, 故渡涉甚易, 到家則日未昏矣。母
主亦近日感寒, 痰喘甚重, 進食頓減, 容色瘦瘁, 極悶極悶。

十二月十七日

令許鑽率漢卜, 借兩馬, 持正木半疋、粗米三斗, 貿棺於西面。又令
德奴持租兩斗換棺, 釘於冶匠。明日, 欲埋丁奴。但終日風而雨雪,
明曉若不晴而極寒, 則衣薄借人必不肯來, 恐不成事也。

十二月十八日

去夜大雪, 幾至半尺, 山川盡白。曉頭始晴, 朝則快霽。令德奴、漢
卜又借隣人三名, 舁埋莫丁於寓家前水山島南邊向陽處, 又使許鑽
往看。莫丁本居平壤, 而年十四, 捉來使換, 今至三十七年。凡諸
處奴婢收貢, 年年木花反同, 兒輩婚時, 乞求等事, 專任, 而少無遲
滯欺慢不及之患。余妻子亂離奔竄之中, 倚以爲任。自去年以後,
多不奉承, 少有不愜, 輒發逃走之計, 今年尤甚。適其妻粉介走去
後, 歸怨上典, 尤不顧家事, 不從敎令。至於蒭秣之事, 專不顧見
備糧裹褓, 置諸坐臥之側, 欲走之計, 非一日。而第因疾病, 不能行
步, 故姑留於此。一家亦以不久爲意, 置之度外, 自旬後, 病勢極
重, 遂至於斃, 不祥不祥。自近來所爲事觀之, 則雖死不惜, 而從

前努力之事甚多, 而客死他鄉, 不勝痛泣。爲備棺而埋之, 又備酒果而奠之。

去癸巳秋, 婢冬乙非死於此; 甲午冬, 婢說今死於此; 今年, 莫丁又死於此。三年之間, 舊年家內使喚老奴婢, 皆死於此地而埋之, 尤可悲嘆。然說今之死, 去年十二月十五日曉頭, 而莫丁之死, 亦在於今年十二月十五日初更, 可怪可怪。

粉介亂本, 潛誘宋奴而率逃。莫丁因此用心, 疾作而斃。一婢亂家, 倚杖二奴, 一走一死, 家無使喚, 尤極痛骨於粉介也。

十二月十九日

終夕雨雪, 落地卽消, 道路泥濃。彥明今若發來, 則必有艱楚之患, 深慮不已。近因德奴不在, 家有事故, 又連雨雪, 柴木絶之已久, 艱難收拾, 以備朝夕之炊。母主久患感寒之證, 不得暖堗而發汗, 極悶極悶。

十二月卄日

去夜, 大雪滿尺。母主氣候比前似減。但進食不如前, 可悶可悶, 無柴未得暖堗, 尤可悶也。

十二月卄一日

今夜, 寒氣極嚴, 堗亦甚冷, 不能安寢。母主亦以此咳唾比前尤甚, 極悶極悶。夕, 彥明入來。昨昨, 雨雪, 意爲不發, 而聞母主不安, 冒雪馳來云, 相見喜慰可言。咸會母主寢房, 叙話夜深。

且送香婢於衙內, 致書太守覓求鰕醢、麴生, 得新醢三升、麴二員, 而爲造歲酒, 深謝深謝。室內又送鰱魚卵一從子, 卽煮供母, 乃新物也。母主亦以此進食, 尤喜可言。

咸悅女息, 亦送生雉一首、碧魚五尾, 卽炙一尾, 而供母矣。今日乃臘日也。收拾馬糞。且前聞別試退行, 而今更聞之, 則不退云, 前言虛矣。

十二月十二日

大寒, 而日候不至極嚴。今日乃咸悅女息初度也, 家人造餅而送。夕, 咸悅女息, 專人載送今月例來米十斗、租二石, 內前日米一斗貿生薑, 租五斗貿甘藿, 其餘皆來。

且平康書, 咸悅官人下來時, 付傳。又得見別試榜目, 允謙三兄弟皆得參, 而林景欽亦中, 一家四人咸得書榜, 無以加焉, 極喜可言可言。去十九日殿試, 而其後之奇未聞, 苦企苦企。

尙判官來見而歸。

十二月十三日

朝送香婢, 致書太守, 請減古同戶草及柴, 則卽減一八結, 成帖而送。近日可用無虞, 可喜可喜。

且考見別試榜, 允謙則三等第十三, 允誠則第二十一, 允諧則第七十一矣。誠之友趙廷虎、洪命元皆高中, 而命元則二等第四。獨梁應洛見屈, 可惜可嘆可嘆。若兒輩登第, 則必先有喜兆, 而近無吉夢, 想皆屈矣。今榜三兄弟參者: 趙璹子元範、元規、元方及余家兒子而已。二兄弟得參者：沈信謙子慄·怡、尹儼子民信·民敬、洪磑子大成·德成、南琥子以信·以英、元弼商子溁·涉、尹民新子暾·昫而已。

十二月廿四日

李福齡送奴馬邀余，卽馳進。因推占兒等登第吉凶，所言模稜，不可信也。然誠之占兆最吉云。終日着奕，臨夕乃返，渠家饋余夕飯。

夕，德奴自咸悅入來。前日貿木米二十四斗及所貿甘藿十一同載來。梁允斤亦送碧魚十尾、石首魚醢五介。歲除已迫，家無饌需，獻祭供母，備措無路，而咸悅亦上京，時未還，可嘆奈何奈何？

十二月廿五日

未明地振，屋宇動搖。天未悔禍，變異荐臻，未知將來有何事耶？竊聞兇賊尙無渡海之心，兩天使留在賊營，不得自由，正如拘囚，奸謀萬端。而又聞河東人姜士俊，被擄留在日本，致書曰“明春，當大舉入唐，時方打造軍器，不知其數”云。以此人心驚動，皆有避亂之計。如我一家無奴無馬，又無避適之所，若一朝變起，則必塡溝壑，雖嘆奈何？只恨生時不淑也。

十二月廿六日

食後，與舍弟及麟兒，步進鄉校，訪訓導趙毅，敘話而返。適逢成敏復於中道，坐路傍做話。成公適得姜士俊書來視，與弟一覽，則謂“明春，舉兵吉年，故大舉長驅，入大明”云云。然其間言語多有不實，不可取信也。

　且今日場市, 雞兒三首持賣, 奉米各一斗五升, 竝四斗五升, 而以其米買炭一石、沙器各色竝一竹八立而來。夕, 咸悅自京下來, 歷宿于此。因聞殿試退行於廿六日云, 乃武才未及畢試於期限故也。平康三兄弟, 時留在京中光奴家。

十二月廿七日

朝, 咸悅邀李福齡, 推占女息産兒吉凶, 則曰"大吉, 而得貴男子"云。又占三兒登第吉凶, 亦曰"平康大吉, 而誠兒次之"云。

　咸悅率麟兒發歸。因與李福齡終日着奕, 作刀齊非饋之。蘇隆亦來, 欲見咸悅, 而未及見之, 饋夕飯而送之。

十二月廿八日

送德奴於咸悅, 爲覓卒歲資也。昨夕, 宋仁叟專人致書, 生薑及貢太一斗付送, 深謝厚意。

　朝, 家主崔仁福來見, 飲酒兩大杯而送。

十二月廿九日

昨夕, 以造泡事, 令婢玉春持太, 送于成敏復書堂, 則居僧非但不受, 多發不恭之言, 不勝痛憤。朝前, 送人捉致結縛, 欲打足掌, 而恐有人言, 還放。卽使香婢, 致書所以於太守, 則卽發牌字捉來。而香婢不知其然, 自持其牌字而來, 日亦暮矣, 未及捉囚, 可恨可恨。

　且夕, 德奴還來, 前日接置租一石及咸悅所給白米一斗、粘米一斗、木米五升、太二斗、石首魚二束、乾銀魚二冬乙音、白蝦醢五升、麴五圓、甘醬二斗、童牛心一部、肉二塊正如小兒掌、清酒一壺、眞油五合載來。

쇄미록 7 교감·표점본 1

2018년 12월 19일 초판 1쇄 발행
2022년 6월 30일 초판 3쇄 발행

지은이	오희문
교감·표점	황교은·채현경·전형윤·이주형
기획	최영창(국립진주박물관장)
교정	김미경·서윤희(국립진주박물관)
북디자인	김진운
발행	국립진주박물관
	경상남도 진주시 남강로 626-35
	055-742-5952
출판	(주)사회평론아카데미
	서울특별시 마포구 월드컵북로6길 56
	02-326-1545
ISBN	979-11-88108-97-8 04810 / 979-11-88108-90-9(세트)